中国社会科学院学部委员专题文集
ZHONGGUOSHEHUIKEXUEYUAN XUEBUWEIYUAN ZHUANTI WENJI

红楼、西游及浮生六记论集

陈毓罴◎著

中国社会科学出版社

图书在版编目（CIP）数据

红楼、西游及浮生六记论集／陈毓罴著 . —北京：中国社会科学出版社，
2018.2

（中国社会科学院学部委员专题文集）

ISBN 978 - 7 - 5203 - 2110 - 5

Ⅰ. ①红…　Ⅱ. ①陈…　Ⅲ. ①《红楼梦》研究—文集②《西游记》研究—
文集③《浮生六记》—古典文学研究—文集　Ⅳ. ①I206.2 - 53

中国版本图书馆 CIP 数据核字（2018）第 034595 号

出 版 人　赵剑英
责任编辑　王　琪
责任校对　冯英爽
责任印制　戴　宽

出　　　版　中国社会科学出版社
社　　　址　北京鼓楼西大街甲 158 号
邮　　　编　100720
网　　　址　http://www.csspw.cn
发 行 部　010 - 84083685
门 市 部　010 - 84029450
经　　　销　新华书店及其他书店

印刷装订　北京君升印刷有限公司
版　　　次　2018 年 2 月第 1 版
印　　　次　2018 年 2 月第 1 次印刷

开　　　本　710 × 1000　1/16
印　　　张　37.25
插　　　页　2
字　　　数　575 千字
定　　　价　169.00 元

前　言

哲学社会科学是人们认识世界、改造世界的重要工具，是推动历史发展和社会进步的重要力量。哲学社会科学的研究能力和成果是综合国力的重要组成部分。在全面建设小康社会、开创中国特色社会主义事业新局面、实现中华民族伟大复兴的历史进程中，哲学社会科学具有不可替代的作用。繁荣发展哲学社会科学事关党和国家事业发展的全局，对建设和形成有中国特色、中国风格、中国气派的哲学社会科学事业，具有重大的现实意义和深远的历史意义。

中国社会科学院在贯彻落实党中央《关于进一步繁荣发展哲学社会科学的意见》的进程中，根据党中央关于把中国社会科学院建设成为马克思主义的坚强阵地、中国哲学社会科学最高殿堂、党中央和国务院重要的思想库和智囊团的职能定位，努力推进学术研究制度、科研管理体制的改革和创新，2006 年建立的中国社会科学院学部即是践行"三个定位"、改革创新的产物。

中国社会科学院学部是一项学术制度，是在中国社会科学院党组领导下依据《中国社会科学院学部章程》运行的高端学术组织，常设领导机构为学部主席团，设立文哲、历史、经济、国际研究、社会政法、马克思主义研究学部。学部委员是中国社会科学院的最高学术称号，为终生荣誉。2010年中国社会科学院学部主席团主持进行了学部委员增选、荣誉学部委员增补，现有学部委员 57 名（含已故）、荣誉学部委员 133 名（含已故），均为中国社会科学院学养深厚、贡献突出、成就卓著的学者。编辑出版《中国社会科学院学部委员专题文集》，即是从一个侧面展示这些学者治学之道的重要举措。

《中国社会科学院学部委员专题文集》（下称《专题文集》），是中国社会科学院学部主席团主持编辑的学术论著汇集，作者均为中国社会科学院学部委员、荣誉学部委员，内容集中反映学部委员、荣誉学部委员在相关学科、专业方向中的专题性研究成果。《专题文集》体现了著作者在科学研究实践中长期关注的某一专业方向或研究主题，历时动态地展现了著作者在这一专题中不断深化的研究路径和学术心得，从中不难体味治学道路之铢积寸累、循序渐进、与时俱进、未有穷期的孜孜以求，感知学问有道之修养理论、注重实证、坚持真理、服务社会的学者责任。

2011 年，中国社会科学院启动了哲学社会科学创新工程，中国社会科学院学部作为实施创新工程的重要学术平台，需要在聚集高端人才、发挥精英才智、推出优质成果、引领学术风尚等方面起到强化创新意识、激发创新动力、推进创新实践的作用。因此，中国社会科学院学部主席团编辑出版这套《专题文集》，不仅在于展示"过去"，更重要的是面对现实和展望未来。

这套《专题文集》列为中国社会科学院创新工程学术出版资助项目，体现了中国社会科学院对学部工作的高度重视和对这套《专题文集》给予的学术评价。在这套《专题文集》付梓之际，我们感谢各位学部委员、荣誉学部委员对《专题文集》征集给予的支持，感谢学部工作局及相关同志为此所做的组织协调工作，特别要感谢中国社会科学出版社为这套《专题文集》的面世做出的努力。

《中国社会科学院学部委员专题文集》编辑委员会

2012 年 8 月

目　　录

第一辑　红楼梦研究

第二辑　红楼短论

第三辑 《西游记》《浮生六记》研究及其他

附录　往事追忆

第一辑

红楼梦研究

曹雪芹佚著辨伪

　　曹雪芹，这位在文学史上占有重要地位的伟大作家，有关他的生平传记的材料，流传下来的是这样的少，我们不能不感到十分遗憾。在《红楼梦》的读者和研究者中，迫切地希望能有更多这方面的新材料发现，来弥补一些空白点，这可以说是大多数人共有的心情。但这只是问题的一面。问题还有另外的一面：对这类新材料要客观地对待，要进行科学的鉴定，而不能从主观的意愿出发。我们应当像毛泽东同志在当年所教导的那样，"而要这样做，就须不凭主观想象，不凭一时的热情，不凭死的书本，而凭客观存在的事实，详细地占有材料，在马克思列宁主义一般原理的指导下，从这些材料中引出正确的结论"①。

　　自曹雪芹逝世以来，先后出现了不少关于他的捏造的材料。就作伪者的动机来说，或别有用心，或拾人牙慧，以讹传讹，或好事缘饰，追名逐利，不一而足。例如，有人指名道姓地造谣说，曹雪芹的后人在嘉庆年间犯"叛逆"案，被诛，因而灭族覆宗。②造谣者的这种行径，同他们的封建主义立场，同他们对《红楼梦》一书所持的反动观点是分不开的。他们诋毁《红楼梦》是"淫书"，"伤风教"，"诱坏身心性命"，所以非把"果报"之类的胡说加在曹雪芹身上，否则不足以泄其恨。再如，有人诡称，访得曹雪芹"原稿"三十卷，并捏造曹雪芹老母家书一封，一并刊刻行世。③这些作伪的伎俩并不高明，无法自圆其说，所以很快就不为人所重视了。

　　正是由于广大读者和研究者如此切望更多地了解《红楼梦》作者的生

---

① 《毛泽东选集》第3卷，人民出版社1953年版，第821—822页。
② 毛庆臻：《一亭考古杂记》；汪堃：《寄蜗残赘》卷九；陈其元：《庸闲斋笔记》卷八。
③ 无名氏：《后红楼梦》，逍遥子序。并可参阅裕瑞《枣窗闲笔》。

平，因此对于任何关于曹雪芹的新材料的发现，都应当进行充分的调查研究，给予科学的鉴定。要广泛收集各方面的证据，经过分析和综合，得出可靠的结论。基于这样的认识，我们想来探讨一下吴恩裕同志《曹雪芹的佚著和传记材料的发现》一文①（以下简称"吴文"）所介绍的曹雪芹新材料的真伪问题。

一　几个疑点

吴文介绍了新发现的曹雪芹佚著《废艺斋集稿》的大概内容，并着重介绍了其中的《南鹞北鸢考工志》，还披露了经他校补的曹雪芹自序的全文、董邦达序言的全文、敦敏《瓶湖懋斋记盛》的前半部分，并公布了一首曹雪芹的自题画石诗。但所有这些新材料，都不是原件实物或原件照片。据我们所知，吴恩裕同志也确实未见过原件实物或原件照片。他见到的只是摹本或抄件。而描摹或抄录的时间，据吴文说，则20世纪40—70年代兼而有之。有的情况更仅仅是他从旁人嘴里听到的。这都不免给予人们一种极特殊的感觉。

向吴恩裕同志提供摹本、抄件和口述材料的某人，吴文没有公布他的真名实姓，而只用"抄存者"称呼他。这位抄存者所提供的一些比较重要的情况，有的已在吴文中作了转述。我们细读后，发现其中存在着若干难解的疑点。试择要列举于下：

第一，吴文在叙述新材料发现经过时说，1944年抄存者见到《废艺斋集稿》时，"由于抄存者当时不知道曹雪芹的遗著流传极少，故对这部遗稿也并未注意。仅仅……把其中关于风筝的部分，描摹下来；其余的几种，都忽略过去了"（二页）②。但吴文在介绍《废艺斋集稿》八种著作内容时说，第一册关于金石的手稿，"有彩绘的图式，抄存者曾描下几个，惜已遗失"（三页）。第三册关于编织工艺的手稿，"抄存者说，他还存有'鸳鸯戏水锦'的图案"（三页）。第四册关于脱胎手艺的手稿，"现在抄

---

① 该文载于《文物》1973年第2期。
② "二页"，指《文物》1973年第2期第2页。下同，不另注。

存者还保存一个摹制的为做风筝用的脱胎鹰头"（三页）。请看，既说是"其余的几种，都忽略过去了"，又说是对其余几种还描下几个彩绘的图案，甚至还做了一个脱胎的摹制品。抄存者的说法难道不是明显地前后矛盾的吗？

第二，抄存者当年描摹风筝部分时，"那个日本商人金田氏很看重《集稿》"，"每天他都亲自把书送来，坐待描摹到一定时间，又拿回去"。"描摹的工作完了之后，金田氏就把《集稿》收回"（二页）。这里讲的过程比较清楚。但在后文却说，第八册关于烹调的手稿，"杨歗谷曾把这部分抄下若干条"（三页）。这个杨某人突兀而出，实在令人摸不着头脑。不知他是什么时候得到了接触这部被收藏者看得如此珍贵的《集稿》的机会的。

第三，《南鹞北鸢考工志》及其他七种手稿为日本商人金田氏所藏，1945 年后"就不知下落了"（三页）。可是，抄存者却说《考工志》至少还有五种抄本存在过（一〇页）。这五种抄本又是何时何地所抄的呢？值得注意的是，其中第四种称为"赵雨山家传的本子"，此赵某人不是别人，正是抄存者在"研究"和"编印"风筝图谱的"过程中"向之"学习扎糊风筝"的人（二页）。试问，抄存者与赵某人既然有如此接近的关系，"赵本"当时为何没有出现？抄存者当时为何反而要舍近求远，费时费事地去描摹金田氏的藏本？

第四，吴文说，"《瓶湖懋斋记盛》虽是金田氏买走的《南鹞北鸢考工志》的附录，但据抄存者说，一九四四年抄录时，他并没有注意这篇附录，也并不知道'敦敏'是什么人，因此，根本没有抄下来"（一五页）。读者不禁产生疑问：既然如此，吴文公布的《瓶湖懋斋记盛》的前半部分又是从何而来？据吴文说，"抄存者于一九七二年给我看的《记盛》三页残文，据他说是他在一九七二年初借自敦惠的后人金福忠的"（一五页）。金福忠是不是敦惠的后人，下文将专门论述，这里暂不涉及。金福忠借出的三页残文，不知是出于金福忠家传的旧抄本（一〇页），还是近年的抄件？吴文只是笼统地提到，未加任何具体的说明。如是原抄件，为什么家传的《考工志》抄本的正文没有保存下来，反而仅仅保存了它的附录？这种现象恐怕是十分奇特的。我们想，如是家传的原抄本的残页，那一定会受到吴恩裕同志的重视，岂有不像风筝图式那样制成图版加以介绍的？这样看来，又有可能不是家传的旧抄本的残页。吴文在另一处说过"据原抄者说"（一六页）。这个"原抄者"应指另一人，有可能是近年所抄。如是近年所抄，则又太令人生疑了。既然抄于1972年前后，则家传的原抄件必然同时存在。直接拿出家传的原抄件，岂不更能取信于人？

第五，上文已指出，抄存者1944年没有注意到《瓶湖懋斋记盛》，也根本没有把它抄下来（一五页）；抄存者1972年给吴恩裕同志看的只是三页残文（一五页），缺后半部分（四页）。可是，吴文又说了这样一句："据抄存者说，他所看到过并用口语译出已散失的那部分文字，记雪芹的事更多。"（一六页）读者不禁要问，抄存者是在何时何地看到过"已散失的那部分文字"的？要知道，"敦记"前半部分的残文，他是迟至1972年才提供给吴恩裕同志的。既已看到后半部了，为什么又不直接录下（字数少，也省事），反而去用口语译出（字数多，翻译、抄写都费时）？这同样是很费解的。

第六，曹雪芹的自题画石诗，据吴文介绍说，也是由那位抄存者所提供的，其来源是他的外祖父富竹泉的手稿《考槃室札记》（一三页）。以情理而论，这部《考槃室札记》中既然有这首诗，总会有些说明文字，或详或略地交代它的来龙去脉，何况据说富竹泉的家庭"是爱好《红楼梦》的"（一三页），当然更应大书特书了。可是抄存者所提供出来的只是光秃秃的一首诗，有关记载只字不见，这是什么缘故？吴文说，"富竹泉因其祖父盛紫川是清朝恭王府的管家，故得由某贝子家中看到此诗。原诗可能是写在扇面上画的石的上端"（一三页）。这些推测又是根据了什么？《废艺斋集稿》据说已由日本商人带走了，下落不明；这部《考槃室札记》又在哪里呢？如果拿出来，岂不更能取信于人？

不言而喻，由于有这几个令人难解的疑点的存在，广大读者对抄存者提供的新材料表示不能轻易相信，正在情理之中。

关于抄存者，吴文曾介绍了他的一些情况。据吴文说，抄存者曾于抗日战争时期"在北京的北华美术学院读书，习绘画和雕塑"；他曾和一个日籍教师高见嘉十"合作编印一部《风筝谱》"；他曾"到各图书馆"借阅《风筝谱》一类的书籍；他曾"向以制风筝著名的赵雨山、关广志、金钟年等人学习扎糊风筝"（二页）。可知此人见过不少《风筝谱》之类的书，认识许多扎糊风筝的老艺人，且本人还是一个扎糊风筝的内行。又据吴文说：这位抄存者的生母，"名富瑾瑜，字楚珩，著有《楚珩诗草》未刊，中有《和大观园菊花诗原韵》十一首。当初富的家庭，可能是爱好《红楼梦》的"（一三页）。可知此人对于曹雪芹其人和《红楼梦》其书也是不陌生的。

我们知道，风筝图谱、风筝歌诀之类的书籍抄本，无论过去和现在，在世上肯定是存在的，尤其是会在一些风筝老艺人或爱好者手中保存着；像有着抄存者这样资历的人，我们相信，他过去也会接触过这一类东西。但是，由这样一位抄存者提供出来的这样一些风筝图谱、风筝歌诀，在没有原件实物或照片的情况下，在存在着上文所列举的种种难解的疑点的情况下，怎样才可以证明它们是曹雪芹本人的，而不是别人或无名氏的呢？要证明这一点，首先，风筝图谱、风筝歌诀本身是无能为力的，因为甲可以画，乙可以写，丙可以记，不一定非曹雪芹不可；其次，凭抄存者的口述也是不能取信于人的，因为他和那位伟大的文学家在时间上的距离足足有两个世纪之久；最后，只有求助于抄存者所提供的四篇文字了，即曹雪芹的"南鹞北鸢考工志自序"（下文简称"曹序"）、董邦达的"南鹞北鸢考工志序"（下文简称"董序"）、敦敏的《瓶湖懋斋记盛》（下文简称"敦记"）和曹雪芹的"自题画石诗"。

那么，这四篇文字能不能为吴文所叙述的抄存者的说法提供客观的事实根据呢？

现在我们就从正面来谈谈这四篇文字所存在的种种问题。

二　十二个字的出入说明了什么？

"曹序"，据吴文介绍，"当初抄存者是用薄纸双钩描摹的"（四页）。《文物》1973 年第 2 期在发表吴文的同时，还刊载了"曹序"一页的图版（图版一）。需要指出的是，从图版上可以看到，双钩描摹的"曹序"正文每行的字数为二十一字至二十三字不等。

吴文所抄录和校补的"曹序"中有这样一句话:"适予身边竹纸皆备,戏为老于扎风筝数事,遗其一并携去。"(四页)吴恩裕同志在他的这篇文章正式发表的时候,在"戏为老于扎风筝数事"句下加了一条附注说:"据抄存者近告此处有'称贷两日,摒挡所有,仅得十金'十二字。"(四页)这一条附注值得我们注意。

吴恩裕同志用了"近告"一词,这是符合实际情况的。因为在吴文打印稿(文末署"一九七二年十月")中没有这一条附注;打印稿中校录的"曹序"也没有这十二个字。而当时我们在吴恩裕同志家中曾亲眼看到抄存者提供的双钩描摹的"曹序"全文,也确实没有这十二个字。可见抄存者告诉吴恩裕同志有此十二字的时间当在1972年10月以及吴文正式发表时所署的"一九七二年十一月"(一七页)之间。

这里就产生了一个颇为微妙的问题。

既然"曹序"是"用薄纸双钩描摹"的,那么,在字句上,原件应该是与描摹件完全一致的;既然吴文发表的"曹序"是根据抄存者提供的描摹件抄录并校补的,那么,在字句上,两者也应该是完全一致的。现在吴文校录的"曹序"正文没有这十二个字,可知吴恩裕同志手中所得的描摹件也相应地没有这十二个字,换言之,描摹件所根据的原件也相应地没有这十二个字才对。

"曹序"原件只有抄存者见过。至于"曹序"的双钩描摹件,则是抄存者描摹的。在抄存者把没有这十二个字的描摹件提供给吴恩裕同志以后,又说其中还应有十二个字。这意味着什么呢?

须知"用薄纸双钩描摹"是绝不会遗漏十二个字而不露任何痕迹的。上文已经指出,从图版上,我们可以看到,"曹序"每行的字数为二十一字至二十三字不等。这十二个字恰恰不能构成一行的总字数。所以也就不必用遗漏一整行的这种情况来强为之说了。

这就是说,表面上只有一种可能:存在着两个描摹件,一个有这十二个字,另一个则没有这十二个字。但是试问,同一个原件,同一个描摹人,怎么会出现字句大有出入的两个双钩描摹件呢?

这一点就不能不使人对"曹序"的真实性产生一定的怀疑了。

三　三篇文字的风格

在这四篇文字之中，曹雪芹的"自题画石诗"是诗歌，我们放在最后来谈；现在先谈另外三篇散文。

"曹序""董序""敦记"三篇文字都有作者的署名。据吴文介绍，"曹序"署"时丁丑（1757）清明前三日芹圃曹霑识"（四页），"董序"署"己（按，吴文误排'已'）卯（1759）正月孚存董邦达序"（五页），"敦记"署"懋斋敦敏记于瓶湖迈（按，应作'邁'）庐"（六页）。

但是，这三篇署名不同的文字，从遣词造句、文字风格上看，却如出一人之手。这里先举一个明显的例子。

这三篇文字都喜欢用"矣"字，而且用法也大致相同。"曹序"共用七个"矣"字：

一、风筝于玩物中微且贱矣（四页，下同）

二、自称（按，吴文误作"云"）家中不举爨者三日矣

三、直令人求死不得者矣

四、余之困惫久矣

五、似此可活我家数月矣

六、可以过一肥年矣

七、数年来老于业此已有微名矣

"董序"共用四个"矣"字：

八、其自谦抑也，可谓至矣（五页，下同）

九、其为人谋也，可谓忠矣

十、其运智之巧也，可谓神矣

十一、斯足养其数口之家矣

"敦记"共用二十一个"矣"字：

十二、思昧格致之奥矣（六页，下同）

十三、不复知老之将至矣

十四、庶不致挂一漏万矣

十五、多日未返家矣

十六、两日前又去其友人处矣

十七、不复有家矣

十八、今者渐能视物矣（七页，下同）

十九、而叔度已挂杖出迎矣

二十、方拟挽之，去已远矣

二十一、诚所谓却之不恭矣

二十二、则贱躯膏野犬之腹也久矣（八页，下同）

二十三、如我之贫，更兼废疾，难于谋生矣

二十四、则芹圃之义行高矣

二十五、不复识其为鱼矣

二十六、又当更胜一筹矣

二十七、何啻小巫见大巫矣

二十八、归家理年事矣（九页，下同）

二十九、真不可以道里计矣

三十、已命轿车往候矣

三十一、芹圃多才，素所闻矣

三十二、今日可云幸会矣

从上举三十二例可以看出，这三篇文字的作者对"矣"字有特别的嗜好。凡是一些明明可以不用或不必用"矣"字的地方，都用了"矣"字，如三、五、六、七、十一、十四、十五、十六、二十一、二十三、二十七、二十八、三十等例；而在这一点上，又恰恰成为三篇文字的共同规律。除了这三篇文字出于一人之手以外，很难再有别的解释。

从风格上看，这三篇文字彼此也很相近，有许许多多的共同点。相反的，它们的风格却和它们所署的作者的其他一些真实可信的文章相去甚远。曹雪芹因别无文章流传（如果不算用白话文写成的小说《红楼梦》

的话），"曹序"姑不置论；董邦达、敦敏却有单篇的文章保存下来，可资比较。

例如，这里有一篇董邦达为戴文灯《静退斋集》所做的序，全文如下：

甲子（1744）秋，分校京兆试，得戴子鲍斋卷，冠本房，已知其凤擅诗名。辛未（1751）延至邸，课子诰等举业。读其粤游诸集，兼综众有，不名一家，其登临怀古之作，沉郁顿挫，几欲前无古人。顾久困公车，东阳秉铎，境愈穷而业愈进。丁丑（1757）始释褐，官仪曹。君故熟精典礼，有声郎署者八年。余及儵直诸公，每有经进篇章，亦复资以商榷。若汪文端公、金桧门总宪，尤所倚重。君感激知己，不敢告劳，而疾已作矣。命不副才，年不逮德，祝予之痛，能勿怆然。所作诗古文词甚夥，病中甫手定诗八卷，词二卷，只十之三四。令子水部璐，克读父书，将授梓而问序于余。余病榻兼旬，笔墨久废，质书数语，以塞其请。至其集之力追正始，无愧名家，读者自知，无俟赘述。乾隆丁亥（1767）夏五东山友人董邦达。[①]

这才是真正的董邦达笔下的作品。"静退斋集序"作于乾隆三十二年（1767），"南鹞北鸢考工志序"署乾隆二十四年（1759）作。两者相差仅仅八年，况且同是属于序文的体裁，如果出于同一作者的笔下，不应有这样巨大的差异。

我们可以再具体地提出三点来作比较。

第一点，《南鹞北鸢考工志序》喜用虚字，连接词、惊叹词之类，屡见不鲜，有的其至用之再三、再四。用于句尾的，如"也""哉""矣""耶"；用于句首的，如"不论""是则""盖""因""故""以""是以""与其……何如"等。在三百余字的一篇短文中，这类字词出现得如此频繁，不能不说是一个引人注目的现象。但在"静退斋集序"中，则不用或极少用这类字词。

---

① 　见戴文灯《静退斋集》（乾隆刊本）卷首。

第二点，"南鹞北鸢考工志序"喜用对偶句、排句，也是一个突出的特点。例如"以天为纸，书画琳琅于青笺；将云拟水，鱼蟹游行于碧波"（五页，下同）。如"传钲鼓丝竹之声于天外，效花雨红灯之趣于宫中"。加"教民养生之道，不论大术小术，均传盛德，因其旨在济世也；扶伤救死之行，不论有心无心，悉具阴功，以其志在活人也"。如"所论之术虽微，而格致之理颇奥；所状之形虽简，而神态之肖惟妙"。如"其自谦抑也，可谓至矣。……其为人谋也，可谓忠矣。……其运智之巧也，可谓神矣"。这些地方，在古文中，实可说是伤于纤弱。而"静退斋集序"完全是另一种古朴的风格。

第三点，《南鹞北鸢考工志序》长句多，而《静退斋集序》则基本上由短句组成。

这三点可以证明，这两篇序文的作者不大可能是同一个人。

另外，这三点又可以证明，"曹序""董序""敦记"三篇文字有出于一人笔下的可能，因为这三点正是这三篇文字的共同点。这里仅举"曹序""敦记"的对偶句、排句为例。"曹序"，如"比之书画无其雅，方之器物无其用"（四页，下同）；如"意将旁搜远绍，以集前人之成；实欲举一反三，而启后学之思"；如"详察起放之理，细究扎糊之法，胪列分类之旨，缕陈彩绘之要"。"敦记"，如"风鸢听命乎百仞之上，游丝挥运于方寸之间"（六页，下同）；如"有陋巷箪瓢之乐，得醉月迷花之趣"。如"春联争奇句，桃符竞新文"（九页）。其他例证，为了节省篇幅，就不一一列举了。

敦敏的文章，现存《懋斋诗钞小序》和《敬亭小传》[①]。它们的行文风格（包括"矣"字的用法和上文所举的三点）也和"敦记"大不相同。更重要的是，从文学发展的历史上来考察，像"敦记"这样的体裁，记事如此冗长，如此琐细，如此富有故事情节，是到了晚清以后才出现的现象，在清代乾隆年间还不大可能产生这样的文章。

因此，把这三篇文字说成是乾隆年间曹雪芹、董邦达、敦敏三人的手笔，是难以令人信服的。

---

① 敦诚：《四松堂集》卷首。

四　"冒雪而来"和天晴

"曹序"署乾隆二十二年（1757）"丁丑清明前三日"作（四页）。其中，在追述"曩岁"往事时，写了这样一句："是岁除夕，老于冒雪而来，鸭酒鲜蔬，满载驴背。"（四页）这个"曩岁""是岁"，据吴文考订，"至迟当在十九年或竟再早一两年"（一一页）。

于景廉除夕冒雪来访，感谢曹雪芹对他的周济，这是"曹序"所叙述的一个相当重要的情节，而且据说也是曹雪芹后来所以编写《南鹞北鸢考工志》的一个起因。按照常理，当事人对于这样一件大事的记忆和描写，应该是不会出现舛错的，应该是不会同历史事实有所出入的。

问题恰恰发生在这里。在乾隆十九年或十七年、十八年除夕，北京地区究竟有没有下雪呢？——这给我们判断"曹序"是真是伪提供了一个可靠的线索。

为了考察两百年前的这一天北京地区有没有下雪，我们准备援引当时人的一些记载。

清高宗弘历的《御制诗二集》收有乾隆十七年、十八年、十九年三年的诗。这个皇帝诗写得特别多（当然，有些诗不见得是他亲笔所作）。每逢重大节日，他都不错过写诗的机会。每年的除夕几乎都照例有诗。而下雪这一自然现象，更是他常用的题材。他不厌其烦地一写再写，内容则无非一些"瑞雪兆丰年"之类的话头，粉饰太平，借以掩盖那充满尖锐阶级矛盾的社会现实。

乾隆十九年（1754）除夕，弘历有《甲戌除夕》一诗，如下：

> 夕不知何夕，年将成去年。烛花红带暖，鼎柏篆腾烟。澄思迎新社，摛吟殿旧编。斯之未能信，岛祭岂须然。（二集卷五三）[1]

显然，这里没有透露出一丝一毫下雪的消息。次日，弘历又有《乙亥

---

[1]　"二集卷五三"，指弘历《御制诗二集》卷五三。下同，不另注。

元旦》一诗，如下：

> 青旗东陆肇三阳，发岁开春迓百祥。寰海耕桑祈有庆，慈宁福寿祝无疆。
>
> 天禧赐雨协洪范，月霁衣冠会廷章。敬畏一心恒不息，更筹戎索莫遐方。（二集卷五四）

也没有描写到任何雪景。这不能不使人对乾隆十九年除夕下雪的说法产生怀疑。

至于弘历十七年（1752）除夕写的《除夕坤宁宫作》和《除夕》（二集卷三七），十八年（1753）除夕写的《除夕》（二集卷四四），以及次日写的《甲戌元旦》和《新正试笔》（二集卷四五）等诗，都没有发现一字一句涉及雪景的描写。这同样使人怀疑这两年除夕下雪的说法。

但是，对于判断这三年除夕有没有下雪的问题，弘历的除夕诗只能作为辅助的、间接的证据。主要的、直接的证据则见于清代乾隆年间北京地区的《晴雨录》。

清代北京地区的《晴雨录》是一部值得重视的书，现存当时钦天监向皇帝进呈的恭楷精抄本。它按年分册，用满、汉两种文字，逐日地记载了当时北京地区的天晴、下雨、下雪的具体情况，还特别注明了下雨和下雪的程度和时间。乾隆一朝的北京地区的《晴雨录》现在还完整无缺地保存着。

> 《乾隆十七年晴雨录》："十二月大"，"三十日丙辰，晴"。
> 《乾隆十八年晴雨录》："十二月大"，"三十日庚戌，晴"。
> 《乾隆十九年晴雨录》："十二月大"，"三十日甲戌，晴"。

这些记载告诉我们：无论是在乾隆十九年除夕，还是在乾隆十七年或十八年除夕，北京地区都没有下雪。

我们把考察的范围限制在乾隆十七年、十八年、十九年三年，是因为吴文考订出"曹序"所说的于景廉除夕冒雪来访曹雪芹的那一年，"至迟当在十九年或竟再早一两年"（一一页）。但这个考订所得的年代会不会有欠准确呢？不能完全排除这种可能性。所以，我们必须把举例的范围扩大。

从乾隆十九年上推到乾隆十二年，再下延到乾隆二十一年，我们不妨把这定为继续考察的上限和下限。以乾隆二十一年为下限，是因为"曹序"署明写作时间在乾隆二十二年。以乾隆十二年为上限，是因为"曹序"上有一句话："数年来老于业此已有微名矣。"（一一页）所谓"数年"，也就是指从于景廉冒雪来访的除夕以后到"曹序"所署的乾隆二十二年以前。按照"数年"一词在习惯上的用法，它不可能指十年以上的时间。而从乾隆十二年到乾隆二十一年正是"曹序"署年的前十年。所以，退一步说，这个下雪的除夕如果不是上文已涉及的乾隆十九年、十七年和十八年除夕，那么，它最早也只可能是乾隆十二年除夕，最晚则只可能是乾隆二十一年除夕。——这种可能性到底存在不存在呢？

在这里，让我们再一次援引清代乾隆年间北京地区的《晴雨录》和清高宗弘历的《御制诗初集》和《御制诗二集》。

《乾隆十二年晴雨录》："十二月小"，"二十九日乙酉，晴"。

《乾隆十三年晴雨录》："十二月小"，"二十九日己酉，晴"。

《乾隆十四年晴雨录》："十二月大"，"三十日甲辰，晴"。

《乾隆十五年晴雨录》："十二月小"，"二十九日戊戌，晴"。

《乾隆十六年晴雨录》："十二月大"，"三十日壬戌，晴"。

《乾隆二十年晴雨录》："十二月小"，"二十九日戊辰，晴。"

《乾隆二十一年晴雨录》："十二月小"，"二十九日壬辰，晴。"

《晴雨录》的上述记载，是确凿可信的，这在弘历的《御制诗初集》和《御制诗二集》中得到了证实。摘引有关的诗题和诗句于下（诗中如无有关的描写，则诗句从略）：

乾隆十二年，《除夕》："金猊柏雾霭璇霄，碧树红轮下绮寮。"（初集卷四四）

乾隆十三年，《除夕》。（二集卷八）

乾隆十四年，《除夕》："岁辞催景换，律转觉春融。……韶华归

桂苑，和气满璇宫。"（二集卷一三）

乾隆十五年，《除夕》："饯腊迎春节，宫墙日影斜。"（二集卷二一）

乾隆十六年，《除夕》。（二集卷三〇）

乾隆二十年，《除夕》。（二集卷五九）

乾隆二十一年，《除夕》："仙木装新社，宫梅发旧科。"（二集卷六五）

可以看出，这两部书的有关记载，都是吻合一致的，没有发现一个彼此抵牾的地方。因此，这些记载进一步告诉我们：从乾隆十二年到乾隆二十一年，其中任何一年的除夕，北京地区都没有下雪。

这个明显的历史事实和"曹序"所说的"是岁除夕，老于冒雪而来"是完全矛盾的。如果"曹序"果真出于曹雪芹之手，那么，这位伟大的文学家是绝对不会在这一点上产生错误的。所以，我们认为，"曹序"出于后人的捏造。

有的同志提出，除夕那天虽未下雪，前几天下过雪，地上有残雪未消，于景廉踏雪而来，这也可以算是"冒雪而来"。我们认为，这样解释"曹序"所说"冒雪而来"的含义，是欠妥的。

根据《乾隆十九年晴雨录》，该年十二月三十日除夕晴而无雪，二十九和二十八两日也晴而无雪。只有十二月二十七日"未时至申时微雪"。这场微雪历时至多四个小时。纵令经过两个晴天之后，地上有残雪未消，也不能在"冒雪"和"踏雪"两个词汇之间画等号，上下不分。须知"曹序"所署的作者不是别的什么不通文墨的人，而是曹雪芹这样一位伟大的语言艺术家，他对于词汇的理解和运用，居然会严重地紊乱到这种地步，实在令人难以想象。

"冒雪"一词有它明确的含义，曹雪芹本人是很清楚的。他在《红楼梦》书内就使用过这个词。例如，第四十九回和第五十回，他描写说："一夜大雪，下将有一尺多厚，天上仍是搓绵扯絮一般。"[1] 这时，在芦雪庵，宝玉和姐妹们聚在一起作诗，以《即景联句》为题，开头两句是"一

---

[1]　引文据《脂砚斋重评石头记》，"庚辰秋月定本"。

夜北风紧，开门雪尚飘"。后来，"大家来细细评论一回"，李纨笑道："逐句评去，都还一气，只是宝玉又落了第了。"便罚宝玉往栊翠庵去折一枝红梅来插瓶。"众人都道：'这罚的又雅又有趣。'宝玉也乐为，答应着就要走，湘云、黛玉一齐说道：'外头冷的很，你且吃杯热酒再去。'湘云早执起壶来，黛玉递了一个大杯，满斟了一杯。湘云笑道：'你吃了我们的酒，你要取不来，加倍罚你。'宝玉忙吃了一杯，冒雪而去。"接着，他们咏红梅，吃鹿肉。这场大雪直下到第二天："次日雪晴"。请看，在曹雪芹的笔下，"冒雪"二字用得何等的准确。

所以，显而易见，曹雪芹一不可能置事实于不顾，无中生有，造出万里晴空"冒雪而来"的幻象；二不可能头脚颠倒，把踏着残雪说成是"冒雪"。

有的同志还提出，除夕那天，北京新霁，焉知西山无雪？并断言清代钦天监的观测范围主要是北京城区，尤其是东城区，因此不足为凭。这就未免近于诡辩了。请问，十二月二十八、二十九两日都是天晴，怎么十二月三十日倒变成了"新霁"？据吴文说，于景廉的家在北京东城（一一页）。他"冒雪而来"，难道北京的东城区竟晴朗无雪？夏天的雷阵雨，偶尔还可以"东边日出西边雨，道是无晴却有晴"。冬天降雪则情况全然不同，方圆几十里之内总是一致的。至于把当时钦天监冬日观测下雪的记录，缩小到只能适用于北京城区，尤其是东城区，而不适用于北京西郊，那更是二百年后的人的一种主观臆测了。

我们知道，当时江宁（今南京市）、苏州、扬州等地，月月都要向皇帝呈送《晴雨录》，目的就是为了让皇帝能借此了解地方上农作物生长的情况。康熙年间，苏州织造李煦因有一次送迟了《晴雨录》，便遭到皇帝的责问。玄烨亲笔批道："《晴雨录》如何迟到今年才奏？不合。明白回奏。"李煦还上专摺自请处分。① 如果《晴雨录》的观测记录，只适用于城区或城中某一个更小的区，而不适用于城郊，请问，这种《晴雨录》有什么价值呢？在这些地方设立气象台又有什么意义呢？难道那些庄稼都是种在城里而不是长在郊外的田野之中？

---

① 事在康熙五十年二月及四月，见《李煦奏折》，第九二页至第九四页。

我们在这里还需要指出，有的同志为了要证明乾隆十九年除夕有雪，竟不惜强词夺理，置历史材料于不顾。让我们举两个例子。例一，他们说，乾隆十九年十二月初二日、二十二日、二十四日、二十七日一连下了四场雪，可见是岁是月气温较低，而这种情况在前后十年间是绝无仅有的。这里有两个问题。一是乾隆十九年这四场雪都是微雪，总共加起来的时间不超过十四小时。这一点被隐瞒了。二是"前后十年"到底指哪几年？往前数，乾隆十四年、十五年是否在内？据《乾隆十四年晴雨录》记载：十二月大，晴二十六日，雪四日（这与乾隆十九年日数相同）。《乾隆十五年晴雨录》记载：十二月小，晴二十三日，雪六日（这比乾隆十九年多两日）。往后数，乾隆二十一年是否在内？据《乾隆二十一年晴雨录》记载：十二月小，晴二十三日，雪六日（这比乾隆十九年多两日）。由此可见，乾隆十九年十二月下四场雪，并不像有的同志所断言的那样，在前后十年间是绝无仅有的。至于因下了四场雪，而断言是岁是月气温较低，这恐怕只是出于有的同志的想象罢了。因为做出这种断言的同志是以时人的《晴雨录》传抄本为根据的，而我们所看到的二百年前的《晴雨录》原本上并无关于气温高低的记载。例二，他们说，乾隆十九年北京地区，越接近年关，气温越低，雪量越大。需要指出，《晴雨录》上除了注明"雪"和"微雪"之外，并无其他关于雪量的记载。为了替这个主观的结论找到根据，有的同志竟说该年该月二十二日"辰时微雪"，二十四、二十七两日则是"未至申时微雪"。他们的根据是《乾隆十九年晴雨录》。但原文明说："二十四日戊辰，未时至酉时微雪。"猜想起来，因为十二月二十四日微雪的时间较二十七日为长，不符合"越接近年关""雪量越大"的结论，所以在引用时就把酉时改为申时，缩短下雪时间，以求使之符合自己的说法了。

五　"雨雪频仍"和雨缺雪乏

"敦记"记乾隆二十三年（1758）事，有一句说："入冬，雨雪频仍，郊行不便"（七页）。当时的气候情况果真是这样的吗？

据《东华录》记载，从乾隆二十三年冬季到次年夏季，雨雪罕见，存在着极其严重的旱象。清高宗弘历哀叹说，他登位二十四年以来，"无岁不忧旱，今岁甚焉"。于是，为了表示关心民生疾苦，他装模作样地一再诣黑龙潭和社稷坛祈雨，最后，"自斋宫步诣圜丘，行大雩礼"①。乾隆二十四年（1759）五月二十日，弘历在"谕旨"中述说了当时的旱情：

> 京师去岁腊雪未能溥遍，而自春徂夏，雨泽愆期，虽屡次设坛祈祷，或雷雨一过，或小雨廉纤，入土不过一二寸，总未得邀霑霈。今芒种已逾，将届夏至，二麦既多失望，秋田尚有未耕。

两天以后，弘历在《社稷坛祷雨祝文》中又说：

> 臣闻人事失于下，天变应于上。兹亢旸之示警，洵赞化之无能。言念昨年，秋霖缺而冬雪乏；逮至今岁，春望霂而夏未霂，历四时之久矣，嗟三农其如何！②

这些记载，时间包括了乾隆二十三年（1758）的冬季，地点则是北京地区，应该城内城外都包括在内。试与"敦记"所说的"入冬，雨雪频仍"一句对照，自是南辕北辙，势若水火。

查乾隆二十三年立冬是在十月初七日。③而据《乾隆二十三年晴雨录》，从十月初七日到十二月底，在这八十三日内，晴八十一日，雨一日，雪一日。雨雪情况如下：

> 十月初七日庚申，亥时微雨。
> 十一月二十九日壬子，辰时至巳时微雪，午时雪。

其中，十月下雨一日，至多两个小时，且是"微雨"；十一月下雪一日，至多六个小时。"敦记"的主要内容是记十二月事，但在真正的十二

---

① 王先谦：《乾隆东华续录》，卷四九。
② 《清高宗实录》，卷五八七。
③ 《乾隆御定万年书》：二十三年，"十月初七日庚申酉正二刻五分立冬"。

月内，却既没有下雨，也没有下雪。

请看，在这一年立冬的第一天，仅仅下雨至多两小时，然后直到十二月底，没有再落过一场雨；远隔五十一天之后，才首次下雪至多六小时，然后直到十二月底，没有再飞过一次雪了。请问，这难道能算是"入冬，雨雪频仍"吗？

由此可见，"敦记"的作者必未生活于乾隆二十三年（1758）的北京，必非敦敏。他所叙述的雨雪情况，完全是不符合实际情况的。

有的同志辩解说，"入冬"常是泛指进入十月。我们认为，即使依这一算法，也丝毫不影响我们上文的论证。

据《乾隆二十三年晴雨录》，十月初七日立冬前的天气情况如下：

初一日至初四日：晴。

初五日：酉时至子时微雨。

初六日：子时至丑时微雨。

其间，雨二日，全是"微雨"，前后相加至多十二小时，雪则无踪无影。

因此，在这一年，从十月到十二月，一共八十九日，晴八十五日，雨三日，雪一日。还是上文的那句话，这难道能说是"入冬，雨雪频仍"吗？

这里牵涉对"雨雪频仍"四个字的理解。据我们的理解，第一，要既有"雨"又有"雪"；第二，"频仍"，说得通俗一点，就是接连不断的意思。如果我们对这四个字的理解能被有的同志接受，则请看：（1）十月雨三日，十一月无雨，十二月无雨。（2）十月无雪，十一月雪一日，十二月无雪。这就是基本的事实。若说"入冬，雨雪频仍"一句仅指入冬之初，则其时无雪，怎能说是雨"雪"频仍？若说这一句系指整个冬天，则雨雪之间相距有五十一天之久，何来雨雪"频仍"之可言？事实胜于雄辩。

六　"记盛"和"守制"

"敦记"的中心内容是记乾隆二十三年（1758）腊月二十四日敦敏所

主办的一次"盛会"，地点是在北京太平湖畔的敦敏家，"参加聚会的共七人，董邦达是主客，过子龢、端隽、于叔度都是陪客，敦敏、敦惠是主人"（一六页）。还有一位陪客则是曹雪芹。

它不是一般记载宴会的文章，而主要是记放风筝。敦敏在前面的小序中对曹雪芹的《南鹞北鸢考工志》一书及他制作和施放风筝的技巧，赞叹不已。前半部已经写了作者向于叔度借风筝，"欲得董公观赏之，并使家人同开眼界也"（八页至九页）。于叔度还自告奋勇去东城拿取曹雪芹所扎人物风筝中的两个"绝品"——"宓妃"与"双童"。到了腊月二十四日举行"盛会"的这一天，五光十色的风筝都已悬挂在敦敏家中的屋檐下面，展翅欲飞，就等待着董邦达的光临了。吴文告诉读者："据看过《记盛》已佚部分的那个抄存者说，曹雪芹的这种技术，曾于乾隆二十三年腊月二十四日在宣武门里结了冰的太平湖上当着董邦达、过子龢、端隽、于叔度、敦敏、敦惠表演过。"（一〇页）董邦达兴奋地说："今日之集，固乃千载一遇，虽兰亭之会，未足奇也"，还嘱咐主人敦敏"制文记其盛况"（六页）。敦敏果然写了一篇洋洋洒洒的长文，题目就叫作"记盛"。

幸而敦敏的《懋斋诗钞》稿本今天还保存着。我们可以看到，《懋斋诗钞》稿本所收的作品自乾隆二十三年（1758）的夏天起，到乾隆二十九年（1764）止，其中包括写于乾隆二十三年冬天的诗。在这部诗集中，前前后后，都找不出任何有关这次引起当事人这样高度重视的"盛会"的迹象，也不见提到董邦达、过子龢、端隽、于叔度、敦惠五个人的名字。这种情况值得我们深思。

我们再看敦敏为其弟敦诚所写的《敬亭小传》，得知他们的生母舒穆鲁氏在乾隆二十二年（1757）秋天，死于"榆关榷署"，即其父瑚玐掌管山海关税务的任上。次年夏天，他们兄弟"扶榇回京"，辞官在家居丧。按照满族丧礼的规定，子丧父母要居丧三年，实际是二十七个月。[①]敦敏在《懋斋诗钞》的小序上说："戊寅（乾隆二十三年）夏自山海归，谢客闭门。唯时时来往东皋间。盖东皋前临潞河，潞河南去数里

① 《满洲慎终集》，此书前有北谷氏的乾隆二年的自序，收入索宁安编撰的《满洲四礼集》中。

许，先茔在也。"① 他写自己"谢客闭门""时时来往东皋间"，并且特别
提到其母坟墓之所在，正是为了表白他在居丧。敦诚在乾隆二十三年年底
写了一首题为《岁暮自述五十韵，寄同学诸子》的长诗，也说："明年
（按，此是承上文而言，实指写诗的当年）归故里，计拙营糟邱。思亲感
风木，对客成楚囚。来往潞河间，上冢悲松楸。"② 同样是标榜当时他们在
家"守制"。而"敦记"一文却恰恰是把那次"盛会"安排在这一年的腊
月里！

　　读者自然会产生疑问：敦敏正在"守制"期间，会不会主办这样一次
集会，带着一大帮人，到太平湖上去大放风筝，而且亲自记下这种"盛
况"，写成一篇长文？

　　要回答这个问题，就要看看当时上层社会的风习及分析敦敏本人的
情况。

　　康熙时候，皇后佟氏去世，有些人在"国恤止乐"期间观演《长生
殿》传奇，因而兴起了大狱。好多人被告发，丢了官，"凡士大夫除名者
五十余人"③。其中有著名的诗人赵执信，当时人说他是"可怜一曲《长
生殿》，断送功名到白头！"乾隆时候，有一个浙江巡抚，因"遭母忧，
拥妻妾居会垣，并日事宴会，为人所发"，结果"即日逮入都"，"即伏
法"④。由于这类事件的教训，当时那些正在做官或打算做官的人，不能不
有所顾忌，注意检点自己的行为，力求在这方面不要让人家抓住把柄，避
免引起严重的后果，影响自己的前程。那些违反封建礼教和官方法令的
人，总要想方设法做得隐蔽一些，尽可能掩人耳目，不令公众所知晓。

　　《红楼梦》里写那出自"四大家族"、身为皇亲国戚的贾琏，在"热
丧"之中，暗地里在小花枝巷里建立小公馆，并不敢堂而皇之地公开（曹
雪芹把这一回的回目标题就叫作"贾二舍偷娶尤二姨"）。王熙凤察知此
事之后，便叫旺儿唆使张华到都察院去喊冤告状，告贾琏"国孝家孝之

---

　　① 《懋斋诗钞》稿本，着重点是稿本上原有的。"戊寅夏"三字系旁添；"夏"本作"岁"，系
贴改。均为敦敏本人手迹。
　　② 《四松堂诗钞》抄本。
　　③ 董潮：《东皋杂抄》抄本。
　　④ 洪亮吉：《跋简州知州毛大瀛所致书及纪事诗后》，《更生斋文甲集》卷四。

中，背旨瞒亲，仗财倚势，强逼退亲，停妻再娶"。她还亲自出马，浑身
缟素，到宁国府大吵大闹，数落贾琏是"国孝一层罪，家孝一层罪"①。
曹雪芹这样描写，反映了当时社会的真实情况。

敦敏其人，正如吴恩裕同志所说，"虽然是所谓'天潢'贵族，但在
当时却不是显贵。大概他的五世祖阿济格被赐自尽并废黜了宗籍这件事
情，对于他的后人，不无影响。敦敏为人很热中。"② 还需指出，他在母丧
之前，曾在锦州当过税官，以后屡次参加科举考试，后来更做了宗学总
管。从他的家世、生平经历及思想作风等具体情况来考察，他既非蔑视礼
法的狂放之士，又不是肆行无忌的浪荡公子，为人比较小心谨慎，封建思
想浓厚，在诗文中一再标榜他很重视封建礼法。

我们查阅敦敏、敦诚的诗文集，并没有发现他们公开写到自己在居丧
期间参加宴会的作品，而在其他年份中，诸如"雅集""宴集"之类的诗
题却屡见不鲜。至于他们在"守制"期间喝喝酒、泛泛舟、吟吟诗，由于
满族丧礼中对此并无明文加以禁止，所以在诗文之中是有反映的。从这类
作品看来，他们饮酒赋诗，或是一个人遣闷，或是兄弟两人在一起，有时
加上一个堂兄弟宜孙（贻谋），并无外客参加；地点也都在北京东郊，而
不是在城内的"瓶湖懋斋"。

《瓶湖懋斋记盛》一文主要是记放风筝，这是没有任何疑义的。它若
是一般记载宴会的文章，也就不会拿来作所谓《南鹞北鸢考工志》这部风
筝谱的附录了。众所周知，放风筝不能在室内，而要选择空旷的地方。尤
其是放那种精心制作的大型风筝，更须如此。敦敏他们大放风筝的地点不
是在自己家里，而是在"宣武门里结了冰的太平湖上"（一〇页）。敦敏
的住宅虽在太平湖附近，但太平湖毕竟不是他的私家园林。他们在结了冰
的太平湖上这样大张旗鼓地放风筝，肯定会聚集不少观众。众目睽睽，人
言籍籍，难道敦敏一点儿也没有顾忌吗？须知这并非躲在深宅大院内酗酒
赌博还可以保守秘密，而是在大庭广众之间作公开表演，形同招摇过市。

1973 年 5 月间，承吴恩裕同志见示，我们曾看到过抄存者"用口语译

---

① 引文据《脂砚斋重评石头记》，"己卯冬月定本"，第六十八回。
② 《敦敏敦诚与曹雪芹》，吴恩裕《有关曹雪芹十种》，第五一页。

出"的"敦记"的后半部。其中描写当天下午大放风筝，一直放到黄昏时候。据我们统计，风筝一共有十一种之多。它们放的顺序是"苍鹰"、"彩蝶"、"长干小儿女"即"双童"、"宓妃"、一串"白鹭"、一行竖写的行书"云淡风轻近午天"、"半瘦燕"、一行排成人字的"大雁"、"金鱼"、"螃蟹"和"红灯"。其中绝大多数都是大型彩绘风筝，栩栩如生，形态毕肖。"苍鹰"能在天上连打二十四个盘旋；"彩蝶"也在空中翩跹起舞；"宓妃"款款地凌波徐步；一行竖写的行书"云淡风轻近午天"，字体玲珑剔透；"半瘦燕"背缚锣鼓，有节奏地敲打着；一行"大雁"几乎可以乱真，使人惊讶"七九河开，八九雁来"的谚语失灵；"红灯"上还系有两行花，前后移动着，自近而远，又自远而近。真是"五光十色，蔚为大观"，猗欤盛哉！后半部里有大段大段的描写，并且还写到"过路的已有不少观者也跑过来，其中有人说：'这放鹰的会变戏法儿，这是幻术，咱们听老人们说过'"，"所有看的人都忘了自己在什么地方了，全都仰首翘视，好象等待什么似的"。

敦敏正在居丧期间，他能这样忘乎所以地行乐，并把这一切都原原本本地记下来，立此存照吗？显然是不会这样做的。

与敦敏同时代的吴敬梓，在《儒林外史》这部著名的作品里，曾出色地描绘了范进"在燕窝碗里拣了一个大虾圆子送在嘴里"的典型细节。[①]鲁迅先生在《中国小说史略》里对他的这种讽刺艺术作了很高的评价："至叙范进家本寒微，以乡试中式暴发，旋丁母忧，翼翼尽礼，则无一贬词，而情伪毕露，诚微辞之妙选，亦狙击之辣手矣。"[②] 我们知道，"敦记"是敦敏记自己主办"盛会"的事情，而且是在当年写成，难道他会比《儒林外史》更为露骨地对自己加以揭露，唯恐不为人所周知，一定要公之于众？我们切莫把古人看得太简单了。

封建社会里，那些深受"孔孟之道"毒害的知识分子，都喜欢"为亲者讳""为贤者讳"，更为自己"讳"。他们总是极力对自己加以粉饰和美化，隐瞒自己的恶行，借以欺世盗名。如果我们对此估计不足，也必然会

---

① 《儒林外史》，第四回。
② 《鲁迅全集》，第八卷，第一八四页。

导致对封建统治阶级知识分子的面目认识不清。

对敦敏其人，我们也应该这样看。

除了大放风筝以外，我们还要指出，"敦记"那段关于"老蚌怀珠"的绘声绘影的描写也很可疑。

> 时叔度将汤海来，芹圃启〔其〕复碗，以南酒少许环浇之，顿时鲜味浓溢，惹□□□□，诚非言语所能〔形容万一〕也。鱼身劈痕，宛似蚌〔壳〕，左以脯笋，不复识其为鱼矣。叔度更以箸轻启鱼腹，曰："请先进此奇味"，则〔一斛〕明珠，璨然在目，莹润光洁，大如桐子，疑是雀卵。比入口中，□□□□。复顾余曰："芹圃做鱼，与人迥异，不知北地亦有此烹法否？"余曰："曾所未见，亦所未闻，□□□□也。第不知芹圃何从设想？定有妙传，愿闻其名。"叔度曰："〔此〕为'老蚌怀珠'……"……相与大嚼，言笑〔欢甚〕。（八页）

"敦记"又记载，继腊月二十一日在于景廉家中饱尝"异味"之后，腊月二十四日那次盛会为了款待董邦达，特地从外面馆子里叫来丰盛的酒席，并且曹雪芹亲自下厨，烹制了他的拿手好菜，敦敏赞不绝口地说："固知今日筵间之味，无一可与相比者。"过子龢因能尝鼎一脔，也大叹"今日可云幸会矣！"（九页）请问，一再标榜自己居丧守制的敦敏，他会作这样的自我招供吗？

据敦敏、敦诚兄弟诗文集的记载，敦敏是在乾隆二十三年（1758）的夏天才辞去锦州榷事的职务，回到北京家居，时时往来东皋的。东皋即北京东郊，靠近通州，敦敏有别业在那里。《懋斋诗钞》的第一首诗《水南庄》就是写东皋的夏景，① 第二首诗《三忠祠》系记秋日往游东皋三忠祠，故有"芦花枫叶总悲凉"之句。本年春天，敦敏曾从榆关赴松亭，与敦诚会于三屯营（今河北省遵化市东），登景忠山，夜宿古刹，挑灯话旧，

---

① 此诗有"芦荻烟深聚网罟"之句，系描绘夏日景色。《懋斋诗钞》有《闻敬亭自潞河过通州，至邓家庄访鸿上人，偶忆旧游，书此即赠》诗，为《刈麦行》之后的第四个诗题，也有"荻芦烟重隐渔舻"之句，作于夏季，可以参证。

其后即返榆关，转赴锦州。这时他还没有辞官，所以敦诚赠诗说："君行饮马长城窟，慎勿心热封侯职。"① 而"敦记"却说："春间芹圃曾过舍以告，将徙居白家疃，值余赴通州迂过公（按指过子龢），未能相遇。"（六页）它安排敦敏春日即归北京家居，来往通州，这显然也是和敦敏、敦诚本人的记载相抵牾的。

总之，"敦记"如此记载和描写有关乾隆二十三年（1758）敦敏主办的这次"盛会"的一系列活动，很不真实。这正暴露了它是后人的伪作。

七　"敦惠"之谜

据吴文介绍，敦敏有一个堂弟，名叫敦惠。他是个瘸子，先学画，曾屡求董邦达指教。乾隆二十三年（1758）腊月二十四日的"盛会"，敦惠是主人之一。会上由过子龢提议，董邦达赞助，让他跟曹雪芹和于景廉学做风筝。后来他得了曹雪芹的亲授真传，以此供奉内廷。他的后人因此就以做风筝为业。《南鹞北鸢考工志》所传的抄本，其中就有敦惠的后人金福忠家传的本子。这个本子就是敦惠得自曹雪芹的（一三、一六页）。

看来，敦惠此人是与"敦记"所说的乾隆二十三年腊月二十四日的那次"盛会"，与董邦达，与曹雪芹，与《南鹞北鸢考工志》都大有关系的一个人物。那么，敦惠有无其人？他究竟是怎样的一个人？这都是值得认真研究的问题，而且这也是直接关系到抄存者所提供的《南鹞北鸢考工志》以及《瓶湖懋斋记盛》等一系列资料真伪的一个不容忽视的问题。

我们查阅了清内府抄本《近支、远支宗室名册》（下文简称《名册》）。在敦敏、敦诚的堂兄弟行辈中，发现有一敦慧。根据《名册》，可列世系图于下：②

---

① 《子明兄自榆关驰四百里，就余于松亭，值余入都未回，至是晤于三屯营之景忠山。把酒沾衣，各述别后事，越一日，兄赴冷口，余返松亭，叠前韵》，《四松堂集》，影印本第二八页。

② 《近支、远支宗室名册》，清内府抄本，第九本。

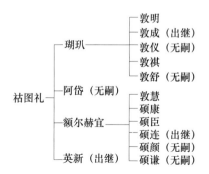

由于满语的对音关系，《名册》上的汉名常误为同音之字。仅以上表所列的敦敏家三代而言，我们对照现存的可靠资料，就可发现好几个例子，如敦敏本人在《名册》上作"敦明"，其弟敦诚作"敦成"，敦奇作"敦祺"①，堂弟硕廉作"硕连"②。我们再对照《爱新觉罗宗谱》（以下简称《宗谱》）③，发现上图所列人名，除三人外，其余全与《名册》相同。这三人是：敦敏之祖，《名册》作"祜图礼"，而《宗谱》作"瑚图礼"；敦敏之父，《名册》作"瑚玖"，而《宗谱》作"祜玖"；敦敏之三弟，《名册》作"敦仪"，而《宗谱》作"敦义"。这都可以证明它们是同音的不同转译。

《名册》和《宗谱》上不见"敦惠"，而只有"敦慧"一名。"敦记"所说的敦惠，作为乾隆时的宗室敦敏的堂弟，假如真有其人，那么，他可能就是《名册》及《宗谱》上的敦慧。"惠""慧"同音，意义也相通，何况在古代汉语里，"惠"本来就可通"慧"。由于满汉语音转译，以致产生了歧异。

《名册》注明敦慧曾任"三等侍卫"，《宗谱》还记载了敦慧的简历：

　　乾隆三十年乙酉正月初四日寅时生。嫡母博佳氏，博涛之女。乾

---

① 《别四弟汝猷》诗题下有敦诚自注："敦奇。时弟随侍山海关，余之松亭。"《四松堂集》，影印本第二四页。

② 《鹪鹩庵杂志》："今年仲秋与墨翁少子九弟硕廉有南淀之役。"《四松堂集》附影印敦诚亲笔手稿，影印本第三〇九页。

③ 《爱新觉罗宗谱》，爱新觉罗修谱处编，1938 年 8 月出版。

隆五十六年十月授三等侍卫。嘉庆二十二年丁丑十二月初八日寅时
卒，年五十三岁。嫡妻富察氏，同知富德额之女。妾陈氏，陈大
之女。

据此，敦敏的堂弟敦慧出生于乾隆三十年（1765）。"敦记"所记的腊月
二十四日盛会是在乾隆二十三年，即在他出生的七年前。他怎能成为那次
集会的主人之一？按，曹雪芹卒于乾隆二十七年（1762）除夕，在此三年
之后，敦慧才呱呱坠地，曹雪芹生前根本无法接收这个弟子，向他传授做
风筝的技艺。董邦达卒于乾隆三十四年（1769），那时敦慧才五岁，也不
可能拜在当时名声很大的这位御用画家的门下，向他学习绘画。因此，吴
文所转述的"记盛"有关"敦惠"此人的记载，其真实性是大有问题的。

也许有人会怀疑《宗谱》上所载敦慧的生年可能有误。我们认为，敦
慧之父额尔赫宜①的年龄可以作为判断敦慧本人生年的参考。据《宗谱》
记载，额尔赫宜生于乾隆八年（1743）癸亥九月三十日申时，卒于乾隆五
十五年（1790）庚戌五月初九日午时，年四十八岁，曾授头等侍卫。他是
祐图礼之妾秦氏所生，所以从辈分上讲是敦敏、敦诚的叔父，而实际年龄
却比敦诚还小九岁。算起来，到乾隆二十三年，他才十六岁，他的长子敦
慧尚未出世。

再看敦慧几个弟弟的年龄。据《宗谱》记载，他的长弟硕康"乾隆三
十二年丁亥十二月十二日子时生"，二弟硕臣"乾隆三十七年壬辰六月廿
八日卯时生"，三弟硕连"乾隆三十九年甲午十月十九日辰时生"，四弟
硕颜"乾隆四十一年丙申四月二十日卯时生"，五弟硕谦"乾隆五十三年
戊申二月二十七日子时生"。兄弟六人，同出一母，即"嫡母博佳氏"。
他们年龄也都相差不远（除五弟外，四弟和五弟之间可能还有几个姊妹）。
这可以证明，敦慧生于乾隆三十年（1765），记载无误。

《名册》和《宗阶》记载说，敦慧在乾隆五十六年（1791）任三等侍
卫。侍卫是在皇帝跟前站班的近臣。根据当时封建统治者对这个职务的要

---

① 额尔赫宜，字墨香，即敦敏、敦诚在诗文中经常提到的"墨翁"。永忠曾从他那里借阅《红
楼梦》，写了题为《因墨香得观红楼梦小说，吊雪芹》的三首绝句。

求，一个瘸子显然是不会被选中的。

特别需要指出的是，敦敏、敦诚和他们的堂兄弟都是清太祖努尔哈赤第十二子英亲王阿济格的五世孙。他们是宗室，即当时的所谓"天潢贵族"。他们拥有庄园，靠着剥削过寄生的生活。在乾隆时期，他们的贵族之家还未衰败，怎么会像"敦记"所说的那样，要以做风筝为进身之阶和世袭之业呢？

敦慧一系，只传了两代。其子名向春，生于乾隆五十年（1785）九月十一日，卒于道光十六年（1836）正月初一日，年五十二岁。其孙名安毓，生于嘉庆十九年（1814）四月十五日，卒子道光五年（1825）三月十六日，年仅十二岁，《名册》及《宗谱》上注明"无嗣"（凡从旁系过继者，均标明"承继子"，而不注"无嗣"）。由此可见，敦慧一系至道光十六年（1836）已绝。

但是，吴文却介绍说，"在北京风筝业著名的金福忠现已八十多岁，是敦惠的若干世孙？他家保存的风筝谱，就是敦惠得自曹雪芹的。"（一三页）这就十分奇怪了。

如果"敦惠"非敦慧，则此名在《名册》和《宗谱》上断不会失收。而且在敦慧那样的家庭中，在同辈的堂兄弟之中，已有一个取名为慧（或惠）的，另一人却也取名为音义全都相同的惠（或慧），这种可能性也是极小的。敦惠其人既然不见于《名册》和《宗谱》，怎么今天还会跑出一个他的后代子孙来？他们之间的继承关系岂不是可以打上一个问号的吗？

如果"敦惠"即敦慧，则其子向春死于道光十六年（1836），已绝嗣，怎么今天还会有他的"若干世孙"出现？

我们认为，即使能从谱系上证明，这位金福忠老人确是敦惠或敦慧的后人，那也不足以证明《南鹞北鸢考工志》确是曹雪芹所作，不足以证明"敦记"确有其事。相反的，只要一承认这位金福忠老人不可能是敦惠或敦慧的后人，就立刻露出了作伪者的马脚。

问题十分明显：在敦敏的堂兄弟中，只有敦慧最切合"惠哥"的称呼，此人在乾隆二十三年（1758）还没有出生，绝不可能在这一年和董邦达、曹雪芹有所接触，而《名册》和《宗谱》上又没有其他身份经历与之相合的名"惠"的人。即使拉出一个"敦惠的若干世孙"来企图证明敦惠实有其人，那也是无济于事的。

有的同志提出，"惠哥"可能是"外四路儿"的亲戚，虽不是"同姓"，由于某种特殊原因，关系也可以很亲密。我们认为，这种辩解依然不能使作伪者摆脱困境。

抄存者曾看过所谓《南鹞北鸢考工志》的许多种抄本，对于"敦记"的后半部是熟悉的，何况在这一部分未散失前，据吴文说，他就已经"用口语译出"（二六页）。这里不妨引用一段我们所见到的他的一段译文，作为参考。

> 过三爷（按，过子龢）说："懋斋（按，敦敏）他们堂兄弟惠老四，不是从小就伤了一条腿吗？前时学画也没学成，腿脚不方便。您看能不能叫他跟你们二位学点手艺，拉把他吃上这行饭，行吗？"董邦达也用眼看看老于，看看雪芹。雪芹说，"我很同情他们孤儿寡母的困苦生活。惠四弟如不嫌此业微贱，肯学时，叔度和我绝不会拒之于千里之外的。"敦敏听了很高兴，赶紧称谢说："改日便教他去拜师。"董邦达对敦敏说："令弟的画，那次你拿给我看了，很有天分。如他学会这门手艺，也是他一生的机会。我看芹圃、叔度二位可以玉成玉成他！"

从"后半部"的这段译文看，它不仅明确指出"惠哥"是敦敏的堂兄弟，他的排行是"老四"，而且对他的生理缺陷、他的家庭情况、他的学画和学风筝，都交代得一清二楚。就从"前半部"来看吧，如果"惠哥"不是"同姓""同宗"，而是"外祖家、岳家亲戚中的兄弟行辈"或"其他'八竿子打不着'的亲戚"，那么，为什么过子龢要对敦敏说"汝家惠哥"（七页）呢？这"汝家"二字，意义很分明，绝不能误会为外姓人家。事实证明，把"惠哥"说成是什么"八竿子打不着的亲戚"，掩盖不了"惠哥"这一人物突然出现的明显破绽。

"惠哥"也不可能是敦敏族中"废爵黜籍"一支的后裔，因为那些"废爵黜籍"者在《宗谱》中仍有记载，不过是放在单另的一册上了，而我们在"另册"中也找不出切合"惠哥"的身份和称呼的人来。

关于"惠哥"这个问题，似乎扑朔迷离，乱人眼目。他的身份、他的职业、他的称呼，都和实际情况对不上。透过层层迷雾，不难看出，"惠哥"实是一个子虚乌有的人物。它可能是由敦敏、敦诚的命名而推测出来的名字，也可能有人耳闻敦氏家族先世有所谓敦慧者，或以某种机缘得见其家谱，获知敦慧与敦敏、敦诚为堂兄弟关系，而不确知他的生卒年（如过去所发现的有关曹雪芹家世的《辽东曹氏宗谱》，就只载有世系，而不记载生卒年月），因而添枝加叶，把"敦惠"其人拉进了所谓乾隆二十三年（1758）腊月二十四日的"盛会"，并分派他担任宴会主人的角色。

八　神秘的"母舅钮公"

在"敦记"里，还出现了敦敏的所谓"母舅钮公"。他也和敦惠一样，是个子虚乌有的人物。

据经过吴恩裕同志校补的"敦记"说："先是，母舅钮公自闽反京。"原注："七月会公初度，亲友多往贺者。世家子弟，鲜衣华服，与公酬酢，谄语佞色，公甚厌之；顾余曰：'富贵而骄奢，未有不败者；反不如布衣之足以傲王侯也。'"（六页）

从上下文看，这位"钮公"大概是个做官的旗人。他或是在福建做官，或是在京师做官，曾因公前往福建。除此之外，很难有别的解释。这位"钮公"告诫敦敏的几句话，完全是一种官场中人的口吻，而且口气不小，显然不是个小官。

"钮公自闽反京"其事，是在乾隆二十三年（1758）。我们查阅了乾隆三十三年（1768）刊印的《福建续志》一书所载乾隆元年以来福建全部知县以上的官员名单。举凡文官如总督、巡抚、提督学政、布政使、按察使、粮驿分巡道、盐法道等，武将如镇守福州等处将军、左翼副都统、右翼副都统、陆路提督总兵官、水师提督总兵官等，甚至全省各地的知府、知县，总之，全部文武官员的姓名，在乾隆二十三年（1758）前后，均无带"钮"字者。我们还查阅了乾隆二十二年（1757）和二十三年的《缙绅录》中所载北京的全部官员名单，也没有发现任何有关这位"钮公"的线索。可见在这两年中，在福建的文武官员，以及可能因公前往福建的在京师的文武官员，均无"钮公"其人。

"钮公"的寿辰是在七月里。他是敦敏的母舅，按理说总应该知道敦敏正在"居丧"，须知敦敏的母亲不是别人，正是他的姐妹。敦敏在母丧未满周年时，出外参加宴会，这种行为严重地违反了当时满族丧礼的规定，况且他去的又不是别的人家，而是他的母舅家。这个"母舅钮公"对此不以为怪，不但没有板起面孔教训他的外甥一顿，反而在大庭广众之下，当着许多贺客，对他特别亲热，并且还要送给他几幅藏画作为赠品，仿佛敦敏根本没有发生母丧之事一样。这一切岂不令人起疑？

有人说：其人乃"钮祜禄氏"，故称为"钮公"。这种辩解也仍然不能使这个虚无缥缈的人物落实下来。

第一，敦敏的生母是有记载可考的。她是舒穆鲁氏，为轻车都尉额勒浑之女。① 从敦敏的母亲和外祖父的姓和名来看，也同这个所谓母舅的"钮"字了无关涉。不知他们三人是怎样被捏合成为一家人的。

第二，钮祜禄氏和敦敏、敦诚兄弟的家庭发生关系的，倒有一个人，可惜她不是敦敏之母，而是敦诚之妻。敦敏《敬亭（敦诚）小传》说："十六为娶钮祜禄氏，副都统和公邦额之长女。"② 如果把这位"钮公"说成是敦诚儿子的"母舅"，那也许还会有人相信。

第三，在清代乾隆年间的称谓方式中，似乎没有称"钮祜禄氏"为"钮公"者。我们知道，敦诚的妻子是钮祜禄氏，他的岳父名叫和邦额，他的内弟名叫仁和，字怡斋。敦诚却称自己的岳父为"和公"③。敦敏也在《敬亭小传》中称和邦额为"和公"，在《懋斋诗钞》中称敦诚的内弟为"和怡斋"④。由此可见，敦敏兄弟对当时的这种称谓方式非常熟悉，断不会因其人属"钮祜禄氏"而径称为"钮公"。

所以，我们只能得出这样的结论："钮公"实无其人，不过是出于作伪者的向壁虚构而已。

---

① 《爱新觉罗宗谱》。
② 《四松堂集》影印本，一一页。
③ 《四松堂集》影印本，三四页。
④ 《懋斋诗钞》影印本，三二页。

九　董邦达和曹雪芹

除了敦惠、"钮公"之外，吴文所介绍的新材料里还出现了一个董邦达。此人非同小可。他不像敦惠或"钮公"那样，是个牵攀附会、向壁虚构的人物，而是历史上实有其人。他是乾隆时期显贵的大官僚，炙手可热的御用文人、宫廷画家。他和曹雪芹之间有没有亲切的交往、有没有深刻的了解，这对于评论曹雪芹的思想、性格和生平是大有关系的。所以，在研究、分析吴文所介绍的新材料时，不能不谈曹雪芹和董邦达的关系。

曹雪芹生前的好友敦敏、敦诚和张宜泉等人都有诗文集流传下来。[①]他们在自己的作品里，记下了朋友交游的一些情况，更为可贵的是描绘了曹雪芹的形象，尤其是他的一些富有特征意义的性格。这些作品已成为我们今天研究曹雪芹生平可靠的依据。

我们遍查敦敏、敦诚和张宜泉等人的诗文集，包括《熙朝雅颂集》所选的敦敏、敦诚的诗，都没有发现其中有任何一个地方提到了董邦达。鼎鼎大名的董邦达，若真与敦敏、敦诚相识，且时相往来，则敦敏、敦诚集中为何不出其名？"敦记"所记的那次"盛会"，若确曾举行，而不是无中生有，则敦敏集中为何不提及其事？这不啻从侧面证实了"曹序""董序""敦记"三篇文字出于伪托或捏造。

由于敦诚、敦敏和张宜泉等人的诗篇的介绍，我们知道了曹雪芹是这样的一个人：中年以后，他生活贫窘，居住在北京西郊一带；他高傲、狂放，羡慕阮籍的为人，不和达官贵人来往；他胸有"新愁旧恨"，内心蕴藏着不平之气；他以"十年辛苦不寻常"的辛勤劳动从事《红楼梦》这部伟大小说的创作；最后，他在穷困无助的情况下，默默地死去了。[②]这有着典型的意义。因为在我国文学史上，封建社会的一些伟大的、杰出的、优秀的作家往往就是处于这种差不多的境遇之中。这几乎已经成为一条规律。

---

①　敦敏有《懋斋诗钞》，敦诚有《四松堂集》《四松堂诗钞》《鹪鹩庵杂诗》，张宜泉有《春柳堂诗稿》。

②　参阅敦敏《题芹圃画石》《赠芹圃》，敦诚《寄怀曹雪芹》《赠曹雪芹》，张宜泉《题芹溪居士》等诗。

　　而现在，吴文介绍的这些新材料所描绘的曹雪芹的面貌，却和我们已知的、有确凿材料作为根据的内容不合，也和我们已知的、为文学史上无数事例所证实了的规律不合。其中，最令人起疑的就是曹雪芹和董邦达的关系。

　　董邦达（1696—1769）是乾隆年间显赫一时的大官僚。他"登朝三十七年，出入丹禁二十六年"，历任内阁学士、工部尚书、礼部尚书等职。清高宗弘历非常赏识他，给予特殊的待遇，命南书房行走，赐紫禁城骑马。他是一个御用文人，屡次扈从皇帝巡游木兰、热河、五台山。[①] 他又是一个宫廷画家，他的画几乎都是献给皇帝的，弘历题诗极多。[②]

　　在乾隆二十三年（1758）的时候，他正任吏部右侍郎，充经筵讲官，八月还扈从弘历赴木兰。

　　就是这样一个达官贵人，据吴文说，"敦记"后半部分有下列的情节："董邦达到懋斋后，同雪芹论画，看雪芹放风筝的技巧，当雪芹判断下午必有风而应了他的话时，董叹惜地对雪芹说：'杜少陵赠曹将军诗有句云："试看古来盛名下，终日坎壈缠其身"，令人嗟叹！'他又当场为《南鹞北鸢考工志》题签，并答允归后给它写一篇序言……他因对雪芹赞佩之至，竟说：'今日之集，固乃千载一遇，虽兰亭之会，未足奇也！'"（九、一〇页）这些话都是很可疑的。

　　曹雪芹的文学成就主要表现在小说的创作上，他的诗和画，并没有给他带来不寻常的荣誉。直到今天，他的名字都是和《红楼梦》这部伟大的作品紧密地联系在一起。然而，在他生前，作为一个小说家，曹雪芹是并不出名的。他的作品仅仅在一二知己手中传阅。在小说创作上，他的艺术才华还没有引起应有的注意和重视，他的作品的思想内容远远没有得到正确的理解。这是不足为奇的。这首先是由于时代的限制，其次是由于在那个时代，在一般文人学者的心目中，小说仍被排斥于正统文学之外。敦敏、敦诚和张宜泉等人，可算得上是对曹雪芹有认识的了，他们在诗文中所称赞于曹雪芹的，也仍然是他的诗和画，而不是他的小说。

　　在今天，曹雪芹在文学史上的地位固然是得到了广大人民群众真正

---

　　① 《清史列传》卷二〇；李桓：《国朝耆献类徵初编》卷八〇；光绪《富阳县志》卷一九。
　　② 参阅弘历《御制诗集》。

的、充分的尊重。但在两百年以前，在他生前，说他"当时在上层官场中是颇知名的"（一四页），以致连董邦达这样的封建社会的上层人物都对他表示赞佩和倾倒，这无疑是不符合历史事实的。①

一方面，从曹雪芹来说，当时他是一个小人物，是被抄过家的"罪人之子"，他的社会地位、他的文学成就、他的思想性格等，没有一桩是对董邦达具有吸引力的，如"敦记"作者所渲染的那样。另一方面，从董邦达来说，这样一个炙手可热的权豪势要，居然受到曹雪芹的特殊礼遇，毕竟是不合乎曹雪芹的性格和为人的。

我们记得，曹雪芹在《红楼梦》里曾一再着力描写他笔下的正面人物形象："那宝玉本就懒与士大夫诸男人接谈，又最厌峨冠礼服贺吊往还等事。"② 有一次，贾宝玉不愿会见贾雨村，曹雪芹在这里写了史湘云、贾宝玉、袭人三人之间的对话：

> 湘云笑道："主雅客来勤。自然你有些警他的好处，他才只要会你。"
>
> 宝玉道："罢，罢！我也不敢称雅，俗中又俗的一个俗人，并不愿同这些人往来。"
>
> 湘云笑道："还是这个情性改不了。如今大了，你就不愿读书，去考举人、进士的，也该常会会这些为官做宰的人们谈谈，讲些仕途经济的学问；也好将来应酬世务，日后也有个朋友。……"
>
> 宝玉听了道："姑娘，请别的姊妹屋里坐坐，我这里仔细脏了你知经济学问的。"
>
> 袭人道："云姑娘，快别说这话！上回也是宝姑娘也说过一回，他也不管人脸上过的去过不去，就咳了一声，拿起脚来走了。这里宝姑娘的话也没说完，见他走了，登时羞的脸通红，说又不是，不说又不是。幸而是宝姑娘，那要是林姑娘，不知又闹到怎么样，哭的怎么样呢！……"

---

① 在这里，要附带指出：现传两幅曹雪芹画像（一幅为王冈所绘，另一幅为陆厚信所绘）并非真的曹雪芹的画像，因此，也不能用这两幅画像以及有关的题词、题诗来证明曹雪芹"当时在上层官场中是颇知名的"。关于这一点，本书另有《曹雪芹画像辨伪》一文，文内作了详细的讨论和考辨。

② 引文据《脂砚斋重评石头记》，"庚辰秋月定本"，第三十六回。

　　宝玉道："林姑娘从来说过这些混账话不曾？若他也说过这些混
账话，我早和他生分了。"①

试想，他笔下的正面人物贾宝玉所坚决不愿做的事情，曹雪芹怎么反而会
去做呢？

　　让我们再来看看"敦记"作者笔下的曹雪芹吧：当敦敏借他所扎的风
筝去给董邦达"观赏"时，他毫不犹豫，欣然应命，献出得意的"绝
品"，作"佐兴"和"博人一笑"之用；他应邀参加以董邦达为主客的宴
会，充当陪客的角色，为了伺候这位大人物，他还特别殷勤而又特别精心
地亲自下厨房烹鱼"助兴"；为了取欢于董邦达，他当场表演了放风筝的
技巧；他还当场请董邦达为《南鹞北鸢考工志》题签、写序，以抬高这部
书的身价（八，九页）。总之，这是一个曲意逢迎的清客式的人物。

　　若拿这个人物去和真正的敦敏、敦诚笔下的曹雪芹作比较，和《红楼
梦》的作者曹雪芹作比较，其相差实不可以道里计。他们绝非一人，完全
可以断言。

　　那么，曹雪芹和董邦达之间果真一点关系也没有吗？情况并非如此。
我们倒是能找得出他们的关系，不过这不是什么交往的关系，不是什么亲
密无间、水乳交融的关系，而是另外一种关系。

　　曹雪芹在写作《红楼梦》时，曾经采用过当时广泛流传的董邦达的一
些事迹，作为他塑造贾雨村这个反面人物的依据。《富阳县志》记载了董
邦达早年的一段逸事：

　　邢夫人，董文恪公（按即董邦达）侧室也。
　　先是，文恪以拔贡入京，累试不第，落魄都门，寓会馆。因无饭
资，为馆人所逐。移寓逆旅，又为旅主人所逐。一老母见怜，留之家，
嘱再试。及试，又不第，羞愤欲自尽，清晨出门，计无所之，仿徨一巨
宅门外。适门者启扉，叱问谁何。文恪以落第举子对，门者曰："举子
可用。"呼入，嘱书谢帖及款名，知主人为某侍郎也。以帖呈上，主人

_____

① 引文据《脂砚斋重评石头记》，"庚辰秋月定本"，第三十二回。个别地方参考其他脂本校改。

喜。盖门者系新荐入，未尝识字，因主人中意，寓文恪于门馆，嘱代笔，薄酬旅资。嗣因每代书札皆中主人意，倚门者如左右手。

一日，主人有要公，呼门者入内室，面属草。门者窘，始以实告。主人呵曰："何不早白？"亟命延入，见文恪貌不凡，接谈数语，侍郎大惊，谢曰："久屈下位，不知，罪甚。"遂馆于记室，列为上宾，相得甚欢。

邢本山东人，幼鬻于侍郎家，服事太夫人。及年长，侍郎欲嫁之，邢执不可。叩其意，曰："必如董先生者，而后适人。否则愿终身事太夫人也。"侍郎笑曰："痴婢，董先生顾视不凡，岂尔配耶？"

会中秋夜，侍郎与文恪宴饮，从容述婢语，愿奉为箕帚妾。文恪矍然曰："某落魄京都，遍都中无青眼者，不料婢子相知如此。虽正位可，况妾耶？"适文恪断弦已久，遂纳之，盖以侧室摄夫人位者。①

这段逸事，显然很有可能就是《红楼梦》第一回"贾雨村风尘怀闺秀"的素材。一般文人所啧啧称赏的风流事迹，在曹雪芹眼中看来，只是一个"禄蠹"在那里故意自作多情，对那些"才子佳人"故事进行拙劣的模仿而已。

当然我们不能把小说中的人物和现实生活中的原型等同起来，但从曹雪芹可能采用董邦达的事迹来塑造贾雨村这个反面人物，也可看出他对董邦达这种人的态度。

"敦记"所说的"盛会"是在乾隆二十三年（1758）。这时，离脂砚斋"甲戌抄阅再评"已经四年多了，《红楼梦》前八十回已大体写成。而"敦记"描写曹雪芹和董邦达两人在这时遇见，相见恨晚，是那样的亲密无间、水乳交融，这种关系究竟有哪一点符合历史真实呢？像这样，把一个高居上层的御用文人和一个沦落下层的伟大作家相互调和起来，使他们"合二而一"，难道不正是暴露了这些情节是彻头彻尾的捏造吗？

那么，"董序"又怎样呢？

"董序"和"敦记""曹序"之间存在着有机的联系。"敦记"明说：

---

① 《人物下·列女》，光绪《富阳县志》卷二〇。按，周汝昌《红楼梦新证》（1953年版）引陆长春《香饮楼宾谈》"董少宰"条，与贾雨村、娇杏事更为类似。

"董公孚存亦莅斯会,感而为序。……嘱余制文记其盛况。"（六页）"董序"本身直接和"曹序"相呼应,例如,"曹序"说:"〔将〕以为今之有废疾而无告者,谋其有以自养之道也。"（四页）而"董序"就说:"曹子雪芹悯废疾无告之穷民,不忍坐视转乎沟壑之中,谋之以技艺自养之道。"（五页）所以,"敦记""曹序"既假,则"董序"必不能真。

十　"自题画石诗"的作者是谁?

以上九节,我们分析了吴文介绍的新材料所存在的种种极为可疑的地方,断定"曹序""董序""敦记"三篇文字出于后人的伪托。

曹雪芹之所以被说成是《南鹞北鸢考工志》一书的作者,根据就在于"曹序""董序""敦记"三篇文字。根据既不可靠,结论当然也就不能不被彻底推翻了。

据吴文介绍,《废艺斋集稿》包括曹雪芹八种手稿,而《南鹞北鸢考工志》即为其中之一。其他七种的详细情况,抄存者既未提供,吴文亦未介绍。但《南鹞北鸢考工志》一书,以及附属于它的"曹序""董序""敦记"三篇文字,既然都是伪作,则这部曹雪芹的《废艺斋集稿》是真是伪,也就不言而喻了。

吴文所公布的新材料,还包括有一首曹雪芹的"自题画石诗"。全诗如下:

> 爱此一拳石,玲珑出自然。溯源应太古,堕世又何年。
> 有志归完璞,无才去补天。不求邀众赏,潇洒做顽仙。

关于这首诗的来源,据吴文介绍,"是抄存者从他的外祖父富竹泉所著《考槃室札记》手稿中抄出来的。富竹泉因其祖父盛紫川是清朝恭王府的管家,故得由某贝子家中看到此诗。原诗可能是写在扇面上画的石的上端。竹泉字稚川,作画时署'金台三畏'。'富'是满洲富察氏。竹泉女即抄录这些材料的抄存者的生母,名富瑾瑜,字楚珩,著有《楚珩诗草》未刊,中有《和大观园菊花诗原韵》十一首。当初富的家庭,可能是爱好

《红楼梦》的"（十三页）。

读者不禁惊羡这位抄存者能够接触这么多曹雪芹的"佚著"！他不仅亲眼看到日本商人金田氏所藏的海内"孤本遗稿"——《废艺斋集稿》的"手稿"本，亲手"抄下了董邦达为《南鹞北鸢考工志》写的一篇序"，并"把其中关于风筝的部分，描摹下来"，而且他还从他外祖父的《考槃室札记》手稿中找出"曹雪芹《红楼梦》之外的一首完整的诗"。

令人不解的是，若这位抄存者不把《考槃室札记》中记载曹雪芹这首佚诗的有关文字公布出来，富竹泉是在什么时候看到这首诗的呢？吴文未有一字介绍。他是在什么地点看到的呢？吴文中仅有"某贝子家中"五个字。这个地点是富竹泉在《考槃室札记》中所记？还是抄存者的推测？读者也无从获知。如果是富竹泉所记，为什么他不点明是"某"贝子，而偏要含糊其词，这点也殊费读者的思索。富竹泉又是在什么具体场合看到这首诗的呢？吴文中说"原诗可能是写在扇面上画的石的上端"，这"可能是"三个字使人更为纳闷，究竟是抄存者推测出的，还是吴恩裕同志所考证出的？其根据又是什么？

再看这首诗的内容。既然是"自题画石诗"，那么题诗和画石应是同一个人，曹雪芹所题的也应是他自己所画的石头。诗的首联是"爱此一拳石，玲珑出自然"。由此二句自然可以得出结论：曹雪芹所画的是一拳"玲珑"的石头。而他所爱的也正是这种石头。读者不禁要问：曹雪芹难道喜欢画这种"玲珑"的石头吗？他最欣赏的难道竟也是这种"玲珑"的石头吗？这究竟符合不符合曹雪芹的性格？

我们不妨再看看曹雪芹的友人敦敏在乾隆二十五年（1760）所写的《题芹圃画石》诗：

> 傲骨如君世已奇，
> 嶙峋更见此支离。
> 醉余奋扫如椽笔，
> 写出胸中块垒时。[①]

---

① 《懋斋诗钞》。

　　由此可知，曹雪芹所喜欢画的是嶙峋的怪石，而且是用他的"如椽之笔"挥洒而成，他是借"画石"来表现他那傲视权门贵族和鄙弃封建传统的思想和性格，发泄他内心的不平之气。

　　敦敏和敦诚兄弟两人还是比较了解曹雪芹的性格与为人的。敦敏说曹雪芹"傲骨如君世已奇"，"一醉酕醄白眼斜"（《赠芹圃》）①，敦诚说他"步兵白眼向人斜"（《赠曹雪芹》）②，"狂于阮步兵"（《荇庄过草堂命酒联句，即检案头〈闻笛集〉为题，是集乃余追念故人，录辑其遗笔而作也》）③，都是真实的写照。像曹雪芹这样性格的人，难道他自己会说"爱此一拳石，玲珑出自然"吗？

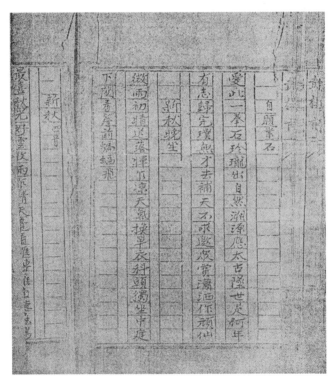

富竹泉《自题画石》诗

---

①　《懋斋诗钞》。
②　《四松堂集》稿本卷一。
③　《四松堂诗钞》抄本。

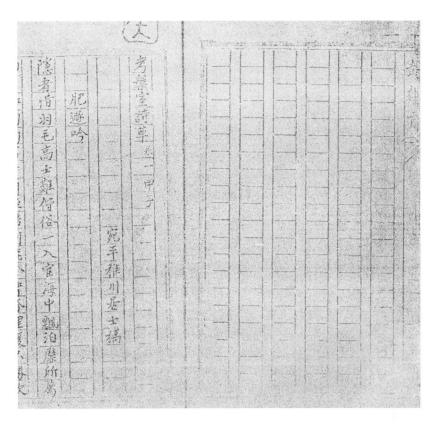

富竹泉《考槃室诗草》首页

　　"不求邀众赏，潇洒做顽仙"是那首诗的点睛之笔。曹雪芹满怀悲愤，以"字字看来都是血，十年辛苦不寻常"的严肃认真态度从事《红楼梦》的创作，向封建社会举起了投枪，给以沉重的一击。难道他是要"潇洒做顽仙"吗？创作《红楼梦》这部长篇小说绝不是一件十分轻松的事情，绝不能以玩世不恭的"潇洒"态度来完成，这是任何一位不带偏见的读者都可以断言的。如果真要"潇洒做顽仙"，曹雪芹大可在北京西郊吟风弄月，自得闲适之乐，就不会倾毕生心血来写《红楼梦》了。

　　敦诚称赞曹雪芹的诗写得好，说他"诗追李昌谷"（《荇庄过草堂命酒联句……》），"爱君诗笔有奇气，直追昌谷破篱樊"（《寄怀曹雪芹》)[1]，

_____

① 《四松堂集》卷一，影印本，第二二页。

"知君诗胆昔如铁，堪与刀颖交寒光"（《佩刀质酒歌》）①。我们再看这一首所谓曹雪芹自题画石诗，说句不客气的话，实在平庸得很，没有一点李贺的风格，也没有什么诗味，与我们大家都知道的艺术大师曹雪芹作品相比，其思想水平和艺术水平都相差得很远。读者自然会提出这样的一个问题：难道这真是曹雪芹的诗吗？

我们有机会看到了一部《考槃室诗草》②，现在就把这部书介绍给广大读者，因为它是一个铁证，可以证明这首"自题画石诗"确非曹雪芹所作。

这部《考槃室诗草》（下文简称《诗草》）是一种清抄本，共分六卷，装订为两册，外有布套。作者署名为"宛平稚川居士"。这位稚川居士是谁呢？《诗草》书前附有近人所写的一则题记，其中说："稚川居士姓富，名竹泉，字稚川，别号稚川居士。"由此可见，这位稚川居士不是别人，正是吴文所说的抄存者的外祖父。另外，《诗草》卷五有《哭长女孔楚珩》五律两首及《再哭楚珩》七律一首，可知其女名叫楚珩，其婿姓孔。而吴文说过，"竹泉女即抄录这些材料的抄存者的生母，名富瑾瑜，字楚珩"（一三页），两相对照，不难发现，这位抄存者即是富竹泉的外孙。

抄存者的年龄，我们不得而知。但是，富竹泉的年龄，我们却可以从《诗草》中的有关记载推知。

《诗草》卷六有《双艳集题词》四首，题下有注，"为坤伶雪艳琴、雪艳舫作"，其中的第二首说："名伶时下孰为尤？尚小云与程砚秋。更有黄家双姊妹，舞台宛转弄歌喉。"同卷还有《赠女伶富竹友》七绝四首；又有《再赠富竹友》七绝四首，其中的第三首说："梨园时下孰为尤？雪艳琴与新艳秋。"由于这几首诗提到了当年几位著名的京剧演员，可知它们约作于20世纪的20年代或30年代，产生的年代不可能更早。卷六还有一首《癸酉七月十日天气酷热，为向来所未有，至十二日始渐和缓，赋此志之》，题中"癸酉七月十日"下注"即旧历闰五月十八日"。可知此癸酉即1933年。从这两点出发，我们就完全可以有把握地判断《诗草》其他地方的一些纪

①　《四松堂集》卷一，影印本，第四八页。
②　《考槃室诗草》抄本，中国社会科学院文学研究所吴晓铃同志藏。承吴晓铃同志见告，并惠示该书，在此谨致谢意。

年的干支了。卷一署"甲子",即 1924 年;卷二《移家自嘲》注"丙寅",即 1926 年;卷三《戊辰元旦》,《自警》注"戊辰",即 1928 年;卷五署"己巳",即 1929 年;《游觉生寺》注"庚午",即 1930 年;《辛未初夏……赋诗志之》,即 1931 年;卷六《恭和张勋伯先生辛未国历元旦七旬荣庆原韵》,即 1931 年;《壬申生日作》,即 1932 年;《哭蔡省吾先生》,《长夏无事,惟以著书遣兴,喜而成咏》注"癸酉",即 1933 年。所以,从干支纪年来看,《诗草》中所收的诗都是按编年排列,约作于 1924—1933 年。

《诗草》卷二最后一首为《除夕有感》,未纪年,但因卷三第一首为《戊辰元旦》,可知为丁卯除夕,即 1927 年。诗中有"虚掷光阴六十春"之句,可推知作者富竹泉当生于 1868 年,即同治七年。

弄清楚富竹泉生活的年代,不是没有意义的。这样做,意在说明两点:第一,曹雪芹逝世百年之后,富竹泉方才降生于人世;第二,直到 1933 年,富竹泉还活着。试想,由这样一个人的著作中挖掘出来的曹雪芹的"佚诗",如果不是别有来源、别有根据,很难说是真的。

吴文说,曹雪芹的"自题画石诗"是抄存者从富竹泉《考槃室札记》手稿中抄出来的。《考槃室札记》我们无缘得见,姑且不谈。但同一个作者的《考槃室诗草》,我们却有幸见到了。在这部《诗草》的卷一,有一首题为《自题画石》的五言律诗,全引如下:

> 爱此一拳石,玲珑出自然。溯源应太古,坠世是何年。
> 有志归完璞,无才去补天。不求邀众赏,潇洒作顽仙。

这首诗是《诗草》中的第四十一首诗,作于 1925 年。它前面的一首是《偶成》,后面的一首是《新秋晚坐》。把它对照所谓曹雪芹的自题画石诗,便可发现后者仅仅三个字有出入,即"坠"改为"堕","是"改为"又","作"改为"做",其余完全相同。连标题也一样。

这首诗见于富竹泉的诗集,当然是富竹泉所作。此外,我们还可以举出一些旁证。从用词上来看,这首诗和《诗草》中其他的诗有近似之处,如卷一的《肥遁吟》第二首说:"有才堪用世,无才作良民";《忘机》第二首尾联说:"超然无所欲,潇洒出樊笼"。从风格上来看,这首诗和《诗草》

中其他的诗也是一致的，毫无疑问是富竹泉的作品。《诗草》中还收录了作者所写的其他的题画诗，例如卷五有一首《题自画家雀闹梅图》五绝，可以证明作者会绘画，并给自己的画幅写过不止一首的题画诗。因此这就完全排除了这样一个可能：富竹泉抄袭了曹雪芹的诗。试想，如果他抄袭了曹雪芹的自题画石诗，他还会在《考槃室札记》中标明这是在某贝子家中所看到的曹雪芹的诗吗？反过来说，如果他在《考槃室札记》中记载了这是一首曹雪芹的自题画石诗，他又怎会把这首诗收入自己的《诗草》中去呢？谅天下必不致有这样的大笨伯。

事实已很清楚。不外是这样的情况：这位抄存者把他外祖父的一首《自题画石》诗拿来，略为更改数字，就冒充做曹雪芹的佚诗。什么"由某贝子家中看到此诗"，什么"原诗可能是写在扇面上画的石的上端"，统统全无此事。不仅如此，我们则有确凿的证据可以肯定抄存者是看过《诗草》的，而且可以肯定他就是从我们所见到的这部《诗草》抄本中抽出这首《自题画石》诗来的。

以上所谈，如有谬误，欢迎专家和读者批评、指正。

1973 年 5 月初稿

1976 年 11 月修改

（本文为陈毓罴、刘世德合著，原载《红楼梦论丛》，上海古籍出版社 1979 年版）

曹雪芹画像辨伪

一　关于两幅画像的情况

所谓"曹雪芹画像"，其传世者，已发现两幅：

　　甲、手卷。王冈绘。上海李祖韩藏。
　　乙、册页。陆厚信绘。河南省博物馆藏。

王冈所绘的手卷，原件一直没有公开。起初只有原件的照片和李秋君摹件的照片[①]在少数人手中流传；后来，文学古籍刊行社1955年4月影印出版的《脂砚斋重评石头记》（"庚辰本"）、人民文学出版社1957年10月出版的《红楼梦》一百二十回本等书先后将原件的照片制版发表，这幅画像方和广大读者见面。

根据照片、已公开发表的各家的记载以及收藏者的说明等，[②] 这幅画像的大致情况是这样的：

（一）画心人物，胖胖的，圆脸，短须，眉梢下垂。

（二）整幅画的衬景是丛竹、小溪、山石；人物右侧有石，袖手倚石侧坐；人物左前方另有一石，石上放置琴一、卷轴三。

---

① 摹件题"曹雪芹先生像"，落款"戊子二月李秋君抚"。按，戊子为1948年；李秋君系李祖韩之妹。

② 周汝昌：《红楼梦新证》（增订本），人民文学出版社1976年版，第740—742页；俞平伯：《读红楼梦随笔》第二十八则《曹雪芹画像》，见《红楼梦研究参考资料选辑》第二辑，人民文学出版社1973年版，第99页；吴恩裕：《考稗小记》，见《有关曹雪芹八种》，古典文学出版社1954年版，第87—88页。

（三）右下角落款"旅云王冈写"五字；下有小印二方，朱文："冈"
"南石"。

（四）左上角有一印，模糊不清，依稀可辨为"××秘玩"四字。

（五）左下角有小印二方："云壶""顾"①。

（六）图右有题签一行，篆书："王南石写悼红轩小像"；下有小字双
行，楷书："左盦先生秘玩，甲子二月褚德彝"；下系小印："松窗"②。

（七）左上方题云"壬午三月……"

（八）画像本有皇八子、钱大昕、倪承宽、那穆齐礼，钱载、观保、蔡
以台、谢墉八人的题咏。其中，皇八子有"宜园"印；有一人上款署"雪
琴"，其余上款署"雪芹"；有一人在上款中称"姻兄"，另一人在上款中称
"学长兄"。

（九）有人说，画像的题咏者还有陈兆崙和秦大士。

（十）手卷有樊增祥、朱祖谋、褚德彝、叶恭绰、冯煦等人的题跋。③

据说，这幅画像当年系由收藏者自古董铺购得，原为条幅，乾隆时诸人
的题咏都在四周的绫边上，后来重裱时将绫边剪下，改装成手卷，弃去了一
些题咏的文字。

关于这幅画像的真伪问题，则有过三种不同的意见。

第一种意见，认为王冈所画的确是曹雪芹。持此说者，有吴世昌同
志等。④

第二种意见是周汝昌同志提出的，⑤ 他认为这可能是王冈为其父王睿章
所做的行乐图，也可能是他人为王睿章所作。

第三种意见，认为王冈所画的不是曹雪芹。

陆厚信所绘的册页，是河南省博物馆在 1963 年 2 月间收藏的。不久，
就有照片流传。周汝昌同志根据照片撰文介绍，确认这是曹雪芹的画像。⑥

---

① 顾澐（1835—1896），字若波，号云壶外史。他可能收藏过这幅画像。

② 甲子为 1924 年。褚德彝，号松窗，光绪十七年（1891）举人。

③ 樊增祥（1846—1931）、朱祖谋（1857—1931）、冯煦（1843—1927）、叶恭绰（1882—？）。

④ 吴世昌：《论王冈绘曹雪芹小像》，香港《大公报》1963 年 4 月 19—22 日。

⑤ 周汝昌：《雪芹小像辨》，香港《大公报》1964 年 4 月 5 日。又见《红楼梦新证》（增订本），
下册，第 788—789 页，作者注明"略有修订"。

⑥ 周汝昌：《关于曹雪芹的重要发现》，《天津晚报》1963 年 8 月 17 日。

当时，中华人民共和国文化部、中国文学艺术界联合会、中国作家协会和故宫博物院四个单位主办的"曹雪芹逝世二百周年纪念展览会"正在筹备，这幅册页的原件调来北京，我们得以目验。经过研究，我们认为，陆厚信所画的不是曹雪芹，而是俞瀚。因此，展览会决定不陈列这幅册页。这时，我们发表了一篇短文，借以表明不同意周汝昌同志的结论，并简略地陈述了我们的看法。① 1964 年，周汝昌同志又在另一篇文章中断言："此画绝不容被说成是俞瀚的像"，"这幅小像不是曹雪芹，还有哪个？"② 1973 年，周汝昌同志重申旧说，认为"这是传世的最为可靠的一幅曹雪芹画像"③。

现将这幅册页的大致情况介绍于下：

（一）册页由"雪芹先生"小像和尹继善题诗组成。前半页是小像，后半页是题诗；画和诗在同一张整纸上。④

（二）画上人物，胖胖的，长圆脸，短须，右手按膝，左手拄地而坐。

（三）画像没有任何衬景。

（四）画像左上方题有识语五行："雪芹先生洪才河泻，逸藻云翔。尹公望山时督两江，以通家之谊，罗致幕府，案牍之暇，诗酒赓和，铿锵隽永。余私忱钦慕，爱作小照，绘其风流儒雅之致，以志雪鸿之迹云尔。云间艮生陆厚信并识。"下有小印二方，一朱文："艮生"，一白文："陆厚信印"。

（五）尹继善题诗二首，五行，行书："万里天空气沉寥，白门云树望中遥。风流谁似题诗客，坐对青山想六朝。""久住江城别亦难，秋风送我整归鞍。他时光景如相忆，好把新图一借看。"落款"望山尹继善"五字，

---

① 《曹"雪芹"画像之谜》，《天津晚报》1964 年 9 月 14 日。按，这篇短文当时是用笔名发表的。

② 周汝昌：《雪芹小像辨》，香港《大公报》1964 年 4 月 5 日。又见《红楼梦新证》（增订本），下册，第 788—789 页，作者注明"略有修订"。

③ 周汝昌：《红楼梦及曹雪芹有关文物叙录一束》，《文物》1973 年第 2 期。又见《红楼梦新证》（增订本），下册，第 785—788 页，作者注明"略有修订"。

④ 必须指出，这个单开册页的前半页和后半页是在一张相连的整纸上对折而成，它们的尺寸大小完全是一样的。《文物》1973 年第 2 期第 31 页制版发表了画像和题诗。不知由于什么原因，竟把画像和题诗作为两幅形式上不相连、内容上不相关的东西发表；甚至改动了前半页（画像）和后半页（题诗）的大小比例，以致无论从长短或宽窄来看，它们都丝毫不相同。这样处理，若作为周汝昌同志文章中的说法的佐证，那对于许多没有见过原件的读者倒是颇起作用的。可是，这样一来，未免有点近乎弄虚作假了。

下有印章二方，一白文："继善"，一朱文："敬事慎言"。

（六）背纸贴有长签，上题："清代学者曹雪芹先生小照，藏园珍藏"①。

二　画像辨伪的意义

以上所介绍的这两幅画像，一为王冈所绘，一为陆厚信所绘，都被人认为是曹雪芹的画像。它们受到了重视，一时广为流传，不胫而走。影印的庚辰本《脂砚斋重评石头记》和排印的一百二十回本《红楼梦》，都曾把前一幅画像的照片放在卷首，吴恩裕同志的《有关曹雪芹八种》（1957 年出版）将它作为封面，《曹雪芹的故事》（1962 年出版）也把它列入"目次"及"小序"之前；至于后一幅画像的照片，则不仅出现在《文物》杂志 1973年第 2 期中，而且还被收入周汝昌同志的《红楼梦新证》（增订本），冠于全书之首。

图 1　王冈绘"曹雪芹"小像

---

① 傅增湘号藏园。此处所署的"藏园"，不知为何许人，待考。

图2　陆厚信绘"曹雪芹"小像

有些研究红学的专家更把这两幅画像视为珍贵的资料，从而据此来推断曹雪芹的生平历史。如吴恩裕同志在《有关曹雪芹十种》的《考稗小记》里写道：

张宜泉《题芹溪居士》一诗，有"羹调未羡青莲宠，苑召难忘立本羞"之句，余既由下句推测雪芹或有因王冈展转绍介而被召入画苑之拟议，今细味上句，疑宜泉此处亦非泛泛言之。雪芹固未尝"面君"，与青莲情况有殊；然宜园，皇子也（按，指皇八子永璇），既为雪芹题像矣，何遽不可召饮？平邸，王府也，既属姻戚，自可偶有宴集。至其他题像诸人，如观保、钱载、谢墉、蔡以台、钱大昕、倪承宽等，据今日可考之资料，至乾隆二十七年（王冈绘曹小像之年），大都已任京官，且出身亦大都为进士。然则，雪芹虽贫困落拓，著书西郊，与当时上层社会亦自有关系。（一六一页）

　　他在《曹雪芹的故事》一书里，还通过敦诚和曹雪芹两人的对话，肯定了王冈这幅画的真实性。其中的《槐园秋晓》一章有如下的描述：

　　　　敦诚看着雪芹那种虽然寒伧，却又很乐观的样子，心里不胜同情。忽然他想起了一件事：

　　　　"芹圃，听人说王冈给你画一幅肖像？他的手笔不错；还有许多朋友题了诗，不知都是哪些人？"

　　　　"敬亭，你不提我还没想到这件事哩。画的好，他那两笔竹不坏，人物也颇有笔致。说起题诗，恐怕只缺你们兄弟两位的了。"

　　　　"我问你，已题的都是哪些人？"

　　　　"有钱大昕、倪成宽、那穆齐礼、钱载、观保、蔡以台、谢墉，还有皇八子宜园的。那宜园却把上款写成了'雪琴'。最近又加了一位朋友叫做张宜泉的题诗，倒还不错。"（七四页至七五页）

　　到了1973年，吴恩裕同志除了根据王冈的画外，又参考《废艺斋集稿》中董邦达给《南鹞北鸢考工志》写的序和敦敏的《瓶湖懋斋记盛》，更进一步做出了如下的推论："雪芹当时在上层官场中是颇知名的，这一点同以前有些人的设想不同。"①

　　周汝昌同志虽对王冈的画持怀疑态度，但却深信陆厚信画的是曹雪芹小照。《红楼梦新证》（增订本）第七章是《史事稽年》，他在乾隆二十四年（1759）的记事中写道："曹雪芹三十六岁。秋，赴尹继善招，入两江总督幕，重至江宁。赴尹幕事，见陆厚信绘雪芹小照题记。"（七二八页）在乾隆二十五年（1760）的记事中又写道："曹雪芹三十七岁。秋，脂砚斋写定四评《石头记》。敦敏有诗见怀。旋弃江南幕归京，重阳后与敦敏遇于养石轩，敦敏有诗志感。"（七三三页）此外，我们还见到有些书刊上所载的《红楼梦大事年表》和《曹雪芹生平年表》也有类似的记载。

　　显然，这些对曹雪芹生平事迹的推断，都是根据这两幅画（包括题识、

---

　　① 《曹雪芹的佚著和传记材料的发现》，《文物》1973年第2期。

题诗）而做出的。其前提就是这两幅画的真实性——它们确实是曹雪芹的画像。如果这个前提可靠，这些推断自然能够成立。因此，人们可以说曹雪芹在乾隆二十四年至二十五年（1759—1760）之间曾去江宁（今南京市），做过两江总督尹继善的幕僚，而且还同尹继善相互写诗唱和；他当时在上层官场中是颇知名的，还和皇八子永璇以及观保、谢墉、倪承宽、蔡以台、那穆齐礼、钱载、钱大昕、陈兆崙、秦大士这些名流都有交往，乾隆二十七年（1762），他曾请这些人为他的画像题词。如果这个前提不可靠，那么，这些推断自然是难以成立的。大家知道，科学的结论必须建立在可靠的客观事实的基础之上。客观事实如是虚假的，我们从中所得出的任何结论也就不免于谬误。

因此，我们认为，辨证这两幅所谓曹雪芹画像的真伪问题，其意义实际上不限于仅仅鉴别这两幅画像的文物价值（当然，如果把别人的画像当作了曹雪芹的画像，也是个大错误，在科学上无论如何是不能容许的，必须加以考订辨证，绝不能张冠李戴，以讹传讹下去），而且它们还直接关联到我们对这位 18 世纪伟大文学家的生活道路和历史的理解。我们应该根据马克思主义的历史唯物主义观点对古代作家进行研究和评论，而不能主观地任意歪曲他们的思想和性格，歪曲他们的真正面貌。在这一方面，既要防止美化，又要反对抹黑。尤其是像曹雪芹这样一位对我国文化宝库做出了卓越贡献、在我国文学史上具有十分重要地位的作家，对他的思想和创作的发展过程，对他的政治态度和生平历史，必须严肃认真地对待。

我们正是基于这种认识来探讨这两幅所谓曹雪芹画像的真伪问题。

三　相貌不符是两幅画像的共同疑点

要辨别和考订这两幅画像是不是曹雪芹的画像，必须首先从它们的画中人到底符合不符合曹雪芹本人的相貌入手。如果画的真是曹雪芹的肖像，总得和他本人的相貌大体相符才是，这是普通的常识问题。

可是，问题恰恰出在这里，这两幅画像和我们所知的有关曹雪芹相貌的一些确实可靠的材料，不但不能相符，而且相差很远。

曹雪芹生前的好友敦诚，曾给曹雪芹写过两首挽诗。其中的第一首说：

四十萧然太瘦生，晓风昨日拂铭旌。
肠回故垅孤儿泣，泪迸荒天寡妇声。
牛鬼遗文悲李贺，鹿车荷锸葬刘伶。
故人欲有生刍吊，何处招魂赋楚蘅？

（《鹪鹩庵杂记》）

首句开门见山，就明言雪芹活了四十来岁，家境穷困，相当消瘦。"太瘦生"是用李白《戏赠杜甫》一诗的意思。李白在诗中是这样写的：

饭颗山头逢杜甫，头戴笠子日卓午。
借问别来太瘦生，总为从前作诗苦。

杜甫的消瘦，是因他苦于吟诗，十分勤奋所致。为什么曹雪芹也是这般消瘦呢？看来，这是由于他在艰苦的环境中，以十年之精力来从事《红楼梦》的创作，正如《石头记》"甲戌本"题诗所说："字字看来皆是血，十年辛苦不寻常。"曹雪芹为此而损害了身体的健康，所以敦诚在诗中用"太瘦生"来形容他，并且还以被人称为"呕尽心肝"、短命而死的诗人李贺来相比。

明远堂藏《石头记》抄本是一部乾隆抄本，① 其中有一些"脂批"为其他抄本所无，颇有研究价值。这个抄本虽然据说散失了，但上面的"脂批"经毛国瑶同志过录，保存了下来，并已公开披露。在第一回中的"生得骨格不凡，丰神迥异"句上有眉批："作者自己形容。"又，梦觉主人序本《红楼梦》，② 在这两句正文上也有一条"脂批"："这是真像，非幻像也。""脂批"的作者主要是脂砚斋和畸笏叟两人，他们都和曹雪芹有着密切的关系。他们所留下的有关曹雪芹相貌的描述是极为可靠的。

---

① 这个抄本上面有"明远堂"的篆文图章，有人称为"靖本"。
② 有人称这个抄本为"甲辰本"或"晋本"。

　　由此，我们可以做出如下的判断：曹雪芹在他倾注心血创作及整理《红楼梦》的时期，特别是在他生活的后期，相貌较为清瘦，可是很有精神，风貌神采十分出众。

　　明义《绿烟琐窗集诗选》中有《题红楼梦》诗，前有小引说："曹子雪芹出所撰《红楼梦》一部，备记风月繁华之盛。盖其先人为江宁织府，其所谓大观园者，即今随园故址。惜其书未传，世鲜知者，余见其钞本焉。"明义生于1740年前后。曹雪芹去世时，他大约二十三岁。由小引看来，他和曹雪芹相识。他的一位堂兄弟明琳与曹雪芹还可能有着亲戚关系。①

　　《题红楼梦》诗共二十首，前十九首分咏书中人物及故事。第十九首说："莫问金姻与玉缘，聚如春梦散如烟。石归山下无灵气，总使能言亦枉然。"这首诗是写《红楼梦》一书的结局。《红楼梦》开首是写女娲炼石补天，有一块顽石未用，弃在大荒山无稽崖的青埂峰下，此石"自怨自嗟"。后来来了一僧一道，将它带走，"携入红尘，历尽离合悲欢炎凉世态"，因此"石归山下"是作者的必然安排，与前照应，并以此了结全书。第二十首说："馔玉炊金未几春，王孙瘦损骨嶙峋。青蛾红粉归何处？惭愧当年石季伦。"系写作者曹雪芹的身世，用晋代石崇和绿珠的故事，隐寓其家被抄没，家产及奴婢均皆入官。"惭愧"云云，是照应作者的自述。"忽念及当日所有之女子……我实愧则有余，悔又无益，大无可如何之日也。""王孙瘦损骨嶙峋"一句是对家遭巨变、生活困顿之后的曹雪芹所做的写照，与"四十萧然太瘦生"及"骨格不凡，丰神迥异"这些话恰好互相印证。②

　　所谓"曹雪芹画像"，陆厚信所绘的一幅据周汝昌同志考定作于乾隆二十四年（1759）秋至二十五年（1760）秋之间（他认为曹雪芹在此期间到了江宁，在两江总督尹继善的幕府中做事），王冈所绘的一幅据说署

---

　　①　敦敏《懋斋诗钞》中有一首诗，题为《芹圃曹君（霑）别来已一载余矣，偶过明君（琳）养石轩，隔院闻高谈声，疑是曹君，急就相访，惊喜意外，因呼酒话旧事，感成长句》。明琳可能是傅恒的侄辈。

　　②　一般看来，人一消瘦，就容易显得骨格突出。如苏轼在《侄安节来远坐》一诗中说："心衰面改瘦峥嵘。"

为"壬午三月"，即乾隆二十七年（1762）的三月，其间相距不到三年，正是属于曹雪芹生活的后期。这两幅画像所画的人，都脸圆而胖，相貌平庸，毫无出众之处，和我们所知的有关曹雪芹相貌的确实可靠的材料，根本对不上，差得很远。

是不是画家的艺术技巧太差呢？根据情况看来，可以肯定不是。陆厚信能为两江总督的高级幕僚"爱作小照"，绝不是一个滥竽充数的画匠。至于王冈，他是乾隆年间著名的肖像画家。据他的同乡冯金伯在《墨香居画识》上记载："王冈，字南石，号旅云山人，居邑（南汇县）之航头镇。工花卉、人物，并善写照。其画初学于新安黄仙源，后则自出己意，随手写生，无不入妙，其写水族、草虫，尤觉生动。戊子（乾隆三十三年，1768）春来舍，为先君写松鹤图照，最为逼肖。"请看，这样一个善于写照，画人像"最为逼肖"的著名画家，他在"壬午三月"所做的这一幅画像，有哪一点像我们所知的曹雪芹呢？要说画中人不是曹雪芹，而是另外一个人，岂不更能圆满地解答这个疑点吗？

我们知道，曹雪芹是在乾隆二十七年（即壬午年，1762）除夕那天去世的。吴鼐（1755—1821）的夕葵书屋抄本《石头记》保存下来残页一纸，前书"夕葵书屋石头记卷一"，后面抄有一条"脂批"："能解者方有辛酸之泪，哭成此书。壬午除夕，书未成，芹为泪尽而逝。余常哭芹，泪亦待尽。每思觅青埂峰再问石兄，奈不遇赖（癞）头和尚何！怅怅。今而后愿造化主再出一芹一脂，是书（据'甲戌本'，下脱漏'何幸'二字）余二人亦大快遂心于九泉矣。甲申八月泪笔。"[1] 从这条批语的内容和口气来看，当为脂砚斋所批。"甲戌本"《石头记》里也有这条批语，文字略有出入，末后署为"甲午八月泪笔"。夕葵书屋抄本《石头记》这一残页的发现，可以校正"甲戌本"的传抄之误（"甲戌本"虽然抄写的字迹工整，其中错讹的文字甚多，这已为研究《红楼梦》版本的同志所公认）。脂砚斋的这条批语是写于"甲申八月"，距曹雪芹去世仅有一年零八个月，并无记错卒年之可能。明远堂藏抄本《石头记》第二十二回里还有一条眉

---

[1]　这一残页原件的照片，周汝昌同志曾将其作为《红楼梦版本的新发现》一文的附件，在1965年7月25日香港《大公报》上刊出。

批，其文字较已经发现的别的一些"脂批本"为多。它是这样写的："前批知者聊聊（寥寥），不数年，芹溪、脂砚、杏斋诸子皆相继别去，今丁亥夏只剩朽物一枚，宁不痛杀！"从它的内容和语气看来，是畸笏叟在乾隆三十二年（即丁亥年，1767）所写的一条批语，他和曹雪芹也有密切关系，是《石头记》的主要批者之一。由这条批语可知脂砚斋之死距曹雪芹（"芹溪"是他的号）之死仅"不数年"，在"丁亥夏"之前业已去世，可证上面所引的第一回那条脂砚斋的批语根本不可能写于乾隆三十九年（即甲午年，1774），"甲午"肯定是"甲申"（乾隆二十九年，1764）之误。夕葵书屋抄本《石头记》的残页及明远堂藏抄本《石头记》中脂批的发现，更有力地证实了曹雪芹卒于壬午除夕（公元1762年2月12日）是可信的。

王冈所绘的这幅画像，既然作于"壬午三月"，下距曹雪芹之死不过只有半年多的光景，照理应和敦诚在挽诗里所描写的"四十萧然太瘦生"相符合，而实则不然。这说明了它极其可疑。我们知道，敦诚是曹雪芹多年的老友，他在乾隆二十二年（1757）所写的《寄怀曹雪芹》一诗中曾回忆他们早年的相聚，说"当时虎门数晨夕，西窗剪烛风雨昏。接䍦倒著容君傲，高谈雄辩虱手扪"（《四松堂集》卷一）。乾隆二十六年（1761），他和其兄敦敏一同联袂去过曹雪芹家，写了《赠曹芹圃》的诗。就在曹雪芹去世那年的秋天，他还和曹雪芹见过面，在槐园痛饮甚欢，并写下了《佩刀质酒歌》。以他和曹雪芹多年的交谊，他对曹雪芹的容貌和风采当然是熟悉的。

有些同志往往爱引裕瑞《枣窗闲笔》里的记载，企图以此证明这两幅所谓曹雪芹画像的真实性。裕瑞是这样说的：

> 雪芹二字，想系其字与号耳。其名不得知，曹姓，汉军人，亦不知其隶何旗。闻前辈姻戚有与之交好者。其人身胖头广而色黑，善谈吐，风雅游戏，触境生春。闻其奇谈，娓娓然令人终日不倦，是以其书绝妙尽致。

查裕瑞（1771—1838）是在曹雪芹去世八年之后方才出世，根本未曾见过曹雪芹。上面所引这段文字中只是说"闻前辈姻戚有与之交好者"，并未说他所知道的有关曹雪芹的情况是这位"前辈姻戚"所提供的。如果真是出自"前辈姻戚"的口中，仅得知其姓曹，汉军人，[①]"雪芹"二字是字还是号也弄不清，"其名不得知""亦不知隶何旗"，那么，这位"前辈姻戚"究竟是否真和曹雪芹"交好"，值得打上一个大的问号，令人怀疑他是故弄玄虚、信口开河。因此我们只能把裕瑞所记载的看作有关曹雪芹的一种传说。况且《枣窗闲笔》是一部很晚的书，其中已评及七种续《红楼梦》的小说及《镜花缘》，当在嘉庆、道光间写成。我们到底是相信与曹雪芹交往密切的亲友脂砚斋、畸笏叟、明义和敦诚的描述呢？还是相信裕瑞《枣窗闲笔》所记载的传说呢？两者比较起来，前者是亲眼所见，自然可信；而后者只是耳食之言，不足为凭。

当然，我们也不绝对排斥有这样的可能性，即曹雪芹早年"身胖头广"，中年以后，生活困顿，穷愁著书，损坏了身体，以致消瘦下来。即使是这样的情况，也不能把裕瑞《枣窗闲笔》中所记载的不知是谁讲的话，不加分析地拿来作为这两幅画像的佐证。因为陆厚信和王冈作画的时间都是正当曹雪芹生活的后期，他们画的绝不可能是早年的曹雪芹的相貌，这个道理是一清二楚的。

四   曹雪芹真的做过两江总督的幕僚吗？

现在我们再来对这两幅画像的题识和题词进行考察。

如前所述，这两幅画像的创作时间正当曹雪芹生活的后期。这时，曹雪芹所创作的《红楼梦》前八十回正在被整理为"庚辰秋月定本"，八十回以后的部分（有三十回或四十回）也正在加紧创作，其中若干篇章的初稿在修改加工，直到"壬午除夕，书未成，芹为泪尽而逝"。这个时期正是曹雪芹创作和整理他那倾注毕生心血的《红楼梦》的高潮阶段，他哪里有空暇和闲情跑到南京去做两江总督尹继善的座上客，参加尹的幕府，为

---

① 裕瑞说曹雪芹是汉军人，这是很不准确的。应是内务府包衣正白旗。内务府包衣旗只有满洲旗，绝无蒙古旗与汉军旗。周汝昌同志《红楼梦新证》（增订本）第三章对此辨证甚详。

尹办理"案牍"工作,而且如陆厚信识语所说,"案牍之暇"还"诗酒赓和"?他哪里有兴趣去和皇八子永璇及观保等这些御用文人(他们都是进士出身,任职都在翰林院或詹事府)去攀交,请他们一个个来为自己的画像题词,借此以增加他的声誉?

翻开《红楼梦》,我们便可以看到,曹雪芹写林黛玉把北静王水溶称为"臭男人"(十六回),他通过惜春之口说:"状元、探花,难道就没有糊涂的不成?"(七十四回)又借冷子兴来讽刺贾雨村之流:"亏你是进士出身,原来不通!"(二回)他写贾宝玉斥骂当时所谓"读书上进"和一心做官的人是"禄蠹"(十九回),痛诋那艳羡"金殿对策"的薛宝钗之辈是"学的沽名钓誉,入了国贼禄鬼之流"(三十六回),并把史湘云所说的"你就不愿读书去考举人进士,也该常常的会会这些为官作宰的人们,谈谈讲讲些仕途经济的学问",一概斥之为"混账话"(三十二回),并写尽了围绕在贾政身边的清客相公们阿谀逢迎的丑态,并把他们取名为詹光、单聘仁等,以与"沾光"和"善骗人"来谐音。曹雪芹在思想上是对什么皇子、总督、状元、进士极其厌恶和藐视的,对那班清客文人也是十分鄙弃的。当时与他交往的好友如敦敏、敦诚、张宜泉等人,都没有考中什么举人和进士,没有功名,也没有做官,全是失意的人。

曹雪芹当时住在"衡门僻巷","举家食粥",发愤著书,性格傲岸不屈,决不肯向封建统治阶级献媚和乞怜,所以他的友人敦敏说他是"傲骨如君世已奇"(《题芹圃画石》),"新愁旧恨知多少,一醉酕醄白眼斜"(《赠芹圃》);敦诚说他是"步兵白眼向人斜"(《赠曹芹圃》),"狂于阮步兵"(《荇庄过草堂命酒联句……》,此句下原注云:"亦谓芹圃");张宜泉说他是"羹调未羡青莲宠,苑召难忘立本羞。借问古来谁得似?野心应被白云留"(《题芹溪居士》)。曹雪芹自从身经巨变,认识到封建统治阶级的种种罪恶,思想上起了很大的变化,他的生活道路是一条走向与封建统治阶级决裂的道路,而绝不是一条混迹于上层官场,和达官贵人拉拉扯扯,投向封建统治阶级的怀抱的道路。他伟大的名著《红楼梦》已充分证明了这一点,我们所知道的曹雪芹友人在诗文中对他的描述也有力地证明了这一点。

我们且看敦诚在乾隆二十六年（1761）秋天写的一首《赠曹芹圃》诗①。

> 满径蓬蒿老不华，举家食粥酒常赊。
>
> 衡门僻巷愁今雨，废馆颓楼梦旧家。
>
> 司业青钱留客醉，步兵白眼向人斜。
>
> 阿谁买与猪肝食？② 日望西山餐暮霞。

值得特别注意的是颈联与尾联。颈联是写曹雪芹居宅偏僻而且简陋（"衡门"一词出于《诗经·陈风》，指横木为门，贫民所居），除了老朋友有时前来探望之外，很少有新交（"今雨"一词出于杜甫诗的小序："卧病长安，旅次多雨，寻常车马之客，旧雨来，今雨不来。"范成大有"人情旧雨非今雨"的诗句，也自杜诗而来。后人用"今雨"指新交），这位伟大的作家就在这样的环境中从事《红楼梦》的创作。这种描写可和曹雪芹所自述的"虽今日之茅椽蓬牖，瓦灶绳床，其风晨月夕，阶柳庭花，亦未有妨我之襟怀笔墨者"一段话互相印证，它如实地反映了曹雪芹的生活情况。

尾联是用东汉闵贡的故事。据《后汉书·周黄徐姜申屠列传》记载：

> 太原闵仲叔者（按，"仲叔"是闵贡的字），世称节士，虽周党之洁清，自以弗及也。党见其含菽饮水，遗以生蒜，受而不食。……客居安邑，老病而贫，不能得肉，日买猪肝一片，屠者或不肯与。安邑令闻，敕吏常给焉。仲叔怪而问之，知，乃叹曰："闵仲叔岂以口腹累安邑邪！"遂出，客沛，以寿终。③

---

① 《四松堂集》稿本。

② 在敦诚《鹪鹩庵杂记》抄本上，此句作"何人肯与猪肝食"，可能系初稿，但意思是一样的。

③ 周汝昌同志在《红楼梦新证》（增订本）第735页上说敦诚《赠曹芹圃》诗，"一结用闵仲叔贫居日买猪肝一斤之故事"。如果"日买猪肝一斤"，屠者碰到这样的好顾客，岂肯得罪？正因为闵贡家贫，每日只能买猪肝一片佐餐，屠者嫌他麻烦费事，故不理他。

敦诚是写得十分沉痛的。他感叹当时连像安邑令那样肯帮助贫困文人的小官吏都没有，曹雪芹唯有对岭餐霞而已。意思就是说当时的官吏根本无人来关心和照顾曹雪芹，任其贫困潦倒。

这首诗再清楚不过地说明了曹雪芹当时的处境。请大家注意，它是乾隆二十六年（1761）秋天写的。如果前一两年，即乾隆二十四年到二十五年（1759—1760），声势显赫一时的两江总督尹继善就曾经聘请曹雪芹进他的幕府，待如上宾，诗酒唱和，敦诚会这样大发感慨吗？我们知道，敦诚是比较接近和了解曹雪芹的。他所描述的是客观存在的事实，分明连像安邑令那样的地方官吏在当时都找不到，何来官居一品的两江总督？

除了敦诚以外，我们还可以请出一位当时的见证人，他能证明曹雪芹根本从未进过两江总督尹继善的幕府。这个证人便是乾隆时期的著名诗人袁枚，他和尹继善有着十分密切的关系，尹继善是袁枚的"恩师"。袁枚参加进士朝考时，因在诗中写了"声疑来禁院，人似隔天河"两句，被诸总裁评为"语涉不庄"，几乎名落孙山，经当时任刑部尚书的尹继善力争，才得进入翰林院。[①] 袁枚任江宁知县时，尹继善做两江总督，曾保荐提升他，因为"吏部议阻之，勋格相羁留"，未果。恰巧尹在这年他调，袁枚便辞官在南京家居。以后，尹继善又两次任两江总督，袁枚以受知的门生关系和他交往密切，迭相唱和，在两人的诗文集中有许许多多这样的作品。尹继善去世后，袁枚为他撰写《神道碑》，并为他的诗集作序。对尹继善的幕僚，袁枚也是熟识的，常以诗文唱和应酬，在袁枚的诗文集中屡见不鲜。[②] 如果曹雪芹确为尹继善的幕僚，且工作了约一年之久，袁枚无论如何是不会不知道此事的，也不会不认识他的。

可是，袁枚虽一直住在南京，经常出入尹继善的总督部院衙门及府邸，却根本不认识曹雪芹其人。他在《随园诗话》中是这样说的：

---

① 诗题是《赋得因风想玉珂》。此事在袁枚《随园诗话》卷一中有记载。
② 例如，袁枚有《尹宫保幕府钮牧村骑牛图》《题解仲发秀才山庄卷子》诗，见《小仓山房续补诗集》卷二；有《挽孙柳村》诗，见《小仓山房续补诗集》卷一。

　　康熙间，曹练（楝）亭为江宁织造。……其子雪芹，撰《红楼梦》一部，备记风月繁华之盛。（卷二）

　　丁未（即乾隆五十二年，1787）八月，余答客之便，见秦淮壁上题云：……三首深得《竹枝》风趣，尾署"翠云道人"，访之，乃织造成公之子啸崖所作，名延福。有才如此，可与雪芹公子前后辉映。雪芹者，曹练（楝）亭织造之嗣君也，相隔已百年矣。（卷一六）

　　可以看出，在这两段文字中，袁枚犯了两个大错误。第一，他搞错了曹雪芹和曹寅的关系。曹雪芹明明是曹寅的孙子，他却接连两次说是曹寅的儿子！第二，曹雪芹卒于"壬午除夕"，据其友人张宜泉说，"年未五旬而卒"（《伤芹溪居士》诗题下小注）。而在曹雪芹逝世的壬午（乾隆二十七年，1762）这一年，袁枚自己年方四十八岁。换句话说，他们二人的年龄是相差无几、不相上下的。但是，在袁枚的书里，白纸黑字，竟说曹雪芹是百年前的古人！哪怕是他们两人只有一面之交，恐怕也不至于会发生这样大的误会，闹这样大的笑话。显然曹雪芹对袁枚来说是陌生的、不熟悉的人。而这，也正间接地证明了曹雪芹当时不可能在南京、在尹继善的两江总督衙门内做幕僚。①

　　还可指出，曹雪芹的父亲是曹頫，原任江宁织造，在雍正五年（1727）年底被革职查办，抄没家产，其家因而一败涂地，曹雪芹沦落到迁居北京西郊的偏僻地方，过着"举家食粥"的生活。这时受到皇家十分宠信的两江总督尹继善，忽然和一个"罪人之子"曹雪芹来叙"通家之谊"，并将他"罗致幕府"，这在封建社会里是不大可能发生的事情。

　　我们根据陆厚信所画的肖像和曹雪芹面貌不符，并根据陆厚信在画上的题识，可以判断他所画的绝不是曹雪芹，而是另一个"雪芹先生"。那么，王冈的那幅画难道就与此不同吗？

---

　　①　乾隆二十四年（1759）和乾隆二十五年（1760），袁枚正在南京，且与尹继善父子均有频繁的来往。可参阅《小仓山房诗集》卷一五、卷一六。

五　曹雪芹和乾隆间题词的十人互相交往吗?

王冈的画,我们只知其右下角有"旅云王冈写"五个字。据说,左上方题云:"壬午三月……"册后的题咏则有皇八子永璇、钱大昕、倪承宽、那穆齐礼、钱载、观保、蔡以台、谢墉、陈兆崙、秦大士等,已知者有十人之多。因原画未出,这些题词的内容一直没有公开披露,给我们的考订工作造成了不小的障碍,但是这种困难并不是不可克服的。

我们先从查明这十个题词者的身份、官职和经历着手。

永璇(1746—1832),弘历的第八子。乾隆二十六年(1761)六月间,娶尹继善之女为嫡福晋。乾隆二十七年(1762)三月题画像时,年仅十八岁。乾隆四十四年(1779)封仪郡王,嘉庆四年(1799)封仪亲王。著有《古训堂诗》,未见。①

钱大昕(1728—1804),字晓徵、及之,号辛楣、竹汀,江苏嘉定人。乾隆十九年(1754)进士,二十二年(1757)散馆授编修,二十五年(1760)升翰林院侍读,二十七年(1762)闰五月至十月充湖南乡试正考官。二十八年(1763)升翰林院侍讲学士,三十七年(1772)改侍读学士。三十八年(1773)入直上书房,专教皇十二子永瑆,冬升詹事府少詹事。三十九年(1774)署广东学政,四十年(1775)以丁父忧归。嘉庆九年(1804)卒,年七十七。著有《潜研堂文集》及《潜研堂诗集》等。②

倪承宽(1712—1783),字余疆,号敬堂,浙江钱塘人。乾隆十九年(1754)探花授编修,二十二年(1757)起入直上书房,二十四年(1759)后任太仆寺少卿。三十一年(1766)升内阁学士,三十二年(1767)升礼部右侍郎,三十三年(1768)署顺天学政。三十七年

① 见《爱新觉罗宗谱》及《清高宗实录》。自永璇至谢墉八人的传记材料,主要据故友朱南铣同志生前与笔者通信时所提供的资料写成,并用平步青《尚书房入直诸臣考略》加以订补。

② 见《清史列传》卷六八本传;王昶《詹事府少詹事钱君大昕墓志铭》,《春融堂集》卷五五;《竹汀居士年谱》,《十驾斋养新录》卷首。

（1772）冬调仓场侍郎，仍入直上书房，以太监高云从案降编修，入直如故。四十三年（1778）升鸿胪寺卿，四十四年（1779）升太仆寺卿，四十五年（1780）升太常寺卿。四十八年（1783）二月卒，年七十二。著有《春及堂诗集》，未见。①

那穆齐礼，字鲤庭、立亭，镶红旗满洲第二参领第十四佐领下人。乾隆十八年（1753）举人，二十二年（1757）进士，散馆改主事。后官詹事府右庶子，兼管理镶红旗满洲第一参领第一佐领。历官至詹事府詹事。由于满语译音的歧义，一作那穆奇礼，或作南齐礼。著作早已亡佚，铁保《熙朝雅颂集》卷八十二录存六首。②

钱载（1708—1793），字坤一，号箨石、根苑、匏尊、万松居士、万苍翁，浙江秀水人。乾隆十七年（1752）进士，十九年（1754）散馆授编修，二十六年（1761）升右春坊右庶子。三十年（1765）升翰林院侍读学士，三十八年（1773）升内阁学士。四十年（1775）入直上书房，专教皇十一子永瑆。四十五年（1780）升礼部左侍郎，四十八年（1783）休致。著有《箨石斋文集》、《箨石斋诗集》等。③

观保（1712—1776），字蕴玉，号补亭、伯容、大龙，索绰络氏，赐姓石，内务府满洲正白旗人，是著名满族诗人永宁之子。由拔贡生中式乾隆元年（1736）恩科举人。二年（1737）恩科进士，改庶吉士。四年（1739）散馆授编修，几迁，后于十四年（1749）任兵部侍郎兼刑部侍郎，二十年（1755）在上书房行走，二十二年（1757）教习庶吉士兼管正白旗满洲副都统，二十五年（1760）又教习庶吉士。二十七年（1762）五月调吏部右侍郎兼翰林院掌院学士，闰五月又教习庶吉士。二十八年（1763）九月以吏部侍郎管理兵部侍郎，三十年（1765）升左都御史，三十三年（1768）调礼部尚书。三十四年（1769）革任，仍在上书房行走。三十五年（1770）五月又革职，十二月复原职。三十九年（1774）因串

---

① 见邵晋涵《诰授光禄大夫太常寺卿倪公承宽墓志铭》，《南江文钞》卷一一。
② 见《国朝进士题名碑录》；《国朝馆选爵里谥法考》；《熙朝雅颂集》卷八二；《八旗通志续集》卷一二《旗分志》，卷一〇四及一〇六《选举志》。
③ 见《清史列传》卷二五本传；朱休度《礼部侍郎秀水钱公载传》及吴文溥《故礼部侍郎钱公传》，《碑传集》卷三六。

通太监探听官员记载案拟斩监候，九月释放，以无顶戴人仍在上书房行走。四十一年（1776）卒，给还左都御史原衔。嘉庆四年（1799）补谥文恭。著有《补亭诗稿》，未见，今《熙朝雅颂集》录存四十七首。①

蔡以台，字季实，号兰圃，浙江嘉善人。乾隆二十二年（1757）状元，授修撰。二十六年（1761）五月充日讲起居注官。著有《三友斋遗稿》，未见。《晚晴簃诗汇》卷八十八录存二首。②

谢墉（1719—1795），字昆城，号金圃、东墅，浙江嘉善人。乾隆十七年（1752）进士，十九年（1754）散馆授编修，二十四年（1759）在上书房行走。二十九年（1764）升侍讲，三十二年（1767）丁忧回籍。三十五年（1770）补原官，仍在上书房行走。四十七年（1782）历官至吏部左侍郎。五十四年（1789）降为编修，撤销上书房行走。五十六年（1791）仍直上书房，六十年（1795）休致。在上书房后一段时期，系专教皇十五子颙琰（即后来的嘉庆）诗文。著有《安雅堂诗集》十卷，未见，法式善《朋旧及见录》卷四录存一首；另有《食味杂咏》，存阮元手校付刻底本。朱珔《国朝江左文汇钞》初集卷一一八称："有文集，未见。"③

陈兆崙（1700—1771），字星斋，号句山，浙江钱塘人。雍正八年（1730）进士，分发福建学习知县。雍正十三年（1735）举博学宏词，入都考授内阁中书。乾隆元年（1736）召试保和殿，名列二等第二，授翰林院检讨。二年（1737）三月充会试同考官，六年（1741）充日讲起居注官。八年（1743）丁父忧。十二年（1747）补原官，并教习庶吉士。十三年（1748）又丁母忧。十六年（1751）回京，仍署日讲起居注官。十七年（1752）升翰林院侍读，十九年（1754）任顺天府府尹，二十一年（1756）调太常寺卿。自二十三年（1758）十二月起入直上书房，专教皇八子永璇诗文，升通政司副使。三十二年（1767）五月升太仆寺卿。三十三年（1768）十二月乞假葬亲，次年五月销假，再入直上书房。三十六年

---

① 见《满洲名臣传》卷四十七本传；《八旗通志续集》卷一〇四及一〇六《选举志》，卷三一三《八旗大臣年表》；《清高宗实录》；《石氏家谱》。

② 见《国朝进士题名碑录》；《国朝馆选爵里谥法考》；《清高宗实录》。

③ 见《清史列传》卷二五本传；阮元《吏部左侍郎谢公墓志铭》，《擘经室二集》卷三。

（1771）正月卒，年七十二。著有《紫竹山房文集》及《紫竹山房诗集》。①

秦大士（1715—1777），字鲁一，号涧泉、秋田老人，江苏江宁人。乾隆十七年（1752）状元，授翰林院修撰。十九年（1754）散馆，钦定一等，旋充咸安宫官学总裁，入直武英殿，以丁母忧归。二十二年（1757）复官，教习庶吉士，是年冬起入直上书房。二十三年（1758）升翰林院侍讲，二十五年（1760）充会试同考官，二十七年（1762）充福建乡试正考官，二十八年（1763）又充会试同考官，二十九年（1764）告终养。四十二年（1777）卒，年六十三。②

值得注意的是，除了皇八子永璇以外，其他九人都是进士，其中秦大士是乾隆十七年（1752）状元，倪承宽是乾隆十九年（1754）探花，蔡以台是乾隆二十二年（1757）状元。这九个人先后都进入翰林：首先是陈兆崙最早，在乾隆元年（1736）；其次是观保，在乾隆二年（1737）；再次是谢墉、钱载和秦大士，在乾隆十七年（1752）；以后是倪承宽和钱大昕，在乾隆十九年（1754）；最晚的是蔡以台和那穆齐礼，在乾隆二十二年（1757）。他们任官又大都在翰林院和詹事府。

乾隆二十七年（1762），即题王冈所绘的那幅画像的一年，这九个人所担任的职务如下：

观保：吏部右侍郎兼翰林院掌院学士。

陈兆崙：通政司副使。

谢墉：翰林院编修。

钱载：詹事府右庶子兼翰林院侍讲。

秦大士：翰林院侍讲。

倪承宽：太仆寺少卿。

钱大昕：翰林院侍读。

---

① 见陈玉绳《句山先生年谱》，顾广《太仆寺卿句山陈公暨元配周夫人合葬墓志铭》及郭麐《太仆寺句山陈公神道碑》，《紫竹山房诗集》卷首；平步青《尚书房入直诸臣考略》。

② 见卢文弨《翰林院侍讲学士涧泉秦公墓志铭》，《抱经堂文集》卷三三；平步青《尚书房入直诸臣考略》。

蔡以台：翰林院修撰。

那穆齐礼：翰林院庶吉士。①

其中观保地位最高，他自乾隆二十年（1755）起就入直"上书房"，二十二年（1757）升为总师傅，长期侍皇子读。秦大士、倪承宽自乾隆二十二年（1757）十二月，陈兆崙自二十三年（1758）十二月，谢墉自二十四年（1759）十二月也分别入直上书房，做了皇子的师傅。上书房又叫阿哥书房，是教皇子读书的所在。据福格在《听雨丛谈》卷十一上说："尚书房在乾清宫东南庑北向，皇子读书之所也。皇子年六岁，入学就傅。由上书房总师傅翰林掌院学士，保荐品学兼至翰林官若干员引见。次日诏对便殿，察其器识端谨者，钦点某某为某皇子授读师傅，又派一二员副之，谓之上书房行走。得预斯选者，咸具公辅之望。"

我们从敦诚在乾隆二十六年（1761）秋天所写的《赠曹芹圃》诗，特别是其中的"衡门僻巷愁今雨，废馆颓楼梦旧家"及"阿谁买与猪肝食？日望西山餐暮霞"两联，也已知道曹雪芹当时闭户著书，很少新交，他和官府中人没有来往，达官贵人对他也毫无照顾。他在那几年的交游中，哪有这一大批名流，其中还包括皇子、状元、探花及进士呢？这些封建统治阶级所豢养的翰苑文人和娇贵的皇子，哪里会有兴趣去找他这个住在山村里的默默无闻的人交朋论友、称兄道弟，甚至为他题照赠诗，以表倾慕之情呢？

有人会说那首诗讲的是乾隆二十六年（1761）秋天的事，题画像是在二十七年（1762）三月后，也许就在此期间，曹雪芹会有某种机缘结识这些闻人，甚至一见如故，而敦诚的诗写在此时之前，所以未曾提及。

我们姑且不谈根据曹雪芹的性格和思想，他在此期间结交这么一大批新贵，根本是不可能的事，现在再引两首敦诚的诗来看看吧。

乾隆二十七年（1762）的秋天，敦诚与曹雪芹相遇于槐园（即其兄敦敏家中的园子），他解下佩刀，为曹雪芹质酒买醉。这首《佩刀质酒歌》②

---

① 根据《清高宗实录》、《满汉缙绅全书》、年谱、墓志铭等材料考订。

② 《四松堂集》卷一。

最后写道：

> 我有古剑尚在匣，一条秋水苍波凉。
> 君才抑塞倘欲拔，不妨斫地歌王郎。

敦诚在这里是用杜甫《短歌行，赠王郎司直》的诗意。杜诗说："王郎酒酣拔剑斫地歌莫哀，我能拔尔抑塞磊落之奇才！"敦诚以王郎来比曹雪芹，感叹雪芹虽有杰出的才能，但在当时无人赏识，没有人来提拔，使其才能为世所用。所以他说身边佩刀虽已质酒，匣中尚有宝剑，雪芹不妨斫地而歌，一泄胸中积郁的不平之气。

如果这一年的三月里，王冈为曹雪芹绘像，并有皇八子永璇及那么一大批供职于翰林院和詹事府的名流为他题词，其中还包括两个状元和一个探花，当时的封建统治阶级岂不是显得很重视这位有才能的文学家？我们看敦诚十分斩钉截铁地对曹雪芹说"君才抑塞"，而且还劝他斫地而歌，足见在曹雪芹身上并无"壬午三月"画像题词之事。

这一年的除夕，曹雪芹去世了。敦诚为他写了挽诗。这首挽诗①的定稿是这样的：

> 四十年华付杳冥，哀旌一片阿谁铭？
> 孤儿渺漠魂应逐，新妇飘零目岂瞑。
> 牛鬼遗文悲李贺，鹿车荷锸葬刘伶。
> 故人惟有青衫泪，絮酒生刍上旧垧。②

其中第二句值得我们特别注意。它是感叹曹雪芹身后萧条，至无人为题铭旌。我们知道，铭旌是旧时的一种丧具，简单来说，是用长帛或长布一幅，在正中题死者的头衔和姓名（男性）或姓氏（女性），下款写题者

---

① 《四松堂集》稿本。
② 此诗初稿即前面所引的"四十萧然太瘦生"那首，用的是八庚韵，但第六句"鹿车荷锸葬刘伶"出了韵。作者大概很欣赏"牛鬼遗文悲李贺，鹿车荷锸葬刘伶"一联（他在《鹪鹩庵杂志》里即引了这两句），为了保留它，把全诗都换成九青韵，改写成"四十年华付杳冥"这首。

的头衔和姓名，例用较显贵的亲朋，即有"功名"的人。在出葬前，停灵在家，这铭旌设于棺旁；出葬的时候，这铭旌用作棺的前导，下土后覆于棺上。

与曹雪芹同时代的吴敬梓（1701—1754），在他所创作的长篇小说《儒林外史》第二十六回"向观察升官哭友　鲍文玺丧父娶妻"里，曾经写到了"题铭旌"的事。

> 向道台出到厅上，问道："你父亲几时出殡？"鲍廷玺道："择在出月初八日。"向道台道："谁人题的铭旌？"鲍廷玺道："小的和人商议，说铭旌上不好写。"向道台道："有甚么不好写？取纸笔过来！"当下鲍廷玺送上纸笔。向道台取笔在手，写道："皇明义民鲍文卿享年五十有九之柩。赐进士出身、中宪大夫、福建汀漳道老友向鼎顿首拜题。"写完递与他道："你就照着这个，送到亭彩店内去做。"……这里到了出月初八日，做了铭旌。吹手、亭彩、和尚、道士、歌郎，替鲍老爹出殡，一直出到南门外。

吴敬梓在《儒林外史》里虽假托写明朝之事，实际上则是写他生活的那个时代的人物和风习，这已为大家所公认。向鼎为老友鲍文卿所题的"铭旌"，如实地反映了生活中的真实情况。它使我们了解到在封建社会里，题铭旌需要找有功名、有官职的人（当然，那时贫苦的劳动人民就用不着讲究这些繁文缛节了）。

我们再看曹雪芹。如果他和永璇、钱大昕、倪承宽、那穆齐礼、钱载、观保、蔡以台、谢墉、陈兆崙、秦大士十人都有交往，而且就在他去世的那年里，他们还为他题过画像。除皇八子永璇外，他们一个个都是进士出身，其中有两名状元和一名探花，任官又大都在翰、詹衙门，既有"功名"，又是现任官员，应该说每个人都是题铭旌的最好人选。他们既然能为曹雪芹题画像，难道就不能为他题铭旌吗？

敦诚的挽诗是有力的证据。它最清楚不过地说明了，曹雪芹在他生活的后期，并未和那些闻人和名流交往。他的朋友只有敦敏、敦诚和张宜泉这些人，他们既未考中什么举人和进士，当时也都无有一官半职。曹家的那些阔亲戚早已把贫贱的曹雪芹视同陌路之人。敦诚在挽诗中说"哀旌一片阿谁铭?"完全是写实的。

后来,敦诚在《鹪鹩庵笔麈》中还特别提到这首挽诗:

> 余昔为白香山《琵琶行》传奇一折,诸君题跋,不下数十家。曹雪芹诗末云:"白傅诗灵应喜甚,定教蛮素鬼排场。"亦新奇可诵。曹平生为诗,大类如此,竟坎坷以终。余挽诗有"牛鬼遗文悲李贺,鹿车荷锸葬刘伶"之句,亦驴鸣吊之意也。(《四松堂集》卷五)

"坎坷以终"这四个字,明确地指出了曹雪芹生活在封建时代里悲惨的命运,是贫困和疾病无医而夺去了他的生命。[①] 这也同样有力地证明了曹雪芹的友人之中并没有那些达官贵人。说他们曾在乾隆二十七年(1762)间为曹雪芹题像,全是捕风捉影,荒诞不经。

在封建社会里,统治阶级是最作践人才的。多少真正有才能的人,多少有杰出贡献的人,被埋没了,被毁灭了,在贫困的生活中死去。曹雪芹就是其中之一。他那反封建的思想倾向,更为封建统治阶级所不容,他在生前是受封建统治阶级歧视和排斥的,在他死后他的作品又受到封建统治阶级的歪曲和诬蔑。这就是客观的历史事实。认清这个事实,有助于我们理解封建制度的罪恶。

因此,我们根据曹雪芹的真正相貌,根据以上所引的敦诚的诗,并分析和印证当时曹雪芹的交游情况,可以做出如下判断:王冈的那幅画也不是曹雪芹的画像。

六 陆厚信画的究竟是谁?

这两幅画像既然都不是曹雪芹的画像,那么,它们所画的究竟是谁呢?

由于陆厚信这幅画业已公之于世,它的识语及题诗也已全部公布,我

---

① 敦诚在另一首《挽曹雪芹》诗中说:"一病无医竟负君。"见《鹪鹩庵杂记》抄本。

们先对它进行研究，来彻底揭开"曹雪芹画像"之谜。

尹继善的题诗值得注意。对于判断画中的人，这是一个重要的关键所在。

从笔迹、图章来看，可以断定，题诗出于尹继善的手迹。它和画像处于单开册页的同一张整纸上，自成一套，互相构成了有机的联系。这是和人所共知的通例相符的。更何况陆厚信的识语明确地点出了"雪芹先生"和尹继善之间的关联。他所画的人，肯定无疑的是尹继善的幕僚。而尹继善的题诗，也不是无缘无故地、生拉硬扯地写在这个地方的。从一般的常理来考察，从题诗的内容来分析，都可以一清二楚地看出，它是为题幕僚的画像而作，属于临别留念的性质。

周汝昌同志硬说，画像和题诗"各不相涉"，"并非一事"，没有必然的联系。① 我们认为，这种说法是缺乏说服力的。周汝昌同志在这一点上所举出的几条理由，也是大可商榷的。

理由之一："尹氏题诗和陆氏画像各居'对开页'的左右扇，自成'单位'。裱成的对开页，虽然相连，但照例为中间的折缝分隔，实成两幅，因此这种对开页的两扇书画之间，不一定都有必然关系。"

我们认为，单开册页为同一张整纸，一半画像，另一半题诗，诗画关合，这在古人书画中是常见的情形。既是同一张整纸，就完全排除了装裱错乱的可能。既是册页，就难免要有折缝；但不能一见到折缝就把前后两个半开指为"两幅"，其理甚明。

在这里，周汝昌同志前面几句说得颇为肯定，而到了后面一句却转换了语气。他所下的结论是，诗和画"不一定都有必然关系"。按照我们的理解，"不一定"云云者，换一句话说，即"也有可能"之意也。所以，这一条理由实际上是不成其为理由的。

理由之二："尹诗说：'万里天空气沉寥，白门云树望中遥；风流谁似题诗客，坐对青山想六朝。'则足证尹氏原来所题的画幅，是有'云树''青山'等景物为背景的画幅，而陆画却只是一个单人肖像，席地而坐，别无任何衬景。可见尹诗并非是为专题陆画而入册者甚明，二者实各不

---

① 周汝昌：《雪芹小像辨》，见《红楼梦新证》（增订本），下册，第790—791页。

相涉。"

我们认为，尹诗是为专题陆画而入册的。一个诗人，在他的作品里，可以任意驰骋他的想象。题画诗这种体裁并不例外。在诗人的笔下，他可以写画内的景物，也可以写画外的景物。就拿周汝昌同志举出的"云树"和"青山"两点来说，它们显然就是那种画外的景物。在原诗中，"云树"并非孤立的存在，而是"云树望中遥"。这个"望中"，指所画之人的"望中"，不是题画者的"望中"。在原诗中，"青山"也同样并非孤立的存在，而是"坐对青山"。这个"坐对"，也同样指所画之人在"坐对"，不是题画者在"坐对"。这个解释如果能被普遍接受，则周汝昌同志提出的问题就将不成其为问题了。因为正像我们大家见到的，陆厚信所画的是正面像，不是侧面像，更不是背面像。试想，在画上，一个正面而坐的人，他"望中"所见的景物，或者他所"坐对"的景物，能在画幅上出现吗？

这首诗一开头就说"万里天空气沉寥"，"沉寥"一词出自《楚辞》的《九辩》："沉寥兮天高而气清。"王逸注说："沉寥，旷荡空虚也。"这正好和画上之无衬景相合。以为画上无衬景便与尹诗不符，实际上是未曾明白诗的原意。

理由之三："尹诗又云：'久住江城别亦难，秋风送我整归鞍；他时光景如相忆，好把新图一借看。'尤足证明原来所题的画幅是'江城'的'光景'为主，即南京风物为主，而绝不是一幅单人肖像。"

我们认为，这条理由也是很难成立的。这里牵涉对尹继善这首七绝内容的理解。第一句所写的离别，含意双关，既指他久住的南京，又指和他共同久住南京的人，也就是陆厚信所画的那个人，而且主要是指后者。第三句中"光景"一词在这里应作人的仪表风貌解，就是指画中人，也就是指那个和尹继善在南京长期共同相处的幕僚。必须强调指出，尹继善题的是人物画，不是风景画。所以，不存在什么"南京风物为主"的问题。

理由之四："尹氏题诗中既言'新图'，则此图作画必不是旧日陈事，即距尹氏离开南京入都时必定很近。而陆厚信的题记提到尹氏时只云'尹公望山时督两江'，殊无一字表示或流露将别的语气。亦足见诗、画并非一事。"

　　我们认为，周汝昌同志在这里所做的解释不符合尹继善诗句和陆厚信识语的原意。尹继善诗句中的"新"字，不是指此图所绘的内容，而是指绘此图的时间。所谓"新图"，表明绘此图的时间在新近，借用周汝昌同志的话，"即距尹氏离开南京入都时必定很近"。至于陆厚信的识语，它所说的是"雪芹先生"和尹继善的关系。他提到尹继善时，只说了一句"尹公望山时督两江"，那是不足为奇的，因为其中的"时"字是指尹继善聘请"雪芹先生"做幕僚之时，而不是指尹继善离开南京北返之时。

　　陆厚信识语的最后一句说"以志雪鸿之迹云尔"，就已经流露出将要离别的语气。这里用的是苏轼《和子由渑池怀旧》诗中"人生到处知何似？应似飞鸿踏雪泥，泥上偶然留指爪，鸿飞那复计东西！"的意思。所以，说他的识语里"殊无一字表示或流露将别的语气"，是不符合事实的。

　　理由之五："尹诗如真是为这里的图幅而专题的，那它起码要有'奉题某某先生小照'之类的上款。而册中的尹诗却只有秃秃的'望山尹继善'五字下款。又足证此处尹诗不过是为应求题册人的请求而随意写下的个人诗句。其所以写下这两首，揣度情理：一是因见雪芹画像而联想到自己另外题像的诗，题目略有关联；二是此两诗刚作不久，容易记起，故而随手落笔了。"

　　我们认为，上述的这条理由仍然是不能成立的。题画诗固然可以有上款，但也可以没有上款，尤其是在画上的识语中已经出现了被画者名字的时候。陆厚信的识语中还明确地说明了被画者和尹继善的关系，因此，尹继善在题诗时省略了上款，这是完全可以理解的。

　　首先，这个前来要求尹继善题诗的人，应该就是陆厚信所画的那个人，即尹继善的幕僚。如果不是此人，而像周汝昌同志所设想的，是一个不相干的"求题册人"，那就令人难解了。试想，当一个不相干的人来到尹继善的面前，要求尹继善题诗的时候，他拿出来的册页的前半页上竟是尹继善自己身边一位幕僚的画像，请问，这个人能这样干吗？请问，尹继善肯为他把诗题在这个册页的后半页吗？

　　其次，我们知道，尹继善是一个以诗人自居的大官僚。他一生中写下了不少的诗篇。其中有许多首写于他在两江总督的任上。像尹继善这样的人，为他的幕僚的画像题诗，而这位幕僚又是"案牍之暇"同他"诗酒赓和"的文人，不是一般的"绍兴师爷"，在这样的情况下，尹继善难道竟会"随意"地乱写一气，难道竟会把自己为别人题像的现成的诗句搬来敷衍塞责，而不专门构思、命笔以应诗友的要求吗？

在这五条理由当中，别的意见我们都不敢苟同，唯独第五条里有一句"揣度情理"的话，即"此两诗刚作不久"，我们认为，值得重视。"此两诗刚作不久"，到底是作于何年何月呢？

尹继善题诗的第一首七绝说"白门云树望中遥""坐对青山想六朝"，可以推知此诗作于南京。第二首七绝的前两句说"久住江城别亦难，秋风送我整归鞍"，意思是指尹继善自己将要离开那久住多年的南京，回到北京去，其时间则在某一年的秋季；后两句说"他时光景如相忆，好把新图一借看"，表明这位"雪芹先生"并没有跟随尹继善北去，而是单独留在南方了。

陆厚信的识语告诉我们，他所画的那位"雪芹先生"进入尹继善幕府，其事发生在尹继善任两江总督的时候。

尹继善一生曾"四督江南"。四次出任两江总督的年月如下：（1）雍正九年至十一年；（2）乾隆八年二月至十三年九月；（3）乾隆十六年闰五月至十七年；（4）乾隆十九年（1754）八月至三十年三月。① 这四次任期，第一任两年左右，第二任约四年半，第三任一年左右，第四任约十年半。其中，最符合"久住江城"这一条件的，只有第四任。但第二任约有四年半的时间，硬要说是"久住"，也还勉强可通。现在就来探讨尹继善第二任和第四任离任的时间。

第二任卸任的时间是乾隆十三年（1748）九月。孙星衍在《太保文华殿大学士前两江总督尹文端公传》中说："十三年陛见，赐五言诗。"（《孙渊如先生文补遗》）可见卸任之后，从南京回到了北京。可是传中没有明说哪一月到京。据《乾隆东华续录》，十三年（1748）九月初七日调

① 参阅袁枚《文华殿大学士尹文端公神道碑》，《小仓山房文集》卷三；孙星衍《太保文华殿大学士前两江总督尹文端公传》，《孙渊如先生文补遗》；萧奭《永宪录续编》，"尹继善小传"；王先谦《乾隆东华续录》。

"尹继善为两广总督"；十月初四日"召尹继善来京"；初九日"以尹继善为户部尚书"；二十八日"命尹继善协办大学士"；十一月十五日"命协办大学士尹继善军机处行走"。可知被召来京是在十月初，动身离开南京的时间当在十月初四日之后。袁枚在这一年作有《冬月送尹宫保入觐》诗（《小仓山房诗集》卷五）。可知尹继善离开南京的具体时间，已经不是秋季，而是冬季了。同时，《永宪录续编》说："乾隆十三年，以病再回尚书。"而从题诗所流露的情绪也看不出抱病的样子。所以，尹继善的两首题诗不可能作于第二任离任时。

第四任在任期最久，超过十年。其间，尹继善曾赴京四次。[①] 前两次在秋季，后两次则在春季和春夏之交。由于题诗说"久住江城别亦难，秋风送我整归鞍"，完全是调职离任、不再南归的惜别的语气，而这四次赴京都是应召而往，或是为了参加热河的宴会，庆祝平定伊里的胜利，或是为了参加皇八子的婚礼，或是为了参加七十生辰的赐宴，在北京停留的时间都极短，不久即返回任所，所以尹继善的这两首题诗也不可能作于这四次赴京之时。

剩下的唯一的可能，就是作于第四任离任之时了。据《乾隆东华续录》，二十九年（1764）四月初一日"以尹继善为文华殿大学士，仍留两江总督任"；三十年（1765）三月二十日"召尹继善入阁办事，以高晋为两江总督"。可知离任的命令是在三月从北京发出的。那么，尹继善到底是什么时候离任还朝的呢？

这从袁枚这一年的诗文中可以找到解答。袁枚有《送似村公子还长安》诗三首，作于暮春，其中第一首说：

> 芳草绿未歇，公子归匆忙。清晨来辞我，雨泣沾衣裳。道是昔时归，严君领南方。……今归非昔归，使相入平章。全家还阙下，后会

---

① 这四次赴京的时间是：乾隆二十年（1755）秋，见袁枚《送尹宫保热河陪宴西戎序》，《小仓山房外集》卷一；二十四年（1759）九月，见袁枚《送望山公入觐》，《小仓山房诗集》卷一五；二十六年（1761）春，见袁枚《送望山尚书入都》，《小仓山房诗集》卷一六；二十九年（1764）四月，见袁枚《尹公七旬生辰授文华殿大学士序》，《小仓山房外集》卷三；袁枚《文华殿大学士尹文端公神道碑》，王先谦《乾隆东华续录》五九。

真茫茫。……（《小仓山房诗集》卷一九）

诗题中的"似村公子"指尹继善第六子庆兰，"长安"指北京。可知尹继善全家返京是在春季。这时，尹继善本人没有离开，仍旧留在南京，袁枚有诗《相公眷属先期入都，枚入起居，见白猫悲鸣，公独坐凄然，因以诗乞》（《小仓山房诗集》卷一九），可以为证。另外，袁枚《送尹太保从两江入阁序》说："今年秋，望山相公从两江入阁，枚赋诗送行。"（《小仓山房外集》卷三）《送望山相公入阁诗》四首（《小仓山房诗集》卷一九）也说，"平章秋后入枫宸"，"黄阁人行秋万里"，点出了送行的季节；其中第二首还说，"金陵久住似家乡，此别知公也断肠"，尤可和尹继善题诗对看，字句类似，情意仿佛，作于同时无疑。

袁枚的诗文还具体地写明尹继善起程的月日。《六营立两江总督尹公去思碑》一文说："九月初六日，补文华殿大学士入都。"（《小仓山房外集》卷六）另外，还有一首《九月六日送相公起程，路上奉呈十首》诗，其中说，"行期偏近重阳日，刚趁黄花晚节天"（《小仓山房诗集》卷一九）。由此可见，尹继善离任还朝的动身日期是在九月初六。

根据以上所述，我们断定，尹继善的两首题诗作于乾隆三十年（1765）九月初六日之前的不久。

而曹雪芹，大家知道，他卒于乾隆二十七年（1762）除夕。到了乾隆三十年（1765），他已逝世两年有余。因此，若有人说尹继善这时所写的两首诗是为题曹雪芹画像之作，那无论如何是不会有人去相信他的。这也间接地证明了陆厚信所画的人，虽然也叫作"雪芹"，却确实不是曹雪芹。

尹继善死后，他的第四子庆桂兄弟数人对他的遗诗很重视，认为"本系一生心血"，加以整理，并请袁枚写序，刊刻行世。[1] 这部诗集叫《尹文端公诗集》。其中，卷九收有尹继善的这两首七绝。除了第二首的"江城"作"金陵"以外，其余字句和画像上的题诗完全相同。更重要的是，画像上的题诗没有上款，而诗集上却有题目：《题俞楚江照》。这不啻告诉我们，陆厚信所画的人就是这位也叫作"雪芹"的俞楚江。

---

① 庆桂：《寄随园世兄书》，见袁枚《续同人集》卷三。

《尹文端公诗集》是按年编次的。在这里，不妨对卷九所收的诗篇的写作时间略作考察。从第一题到第二十九题，全是《恭和御制……》之类的诗。其中，第二题为"入江南境"；第二十九题为"游摄山栖霞寺"①。据《乾隆东华续录》，清高宗弘历从三十年（1765）正月十五日起，开始第四次南巡，二月初十日渡河，十八日渡江，三月初六日抵南京，归途于三月十一日渡江，四月十六日还京师。可知以上二十九题全作于乾隆三十年（1765）的二三月间。第三十题《乙酉暮春与双有亭河干话旧漫赠》、第三十一题《和双有亭河干留别韵》，作于三月。第三十二题至第三十六题，为"扈跸"途中给庄有恭、钱陈群等人的留别、寄赠之作。第三十七题至第四十题，为返回南京后和袁枚、嵇璜诗韵之作。第四十二题至第四十七题，都作于三十年（1765）秋季，大部分为和袁枚、讬庸等人送行诗韵之作。第四十八题《送高南畴赴贵州臬司任》，为送高积离南京赴贵州按察使任之作，作于三十年（1765）秋季。第四十九题，即《题俞楚江照》。第五十题《赠庄滋圃叠前韵》，为留别江苏巡抚庄有恭之作。第五十一题《和子才途中送别韵》，作于三十年（1765）九月初六日起程之后，袁枚原诗即上文已援引的《九月六日送相公起程，路上奉呈十首》。第五十二题，《重阳后，舟过淮安，和总漕杨方来赠别韵》。以下诗题不再备举。

不难看出，《尹文端公诗集》卷九的诗篇都是严格地按年月编次的，从第一题到第五十二题，作于乾隆三十年（1765）初春到重阳后，毫无"讹误"可言。②

总之，尹继善的两首题诗作于乾隆三十年（1765）秋季，其时约在九月初六日之前的不久。这是无可辩驳的事实。而这也就否定了陆厚信所画的人是曹雪芹的可能。

正像尹继善的诗题《题俞楚江照》所表明的，这是一幅俞楚江的画像。

---

①　摄山栖霞寺在南京附近。

②　周汝昌同志在《红楼梦及曹雪芹有关文物叙录一束》的注⑦中说："尹氏诗集是他卒后别人为之编刊的，时有讹误。"可惜他没有举出任何理由。我们不知道他轻易地下这样的结论是否另有充足的根据。根据我们的考察，《尹文端公诗集》既非"别人为之编刊"，也不是"时有讹误"。

七　俞楚江是怎样一个人？

这位俞楚江又是何许人呢？

从一些有关的资料中，可以知道，他姓俞，名瀚，字楚江，一字楚善，①祖籍浙江山阴人。而从陆厚信在画像上的识语称他为"雪芹先生"来看，雪芹应该是他的号（关于这一点，下文还要加以分析）。此外，他还号知止老人，见《题罗两峰鬼趣图》手迹；②又号壶山渔者，今传袁枚旧砚铭语拓本，署"壶山渔者俞瀚书"。

俞瀚能诗善画。他的诗，陈毅《所知集初编》卷十收录五首，四首是五律，《闲居》《独立》《柳氏园亭》《舟次淀河》；另一首是七律，《春日游西园，与庆似村公子小集，见惠诗册，赋此酬之》，西园在南京，是尹继善的私园，庆似村即尹继善第六子庆兰。《柳氏园亭》和《舟次淀河》二诗，又见于朱绪曾《国朝金陵诗征》卷四十五。他的《题罗两峰鬼趣图》五律，有手迹留传。袁枚《续同人集》过访类收录了他的《奉访简斋太史留宿随园》五律。《随园诗话》卷十二、卷十三收录了他的《登九龙山遇雨》五绝、《偶成》五律二首，以及五言断句二、七言断句一。钱泳《履园谭诗》收录了他的五言断句一。他另有《金陵怀古诗》四首，见李斗《扬州画舫录》卷二和沈大成《亡友俞楚江金陵怀古诗跋》（《学福斋文集》卷一四），有《平山堂看梅》四首，见沈大成《戊子春夕同俞楚江、韩念斋集两峰朱草诗林，迟尧圃、玉井不至》一诗的小注（《学福斋诗集》卷三三）、《俞楚江看梅诗跋》（《学福斋文集》卷一四），但这些都只保留下诗题，原诗已失传。他的诗文集，只见于著录，有两部：一部叫《壶山诗钞》，见《扬州画舫录》卷二；一部叫《居易集》，见《国朝金陵诗征》卷四十五和同治《上江两县志》卷一二艺文志别集类。袁枚曾为他的诗集写序（《小仓山房外集》卷三），沈大成也作

---

① 商承祚、黄华：《中国历代书画篆刻家字号索引》，人民美术出版社1960年版，第1340、1341页。

② 《罗两峰鬼趣图》，上海文明书局，宣统元年，玻璃板印本。

有《俞楚江壶山诗钞序》（《学福斋文集》卷四）。他的绘画，已知有《秋江泛月图》《潇湘看月图》，前者有闵华题诗（《澄秋阁集三集》卷一），后者有袁枚乾隆二十九年（1764）题诗（《小仓山房诗集》卷一八），这两幅画今未见。他还精于篆书、篆刻，通古文字学。袁枚《俞楚江诗序》说："至于三仓五雅之奇，雀篆鸡碑之辨，舍风分虫之事，朱文绿字之章，尤能奏刀投削，润古雕今，见苍圣于羹墙，活冰斯于腕下，此又学者之古怀，风人之余艺也。"据《扬州画舫录》卷一和阮元《广陵诗事》卷五说，他作有《周太仆铜鬲释文》。此外，他对医学、药学也有研究，沈大成《茯苓赞》说："楚江列仙之儒，攻方书，喜活人。"（《学福斋文集》卷一二）可以看出，他的才能是多方面的，他在当时的文人中间也是有一点名气的。

陆厚信识语一开头就说："雪芹先生洪才河泻，逸藻云翔。"这照例是谀辞。他接下去又说："尹公望山时督两江，以通家之谊，罗致幕府，案牍之暇，诗酒赓和，铿锵隽永。"这几句话，告诉我们这样几点关于这位"雪芹先生"的情况：（1）他是两江总督尹继善的幕僚；（2）他从事"案牍"的工作；（3）他能诗；（4）他善饮；（5）他和尹继善有"通家之谊"。那么，俞瀚的情况是否和这五点符合呢？

袁枚《随园诗话》卷一三说，俞瀚"久客京师，金少司农辉荐与望山相公"。沈大成《亡友俞楚江金陵怀古诗跋》说："当相国尹公总制两江时，楚江为上客，出入幕府，游金陵最久。"可见俞瀚确是两江总督尹继善的幕僚，被待为"上客"，是深受尹继善器重的。

袁枚《俞楚江诗序》说："乐令语言，全资潘岳；窦融章奏，半出班彪。"这里用了两个典故，以乐广、窦融代指尹继善，以潘岳、班彪代指俞瀚。这两个典故，一个出自《晋书·乐广传》："广善清言，而不长于笔。将让河南尹，请潘岳为表。岳曰：'当得君意。'广乃作二百句语，述己之志。岳因取次，便成名笔。"另一个出自《后汉书·班彪传》："彪避地河西，大将军窦融以为从事，接以师友之道。彪为融画策事汉。及融征还京师，光武问曰：'所上章奏，谁与参之？'融对曰：'从事班彪所为。'"可见俞瀚在尹继善幕府里担任的是高级秘书的工作。尹继善的奏疏章表之类，大都出于他的手笔。

俞瀚的诗才在当时曾受到了他的友人和尹继善的赞扬。沈大成《俞楚江壶山诗钞序》指出"吾友俞君楚江，少即以诗名东南"，甚至于称他为"诗豪"。《亡友俞楚江金陵怀古诗跋》说："其怀古四首，相国极赏之。楚江故能诗，此尤其得意作也。"《扬州画舫录》卷二有相同的记载，俞瀚"以金陵怀古诗受知于尹制军"。正因为如此，尹继善在为他的小照题诗中写道："风流谁似题诗客，坐对青山想六朝。"《随园诗话》卷一三说，尹继善"称其诗有新意"；袁枚自己同样认为俞瀚的诗"俱有意趣"，还在《俞楚江诗序》中对他的诗作了这样的评价："倘入钟嵘之品，不在下中；即登表圣之门，自居高品。"沈大成《哭亡友俞楚江，用王摩诘哭殷遥韵》则说："遗诗数千篇，可以称善鸣。"（《学福斋诗集》卷三七）所以，俞瀚在这方面无疑是同陆厚信识语所说的"诗酒赓和，铿锵隽永"两句话合拍的。

俞瀚《偶成》诗第二首说："戒饮原因病，村旗莫浪招。"《题罗两峰鬼趣图》诗也说："不闻与不问，且尽手中卮。"可见他是能喝酒的。

《国朝金陵诗征》卷四五说，俞瀚的父亲叫俞士震，寄籍上元。同治《上江两县志》卷一二艺文志别集类著录了俞士震的《倦轩吟》。可见俞士震也是南京地方的一个有名的文人。他可能认识尹继善或其父尹泰，并有往来。这当是陆厚信识语所说的"通家之谊"的由来。

根据俞瀚本人的诗，以及俞瀚友人的有关记载，俞瀚同陆厚信识语中所说的"雪芹先生"的情况无一不合，更可断定确为一人无疑。

从一些有关的资料中，[①] 还可以知道下列的情况：他五岁丧母，从小寄居舅父家中，但没有受到很好的照顾。结婚以后，移居岳丈家中，住在"燕北"一带。后来，他的父亲又去世了。过了一段时候，他出外"遨游"谋生，"一客平津之馆，累走邯郸之车"。他"久客京师"，投靠了长芦巡盐御史金辉；后又经过金辉的介绍，再投靠两江总督尹继善，并受到了赏识和重用，成为尹继善手下一个得力的幕僚。

---

① 除上文已引用的资料外，还有：沈大成《送俞楚江之苏州》，《学福斋诗集》卷三六；沈大成《哭俞楚江文》，《学福斋文集》卷二〇；祖道《己丑秋日送俞楚江居士之吴中》诗，见王豫《群雅》卷三九；金玉冈《为俞楚江题画》，见陶樑《国朝畿辅诗传》卷四三和李濬之《清画家诗史》丙下。

乾隆三十年（1765）秋，尹继善卸任还朝，俞瀚依附大官僚生活的日子也就终止。他在南京混了一阵，再到北京去找事，"卒无所遇"而"南返"。大约在乾隆三十三年（1768）左右到了扬州。在扬州期间，他曾与当地的诗人沈大成、闵华、易谐、吴麐、诗僧祖道（号竹溪，秋雨庵住持）、道存（号石庄，桃花庵住持）、画家罗聘、书法家仪堉等往来酬唱。三十四年（1769）秋，赴苏州，"卖药吴市"。三十五年（1770）六月二十七日病卒于苏州虎丘的"客舍"，大概活了六十多岁。他的家眷一直住在北方，沈大成在《哭亡友俞楚江》一诗中说他"八口寄幽蓟，萍梗嗟无成"。

八　王冈画的究竟是谁？

我们在本文前面曾根据曹雪芹生活后期的相貌和交游情况，证明王冈这幅画并非曹雪芹的画像。那么，王冈究竟画的是谁呢？这也是一个值得予以研究的问题。

周汝昌同志在《曹雪芹小像辨》一文之中，曾提出它可能是王冈父亲王睿章的画像。他是这样说的：

> 后来，我转向于存疑的态度。因为，王冈是上海宝山刻印家王睿章之子，睿章号"雪岑"。其乾隆五年序刊本《醉爱居印赏》，即自署"雪岑老人"。那么是否存在着一个可能——即此像本系王冈或他人为王雪岑所作的行乐图，而被讹传或涂改成为"雪芹"字样的？这一可能，不容不估计到。（《红楼梦新证》增订本第七八八页至第七八九页）

现在我们就来考察有无这样的可能。

王冈的生年是可考的。他的同乡冯金伯在《墨香居画识》上有一段记载，提供了这项材料。本文前面曾引过其中一部分，现在全引如下：

> 王冈，字南石，号旅云山人，居邑（南汇县）之航头镇。工花

卉、人物，并善写照。其画初学于新安黄仙源，后则自出己意，随手写生，无不入妙，其写水族、草虫，尤觉生动。戊子（按，即乾隆三十三年，1768）春来舍，为先君写松鹤图照，最为逼肖。庚寅（按，即乾隆三十五年，1770）又至，作画颇多，时年已七十有四，即于是秋去世。

这里记得很清楚，王冈在乾隆三十五年（1770）是七十四岁，并死在这一年秋天。那么，推算起来，他的生年当在1697年，即康熙三十六年。据此，也可以大致推算他父亲的年龄。我们姑且假定王睿章十六岁结婚，十七岁得子即王冈（根据常情，不能把时间再往前提了）。那么，王睿章的出生不能迟于1679年，即康熙十八年。乾隆五年（1740）王睿章至少有六十二岁，所以他在乾隆五年（1740）序刊本《醉爱居印赏》上就自署为"雪岑老人"。乾隆二十七年（1762），即王冈作画的这一年，王睿章至少已有八十三岁了（实际年龄可能还要大些）。① 我们看王冈所绘的这幅画像，绝非为八十多岁老翁所做的写照，王睿章的实际年龄与画中人至为悬殊，岂能是王睿章的画像？周汝昌同志所提出的这一说法显然是不能成立的。

因此我们必须寻找另外的途径来判断画中人究竟是谁。我们认为，应当把王冈的画和陆厚信的画联系起来加以考察。

这两幅画之间是存在着许多联系的。第一，它们的画中人面貌很相似。这一点，已为一些专家所注意，如吴恩裕同志曾指出，陆厚信所绘的画像，"面圆而胖，色绝黑，盖画时著铅粉，年既久，遂暗黑至不可辨识。细察其眉目平正，鼻下端较阔，与王南石所绘者似为一人，惟较王作（指王冈的画）稍早耳"（《有关曹雪芹十种》第一六九页）。第二，王冈这幅画的题词和陆厚信那幅画的识语都同称画中人为"雪芹"。第三，他们作画的时间相距不远。王冈画作于乾隆二十七年（1762）的三月，陆厚信画作于乾隆三十年（1765）的秋天，中间只隔三年。第四，为陆厚信画题诗

---

① 《中国人名大辞典》载："王睿章，上海人，字贞六，一字曾籙，号雪岑翁。诸生，屡困场屋，家贫，藉铁书以自给，年九十余卒。有《花影集》、《印谱》。"可知王睿章活到了九十多岁。

的两江总督尹继善与为王冈画题词的皇八子永璇有着密切的关系，尹是永璇的岳丈。

本文前面也已考订出陆厚信所绘的是尹继善的幕僚俞瀚的画像，那么，王冈所绘的这幅会不会也是俞瀚的画像呢？这个可能无疑是存在着的，而且也是相当大的。

在搜寻有关俞瀚生平资料的过程中，我们曾了解到他的一项重要经历，为解决王冈所绘画像之谜提供了线索。

我们在《国朝历科题名碑录》上发现俞瀚之名，查明他在乾隆二十二年（1757）中过进士。

乾隆二十二年（1757）丁丑科的进士考试，一共录取了二百四十二名。其中第一甲有三名，第二甲有七十名，第三甲有一百六十九名。俞瀚是第二甲第六十八名，进士题名碑上注明是"顺天府大兴县人"。光绪《畿辅通志》卷四十一《选举志》也有同样的记载。

沈大成在《哭俞楚江文》中说俞瀚是"故乡在越，寄家在燕"。袁枚在《俞楚江诗序》里也说"楚江山阴著姓，燕北寄公"，并在《随园诗话》里说他"久客京师"。由此看来，俞瀚的祖籍是浙江山阴，他在北京参加进士考试所报的籍贯"顺天府大兴县"是他的寄籍（北京在清代是分属于顺天府的大兴县和宛平县）。我们只要看一下清代的《越中科第录》，这种情况屡见不鲜，许多祖籍浙江山阴、会稽、上虞、萧山的人，都是以"大兴籍"考中进士的。①

我们发现了俞瀚中过进士的材料，便可知道他并不像有些人所想象的那样，是一个什么"绍兴师爷"。他的身份要高得多，他是两江总督尹继善的高级幕僚，专为尹继善草拟奏疏章表。大官僚物色进士作为幕府中人是常见的事。像为王冈的这幅画题词的陈兆崙，在雍正八年（1730）考中进士之后，就亲身遇到了这种事。他的侄儿陈玉绳在《句山先生年谱》雍正八年（1730）的记事中写道："殿试入二甲。朝考（按，进士朝考是从中选取翰林院的庶吉士）误以第三题为首题，格于例，不录。首辅某耳先生名，又以朝考之误，深为惋惜，欲致先生入幕，为之保荐。先生坚辞

---

① 平步青：《越中科第录》。

之，因是失首辅欢。后虽入馆阁，列门下，共事者十余年，遇事辄抑之，先生亦无悔焉。"① 陈兆崙是不愿入幕，但乐意入幕的也大有人在。尹继善是皇帝遣派到江南去坐镇一方的重臣，在他幕府中罗致有如俞瀚这样的进士出身的人，完全不足为怪。像清代著名的两江总督曾国藩，他的幕府中就有许多进士，治文书章奏的著名文人如钱应溥是道光三十年（1850）的进士，吴汝纶是同治四年（1865）的进士。

现在再来看王冈这幅画的题词者，便可发现他们和俞瀚的关系。

封建社会里很看重"同年"关系，即在同一科里考中进士。题词者之中有两人是俞瀚的同年。一个是蔡以台，他是丁丑科的状元，而且和俞瀚还有同乡之谊。另一个是那穆齐礼，在丁丑科的榜上列为第二甲第四十七名，他在丁丑科经过朝考而被选作翰林院的庶吉士（这一科共挑选了庶吉士三十七名，俞瀚未被选上）。乾隆二十二年（1757）丁丑科的教习庶吉士大臣有观保，小教习中有秦大士。②

我们知道，皇八子永璇是俞瀚的"幕主"（或称"幕东"）尹继善的女婿。尹继善一直以这门亲事为荣，他的门人袁枚说他"出将入相，垂四十年，常谦谦然不自喜。惟小妻张氏以所生女入宫为皇子妃，诰封一品夫人，逢人必夸"（《随园诗话补遗》卷一）。这位岳丈对他的女婿极为照顾，不惜以历年搜括所得大肆挥霍，为之广通门路，到处打点，进行收买。舒坤在《批本随园诗话》中说他"结亲皇子，以致应酬浩大，身后萧条，公子十人，所分家产无几"，就是指此。他们翁婿之间既如此亲密，永璇对他老丈人身边的高级幕僚，自然是以青眼相待了。

题词者之中，观保是上书房的总师傅，和皇八子永璇的关系很深。他在乾隆二十年（1755）入直上书房，就是教永璇。三十五年（1770）五月，永璇未经奏准私自入城，他因有包庇嫌疑而被革职。③ 他又是尹继善的老友。乾隆二十五年（1760），他充任浙江乡试正考官出京，与尹继善

---

① 陈兆崙：《紫竹山房诗集》卷首。
② 《皇朝词林典故》卷五七《题名》。
③ 平步青《尚书房入直诸臣考略》载："观保，乾隆二十年以兵部侍郎入直，侍八阿哥。"又载："庚寅五月初六以八阿哥未奏进城革职。"

相遇，"把酒话旧竟日"，互相赠诗。① 二十六年（1761）四月，乾隆亲自任命兵部左侍郎观保及入觐两江总督尹继善等九人为殿试读卷官，他们两人又一同工作。② 以他和尹继善、永璇的关系，俞瀚请他为自己题画像，也很自然，一点也不唐突。

陈兆崙自乾隆二十三年（1758）十二月入直上书房，就教皇八子永璇的诗文，一直是专职师傅。谢墉和倪承宽也是上书房的师傅，钱大昕在翰林院任侍读，秦大士在翰林院任侍讲，钱载在詹事府任右庶子又兼翰林院侍讲。这些上书房的师傅和翰詹文人，为皇八子老丈人的高级幕僚题题画像，是不成问题的。何况尹继善是翰林院的老前辈，在乾隆四年（1739）就曾教习过庶吉士；他又和其中一些人素有交往，如陈兆崙是他的诗友，秦大士未中状元前是江宁的有名文士。倪承宽、钱载、蔡以台、谢墉和陈兆崙五人和俞瀚还都有"同乡"的关系。

我们必须看到，尹继善当时是声势显赫、炙手可热的两江总督。乾隆二十六年（1761）的春天，他曾奉弘历之命来京筹办"八阿哥"的婚礼，六月里大婚告成。第二年春天，俞瀚回北京探亲（他的家眷一直住在北京，参阅沈大成《哭俞楚江文》），借此机会联络皇八子，也是题中应有之义。皇八子永璇新婚不久，对他老丈人的高级幕僚自当待以师礼。于是，上书房的一些师傅和翰苑文人纷纷出来捧场，为他的画像题词。事实的真相大抵不过如此。沈大成在《俞楚江壶山诗钞序》中写他"入京师，钜公贵人，倒屣迎致。海内硕师鸿儒，知名之士，无不折辈行与之交，下至释老方伎之徒，亦皆知有楚江先生者"（《学福斋文集》卷四）。我们可以肯定地说，如果没有尹继善作他的"幕主"，如果皇八子永璇不是尹继善的女婿，如果俞瀚本人没有中过进士，在当时的京师是不会有上述那种情况发生的，那班上书房的师傅和翰苑文人（他们全是进士，而且其中有两个状元和一个探花）也是不会一起都来为俞瀚题画像的。

---

① 《尹文端公诗集》卷九有《补亭少司马典试浙江，予适有淮徐之役，相晤于众兴集中，把酒话旧竟日。别后两月，补亭复命北上，道经白门……》及《沧浪亭寄怀观补亭，仍用前韵》等诗。

② 《清高宗实录》卷六三五。

　　王冈与陆厚信所绘的这两幅画像，虽然是两个画家在不同的时间画的，而且由于他们的艺术技巧和处理方法有差异，他们所画出的画像不可能完全一样，但是由于所画的是同一个人，作画时间相隔不到三年，所以画中人的面貌风度基本上相似。两幅画像上的识语和题词诸人，又和俞瀚的生平经历和社会关系相符，尤足以证明这两幅画像都是俞瀚的画像，而不是曹霑的画像。所以我们认为王冈画的也是俞雪芹，而非曹雪芹。

　　俞瀚是不是号雪芹呢？我们没有发现当时的人为他写的传记或墓志，但是陆厚信在画上所题的识语，白纸黑字，明明称他是"雪芹先生"，而王冈画上的题词也都是称他"雪芹"（据说其中有一人称他"雪琴"，当是误会。后来也有类似的例子，如彭玉麟号"雪琴"，与他同时的人有把他误称为"雪芹"的），这些都是物证。此外，我们还可以根据古人的名和字号常相关合的规律来加以证实。

　　俞瀚，字楚江，又字楚善。我们估计"楚善"是他早年的字，而"楚江"是后来取的。"楚善"和他的号"雪芹"恰相关合，出自《吕氏春秋·本味》所载的伊尹对汤讲的话："菜之美者……云梦之芹"（一般类书如《太平御览》等均引作"菜之美者，云梦之芹"，把这两句话直接连在一起）。高诱在"云梦之芹"句下注云："云梦，楚泽。芹生水涯。""善"在古汉语中作"美"解。如《吕氏春秋·古乐》上说："汤乃命伊尹作为《大护》，歌《晨露》，修《九招》、《六列》，以见其善。"高诱注云："《大护》、《晨露》、《九招》、《六列》皆乐名。善，美。"因为云梦是楚泽，所以芹是楚地的美味，[①] "楚善"的意思不外如此。俞瀚之名也和"云梦"相关。云梦在古代本是两个大泽，在今湖北境内，分跨大江南北，江南为"梦"，江北为"云"，面积广达八九百里。"瀚"这个名取自《淮南子·俶真训》上所说的"浩浩瀚瀚"，高诱注云："广大貌也。"唐代冯贽的《云仙杂记》上记载："张曲江（九龄）语人曰：'学者常想胸次吞云梦泽，笔头涌若耶溪，量既并包，文亦浩瀚。'"因之"浩瀚"一词也有形容文章放肆汪洋之意。当时扬州诗人闵𡵸有《题俞楚江秋江泛月

---

　　① 《说文》上说："芹，楚葵也。"也指出芹为楚地之特产。

图》诗，首联是"胸中几云梦，何处著扁舟？"盖自俞瀚之名联想而来。①
不过俞瀚后来改字楚江，人们只从字面上看到"楚江"与"瀚"有关联，
反而看不清"俞瀚（名）——楚善（字）——雪芹（号）"三者之间原来
的联系了。②

九　结束语

一个俞雪芹，一个曹雪芹，由于他们两人的号相同，又生活在同时，
都曾在南京和北京居住，而陆厚信的画和王冈的画上面的识语和题词又只
见"雪芹"之称，后人不察，便把这两幅俞雪芹的画像误断为曹雪芹的
画像。

类似这种情况，在历史上不乏其例。

北宋杰出的科学家沈括在他的名著《梦溪笔谈》卷四就曾经举出了一
个这样的事实。

> 世人画韩退之，小面而美髯，著纱帽，此乃江南韩熙载耳。尚有
> 当时所画，题志甚明。熙载谥文靖，江南人谓之"韩文公"，因此遂
> 谬以为退之。退之肥而寡髯。元丰中，以退之从享文宣王庙，郡县所
> 画，皆是熙载，后世不复可辨，退之遂为熙载矣。

我们看《南薰殿藏名贤画像》中的韩愈像，依旧是小面而美髯，著纱
帽。拿它来和那传为五代顾闳中画的《韩熙载夜宴图》相核对，容貌正和
韩熙载极为相似，可知这个错误从北宋一直沿袭了下来。沈括不愧为我国

---

① 见《澄秋阁集三集》卷一。"胸中几云梦"出自司马相如《子虚赋》："秋田乎青丘，傍徨乎
海外，吞若云梦者八九，于其胸中曾不蒂芥。"

② 还可附带指出，曹霑，字梦阮，号雪芹、芹溪、芹圃，这三者之间也是相关联的。他的字和
号的联系，仍然是《吕氏春秋·本味》上的"云梦之芹"。云梦本为两泽，在江南者曰"梦"。"梦
阮"之"梦"，实际上是语义双关。至于他名"霑"，显然和"雪芹"之"雪"有联系，取"瑞雪普
霑"之意。"雪芹"两字出自苏辙的《新春》诗："佳人旋贴钗头胜，园父初挑雪底芹"（俞瀚号"雪
芹"，其直接出处也与此同）。可以推测，曹雪芹似在"新春"的时候诞生。有人说他生辰在夏天，约
当四月下旬，疑不确。

历史上杰出的科学家，他不但在自然科学的许多部门中作了精细的观察，提出一些很好的见解，而且对一幅历史人物画像的真伪问题也不轻易放过，经过仔细研究做出了科学的判断。这种实事求是的精神值得钦佩。假如没有他的这条辨证，我们一时竟无从纠正这个错误。

北宋人画唐代的韩愈（768—824）的画像，而错画成五代时南唐的韩熙载（902—970），其原因是两人的谥号近似，韩愈谥"文"，韩熙载谥"文靖"，而江南人都称为"韩文公"，所以相混。

已故的张珩同志在他的遗著《怎样鉴定书画》中，曾举出另一个例子。

> 例如明人学马（远）、夏（珪）山水很多，但宋人笔法紧，明人笔法松，宋人笔触重，明人笔触轻，外貌似相似，总的效果却有出入。流往国外的一幅马夏派山水画轴，署名"世昌"，下有"历山"朱文印，外人论著标明为宋人徐世昌作。从画的笔法、笔触来看，当为明人所作。按明代山东有画家名王世昌，号历山，更可知此画的作者是明代的王世昌而非宋代的徐世昌。①

张珩同志此文附有这件山水轴的照片，并在以上所引这段文字后面还加了个小注。注云："《虚斋名画录》卷七著录的《宋徐世昌山村暮霭图》也有朱文'历山'印。画虽未见，也可断定为王世昌所作，署款'徐世昌'三字之'徐'字乃是后人所添的。"

宋代画家徐世昌和明代画家王世昌，两人的名字相同。这两幅山水画上面的署名都只有"世昌"二字，于是后人便把王世昌的画误断为徐世昌的画。更有牟利之徒，故意在《山村暮霭图》上落款的"世昌"二字上面加一"徐"字，借以抬高此画的价值。张珩同志眼光敏锐，善于摘奸发伏，不愧为书画鉴定之学的专家。

生活在同一时代的人，同名或者同号也是常有的事。俞瀚的画像被误认作曹霑的画像，正是由于他们两人都号"雪芹"，且在同时，后人不察，

---

① 此文载于《文物》1964 年第 3 期，第 5—6 页。

因而相混。这又是一个很好的例子，可供我们在鉴定历史文物时作为参考。

一个俞雪芹，一个曹雪芹，不仅面貌迥异，思想性格有很大分歧，生活道路和政治态度也很不一样。一个混迹于官场，投靠当时的达官贵人，为他们奔走效劳；一个鄙视科举，对封建统治不满，在贫困的环境中为创作《红楼梦》而付出了辛勤的劳动，向封建制度的罪恶宣战。我们怎能将他们两人相混，把俞雪芹的思想和经历算成是曹雪芹的呢？现在考订出陆厚信的画和王冈的画都是俞雪芹的画像，我们认为，这才恢复了它们的本来面目。

1974 年 3 月初稿

1978 年 3 月修改

（本文为陈毓罴、刘世德合著，原载《红楼梦论丛》，上海古籍出版社 1979 年版）

论曹雪芹画像真伪问题

一　问题的提出

所谓"曹雪芹画像"，其传世者，已发现两幅：一为手卷，王冈绘，李祖韩藏；一为册页，陆厚信绘，河南省博物馆藏。

王冈所绘的手卷，原件一直没有公开，只有照片流传。据说，此画署"壬午（乾隆二十七年）三月"，上有皇八子永璇、钱大昕、倪承宽、那穆齐礼、钱载、观保，蔡以台、谢墉、陈兆崙、秦大士等乾隆时名人的题咏。

陆厚信所绘的册页，有陆厚信的识语和尹继善的题诗。从识语可知画中之人为两江总督尹继善的幕僚，常与尹继善"诗酒赓和"。

有些研究红学的专家对这两幅画像的真伪做出了鉴定。认为王冈所绘确是曹雪芹者，有俞平伯、吴世昌、吴恩裕等同志。至于陆厚信所绘，周汝昌同志力主"这是传世的最为可靠的一幅曹雪芹画像"。

有些研究红学的专家更根据这两幅画像和有关的资料，来推断曹雪芹的生平历史，并得出了一些值得注意的结论。例如，吴恩裕同志在《有关曹雪芹十种》一书中说："然则，雪芹虽贫困落拓，著书西郊，与当时上层社会亦自有关系。"后来，他更在《曹雪芹的佚著和传记材料的发现》[1]中进一步做出了这样的推论："雪芹当时在上层官场中是颇知名的，这一点同以前有些人的设想不同。"周汝昌同志虽对王冈的画持怀疑态度，但却深信陆厚信所绘系曹雪芹。他在《红楼梦新证》《史事稽年》

---

① 此文载于《文物》1973 年第 2 期。

的乾隆二十四年（1759）记事中写道："秋，赴尹继善招，入两江总督幕，重至江宁。"在乾隆二十五年（1760）记事中又写道："旋弃江南幕归京。"

显然，这些对曹雪芹生平事迹的推断都是根据这两幅画做出的。如果这两幅画确实是曹雪芹的画像，这些推断自然能被大家接受，反之，则难以成立。

因此，辨证"曹雪芹画像"的真伪问题，其意义实际上不仅仅是鉴别这两幅画像的文物价值，而且还直接关系到对曹雪芹的生活道路和历史的理解。曹雪芹有没有做过两江总督尹继善的幕僚，并和他"诗酒赓和"？曹雪芹和皇八子永璇以及观保、谢墉等人有无交往？这些问题都涉及他的政治态度、思想和创作的发展过程，不容等闲视之。我们应该根据马克思主义的历史唯物主义的观点对古代作家进行研究和评论。我们探讨这两幅所谓"曹雪芹画像"的真伪问题，正是从这样的认识出发的。

二　两个重大的疑点

这两幅画像，经过深入的考察，我们发现有两个重大的疑点。

第一，画中人的相貌和曹雪芹全然不符。

我们知道，曹雪芹生前的好友敦诚曾写过两首《挽曹雪芹》诗，第一首开头两句说："四十萧然太瘦生，晓风昨日拂铭旌"（《鹪鹩庵杂记》），明白表述曹雪芹活了四十来岁，家境穷困，相当消瘦。"太瘦生"是用李白《戏赠杜甫》一诗的意思。李诗云："饭颗山头逢杜甫，头戴笠子日卓午。借问别来太瘦生，总为从前作诗苦。"曹雪芹在艰苦的环境中努力从事《红楼梦》的创作，正如甲戌本《石头记》中"凡例"后面的题诗所云"字字看来皆是血，十年辛苦不寻常"，他为此而损害了身体健康。敦诚在诗中用"太瘦生"一词来形容他，并以那"呕尽心肝"而早死的诗人李贺相比，是真实的写照。

明远堂藏抄本《石头记》（或称"靖本"），在第一回正文"生得骨格不凡，丰神迥异"句上有一条"脂批"："作者自己形容。"又梦觉主人序本《红楼梦》（或称"甲辰本"），在这两句正文上也有一条"脂批"：

"这是真像，非幻像也。"我们知道，"脂批"的作者主要是脂砚斋和畸笏叟，都和曹雪芹有着密切的关系。他们留下的有关曹雪芹相貌的描述应是可靠的。

由此可见，曹雪芹在他倾注心血创作《红楼梦》的时期，特别是在他生活的后期，相貌较为清瘦。人一消瘦，就容易显得骨格突出。与曹雪芹交往的明琳之弟明义，写了二十首《题红楼梦》诗，最后一首写作者曹雪芹，就说是"馔玉炊金未几春，王孙瘦损骨嶙峋"。曹雪芹人虽瘦，可是很有精神，风貌神采十分出众。

所谓"曹雪芹画像"，陆厚信所绘的一幅据周汝昌同志考订，作于乾隆二十四年（1759）秋至二十五年（1760）秋之间，王冈所绘的一幅署为"壬午三月"，即乾隆二十七年（1762）三月，相距不到三年，都是属于曹雪芹生活的后期。这两幅画像所画的人，都脸圆而胖，相貌平庸，无出众之处，和我们所知的描述曹雪芹相貌的可靠材料，确实差得很远。

主张是曹雪芹画像的同志，都引裕瑞《枣窗闲笔》上"其人身胖头广而色黑"的话为证。查裕瑞（1771—1838）在曹雪芹去世八年之后方才出世，根本不可能见过曹雪芹本人。他说曹雪芹是汉军人，"亦不知隶何旗"，又说"其名不得知"，"雪芹"是字还是号也弄不清。如果这些情况是出自"前辈姻戚"的口中，这位"前辈姻戚"究竟是否真和曹雪芹"交好"，值得打上一个问号。《枣窗闲笔》在嘉庆、道光年间写成，裕瑞的记载可能是捕风捉影之谈，不尽属实，充其量只能看作有关曹雪芹的一种传说。两相比较，我们只能相信与曹雪芹确实交往密切的人——敦诚、脂砚斋等的描述。因为他们是亲眼所见，自然可信；而裕瑞的记载只是耳食之言，不足为凭。

第二个重大疑点是这两幅画像的题咏者均为当时的达官贵人和翰苑名流，他们和久困山村、穷愁著书的曹雪芹都有交往，一起为他题像，并且还有聘他入两江总督幕府之事，与我们所知道的曹雪芹的情况完全不符。

敦诚在乾隆二十六年（1761）秋天写了一首《赠曹芹圃》诗："满径蓬蒿老不华，举家食粥酒常赊。衡门僻巷愁今雨，废馆颓楼梦旧家。司业青钱留客醉，步兵白眼向人斜。阿谁买与猪肝食？日望西山餐暮霞。"① 其中描写了曹雪芹住在北京西郊，居处简陋，除了老友有时前来探望，绝少新交。尾联用东汉闵贡的故事：闵贡"客居安邑"。"老病家贫，不能得肉，日买猪肝一片，屠者或不肯与，安邑令闻，敕吏常给焉。"（《后汉书·周黄徐姜申屠列传》）敦诚感叹当时连像安邑令那样肯帮助贫困文人的官吏都没有，根本无人关心和照顾曹雪芹，任其潦倒。这首诗最清楚不过地说明了曹雪芹当时的处境，何来官居一品、声势显赫的两江总督来和"罪人之子"的曹雪芹叙"通家之好"，请他到南京进入幕府，待如上宾呢？

除了敦诚以外，我们还可以请出一位当时人袁枚来做见证。此人和尹继善的关系极深，经常出入两江总督的部院衙门及宅邸，却根本不知道幕府中有一个曹雪芹。他在《随园诗话》中是这样说的："雪芹者，曹练亭织造之嗣君也，相隔已百年矣。"（卷十六）哪怕是他们两人仅有一面之交，恐怕也不至于会发生这么大的误会、闹这样大的笑话，竟说曹雪芹是百年前的古人！我们不难断定，曹雪芹对于袁枚说来是陌生的人，而这也正好间接地证明了曹雪芹不可能在尹继善的两江总督衙门里做幕僚。

王冈所绘的那幅画像，据说题咏者计有十人，除皇八子永璇外，其他九人都是进士。其中秦大士是乾隆十七年（1752）状元，倪承宽是乾隆十九年（1754）探花，蔡以台是乾隆二十二年（1757）状元。这九个人先后都进入翰林，任官又大都在翰林院和詹事府。乾隆二十七年（1762），即题画像的那一年，他们所担任的职务经考订如下：

观保	吏部右侍郎兼翰林院掌院学士
陈兆崙	通政司副使
谢墉	翰林院编修
钱载	詹事府右庶子兼翰林院侍讲
倪承宽	太仆寺少卿
钱大昕	翰林院侍读
蔡以台	翰林院修撰

① 敦诚：《四松堂集》稿本。

那穆齐礼　　翰林院庶吉士

秦大士　　　翰林院侍讲

其中观保的地位最高，他自乾隆二十年（1755）起就入直"上书房"（又名"阿哥书房"），二十二年（1757）升为总师傅。倪承宽自乾隆二十二年（1757），陈兆崙自乾隆二十三年（1758），谢墉自乾隆二十四年（1759），也分别入直"上书房"，做了皇子的师傅。

我们知道，傲岸不屈是曹雪芹性格上很突出的一个特点，敦敏称他为"傲骨如君世已奇"，敦诚也说他是"步兵白眼向人斜"。翻开《红楼梦》，我们便可看到，曹雪芹写林黛玉把北静王水溶称为"臭男人"（第十六回）。他还通过惜春之口说："难道状元就没有不通的吗？"（第七十四回）又借冷子兴来讽刺贾雨村之流："亏你是进士出身，原来不通！"他写贾宝玉痛骂当时所谓"读书上进"和一心做官的人是"禄蠹"（第十九回），并把史湘云所说的"你就不愿读书去考举人进士，也该常常的会会这些为官作宰的人们，谈谈讲讲些仕途经济的学问"，斥之为"混账话"（第三十二回），如此等等。足见曹雪芹在思想上是对什么皇子、总督、状元、进士极其厌恶和藐视的，不屑与之为伍。

乾隆二十七年（1762）的秋天，敦诚与曹雪芹相遇于槐园。他解下佩刀，为雪芹质酒买醉，在诗中写道："我有古剑尚在匣，一条秋水苍波凉，君才抑塞倘欲拔，不妨斫地歌王郎。"[1] 他用杜甫《短歌行，赠王郎司直》的诗意，感叹曹雪芹虽有"磊落之奇才"，但在当时无人赏识，不能为世所用。如果就在这一年的三月里有皇八子及那么一大批供职于翰林院和詹事府的名流和他交往，纷纷为他题像，封建统治阶级岂不是非常重视这位文学家？我们看敦诚十分斩钉截铁地对曹雪芹说"君才抑塞"，而且还劝他斫地而歌，足见他并无此"幸遇"。

这一年的除夕，曹雪芹去世了。敦诚为他所写挽诗的定稿，首联云："四十年华付杳冥，哀旌一片阿谁铭？"他感叹曹雪芹身后萧条，至无人为题铭旌。当时，题铭旌一般需找有功名和有官职的人。应该说，观保、陈

---

① 敦诚：《四松堂集》卷一。

兆崙、谢墉等九人都是最佳的人选。他们一个个都是进士出身，其中又有两名状元和一名探花，既有功名，又是现任官员。他们在这一年的三月里既能为曹雪芹题画像，难道就不能题题铭旌吗？

敦诚的挽诗是有力的证据，它清楚地说明了，曹雪芹在他生活的后期，并未和许多闻人和名流交往。他的朋友只有敦敏、敦诚、张宜泉等人，他们既没考中什么举人和进士，当时也都无一官半职。曹家的阔亲戚早已把曹雪芹视同陌路之人了。敦诚所说的"哀旌一片阿谁铭"完全是写实的。

因此，我们认为，陆厚信和王冈所绘的都不是曹雪芹的画像。

三　陆厚信画的是俞楚江

这两幅画像既然都不是曹雪芹的画像，那么，它们所画的人究竟是谁呢？

由于陆厚信这幅画业已公之于世，它的识语和题诗也已全部披露，我们先对它进行研究，以彻底揭开"曹雪芹画像"之谜。

1963 年，在"曹雪芹逝世二百周年纪念展览会"筹备期间，陆厚信所绘的这幅画像的原件曾调来北京，我们有机会得以目验。画上有两江总督尹继善手题的两首七绝，对于判明画中人，这实是一个关键所在。题诗和画像处于单开册页的同一张整纸上，自成一套，形成了有机的联系。陆厚信的识语明确地点出，他所画的人是尹继善的幕僚。而尹继善的题诗，显然系为幕僚的画像而作，属于临别纪念的性质。

周汝昌同志在《雪芹小像辨》一文中说，画像和题诗"各不相涉"，"并非一事"，没有必然的联系。我们认为，这种说法是缺乏说服力的，他所举出的几条理由，也是站不住脚的。

理由之一："尹氏题诗和陆氏画像各居'对开叶'的左右扇，自成'单位'。裱成的对开叶，虽然相连，但照例为中间的折缝分隔，实成两幅，因此这种对开叶的两扇书画之间，不一定都有必然关系。"

我们认为，单开册页为同一张整纸，一半画像，另一半题诗，诗画关合，这在古人书画中是常见的情形。既是同一张整纸，就完全排除了装裱错乱的可能。既是册页，就难免要有折缝；但不能一见到折缝就指前后两个半开为"两幅"，其理甚明。

理由之二："尹诗说：'万里天空气沉寥，白门云树望中遥；风流谁似题诗客，坐对青山想六朝。'则足证尹氏原来所题的画幅，是有'云树''青山'等景物为背景的画幅，而陆画却只是一个单人肖像，席地而坐，别无任何衬景。可见尹诗并非是为专题陆画而入册者甚明，二者实各不相涉。"

我们认为，尹诗是为专题陆画而入册的。一个诗人，在他的笔下，可以任意驰骋他的想象。题画诗这种体裁并不例外。诗人可写画内景物，也可写画外的景物。"云树""青山"，显然就是那种画外的景物。原诗说："云树望中遥。"这个"望中"，指所画之人的"望中"，不是题诗者的"望中"。原诗又说："坐对青山。"这个"坐对"，也同样指所画之人在"坐对"，不是题诗者在"坐对"。而陆厚信所画的是正面像，不是侧面像，更不是背面像。试想，在画上，一个正面而坐的人，他"望中"或"坐对"的景物，能在画幅上出现吗？

这首诗一开头就说："万里天空气沉寥。""沉寥"一词出自《楚辞·九辩》："沉寥兮天高而气清。"王逸注云："沉寥，旷荡空虚也。"这正好和画上之无衬景相合。以为画上无衬景便与尹诗不符，实际上是未曾明白诗的原意。

理由之三："尹诗又云：'久住江城别亦难，秋风送我整归鞍；他时光景如相忆，好把新图一借看。'尤足证明原来所题的画幅是'江城'的'光景'为主，即南京风物为主，而绝不是一幅单人肖像。"

我们认为，这条理由也是很难成立的。这里牵涉对尹继善这首七绝内容的理解。第一句所写的离别，含意双关，既指他久住的南京，又指和他共同久住南京的人，即陆厚信所画的那个人，而且主要是指后者。第三句"光景"一词，在这里应作人的仪表风貌解，指画中人，也就是指那个和尹继善一起在南京长期相处的幕僚。必须强调指出，尹继善题的是人物画，不是风景画。所以，不存在什么"南京风物为主"的问题。

理由之四："尹氏题诗中既言'新图'，则此图作画必不是旧日陈事，即距尹氏离开南京入都时必定很近。而陆厚信的题记提到尹氏时只云'尹公望山时督两江'，殊无一字表示或流露将别的语气。亦足见诗、画并非一事。"

我们认为，周汝昌同志所做的解释不符合尹继善诗句和陆厚信识语的原意。尹诗的"新"字，不是指此图所绘的内容，而是指绘此图的时间。所谓"新图"，表明绘此图的时间在新近。而陆厚信识语所说的"尹公望山时督两江"，"时"字是指尹继善聘请"雪芹先生"做幕僚之时，不是指尹继善离开南京北返之时。陆厚信识语的最后一句说"以志雪鸿之迹云尔"，已流露出将要离别的口气。这里用的是苏轼《和子由渑池怀旧》诗中"人生到处知何似？应似飞鸿踏雪泥，泥上偶然留指爪，鸿飞那复计东西"的意思。所以，说他的识语"殊无一字表示或流露将别的语气"，是不符合事实的。

理由之五："尹诗如真是为这里的图幅而专题的，那它起码要有'奉题某某先生小照'之类的上款。而册中的尹诗却只有秃秃的'望山尹继善'五字下款。足证此处尹诗不过是为应求题册人的请求而随意写下的个人诗句。其所以写下这两首，揣度情理：一是因见雪芹画像而联想到自己另外题像的诗，题目略有关联；二是此两诗刚作不久，容易记起，故而随手落笔了。"

我们认为，这条理由仍然是不能成立的。题画诗固然可以有上款，但也可以没有上款，尤其是在画家识语中已经出现了被画者名字的时候。尹诗题赠的对象应该就是陆厚信所画的那个人，即尹继善的幕僚，而不可能是一个不相干的"求题册人"。试想，当一个不相干的人来请尹继善题诗时，他拿出来的册页上竟是尹继善幕僚的画像，请问，这个人能这样做吗？再说，尹继善肯为他把诗题在自己幕僚的画像之侧吗？从另一方面说，尹继善是一个以诗人自负的大官僚，当他为幕僚题诗，而这位幕僚又是一个同他"诗酒赓和"的文人，在这样的情况下，尹继善难道竟会"随意"乱写一通吗？竟会把自己为别人题像的现成诗句搬来敷衍塞责，而不专门构思、命笔以应诗友的要求吗？

尹继善的诗集叫作《尹文端公诗集》。其中，卷九收有这两首七绝。除了第二首的"江城"作"金陵"以外，其余字句和画像上的题诗完全相同。更重要的是，诗题作《题俞楚江照》，这不啻告诉我们，陆厚信所画的人就是这位也叫作"雪芹"的俞楚江。

《尹文端公诗集》是按创作年月编次的。《题俞楚江照》为卷九的第四十九题。从前后排列的诗可以看出，它作于乾隆三十年（1765）秋季，其时约在九月六日之前的不久。

尹继善一生曾四次出任两江总督。最后一任时间最长，从乾隆十九年（1754）八月到乾隆三十年（1765）三月。离任的命令是四月初从北京发出的，尹继善动身还朝的日期则是九月初六。

《题俞楚江照》正写于这次离任的时候。"久住金陵别亦难，秋风送我整归鞍"，表明尹继善写此诗时曾在南京久住，离开的时间则在秋季。既是"久住"，就不可能写于第一任和第三任离任之时。因为第一任只有两年左右，第三任只有一年左右。既是"秋"季，就不可能是第二任。因为第二任任满离开南京的时间是在冬季。

总之，这两首七绝写于乾隆三十年（1765）秋季，这是确凿无疑的事实。因而这就完全排除了它是题赠曹雪芹画像的可能。大家知道，曹雪芹卒于乾隆二十七年（壬午）除夕。到了乾隆三十年，他已逝世两年有余，这也间接地证明了陆厚信所画的人虽然也叫作"雪芹"，却确实不是曹雪芹。正像尹继善的诗题《题俞楚江照》所表明的，这是一幅俞楚江的画像。

俞楚江，名瀚，一字楚善，号知止老人、壶山渔者，浙江山阴人。他工诗，善画，精于篆书、篆刻，通古文字学。著有《壶山诗钞》《居易集》。其父俞士震，寄籍上元，也是南京地方的一个有名的文人，著有《倦轩吟》。袁枚《随园诗话》卷十三说，俞瀚"久客京师，金少司农辉荐与望山相公"。沈大成《亡友俞楚江金陵怀古诗跋》说："当相国尹公总制两江时，楚江为上客，出入幕府，游金陵最久。"（《学福斋集》卷十四）袁枚《俞楚江诗序》说："乐令语言，全资潘岳，窦融章奏，半出班彪。"（《小仓山房外集》卷三）可见俞楚江确是两江总督尹继善的幕僚，深受尹继善的器重。

四　王冈画的也是俞楚江

周汝昌同志在《雪芹小像辨》一文中曾提出这样一种意见，即王冈所绘可能是其父王睿章的画像。

> 后来，我转向于存疑的态度。因为，王冈是上海宝山刻印家王睿章之子，睿章号"雪岑"。其乾隆五年序刊本《醉爱居印赏》，即自署"雪岑老人"。那么是否存在着一个可能——即此像本系王冈或他人为王雪岑所作的行乐图，而被讹传或涂改成为"雪芹"字样的？这一可能，不容不估计到。

王冈的生年是可考的。他的同乡冯金伯在《墨香居画识》上有段记载，为我们提供了这方面的资料。

> 王冈，字南石，号旅云山人，居邑（南汇县）之航头镇。工花卉、人物，并善写照。其画初学于新安黄仙源，后则自出己意，随手写生，无不入妙。其写水族、草虫，尤觉生动。戊子（乾隆三十三年，1768年）春来舍，为先君写松鹤图照，最为逼肖。庚寅（乾隆三十五年，1770年）又至，作画颇多，时年已七十有四，即于是秋去世。

据此，王冈在乾隆三十五年（1770）是七十四岁，死在这一年秋天。推算起来，他的生年当在 1697 年，即康熙三十六年。由此可以推算其父的年龄。我们姑且假定王睿章十六岁结婚，十七岁得子即王冈，则王睿章的出生不能迟于 1679 年，即康熙十八年。他在乾隆五年至少有六十二岁，故自署为"雪岑老人"。乾隆二十七年（1762），王睿章至少已八十三岁了。我们看这幅画像绝非为八十多岁老翁所做的写照，王睿章的实际年龄与画中人甚为悬殊，岂能是他的画像？周汝昌同志所提出的这一说法显然是不能成立的。

因此我们必须寻找另外的途径来判断画中人。我们认为，把王冈的画和陆厚信的画联系起来考察，很有必要。它们之间存在着许多联系。

第一，画中人的面貌相似。此点已为一些专家所注意，如吴恩裕同志曾指出：陆厚信所绘的画像"面圆而胖，色绝黑，盖画时著铅粉，年既久，遂暗黑至不可辨识。细察其眉目平正，鼻下端较阔，与王南石所绘似为一人，惟较王作稍早耳"①。第二，两幅画的题词和识语都同称画中人为"雪芹"。第三，它们作画的时间相去不远，只有三年。第四，为陆厚信画题诗的两江总督尹继善，与为王冈画题词的皇八子永璇有着亲密的翁婿关系。

我们也已考订出陆厚信所绘确为尹继善的幕僚俞楚江的画像，那么，王冈所绘是否也是俞楚江的画像呢？这是值得认真研究的。

沈大成在《俞楚江壶山诗钞序》一文中曾写道："吾友俞君楚江，少即以诗名东南。壮而出游四方，入京师，巨公贵人，倒屣迎致；海内硕师鸿儒，知名之士，无不折辈行与之交，下至释老方伎之徒，亦皆知有楚江先生者。"（《学福斋集》卷四）由此可知，俞楚江在北京交游很广，结识了许多"巨公贵人"和"知名之士"，这和王冈画上有许多名流、闻人题词情况是相符合的。我们还可指出，当时的著名数学家吴烺（即《儒林外史》作者吴敬梓之子）和他也有交往，《杉亭集》中存有《放歌赠俞楚江》诗。吴烺与谢墉为"同年"，又同居一寓，关系密切；钱大昕曾为他的《杉亭集》写序，沈大成曾为他的《周髀算经图注》写序；钱载、秦大士等人也和他常相唱和。看来，俞楚江和这些人都有过接触往来。

此外，我们还在清代的《历科题名碑录》中发现俞瀚之名，知道他在乾隆二十二年（1757）中过进士。

乾隆二十二年（1757）丁丑科的进士考试，共录取了二百四十二名。俞瀚是第二甲第六十八名，进士题名碑上注明是"顺天府大兴县人"。光绪《畿辅通志》卷四十一《选举志》也有同样的记载。

沈大成在《哭俞楚江文》中说俞楚江是"故乡在越，寄家在燕"。（《学福斋集》卷二十）。袁枚在《俞楚江诗序》里也说"楚江山阴著姓，燕北寄公"，并在《随园诗话》中说他"久客京师"。看来俞瀚的祖籍是浙江山阴，他在北京参加考试所报的籍贯是他的寄籍。我们只要看一下清代的《越中科第录》，这种情况屡见不鲜，许多祖籍浙江山阴、会稽、上虞、萧山的人，都是以"大兴籍"考中进士的。

我们看王冈这幅画的题词者，便可发现其中有两人是俞瀚的"同年"。一个是蔡以台，他是丁丑科的状元，和俞瀚还有同乡之谊。另一个是那穆

---

① 吴恩裕：《有关曹雪芹十种》，中华书局 1963 年版，第 169 页。

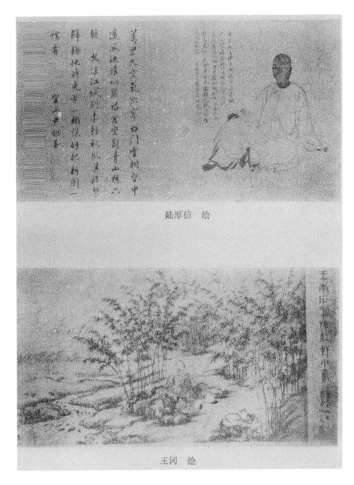

陆厚信　绘

王冈　绘

曹雪芹的两幅画像

齐礼，他在丁丑科的榜上列为第二甲第四十七名，经过朝考而被选作翰林院的庶吉士。这一科共挑选了庶吉士三十七名，俞瀚未被选上。有人说王冈画的是一个"翰林公"，乃无稽之谈。

　　尹继善是乾隆派到江南去坐镇一方的重臣，在他的幕府中罗致有进士出身的人实不足为奇。当时大官僚常物色进士作为幕府中人。更为重要的是，俞瀚的"幕主"尹继善是皇八子永璇的岳丈。乾隆二十六年（1761）的春天，尹继善奉乾隆之命，来京筹办"八阿哥"的婚礼，六月里大婚告成。第二年春天，俞楚江回北京探亲，借此机会联络皇八子，也是题中应有之义。皇八子新婚半年多，对他老丈人身边的高级幕僚自然待以师礼。于是，上书房的一些师傅和翰苑文人（他们都和尹继善有交往），纷纷出来捧场，为他的画像题词。事实的真相大抵不过如此。

王冈与陆厚信所绘的这两幅画像，虽然是两个画家在不同的时间画的，不可能完全一样，但是由于所画的是同一个人，作画时间相隔不到三年，所以画中人的面貌、风度相似。两幅画像上的识语、题词又和俞楚江的生平经历和社会关系相符，尤足以证明这两幅都是俞楚江的画像，而不是曹雪芹的画像。

俞楚江是否也号雪芹呢？我们虽未发现当时的人为他写的传记或墓志，但是陆厚信在画上所题的识语，白纸黑字，明明称他是"雪芹先生"，而王冈画上的题词也都是称他"雪芹"（据说其中有一人称之为雪琴，当是误记）。这些都是物证。此外，我们还可循古人的名和字号常相关联之例试作探索。

俞楚江之名瀚，当是取自《淮南子·俶真训》上的"浩浩瀚瀚"，高诱注云"广大貌也"。唐代冯贽在《云仙杂话》上记载"张曲江（九龄）语人曰：'学者常想胸次吞云梦泽，笔头涌若耶溪，量既并仓，文亦浩瀚'"，"浩瀚"一词也被用来形容文章之放肆汪洋。《诗经·鲁颂·泮水篇》上说："思乐泮水，薄采其芹"，古人每用"采芹"来比喻入学为生员，因之"雪芹"之号和"瀚"之名是相关联的，盖取文章登科之意。另外，二者也都和"云梦泽"有关（司马相如《子虚赋》上说："云梦者，方九百里"，《吕氏春秋·本味篇》上说："云梦之芹"，高诱注云："云梦，楚泽。芹生水涯。"）。

我们知道俞楚江又字楚善。显而易见，"雪芹"和"楚善"也有密切的联系，正是出于《吕氏春秋·本味篇》上所记载的大臣伊尹对汤讲的话："菜之美者……云梦之芹"（一般类书如《太平御览》等均引作"菜之美者，云梦之芹"，把这两句直接连在一起）。"善"在古汉语中本可作"美"解，如《吕氏春秋·古乐篇》上说"以见其善"，高诱注云"善，美"。

俞楚江的名和字既和"雪芹"都有关联，而且他的两幅画像的识语和题词都称他"雪芹"，因此我们可以断定俞楚江号雪芹。

　　生活在同一时代的人，同名或者同号并非罕见。俞楚江的画像被误认作曹雪芹的画像，正是由于他俩是同时人，都号"雪芹"，又都曾在南京和北京居住过，后人不察，因而相混。这是一个很好的例子，可供鉴定历史文物的同志们参考。

1978 年 10 月改订

（本文为陈毓罴、刘世德合著，原载《学术月刊》1979 年 2 月号）

曹雪芹画像辨伪补说

　　1963 年夏秋之际，"曹雪芹逝世二百周年纪念展览"正在北京筹备，我们因参加工作之便，得见由河南省博物馆调来的陆厚信所绘"雪芹先生小照"。经过研究，我们认为，小照所画之人不是曹雪芹，而是俞楚江。当时，周汝昌同志力主这是曹雪芹的画像，并写了《关于曹雪芹的重要发现》一文。① 我们因此写过一篇《曹"雪芹"画像之谜》，② 表示了不同的看法。1974 年，我们继续写了一篇《曹雪芹画像辨伪》，认为陆厚信、王冈分别所绘的两幅画像都不是曹雪芹。此文约三万余字，已收入我们的《红楼梦论丛》一书。③ 1978 年 10 月，我们应上海《学术月刊》编辑部之约，又把这篇《辨伪》摘要改写，这就是《论曹雪芹画像的真伪问题》一文。④

　　最近，我们看到了梅节《曹雪芹画像考信》⑤ 和宋谋玚《〈曹雪芹画像考信〉质疑》⑥ 二文，觉得有进一步申说我们的看法并解释若干疑点的必要，因先就陆厚信所绘"雪芹先生小照"问题，草成此文，以求证于海内外红学专家及读者。

一　尹继善题诗作于何时？

　　我们所见到的陆厚信所绘"雪芹先生小照"是一幅册页。前半页是小

---

① 此文载于《天津晚报》1963 年 8 月 17 日。
② 此文载于《天津晚报》1963 年 9 月 14 日。
③ 该书为上海古籍出版社 1979 年版。
④ 此文载于《学术月刊》1979 年 2 月号。
⑤ 此书载于香港《文汇报》1979 年 4 月 2—5 日。
⑥ 此文载于香港《文汇报》1979 年 5 月 31 日。

像，后半页是尹继善的题诗。画和诗在同一张整纸上，对折而成两半，它们的尺寸大小完全是一样的。不知什么缘故，《文物》1973 年第 2 期在刊载周汝昌同志《红楼梦及曹雪芹有关文物叙录一束》一文的同时，制成图版发表此画，竟把小像和题诗处理为两幅形式上不相连、内容上不相关的东西，甚至改动了前半页（画像）和后半页（题诗）的大小比例，以致无论从长短或宽窄来看，它们都丝毫不相等同，易使人误会小像和题诗各不相涉。我们在《曹雪芹画像辨伪》及《论曹雪芹画像的真伪问题》中，曾对周汝昌同志把小像和题诗割裂开来的看法，提出了商榷的意见，并举出许多内证来证明雪芹先生小像、陆厚信识语和尹继善题诗三者互相关联，密不可分。

宋谋玚同志承认"雪芹先生小像"和尹继善题诗不能割裂，但他认为陆厚信的画像和尹继善的题诗都为曹雪芹而作，与俞楚江无涉，并进一步断定画像"作于雪芹辞尹幕北归的庚辰秋，尹诗亦作于是时"。我们认为，宋谋玚同志这个结论是缺乏根据的，因而也是难以成立的。

陆厚信识语和尹继善题诗本身都没有署明写作的年月。而关键在于，尹继善题诗的写作年月是可以考订的。根据此诗的内容，以及此诗在尹继善诗集中的排列次序，不难看出，它写于乾隆三十年乙酉（1765）秋季，其时约在九月六日的前不久，而绝不可能像宋谋玚同志所断言的那样，写于乾隆二十五年庚辰（1760）秋季。

从内容来看，题诗第二首"久住江城别亦难，秋风送我整归鞍"云云，分明是尹继善自指的语气。这一点连周汝昌同志也是承认的。宋谋玚同志却别立新说。他提出，这是"题诗人代拟受题者行将别去的语式，'我'指曹雪芹而非尹继善自指"。姑且不谈用宋谋玚同志此说去解释全诗自是圆凿方枘、扞格不入，即以曹雪芹的生活经历和个性而论，他毕生精力和心血都用之于《红楼梦》，长期在北京西郊辛辛苦苦、勤勤恳恳地从事创作，直到临终，此书尚未全部完成，被他的亲密合作者脂砚斋引以为莫大的憾事，他哪里有空闲的工夫去"久住江城"，为尹继善办理案牍，并和这位两江总督"诗酒赓和"呢？到目前为止，我们所知的全部有关曹雪芹生平的资料都不能证明确有此事。

依照宋谋玚同志的看法，曹雪芹己卯秋赴南京入尹继善幕，庚辰秋离去，那么，他在南京最多也不过待了一年的光景。在这种情况下，尹继善怎能说曹雪芹是"久住江城"？"一年"和"久住"差别甚大，实难相混。即使曹雪芹己卯年真的到了南京，也不能说是"久住"。作为满洲才子和翰林院掌院大学士尹继善的笔下岂会出现如此不通的诗句！

这两句的语气表明，题诗作于尹继善调职离任、北归惜别之际。考尹继善曾四次出任两江总督之职，其中第一任、第三任的任期仅仅一两年左右，第二任任满返京则在冬季，这都和诗中的"久住""秋风"等句不合。只有第四任任期最长，从乾隆十九年到乾隆三十年（1754—1765），任满返京的启程日期又在九月六日，题诗作于此时无疑。

尹继善的《尹文端公诗集》是编年的。从排列次序也可看出，此诗应作于乾隆三十年（1765）九月初。按，此诗为卷九的第四十九题。根据我们的考察，尹继善的这部诗集是严格地按年月编次的，卷九从第一题到第五十二题，作于乾隆三十年（1765）初春到重阳后，其间毫无讹误可言。例如，第三十题是《乙酉暮春……》，第四十二题至第四十七题大部分为和袁枚、讬庸等人送行诗之作，都作于三十年（1765）秋。第四十八题为送高积离南京赴贵州按察使任之作，也作于三十年（1765）秋。第五十题为留别江苏巡抚庄有恭之作，第五十一题为和袁枚途中送别之作，作于九月六日动身之后。这些诗篇，前后排列，井然有序，一丝不乱。因此，我们说尹继善的《题俞楚江照》诗二首作于乾隆三十年（1765）九月初，是有充分根据的。

既然尹继善的题像诗作于乾隆三十年（1765），则陆厚信所绘的画像就绝对不可能是曹雪芹，因为曹雪芹早已在乾隆二十七年（1762）除夕去世，① 这是大家所熟知的事实。

二　尹集诗题是袁枚"误拟"的吗？

尹继善题诗二首的标题分明是《题俞楚江照》，白纸黑字，一清二楚，无可置疑。可见陆厚信"雪芹先生小照"所绘之人是俞雪芹，而非曹

---

① 甲戌本第一回脂批："能解者方有辛酸之泪，哭成此书。壬午除夕，书未成芹为泪尽而逝。"

雪芹。

《题俞楚江照》，这五个字组成的标题写的是这样的明确，这就给主张陆厚信所绘的小像乃是曹雪芹的宋谋玚等同志造成了不可逾越的困难。于是宋谋玚同志提出了自己的解释：尹诗"即径题曹像者，与俞楚江无涉。尹集诗题《题俞楚江照》乃袁枚误拟"。可惜，宋谋玚同志虽然做出了这个大胆的结论，却没有向读者提供任何可靠的事实并加以阐述。这样一个无根无据的结论，怎么能期望它具有说服力呢？

《尹文端公诗集》现存乾隆刊本，卷首有袁枚所写的序文。据我们所知，除此之外，蒋士铨有《尹文端公诗集后序》，严长明有《尹文端公诗集序》，但《尹文端公诗集》刊本均未载。

袁枚的序文作于尹继善身后，通篇用骈体写成，颂词比比皆是。在他的笔下，尹继善其人，被说成既是"功高百辟"的朝廷重臣，又是"志在三余"的文坛才子，一身而二任焉；对于尹继善之诗，则用"精思""巽入""绵丽""矜严"等字眼，给予高度的赞扬。序文几乎没有谈及诗集的编辑、刊印的前后经过，除了下列十个字："用是编集遗文，都为十卷。"给人的印象，似乎是袁枚只处于应邀撰序的地位。

尹继善死后，他的几个儿子对他的遗诗非常重视，视为他的"一生心血"所在，"谋欲付之剞劂，以昭永久"，并约请袁枚写序。这有尹继善第四子庆桂《寄随园世兄书》为证。[1] 庆桂在信中对袁枚说："序文一事，公同酌商，非足下之大作，则万万不可；非足下之交情、才思，亦断断不能作也。"袁枚接信后，很快就将序文写出，寄给了庆桂。后来，他还在另一封信中对毕沅说："序用六朝骈体者，从尹公平日所好故也。"[2]

毕沅也是尹继善的门生，《尹文端公诗集》在当时就是由他主持刊刻的。乾隆三十五年（1770），庆桂"出镇伊犁"，路过陕西，将尹继善诗稿存放于毕沅处。四十一年（1776）十月，毕沅将此诗稿交于严长明携往南京，并嘱咐严长明说："窃维公门下士惟袁简斋先辈沐文字之知最深，于归金陵，谒相与商榷编划，寄余授梓以传焉。"严长明返抵南京，向袁

① 见袁枚《续同人集》卷三。
② 《答陕西抚军毕秋帆先生》，见《小仓山房尺牍》。

枚传达了毕沅的意图，并转交了毕沅的"手札"和羊裘等礼物。袁枚后来在答毕沅信中提到此事，说是"寄来《尹文端公诗集》十二卷，命为校雠，将板而行之，真盛德事"。袁、严二人当下即"往返觯摘，阅月而蒇事"，编为十卷。

值得注意的是《尹文端公诗集》卷数的变化。袁枚《尹文端公诗集序》载《小仓山房外集》卷三，其中说"都为八卷"。这表明庆桂原先编订的诗集分为八卷。而根据袁枚《答陕西抚军毕秋帆先生》，可知毕沅交给严长明、袁枚校阅的诗集已变成"十二卷"了。严、袁二人"觯摘"的结果，又变成"十卷"，这就是毕沅据以付刻的底本。这时，卷首所载袁枚序文中的"八卷"字样，也就相应地被改为"十卷"了。由此不难看出，袁枚并没有参与尹继善诗集的编辑，他所做的工作不过是为诗集撰写序文，以及在诗集已编成的情况下进行校雠和删汰而已。

那么，袁枚有没有为尹继善的这两首诗代拟诗题甚或误拟诗题呢？

首先，我们认为，袁枚没有代拟诗题。当袁枚撰写序文的时候，诗集八卷原稿留在庆桂手中，他还没有见到。当袁枚同严长明一起"校雠"和"觯摘"的时候，他所见到的是业已编成的一部"《尹文端公诗集》十二卷"。诗集正式编成，且已分卷，这里面就不可能会恰恰有两首诗缺少题目，要留待袁枚来补拟。现今所知的一切有关的文字资料，没有任何一条可以用以证明袁枚曾为尹继善的这两首诗代拟过标题。

既是没有代拟诗题，那当然也就根本不存在宋谋瑒同志所说的"误拟"的可能性了。

退一步说，就算尹继善这两首诗的标题是由袁枚代拟的，那也不可能把《题某某某照》误拟为《题俞楚江照》。曹雪芹，袁枚固然不认识他；俞楚江呢，袁枚却不能说不认识他。须知这位俞楚江不是别人，他乃是袁枚"恩师"尹继善的高级幕僚，又是袁枚自己的一位熟稔老友。袁枚曾为他的诗集写过序，曾在《随园诗话》中介绍过他的生平，称引过他的诗句，曾在《续同人集》中收录过他的一首五律，还曾为他的《潇湘看月图》题过诗。在这样的情况下，试想，袁枚怎么可能会无缘无故地、无根无据地把光头秃脑的两首诗同自己老友的姓名生拉硬扯在一起呢？

所以，我们认为，对于尹继善这两首诗来说，袁枚万无"错拟"诗题之理。

倘或没有任何可以站得住的反证，我们还是应该老老实实地承认：《题俞楚江照》这五个字，是尹继善自己以客观事实为根据而亲笔写下的诗题。

三 袁枚与曹雪芹

和周汝昌同志一样，宋谋玚同志也主张，曹雪芹在乾隆二十四年（1759）和二十五年（1760）曾到南京去做幕。这个说法，迄今为止，还没有任何直接的文字资料可以证实它。相反的，却有不少的反证，说明曹雪芹在这两年以内不可能在南京，尤其不可能在尹继善幕中。举例来说，袁枚就是一个很好的证人。

袁枚在自己的著作中有两处提到了曹雪芹。《随园诗话》卷二说：

> 康熙间，曹练（楝）亭为江宁织造。……其子雪芹撰《红楼梦》一部，备记风月繁华之盛。

《随园诗话》卷十六又说：

> 雪芹者，曹练（楝）亭织造之嗣君也，相隔已百年矣。

在这里，袁枚不仅弄错了曹寅和曹雪芹的行辈，一再把祖孙说成父子，而且竟把曹雪芹当作百年前的古人，实在不能不令人感到惊异。可见他与这位伟大的作家素未谋面，他既不熟悉曹雪芹的家世，也不知道曹雪芹的年事。

查袁枚生于康熙五十五年（1716），到乾隆二十七年（1762），他是四十八岁；而在这一年，曹雪芹则是"年未五旬而卒"[①]。他们两人应当是年齿相若的。如果乾隆二十四五年间曹雪芹真的曾在南京住了一年左右

---

① 张宜泉《伤芹溪居士》诗注说："其人素性放达好饮，又善诗画，年未五旬而卒。"

的时间，交游广泛的袁枚是不会不认识他的。因为尹继善是袁枚的"恩师"，两人关系非常密切。只要翻看两人的诗文集，就可看到到处都有他们这种关系的反映。两江总督的官署和尹继善的府邸，是袁枚常川往来的所在。尹幕诸人更是袁枚的熟识者和诗酒唱酬的同道（俞楚江不就是一个很好的例子吗）。曹雪芹如在尹幕，袁枚岂有不知之理，怎会犯"直把今人当古人"的错误？

袁枚这个证人给主张曹雪芹乾隆二十四五年曾进入尹幕的宋谋埸等同志造成了另一个不可逾越的困难。于是，宋谋埸同志又提出了自己的解释："原来己卯、庚辰之间，袁枚根本就不在南京而是在扬州。"他说得是这样的斩钉截铁，但又偏偏举不出他赖以得出这个结论的任何佐证。我们不妨用袁枚自己的记载来对证一下，以检验宋谋埸同志这个结论可靠与否。

我们早已在《曹雪芹画像辨伪》一文的一条小注中指出，"乾隆二十四年（1759）和乾隆二十五年（1760），袁枚正在南京，且与尹继善父子均有频繁的来往。可参阅《小仓山房诗集》卷一五，卷一六。"《小仓山房诗集》卷十五所收为乾隆二十四年（1759）诗，卷十六所收为二十五、二十六年（1760、1761）诗。综观袁枚此两年的诗，得知其踪迹如下：

乾隆二十四年春　在南京。
　　　　　　　夏　在南京。
　　　　　　　秋　曾赴扬州一带。
　　　　　　　冬　在南京。
乾隆二十五年春　在南京。
　　　　　　　夏　在南京。
　　　　　　　秋　出游扬州、镇江、苏州。
　　　　　　　冬　返抵南京。

从上可以看出，在这两年之内，袁枚的绝大部分时间是在南京度过的。二十四年（1759）秋，他去过一次扬州，此行作有《刈稻江北作》五首，我们知道，他家有田地分布在江北一带，他的扬州之行当与此有关。第三首有句云："老农烟中来，牵犊迎田主"，不难看出其中的信息。第四首说："饮罢瓦盆酒，握别牧童手。明年吾再来，门前双杨柳。"可知此行不过是一年一度的例行公事而已，在扬州停留的时间是短暂的。第五首又说："回船逢中秋"，可知他在中秋之际就已动身返回南京了。

紧接着这五首诗排列的是《送竹轩族弟之河南，兼简滑令吕君》《卷帘》《哭三妹五十韵》等，全作于南京。《送望山公（即尹继善）入觐》诗云："九月尚书觐紫宸"，可知他在九月间早已回到南京了。这时另有《寄怀望山公》诗，其中说："袗衣人去雪飞时，一月空山少和诗。"这表明他在十月、十一月间继续住在南京。十二月，他仍住在南京，作有《随园二十四咏》。

卷十六所收《瞻园十咏，为托师健方伯作》《寄卢雅雨观察》《上元前一夕访岳水轩不值》诸诗，都可以证明，二十五年（1760）春袁枚在南京。夏秋之际，他离开南京，再赴扬州，继而"东下姑苏"。至迟在十二月间返回南京，这有诗题《除夕望山尚书赠荷囊胡饼鹿肉戏谢四绝句》为证。

因此，我们认为，宋谋玚同志关于"原来己卯、庚辰之间，袁枚根本就不在南京而是在扬州"的说法是不可靠的。实际情况正与宋谋玚同志的说法相左：这两年内，袁枚绝大部分时间是在南京，而不是在扬州。

如果说曹雪芹真的在乾隆二十四年（1759）和二十五年（1760）间曾到南京，并进入尹继善幕府，那么，为什么身在其地的袁枚会不知道他，也不认识他呢？——看来，这个问题值得宋谋玚等同志正视。

四　尹诗乃题俞楚江画像

尹继善题诗，在《尹文端公诗集》中有标题曰《题俞楚江照》，它并非那种无题诗，可以由后人自由猜测、随意指认。再者，翻遍了《尹文端公诗集》一书，从头至尾，根本找不到一首和曹雪芹有关的诗，也无只言片语提及曹雪芹。此外，没有任何文献明确记载曹雪芹曾在己卯、庚辰之间进入尹继善的幕府。在这种情况下，要把尹继善和曹雪芹硬拉在一起，说尹继善不惜和罪人之子叙"通家之谊""罗致幕府",并且"案牍之暇,诗酒赓和",还为他题照赠诗,未免太不顾及客观事实了。

《题俞楚江照》一共有两首,也就是在陆厚信所绘"雪芹先生小照"的那幅册页上,署款"望山尹继善"的那两首诗,除"金陵"二字在册页上作"江城","意"字在册页上作"忆"外,完全相符。

第一首是:"万里天空气沉寥,白门云树望中遥。风流谁似题诗客,坐对青山想六朝。"

尹继善为什么要称画中人为"题诗客",并且说他"想六朝"呢?这不是没有原因的。尹继善绝非轻易落笔,而是经过了一番考虑。他对画中人很熟悉、很了解,知道此人写过《金陵怀古》诗四首,是其得意之作,而尹继善本人又是对此极为赞赏的。

请看下列事实:

李斗《扬州画舫录》卷二有这样的记载:"俞瀚,字楚江,绍兴人,精于篆籀。以《金陵怀古》诗受知于尹制军。著有《壶山诗钞》。在扬州与石庄友善。卒年自苏写诗寄仪研园,属其索题,不数日讣音至,石庄设位哭于庵中,研园出诗,同吊者共题之。"这里所说的尹制军就是两江总督尹继善。

如今保存下来的同吊者的题跋,有俞楚江晚年好友沈大成所写的一篇《亡友俞楚江金陵怀古诗跋》①。它开头一段说:"嗟乎,此吾亡友俞兄楚江之诗也。当相国尹公总制两江时,楚江为上客,出入幕府,游金陵最久。其怀古四首,相国极赏之。楚江故能诗,此尤其得意作也。今年夏自虎丘写寄仪君研园,八分奇古,得汉人笔意,计十二纸,书其十而虚其二,且曰:'属广陵旧雨为题,冀可传后世。'其时,楚江固无恙,汲汲求身后名,未几遂卒,此岂其先兆与?"可见沈大成也知道尹继善十分赞赏俞楚江的《金陵怀古》,而俞楚江在去世那年写给书法家仪埙的诗,就是那四首《金陵怀古》,他用八分书亲自抄写,并求友人题跋,目的是想传之后世,"汲汲求身后名"。

尹继善应俞楚江之请为他题画像时,想到往事,便用诗句来再度表示

---

① 《学福斋文集》卷十四。

自己的赞叹之情，岂不是十分自然的吗？因此，"风流谁似题诗客，坐对青山想六朝"乃是强有力的内证，足以证明此画中人即"以《金陵怀古》诗受知于尹制军"的俞楚江。

过去，有些同志认为，俞楚江既是"绍兴布衣"，就不可能和尹继善有"通家之谊"。我们已查出，俞瀚的父亲叫俞士震，寄籍上元；[①] 又查出俞士震著有诗集《倦轩吟》，是南京地方上一位有名的文士。[②] 袁枚在《俞楚江诗序》中说俞楚江幼小颖异，"赋幼年新月之章，如古人初日之对，其先人早异目视之"[③]。这个"先人"就是指俞士震。他很可能认识四任两江总督的尹继善或其父尹泰，并有来往。

我们在《曹雪芹画像辨伪》一文中，曾对俞楚江其人的名与字、号间的关系作过考察，从俞瀚又字楚善，发现"楚善"和"雪芹"有典籍上的关联，即出于《吕氏春秋·本味篇》所载："伊尹谓汤云：'菜之美者，云梦之芹。'"云梦是古代著名的大泽，属于楚地；而"善"在古代典籍中又训为"美"。俞瀚之名也和"云梦"有关，汉代司马相如的《子虚赋》有"吞若云梦者八九，于其胸中曾不蒂芥"，唐代冯贽在《云仙杂记》中记载："张曲江（九龄）语人曰：'学者常想胸次吞云梦泽，笔头涌若耶溪，量既并包，文亦浩瀚。'"

现在再看陆厚信在"雪芹先生小照"上的题识。他一开头就说："雪芹先生洪才河泻，逸藻云翔。"这里是化用梁萧琛酬和简文帝《琵琶峡》诗"丽藻若龙雕，洪才类河泻"，显为夸饰之词。但这两句，上句与俞瀚之名相应，"洪才河泻"即有"浩瀚"之义；下句与俞雪芹之号相应，旧时芹藻常连缀成辞，以喻贡士，《诗经·鲁颂·泮水》有"思乐泮水，薄采其芹""思乐泮水，薄采其藻"之句。古人赋诗作文，赠送友人，为了恭维对方，常从友人的名字上涉想，弥见巧思。如闵军《题俞楚江秋江泛月图》[④]，首联为"胸中几云梦，何处著扁舟？"即自俞瀚之名联想而来。

① 朱绪曾：《国朝金陵诗征》卷四十五。
② 《同治上江两县志》卷十二。
③ 袁枚：《小仓山房外集》卷三。
④ 《澄秋阁集》三集卷一。

又如沈大成《俞楚江壶山诗钞序》①，称赞他的友人俞楚江说："君之诗，漱涤万物，牢笼百态"，作者下笔时显然想到了元代杨载《送丘子正》的诗句："文章趋浩瀚，物态入牢笼。"陆厚信的题识也是如此。

尹继善的诗是题俞楚江画像。作画的陆厚信在题识中所描写的"雪芹先生"的身份、经历与俞楚江完全相符。识语一开头的两句赞词又确和俞楚江的名号相关合。因此，我们可以判断，这幅"雪芹先生小照"乃是俞楚江的画像。

五　俞楚江的年事和相貌

宋谋玚同志否定陆厚信所绘"雪芹先生小照"为尹继善幕客俞楚江的画像，还有一个重要的理由如下："画中人是肥硕丰腴、黝黑无须的中年男子，英姿焕发，毫无衰暮形象。而俞楚江的年事，袁枚《俞楚江诗序》却说得很清楚：'今者当沈初明之暮年，为徐孝穆之南返。'可见俞楚江因金辉推荐进入尹幕之初已经是衰暮之年了，怎么可能到乙酉秋与尹继善分手时还显得这样年轻，连胡须都没有蓄呢？"

我们看《俞楚江诗序》，在"今者当沈初明之暮年，为徐孝穆之南返"两句下面，还有这样一段话："赋工不卖，尚四壁之萧然；诗好能飞，岂三公之可易。王尼露处，沧海横流；管辂清谈，总干山立。"以一文人而入两江总督的幕府，在宋谋玚同志看来，真是如同"鹏翮快云程"，而袁枚竟把俞楚江比作司马相如，说他是"赋工不卖，尚四壁之萧然"，而且又把他比作晋代的王尼，感叹"沧海横流，处处不安"，这是什么缘故呢？如果袁枚这里真是写俞楚江初入尹幕，岂不是在恶毒地咒骂他的恩师尹继善？显然不会是这样的。就在这篇序的前面部分，袁枚还写道："宜乎庶士倾心，万流仰镜，招隐者干旄孑孑，问字者束帛戋戋。乐令语言，全资潘岳；窦融章奏，半出班彪。实至名归，猗欤卓矣。"他分明是把尹继善比作大将军窦融，而把俞楚江比作从事班彪，对俞楚江之进入尹幕担任文案工作是十分赞美的。

---

① 《学福斋文集》卷四。

原来宋谋玚同志可能没有看清楚上下文，就把"今者"两句误当作描述俞楚江初入尹继善幕府之事了。其实，只要联系上下文，就可以看出，这两句是指俞楚江的第二次南返。这一次南返，俞楚江业已失去了像尹继善这样的幕主，也没有别的大官僚来赏识他，他今非昔比，很不得意，先是住在扬州，后来到了苏州，悬壶作医。所以袁枚对此大发感慨，说他是"赋工不卖"，"四壁萧然"，为他如同"王尼露处"而深深叹息，当然也恭维他在"沧海横流"之中"总干山立"①。

俞楚江第二次南返的时间是可考的。吴烺（即著名小说《儒林外史》作者吴敬梓之子，是有名的数学家）《杉亭集》卷十一有题为《放歌赠俞楚江》的长诗一首，一开头就说："别君两载长相思，逢君快读梅花诗。君去金台到邗水，余亦暂与春明辞。樯乌帆马各已倦，鞭丝帽影俱应罢。问君别来何所为，君言落魄恒如斯。腰乏黄金肘生柳，风尘何地堪轩眉。"《杉亭集》是编年的，此诗作于戊子即乾隆三十三年（1768）的春天（诗中有"桃花虽零落，尚有嫣红枝"之句）。沈大成有题为《戊子春夕同俞楚江、韩念斋集两峰朱草诗林；迟尧圃、玉井不至》的长诗，其中"砚北句堪吟"句下有作者自注："酒间读楚江梅花诗"②，恰可和吴烺这首诗的次句"逢君快读梅花诗"相印证。金台指北京，邗水指扬州。由"别君两载"可知俞楚江第二次南返在乾隆三十二年（1767，足见他在乾隆三十年和尹继善离别后又去过北京），是从北京到扬州。此次南返，俞楚江境况不佳，他自称是"落魄"。吴烺的诗是写得很清楚的。

俞楚江到扬州后，和当地有名的文士交往，常诗酒唱和。其中和他交谊最深的便是沈大成。沈大成以前并不认识他，与他缔交后，"三年过从，欸阅昏昼"。乾隆三十五年（1770）夏天，俞楚江于苏州去世，沈大成写了一篇《哭俞楚江文》③，十分哀恸。在他们交往期间，俞楚江才编成自己的诗集，到处请人作序。沈大成为他写了《俞楚江壶山诗钞序》，袁枚的《俞楚江诗序》也写于同一时期。

① 《礼记》疏云："《乐记》云：'总干而山立'，不动摇也。"
② 《学福斋诗集》卷三十三。
③ 《学福斋文集》卷二十。

我们考证袁枚《俞楚江诗序》的写作时间，主要是为了便于判断俞楚江的年龄。"当沈初明之暮年"，是将近六十岁，因为沈炯晚年向陈文帝要求辞职返故里时，曾上表说："臣之屡披丹款，频冒宸鉴，非欲苟违朝廷，远离畿辇。一者以年将六十，汤火居心，每跪读家书，前惧后喜，温枕扇席，无复成童。"① 我们确证了袁枚的《俞楚江诗序》写于俞第二次南返以后，即可推知在乾隆三十二年至三十五年（1767—1770）之间，他的岁数当有六十左右，在乾隆三十年乙酉（1765）他和尹继善分离时，就不到六十岁，最多五十六七岁，可能还要小些。如果按照宋谋玚同志的判断，俞楚江初入尹幕年已六十上下，那么，他"出入幕府，游金陵最久"，到三十年（1765）秋就至少也有六十五六岁了。这样一来，当然画中人的相貌就显得和他的年龄大不相符，如宋谋玚同志所说的那样。但宋谋玚同志所推断的俞楚江年龄比实际大了八九岁，所以才会做出画像年龄不符的错误结论。

我们得知，俞楚江第二次南返时，快到六十岁。沈大成是在扬州和他结识的，曾在一些文章中对他的相貌和风度有所描述，例如在《俞楚江壶山诗钞序》中说"吾友仪观甚伟，望之顾然，而即之温如"，又在《哭俞楚江文》中说"长身锐头，玉立峨峨。慷慨激昂，磊落英多"。由此看来，俞楚江虽已年届六旬，相貌却不衰老。何况乾隆三十年（1765）他还不到六十岁，在尹继善幕府之中也正是他得意的时候。他那时的小照，没有呈现衰暮的形象，显得年轻，似乎"英姿焕发"（画家作画时也有意加以美化，如"锐头"在画中就不明显），自然也就不足为奇了。

1979 年 6 月

（本文为陈毓罴、刘世德合著，原载《红楼梦研究集刊》第三辑，上海古籍出版社1980 年版）

---

① 《陈书·沈炯列传》。

谈新发现的"曹雪芹小像"题词

　　所谓"曹雪芹小像",乾隆时画家王冈绘,李祖韩(已故)收藏,原画迄今未公开,目前下落不明。关于鉴定它的真伪问题,在红学专家中一直存在着不同的意见。我们曾对此像以及另一所谓"曹雪芹小像"(陆厚信绘,现存河南省博物馆)进行研究和探讨,先后写出三篇文章:《曹雪芹画像辨伪》[①],《论曹雪芹画像的真伪问题》[②],《曹雪芹画像辨伪补说》[③]。我们的初步结论是:这两幅小像,像主都不是曹雪芹,而是俞雪芹,即俞瀚。

　　第一篇文章属稿于1974年3月,其中在谈到王冈那一幅画像时说过这样的话:"因原画未出,这些题词的内容一直没有公开披露,给我们的考订工作造成了不小的障碍。"[④] 想不到时隔六年,我们竟有幸见到了题词的一部分原件。在对这些题词进行了初步的研究之后,我们深信它们的出现有助于进一步揭示画像问题的真相。

　　由于这些题词的出现,一方面,我们原先提出的对王冈所绘"曹雪芹小像"的大部分看法或多或少地得到了证实;另一方面,也有个别的看法还需要修正。

　　现在就来介绍这些新发现的题词,以及关于题词的种种情况,并就题词问题继续阐述我们的一些看法。谬误之处,在所难免,希望能得到方家的匡正。

---

① 见陈毓罴、刘世德、邓绍基《红楼梦论丛》,上海古籍出版社1979年版。
② 见于《学术月刊》1979年第2期。
③ 《红楼梦研究集刊》第三辑。
④ 见陈毓罴、刘世德、邓绍基《红楼梦论丛》,上海古籍出版社1979年版,第135页。

一　关于乾隆间十人题词的种种传闻

在引录新发现题词全文之前，有必要先介绍一下关于题词的种种
情况。

据我们所知，最早提到题词的是 1953 年出版的周汝昌同志的《红楼
梦新证》①。此书第六章《史料编年》，在乾隆二十七年（1762）壬午条下
有一项附注，记载了陶洙（心如）1949 年 1 月 19 日对他的谈话。谈话涉
及王冈所绘"曹雪芹小像"的题词。据陶洙说：

> 1. 画心外，上方有李葆恂氏题字，全文已不复记忆，但其中有
> 曰："曾在匋斋（按，端方号）案头见《红楼梦》原稿本八册，今不
> 知何往云云。"
> 2. 左上方题云："壬午三月……"幅后有二同时人之题句，其详
> 皆不能复忆。
> 3. 再后则有叶恭绰大段跋语，乃一本索隐派之旧说，无价值
> 可言。②

第二年，俞平伯同志发表了《读红楼梦随笔》，其中第二十八则是
《曹雪芹画像》。③ 他转录了李祖韩致叶恭绰信，信中援引李祖韩小像题
识说：

> 1. 题咏有皇八子（有宜园印）、钱大昕、倪承宽、那齐、穆礼
> （按，应为"那穆齐礼"）、钱载、观保、蔡以辇（按，应作"台"）、
> 谢墉等，皆一时闻人。
> 2. 近时又经樊樊山，朱彊村、冯煦、褚德彝、叶恭绰等题跋。④

---

① 《红楼梦新证》，棠棣出版社 1953 年版。
② 同上书，第 432—433 页。
③ 《大公报》（香港），1954 年 2 月 27 日；《新民晚报刊》（上海），1954 年 6 月 8 日。
④ 据《红楼梦研究参考资料选辑》（人民文学出版社 1973 年版）第二辑第 99 页引。

李祖韩的题识点出了八个人的姓名，他们都是曹雪芹的同时代人，而且都是名流。值得玩味的是，在"谢墉"之后用了一个"等"字。这就说明，除了八人之外，可能还有其他的同时代人的题词。

四年之后，吴恩裕同志的《有关曹雪芹八种》① 出版，其中收有《考稗小记》。小记第一则叙述了得自传闻的几条消息：

　　1. 藏者致某氏函云："乾隆题者八人中，其一上款署雪琴，其七上款署雪芹。"

　　2. 又有人云：左上方有"壬午春三月"数字，题像诗中有一人称雪芹为"姻长兄"。

　　3. 据云：乾隆时人题诗者远不止此八人。②

另外，吴恩裕同志还在《敦敏敦诚与曹雪芹》一文中推测曹雪芹和观保、钱大昕、倪承宽、谢墉、钱载、那穆齐礼、蔡以台七人相识的可能性时说："他们题雪芹像都有上款，都称'兄'，据说还有一人称'姻长兄'。"③

这里透露出八人所题的上款。上款如何称呼，对于判断像主是谁的问题，在目前的条件下，可以说具有关键的作用。

1961 年年初，胡适发表了《所谓"曹雪芹小像"的谜》④ 一文，他说：

　　1. 在三十年前，我见此画时，那个很长的手卷上还保存着许多乾隆时代的名人的题咏。

　　2. 这八人之外，还有别人的题咏，我现在记得的，好象还有这两人：陈兆崙，浙江钱塘人。秦大士，江苏江宁人（乾隆十七年状

---

① 《有关曹雪芹八种》，古典文学出版社 1958 年版。

② 同上书，第 87 页。

③ 同上书，第 78 页。

④ 此文载于《海外论坛》第二卷第一期。

元）。①

吴恩裕同志的《曹雪芹的故事》② 出版于 1962 年年底，其中第五篇《槐园秋晓》提到了王冈画像的题词。在他的笔下，敦诚说：

　　1. 有钱大昕、倪成（按，应作"承"）宽、那穆齐礼、钱载、观保、蔡以台、谢墉，还有皇八子宜园的。那宜园却把上款写成了"雪琴"。

　　2. 最近又加了一位朋友叫做张宜泉的题诗，倒还不错。③

吴恩裕同志还加了一条注说："这些人都在雪芹生前给他的画像题诗，其中宜园年最少，大约十八九岁，据雪芹画像藏主李祖韩言，有一人上款写'雪琴'，姑假定为宜园。"④

最后是朱南铣同志的《曹雪芹小像考释》⑤。此文曾于 1963 年在内部印出传阅。他转述了周绍良同志 1953 年访问李祖韩时所听到的几点情况：

　　1. 该图得自古董铺，原为条幅，乾隆间人题词都在四周绫边上，重裱时将绫边剪下，改装成手卷，只选列入进士题名录中者，废弃的文字还有不少。

　　2. 他（按，指藏者）记得那穆齐礼的题词上款称曹雪芹为"姻长兄"；另一人则称"学长兄"，似是观保或蔡以台，但记不清了。⑥

以上是我们在这以前所知道的有关王冈绘"曹雪芹小像"题词的种种传闻。

---

① 据《胡适手稿》第九集中册卷二引。
② 《曹雪芹的故事》，中华书局 1962 年版。
③ 同上书，第 75 页。
④ 同上书，第 82 页。
⑤ 《红楼梦学刊》，1980 年第一辑，第 265 页。
⑥ 同上书，第 266 页。

综合上述各种说法，可知题者有近人和乾隆时人之分。近人计有李葆恂、樊增祥、朱祖谋、冯煦、褚德彝、叶恭绰六人；乾隆时人，至少有永璇（皇八子）、钱大昕、倪承宽、那穆齐礼、钱载、观保、蔡以台、谢墉、陈兆崙、秦大士、张宜泉十一人。在我们考察画像真伪问题的时候，近人的题词可以完全撇开不谈，具有关键作用的是乾隆时人的题词。而这十一人之中，又可区别为两类：一类为永璇至秦大士十人，原是收藏者或目睹者的记述，当属可靠；另一类为张宜泉一人，出于臆断，显系附会之说，不足为据。

自 1953 年到现在，二十七年过去了。然而，王冈所绘的"曹雪芹小像"只有照片流传，不知由于何种原因，原画始终没有公开示人。同样，也不知由于何种原因，乾隆时十人题词的内容也始终没有泄露一二。人们不禁纳闷：如果小像确为王冈所绘，如果像主确为《红楼梦》作者曹雪芹，那么，把题词全部公布出来，岂不是再好也不过的证据了吗？

二　永璇、观保、陈兆崙、谢墉四人的题词

人们一直在期待着王冈所绘"曹雪芹小像"以及乾隆时十人题词的出现。总算是没有令人失望，乾隆时十人题词中的四人题词最近被发现了。哪四个人呢？——永璇、观保、陈兆崙、谢墉。正在十人名单之内。

现将四人题词全文引录在这里：

（1）永璇题词
万个篔筜净，寒烟一径通。坐深苍霭外，身在碧霄中。近砌无凡植，栖鸾独此丛。几时逢醉日，来访主人翁。

其二

支颐依瘦石，扫径绝尘氛。门掩无喧客，心安伴此君。拂衣初放箨，流簟欲生纹。恰有文同笔，能描嶰谷云。

壬午三月既望　　　　　　　　　　　　　　皇八子题并书

（2）观保题词
此君长伴读书庵，影逗疏帘午梦酣。一枕潇潇新雨到，碧云万叠

起湘潭。独坐奚须拟七贤，炉香琴韵静中缘。烟霞孰会高人意，却倩湖州笔底传。

观保题

（3）谢墉题词

园林曾记刻琅玕，雏风清音惬古欢。人海十年青霭隔，竹林千个翠阴团。书中手泽留花县，琴里心期净石坛。泉响飞来叶宫徵，坐吟淇澳忝盘桓。

图成寄我已三春，把袂依然青士身。欲向蓝田哦晚翠，却从元圃借浮筠。平安谁似家山好，慈孝相看萝莪亲。竹叶于人偏有分，觞君还及菊花晨。

金圃谢墉

（4）陈兆崙题词

到眼真如隔世坐，石床三尺草为茵。种蔬坡老常无肉，驻马王郎得替人。但对此君难说独，兼除杂树况于宾。吾家紫竹山边住，对尔空惭自在身。

题为
进老学长兄

兆崙

关于四人题词，需要指出的还有这样几点：

①陈兆崙题词有上款，全文作"题为进老学长兄"。其他三人题词都没有上款。

②永璇题词署"壬午三月既望"。壬午即乾隆二十七年（1762）。其他三人题词都没有署年月。

③四人题词都各自钤有小印。永璇："皇八子章"，"宜园"；观保："迎清风而祛累"，"观保之印"；陈兆崙："兆崙之印"，"陈氏句山"，"家住西湖紫竹林"；谢墉："自是簃主"。

④永璇诗第二首第六句"纹"字是后添的，原脱，补写于全诗之末。陈兆崙诗第八句"空"字是后改的，原作"真"，点去，旁添"空"。

以上是关于四人题词的全部情况的介绍。

那么，这四人题词究竟能说明什么问题呢？

三　四人所题乃王冈绘《幽篁独坐图》

从新发现的四人题词来看，他们所题的画乃是一幅以竹林为背景的《幽篁独坐图》。

谢墉诗中的"琅玕"（"碧琅玕"之简称），"青霭""竹林千个""浮筠"都是指竹说的。陈兆崙、观保和永璇三人都用了王徽之爱竹成癖的故事。王徽之，字子猷，时吴中士大夫家有美竹，欲观之，便乘舆造竹下，主人洒扫请坐，不顾而去。"王子猷尝暂寄人空宅住，便令种竹。或问：'暂住何烦尔？'王啸咏良久，指竹曰：'何可一日无此君！'"（见《世说新语》任诞门）我们看陈兆崙所写的"但对此君难说独"，观保所写的"此君长伴读书庵"，永璇所写的"心安伴此君"，都是用的这个典故。陈兆崙的诗还有"驻马王郎得替人"之句，这"驻马王郎"仍然是指那位癖爱竹子、停舆而观赏的王徽之。

观保诗中的"湖州笔"和永璇诗中的"文同笔"则是指宋代著名的画家文同。文同字与可，四川梓潼人，皇祐年间进士，官司封员外郎，善画竹及山水。他在元丰年间曾出守湖州，后人因称他为文湖州。他和苏轼是表兄弟。苏轼曾撰《文与可画筼筜谷偃竹记》，其中有"故画竹者必先得成竹于胸中"的名句。

苏轼还写过一首《於潜僧绿筠轩》诗。诗中说："可使食无肉，不可使居无竹。无肉令人瘦，无竹令人俗。人瘦尚可肥，士俗不可医。旁人笑此言，似高还似痴，若对此君仍大嚼，世间那有扬州鹤？"陈兆崙诗中的"种蔬坡老常无肉"，即用苏轼诗意。

此外，四人诗中的"巀谷""筼筜""栖鸾""醉日"（"竹醉日"之简称），"青士""七贤""湘潭"等都是和竹有关的人、地、事。甚至"平安"和"慈孝"也都暗同竹关合。陈兆崙写"吾家紫竹山边住"，谢墉写"竹叶于人偏有分"（"竹叶"，酒名），都是由画上的竹林而引起的联想。谢墉诗中还写到"泉响飞来叶宫徵，坐吟淇澳恣盘桓"，可见这幅画上有小溪和琴。

上述这些情况都和我们今天见到的王冈所绘"曹雪芹小像"照片上的

景物完全相符。只有永璇题诗中的"支颐依瘦石"一句和原画稍有出入。从照片上可以看出，画中人袖手倚石侧坐，并未支颐。永璇这样写，大概是因为他当时年方十八岁，诗笔比较稚嫩，描写不够准确的缘故。

这四个人都包括在我们已知的题词十人名单之中。画像收藏者李祖韩曾在致叶恭绰信中说："乾隆题者八人中，其一上款署雪琴，其七上款署雪芹。"现在看来，此语不确。第一，乾隆题者不止八人，至少尚有陈兆崙和秦大士二人，这一点已为胡适《所谓"曹雪芹小像"的谜》揭出。现在陈兆崙的题诗已被发现，与胡适的话正相符合，也可证明这是王冈所绘画像的原有题词。第二，今天所发现的题词，其中三人（谢墉、观保、永璇）是在李祖韩所说的八人名单之中，但是他们都没有署上款。第三，被李祖韩排斥在"乾隆题者八人"之外的陈兆崙，虽署上款，却既不"雪芹"，又不是"雪琴"，而是"进老学长兄"。这几点情况与李祖韩所讲的全然不符。我们估计，大概是李氏故布疑阵，不欲示人以题词的庐山真面。至于其他六人，他们是否上款署"雪芹"或"雪琴"，还有待这些题词发现以后才能确知。

皇八子永璇在两首五律之后题"壬午三月既望"，可知他题诗时间是在乾隆二十七年（1762）三月十五日。这与曾见原画的陶洙所讲（在王冈画的左上方题"壬午三月……"）也是一致的。如果画的左上方确实题有"壬午三月……"或"壬午春三月"的字样，则永璇当是首先题诗的人。从永璇"几时逢醉日，来访主人翁"两句诗来看，他和像主是相识的。像主遍征名流题咏，先请身份尊贵的皇八子命笔，自在情理之中。皇八子题诗，未署上款，吴恩裕同志推测他上款署"雪琴"，现在证明是错了。朱南铣同志推测上款题"学长兄"者是观保，也与事实不合。李祖韩生前对周绍良同志说："另一人则称'学长兄'，似是观保或蔡以台，但记不清了"，也与事实较远。

这四人的题诗，除皇八子永璇的两首稍嫌稚嫩外，其余三人所写的四首，虽无深厚的思想内容，但用典贴切、咏物工妥，与当时一般翰苑文人的诗风相合。陈兆崙的题诗不见于今存的《紫竹山房诗集》，但与集中的作品风格颇为类似。又据专家鉴定，从书法、用纸及墨色、印章看，题词为乾隆时人的手迹无疑。

因此，我们认为，这几首诗确是王冈所绘《幽篁独坐图》的题词。它们是原有的题词，而非后人的伪造。试想，如果它们出于今人的伪造，则题词的上款应署"雪芹"或"雪琴"，而绝不可能三个人都没有上款，一个人又偏偏上款署"进老学长兄"，这个道理恐怕是明白易晓的。

四　像主非曹雪芹

现在我们来对四人题词中所透露的一些消息试作分析，以判断这幅《幽篁独坐图》是否为曹雪芹的小像。

首先看上款的题名。陈兆崙在上款中明白无误地题了"题为进老学长兄"七个字，像主应该就是这位"进老学长兄"，他的名或字号之中当有一"进"字。

我们已知，曹雪芹名霑，字梦阮，雪芹是他的号，他又号芹溪、芹圃。他的名及字号与"进"字无明显关联。曹雪芹是正白旗包衣，他家属于"满洲旗分内之尼堪（汉）姓氏"[①]。如果他进官学的话，应该是入咸安宫官学，这个官学是专为培养内务府的少年直接为皇室服务的。而陈兆崙是浙江钱塘人，少年时在杭州一带读书。他们两人有满汉之别，不可能在一起上学。朱南铣同志曾在《曹雪芹小像考释》一文中说："又一上款称曹雪芹为'学长兄'，据藏者记忆，是观保和蔡以台二人之一。蔡以台殆无可能，此人当是观保。观保是内务府满洲正白旗人，或者按照《八旗满洲氏族通谱》的说法，是'正白旗包衣'人，而曹雪芹也是'正白旗包衣'人。"[②]他所根据的理由就是蔡以台为汉人，和曹雪芹不可能有同窗之谊，因此不会称曹雪芹为"学长兄"。同样的道理，如今我们根据陈兆崙使用"学长兄"这个称呼，可以大致判断像主是汉人，因而不可能是隶"正白旗包衣"籍的曹雪芹。

按照旧时的习惯，"学长兄"的称呼可以用于比自己年龄小的人，有表示客气和尊敬的意思。但从一般情况看来，年龄也不可能相差太远。我

---

① 《八旗满洲氏族通谱》卷七十四。
② 《红楼梦学刊》，1980 年第 1 辑，第 281 页。

们知道，曹雪芹"年未五旬而卒"①，友人敦诚的挽诗上说他"四十萧然太瘦生"②，"四十年华付杳冥"③。他大概活了四十多岁，至少是四十岁，至多是四十九岁。他死于乾隆二十七年（1762）的除夕，则他的生年当在康熙五十二年（1713）至康熙六十年（1721）之间。许多专家推断他是生于康熙五十四年（1715）。陈兆崙生于康熙三十九年（1700）④，因此他的年龄比曹雪芹要大十四岁至二十二岁。如曹雪芹的生年为康熙五十四年（1715），则陈兆崙比曹雪芹要大十六岁。从年龄看，他们两人也不可能曾经同过学。

谢墉的题诗有"图成寄我已三春，把袂依然青士身"之句，由此可知他的题诗已在图成三年之后。这时，他与像主重逢，此人依旧无有功名，也未做官。《幽篁独坐图》绘成后即寄谢墉处，可见画中人与他相熟，托他征求题咏。"竹叶于人偏有分，觞君还及菊花晨"两句是翻杜诗之意。杜甫《九日》诗云："重阳独酌杯中酒，抱病起登江上台。竹叶于人偏无分，菊花从此不须开。殊方日落玄猿哭，旧园霜前白雁来。弟妹萧条各何在？干戈衰谢两相催。"竹叶是酒名，杜甫说它"于人偏无分"，而谢墉说它"于人偏有分"，别出新意。由谢墉诗这两句也可判断他与像主相逢是在九月间，可能在重阳节后。

像主托谢墉广征题咏，历时三年，题者大都是供职于翰林院与詹事府的名流，身份最为尊贵者乃皇八子永璇。画中人与皇八子相识（永璇题诗有"几时逢醉日，来访主人翁"之句），则必托谢墉首先征求他的题咏，然后及于其他诸人。因之皇八子题诗后所署的"壬午三月既望"，应在图成之后不久。陶洙见到图的左上方题为"壬午三月……"字样，也可佐证。《幽篁独坐图》成于壬午三月，谢墉题诗应在相隔三年之后的乙酉年，即乾隆三十年（1765）。他代征题咏，负责此事，因此他本人题在最后是好理解的。他断不会待诸人题咏完毕，再去交于皇八子，把永璇之作放在

---

① 张宜泉《伤芹溪居士》诗注，见《春柳堂诗稿》。
② 《挽曹雪芹》，见《鹪鹩庵杂记》。
③ 《挽曹雪芹》，见《四松堂诗集》卷上。
④ 据陈玉绳《句山先生年谱》、郭廖《太仆寺句山陈公神道碑》及顾广《太仆寺卿句山陈公暨元配周夫人合葬墓志铭》。

最后，如果那样就会犯怠慢不敬之罪，他是担待不起的。身为上书房的师傅，他不会连这个道理都不懂。

如果我们上述推断与事实不悖，则谢墉题诗是在乙酉年的九月间。此时曹雪芹早已去世，谢墉焉能与他把袂重逢？即使把谢墉题诗的时间提前一年，即甲申年九月，曹雪芹也不能还魂复活。像主绝无可能为曹雪芹，这是不言而喻的。

也许有人会认为永璇题诗与谢墉题诗在同一年，即壬午年，而《幽篁独坐图》是成于壬午年的前三年，即己卯年（乾隆二十四年，1759）或庚辰年（乾隆二十五年，1760），因此仍以像主为曹雪芹。这不但与陶洙所见画上题署的年代不符，而且何以皇八子题诗如此之晚，也不好解释。除此之外，我们还可以提出两条反证。

谢墉题诗说："图成寄我已三春，把袂依然青士身。"明言画中人与他分处两地，暌隔三年。又据其他诗句，可以判断此人在这三年之内住在南方，如今始来京师，才得相晤。而曹雪芹在这几年，却一直住在北京，显然与这种情况不符。即如有的同志所断言，他曾到南京入两江总督的幕府（我们是不相信这种说法的），则庚辰年秋天他已返回北京了，有敦敏诗可证。如果把那可疑的书籍也牵扯进去，那么曹雪芹更是早在庚辰年的上巳就已在北京了。乾隆二十六年（1761）及二十七年（1762）间，敦敏及敦诚都有诗可以证明曹雪芹是在北京，他们曾相晤多次。曹雪芹既与谢墉同在北京，如果他们相熟，不会在这三年内避不见面，直待三年之后方去索图。那样是不合乎情理的。

再者，壬午年的九月间，谢墉、倪承宽、永璇等人都在热河扈从乾隆皇帝。像主如是曹雪芹，此时他无任何职务在身，焉能随驾前往，擅入禁区？根据他的狂傲性格，也断乎不会去凑热闹。因此要说谢墉在扈从随驾之时，觞曹雪芹以竹叶之酒，共度菊花之晨，是很困难的。何况壬午年的深秋季节，曹雪芹曾与敦诚相遇于敦敏家中的槐园，两人饮酒甚欢，以长歌赠答。难道曹雪芹竟有分身之术，既能在北京会见敦诚，又能在热河会见谢墉？

谢墉题诗有"平安谁似家山好，慈孝相看萝茑亲"之句，是感慨远离故乡，不能享受田园家居的乐趣。陈兆崙的题诗也说："吾家紫竹山边住，对尔空惭自在身。"据陈兆崙《丙寅春正始赴眉山省视先墓纪事六十韵》诗注："向居城西句耳山，又名紫竹山。"[1] 陈玉绳《句山先生年谱》也说："先世家余姚，十六世祖讳钧。迁钱唐丰馨里之句耳山。后遂以为号。山多紫竹，又名紫竹山。"可知"吾家紫竹山边住"一句完全是写实。"尔"应指像主。由此可以推测像主有很大可能是陈兆崙和谢墉的同乡，他的家乡在南方。谢墉是浙江嘉善人，陈兆崙是浙江钱塘人（他钤有"家住西湖紫竹林"的印章），而曹雪芹却祖籍奉天辽阳，幼时曾在南京居住，但抄家籍产后即回北京，他和谢墉、陈兆崙二人根本谈不上同乡。

谢墉题诗中还有"雏凤清音惬古欢"及"书中手泽留花县"两句，也很值得注意。"雏凤清音"一语出自李商隐赠给韩偓的诗，题为《韩冬郎即席为诗相送，一座俱惊，他日余方追吟"连宵侍坐徘徊久"之句，有老成之风，因成二绝寄酬，兼呈畏之员外》，诗中说："十岁裁诗走马成，冷灰残烛动离情。桐花万里丹山路，雏凤清于老凤声。"谢墉的诗句里写像主少时即有诗才，其父也是诗人，青出于蓝而胜于蓝。"花县"则是用潘岳为河阳令，县属遍种桃李的典故。李白曾在《赠崔秋甫》诗中说："河阳花作县，秋甫玉为人。""手泽"指先人的遗物和手迹，《礼记》说："父没而不能读父之书，手泽存焉尔。""书中手泽留花县"这句诗当是指像主之父已故，生前曾任县令或县学教谕之职。我们知道曹雪芹的父亲曹頫曾任江宁织造，后被抄家籍产，返回北京。他隶属内务府正白旗包衣，即使皇恩浩荡，重新加以起用，也只能在内务府当差或外放，替皇室办事，绝不会让他去做县令或县学教谕。曹頫不以诗名，他的作品也不见于任何著录。他在何年去世，目前还找不到直接的记载。许多专家认为畸笏叟即是曹頫，如果这个看法符合事实的话，他丁亥年（乾隆三十二年，1767）尚在人世，有《石头记》庚辰本上的脂批可证。另外，如果曹雪芹是曹颙的遗腹子，则曹颙早在康熙五十三年（1714）年底或五十四年（1715）年初就已病故，而且他一生只做过江宁织造，这与谢墉题诗更不符合了。

我们把上面列举的种种情况综合起来看，不难做出如下判断：像主不

---

[1]　《紫竹山房诗集》卷三。

是曹雪芹。

　　像主不是曹雪芹，那么，他又是谁呢？

五　像主可能是俞瀚

　　我们认为，从新发现的四人题词内容所透露的消息看来，像主仍有可能是我们以前介绍过的俞瀚。

　　首先看陈兆崙上款所题的"进老学长兄"。

　　我们知道，俞瀚，字楚江，一字楚善，号雪芹，[①] 别号壶山渔者和知止老人。这"知止老人"的号见于他题《罗两峰鬼趣图》的手迹。[②] 他晚年在扬州与画家罗聘有交往，时在乾隆三十三年（1768），其友沈大成所写的《戊子春夕同俞楚江、韩念斋集两峰朱草诗林》和《二月一日偕同吴尧圃、闵玉井、易松滋、俞楚江、罗两峰放舟蜀冈作》二诗可证。[③] 因之，"知止老人"之号是他晚年自署。我们知道，"进"和"止"是有密切关联的。如《论语·子罕》说："子曰：'譬如为山，功亏一篑，止，吾止也；譬如平地，虽覆一篑，进，吾往也。'"又说："子谓颜渊曰：'惜乎，吾见其进也，未见其止也。'"都是以"进"和"止"相提并论。古时"进止"还相联成语，犹言进退。《晋书·吕光载记》云："鸠摩罗什劝之东还，光于是大飨文武，博议进止。众咸请还，光从之。"《通鉴》唐德宗贞元元年（785）注："自唐以来，率以奉圣旨为奉进止，盖言圣旨使之进则进，使之止则止也。"我们认为，很可能，俞楚江早年有个学名，其中有"进"字；到了晚年，他"卒无所遇"，便自甘淡泊，认为不能进而只能止了，因此署了"知止老人"的别号，当然也取《庄子》上的"知止不殆"之意。俞楚江在乾隆三十三年（1768）既自号"知止老人"，由"老人"也可推测他的年龄那时已在六十以上。袁枚为他写《俞楚江诗序》，其中说他"今者，当沈初明之暮年，为徐孝穆之南返"[④]。沈

---

　　① 见于陆厚信在画像上的题识。我们对此有考，见《红楼梦论丛》。
　　② 《罗两峰鬼趣图》，上海文明书店，宣统元年玻璃板印本。
　　③ 《学福斋诗集》卷三十三。
　　④ 《小仓山房外集》，卷三。

初明即沈炯，晚年向陈文帝要求回到故乡，曾上表说："臣婴生不幸，弱冠而孤，母子零丁，兄弟相长。……臣之屡披丹款，频冒宸鉴，非欲苟违朝廷，远离畿辇。一者以年将六十，汤火居心，每跪读家书，前惧后喜，温枕扇席，无复成童。"① 袁枚用"当沈初明之暮年"，也是说俞楚江乾隆三十二年（1767）南返时在六十岁上下。由此可以考出，俞楚江大致生于康熙四十五年（1706）。他乾隆三十五年（1770）在苏州虎丘客舍病故，大概活到了六十五岁，而实际年龄可能还要大些。陈兆崙生于康熙三十九年（1700），他比俞楚江约年长七岁，实际可能还大不了这么多。他们两人都是汉族，又都是浙江人，有可能是同学。如果他们有同窗之谊，则陈兆崙对于这位比自己年轻一些的俞楚江，是可以在题诗的上款称之为"学长兄"的。

说曹雪芹与谢墉相识，这一点目前毫无材料可以佐证，而且似乎连蛛丝马迹也没有。至于俞楚江与谢墉相识，虽然没有直接材料的记载，却有迹可循。《儒林外史》作者吴敬梓之子吴烺有一首题为《放歌赠俞楚江》的长诗，② 作于乾隆三十三年（1768）的春天，一开头就说："别君两载长相思，逢君快读梅花诗。君去金台到邗水，余亦暂与春明辞。"吴烺字荀叔，号杉亭，乾隆十六年（1751）皇帝南巡，迎銮召试，赐举人，授内阁中书，是著名的数学家，著有《周髀算经图注》。他在京师与谢墉关系密切，曾同居一寓，集中有《移寓同年谢金圃舍人新居》七律一首可证。诗中说："料理琴书共一担，觊君新喜旁花龛（自注：居在法源寺旁）。尘嚣市远客高卧，风雨宵深足快谈。绿障近分邻北树，画屏遥借苑西岚。江天景况依然是，乡梦何须更向南。"集中还有《南还舟中述怀，却寄都下诸君子》诗八首，其中一首说："故人余老屋，许我住西偏。拓石朝临帖，听钟晚晤禅（自注：谢金圃寓邻悯忠寺，颜曰：'听钟山房'，寺内有苏灵芝碑刻。）"吴烺与俞楚江相识，很可能是经过谢墉的介绍，而俞楚江和谢墉又有同乡之谊。

谢墉题诗有"图成寄我已三春，把袂依然青士身"及"竹叶于人偏有

----

① 《陈书·沈炯列传》。
② 《杉亭集》，卷十一。

分，觞君还及菊花晨"两联。我们在前面一节中业已推断此图成于乾隆二十七年（1762）三月。谢墉的题诗则在相隔三年之后，即乾隆三十年（1765）九月间。俞楚江是两江总督尹继善的幕客。乾隆三十年（1765）三月二十日，皇帝召两江总督尹继善入阁办事，尹继善的家眷在春末夏初之时先行入都，他本人于九月初六日自江宁启程。我们曾在《曹雪芹画像辨伪》一文中推测俞楚江未随尹继善北上，故在分手之时请尹继善为小照题诗。现在看来，此说有误。尹继善《题俞楚江照》的第二首说："久住金陵别亦难，秋风送我整归鞍。他时光景如相忆，好把新图一借看。"细揣诗意，后两句是说，日后如怀念金陵，则可向俞楚江借此"新图"一观。这表明俞楚江也北上，两人将仍在一起，否则天南地北，何以借此"新图"？陆厚信在所绘"雪芹小像"的识语中说"以志雪鸿之迹云尔"，是指俞楚江将要离开金陵之地，非指离别尹继善其人，这样理解也符合苏轼《和子由渑池怀旧》一诗的原意。"人生到处知何似？应似飞鸿踏雪泥，泥上偶然留指爪，鸿飞那复计东西！"本是形容人生漂泊，难以久留一地。尹继善早把他的眷属（其中包括六子庆兰）送入京都，他的幕客俞楚江也可能在秋初即已先行前往。尹继善的《题俞楚江照》七绝两首当写于俞楚江临行前。俞楚江如在七月中启程，九月上旬已到达北京，这与谢墉"觞君犹及菊花晨"之句正合。

我们知道，俞楚江是绍兴人，绍兴正是著名的产竹之地。《尔雅·释地》说："东南之美者，有会稽之竹箭焉。"晋代王羲之在《兰亭集序》中说："此地有崇山峻岭，茂林修竹。"谢墉是嘉善人，陈兆崙是钱塘人，和俞楚江都是浙江同乡（题画十人中，浙人居半数，除谢墉和陈兆崙外，尚有蔡以台是嘉善人，倪承宽是钱塘人，钱载是秀水人）。也许正因为如此，他们看了《幽篁独坐图》之后，顿起故园之思。

俞楚江的父亲叫俞士震，他的诗集名《倦轩吟》，见于同治《上江两县志·艺文志》的著录。俞楚江幼时即颖异，袁枚在《俞楚江诗序》里说他"赋幼年新月之章，如古人初日之对，其先人早异目视之"[1]，沈大

---

[1] 《小仓山房外集》卷三。

成在《俞楚江壶山诗钞序》中也说他"少即以诗名东南，壮而出游四方"①。谢墉题诗所说"雏凤清音惬古欢"，与这一情况相符，当是实指。至于他的父亲俞士震是否做过县令或县学教谕之职，尚待查出材料来证实。这种可能性无疑是存在的，而且比曹雪芹的父亲曹頫或曹顒做过这类官职的可能性要大得多。俞楚江的父亲早死，已见于袁枚《俞楚江诗序》所述："乌方返哺，树已摇风，呼阿子以不闻，叹遗奴之何托。虽老子生于苦县，鸦儿逼上愁台，未足比此孤危，方斯俀悒。"②谢墉题诗说"书中手泽留花县"，这"书中手泽"也许就包括俞士震生前所著的那部《倦轩吟》吧。

六　附说俞瀚有二人

王冈所绘小像的像主可能是俞瀚，而俞瀚是中过进士的。③既然如此，为什么谢墉在题词中还要说"把袂依然青士身"呢？这里是不是存在着矛盾？

是的，确实存在着矛盾。

那么，这应该怎样解释呢？

我们发现，乾隆年间姓俞名瀚的人有两个。一个是大兴人，中过进士，做过官，卒于任所；一个是绍兴人，布衣，进过两江总督尹继善的幕府，最后卖药虎丘而亡。也就是说，在《俞瀚资料辑存》④中，《国朝历科题名碑录》和光绪《畿辅通志》两书所记载的俞瀚是前者，而其余诸书所记载的俞瀚则是后者。

最初，我们曾把这两人误认作同一个人。后来，我们注意到，有些疑惑无法去除。袁枚、沈大成写了那么多有关俞瀚的文字，为什么闭口不谈他中过进士的事？既然俞瀚中了进士，为什么没有获得一官半职，反而落

---

① 《学福斋文集》卷四。
② 《小仓山房外集》卷三。
③ 《国朝历科题名碑录》、光绪《畿辅通志·选举志》都说俞瀚为乾隆二十二年（1758）进士。
④ 见《红楼梦论丛》，第166—184页。

了一个"卒不遇以死"的结局?① 既然俞瀚是进士出身,为什么袁枚偏偏要称他为"绍兴布衣"?② 这就自然而然地引出了一个问题:会不会当时有两个俞瀚,一为进士俞瀚,一为布衣俞瀚? 类似这样的问题,不时地萦绕在我们的脑际,促使我们去继续查阅书籍,寻求答案。我们终于获得了两条重要的资料。

第一条资料见于乾隆三十五年(1770)搢绅录:③

陕西宜君县:知县,加一级,俞瀚,治村,顺天大兴人,丁丑,三十一年三月授。

从这项记载,我们可以了解到:(一)这个俞瀚做过官;(二)他字治村,与字楚江的俞瀚不同;(三)他任宜君知县,从乾隆三十一年(1766)三月开始到乾隆三十五年(1770)夏季还在位。而俞楚江却是三十三年(1768)抵扬州,三十四年(1769)秋赴苏州,三十五年(1770)六月二十七日病卒于苏州虎邱的客舍。④ 这两个人在这几年之内的踪迹一在西北、一在东南,又一依然健在、一已病故,可见县令俞治村与布衣俞楚江不可能是同一个人。

第二条资料见于钱载的《箨石斋诗集》。《箨石斋诗集》卷四十三有《逢林观察俊》诗:"不谓事兵间,书生竟尔娴。辞京十余稔,宦蜀万重山。驿并小江曲,城临新月弯。同悲兖州守,莫肯睅尘颜。"最后两句,作者有小注说:丁丑即乾隆二十二年(1757)这一年举行进士考试,共录取二百四十二人。俞瀚榜上有名,居二甲第六十八名。《国朝历科题名碑录》和光绪《畿辅通志·选举志》都注明俞瀚系顺天府大兴县人,钱载则说"宛平俞瀚",两者完全吻合一致,所指为一人无疑。钱载这首诗作于庚子,即乾隆四十五年(1780)。"以去岁卒于官",可知宛平俞瀚卒于乾隆四十四年(1779),这时离绍兴俞瀚之逝世已有将近十年之久,足证

---

① 沈大成:《亡友俞楚江金陵怀古诗跋》,见《学福斋文集》卷十四。
② 《随园诗话》,卷十三。
③ 《新刻爵秩全览》,乾隆三十五年(1770)夏季,荣锦堂刊本。
④ 参阅《曹雪芹画像辨伪》一文的第七节。

大兴俞瀚与绍兴俞瀚绝非一人。

考出俞瀚有二人，这就解决了前面所说的矛盾。

总之，我们认为，王冈所绘的乃是绍兴俞瀚小像。像主为俞楚江，他未中举，始终是个布衣，所以谢墉题诗中说他"依然青士身"。他做过两江总督尹继善的幕僚，深受重视。而乾隆时题词十人之中，有五人是他的浙江同乡。永瑢是尹继善的女婿，陈兆崙、观保是尹继善的老朋友，又是永瑢的师傅，谢墉和倪承宽也是上书房的师傅。由谢墉出面，并转托其他一些翰林院、詹事府的文人学士，来替俞楚江的小像题词，这是完全可以理解的，同时也大体符合友人沈大成在《俞楚江壶山诗钞》中对他的描述："入京师，巨公贵人，倒屣迎致，海内硕师鸿儒，知名之士，无不折辈行与之交。"① 虽然沈氏所言不免有夸大之辞，但题词十人的身份，确是不出"巨公贵人""硕师鸿儒"及"知名之士"这三种人之外。

新发现的四人题词进一步证实了我们原先的看法：王冈所绘，非曹雪芹小像。

我们继续期待着原画的出现，继续期待着钱大昕、倪承宽、那穆齐礼、钱载、蔡以台、秦大士等人题词的出现。我们相信，到了那时，人们将会就曹雪芹画像的真伪问题得出完全符合客观实际情况的结论。

1980 年 6 月初

（本文为陈毓罴、刘世德合著，原载《文学遗产》1980 年第 2 期）

---

① 《学福斋文集》卷四。

五论曹雪芹画像真伪问题

引　言

近年来，关于曹雪芹画像真伪问题，我们写过几篇论文。其中，主要的有四篇：

《曹雪芹画像辨伪》[①]，1974 年。
《论曹雪芹画像的真伪问题》[②]，1978 年。
《曹雪芹画像辨伪补说》[③]，1979 年。
《谈新发现的"曹雪芹小像"题词》[④]，1980 年。

在这四篇论文里，我们反复阐明了自己的基本观点：王冈和陆厚信所绘的两幅画像的像主都不是曹雪芹。陆厚信所绘的那幅，我们考订是俞瀚的画像；王冈所绘的那幅，我们曾怀疑它也可能是俞瀚的画像。

最近读到了宋谋玚同志两篇和我们商榷的论文。[⑤] 宋谋玚同志的观点和我们截然相反。他主张，王冈和陆厚信所绘的两幅画像的像主都是曹雪芹，都不是俞瀚。令人感到遗憾的是，宋谋玚同志并没有举出强有力的佐证来支持他的主张。例如，他一再提出曹雪芹即曹西有，但在我们看来，

---

① 见于《红楼梦论丛》，上海古籍出版社 1979 年版。
② 见于《学术月刊》，1979 年二月号。
③ 见于《红楼梦研究集刊》第三辑。
④ 见于《文学遗产》1980 年第 2 期。
⑤ 《"曹雪芹小像"像主非俞瀚辨——与陈毓罴、刘世德两同志商榷》，《文学遗产》1981 年第 1 期；《曹雪芹与尹继善、傅恒交游考》，《红楼梦研究集刊》第八辑。

这只是一种主观的臆测，截至目前，没有任何一条直接的文字记载可以使人们在"曹雪芹"和"曹西有"这两个人名之间画上等号。又如，他认定王冈所绘即曹雪芹画像，但他始终拿不出任何一件可靠的证据。因此，这就必然使他的一些主张缺乏说服力。

看来，对曹雪芹画像真伪问题，还有继续展开讨论和商榷的必要。特草成此文，再来进一步申述我们的看法，并披露我们新发现的一件有关的重要资料。我们准备论证：

（1）曹西有绝非曹雪芹。

（2）王冈所绘《幽篁独坐图》根本不是曹雪芹画像。

我们还准备进而探索：这一幅《幽篁独坐图》的像主，如果不是俞瀚，那么，他可能是谁？

曹雪芹绝非"曹西有"

曹雪芹是不是曹西有，这个问题关系甚大。它不仅涉及陆厚信所绘的那幅画像是不是曹雪芹，而且还涉及对曹雪芹的思想和性格的评价：这位伟大的作家有没有千里迢迢地跑到江宁去依附一个当时赫赫有名的大官僚？

当我们最初接触《红楼梦》作者姓名的时候，只知道"曹雪芹"三个字，后来，我们才知道，他名霑，除了雪芹之外，还有好几个字或号：梦阮，芹溪，芹圃。这些名字全部是曹雪芹的亲友，如脂砚斋、敦敏、敦诚和张宜泉等人提供给我们的。作为曹雪芹的同时代人，又同曹雪芹有着非同一般的这样或那样的亲密关系，他们所遗留给我们的这方面的记载自然是可靠的。

目前，忽然有人说，曹雪芹还有一个"化名"，叫曹西有。[1] 乍一听，不禁大吃一惊。继而一想，不免产生了许多的疑点。再一查阅文献，竟发

---

[1]　最早提出此说的，是周汝昌同志。见《曹雪芹小传》，百花文艺出版社1980年版。

现这个说法根本站不住脚。

问题的起源，在于陆厚信所绘的那幅"雪芹先生小像"。据画家的识语说，那个像主为两江总督尹继善的幕僚；画幅后面还附有尹继善的题诗二首。于是，人们到尹继善的《尹文端公诗集》中去寻找线索。无奈初次寻找的结果，就已证明像主不但不是曹雪芹，反而是俞瀚。但有的同志并不因此止步，却去继续钻研《尹文端公诗集》中提到的姓名，终于公开宣布：尹继善幕僚中有一位姓曹的，名叫西有，可能是曹雪芹的化名。

在曹雪芹的时代，一个作家在写小说的时候，为了不愿意暴露自己的真实姓名和身份，而使用化名或笔名，实例处处都有，这是完全可以理解的。不过，像曹雪芹这样的作家，他在《红楼梦》书上不惜留下自己的真实姓名，却又化名去求职谋生，恐怕只能算一桩奇闻了。如果真有这样的事发生，那在 18 世纪的中国也简直是极其罕见的。所以，关于曹雪芹为何使用化名的问题，我们姑且不必深究。需要着重指出的倒是有另外两点。

第一，出现在《尹文端公诗集》中的曹西有，他的种种情况和我们所知道的曹雪芹大相径庭。

在《尹文端公诗集》里，与曹西有唱酬的诗篇，计有十四首。诗题如下：

> 《初冬游摄山，和曹西有韵》六首，卷五；
> 《予自金陵入觐，曹西有赋诗送行，途中漫和》二首，卷六；
> 《宋宝岩新葺寓斋，颜曰"竹深留客处"，幕中诸友赠画题诗，予用曹西有韵亦赋长歌》，卷六；
> 《和曹西有画松歌》，卷六；
> 《曹西有有举子之喜，赋诗索和》二首，卷六；
> 《曹西有喜得麟儿，予以虎头锁奉贺，并赠嘉名，西有赋诗言谢，走笔和之》二首，卷六。

这部诗集是编年的。据考，《初冬游摄山》作于丙子，即乾隆二十一年（1756）①；《予自金陵入觐》作于己卯，即乾隆二十四年（1759）②；
《宋宝岩新葺寓斋》等诗则作于庚辰，即乾隆二十五年（1760）。③ 除了这
十四首诗之外，再也没有其他的诗篇中曾经出现"曹西有"的字样了。而
从这十四首诗，可以窥知几点有关曹西有的情况。

（1）他是尹继善的幕僚。

（2）乾隆二十一年（1756），他在江宁。乾隆二十四年（1759）和二
十五年（1760），他也在江宁。估计乾隆二十二年（1757）和二十三年
（1757）这两年，他始终在江宁。《予自金陵入觐》第二首说："西园聚首
几年余，契好仍同见面初。"可以作证。

（3）《予自金陵入觐》第二首又说："才听高歌悲落叶，又吟古调送
行车。"上句有小注："西有秋闱下第。"按，这首诗作于己卯，这一年秋
季正好举行乡试。可知曹西有在乾隆二十四年（1759）曾在江宁参加乡
试，但遭到了落第的命运。

（4）他工诗善画。以画松擅长。

（5）他在乾隆二十五年（1760）"有举子之喜"。

（6）他添子后，请尹继善赐名。尹继善题小字"福长"，赠名"韫
辉"。

（7）《曹西有有举子之喜，赋诗索和》第一首说："尚迟汤饼会，可借
步兵厨。"下句有小注："西有正在卜居。"《曹西有喜得麟儿》第二首也说：
"新居欲效营巢燕，旧树先添返哺鸟。"可知曹西有的儿子诞生地在江宁，
同时他也在江宁安家落户，而这意味着他的妻子和他一起居住在江宁。

归纳出这几点以后，便不难看出曹雪芹和曹西有究竟是不是一个人
了。试想，曹雪芹怎么可能在乾隆二十一年至二十五年（1756—1760）之
间，接连五年，远离北京呢？须知《红楼梦》的"己卯秋月定本"和
"庚辰秋月定本"恰恰是在这个时限之内完成的。这五年其实应该列入

---

① 此诗之前，有《丙子秋驻节清江》诗题；此诗之后，有《丙子冬奉命入觐》诗题。

② 此诗之前，有《己卯春予新葺小园颇有湖山之意》《重阳节偕裴叔度少司农、钱玙沙掌科同
游摄山》等诗题；此诗之后，有《己卯初冬，入觐日近》诗题。

③ 此四诗之前，有《春日闻袁子才游瞻园赋诗》诗题，作于庚辰；此四诗之后，有《消夏吟，
赠幕中诸友》诗题，亦作于庚辰。

"十年辛苦不寻常"以及"披阅十载，增删五次"的时限之内。敦敏、敦诚的诗篇也证明，这几年曹雪芹确实身居北京。除非曹雪芹分身有术，否则他是不可能在这期间在江宁接连度过五个春秋的。再说，他携妇南下，卜居江宁，甚至他的儿子也诞生在那里，这似乎是出现在幻想小说中的情节，和我们所知道的曹雪芹的生平事迹是风马牛不相及的。

把这不相关的两个姓曹的人，一南一北，生拉硬扯地撮合在一起，这种做法很难获得人们的首肯。在关于曹雪芹画像真伪问题的学术讨论中，除了徒然乱人耳目以外，它委实无助于问题的解决。

第二，曹西有确有其人。

曹西有既不是伟大的文学家曹雪芹的化名，也不是其他任何人的化名。他是清代乾隆时期一位著名的画家和诗人，在江南一带有点小小的名气。有关他的生平传记的文字记载，据我们所知，为数不少。这里没有必要一一征引，我们准备举出两条晚出而又习见的材料。用它们来说明问题，恐怕是绰绰有余的。一条见于李濬之的《清画家诗史》：

> 曹庚，字西有，一字凫川。上元人。乾隆庚辰举人。工绘事。有《且想斋集》。①

另一条见于朱绪曾的《国朝金陵诗征》：

> 曹庚，庚字西有，一字凫川。上元人。乾隆庚辰举人。工绘事。有《且想斋集》。（西有能诗，兼工绘事。子含辉，亦有名。）②

可以看出，两条材料同出一源。《国朝金陵诗征》显然是《清画家诗史》的根据。朱绪曾为上元人，他以当地人记当地事，在他的笔下当不致出现子虚乌有一类的人物吧？作为一位著书立说的学者，料想他不会张冠李戴，把曹雪芹说成曹西有的。

---

① 《清画家诗史》，丁上。
② 《国朝金陵诗征》，卷二十一。

不难看出，《清画家诗史》《国朝金陵诗征》等书中记录的这位画家兼诗人的曹庚，实际上就是《尹文端公诗集》中提到的曹西有。

谢墉题诗的真相

不久之前，永璇、观保、谢墉和陈兆崙四人为王冈所绘"曹雪芹小像"题写的七首诗发现了。① 其中，最值得注意的是陈兆崙和谢墉二人的题诗。

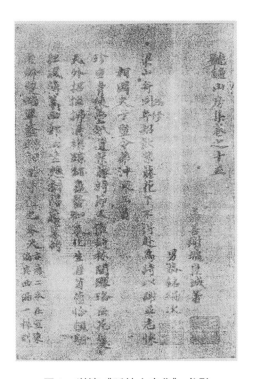

图 1　谢墉《听钟山房集》书影

陈兆崙题诗的上款写着明明白白的七个字："题为进老学长兄。"被陈兆崙称为"学长兄"的"进老"，他理所当然地就是像主了。这无疑就排除了像主为曹雪芹的可能。在王冈所绘"曹雪芹小像"真伪问题的研究

---

① 参阅邓绍基《关于"曹雪芹小像"的部分题咏诗》，《红楼梦研究集刊》第五辑。

上，这可以算是第一个重要的突破。

新发现的四人题词，永璇诗和观保诗已被裁成单幅，唯独谢墉诗和陈兆崙诗相连在一起，尚未裁开。这个事实更加证明了，两人所题咏的是同一幅画像。换句话说，谢墉诗所题咏的也是那位"进老"的画像。这一点是显而易见的。

现在，我们找到了第二个重要的突破口。我们要举出新的证据，来证明谢墉所题咏的像主绝对不是曹雪芹。

谢墉的文集，名《听钟山房集》，现存旧抄本。卷首署"嘉善谢墉昆城著，男恭铭编次"，并钤有谢恭铭的私章。可见这是家藏的稿本，十分珍贵。

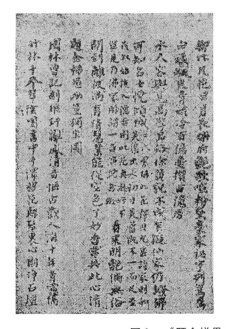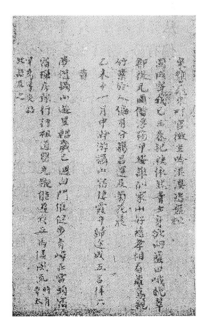

图2　《题金梯愚幽篁独坐图》诗

《听钟山房集》卷十三至卷二十为诗集。在卷十五，有《题金梯愚幽篁独坐图》二首，全诗如下（参阅图2）：

园林曾记刻琅玕，雏凤清音惬古欢。人海十年青霭隔，竹林千个翠阴团。书中手泽留花县，琴里心期净石坛。泉响飞来叶宫徵，坐吟淇澳凇盘桓。

　　图成寄我已三春，把袂依然青士身。欲向蓝田哦晚翠，却从元圃借浮筠。平安谁似家山好，慈孝相看萝茑亲。竹叶于人偏有分，觞君还及菊花晨。

试和题诗相较，完全相同，没有任何歧异。

这再清楚不过地证明了，王冈所绘"曹雪芹小像"的像主是金梯愚，即"进老"。

亡友朱南铣同志二十年前早已指出，王冈所绘乃《幽篁独坐图》。[①]谢墉诗题的发现，证实他的这个推断是非常正确的。

在这里，附带谈一谈有关皇八子永璇题诗的问题。

不久前，美国夏威夷大学的马幼垣教授应我们之请，查阅了美国国会图书馆所藏的永璇《古训堂诗稿》抄本。他发现，其中有一首《修竹不受暑》诗，与永璇题像诗第一首的某些句子近似。他把这首诗抄寄给我们。现移录于下：

　　　　物性移炎节，招凉独此丛。
　　　　团阴深障日，树节迥凌空。
　　　　净绿朝含露，微吟暮引风。
　　　　倐倐斜阳乱，脉脉暗香通。
　　　　薄雪飘芳径，苍霞拂绮栊。
　　　　寝寻逢醉日，来问主人翁。

诗后有双行小注："时竹醉日近，故云。"

我们再看永璇题像诗的第一首：

　　　　万个箟筜净，寒烟一径通。
　　　　坐深苍霭外，身在碧霄中。

---

①　朱南铣：《曹雪芹小像考释——兼谈曹雪芹的生平及经历》，《红楼梦学刊》1980 年第一辑。

> 近砌无凡植，栖鸾独此丛。
>
> 几时逢醉日，来访主人翁。

两首诗的风格极为类似，不过前者是试帖诗，后者是题像诗。"招凉独此丛"和"栖鸾独此丛"的句法相同。"寝寻逢醉日，来问主人翁"与"几时逢醉日，来访主人翁"也是一致的。永璇注明了"竹醉日"，可见题像诗中的"醉日"确是"竹醉日"。

这两首诗风格和句法近似，表明它们出于同一人的手笔。试帖诗显然是习作，题像诗移用其中的词句，并不足怪。永璇在乾隆二十七年（1762）题诗时年仅十八岁，还在上书房受业。

谢墉题诗见于《听钟山房集》，永璇题诗移用他的习作的词句，这些发现都可证明题诗和画像不是后人伪造的。特别值得注意，《听钟山房集》和《古训堂诗稿》都是罕见的抄本，一般不易见到，更没有伪造的可能了。

"金梯愚"是谁？

金梯愚为何许人，值得我们作进一步的探讨。古人习惯称呼友人的号，而不直接称其名或字，因此"梯愚"当是其人的号无疑。古人所用的号往往不止一个，还有一些别号，未必尽为人知，我们知道某人之号而一时查不出他的本名，这也是并不奇怪的事。迄今为止，我们查阅了一些有关资料，尚未发现有金梯愚是何人之号的直接记载。当然，我们不能因此而否定当时的世上存在金梯愚其人，那样做是极其荒唐可笑的。清人集子之多，浩如烟海，其中又有好些孤本秘籍，散存各处，我们限于条件，无法一一查考。当时人的传记材料并不是全部保存了下来，散佚的不计其数，古代的文人湮没无闻者难道还算少吗？

直接的记载既然难以查出，那么能不能根据一些间接材料来进行推测呢？我们不妨在这方面做些工作，但是必须牢记这只是推测（或者可以说是"假说"），有待寻找更多的材料来从各个方面加以证实，才能得出结论。

我们认为，关于金梯愚是何人的"假说"，必须是合理的推测，而不能是胡乱的猜想，要有一定的根据，而不能是捕风捉影。"假说"要能成立，必须考虑以下三个条件：（1）我们所知的此人名号与"梯愚"或"进老"有所关联。（2）此人与题词者（特别是陈兆崙、谢墉等人）有关系。（3）此人生平行事符合题词中所透露的情况。这些应该是基本的要求。

最后一个条件很重要，但对证起来仍有许多困难。主要困难在于诗中词语的多义性以及所用之典有虚有实，如何理解是个大问题。如果把虚用之典看作实指，或把实指之典看作虚用，虚者实之，实者虚之，就会出这样或那样的差错。再者诗句的主语一般略去，不易判断，也会造成理解上的障碍。具体举例，比如"园林曾记刻琅玕"到底是指南方园林还是北方园林，就颇费人斟酌；"雏凤清音"是指像主或是指题诗的人，甚至是第三者，也成为问题；"人海十年青霭隔"的主语是谁？"青士身"有没有兼指"青衿之士"的意思？《幽篁独坐图》的像主是否真是一位隐士？这些都需要我们仔细思索。有时我们还得从不同的角度去考虑，不能死死抱住一种"可能解"不放。

金梯愚的本名是什么，应该从题词者的金姓友人中去寻找，这是不言而喻的。

目前我们可以从题词者的金姓友人中间，特别提出一个人来，他符合上面所说的三个条件。金梯愚可能是他。至于究竟是不是他，还有待发掘更多的材料，然后才能下最后的结论。我们现在只能指出他与金梯愚的某些相似之处，以供对此问题感兴趣的读者和专家参考。这里不打算将他的生平行事与已发现的题词逐句地来一一对比，因为限于材料，他的生平行事，尚未能了解得很清楚，犹如一个链条还缺少若干环节，还需要进一步加以考证；另一方面，有些题词的诗句也许是泛指或虚指，目前不可能完全坐实。还得申明，我们提出的只是一种可能，当然也有另外的可能：金梯愚并非此人，而是我们未曾从文字材料中获知的另一位金姓友人，我们绝不排斥会有这种可能存在。

我们的怀疑对象是金甡，有可能金梯愚便是他。

金甡字雨叔，号海住，浙江仁和人。康熙四十一年（1702）生。雍正元年（1723）举人，比陈兆崙早一科。乾隆七年（1742）状元及第，授修撰，十年（1745）散馆，一等一名，教习庶吉士。十三年（1748）署旧讲官起居注，十四年（1749）迁右赞善，未久转左赞善。十六年（1751）实充讲官。二十二年（1757）在上书房行走，冬授詹事府詹事，直讲席者十七年。三十一年（1766）授内阁学士，三十二年（1767）升礼部左侍郎。三十八年（1773）九月奏请解任，准予回籍调理，次年回杭家居，四十四年（1779）主敷文书院讲席，四十七年（1782）卒，终年八十一岁。著有《静廉斋诗集》二十四卷。其生平事迹可参见朱珪《礼部左侍郎金公甡墓志铭》。①

可能有人会说："金甡是个状元，他的身份难道和《幽篁独坐图》的像主相符合吗？"对这个问题，我们不能简单地去看。《幽篁独坐图》的像主是否是真的隐士，颇值得怀疑。因为这是一种行乐图，除了画中人的相貌是画师写真，衣着及背景均由画师依照《幽篁独坐图》的习惯画法加以补缀和点染，不能由此看出像主的真正身份。达官贵人好附庸风雅，也喜欢作此小照，正和《红楼梦》里的贾政非常欣赏大观园中的稻香村相似。北洋军阀统治时期有一位大总统徐世昌，自号水竹邨人，他请人画过一幅《水竹邨人图》，画中人戴笠荷锄，难道我们看了这幅图就认为徐世昌不是大总统而是一位农民吗？"青士"原是指竹，借喻品格高尚之士，上书房的师傅在当时被人视为"翰苑清贵"称作"青士"也是未尝不可以的，不一定非指"青衿之士"不可。"青衿之士"实际是附加的和派生的意思，并非本意。

金甡和陈兆崙关系密切，年龄相近。陈兆崙比金甡大两岁，他们年轻时曾在杭州一同加入文社。据陈兆崙的侄儿陈玉绳所编的《句山先生年谱》记载，康熙六十一年（1722）三月，陈兆崙"结文社于西湖藕花居。何鸣世（姚瑞）、吴子廉（国锷）、吴春郊（景）、任处泉（应烈）、孙介斯（曾提）、钱苍益（在培）、汪履顺（金城）、汪介纯（宏禧）、梁茇林（启心）、杭董浦（世骏）、梁芗林（诗正）、王琬华（瀛洲）、金以宁（文济）、孙虚船（灏）、裘沧晓（肇煦）、金雨叔（甡）、陆宾之（秩）

---

① 朱珪《知足斋文集》卷四。

暨先生十八人相序以齿，袞其文曰《质韦集》。……继复次第登甲科，跻位通显，亦一时盛事也"①。金姓写诗也常回忆藕花居文社之事，他有《送句山前辈葬》诗两首，第二首云："质韦十八子，子立动长嗟（自康熙再壬寅与君辈订质韦集文会于藕花居，今独余在）。吉地寻蕉石（墓在丁家山，为蕉石鸣琴景），前盟忆藕花。移灯广厦近（同直十余年），联骑塞垣赊（同扈从行围者三次）。知己成千古，谁堪话旧耶?"② 他和陈兆崙的友谊是深厚的。

金姓和倪承宽、秦大士都是自乾隆二十二年（1757）起入直上书房，这一年观保也以兵部侍郎再度入直，为总师傅（乾隆二十年他曾以兵部侍郎入直，侍皇八子永璇）。陈兆崙自乾隆二十三年（1758）入直上书房，专教皇八子永璇的诗文。谢墉自乾隆二十四年（1759）入直上书房。除观保和秦大士外，他们都是浙江人，而且金姓和倪承宽、陈兆崙还是小同乡。

当时北京西郊的圆明园设有上书房，而上书房入直的师傅都住在圆明园附近的澄怀园（又叫翰林花园）。陈兆崙有《题总宪张先生有堂卧游画卷三十首，次原韵》诗，其第二十八首云："云笈频传品秩增，玉林华实美兼称。梦中也到高寒处，每对神宫愧不胜（洞天深处，即西苑尚书房）。"③ 金姓有《叠韵和乐泉留别同直诸公之作》诗三首，其第一首的头两句为"三天（尚书房御扁曰'前垂天贶'，曰'中天景物'，曰'后天不老'）深复接层霄，久直从教岁月消"④。我们根据有关圆明园的资料，可以知道一进圆明园正南的大宫门就是金水桥，过了二宫门便是"正大光明殿"，这是乾隆朝会听政之处。"正大光明殿"东面是"勤政清贤殿"，乾隆在此批阅奏章，召见群臣。"勤政清贤殿"东为"飞云轩"，"飞云轩"的东面是"芳碧丛"，这个地方竹子很多，乾隆在盛夏时期由"勤政殿"搬到这里办公和进餐，北面为"保合太和殿"，再北有"富春楼"，东北为"竹林清响殿"。"保合太和殿"以东便是"前垂天贶"及"洞天

---

① 《句山先生年谱》，《紫竹山房诗文集》卷首。
② 《静廉斋诗集》卷二十三。
③ 《紫竹山房诗集》卷十。
④ 《静廉斋诗集》卷十二。

深处"，这里就是上书房的所在了。① 值得注意的是上书房一带栽种竹子很多，在圆明园内是很有特色的地方。

澄怀园又名鸥鹭庄，是圆明园的属园，园内古木参天，垂柳池塘，景色幽美。据陈玉绳《句山先生年谱》记载，"二十四年己卯，六十岁。正月四日，（陈兆崙）赴西苑寓园，玉绳随侍。寓园即鸥鹭澄怀园，御赐书房行走各臣所居处也"。钱载曾写过一首诗，题为《澄怀园所居，春日皇十一子题扁曰"花坞草堂"，秋日赋之（载制楹帖云："池上土为山，朝阳夕阳几面；园中春在树，十年百年多株"）》，诗云："苑东园召侍臣居，下直分门屋有余。山水周环百年树，天人元妙八分书。板桥雨滑谁寻菊，沙圃风寒未灌蔬。讲读循名稽自古。扪心夙夜愧难如。"② 钱载是自乾隆四十年（1775）起入直上书房，此诗作于乾隆四十三年（1778）。我们从他们作的楹联及诗句中，也可窥见澄怀园中的风光。

这班上书房的师傅们，授课之暇，轮流做东，筵饮赋诗，互相唱和。金甡曾写过一首长诗题为《边秋厓（继祖）侍读招同人小集》，作于乾隆二十六年（1761），描绘了他们宴饮的情景，今录于下："孝先挂腹元便便，却笑老饕饥火煎，开尊记避水亭谑，洗盏暂须寻乐泉。乐泉香染墨池润，逸少共寻邀群贤（移席晋川延尉竹溪书屋，实乐泉副宪旧居），冲泥徐蹑旧移石，贴水略余新种莲。光阴传舍半年换，对此不饮殊可怜，墙头讵假浊醪助，竹里还待行厨迁（庖人复寄别室）。主人治具亦良苦，淫雨何忍长不潹，盖君后至勿多酌，先声幸不虚乘轩（海山阁学后至，或预传肩舆出郊）。朋簪十二乃全聚，填压阄位非空悬（同直十三人，乐泉奉使，今全集其旧寓），谈锋觞政斗奇捷，倘续《世说》真堪传（诸公言语妙天下，敬堂少仆常谓应录成《续世说》）。凭栏长啸吐逸气，风回雨歇波纹旋，荒池戢戢荇根结，游菰泛泛浮槎环。曾闻鱼背拥草树，平移孤屿临重渊，不然便缩海图本，幻出风引三神山，不系之舟有时系，常住彼岸谁攀援（有荇草一蒙，如数间屋，蟠根浮水，因风往来。延尉虑其侵压荷花，以巨绁牵著南岸）。土山南畔倚宫道，车殆马烦勤著鞭，定知隔水望吾辈，缥缈何减瀛洲仙，不图饮罢促归去，仙人行复栖尘寰。清欢一饷亦云足，池面聊看浮沤圆，水亭却想转清寂，明日正宜当昼眠。"① 诗中自注所说的同直十三人是介福、观保、张泰开、王会汾、边继祖、周煌、陈德华、刘统勋、金甡、倪承宽、秦大七、陈兆崙和谢墉。王会汾在澄怀园中的居处名"竹溪书屋"，诗中且有"竹里还待行厨迁"之句，谢墉在《幽篁独坐图》题诗上钤有小印"且是竹园主"，可以作为澄怀园中栽有竹子之佐证。

值得注意的是金甡在乾隆二十六年（1761）所写的另外两首诗。一首题为《谢金圃（墉）编修招同人小集》，其中写到"应知酣畅主宾同，玉雪儿郎咏佳作（贤郎十岁，自诵新诗），丹山万里继清声，小谢高名真不作"，也是用李商隐赠韩偓诗"十载裁诗走马成，冷灰残烛动离情。桐山万里丹山路，雏凤清于老凤声"之故事。另一首题为《邀诸公小集金圃寓，率咏求和》，结尾写到"眼前便请搜诗料，姑许巴人作同调。惯将坚壁老吾师，正恐窥人有年少（时金圃长君在座）"②。金甡对谢墉的长男很称誉。由这件事我们自然联想到谢墉《题金梯愚幽篁独坐图》的诗句"园林曾记刻琅玕，雏凤清音惬古欢"，这两句诗是否写的就是在澄怀园中宴席上其子受到上书房师傅赞赏之事呢？

"刻琅玕"即"刻竹"。元代戏曲家郑光祖在《倩女离魂》杂剧第三折中曾写了这样的曲词："日长也愁更长，红稀也信尤稀，春归也奄然人未归！我则道相别也数十年，我则道相隔着几万里，为数归期，那竹院里刻遍琅玕翠。"陈兆崙在乾隆三十年（1765）冬天曾写了题为《奉和相国尹望山（继善）先生蒙恩赐虹桥别墅，次鄂比部赠诗原韵二首》的诗，第一首云："山人每占林泉胜，福地今归衰鸟多。虹彩四时通御气，堤沙一径接鸥波。丹心白发如相倚，刻竹题蕉定若何。欲笑南塘频借看，杜陵容色枉蹉跎。"③ 尹继善是卸两江总督之任而来京师就内阁大学士之职，乾

---

① 《静廉斋诗集》卷七。
② 同上。
③ 《紫竹山房诗集》卷十一。

隆赐给他的虹桥别墅与澄怀园"才隔红桥一水"①。由此诗可见"刻竹"之典也可用于北方的园林，它是借喻题诗，并非实指。

金甡住在澄怀园中，他的书房取名为"竹园精舍"，这也很值得我们注意。他有诗题为《敬堂以善缘庵僧澄沏所刻空印老人（镇澄）〈金刚经修释〉见贻，赋谢一首》；内云："竹林精舍开，前劫想夹侍。盖头茅把共，题榜验宿契（竹园精舍，佛说法道场也，余向以颜书室，而空印序亦云'书于台山竹林精舍'）。"②此诗作于乾隆二十九年（1764）。我们自然联想到观保在《幽篁独坐图》题诗中所说的"此君常伴读书庵"。"读书庵"不就是书房吗？而下一句"影逗疏帘午梦酣"，也和金甡在乾隆二十三年（1758）所写《澄怀园销夏四首》之中的"枕边常有蝶相引，瓜上都无蝇可挥"及"连朝减课日初斜（入伏起，出伏止），香篆还看绕帐纱"③，风光依稀相似。这"炉香琴韵静中缘"是否也是自金甡的"静廉堂"联想而来的呢？

上书房的师傅们请人作画或小照，相互题咏，乃是常见之事。如谢墉在乾隆二十七年（1762）请人画了一幅《听钟山房图》，金甡等人为他题诗，金甡的诗题是《题金圃听钟山房图，仍用前韵》。④陈兆崙在乾隆二十八年（1763）请皇六子（质亲王）画了一幅《紫竹山园图》，他在《春兴八首》的最末一首中写道："苦忆蓬茅缩地难（近乞皇六子作《紫竹山园图》，仆受生处也，妙于酷肖），贵人为我写烟峦。展图冀得乡心遣，到眼翻成老泪弹。隐隐竹鞭掀蛰起，滔滔花浪拍城寒。鲈鱼也要论钱买，除是前期辨钓竿。"⑤金甡在乾隆三十年（1765）曾请人画了一幅《听涛图》，是以澄怀园作为背景的写照，他在《自题听涛图》诗的小序上说："句山、乐泉各延画师，邀余写照。布景名图，殊窘应付。屈指二十五年中，两度寓澄怀园，听涛佳趣依然，而听涛亭仅留荒址，

---

① 《尹相国望山用杜老游何将军山林诗，咏赐园十首，属和有日矣，今夏始报》："分批常抠谒，其如隔水何。凤皇风骨迥，鸥鹭野情多（仆寓官园，旧名鸥鹭庄，与先生园才隔红桥一水）。畏道班门斧，难逃郢上歌。知公容褵襹，暑退或频过。"见《紫竹山房诗集》卷十一。

② 《静廉斋诗集》卷九。

③ 《静廉斋诗集》卷七。

④ 《静廉斋诗集》卷八。

⑤ 《紫竹山房诗集》卷九。

借此娱之，亦以寄余踪迹。图成聊系二绝。时乐泉方属题拾得像，故次作牵连及之。"此诗共两首，第一首云："仙园邱壑记曾经，天半涛声断续听。倔强苍官元好在，童童盖影当虚亭。"①句山是陈兆嵛的号，乐泉是张泰开的号，它们都请了画师，并且邀金甡来为之写照，由此可见此风颇盛。图上画有松树，松声似涛，像主作倾听状，故题名为《听涛图》。诗中的"仙园邱壑"是指澄怀园，是北方的皇家园林，而非南方的私家园林。从以上情况看来，金甡很可能早在乾隆二十七年（1762）就已请人画过一幅《幽篁独坐图》，引起陈兆嵛的乡思，故其题词中有"吾家紫竹山边住，对尔空惭自在身"之句，并在次年请皇六子画了一幅《紫竹山园图》。

谢墉《题金梯愚幽篁独坐图》诗见于《听钟山房集》卷十五，排在《宣城道上见梅》诗之后，《乙未十一月中浣游摄山》诗之前，乙未是乾隆四十年（1775），而题图诗中又有"觞君还及菊花晨"之句，从这一点看，它有可能作于乾隆四十年（1775）秋天。据他《辛亥十二月初四日复奉命入直上书房，记恩五首》诗中的自注说"三十九年视学江苏，四十二年回京"②，可知乾隆四十年（1775）他是在南方，任江苏学政。因此，他和金梯愚相逢把袂也可能是在南方，而不是在北京。

金甡在乾隆三十八年（1773）五月间，跟随皇帝去热河，因体衰而"仆于直次"，九月间奏请解任，得旨准其回籍调理。诸皇子已有送别诗。可是他因病迁延，直到第二年的秋天，才离开北京，回到杭州，从此过着他自称"山林逸老"的生活。乾隆四十年（1775）的秋天，谢墉很可能来到杭州，与其叙旧。梁同书有《跋谢东墅南北食味杂咏诗册》一文，其中说："东墅谢三兄为先文庄公门下士，后与予同年入词馆，晨夕过从，情谊如弟昆，而学问实兼师友也。予自乾隆戊寅以忧归，不复出，而东墅入侍内廷，历致通显，稍稍间阔，然中间奉使南省，未尝不晤。予先后三次祝釐入京，亦往往寓其邸第，盖数十年如一日也。暮年老病失意，书问

① 《静廉斋诗集》卷十。
② 《听钟山房集》卷十八。

频数，每有吟咏，辄寄示予，此册则其最后者，不下二万余字。"① 此跋说梁同书自乾隆二十三年（1758）回南，一直是在杭州家居，而谢墉"奉使南省，未尝不晤"，足见谢墉在江苏学政任内曾来杭州。谢墉来杭，必和金甡相晤。他们此次重逢的诗，不见于《静廉斋诗集》。姚祖恩在《静廉斋诗集》卷首写道："外大父海住先生古今体诗，全集凡五千余首，手自缮写成帙，藏之家塾"，而《静廉斋诗集》存诗仅一千五百多首，被刊落的诗达三千多首，所以有好多诗不见于他的诗集，自不足怪。

　　我们可以看到谢墉诗中所透露的有关金梯愚的情况，确有某些和金甡类似之处。金甡乾隆四十年（1775）已在杭家居，"还我初服"，遂其隐退之心，说他是"青士身"是适合的，"青士"也无非是高尚之士的意思（《晋书·孙绰传》："绰有高尚之志，居会稽游放山水十余年，乃作《遂初赋》以致其意。"）。杭州是金甡的家乡，亲戚故旧多在此地，谢墉以在朝之身，发出"平安谁似家山好，慈孝相看萝茑亲"的感慨，也自在情理之中。

　　"人海十年青霭隔"当是回忆金甡和谢墉做上书房师傅时住在澄怀园里的一段生活。苏轼有"万人如海一身藏"之名句。京师为首善之区，人烟稠密，争名逐利者比比皆是，奔走于十丈软红尘中，而金甡和谢墉等人所住的澄怀园是圆明园的属园，风景幽美，优游岁月。"十年"乃举成数而言，金甡在乾隆三十八年（1773）所写的《奉谢诸皇子二十首》小序上说："甡自丁丑蒙恩入直尚书房，中间督学三载，至今岁癸巳，在直十有四年。"② 谢墉在乾隆五十六年（1791）所写的《辛亥十二月初四日复奉命入直上书房纪恩五首》诗中自注说："墉于乾隆二十四年奉命侍皇十一子课，三十二年丁父忧回籍，三十五年服阕，奉命侍皇十二子课，旋奉命调侍皇十五子课，三十九年视学江苏，四十二年回京，侍皇次孙课，四十八年侍皇八子课，是年复命视学江苏，五十一年回京，复侍皇十五子课。"③ 自乾隆二十四年至四十年（1759—1775），历时十七年，除去丁忧

---

① 《频罗庵遗集》卷十二。
② 《静廉斋诗集》卷十五。
③ 《听钟山房集》卷十八。

回籍三年及任江苏学政两年，实际在上书房入直十二年。上书房师傅们的闲适生活，确能说是虽处京师而以青霭隔绝人海。陈兆崙于乾隆三十五年（1770）写了《奉酬皇八子喜仆再至尚书房见赠诗元韵》，诗云："三壶路熟水临舟，笙鹤旋闻索献酬。人讶何公来北阙（何公去而复来，见《南史》），我输陶令有西畴。花移阆苑烟中见，鸥入黄荃画里浮。但把林泉傲尘界，已叨两度此句留。"① 陈兆崙说的"但把林泉傲尘界"，也有"人海十年青霭隔"的意思。

"书中手泽留花县"似指金甡先人曾做过知县一类的官。金甡有《行次定远，俚三品遣力奉大兄遗集至，泣题十二绝》诗，第二首云："清白承家是子孙，雨云翻覆更无论。囊空赢得诗文富，小树新亭世业存（先祖令乐亭，牧师宗，并入名宦。兄在孝感，亦著循声。新亭、小树皆家园题额。先君晚号新亭老人，诗集待刊者千余首。兄读书小树轩，因以自号）。"② 金甡的祖父名星瑞，曾任直隶乐亭县知县及云南师宗州知州；父名直麋，兄名虞，曾任湖北孝感县知县，有《小树轩集》。金甡有《七十初度述怀二十首》，第十首云："有儿难守一经传，捧檄低颜岭海偏。老我不须资禄养，爱民唯在广情田。循良伪托犹编史，忠信坚持可涉川。治谱久留曾大父，戴星时省柱间联（先祖作令牧时，常题柱联云：'报朝廷某事，荣祖父某事；惜百姓几分，留子孙几分。'次男三吾捧檄粤东，谨录授之）。"③ 这些都可以作为"书中手泽留花县"的注脚。

"却从元圃借浮筠"，"元圃"即"玄圃"，传说在昆仑山顶，上通于天，乃神仙所居之地。我们看金甡乾隆二十二年（1757）曾写了一首《题香雪读书图，应皇四子教》，其中有"帝子暂消遥，瑶光映元圃"之句，④ 可见"元圃"一词可用来指皇家园林。然则"却从元圃借浮筠"不啻暗示像主曾经在皇家园林里住过。

"图成寄我已三春"是说此图寄存谢埔处已有三年。金甡乾隆三十八年（1773）秋即已获准辞职返里，皇子皇孙并有诗惜别，可能即在此时把

① 《紫竹山房诗集》卷十三。
② 《静廉斋诗集》卷二。
③ 《静廉斋诗集》卷十三
④ 《静廉斋诗集》卷七。

这幅《幽篁独坐图》交予谢墉。到乾隆四十年（1775）九月，正好三年。此图乃乾隆二十七年（1762）三月间所绘，有皇八子永璇题词所署年月可证，上书房师傅如陈兆崙、秦大士等皆相继题词，可能因某种缘故，独谢墉一人未题，金甡故在获准卸职时将此图寄存谢墉居所，请他补题。而到乾隆四十年（1775），谢墉已经南下就任江苏学政，往游杭州拜访故旧，乃将此图奉还。

"觞君犹及菊花晨"之句甚可玩味。金甡生于康熙四十一年（1702）壬午八月十五日，[1] 谢墉生于康熙五十八年（1719）己亥九月初九日。[2] 一个生日是在中秋节，一个生日是在重阳节。谢墉若在九月初抵杭州，则已错过了金甡的生日，而他自己的生日即将来临。"觞君犹及菊花晨"可能包含有在重阳节里可以补行寿觞的意思。

金甡之名和"梯愚""进老"之号也有关联之处。我们知道，金甡号海住，人称海住先生。古人常说"梯山航海"，把太平盛世歌颂为"四海澄静，万国梯航"。据《国朝杭郡诗辑》所载的金甡小传，说他"晚号鲞叟"[3]。古人也有"寿跻大耋"之类的颂词，是否也和"进老"意思相关呢？从这些迹象看来，金甡有"梯愚"和"进老"之号是可能的。当然，"梯愚"和"进老"二者之间也有意义上的联系。

结语

综上所述，关于曹雪芹画像真伪问题，我们可以得出以下几点结论：

一是王冈、陆厚信所绘的两幅画像，像主不是曹雪芹。

二是陆厚信所绘的那幅画像，像主是做过两江总督尹继善幕僚的俞瀚。

三是尹继善幕僚曹西有实有其人，把他和曹雪芹说成一个人是没有丝毫事实根据的。

---

① 朱珪：《礼部左侍郎金公甡墓志铭》，《知足斋文集》卷四。
② 阮元：《吏部左侍郎谢会墓志铭》，《揅经室二集》卷三。
③ 《国朝杭郡诗辑》卷十八。

四是说曹雪芹到江宁去做尹继善的幕僚也是没有丝毫事实根据的。

五是王冈所绘的那幅画像，像主是金梯愚。

六是金梯愚可能是金姓。

七是既然王冈所绘的《幽篁独坐图》与曹雪芹全无关联，则有关曹雪芹和皇子、状元、探花、翰苑学士文人们交往的推断就全部落了空。

我们的结论能否成立、有没有说服力，欢迎专家和读者同志们多多指教。

特别要说明的是，结论中的第六点还有待于事实的检验。由于资料的缺乏，我们暂时只能做出这样的推测。

过去，我们怀疑《幽篁独坐图》的像主不是曹雪芹；陈兆崙题词上款的发现，证明了我们的怀疑是正确的。后来，我们推测《幽篁独坐图》的像主可能是俞瀚；谢墉诗题的发现，证明了我们的推测是错误的。现在，我们推测像主金梯愚其人可能为金姓，这个推测是正确的还是错误的，让今后所发现的资料来加以证明吧。我们期待着。

1981 年 6 月

（本文为陈毓罴、刘世德合著，原载《红楼梦研究集刊》第九辑，上海古籍出版社1982 年版）

《红楼梦》是怎样开头的？

《红楼梦》的开头，一般总认为是"此开卷第一回也"那一段约四百字的长文。虽然早就有人表示怀疑，提出自己的揣测，[①] 但由于缺乏细致的分析和有力的论证，这一问题尚未得到解决。究竟这段长文是不是《红楼梦》的开头？它的作者是谁？又为了什么目的来写？这一切仍然有待于我们继续探讨。

首先来考察这段长文。作为正文来看，它的可疑之点甚多。这开始的第一句话就来得古怪。前面已明明标出"第一回"三个字，又举了回目的名称，而还要讲"此开卷第一回也"，究竟有什么必要呢？再者，作者还在这里不厌其烦地大讲第一回回目的象征性意义，"故曰甄士隐云云""故曰贾雨村云云"，等等。它不像是一部长篇小说的开头，倒像是为第一回作"题解"。从结构上看，它和后面那个优美的神话故事也缺乏有机的联系，各说各的，全不相干。不仅如此，它们还互相矛盾。前面这段文字里，明说作者"风尘碌碌，一事无成""背父兄教育之恩，负师友规训之德"，又点明当时创作的环境是"蓬牖茅椽，瓦灶绳床"，分明实有其人。后面那个神话故事里却说《石头记》一书乃是"石头所记"，作者是青埂峰下的一块顽石。这就令人不解。既然曹雪芹在楔子的结尾处都还在隐蔽自己，只说自己"披阅""增删"，不承认是本书的作者，有什么必要一开始他反倒要暴露出自己的身份来呢？

拿其他几部古典长篇小说名著来对照，《红楼梦》的开头显得格外逊色。一个"字字看来皆是血，十年辛苦不寻常"的作家，写作态度严肃认真，精益求精，未必会如此之不讲究小说开头的艺术。因此"此开卷第一

---

① 素痴：《跋今本红楼梦第一回》，《大公报》1934 年 3 月 10 日《图书副刊》第 17 期。

回也"这一大段文字是否曹雪芹所设计构思的开头实在令人怀疑。

我们从甲戌本《脂砚斋重评石头记》中可以找到有力的物证。在脂本的系统中，甲戌本由于它的正文所根据的底本是较早的，因此它比其他各本更接近于曹雪芹的原稿。这个本子第一回是以"列位看官，你道此书从何而来？说起根由，虽近荒唐，细谙则深有趣味"这几句话开始的。① 书前有一篇《凡例》，又有《红楼梦旨义》，包括五条。我们通常当作《红楼梦》开头的那一大段文字，除最后一句（"更于篇中间用梦、幻等字……"）外，都是出于《凡例》第五条之中。它实际上是把这条《凡例》加以删节而成。自"开卷即云风尘怀闺秀"以下的文字全部删去了，计删掉六十字。另外，在文字上也略有更动的地方。如把"此书开卷第一回也"这句话改成"此开卷第一回也"。前者是指"在这本书开卷的第一回里面"，语意未尽，还有下文，而后者是一个完整的句子，变成了"这是开卷第一回"的意思。

甲戌本上格式分明，《凡例》是在全书之前，比正文低两格抄写，《凡例》之后附有七律一首（"浮生着甚苦奔忙"）。七律抄完之后，还空有一页白纸，然后才标出"第一回"三个字，举了回目的名字，抄写第一回的正文。这篇《凡例》是断乎不会与正文相混淆的。

然则《凡例》中的文字如何会窜入正文呢？如果我们把甲戌本和庚辰本对照起来研究，便可发现此中秘密。在标明为"脂砚斋凡四阅评过"的庚辰本上，已不见《凡例》及所附的七律，第一回是以"此开卷第一回也"开头，② 同于今本。不过，值得注意的是今本中的那一大段文字在庚辰本中分作两段抄写，第一段抄到"故曰贾雨村云云"为止，以下提行另作一段，文字也和今本有差异，作"此回中凡用梦用幻等字，是提醒阅者眼目，亦是此书立意本旨"，下面即接抄"列位看官，你道此书从何而来"。这第二段是甲戌本的《凡例》中所没有的，显然是加上去的。

我们再看第二回的情况。甲戌本上第二回开始以后有两大段总评（"此回亦非正文本旨……"及"未写荣府正人先写外戚……"），均比正

---

① 《脂砚斋重评石头记》十六回本，中华书局 1962 年 6 月影印本，第 4 页。
② 《脂砚斋重评石头记》（庚辰本），文学古籍刊行社 1955 年 9 月影印本，第 9 页。

文低一格抄写，放在正文之前。而在庚辰本中，这两段总评均被当作正文来抄写。由此可见，庚辰本第一回开始的那两段文字，实系第一回的两段总评，由于抄手不察，而误入正文。

长篇小说的评点在《红楼梦》之前已是相当风行的事。金圣叹的评《水浒传》，毛宗岗的评《三国志演义》，可以说是家喻户晓。关于评点的格式体制，已经定型。《红楼梦》的评点显然是继承了这个传统。脂评中经常碰到一些为金圣叹所使用过的术语，如"横云断山法""草蛇灰线法""背面傅粉法"等。庚辰本第十二回中有一条批语："瑞奴当如是报之。此节可入《西厢记》批评内十大快中。"甲辰本第三十回也有一条批语："写尽宝黛无限心曲，假使圣叹见之，正不知批出多少妙处。"都很推崇金圣叹。在体制上，毛批《三国》有《凡例》，《红楼梦》也有《凡例》。毛批《三国》和金批《水浒》在每回之前均有"总评"，较之正文低一格或两格书写，《红楼梦》在好多回之前也有"总评"，有时把它放在一回之后，也是比正文低一两格抄写，[①] 这都是显著的传统影响。

根据以上种种情况，可知《红楼梦》一书原有一篇《凡例》及一首题诗，后来都删去了，第一回却增添了两段总评。第一段总评是把原来《凡例》中的第五条加以删节而成的；第二段总评和被删去的那首七律意思相近，当系改写。既然是两段总评，则它们解释第一回的回目，并且出现了"此开卷第一回也""此回中"等词句，就是很自然的事了。庚辰本把它们抄入正文，铸成大错。以后程伟元和高鹗更把它们连接起来，中间也不空行分段，变得天衣无缝。他们并对文字作了修改，把"此回中凡用梦用幻等字"改作"更于篇中间用梦、幻等字"，清除了"此回"字样，湮没了明显的一处总评痕迹。后人也当作正文接受了下来，认为这就是《红楼梦》的开头。所幸的是：甲戌本仍在，成为坚强的物证，而庚辰本中此一大段文字分成两段抄写，也露出了破绽。只要详加考察，真相终可大白。我们恢复其本来的总评面目，不把它当作小说的开头看待，以前产

---

① 如庚辰本第廿八回，回前附文两段，用另一叶纸单独分抄，比正文低两格，一段是"茜香罗、红麝串写于一回，盖琪官虽系优人，后回与袭人供奉玉兄、宝卿，得同终始者，非泛泛之文也"；另一段是"自闻曲回以后，回回写药方，是白描颦儿添病也"。它们在甲戌本上是放在本回正文的后面，比正文低一格抄写，标有"总评"二字。

生的种种疑团，都可涣然冰释了。

现在进一步来探讨"此开卷第一回也"这一大段文字的作者问题。它既是第一回的两段总评，而且从原有的《凡例》及题诗中蜕化而出，文字及意思都变动不大，那么《凡例》及题诗的作者应该就是它的作者。若不是同一个人，他怎么敢随便取消《凡例》及题诗，竟把《凡例》中的第五条大部分抄下来当作自己的评语呢？这篇《凡例》有两处提到"作者自云"，显然是旁人在转述作者的话，并非作者自己现身说法。同时曹雪芹也毫无必要为自己的小说逐回写评语，赞扬自己。写《凡例》的人不会是曹雪芹，将《凡例》改作评语的人也不会是曹雪芹。应当是另外一个人。他和曹雪芹的关系极为亲近，了解创作《红楼梦》的全部过程，而且是此书的主要评者。

从甲戌本看来，它标名为《脂砚斋重评石头记》，每页的骑缝中都有"脂砚斋"字样，第一回正文中有"至脂砚斋甲戌抄阅再评，仍用《石头记》"之语，并有脂砚斋"甲午泪笔"的一条眉批，明确表示出"一芹一脂"在事业上的亲密关系。脂砚斋完全符合上述条件。甲戌本上所载有的《凡例》和题诗当是出自他的手笔，后来改成评语的也是他。我们看行文的风格也和脂评相似，如第五回中有一条脂批："点题，盖作者自云所历不过红楼一梦也"，可以证明。《红楼梦》以前的小说，由批书的人作《凡例》或《读法》的，例子甚多。如《三国志演义》是批者毛宗岗作的《凡例》，《水浒传》是批者金圣叹写的《读第五才子书法》。《红楼梦》的《凡例》兼有《读法》的性质，其中就有"阅者切记之"之类的话，情况也是相同的。

有人认为这首七律是曹雪芹本人自题《红楼梦》的诗。但甲戌本上这首诗并无一字批语，而曹雪芹所写的诗在前面几回莫不有批。如第一回中三首诗都有批语，"满纸荒唐言"一首有两条批，其一作"此是第一首标题诗"；另一作"能解者方有辛酸之泪，哭成此书……"。"未卜三生愿"一首有一条批，作"这是第一首诗。后文香奁闺情，皆不落空。余谓雪芹撰此书，中亦有传诗之意"。"时逢三五便团圆"一首有四条批。第二回前的"一局输赢料不真"一诗也有两条批，其一作"只此一诗便妙极。此等才情，自是雪芹平生所长……"，对之大加赞赏。如果"浮生着甚苦奔忙"这首七律真是曹雪芹所写，其中又有"字字看来皆是血，十年辛苦不寻常"的警句，并且放在全书的最前面，脂砚斋岂有不加批点之理？他又何至于说在它后面的"满纸荒唐言"一首是"第一首标题诗"呢？事实很清楚：它是脂砚斋所作，脂砚斋当然不好对自己的作品也来称颂一番。由于这首七律是和《凡例》紧密联系在一起的，这也间接地证明了《凡例》的作者不是曹雪芹，而是脂砚斋。

从以上所做的考察，可以看出今本第一回前面的一大段文字不是曹雪芹写的《引言》，而是脂砚斋就他自己原来为《红楼梦》作的《凡例》和题诗所改写的两段总评。

曹雪芹原来所设计的开头是相当精彩的。读者拿到了这部洋洋数十万言的长篇小说，未看正文之前，很自然地会产生"此书从何而来"的想法。作者正是抓住了读者这种心理状态，巧妙地虚构了一个优美的神话故事，以此交代《石头记》一书的来历。通过石头和空空道人的对话，作者又尖锐地批判了当时泛滥成灾的、公式化的、庸俗的才子佳人小说，从而也就说明了《红楼梦》本身的独创性。至于把书中的主人公贾宝玉的前身处理成为一块顽石，可以看出作者的愤世嫉俗之情。从长篇小说的结构来看，这个神话故事是所谓"楔子"（脂批中也称之为"楔子"）。那开头的几句话："列位看官，你道此书从何而来？说起根由，虽近荒唐，细谙则深有趣味"，单刀直入，开门见山。作者的意思在于引导读者尽快地进入神话故事，一点也不延宕。他绝没有在书一开始的时候，就以大段"自白"的方式来进行说教，阐述本书第一回回目的意义，教导读者如何读《红楼梦》。

把脂砚斋写的第一回"总评"当作《红楼梦》的开头，不仅是"张冠李戴"，极不合适，使作品的本来面貌模糊不清，而且研究工作者在分析曹雪芹本人的思想和创作态度时，尤易发生种种误会，得出错误的结论。比如俞平伯先生过去在《红楼梦研究》一书里即根据这一大段文字，认为曹雪芹创作《红楼梦》的全部目的是"感慨身世""忏悔情孽"和"使闺阁昭传"。他说："从作者自己在书中所说的话，来推测他做书时的态度，这是最可信的，因为除了他自己以外，没有一个人能完全了解他意思的。雪芹自序的话，我们再不信，那么还有什么较可信的证据？所以依这条途径走去，我自信不至于迷路的。"① 当然，俞先生的论断是建立在他过去对《红楼梦》全书思想内容的错误了解上面的，但是，"此开卷第一回也"这一大段文字显然成了他立论的根据。

其实，这并不是作者自己写的《红楼梦》的文字，而是脂砚斋写的两段总评。他在第一段里转引了作者的话，用来解释第一回回目的意义。"故曰甄士隐云云""故曰贾雨村云云"，都是批者所下的断语。第二段总评"此回中凡用梦用幻等字……"更是脂砚斋自己的评语，不是转引作者的话。②

先就第二段总评而论。脂砚斋的思想不能和作者的思想混为一谈。我们不能拿脂砚斋的话来证明曹雪芹把"梦""幻"看成全书的"本旨"。那是脂砚斋个人的看法，和脂批里所表现的思想相符。曹雪芹的思想中固然也有消极的成分，却未必像脂砚斋那样浓厚。他们两人是有很大区别的。

至于第一段总评，我们引证时应该特别慎重，需要清楚了解它的历史背景。甲戌本所载的《凡例》很有参考价值，等于一把钥匙。我们只有掌握整篇《凡例》的精神，才能深刻了解由它转化而来的总评。

《红楼梦》原有的《凡例》，除了解释本书的种种题名之外，反复强调的是"不欲着迹于方向"，"此书只是着意于闺中"，"此书不敢干涉朝廷"。第五条是其中最长的一条。它引了作者的话，借解释第一回的回目来发挥全书的"旨义"。这条《凡例》转化为总评所删去的后一部分，意义尤为重要。删去的话是："开卷即云风尘怀闺秀，则知作者本意原为记述当日闺友闺情，并非怨世骂时之书矣。虽一时有涉于世态，然亦不得不叙者，但非其本旨耳。阅者切记之。"由此可见，整篇《凡例》的根本精神乃在于强调《红楼梦》并不是一部"怨世骂时之书"。这和全书的思想内容相去甚远，显然是脂砚斋在极力为此书开脱。如果我们联系时代来看，康、雍、乾三朝，文字之狱屡起，株连甚众，令人谈虎色变。一般知识分子都存有杯弓蛇影的心理，甚至不敢看《红楼梦》这种小说。清宗室

---

① 俞平伯：《红楼梦研究》，棠棣出版社1952年版，第103页。
② 有正本删去了第二段总评，也可作为这一段话不包括在"作者自云"里面之佐证。

弘旿在批永忠的诗时就写道："《红楼梦》非传世小说，余闻之久矣，而终不欲一见，恐其中有碍语也。"① 脂砚斋在《红楼梦》全书之前加上《凡例》一篇，可以说是他有意放上一道烟幕，其中不乏掩饰的曲笔（看来脂砚斋是懂得这种手法的"奥妙"的，由甲戌本第一回的第一条脂批，"自古地步，自首荒唐，妙"，可知）。他所转引作者的话，正是为了达到这个目的，因此不能完全当作作者"肺腑之言"来看待。如果当真，把"自欲将已往所上赖天恩，下承祖德，锦衣纨袴之时，饫甘餍美之日，背父母教育之恩，负师兄规训之德，已致今日一事无成、半生潦倒之罪，编述一记，以告普天下人"这些作者自云的话看作曹雪芹创作的动机，就歪曲了曹雪芹本人的思想面貌。有着这样思想的人，能够创造出贾宝玉这个封建统治阶级的叛逆者的形象吗？《红楼梦》岂不是"浪子回头"的"忏悔录"了，又如何能够成为一部控诉封建社会的"悲愤之书"呢？所谓"作者本意原为记述当日闺友闺情"，也无非只是一种托词，我们千万不能被它蒙混过去。如果作者不是对封建统治阶级的罪恶采取自觉的批判态度，我们很难设想他能写出这样一部伟大的作品来。

脂砚斋为什么在后来的抄本上删去了这篇《凡例》，由于缺乏直接的材料，难以确指它的具体原因。脂砚斋可能觉得这样的做法"欲盖弥彰"，反而会遭忌。因此采取了"换汤不换药"的手法，取消了《凡例》，把其中最长的一条《凡例》删节成为第一回的总评，在字面上尽量不犯什么忌讳、嫌疑，骨子里依旧保留原来的内容，这样就可以仍然起到掩护的效果，批者也站稳了自己的脚跟。当然，这只是一种猜测，也可能有别的原因。

"浮生着甚苦奔忙"一首七律原附《凡例》之后，《凡例》既已取消，它也无单独存在的必要。如果把它转移到第一回里面去，很容易使人误认这是曹雪芹自己的题诗。如第二回开始题有一首七绝（"一局输赢料不真"），脂批即指明是雪芹之作，说"此等才情，自是雪芹平生所长"。脂砚斋删去那首七律，取其前半首之意而改写成为第一回的第二条总评，也是为了避免误会的缘故。

---

① 永忠：《延芬室集》，底稿本。

一百七十多年来，《红楼梦》翻刻了无数版，编校者都没有发现把开头弄错了。现在弄清事实的真相，最好是在今后新版本的《红楼梦》中恢复曹雪芹原来设计的开头，删去"此开卷第一回也"这一大段文字，把脂砚斋原来写的《凡例》和题诗作为全书的附录，以供读者参考。

1963 年

（原载《文史》第三辑）

《红楼梦》怀古诗试释

　　《红楼梦》第五十一回是《薛小妹新编怀古诗　胡庸医乱用虎狼药》，其中描写了贾宝玉和姊妹们在暖香坞雅制春灯谜，薛宝琴当场写出十首怀古绝句，以她素习所经过各省内的古迹为题。她说："诗虽粗鄙，却怀往事，又暗隐俗物十件。"大家都说这"自然新巧"，争着去看，看了以后，无不"称奇道妙"。接着就引起了薛宝钗和林黛玉一场争论，又一次暴露了她们两人思想上的根本分歧。曹雪芹在书里并未宣布这些灯谜的答案，只是写道："大家猜了一回，皆不是。冬日天短，不觉又是前头吃晚饭之时，一齐前来吃饭。"现存的各种脂砚斋评本《石头记》，对怀古诗都未作任何批注。

　　这十首怀古诗，本身具有双重的特点。它们既是咏怀古迹的诗，又是"暗隐俗物"的灯谜，二者巧妙地结合在一起。曹雪芹在这两方面都有创新。值得注意的是，曹雪芹通过这些诗表现了他的一些进步思想，有助于我们了解他的世界观。我们应当把它们看作曹雪芹精心之作。书中人物薛宝琴，从小随她父亲游历过许多地方，见多识广，又有写诗的才气。作者把怀古诗归在她的名下，是符合人物身份的，也为作者的真正意图起掩护作用。

　　我们在分析这些诗的时候，一方面需要注意研究它们作为怀古诗的思想内容和艺术成就；另一方面也需要考察作者创作灯谜的思想意义及艺术特色，探索其答案。

　　清代以来，曾有不少人，如周春在《阅红楼梦随笔》中、徐凤仪在《红楼梦偶得》中、王希廉在《红楼梦》的批语中，纷纷对这些怀古诗作过探索。他们对灯谜各自做出了解答，其中有许多是错误的，反而造成了一些混乱。他们很少有人注意到曹雪芹在诗中所表现的思想。

许多《红楼梦》的读者对这十首怀古诗感兴趣，然苦于不得其解。上面所提到的各家的解释，大都捕风捉影，语焉不详，他们看了也不满意。在对《红楼梦》进行深入研究的今天，是应该对此做出比较正确的解释了。

笔者试图结合曹雪芹创作的思想特色和艺术特色，对这十首怀古诗作一些探索，提出自己的看法。限于学力，必有不少不妥之处和谬误，请读者指正。

下面所引怀古诗的文字，系根据"庚辰本"（即《脂砚斋重评石头记》"庚辰秋月定本"）。有个别地方依据其他"脂本"作了校改，在诗后注明。采用"庚辰本"，是因它较接近曹雪芹原稿的面貌，未经高鹗等人篡改。

《赤壁怀古》其一

赤壁沉埋水不流，徒留名姓载空舟。
喧阗一炬悲风冷，无限英魂在内游。

这首诗是咏三国时期著名的赤壁之战。曹操在这次战争中因为犯了重大的战略错误，被吴蜀联军以火攻击败，未能统一南方。过去的封建文人大都站在"拥刘反曹"的封建正统思想的立场上，对曹操多所贬斥和讥刺。再加上平话小说和戏曲的渲染，曹操被打扮成"奸雄"的角色，其影响甚大。像北宋的苏轼，他不但在《志林》里记载："王彭尝云，涂巷中小儿薄劣，其家所厌苦，辄与钱，令聚坐听说古话。至说三国事，闻刘玄德败，频蹙眉，有出涕者；闻曹操败，即喜唱快。以是知君子小人之泽，百世不斩。"而且在那以《赤壁怀古》命题的《念奴娇》词中写道："羽扇纶巾，谈笑间，强虏灰飞烟灭。"（"强虏"一作"狂虏"，或作"樯橹"，疑非）在著名的《前赤壁赋》里，他还写道："月明星稀，乌鹊南飞，此非曹孟德之诗乎？西望夏口，东望武昌，山川相缪，郁乎苍苍，此非曹孟德之困于周郎者乎？方其破荆州，下江陵，顺流而东也，舳舻千里，旌旗蔽空，酾酒临江，横槊赋诗，固一世之雄也，而今安在哉？"看来他是为头脑中的封建正统思想所蔽，对曹操的评价有欠公正。

　　曹雪芹则不然，他对曹操深表同情。在这首《赤壁怀古》的七言绝句中，他惋惜曹操统一大业之未能完成，并且把曹操部下所牺牲的将士一律尊之为"国殇"的英雄。"英魂"一词与苏东坡笔下的"强虏"或"狂虏"形成强烈的对照，恰好表明了两个人立场观点的不同。

　　怀古诗第二句，有人解释为"白白地留下了许许多多姓名，载着那空空荡荡的一叶孤舟"，似不确。"名姓"是著名之姓，在这里是指主帅之姓，而非"姓名"一语之倒装。"名姓"在这里是单数而非多数，似不能解为许许多多的姓名。"许许多多姓名"和"一叶孤舟"也不相称，殊为费解。其实，这句是用了"曹公船"的典故，而且作者用得很灵活。

　　《搜神记》有这样一条记载："濡须口有大船，船覆在水中，水小时便出见。长老云是曹公船。尝有渔人夜宿其旁，以船系之，但闻筝笛弦歌之音，又香气非常。渔人始得眠，梦人驱遣云：'勿近官妓。'相传云曹公载妓船覆于此，至今在焉。"我们知道，吴国的孙权曾在濡须水一带夹水立坞，以抗魏军；曹操身先士卒，乘船深入敌方前沿阵地，亲自了解情况，指挥作战。这个传说却说他在船上载着女乐，吹吹打打，优哉游哉，无非是讥刺他在"赤壁之战"以后还不接受教训，沉溺声色，往他脸上抹黑。曹雪芹不为表面现象所迷惑，还历史以本来面目，大胆利用了这个典故，并加以改造。他把"曹公船"从安徽的濡须口搬到了湖北的赤壁，把"载妓船"变成了"战船"，从而使"曹公船"成为曹操麾下的军队在赤壁英勇战斗的见证。由此也可看到曹雪芹气魄雄伟，善于熔铸古人的典故，不为一般封建文人的俗见所束缚限制。

　　曹雪芹对历史上著名的政治家和军事家曹操是尊敬的。《红楼梦》第二回，他写贾雨村诬蔑曹操，把曹操归于"大恶者"，与王莽、秦桧并列，这是对贾雨村这个典型的反动官僚和虚伪的理学家的真实写照，我们绝不能把贾雨村的谬论看作代表曹雪芹本人的观点。

　　《赤壁怀古》的谜底似是"法船"。据乾隆二十三年（1758）刊印的潘荣陛《帝京岁时纪胜》，其"中元"条下载："锦纸扎糊法船，长至七八十尺者，临池焚化。"又据1928年旧吾著《旧京风俗志稿本》，其"中元法船"条下载："法船系用纸糊扎而成者，船上亦扎列和尚念经之形式，船头罗列种种鬼形。至夜请真和尚放焰口，然后将此纸法船焚化。"旧时在农历七月十五日（所谓"中元节"或"鬼节"），各个寺庙里设盂兰会，诵经斋醮，并在夜间焚化这种用纸扎糊而成的"法船"，用以"渡幽冥孤独之魂"（《京都风俗志》）。有一首《京都竹枝词》云："御河桥畔看河灯，法鼓金铙施食能。烧过法船无剩鬼，月明人静水澄澄。"末两句便是描绘焚化法船。

作为灯谜来看，首句"水不流"是指纸糊的法船放在地上，并非真在水中。次句是说法船上"扎列和尚念经之形式"，高搭法台，台前悬有榜文，上书寺庙及主持僧人的名字（《红楼梦》第十三回写秦可卿之丧，"宣坛"前就有大字榜文）。三句是说在真和尚放完焰口之后，鼓钹齐鸣，将此法船焚化。时已入秋，且在夜间，故谓"风冷"。"喧阗"一词，也确和大船有关。唐代李肇在《国史补》中记载当时广州到了海外来船，"梯而上下数丈，皆积宝货，至则本道奏报，郡邑为之喧阗。""喧阗"乃指声音嘈杂喧闹，用来形容万人空巷、倾城出观的盛况。末句系指法船上扎了许多"鬼王、鬼判、鬼官、鬼兵、鬼役"（《民社北京指南》第二编［礼俗］），末了付之一炬，化为青烟和纸灰。看来，作者未必真信纸糊的法船可以"超度鬼魂"，不过是将这种文人学士认为不登大雅之堂的"俗物"，创作为灯谜，力求打破他们专门歌咏风花雪月、提倡雅人雅事的旧传统而已。

《交趾怀古》其二

铜铸金镛振纪纲，声传海外播戎羌。
马援自是功劳大，铁笛无烦说子房。

这首诗是咏东汉的名将马援。传说马援曾铸铜鼓，许多书上都有此记载。如檀萃《说蛮》云："马流人常识其处，常击铜鼓祀伏波，盖所祖也。铜鼓与铜船，俱伏波所铸。"陆次云《峒溪纤志》云："铜鼓多马伏波及武侯所制，故称曰诸葛鼓，大苗峒方能有之。其大如钟，长箭，三十六乳，重百余斤，中空无底。亦有土中掘得如坐墩者，周簇细花纹，极工致，四角有小蟾蜍，两人舁行，以手拊之，声如鞞鼓。"《西清古鉴》有铜鼓图十四，卷三十七作了解释："此器，今世多谓之诸葛鼓，盖武侯渡泸后所铸。然考马伏波平交趾，亦铸铜为鼓，则先诸葛有之矣。今岭南一道，廉州有铜鼓塘，钦州有铜鼓村，博白有铜鼓潭，则因以为地名矣。大抵两川所出为诸葛遗制，而流传于百粤群峒者，则皆伏波为之。今未能差别，统名为汉铜鼓云。"

　　首句中"铜铸"指铜制的大鼓，"金镛"乃钢制的大钟。《诗经·商颂》有《猗那》篇，赞美成汤的功业，其中说道："庸鼓有斁，万舞有奕"（"庸"通"镛"）。郑玄笺云："此乐之美，其声钟鼓则斁斁然有次序，其干舞又闲习。"孔颖达疏云："大钟之镛与所植之鼓，有斁然而盛；执其干戈为万舞者，有奕然而闲习，言其用乐之得宜也。"所以曹雪芹以"铜铸"和"金镛"并提，用以称赞东汉文治武功之盛，颇有中兴气象。

　　次句"声传海外播戎羌"，以"海外"和"戎羌"并提，是说马援南征北讨，屡建奇功。据《后汉书·马援传》记载，他曾说过："方今匈奴、乌桓尚扰北边，欲自请击之。男儿当死于边野，以马革裹尸还葬耳！何能卧床上在儿女子手中邪？"这段话慷慨激昂，如今读来，尚觉其人虎虎然有生气。他坚决抵御北方匈奴奴隶主勾结乌桓、西羌的侵扰，在历史上是属于正义的战争。他那种奋不顾身、老当益壮的精神，得到了曹雪芹的赞扬。

　　三四两句，有人解释作"若是论吹笛弄箫他更有一手，不必再提那精通音律的张良"，似不确切。作者不是在精通音律方面，而是在建立战功方面，来把马援和张良两人进行比较。传说西汉的张良，曾定计派人用铁笛吹奏楚歌，而瓦解了困于垓下的项羽的八千子弟。明代沈采在《千金记》传奇中曾有描写，其中第三十六出《解散》，楚兵合唱道："听楚歌教人可伤，思亲泪汪汪，品梅花铁笛断人肠。……我和伊把铁衣卸却早还乡，早离了战场。"那么东汉的马援呢？他也曾在西北的战斗中，采取迂回包抄和夜间奇袭的办法，把敌人打得一败涂地。他不是用"铁笛"，而是用"铜鼓"，瓦解了对方将士的斗志。《后汉书·马援传》是这样记载的："自王莽末，西羌寇边，遂入居塞内，金城属县多为虏有。来歙奏言陇西侵残，非马援莫能定。（建武）十一年夏，玺书拜援陇西太守，援乃发步骑三千人，击破先零羌于临洮……守塞诸羌八千余人诣援降。诸种有数万，屯聚寇钞，拒浩亹隘（注：县名，属金城郡）。援与扬武将军马成击之。羌因将其妻子辎重移阻于允吾谷，援乃潜行间道，掩赴其营。羌大惊坏，复远徙唐翼谷中，援复追讨之。羌引精兵聚北山上，援陈军向山，而分遣数百骑绕袭其后，乘夜放火，击鼓叫噪，虏遂大溃。"曹雪芹认为他的智谋胜过当年运筹帷幄的张良，战功也比张良大，因此后人便无须再去说张良派人吹铁笛的功劳了。

《交趾怀古》的谜底似是"喇叭"。明代名将戚继光在《新书号令篇》里说，喇叭是"军中吹器，所以传号令者也"。

作为灯谜来看，头两句说喇叭是用铜铸成，其声高亢，音量洪大，吹奏起来，可起传达号令、整顿队伍、统一行动和鼓舞士气的作用。三四句因喇叭在旧时俗名"马上招军"，骑兵集合队伍向敌人发动攻击，每以之为前奏，作者乃赞扬此物建功甚大，比张子房所用的"铁笛"还要好。曹雪芹拿军中的吹奏乐器喇叭来制作灯谜，并且对它加以赞美，这是很有意义的。这说明他很有眼光，深知音乐的战斗作用。

《钟山怀古》其三

> 名利何曾伴汝身，无端被诏出凡尘。
> 牵连大抵难休绝，莫怨他人嘲笑频。

这首诗是写南齐时周颙的事。钟山位于南京城东边，又名紫金山，周颙早先隐居在此。《南史·周颙传》说他"长于佛理，于钟山西立隐舍，清贫寡欲，终日长蔬，虽有妻子，独处山舍"。后来皇帝下诏要他出来做官，他便立即出山，做了海盐令，从此流连官场，得其所哉。看来此人虽以隐士自居，实际名利之心甚重。他不过是巧妙地利用了"隐士"这块招牌，以便待价而沽，跻身到封建朝廷里去。

当时有个文人孔稚珪写了一篇著名的《北山移文》，假托山神来声讨周颙。这篇文章写得痛快淋漓，揭发了周颙伪装隐士沽名钓誉的丑恶行径，活现了他那副利欲熏心、势利小人的真面目，对他进行了无情的讽刺。末了，还号召钟山的一切，包括一草一木，都要与之决裂，坚决拒他再度入境:"宜扃岫幌,掩云关,敛轻雾,藏鸣湍,截来辕于谷口,杜妄辔于郊端。于是丛条瞋胆,叠颖怒魄,或飞柯以折轮,乍低枝而扫迹,请回俗士驾,为君谢逋客。"作者使用了浪漫主义的手法,把周颙写得神人共愤、天地不容,是一篇绝妙的讽刺作品。曹雪芹所说的"莫怨他人嘲笑频",盖即指此。这首怀古诗用意也很明显,就是揭露那些自命清高的"隐士"和"名流",批判那些"禄蠹"。

《钟山怀古》的谜底似是"拨不倒"。清代康熙年间李声振写的《百戏竹枝词》,有一首《拨不倒》,题下有注云:"泥人也。上轻下重,故以手拨之,恒立而不仆。长安市上售之,以为儿戏。"其诗云:"昂藏僵立最如真,土木形骸长住身。且莫嫌渠拨不倒,世间强项究何人?"(见《北京竹枝词十三种》)这种玩具又叫"不倒翁",曹雪芹所射的是其中的一种,外形是乌帽猩袍,鼻涂白粉,类似戏台上演唱"跳加官"者。当时的官僚士大夫对此很不满意,曾有人感叹地写出了"是谁作俑到公卿"的诗句。《清稗类钞》里有一条不倒翁,其中记载说:"某相国枋政时,一日,有客报谒,自称门生。既见,即献漆盒一事。启视,乃不倒翁大小百枚也。客去,仆偶检视,见各粘有名字,最大者即相国之名,余则各部院及奔走其门下之人,盖中并有二十四字云:'头锐能钻,腹空能受。冠带尊严,面和心垢。状似易倒,实立不仆。'"(见第十三册)"冠带尊严,面和心垢",是对这种玩具的如实描绘,也是对封建朝廷的官僚的绝妙写照。

曹雪芹紧紧抓住了"拨不倒"的"冠带尊严"这一重要特点,创作了这个灯谜。一二句说,土偶是无知之物,本与名利无缘,无端被扮成官的模样,加官晋爵,来到这红尘世界之中。"出凡尘"语义双关,兼指"拨不倒"乃泥人,由凡间之尘土制成。三句写"拨不倒"重心在下,似有物牵连,使之不仆。"难休绝"即难以倒下。四句是说此物鼻涂白粉,实际似一小丑,供人拨弄以逗笑乐。曹雪芹注意到这种北京的民间玩具,并利用它来讽刺封建朝廷的大小官僚,这在当时是很大胆的。

《淮阴怀古》其四

壮士须防恶犬欺,三齐位定盖棺时。
寄言世俗休轻鄙,一饭之恩死也知。

这首诗是咏汉代的韩信，他是淮阴人。乍一看来，首句似说韩信年轻时在淮阴市上为人所欺侮，曾受胯下之辱。此事见《史记·淮阴侯列传》："淮阴屠中少年有侮信者，曰：'若虽长大，好带刀剑，中情怯耳。'众辱之曰：'信能死，刺我；不能死，出我胯下。'于是信熟视之，俯出胯下，匍匐。一市人皆笑信，以为怯。"

如加以仔细考察，把一二句联系起来，便可发现"恶犬"并非用来比喻欺侮韩信的少年，实另有所指。据《史记·淮阴侯列传》载，韩信后来回到故乡，"召辱己之少年令出胯下者以为楚中尉，告诸将相曰：'此壮士也。方辱我时，我宁不能杀之邪？杀之无名，故忍而就于此。'"他称这个少年为"壮士"，还给以官做，可见他并不计较早年当众所受的屈辱，胸襟相当宽广，不是一个睚眦之怨必报的人。"恶犬"之典，盖出于《韩诗外传》。它上面记载了一个巷有恶狗以至酒酸不售的寓言。它是这样说的："人有市酒而甚美者，然至酒酸而不售，问里人其故。里人曰：'公之狗甚猛，人有持器往者，狗辄迎而啮之，是以酒酸不售也。'士欲白万乘之主，用事者迎而啮之，亦国之恶狗也！"《淮阴怀古》头两句讲的实际是韩信为吕后所诱骗，被害于长乐宫之事。"恶狗"乃指吕后，她乘刘邦不在长安，诬陷韩信谋反，擅自加以诛杀，其凶狠专恣之情状，实与迎面啮人的"恶狗"无异。

"三齐位定盖棺时"与史实略有出入，作者是采用了民间流传的说法。过去在民间流行的戏曲、鼓词、评书，多谓三齐王韩信被吕后斩于未央宫。实际上，韩信虽曾作过齐王，后来已被贬为淮阴侯，被斩之地点为长乐宫而非未央宫，均见《史记》本传。宋代程大昌《雍录》云："汉都长安，未央宫在城西隅，长乐在东隅。两宫初成，诸侯群臣之朝会，恒在长乐。自惠帝以后，皆居未央，而以长乐居母后。"可见未央宫和长乐宫根本不在一处。

值得注意的是曹雪芹很同情韩信，对他不忘漂母的恩惠，一饭报以千金，特别予以赞扬。看来曹雪芹是在"借他人酒杯，浇自己块垒"。我们知道，曹雪芹自"抄家"之后，陷于困顿，在这期间受到了不少人的鄙视和冷遇，特别是他们曹家的那些阔亲戚。这有助于他加深对封建地主阶级的认识，促成自己思想上的转变。乾隆二十二年（1757），他的友人敦诚曾送了他一首《寄怀曹雪芹》诗，结尾写道："劝君莫弹食客铗，劝君莫叩富儿门。残杯冷炙有德色，不如著书黄叶村。"（《四松堂集》卷一）敦诚是知道曹雪芹在这方面感受很深的。

《淮阴怀古》的谜底似是"打狗棒"。它不是一根真正的打狗的棍子，而是人死后一种祭物的俗称。明代沈榜在《宛署杂记》里记北京的风土人情，其《土俗·丧礼》条下载："灵前供饭一盂，集秫稭七枝，面裹其头，插盂上，曰'打狗棒'。"清代也有这种迷信，说人死后魂魄要经过所谓"恶狗村"，有许多恶狗出来扑噬，如果有了以上所说的那种特殊的"打狗棒"，就可以对付过去。首句和末句当系指此。次句明白点出它是放在灵柩之前，似指停灵之时。三句说此物不见"经""传"，不登"大雅之堂"，为封建士大夫所不屑一提，作者有调侃之意。

徐凤仪《红楼梦偶得》云："淮阴似指马桶。"今人也有赞同他的说法，谓首句指拉屎须防狗，次句之"盖棺"是指盖马桶，末句是说马桶之屎为饭所化成。他们因不明了清代北京的民间习俗，又不知道北方向来是很少使用马桶的，乱猜一气，所以才有这种"匪夷所思"的解释。

《广陵怀古》其五

蝉噪鸦栖转眼过，隋堤风景近如何。
只缘占得风流号，惹得纷纷口舌多。

广陵即今之扬州，隋炀帝杨广曾在此建立行宫。据《通鉴·隋纪》载，"大业元年三月；发河南、淮北诸郡民前后百余万，开通济渠。……又发淮南民十余万开邗沟，自山阳（江苏淮安县）经扬子（江苏仪征市东南）入江。渠广四十步，渠旁皆筑御道，树以柳。"这项运河工程规模宏伟，它引黄入淮，又通长江，使得从洛阳直到扬州，水上交通畅达，大大便利了漕运，对南北的经济、文化交流起了重大的作用，巩固了统一的局面。它是我国古代劳动人民在水利建设上的巨大贡献，隋炀帝杨广也有一定的创导之功。但因杨广在位后期过于奢侈，又加以是个"亡国之君"，后代文人对他加以贬斥者居多，常称他为"风流天子"，把他与陈后主、宋徽宗并列。他们说他开运河的目的全是为了要到扬州去看那天下独一无二的"琼花"，又说他下江南是用美女挽龙舟，等等。其实这大都是诬蔑的不实之词，他开运河的功绩不能全部抹杀，陈后主和宋徽宗是远不如他的。曹雪芹在这首怀古诗里，由隋堤的风光起兴，想到杨广开运河未能得到公正的评价，他的眼光确不同于流俗，可以说在一定程度上冲破了旧的传统思想的束缚。

《广陵怀古》的谜底似是"牙签"。清代何耳有《燕台竹枝词》，其中一首《柳木牙签》写道："取材堤畔削纤纤，一束将来市肆筵。好待酒阑宾未散，和盘托与众人拈。"由此可知当时酒席上用的牙签是以柳木制成。怀古诗首句"蝉噪鸦栖"即已点明了"柳"（唐代李商隐的《柳》诗有"如何肯到清秋日，已带斜阳又带蝉"之句，又《隋宫》诗有"如今腐草无萤火，终古垂杨有暮鸦"之句）。头两句大意是说秋日已尽，杨柳被人伐取，牙签之原料即取之于此。三句指此"牙签"与古代作为藏书标志的"牙签"（如韩愈在《送诸葛觉往随州读书》一诗里说："邺侯家多书，插架三万轴。一一悬牙签，新若手未触"），名字完全相同，但实际毫不相干，故谓占得文采风流之号，用一"占"字，妙极。又俗谓柳木可以去风，与"风流"之另一义可解作"风流云散"，亦切。末句指出此物出入口舌之间，专备饭后剔牙之用，当日风行一时。

《桃叶渡怀古》 其六

> 衰草闲花映浅池，桃枝桃叶总分离。
> 六朝梁栋多如许，小照空悬壁上题。

桃叶渡在今南京市秦淮河与青溪合流的地方，相传为东晋王献之的宠妾桃叶渡江之处。王献之曾亲临渡口作歌送她，歌词是："桃叶复桃叶，渡江不用楫。但渡无所苦，我自迎接汝。"据《古今乐录》记载，"晋王献之爱妾名桃叶，其妹曰桃根"。李商隐在《燕台》一诗里也说："当时欢向掌中销，桃叶桃根双姊妹。"曹雪芹在这首怀古诗中将桃叶的姊妹说成是桃枝，未知何所据，可能和谜底所射之物有关。古时的官僚地主，喜给自己的婢妾取这种花花草草的名字，如白居易有一家伎叫杨枝，钱谦益的爱妾叫柳如是，等等。好在桃根不是什么著名的人物，曹雪芹说桃叶另有一个姊妹叫桃枝，即使于史无证，也未尝不可以虚拟。文学作品究竟和史传不同。

这首诗写桃叶渡的萧瑟景色，渡头衰草闲花，祠中唯存小像，它空悬在游人题词的壁上。作者由此想到当年的建康，楼台厅馆如此之多，而今荡然无存，引起了对六朝兴衰的感慨。东晋南渡之后，偏安江左，皇帝和士大夫大都沉溺声色，或者空谈玄理，毫无恢复中原之志。以后的宋、齐、梁、陈，广修佛寺，大造宫殿，歌舞征逐，无尽无休，相继走向灭亡。正如唐代刘禹锡在《台城》一诗里所咏叹的："台城六代竞奢华，结绮、临春事最奢。万户千门成野草，只缘一曲《后庭花》。"王献之渡桃叶，虽被后代文人美化为"风流韵事"，究竟于国事何补？只不过是士大夫颓废没落的表现而已。王献之是著名的"王谢子弟"，又屡任中书令，尚且如此，东晋的前途也就不问可知了。宋齐梁陈，人才衰靡，又是每况愈下。其结果必然要垮台。树倒猢狲散，雕梁画栋化为断瓦颓垣，埋没于荒烟蔓草之中，正如《红楼梦》中所描写的："陋室空堂，当年笏满床；衰草枯杨，曾为歌舞场。"曹雪芹在怀古诗中对六朝兴亡所发出的喟叹，实际上也是针对他所出身的贵族地主阶级。封建社会已经到了"末世"，他已预感到那个阶级前途黯淡，没有什么希望了。

《桃叶渡怀古》的谜底似是"油灯"，为当时平民日用之物。

首句"衰草"系写灯草色白（灯草是由灯芯草制成，人们取此草之茎心以供燃灯之用），"闲花"写偶尔能结灯花，"浅池"写盛油之灯盏。作者用一"映"字，即写出光和影来。这一句形象优美，表现出作者丰富的想象力，可以说是警句。次句中"桃"与"陶"谐音，暗示油灯是粗陶器，即瓦器。枝叶分离，指一般民间所用的油灯包括灯盏及灯座两个部分，灯盏常作一花朵形，下面即是灯座，类似根上开花，既无枝，又无叶。我们知道，古代富贵人家所用的灯，争奇斗艳，十分华美。它们大都用金属铸成（多用铜），而且分枝甚多，类似灯树。名目繁多，有所谓"五枝灯"（《西京杂记》："汉高祖入咸阳宫，秦有青玉五枝灯，高七尺五寸，下作蟠螭，口衔灯，燃则鳞甲皆动，焕炳若列星盈盈焉。"）、"九枝灯"（李商隐《行至金牛驿寄兴元渤海尚书》诗："六曲屏风江雨急，九枝灯檠夜珠圆。"）、"百枝灯"（傅玄《朝会赋》："华灯若乎火树，炽百枝之煌煌。"《天宝遗事》："韩国夫人造百枝灯，高八十尺，光照数里。"）等等，上灯之后，明灿如缀珠玉。一般平民家中所用的油灯，根本不能与之相比。曹雪芹为了抓住油灯形状的特点，才把桃根换成桃枝，说"桃枝桃叶总分离"。三句是说灯油与灯草在燃后化为青烟与灰烬，六朝梁栋的命运也大都如此。末句"小照空悬"，写灯盏中灯草吐出灯火之状，白描入神。用一"空"字甚佳。"题"谐音"提"。"壁上题"者，盖谓人们多将油灯置于壁龛之中（即土墙上特别做成的一个凹处，人们放置油灯，可以避风，免使灯光摇曳；同时，放得高些，也照得远些），这也点出是贫穷人家。

　　曹雪芹并不稀罕那些富贵人家所用的巧立名目的华灯，而对平民日常所用之油灯深有感情，特别为它制作了一个优美的灯谜，我们不能不为他卓越的眼光和精湛的才思而拍案叫绝。作者长期过着"茅椽蓬牖，瓦灶绳床"的贫困生活，以"十年辛苦不寻常"的精神来创作《红楼梦》，我们可以想象得到他夜间还在伏案写作，对着那荧荧孤灯，奋笔疾书；有时，夜已深了，他才上床，脑海不断翻腾，还在继续构思，正是"青灯照壁人初睡，冷雨敲窗被未温"的情景。这油灯发出它的光辉，不肯向黑暗让步，又何尝不是他的知己呢！正因如此，他才不以油灯为简陋，能够产生美感。

《青冢怀古》其七

> 黑水茫茫咽不流，冰弦拨尽曲中愁。
> 汉家制度诚堪叹，樗栎应惭万古羞。

　　这首诗是咏汉代的王嫱，即王昭君。她本是一个宫女，竟宁元年（公元前33年），汉元帝把她赐给匈奴的呼韩邪单于，后来她死在那里。青冢是她的墓，在今内蒙古自治区呼和浩特市南郊。《归州图经》上说："胡中多白草，王昭君冢独青，号曰青冢。"历代文人写诗，大都对她的身世表示同情。

　　曹雪芹先写王昭君被遣送匈奴，在马上弹奏琵琶，曲中充满了忧愁，黑水为之阻塞不流，似也伴人呜咽。继而笔锋一转，提出了究竟是谁之过的问题。在他看来，不是那见钱眼开、勒诈财物的画工毛延寿，也不是汉元帝糊里糊涂地上了毛延寿的当，悔之无及。他把批判的矛头指向了以汉元帝刘奭为首的统治集团，谴责他们以遣嫁宫女王昭君来达到"边垂长无兵革之事"的目的。诗里把他们比作了大而无当、不成才的"樗栎"，说这些无能的封建统治者应该永远感到羞愧。

　　据《汉书·元帝纪》载，西汉元帝做太子时，"柔仁好儒"，对他父亲的做法不满，提出了批评。宣帝听了，勃然大怒，对他说："汉家自有制度，本以霸、王道杂之，奈何纯任德教？"并且叹道："乱我家者，太子也！"元帝即位后，政治日趋腐败，外戚史高及宦官弘恭、石显专权，构成贪污腐化极其残暴的统治集团，人民受害很深。贡禹曾经描述当时农民的生活状况是"大饥死，而死又不葬，为犬猪所食"，宫廷中所养的马却因饱食粮谷，而"苦其太肥，气盛怒，至乃日步作之（即每天都要'遛马'）"。

　　从《青冢怀古》的后两句看来，曹雪芹实际上是把庸懦无能的汉元帝和以前励精图治的汉武帝相比较，感叹两个时期的国势盛衰大有不同，所以如此，元帝及其大臣们不能辞其责。他从遣送昭君这个具体事例出发，得出了重要的结论。他的眼光要比前人敏锐。

　　《红楼梦》第六十四回里，林黛玉写了首《明妃》诗："绝艳惊人出汉宫，红颜命薄古今同。君王纵使轻颜色，予夺权何畀画工？"这首诗表现了林黛玉不能掌握自己命运的悲哀，她对那种根据家族的政治经济利益而一手包办儿女终身大事的封建婚姻制度，感到很大的愤懑。我们应该把它看作曹雪芹为了表现林黛玉的思想性格所采用的一种艺术手段，而不能认为曹雪芹对王昭君和汉元帝的看法有了改变。

　　《青冢怀古》的谜底似是"墨斗"。这是木匠师傅在劳动中所使用的一种工具。做木工活，首先要按照预先所规划好的尺寸，用墨斗在木料上做出种种标志，以便动工。首句写斗里盛满了墨汁，用时细细渗出。作者下一"咽"字，甚妙。次句"冰弦"隐喻墨斗之线，"拨尽曲中愁"是语义双关，指弹墨线时务求其直，一点也不能含糊。三句说做木器活，要有一定的尺寸、一定的章法、一定的制度。制度问题很重要，决不能搞乱。如果像汉家制度那样陷于混乱，那么木匠师傅只好摇头叹气，束手无策。因为制度一乱，所制出的部件，尺寸大小不合适，就无法接榫了。末句"樗栎"之典出于《庄子》。其《逍遥游》篇上说："惠子曰：'吾有大树，人谓之樗。其大本拥肿而不中绳墨，其小枝卷曲而不中规矩。立之途，匠者不顾。'"又《人间世》篇上说："匠石之齐，至乎曲辕，见栎社树，其大蔽数千牛，絜之百围……匠伯不顾……曰：'散木也……是不材之木也，无所可用，故能若是之寿。'"像臭椿之类的"樗""栎"，大而不材，不中绳墨规矩，仅能供灶下烧火，木匠师傅是弃之不用的。它们见了墨斗，当然要自惭形秽，只好退避三舍了。

这个灯谜打的是一件劳动工具，形象优美，喻义深远，充分表现了曹雪芹的见识和才能。

《马嵬怀古》其八

寂寞脂痕渍汗光，温柔一旦付东洋。
只因遗得风流迹，此日衣裳尚有香。

（末句"裳"字原作"衾"，据清代蒙古王府旧藏《石头记》抄本及戚蓼生序本《石头记》校改）

这首诗是咏唐代的杨玉环。安禄山攻进长安，唐玄宗李隆基带着他的妃子杨玉环仓皇出奔，到了马嵬坡（在陕西兴平县西），护从卫队杀杨国忠，又迫使玄宗命杨玉环自尽。唐代诗人白居易《长恨歌》中的"六军不发无奈何，宛转蛾眉马前死"，就是写此事件。当时有不少逸事传说，刘禹锡在《马嵬行》里曾有记述："履綦无复有，履组光未灭，不见岩畔人，空见凌波袜。邮童爱踪迹，私手解鞶结，传看千万眼，缕绝香不歇。"曹雪芹所写的怀古诗的后两句即本此。看来他是受了前人诗词的影响，对骄奢淫逸的杨玉环还是给予了同情。

《马嵬怀古》的谜底似是"香皂"。《红楼梦》第二十一回里曾写到此物："（宝玉）说着便走过来，弯腰洗了两把，紫鹃递过香皂去。"作为灯谜来看，诗的一、二句是指脂痕汗渍，用皂加以揉搓擦洗，都可用水漂去。"柔"谐音"揉","付东洋",即"付之东流"的意思。三、四句是说日晒风吹,衣服晾干,上面还带有香味,实指皂中加有香料。

《蒲东寺怀古》其九

小红骨贱最身轻,私掖偷携强撮成。
虽被夫人时吊起,已经勾引彼同行。

这首诗是咏《西厢记》中的红娘。红娘是个婢女,身份是奴隶,她很公正,勇敢机智,暗地里帮助了张生和崔莺莺冲破封建礼教的约束,成其好事。这事发生在蒲州的普救寺(又称蒲东寺,在今山西永济)。崔相国的夫人(即老夫人)发觉她女儿崔莺莺的秘密后,吊打了红娘,拷问其原委。可是红娘一点也不表示屈服,反过来把老夫人狠狠责备了一顿。老夫人理屈词穷,无言可对,只得承认既成事实。

曹雪芹怀古诗的前两句,活现了老夫人的丑恶嘴脸,她恼羞成怒,暴跳如雷,一口一声"小贱人",骂红娘"轻浮""卑贱",干了见不得人的事,威胁着要"直打死你个贱人,谁着你和小姐半夜花园里去来!"后两句写老夫人虽然吊打了红娘(这是封建地主阶级对奴隶所经常使用的迫害手段),但是生米已煮成了熟饭,其奈她何!老夫人色厉内荏,终于败下阵来。作者热烈地赞美了红娘无所畏惧敢于和老夫人斗争的精神。

《蒲东寺怀古》的谜底似是"鞭炮",即小型的炮竹,俗名"小鞭"。作为灯谜来看,首句"小红"是说它体积甚小,颜色鲜红。"骨贱"是指炮壳用废纸制成,其值甚贱。旧时制作鞭炮是收集各种废旧纸碎,舂烂浸沤,抄出纸浆晒干,然后切叠卷筒,内填火药少许,插上药引,再压药、封口。做成的小鞭,分量都很轻,所以说它"最身轻"。次句"掖"字本有两义:一作"扶持"解,即用手扶着别人的胳膊;一作"藏掖"解,有夹带或藏匿之意,即把东西塞在衣袋和夹缝里。曹雪芹讲红娘见义勇为时是取第一义,作灯谜是取第二义。向炮壳之中塞入火药,外有层层纸卷,且包裹甚紧,类似挟带违禁之物,最后还要压药、封口,所以说是"私掖偷携强撮成"。三句写它燃放时被人用竹竿吊起。"夫人"语义双关，一方面既可解作"此人"（如《论语·先进》上说："夫人不言，言必有中"，"夫人"即作"此人"解）；另一方面又暗示用来吊起之物乃是竹子（盖自"竹夫人"一词而来。宋代张耒写了一篇《竹夫人传》，开头即说："夫人竹氏，其族本出于渭川，往往散居南山中，后见灭于匠氏。武帝时，因缘得食上林中，以高节闻。"）末句说许多小鞭是用药线串在一起，引燃后，接二连三，牵五挂六，噼啪之声不断，直至燃尽才罢。"勾引"二字甚妙。"彼"为古代汉语的第三人称代词，此处相当于"他们"，曹雪芹是把成串的鞭炮加以拟人化。

每逢喜庆节日燃放鞭炮，本是我国民间的传统习俗。它能表达人们欢乐的热烈情绪。南宋周密在《武林旧事》中描述说："至于爆仗……内藏药线，一爇连百余不绝。"直到现在，我们庆祝节日及喜庆大事还用它。曹雪芹为这个人民大众喜闻乐见之物创作了灯谜，以《西厢记》中富有斗争精神的红娘与之相比，制成谜面，构思是很巧妙的。

《梅花观怀古》其十

> 不在梅边在柳边，个中谁拾画婵娟。
> 团圆莫忆春香到，一别西风又一年。

这首诗是咏《牡丹亭》故事。南宋时，南安（治所在今江西大庾）太守杜宝有一女儿，名杜丽娘，她春日游园，困倦入睡，梦中和一书生在牡丹亭畔相见，折柳定情。醒后恍惚若失，郁郁成疾。她对镜画了一幅自己的小照，并题诗一首："近睹分明似俨然，远观自在若飞仙。他年得傍蟾宫客，不在梅边在柳边。"临终时嘱咐母亲将她葬在后花园的老梅树下，并且委托丫鬟春香把画像藏在太湖石边。死后，她父亲调任，在后花园建了一所梅花观，命一道姑看守。有个穷书生柳梦梅，去临安应试，路过南安，暂住梅花观。他在后花园拾得了那幅画像，对画中人十分倾慕。杜丽娘的鬼魂来与他相会，终因真情所感而复活。后来杜宝做了宰相，柳梦梅前去拜见，他勃然大怒，认为女儿已死多年，何来如此穷酸女婿，况且儿女婚姻须父母做主，不得私自行动，便将柳梦梅吊打。只因柳梦梅中了状元，在皇帝面前与杜宝辩论，又有杜丽娘前来作证，杜丽娘的母亲也赶到相认（四人在金殿相逢时春香未在场），于是奉旨成亲，合家大团圆。明代著名戏剧家汤显祖所写的这个剧本，情节曲折离奇，幻想色彩颇浓，表现了作者的反封建礼教和反程朱理学的思想。曹雪芹对它很是推崇。

《梅花观怀古》的谜底似是"纨扇"。首句是说纨扇之上的花木衬景，多画杨柳，而不画梅花。因为梅花是冬景，与纨扇不大协调，所以如此。次句是说其中又往往绘有仕女美人。"个中"犹云"此中"。"拾"在这里作"收"解。三句"团圆莫忆"是说到了中秋，天气已凉，人们不用扇子，早已放入箱里。《红楼梦》第一回，甄士隐对贾雨村说："今夜中秋，俗谓团圆之节。""春香到"是说百花吐艳，春光明媚，它又回到人们的手中。旧时纨扇是一种装饰品，妇女拿在手中，不限于夏日炎热之时。末句紧承上句，意谓西风萧瑟，秋扇见捐，待得春日重新取用，又是新的一年了。

由上所述，我们可以看到，曹雪芹的这十首怀古诗是精心创作的，很富有特色。作者表现了他民主主义的思想倾向，敢于冲破旧的传统思想的樊笼，提出自己的一些不同于流俗的看法。他充分掌握了高超的技巧，纯熟自如地运用各种修辞手法（如隐喻、谐音、双关、转义等），制出了这些独具一格的灯谜。怀古诗和灯谜巧妙地结合在一起，的确正如他在《红楼梦》里通过众姊妹口中所下的评语："自然新巧。"

从《红楼梦》的艺术描写中，我们还可以看到，曹雪芹是重视艺术作品思想性的。第五十一回《薛小妹新编怀古诗　胡庸医乱用虎狼药》，就描写了薛宝钗和林黛玉就怀古诗所引起的一场争论。

薛宝琴把这十首怀古绝句写了出来，"众人看了，都称奇道妙"，只有薛宝钗一人的反应和大家迥然不同。她摆出了一副俨然正人君子的面孔，装腔作势地说："前八首都是史鉴上有据的，后二首却无考，我们也不大懂得，不如另作两首为是。"看来她和胡适一样，颇有历史考据癖，其目的是要矫正薛宝琴一类青年人的思想，以免她们走到反封建的"邪路"上去。她说"不大懂得"，全是虚伪做作。其实她心里很清楚，《蒲东寺怀古》出于《西厢记》，《梅花观怀古》出于《牡丹亭》，这两部书反对封建礼教和封建婚姻，歌颂对封建势力的反抗，这两首怀古诗也是热烈同情红娘和杜丽娘的。这就刺痛了她。

薛宝钗十分仇视《西厢记》和《牡丹亭》，攻击它们已不止一次了。第四十二回里，她抓住林黛玉在一次宴会上行酒令时引用《西厢记》和《牡丹亭》的词句，进行了审问。她向林黛玉进行了一番说教："你我只该作些针黹纺绩的事才是。偏又认得了字！既认得了字，不过拣那正经的看也罢了。最怕见了些杂书，移了性情，就不可救了！"第五十一回，她又出来表演了，抓住了薛宝琴出的灯谜来大做文章。这一次，她的战略颇为巧妙。一是拿出历代官修的正史和《御批通鉴辑览》来作为立论的根据，仿佛她很尊重历史。二是以"我们"自居，自封是公众舆论的代表。

林黛玉没有表示沉默，她挺身出来反击了。她说："这宝姐姐也忒胶柱鼓瑟、矫揉造作了！这两首虽于史鉴上无考，咱们虽不曾看这些外传，不知底里，难道咱们连两本戏也没见过不成？那三岁孩子也知道，何况咱们？"驳得宝钗无言可对。探春出来支持林黛玉，她说："这话正是了。"李纨也说："及至看《广舆记》上，不止关夫子的坟多，自古来有些名望的人坟就不少，无考的古迹更多。如今这两首诗虽无考，凡说书唱戏，甚至于求的签上皆有注批，老少男女，俗语口头，人人皆知皆说的。"她主张："这竟无妨，只管留着！"没有人赞成薛宝钗的意见，她孤立了，只得偃旗息鼓，悻悻而去。

宝钗和黛玉的争论，表明了她们的思想有着根本分歧。一个是封建地主阶级的卫道士，一个是封建礼教思想的叛逆者。曹雪芹的立场是鲜明的。他绝不掩盖她们之间的分歧，绝不调和她们之间的冲突，使钗黛合一，而是予以尖锐的揭露，让她们两人交锋，让薛宝钗在这次争论中理屈词穷，败下阵来。

由此也可以看到，曹雪芹把他所创作的怀古诗与《红楼梦》的具有民主主义倾向的思想内容业已融成一体，并使之成为《红楼梦》的整个艺术结构中不可缺少的一个组成部分了。

1975 年 5 月初稿

1978 年 4 月修改

（原载《红楼梦论丛》，上海古籍出版社 1979 年版）

《红楼梦》第四回校勘整理札记

我们的校勘整理是以徐本（旧称"庚辰本"，即书中标明为"脂砚斋凡四阅评过，庚辰秋月定本"、现存七十八回的乾隆年间抄本，徐祯祥旧藏）作为底本，并用刘本（旧称"甲戌本"，即刘铨福旧藏的《脂砚斋重评石头记》残存十六回本）、陶本（旧称"己卯本"，即陶洙旧藏的《脂砚斋重评石头记》残存四十回本）、杨本（杨继振旧藏的《红楼梦稿》抄本，前八十回是属于"脂评本"系统）、蒙本（旧称"王府本"，即清代蒙古王府旧藏的《石头记》抄本）、戚本（旧称"有正本"，即戚蓼生序的《石头记》）、舒本（舒元炜序的《红楼梦》抄本）、梦本（旧称"甲辰本"，即梦觉主人序的《红楼梦》八十回抄本）七种本子（其中戚本为石印本，余六种系抄本）加以对校。诸本文字都有差异，而且各有讹误、凌乱和残阙之处。我们把校出的异文，对照各本，编成卡片，在这基础上进行整理。在整理的过程中，我们力求吸收诸本的长处，改正各种讹误，并且对直接有关《红楼梦》思想性的地方特别加以注意，试图整理出一种比较接近曹雪芹原著面貌的、比较充分反映出曹雪芹的进步思想和卓越艺术的本子，以贡献给广大的读者作为阅读和研究之用。

第四回，我们将校出的异文编成卡片四百多张。经过整理，我们校正了底本（徐本，旧称"庚辰本"）约一百三十七处（不包括改正显误和当时的俗体字），每一个更动的地方都有参校的本子作为根据。比起现在的通行本（人民文学出版社本，即以旧称"程乙本"的高鹗、程伟元乾隆壬子活字本作为底本而加整理）面貌大为不同。

现把我们所做的校正，选择几个比较重要的例子，略述如下，并谈谈我们的体会（所注的页码，徐本是根据文学古籍刊行社《脂砚斋重评石头记》1955 年影印本，通行本是根据人民文学出版社《红楼梦》1972 年版，八十回校本是根据人民文学出版社《红楼梦八十回校本》1963 年重订版，整理本是指我们这次校勘整理的《红楼梦第四回》）。

一 恢复曹雪芹原来的回目、回首题诗及回末对联

第四回的回目，通行本作"薄命女偏逢薄命郎　葫芦僧判断葫芦案"。我们根据"脂评本"恢复了曹雪芹所构思的回目原貌，即"薄命女偏逢薄命郎　葫芦僧乱判葫芦案"。"判断"和"乱判"虽是一字之差，后者显然比前者更为准确。据曹雪芹的描写，贾雨村为了和四大家族勾结，接受了原葫芦庙里沙弥的建议，"徇情枉法，胡乱判断了此案"。"葫芦案"即"糊涂案"，"判断葫芦案"并未表明是如何判断，而"乱判"二字显示了曹雪芹的政治倾向性。

我们又根据杨本恢复了第四回的回首题诗，根据梦本恢复了第四回的回末对联。这些都有助于对曹雪芹的进步思想及全书的思想意义之了解。

回首题诗"捐躯报国恩，未报身犹在。眼底物多情，君恩或可待"，是一首政治讽刺诗。曹雪芹在这里嘲笑了当时的封建官僚如贾雨村之流的丑恶表演，并揭穿了封建社会中孔孟之徒所高唱入云的"君仁臣良""子孝臣忠"等一派骗人鬼话。回末的一副对联："渐入鲍鱼肆，反恶芝兰香"，把"赫赫扬扬，已将百载"、号称"钟鸣鼎食之家，翰墨诗书之族"的贾府，比作了那臭不可闻的"鲍鱼之肆"，对四大家族无比轻蔑，更是明显地表现出曹雪芹进步的政治态度。

《红楼梦八十回校本》出版于 1958 年，重订再版于 1963 年，其第四回既不见回首题诗，又不见回末对联，是个重大的缺点。

二 补足"护官符"

第四回是《红楼梦》的总纲。"护官符"以歌谣的形式介绍了当时气焰熏天的贾、史、王、薛四大家族。据曹雪芹的描写，护官符"上面皆是本地大族名宦之家的俗谚口碑，其口碑排写得明白，下面皆注着始祖官爵并房次"。刘、陶、杨、蒙、戚、梦六种本子均有注。我们主要根据陶本，

又参校其他诸本，把四句歌谣下面原有的注一一补入。这样，"护官符"才算完整，才能见出贾、史、王、薛真正为四大家族，是大贵族、大官僚、大地主、大皇商的统一体。现在的通行本上，仅有四句歌谣而无注，是沿袭了高鹗、程伟元乾隆壬子活字本的谬误。护官符上原有的注，高鹗误以为它是"脂评"而非正文，加以删除，这是一个很大的疏漏。

三　有关"护官符"的描写

围绕着"护官符"，曹雪芹作了一系列烘托的描写，以表明封建社会的国家机构（包括司法机关）是掌握在封建地主阶级统治集团的手里。高鹗曾对其中有些重要的词句加以删削，这些地方在我们的整理本中都恢复了原貌。试举二例作比较，凡在句下打着重号（．）者为通行本所无。

（1）（通行本）雨村忙问："何为'护官符'？"门子道："如今凡作地方官的都有一个私单，上面写的是本省最有权势极富贵的大乡绅名姓，各省皆然……"（四二页）

（整理本）雨村忙问："何为'护官符'？我竟不知。"门子道："这还了得！连这个不知，怎能做得长远！如今，凡做地方官者，皆有一个私单，上面写的是本省最有权有势、极富极贵的大乡绅名姓，各省皆然。……"

（2）（通行本）门子道："四家皆连络有亲，一损俱损，一荣俱荣，今告打死人之薛，就是'丰年大雪'之'薛'……"（四三页）

（整理本）这门子道："这四家皆连络有亲，一损皆损，一荣皆荣，扶持遮饰，俱有照应的。今告打死人之薛，就系'丰年大雪'之'薛'也。……"

四　有关贾雨村的描写

贾雨村是一个重要的反面形象，他是典型的向上爬的知识分子，为媚事权贵而不择手段，虚伪透顶，惯于耍两面派的手法。曹雪芹对他采取了讽刺和揭露的态度，书中有不少描写。高鹗害怕对这种人讽刺得过火、揭露得太深，所以每每加以掩盖。我们在这种地方，都恢复了曹雪芹笔下这个人物的原貌，举例如下。

（1）（通行本）那原告道："……小人告了一年的状，竟无人作主；求太老爷拘拿凶犯，以扶善良，存殁感激大恩不尽！"雨村听了大怒道："那有这等事！打死人竟白白的走了拿不来的！"便发签差公人立刻将凶犯家属拿来拷问。（四二页）

（整理本）那原告道："……小人告了一年的状，竟无人作主。望大老爷拘拿凶犯，剪恶除凶，以救孤寡，死者感戴天恩不尽！"雨村听了，大怒道："岂有这样放屁的事！打死人命，就白白的走了，再拿不来的！"因发签差公人立刻将凶犯族中人拿来拷问，令他们实供藏在何处，一面再动海捕文书。

在高鹗看来，贾雨村是进士出身，绝不会讲出"放屁"之类的话来，这未免太不"雅"了，有伤"体统"。高鹗甚至认为原告也不该提出"剪恶除凶"的要求（《八十回校本》也删去了"剪恶除凶"四字），贾雨村也用不着小题大做，要"再动海捕文书"，即下通缉令。殊不知曹雪芹这样描写，正是以此表明贾雨村原想大干一场，力图博得个"能吏"和"清官"的美名，好在皇上面前邀功请赏；并反衬以后贾雨村之偃旗息鼓、大事化小、小事化无，与四大家族暗中达成进一步的勾结。

（2）（通行本）门子笑道："老爷怎么把出身之地竟忘了！老爷不记得当年葫芦庙里的事么？"雨村大惊，方想起往事。（四二页）

（整理本）那门子笑道："老爷真是贵人多忘事，把出身之地竟忘了，不记当年葫芦庙里之事了！"雨村听了，如雷震一惊，方想起往事。

身份低微的门子对飞黄腾达的官僚所讲的这几句话，带有浓厚的讽刺意味。正因它戳到了痛处，所以贾雨村才"如雷震一惊"。高鹗把"贵人多忘事""如雷震一惊"都删去了，顿使原文大为减色。"不记当年葫芦庙里之事了！"这本来是肯定的语气，高鹗把它改为"老爷不记当年葫芦庙里的事么？"的问句，口气大为缓和，贾雨村听了也不会"如雷震一惊"。这样一来，便和后文的"雨村又恐他对人说出当日贫贱时的事来，因此心中大不乐业"（整理本）的描写脱了节，缺少应有的照应。

（3）（通行本）这门子不敢坐，雨村笑道："你也算贫贱之交了；此系私室，但坐不妨。"（四二页）

（整理本）这门子不敢坐，雨村笑道："贫贱之交不可忘，你我故人也；二则此系私室，既欲长谈，岂有不坐之理！"

在封建社会里，孔孟之徒经常标榜着"糟糠之妻不下堂，贫贱之交不可忘"，以此当作他们所遵奉的道德信条，而实际上他们却是翻手为云、覆手为雨，倾轧争斗，糜烂腐化。贾雨村也不例外，他发迹之后，便讨了娇杏为妾，一年半载，嫡妻活活气死。他把"贫贱之交不可忘"这句话挂在嘴边，给门子大灌米汤，并往自己脸上贴金。对照"后来到底寻了个不是，远远的充发了才罢"，完全暴露了贾雨村这个人阳一套、阴一套，当面说好话，背后下毒手。高鹗的改本远比原文逊色。"你也算贫贱之交了"这句话也不大通，应说"你我也算贫贱之交了"或"你也算我贫贱之交了"，我们看曹雪芹的原文"你我故人也"，就可知不能漏一"我"字。

五　有关贾政的描写

（通行本）贾政便使人进来对王夫人说："姨太太已有了年纪，外甥年轻，不知庶务，在外住着，恐又要生事。……"（四九页）

（整理本）贾政便使人上来对王夫人说："姨太太已有了春秋，外甥年轻，不知世路，在外住着，恐有人生事。……"

贾政是个满脑子封建正统思想的人物。在他眼里，所谓"庶务"即杂务，当然不是贵族大家的老爷少爷所应管的，那些事自有总管和奴仆去料理，他们只需享受那富贵繁华的生活，懂得些"读书做官"的门径。贾政自己便是一个身体力行者，第四回的正文中就已点明他"且索性潇洒，不以俗务为要，每公暇之时，不过看书着棋而已，余事多不介意"（整理本）。高鹗把"世路"改成"庶务"，违反了曹雪芹的原意。

照贾政看来，不是四大家族的公子哥儿横行霸道，而是因为"有人生事"，才闹出乱子。薛蟠打死人命，责任不在薛蟠，薛蟠本来很好，只怪冯渊和拐子来生事。这种不折不扣的强盗逻辑，可以使我们看出贾政的丑恶嘴脸。高鹗把"恐有人生事"改成"恐又要生事"（指薛蟠生事），反而掩盖了贾政的真正面目。

六　有关薛蟠的描写

（通行本）这薛公子学名薛蟠，表字文起，性情奢侈，言语傲慢；虽也上过学，不过略识几个字，终日惟有斗鸡走马，游山玩景而已。（四六页至四七页）

（整理本）这薛公子，学名薛蟠，表字文龙。五岁上就性情奢侈，言语傲慢；虽也上过学，不过略识几个字，终日惟有斗鸡走马，游山玩水而已。

薛蟠的字，我们根据刘本（旧称甲戌本）作"文龙"。第七十九回的回目，诸抄本都作"薛文龙悔娶河东狮（'狮'，梦本作'吼'），贾迎春误嫁中山狼"。薛家"原系金陵一霸"，金陵自古称为"龙盘虎踞"之地，根据古人的名和字常相关合之例，名蟠字文龙应是恰当的。大概抄者及高鹗都感觉这个字太刺激了，龙在当时本是帝王的象征或代表"祥瑞"之物，而这条龙却是一个胡作非为、视人命若儿戏的"呆霸王"，为了回避，故改为"文起"。现在看来，还是恢复曹雪芹原来的构思为好。

薛蟠是当时贵族大家公子哥儿的一个典型。什么藤结什么瓜，四大家族培养出这样的第二代，完全不足为奇。所以"从五岁上就性情奢侈，言语傲慢"中的"从五岁上就"这五个字不可少。这种人从小就骄横，长大后更称王称霸。他的阶级、家庭、教育、环境都注定了这点。

七　有关薛宝钗的描写

（通行本）宝钗日与黛玉、迎春姊妹等一处，或看书下棋，或做针黹，倒也十分相安。（四九页）

（整理本）宝钗日与黛玉、迎春姊妹等一处，或看书下棋，或做针黹，倒也十分乐业。

薛宝钗在《红楼梦》的女性形象中是一个反面的典型。她进贾府以后，一心一意想获取贾府统治者的欢心，成为荣府继承人贾宝玉的少奶奶，施展了多种多样的手法。其中主要的一种就是尽量表现为一个"封建淑女"，非礼勿视、非礼勿闻、非礼勿言、非礼勿行，以求一切合乎封建地主阶级的"礼"。她极力维护封建制度及其意识形态，排斥一切"异端"。因此，她劝宝玉多会些"为官作宰的朋友"，多讲些"仕途经济的学问"，她指责林黛玉不该看《西厢记》之类的"邪书"，攻击薛宝琴用了《西厢记》和《牡丹亭》的故事来制作灯谜。封建制度所现存的一切，她都觉得是合理的和美好的，适合她的心意，因此她"十分乐业"，乐"封建淑女"之业。而贾宝玉和林黛玉则不然，贾宝玉是"富贵不知乐业"（第三回《西江月》），林黛玉是"从来不说这些混账话"，他们两人走的是封建正统思想叛逆者的道路，与薛宝钗形成深刻的分歧。

据刘本（旧称甲戌本）所载脂砚斋评语："这一句衬出后文黛玉之不能乐业，细甚，妙甚"，可知曹雪芹用"乐业"二字确有深意。高鹗把"十分乐业"改成了"十分相安"，用以指薛宝钗和姊妹们之间关系和睦，和曹雪芹的原意不同，完全走了样。

八　改正讹误

例子很多，仅各举几个。和徐本（庚辰本）不同之处，其根据可见《红楼梦第四回校记》；和通行本及《八十回校本》不同之处，也都有参校的本子作为依据，这里不一一注明。

先举几个和徐本（庚辰本）不同的例子。

（1）（徐本）故生了李氏时，便不十分令其读书，只不过将些女四书、烈女传、贤媛集等三四种书，使他认得几个字，记得前朝这几个贤女便罢了。（八三页）

（整理本）故生了李氏时，便不十分令其读书，只不过将些《女四书》、《列女传》、《贤媛集》等三四种书，使她认得几个字，记得前朝这几个贤女便罢了。

徐本中的"烈女传"，显为"列女传"之误。《列女传》是西汉刘向编著的书，凡七卷。宋代王回把它里面记载的事情加以分类，标明"母仪""贤明""仁智""贞慎""节义""辨通"及"孽嬖"七项。其中并非都是"烈女"，"孽嬖"一项和"烈女"更是风马牛不相及。如果认为《列女传》专是表彰历代的所谓"烈女"，那就大错特错了。

（2）（徐本）那冯家无有甚要紧的人，不过为的是钱，见有了这个银子，想来也就无话了。（九三页）

（整理本）那冯家也无甚要紧的人，不过为的是钱，见有了这银子，想来也就没话说了。

这一段话，前头还有几句说："薛家有的是钱，老爷断一千也可，五百也可，与冯家作烧埋之费。"既是"一千也可，五百也可"，本无固定数目，反正是相当大的一笔，后面说"这个银子"，显然不妥，不如"这银子"三字为佳。

（3）（徐本）虽是皇商，一应经济世事，全然不知，不过赖祖父之旧情分，户部挂虚名支领钱粮，其余事体，自有伙计老人家等措办。（九四页）

（整理本）虽是皇商，一应经纪世事，全然不知，不过赖祖父旧日的情分，户部挂虚名支领钱粮，其余事体，自有伙计、老家人等措办。

这里说的是"呆霸王"薛蟠。他虽是皇商，但他不懂得经营，不知道人情世故。换句话说，就是说他身为皇商而根本不会做生意。"经济"一词，古代是指经国济民之事，相当于政治才能，而和现代我们所用的"经济"含义不同。目前"经济"一词的用法是来自日本。因此，这里应该是"一应经纪世事"，绝不能作"一应经济世事"。

（4）（徐本）只是薛蟠起初之心原不欲贾宅居住者，但恐姨父管的紧约，料必不自在的。（九九页）
（整理本）只是薛蟠起初之心，原不欲在贾宅居住者，生恐姨父管束拘紧，料必不自在的。

徐本中的"管的紧约"四字，文义不通。刘本作"管得拘禁"，也不通。薛蟠一家子是在贾府做客，他虽在不久前闯了祸，早已在贾雨村一手包庇之下，大事化小，小事化了。贾政即使是他的亲生之父，也没有理由拘禁他，剥夺他的人身自由，何况还是姨父？况且上文业已讲到薛姨妈教训过薛蟠："你的意思，我却知道。守着舅舅、姨爹住着，未免拘紧了你！"又已写道："薛姨妈正欲同居一处，方可拘紧些儿子。"因此"拘禁"当是"拘紧"之误。陶本、蒙本、戚本作"管约拘紧"，都是正确的。杨本作"管束拘紧"，意思一样，不过更为好懂些。

（5）（徐本）况且这梨香院相隔两层房舍，又有街门另开，任意可以出入，所以这些子弟们竟可以放意畅怀的，因此遂将移居之念渐渐打灭了。（九九页至一〇〇页）
（整理本）况且这梨香院相隔两层房舍，又有街门另开，任意可以出入，所以这些子弟们竟可以放意畅怀的闹。因此，把薛蟠移居之念渐渐打灭了。

徐本"竟可以放意畅怀的"，蒙本和戚本作"竟可以放意畅怀行事"，文义都通。但比较起来，没有陶本和杨本好。陶本、杨本都作"竟可以放意畅怀的闹"。用一"闹"字而境界全出，活现了薛蟠和那班纨绔子弟们吃喝嫖赌、胡天胡地的荒唐生活。

再举几个和通行本不同的例子：

（1）（通行本）这英莲受了拐子这几年折磨，才得了个路头……（四五页）

（整理本）这英莲受了拐子这几年折磨，才得了个头路……

诸脂本都作"头路"。唯高鹗改本作"路头"，显然是错的。"头路"有"好的前程"之意，和现代北京话里的"有奔头"语意相近。

（2）（通行本）老爷便说："乩仙批了，死者冯渊与薛蟠原系凤孽，今狭路相遇，原因了结；今薛蟠已得了无名之病，被冯渊的魂魄追索而死。……"（四六页）

（整理本）老爷就说"乩仙批了：死者冯渊与薛蟠，原因宿孽相逢，今狭路既遇，原应了结；薛蟠今已得了无名之症，被冯魂追索已死。……"等语。

通行本中的"原因了结"，文义显然不通，"原因"如何可以"了结"呢？根据上下文的意思，该作"原应了结"。

（3）（通行本）那日拐子不在家，我也曾问他，他说是打怕了的，万不敢说，只说拐子是他的亲爹，因无钱还债才卖的。（四四页）

（整理本）那日，拐子不在家，我也曾问他。他是被拐子打怕了的，万不敢说，只说拐子系他亲爹，因无钱偿债，故卖他。

通行本多一"说"字，就不可通。既然"万不敢说"，"只说拐子是他的亲爹"，为什么公然敢说"是打怕了的"？这个挨打的秘密不会自甄英莲口中泄露，应当是门子本人根据她的情况判断出来的。

（4）（通行本）原来这门子本是葫芦庙里一个小沙弥，因被火之后，无处安身，想这件生意倒还轻省，耐不得寺院凄凉，遂趁年纪轻，蓄了发，充当门子。（四二页）

（整理本）原来这门子本是葫芦庙内一个小沙弥，因被火之后，无处安身，欲投别庙去修行，又耐不得清凉景况，因想这件生意倒还轻省热闹，遂趁年纪蓄了发，充了门子。

"这件生意"是指充当门子一事，因此在这句后面应紧接"遂趁年纪蓄了发，充了门子"，方显得自然。"欲投别庙去修行"，这句也不可少。"轻省热闹"中的"热闹"，是和寺院之"清凉"相对而言，不能略去。刘本（旧称甲戌本）在"轻省热闹"四字之旁有一条"脂评"："新鲜字眼"，由此可见曹雪芹遣字造词很灵活。

（5）（通行本）薛姨妈正欲同居一处，方可拘紧些儿，若另在外边，又恐纵性惹祸，遂忙应允……（四九页）

（整理本）薛姨妈正欲同居一处，方可拘紧些儿子，若另住在外，又恐纵性惹祸，遂忙道谢应允……

通行本在"方可拘紧些儿"下脱一"子"字，就不可解。薛姨妈为什么偏要"拘紧"自己呢？完全没有道理。

（6）（通行本）二则现在房长乃是贾珍……（四九页）

（整理本）二则现任族长乃是贾珍……

按，房长是一房之长，族长是一族之长，二词不可混淆。贾珍实任"族长"，通行本误。

（7）（通行本）咱们东南角上梨香院，那一所房十来间……（四

九页）

　　（整理本）咱们东北角上梨香院一所十来间房……

　　这是贾政讲的话。根据下文"原来这梨香院……西南有一角门，通夹道，出了夹道，便是王夫人正房的东院了"（整理本），贾政是和王夫人住在一起（由第三回黛玉进府的描写可知），梨香院应在贾政住处的东北角上。高鹗胡乱改为"东南角上"，结果就和下文发生了矛盾。一字之差，使不明真相的人还以为曹雪芹弄不清地理方位。通行本也因循了高鹗、程伟元乾隆壬子活字本的错误。

　　（8）（通行本）……这正是梦幻情缘，恰遇见一对薄命儿女。——且不要议论他人，只目今这官司如何剖断才好？（四五页）
　　（整理本）……这正是梦幻情缘，恰遇见一对薄命儿女。——且不要议论他，只目今这官司，如何剖断才好？

　　贾雨村发了一通议论，用"天命论"来解释这件人命案，为贵族大家开脱，现在却又说"且不要议论他"，虚伪之至。甄英莲和冯渊，都是这件人命官司的当事人，不得谓之"他人"，我们根据"脂评本"改作"他"，"他"即是现代的"它"字。
　　下面再举几个和《八十回校本》不同的例子。

　　（1）（八十回校本）那冯家也就无甚紧要的人，不过为的是钱……（四一页）
　　（整理本）那冯家也无甚要紧的人，不过为的是钱………

　　按，"无甚要紧的人"本是一件客观存在的事实，不依别的条件而转移。如在"也"下添一"就"字，大误。

　　（2）（八十回校本）人命官司，他竟视为儿戏……（四二页）
　　（整理本）人命官司一事，他却视为儿戏……

按，"却"无惊诧之意，说明薛蟠作为四大家族第二代的代表，本性如此，一贯如此，不足为奇。"竟"有惊诧之意，不妥。

（3）（八十回校本）薛蟠心中暗喜道："我正想进京去，有个嫡亲母舅管辖，不能任意挥霍。如今却好升出去了，可知天从人愿。"（四二页）

（整理本）薛蟠心中暗喜道："我正愁进京去有个嫡亲的母舅管辖着，不能任意挥霍。偏如今又升出去了，可知天从人愿！"

按，"愁"字比"想"字好得多。因"愁"母舅管辖，听说母舅升出去了，所以才"心中暗喜"。"喜"和"愁"是相对照应的。刘本、陶本、杨本、梦本都作"愁"。抄本中"愁"写成"想"是形似而误。

（4）（八十回校本）况梨香院相隔两层房子，又有街门别开，任意可以出入……（四四页）

（整理本）况且这梨香院相隔两层房舍，又有街门另开，任意可以出入……

按，相隔两层"房子"，街门"别开"，都不妥。应改。

九　分段、标点

《八十回校本》中每回分段很少，黑压压的一大片，不但层次不清，而且读者看来十分费力。我们在整理的过程中，对段落划分比较注意，力求层次分明，并使重要的地方能够突出。这个问题易为人忽略，值得好好研究。

标点，也直接关联到对作品思想意义的理解。试举一例。

（整理本）这李氏亦系金陵名宦之女，父名李守中，曾为国子监祭酒。族中男女，无有不诵书读诗者。至李守中承继以来，便说"女子无才便有德"，故生了李氏时，便不十分令其读书，只不过将些《女四书》、《列女传》、《贤媛集》等三四种书，使他认得几个字，记得前朝这几个贤女便罢了；却只以纺绩井臼为要，因取名为李纨，字宫裁。因此，这李纨虽青春丧偶，且居处于膏粱锦绣之中，竟如槁木死灰一般，一概无见无闻，惟知侍亲养子，外则陪侍小姑等针黹诵读而已。

这一长段，说明李纨是封建礼教重压下的一个牺牲者，她深中孔孟之道的毒害。作者是有意强调这一点的。我们处理最后一个句子时，在"因此"二字之下加一逗点（通行本及八十回校本都无逗点，紧接下文），就是为了强调造成李纨悲剧的社会原因。

标点如断句不恰当，往往使原意费解。也举一例。

（通行本）自薛蟠父亲死后，各省中所有的卖买承局、总管、伙计人等，见薛蟠年轻不谙世事，便趁时拐骗起来，京都几处生意，渐亦销耗。（四七页）

（整理本）二则自薛蟠父亲死后，各省中所有的买卖，承局、总管、伙计人等见薛蟠年轻，不谙世事，便趁时拐骗起来；京都中几处生意，渐亦消耗。

通行本把"买卖"改作"卖买"，变成不通。又"买卖"下需断句，加一逗点。在北京话里，"买卖"一词就是"生意"的同义语，"做买卖"即"做生意"，亦即"经商"。"各省中所有的买卖"是和下文"京都中几处生意"相对应，作者为了避免重复，所以用了不同的词。八十回校本把"各省中所有的买卖承局总管伙计人等"作为长句处理，中间没有逗号和顿号断开，读后使人莫名其妙，不知说的什么事。

标点如不恰当，有时还会把原意弄错。

（通行本）薛蟠拜见过贾政贾琏，又引着见了贾赦贾珍等。（四九页）

（整理本）薛蟠已拜见过贾政，贾琏又引着拜见了贾赦、贾珍等。

通行本上，"又引着"句缺少主语，薛蟠其实是被引着的人。"贾琏"应是这一句的主语，不属上句。薛蟠所拜见的对象，贾政、贾赦是他的长辈，贾珍是贾家的族长，而不应包括和他平辈的贾琏。

有些当时通行的句法，在断句标点时必须慎重对待。举一个例。

（通行本）（门子）一面说，一面从顺袋中取出一张抄的"护官符"来，递与雨村，看时，上面皆是本地大族名宦之家的俗谚口碑……（四三页）

（整理本）一面说，一面从顺袋中取出一张抄的"护官符"来，递与雨村看时，上面皆是本地大族名宦之家的俗谚口碑。

"递与雨村看时"是一个句子，不能拦腰劈成两截，变成了"递与雨村，看时"。这和将一个长句适当化成短句的情况不同。《红楼梦》中这样的句法不少，如第四十九回中写香菱"说着，把诗递与黛玉及众人看时，只见写道：'精华欲掩料应难，影自娟娟魄自寒。……'"

在校勘整理的过程中，我们体会到它不是一件简单机械的工作，必须细致周密地考虑，慎重从事，但也不能抱残守缺。绝非如有些人所说，只要得到所谓"善本"便可以解决问题。校勘整理工作是一件思想性很强的工作，特别是《红楼梦》尤其如此。如果没有马克思列宁主义的立场、观点和方法；如果不能深刻理解《红楼梦》的思想内容及艺术价值；如果没有对人民负责的严肃认真的态度，根本不可能校勘整理出一种比较接近曹雪芹原著面貌的、比较充分反映出曹雪芹的进步思想和卓越艺术成就的、一种能供今天的广大读者和研究工作者阅读和参考的本子来。

高鹗在乾隆壬子活字本的"引言"中，自称"聚集各原本详加校阅，改订无讹"，"今广集核勘，准情酌理，补遗订讹"。他当时所能搜集到的各种抄本，应该数量不少，可是他的整理本对原文作了大量的更动，大都没有抄本作为依据，而是他个人的别出心裁，这样就大大削弱了曹雪芹原著的进步思想，损害了曹雪芹原著的精湛艺术。这是和他对《红楼梦》的错误理解分不开的（高鹗自称："予以是书虽稗官野史之流，然尚不谬于名教"），是他封建地主阶级的立场所带来的局限（高鹗整理后四十回，也有一定的功绩）。新中国成立后出版的《红楼梦八十回校本》，由于未能脱离旧的影响，工作态度不够认真负责，出现了一些谬误。校订者虽采用了"脂评本"作为底本及参校本，然而不能去伪存真、去粗取精，有些地方的定字还不如高鹗的改本，已不能满足今天广大读者的要求。

在"四人帮"疯狂破坏社会主义的科学文化事业、大搞法西斯文化专制主义的时期，《红楼梦》的校勘整理工作也受到了很大的干扰和破坏。清除了"四人帮"，科学文化事业大解放。当前，在以华国锋同志为首的党中央率领我们向四个现代化进军的大好形势下，各方面工作都需要来一个跃进。今天，会校各种早期抄本，对《红楼梦》重新进行校勘和整理，是完全必要的。

我们深信，只要用马克思主义、列宁主义、毛泽东思想作指导，特别是以毛主席关于《红楼梦》研究问题的一系列教导为指针，深刻理解《红楼梦》进步的思想内容和杰出的艺术成就，坚持校勘整理工作为社会主义建设服务、为工农兵服务，以对人民高度负责的精神，努力做到去粗取精、去伪存真，就一定能够把这项很有意义的工作做好。

（本文为陈毓罴、刘世德合著，原载《红楼梦论丛》，上海古籍出版社 1979 年版）

有关曹雪芹卒年问题的商榷

最近吴恩裕先生在《光明日报》的《东风》上发表了《曹雪芹的卒年问题》的文章。他主张癸未除夕一说。在那篇文章里，他归纳出壬午除夕说的主要论点，一一做出反驳或解释，企图说明壬午说的不合理。读了以后，觉得他所举的种种理由还不足以使人信服，因为他的推断是建立在不可靠的事实基础之上的。而且，我之赞同壬午一说的理由，又不是他文章中所归纳的几点所能包括得了的。因此，我想谈谈自己对这个问题的看法，和吴先生来商榷，并希望引起大家讨论的兴趣。我相信，在充分地展开讨论之后，曹雪芹的卒年问题终会求得令人满意的解答。

一　脂批可信

脂砚斋记明曹雪芹卒年的一条批语是写得非常沉痛的批语，全文如下：

> 能解者方有辛酸之泪，哭成此书。壬午除夕，书未成，芹为泪尽而逝。余尝哭芹，泪亦待尽。每意觅青埂峰再问石兄，余（奈）不遇獭（癞）头和尚何？怅怅！今而后惟愿造化主再出一芹一脂，是书何本（幸），余二人亦大快遂心于九泉矣。甲午八月泪笔。（见甲戌本《脂砚斋重评石头记》第一回上朱笔眉批）

从这里，我们可以看出曹雪芹的死对于批书的人是一个多么重大的打击！十二年了，留在他心灵上的创痕是多么深！当他执笔写这条批语的时候，又是何等的激动！"余尝哭芹，泪亦待尽。"他不仅是痛惜曹雪芹本人短促的生命，而且还痛惜曹雪芹所留下来的这部未完成的书。从这里，我们同时也可以看出批书人是把《红楼梦》当作他和曹雪芹两人共同的事业。曹雪芹写《红楼梦》是"字字看来都是血，十年辛苦不寻常"，他批《红楼梦》也是作为一项严肃认真的工作，而绝不是茶余饭后的笔墨游戏。"今而后惟愿造化主再出一芹一脂"这种痴心的想法之所以产生，也还是为了这部《红楼梦》。他设想如果真的实现这个愿望，《红楼梦》就能够完成了，他和曹雪芹死在九泉，都会"大快遂心"。

这条批语出于脂砚斋的手笔是很清楚的。"余二人"指的正是"一芹一脂"。这时候，脂砚斋大概预感到了自己将不久于人世（"泪亦待尽"），所以说出了"大快遂心于九泉"的话。就现在保存下来的署有年代的批语看，这条批语是最晚的一条，也可以作为旁证。有人认为这条批语出于旁人之手，实在缺乏根据。

脂砚斋究竟是谁的署名，现在已难查考。各家的猜测甚多，都还只是一种"假说"。不过，据已有材料可以肯定他和曹雪芹有着亲属关系，而且是很相熟的，这点已为大家所公认。我现在要强调指出，也可以说是补充的一点，就是他们有着共同的事业关系：一芹一脂，一写一评。在曹雪芹的生前，《石头记》的抄本上就已经有了脂砚斋的评语。我们知道，甲戌本较接近于底本，它在第一回的正文中有两句这样的话，"至脂砚斋甲戌抄阅再评，仍用《石头记》"（在"满纸荒唐言"一诗后面。上文是谈书名的几次变动的情况，这里谈最后定名的结果。除甲戌本外，其他各本都没有这两句话，以致文气不接、交代不清）。甲戌是 1754 年，曹雪芹还健在人世，那时脂砚斋就在抄阅《红楼梦》，并且还"再评"。现在所保存下来的己卯本和庚辰本，都可说明在 1759 年及 1760 年脂砚斋已经是第四次的评阅了。

他们既有着如此深厚的情谊，在这样表示深切悼念的一条批语里，竟会把死者的卒年弄错了一年，在记忆中把"癸未"误记为"壬午"，这实在是令人难以想象的事。要知道，曹雪芹的死对脂砚斋是多么重大的打击！"余尝哭芹，泪亦待尽"，很难相信这样的人会把他所痛哭的人的卒年忘记或在记忆中将它搞乱。如果没有十分确凿可靠的证据，我们就不能轻易勾销其中的"壬午"二字，硬说脂砚斋是误记。

吴恩裕先生一方面承认古人以干支纪年是事实，一方面又说："记乾隆二十八年是直接的记忆，而以干支纪年是间接的记忆"，不知道这种分法究竟有什么根据。我们日常接触到的倒是另外一种情况，常常可以听见老年人讲到甲午年间如何、庚子年间如何、辛亥那一年如何，他们之中一些人不一定能马上说出具体的年代数字。干支的下一个字由于同十二生肖联系起来，反而还容易记些。民间就流行着"鼠儿年""牛儿年"等讲法。

根据吴先生的看法，脂砚斋还可能是误算了一年，似乎脂砚斋脑子里只记得曹雪芹死于乾隆二十八年（这是"直接记忆"？），在这十二年之中，从来没有把曹雪芹的卒年和"癸未"这两个字联系起来，一直到临写批语，才扳起指头来换算，结果还是算错，把乾隆二十八年（1763）算成了"壬午"，这样未免把古人看得太简单了。

我并不是否认古人纪年有发生错误的可能，而是坚持要针对古人的具体情况来进行考察，根据脂砚斋和曹雪芹的特殊关系，我认为脂批的纪年是可信的。

二 《小诗代简》编年存疑

直到目前为止，尚未发现敦敏和敦诚在任何地方像脂砚斋那样明确地和直接地在文字上记载过曹雪芹的卒年。这是一个不可否认的事实。我们在研究的时候必须记住这个事实。

做出"曹雪芹死于癸未除夕"的结论的人，主要依据是敦敏和敦诚的几首诗。这几首诗都没有明确指出曹雪芹死于何年何日，他们不过是用诗来间接地进行一些推断。而敦敏的《小诗代简寄曹雪芹》之所以断定为癸未年作，仅因为它前面的第三首诗题下注有"癸未"二字，这种证据更为间接。总之，他们是利用间接材料。

我认为，在没有直接材料或者直接材料不足的时候，当然可以根据间接材料来推断并得出结论。既然有了直接材料，而且直接材料相当明确，我们运用间接材料尤其应该慎重，不能在间接材料本身还有不少问题的情况下，就贸然推翻直接材料，径自得出结论。我们不是"疑古派"，对一切都摇头表示怀疑，我们要考察材料、辨别材料，进而根据可靠的材料，做出合乎实际情况的结论。

现在且来考察《小诗代简》的年代问题。

这首诗见于敦敏的《懋斋诗钞》。北京图书馆藏有《懋斋诗钞》的原稿本，文学古籍刊行社曾据此影印出版。可惜的是原稿本上的剪接及粘改等情况，影印本上已看不出来了。从原稿本上看，它是属于一种剪贴性质的稿本，还不能算作严格意义上的"原稿本"。我们只要仔细一看，就可以发现在这个稿本上，诗的剪接处有五十几处之多，或者好几首诗抄在一张纸上，或者一首诗抄在一张纸上，彼此粘接在一起。粘接的情况又有所不同，有的是在中间干脆补上了一块白纸，纸上什么也没有写，只用墨笔描出了上下栏，有的是直接把两张诗稿粘接在一起，中间留下一道接缝。前者分明可辨，后者由于纸色相同，乍一看似乎是无缝天衣，但细看则痕迹宛露。

为什么这稿本会有这么一副面目呢？我估计很可能是这些诗原来零散抄在同一式样的单篇稿纸上，后来才剪贴粘连在一起。是谁剪贴的虽不可考，大概不是作者随作随抄、随剪随贴的，那他何必不直接抄在一个稿本上更为干脆，而要花费如此大的气力？可能是作者晚年剪贴的，不过这一可能性也不大。有三个问题值得怀疑：第一，既然是作者后来剪贴上去的，为什么他不另外写一个序，而把《东皋集》的序贴在前面？这篇序言上所说的起讫年代和剪贴的诗并不完全符合（序言上说止于"庚辰"，后来不知被何人用小纸条粘改为"癸未"，仍不符合。因为剪贴的诗实际上已到了"乙酉"年了）。第二，有的诗只有题而无诗，他在剪贴时完全可以删去或者补抄，而并没有这样做。第三，为什么最后的三首诗（《水阁山庄》等）他要把自己的手迹一行一行地剪贴在这个稿本上？他完全可以直接补抄这几首。从这些看来，都好像是别人为了保存敦敏的手迹才发生的情况。因此，很有可能是在作者死后由他的亲属或朋友加以剪贴。我们不能不估计到还有一个相当大的可能，就是后来的人得到了敦敏的零页诗稿或原稿本的残本，加以剪贴裱修，才成现在的稿本这个样子。这并非凭空设想。现在保存下来的这个稿本的一位收藏者燕野顽民（真实姓名不可考）在壬戌年间（吴先生认为大约是同治元年）写的题识上说："今又得此残本，故略为粘补成卷。"他粘补的情况如何，不得而知。但反正粘补过，这绝不成问题。"略为"二字也不能看得过于死板，任何一个收藏家总不会承认自己大加修补以引起别人疑心的。

《懋斋诗钞》既是剪贴粘接而成，那就必然经过一番整理。现在看来，诗的排列次序是按春夏秋冬，可以承认它大致是编年。但我们完全不能保证里面的诗在编年及粘接上不可能发生错误。它是剪贴性质的稿本，就不同于随作、随抄、随编的在严格意义上的"原稿本"。如果是作者晚年剪贴（我前面说过这种可能性较小），他把二百三十多首诗一一判断年代，粘接得一点错误也没有，也不是一件轻易能做到的事。如果是别人或后人剪贴（我前面说过这种可能性大），那就更无法保证全部的正确了。

吴先生在他的文章里说："当初写诗可能就是随便用一张纸写出，改定后就'钞'入现存的《懋斋诗钞》稿本里去的。这种逐年逐月随写随钞的所谓'编年'，并未经作者或旁人大加编整，其前后次序错误的可能性是极小的。"他对这个稿本的性质并未认识清楚，因之他所做出的一系列推断就是缺乏根据的了。

在我看来，正是由于剪贴的关系，前后次序错误的可能性已有所增大。如果粘接错了，那就不仅只可能会排错一首，而且还可能会一连排错好几首（因为有好几首诗抄在一张纸上的情况）；不仅只可能会误排一年，比如将壬午的诗插入癸未，而且还可能会误排好几年，比如将比壬午更早的诗插入癸未。

稿本的情况既如此复杂，当然很难避免在编年上不发生错误。我可以举出三处显著的错误来。

《题画四首》（影印本第九五页），从排列的位置上来看（它和《小诗代简》情况相同，正是夹在从《古刹小憩》到《十月二日谒先慈墓感赋》的三四十首诗中间），要算是癸未年的作品。可是实际上它是壬午年的诗，由《四松堂集》里的《东轩雅集，主人出所藏旧画数十轴，同人分题，得四首》（见影印本第四三页）可证。敦敏和敦诚兄弟是在同一次宴会上写的诗，每人都写了四首，其中有三首所题的画相同（即张可山的"梅溪小艇"、谢时臣的"溪山岁晚"和张璞庵的"万竿烟雨"）。敦诚《四松堂集》是严格编年的，据付刻底本，他这四首诗编在壬午。

《河干集饮题壁兼吊雪芹》一诗，吴先生相信它是甲申年早春的作品，可是在《懋斋诗钞》里，却把它放到乙酉年去了（见影印本第一二二页）。它前面的第三个诗题明明是甲申年重阳节写的诗（《九日同敬亭、子谦登道院斗母阁》），前后次序不是显然颠倒了吗？

以上两处还只是误差一年，我再举一处错排了好多年的。《小雨访天元上人》一诗（影印本第七七页），按它在《懋斋诗钞》里排列的位置，要算是壬午年所作。实际情况却表明这位天元上人早在己卯年就已经去世了。《四松堂集》在己卯年的编年下收有一首诗，题目是《一月中闻罗介昌（即西园）、李迁甫（情）两先生、天元上人皆作古人，感而有作》（见影印本第三二页）。人都已死去三年了，而且他的弟弟早为死者写了挽诗，他还去访什么呢？这岂不太可笑了吗？据《小雨访天元上人》的诗句来看，他在那里和这位和尚谈得很投机（"竹深僧室暗"，"坐久寻归路"）。由此可见，这首诗的确是排错了，起码它应该是三年多以前的诗才对。

正是由于剪贴的关系，它后面的《村雨晓起》《瓶桃限韵》和它是抄在一张纸上，所以当然也都跟着排错了。它们也应该是三年多以前的诗。这样一来，一连就错了三首。

吴先生在他的文章里说："最重要的一点却是：《懋斋诗钞》的编年不是后来'编'的年，而是每写出一首就抄上去一首。"如果《懋斋诗钞》的编年真是如此的话，那又何至于出现我在上面所指出的那些错误呢？

我们再来具体考察《小诗代简》一诗，能不能用吴先生那样的考证方法来断定它是癸未年的作品呢？吴先生的方法是这样的：它前面的第三首诗《古刹小憩》题下署"癸未"，它后面的第二十四题《十月二日谒先慈墓感赋》也是癸未年写的，因此，它本身当然是癸未的诗。

这种考证方法表面看来似乎很科学，其实漏洞甚多，很不可靠。它完全忽视了下面两种重要的情况：

第一，《古刹小憩》诗题下所注的"癸未"二字并非敦敏原注，细看原稿（影印本当然看不见）乃是后人写在一块小纸上贴补上去的。原来题的年月已挖去不可见。笔迹和抄诗的笔迹显然不同，而和前面《东皋集》序言上所粘改的"癸未"二字笔迹相近。这两处粘改大概是在同治元年（1862）以后。燕野顽民在同治元年（1862）写题识的时候，尚未发生这种情况，所以他直接根据《东皋集》序言而断定诗钞所收的诗止于"庚辰"。《古刹小憩》实际上是以前的作品，因为剪接发生错误，而误放到现在的位置上。后人不了解这种情况，以为作者原来注错了年代，就用小纸块加以挖补贴改，补题"癸未"二字。这"癸未"二字大有问题，如果我们拿它来作为判断《小诗代简》编年的根据，那显然是很不恰当的。

第二，这个稿本是属于剪贴性质的，剪贴时很难避免不发生错误。我在前面已指出过这种错误的例子。《小诗代简》本身并没有在诗题下注有年代，这又是一个不可否认的事实。它前面的《古刹小憩》到底写于哪一年，还很难具体确定。它可能误差一两年，也可能误差好多年。它后面的第二十四题《十月二日谒先慈墓感赋》和它离得很远，中间已经剪贴和粘接了好几处。如何能根据这些来判断它写于癸未年呢？

综合观之，《懋斋诗钞》稿本本身的情况确实相当复杂，《小诗代简》一诗的编年存在的问题也很多。它有很大的可能不是在癸未年间写的，它可能写于壬午，也可能写于壬午以前，或在辛巳、庚辰、己卯和戊寅等年之中的任何一年。因此曾次亮先生过去仅仅对照了壬午和癸未这两年的"时宪历"，想以此来判断诗中所述的景物究竟适合哪一年，当然是远远不够的了。

我认为，《小诗代简》的编年必须存疑。由于它本身就大有问题，我们不能把它作为证明曹雪芹死于癸未除夕的一个"间接材料"。无论如何，它绝不是"癸未说"的一个有力的根据。

三　经年而葬

敦诚的《挽曹雪芹》诗，初稿是两首（见《鹪鹩庵杂诗》），定稿是一首（即"四十年华付杳冥"一首）。它的定稿不见于刻本的《四松堂集》，但在《四松堂诗钞》抄本及《四松堂集》的付刻底本里面都有，题下都注了"甲申"二字。由于收有这首诗定稿的两个集子都系比较严格的编年，所以我个人认为这首挽诗写于甲申是可信的。

无论是初稿还是定稿，都只能肯定它是送殡的诗。它和脂砚斋的批语并没有丝毫矛盾。曹雪芹死于壬午除夕，停灵一年，到甲申年初才下葬，这是完全有可能的事。敦诚的送殡诗写于甲申，是甲申年的第一首诗，也很自然合理。

吴先生反对这种看法，他提出了下面的质问："由'前数月，伊子殇'的词气固已能证明与雪芹死期极近，而由'一病无医竟负君'一句，则生时贫困落拓之曹雪芹求医且不能，岂有死后尚讲排场经年而葬之理？"接着他马上做出了结论："所以，综合观之，雪芹实系死后不数日即葬。"

"前数月，伊子殇，因感伤成疾"是敦诚在《挽曹雪芹》诗里所加的一个注子，放在"孤儿渺漠魂应逐"句下。"前数月"是指曹雪芹去世的前数月，即壬午除夕的前数月。它只能证明他们父子的死期相距较近，而不足以证明曹雪芹的死期距作者写诗的时候极近。

经年而葬不一定就是"讲排场"，倒有相反的情况，正是因为筹措不出一笔葬费，所以暂时寄灵在小庙里或其他地方。在旧社会里，有些人由于经济困难，把亲属的灵柩停放一两年，甚至好多年都不能下葬，这也是常有的事情。

我们知道，曹雪芹中年以后的生活很困顿。最后两三年，家里还发生不少事件（他的新婚及爱子早殇），经济一定更为拮据。"一病无医"当是写实。身后萧条，葬费一时无着，那种为难的情况也可以想见。但他又并不是连一个亲人也没有，那身世飘零的"新妇"和那与他有着共同事业关系的脂砚斋不还活在这个世界上吗？（有人说脂砚斋就是那位"新妇"，这完全经不起事实的反驳。从批语看来，脂砚斋显然是位男性）何况曹家到底是破落贵族，恐怕还不致草草埋掉了事。再则，从殡丧不葬的常理看，这也并不一定是什么"讲排场"的问题，而是出于一种对死者尊重的感情，同时也是出于一种对生者有所安慰的感情。薄葬而又要稍微像个样子，钱又一时张罗不出，这就需要等待一个时期了，所以经年而葬完全是合情合理的。

有人也许会问："既然曹雪芹死于壬午除夕，那么为什么敦敏和敦诚兄弟在癸未年间不写挽诗呢？"我想，我们不能判断他们两人在癸未年间就一定没有写类似表示哀悼的诗，因为现存的《懋斋诗钞》稿本是个残本，《四松堂诗钞》抄本及《四松堂集》的付刻底本都没有全部收入作者的诗，好多诗散佚了，也有好多诗删掉了（包括作者删的和编者删的），没有编入集子。敦诚甲申年所写的《挽曹雪芹》诗，初稿本来有两首，定稿时不是已删掉了一首吗？而留下的那一首定稿（"四十年华付杳冥"），虽然已经编入了《四松堂集》的付刻底本，但在刻本《四松堂集》里不是又删去了吗？同时，我们也不能要求他们一听到曹雪芹去世的消息之后就非写诗不可。再则，他们并不是根本没有写，只是晚写了一些时候而已，而这又是和曹雪芹死后经年而葬的情况有关的。

吴先生说："考据是对历史事实的调查研究，要根据可靠的证据，也要依靠通达的常识。"我完全赞同这个原则，在这篇文章里正企图本着这个原则来进行分析、判断。作了一番详细的考察之后，我认为脂批纪年可信，它是直接材料，写得相当明确，而目前我们所拥有的间接材料尚不足以推翻它；《小诗代简》的编年大有问题，必须存疑。敦诚的挽诗与脂批并不矛盾。我所得出的结论是：曹雪芹死于壬午除夕（1763 年 2 月 12日），葬于甲申年初。我想，在没有发现更直接的材料（如曹雪芹的墓碑）进一步证实之前，以上这个结论是完全可以成立的。到了明年（1963年），就应该算是这位伟大的作家、《红楼梦》作者逝世的二百周年。

（原载《光明日报》1962 年 4 月 8 日《文学遗产》第四〇九期）

曹雪芹卒年问题再商榷

有关曹雪芹卒年问题的讨论业已展开，这对于确定这位伟大的作家逝世二百周年纪念日是很有意义的。

最近，周汝昌先生和吴恩裕先生重申"癸未说"（还有吴世昌先生也有此主张），对"壬午说"进行了一系列的质难和反驳。他们提出了一些新的论据，使讨论趋向于更细致和更深入。但是，经过深思之后，我认为他们的论据仍有问题，实难驳倒"壬午说"。因此，有必要进行再商榷。

一　《懋斋诗钞》编年有误　《小诗代简》作于庚辰

"癸未说"主要是建立在《小诗代简》应作于癸未的基础上。要谈这个问题，必须从《懋斋诗钞》的编年问题谈起。吴恩裕先生认为《诗钞》是比较编年次季，这和我所说的"大致编年"意见相近。周汝昌先生则坚持《诗钞》严格编年、有条不紊的说法，这是我所不同意的。

目前我们所能见到的《诗钞》稿本，情况相当复杂。剪接有五十多处，补上去的空白纸张自一行至一面不等，也在三十五处以上（影印本把凡是一面的空白纸张都删去了），有的有题无诗，有的有诗无题，有的诗缺上文，有的诗缺下文，还有的诗是一行行剪贴上去的，贴改及挖改的地方都有。这种情况自然会引起人们怀疑，这种怀疑绝不是主观制造的幻影。

据我考察，稿本在敦敏生前，由作者本人作了些删改（如补诗题，贴改一些诗句等），其弟敦诚曾加批及圈选，它可能即是零散之诗页，本来并不是严格编年。在他死后，经过他亲友的整理。在整理时，剪贴粘接就出了一些错误。到了燕野顽民之手，那时乙酉以后的诗已散佚了，只剩下二百四十首，所以他说是"得此残本"。燕野顽民曾加以粘补，其后也还有人挖补贴改（就其主观意图而言是为了"修正"某些"错误"，客观效果可能是越改越错或把对的反而改错了）。

作者删改，整理者剪接，后人粘补挖改，这几种情况都有，它们并不是绝对互相排斥的，所以我们必须实事求是地具体考察、区别对待。周先生把一切剪贴粘接和各种性质的改动都归之于作者敦敏（只略作一点保留：敦诚作了些圈改和点改）。既然如此，敦敏为什么还保留一些"割裂不完"之篇章，何不大刀阔斧地删去？有的诗缺上下文，有的有诗无题，有的有题无诗，又为什么不"添净补全"呢？

我在前一篇文章里曾举出三个例子来说明《诗钞》编年的确有误，周先生说我的证据根本不能成立。其实周先生的反证是否能够成立，我以为还是值得再考察的。

（一）《题画四首》，周先生认为是"错简"，不能作为《诗钞》编年有误之一例。我的看法和他不同。《诗钞》稿本既是经过人家整理的，完全可能因整理的人认为此诗写于癸未，而又排不进去，就插在这里。这表示了整理者对此诗编年的看法，所以我认为它是排错了年代的。周先生既不能举出任何证据来证明这四首诗是文学古籍刊行社所错装的（刊行社只是把上一页的一行诗题移到这页上，这种做法可以批评），又不能确凿无疑地指出它过去在稿本上是装在哪一页之后，而硬说是"人造的"证据，这实在令人感到诧异。

（二）《河干集饮题壁兼吊雪芹》，此诗断为甲申春日所作，其实是周先生第一个提出来的，见于《红楼梦新证》。周先生现在的看法有所改变，他认为"正该是甲申冬日回忆癸未暮春集饮之作"。

开头两句"花明两岸柳霏微，到眼风光春欲归"，明点到眼风光，是眼前实景，可是经周先生一解释，却变成了"诗人的回忆想象"。这明明是早春之景，有敦敏本人的一首《人日寄敬亭即次其村中韵》可证（此诗开头两句是"晴看柳影欲横斜，人日输君醉野花"，人日是正月初七日）。是时冬去春来、新旧交替，诗中出现了"残雪"及"寒林"的景象，一点也不奇怪。"到眼风光春欲归"中的"归"字在此处须作"归来"解（如"燕归人未归"），即大地回春。紧接上句"柳霏微"，隐用杜诗"泄露春光有柳条"之意。它实是甲申早春的诗而误排入乙酉。

（三）《小雨访天元上人》一诗在稿本上排次于壬午年，由敦诚诗知天元上人已于己卯年去世，因此我判断它是编年有误。周先生举出了《鹪鹩庵笔麈》，我早已看过这条材料。它和天元上人死于己卯并不矛盾，"癸未再过禅房而上人示寂矣"，只是说明作者再过那里，看到物是人非，颇有今昔之感。如果己卯年之死讯纯属讹传，作者以后纵不把那首闻上人作古的诗删去，也会在诗题下加个小注。既未删去，又未加注，可见不是讹传。

《诗钞》中编年错误的例子还有，为节省篇幅起见，这里就不举了。《小诗代简》的写作年代，过去我曾存疑，这次经过研究我推断它写于庚辰而不是癸未。

按，《古刹小憩》《过赠谋东轩》《典裘》和《小诗代简》这四首诗是抄在一处的，同时根据诗中描写的景物来看季节相同，都是春日之作。它们是同时的作品当为可靠。《古刹小憩》和前面的《雪后访易堂不值》，《小诗代简》和后面的《月下梨花》，都是剪接起来的，中间都有一道接缝。剪贴粘接可能发生错误，它们前后的诗只有参考价值，不足为据。

《过赠谋东轩》一诗的年代可考。其中用"焚囊"之典，实有所指。敦敏之叔月山于乾隆十一年（1746）丙寅有诗赠给他，题为《三叠前韵示敦敏》，中有"应笑谢玄空颖悟，正烦赌取紫罗焚"之句，可见《月山诗集》所谓"三叠前韵"乃叠用前面《试后偶述，呈一二知己》一诗之韵，此诗题下有月山之子宜兴之注："先君于丙寅年应宗室翻译考试。"考试是在三月，这是出闱后写的诗，时当暮春。这件赠诗的事，有勉励和箴戒之意，敦敏最难忘怀（敦诚在乾隆五十六年写的《感怀》诗里，也有"一事未忘公训勖，卅年不佩紫罗囊"之句）。"十五年前事漫论"就是指的这件往事。吴先生以为是指月山乾隆十二年（1747）五月之死，失误。叔父之死，未可"漫论"。五月是仲夏，和"春来依旧"之句也合不上去。吴先生误解了此"十五年前事"，又用"最新周岁核实法"，误断为癸未年作。由月山赠诗的丙寅到庚辰恰为十五年，《过赠谋东轩》当写于庚辰。

它前面的一首诗《古刹小憩》应该也是庚辰的作品。从稿本上可以看出，前面的《东皋集》序上的"癸未"所贴改的正是"庚辰"二字，这里诗题下注的"癸未"二字笔迹相同，它到底挖改的是什么年代干支，岂不值得我们深思？如果原注是"辛巳"或"壬午"，那么燕野顽民绝不会在题识上说是"至庚辰止"，这原注当是"庚辰"二字。挖改成为"癸未"，也是在燕野顽民之后，否则他看到这里的"癸未"二字后，也不会写"至庚辰止"了。燕野顽民只是把庚辰误推为乾隆三十一年（1766）。因为他写序是在同治元年（1862），从乾隆到同治，共五个朝代，换算中出了错。

《典裘》一诗，吴先生根据《鹪鹩庵杂诗》中的《和子明兄典裘置酒赏桃花之作》，推断为癸未年作，亦不可靠。因为《鹪鹩庵杂诗》不编年，此诗不能断定写于何年，而且它和《典裘》题目不全同，诗体不同（一为七古，一为五古），用韵也不同（一为东韵，一为先韵），这就很难说它是《典裘》的和诗。再则，典裘置酒为当时文人的风气，看作风雅之事，不见得只有一次。由于《典裘》紧接在《过贻谋东轩》后面，我估计也作于庚辰。

《小诗代简》和前面的三首诗相连。据以上种种情况来看，我们就不难做出它是写于庚辰的结论了。

《诗钞》中有一首《过明琳养石轩》，一般断为庚辰秋作。诗题中有"芹圃曹君（霑）别来已一载余矣"的话。由此可见，雪芹接到诗简后因事未往，并未真正赴约。当时他可能也用《小诗代简》来表示歉意，可惜的是没有保存下来。

二　"经年而葬"的说法难以推倒

"癸未说"的论者还举出了各式各样的理由来反对"经年而葬"的说法。如果我们实事求是地加以考察，便可发现他们的论据实很薄弱，不能使人信服。

周先生举出乾隆重修的《大清会典》的丧礼定制。那上面只是规定了亲王、世子及一、二品官员等的葬期。周先生如果实事求是的话，从这里只能得出结论：没有官职的人和庶民在葬期上并未有规定，当然可以立即下葬，可以数月而葬，也可以经年而葬。可是周先生却得出了另外的结论，他认为曹雪芹经年而葬就是以"下贱""小民"而竟"与亲王、世子的制度看齐"，这岂不是骇人听闻的罪名吗？

周先生自己不得不承认即使会典上有所规定，还有不少破例的情况："事实上那些久停后葬者，只是一般汉人富家，故意久停，以便显得更'排场'，更'高级'罢了。"根据周先生的逻辑，难道这些汉人富家不就是"与亲王、世子的制度看齐"吗？没有听说过他们曾受到严惩。一般汉人富家既然可以"故意久停"，可见会典上的法制规定并不是严格执行的，为什么经济困难的民家因葬费无着就不能暂时停灵一年呢？因为经济原因而停灵的，在过去的社会里也并非稀罕的事，周先生有什么根据完全排斥这种情况呢？

关于敦诚的《挽曹雪芹》诗，吴先生对其中所使用的某些词汇及典故有新的解释，可惜都缺乏有力的根据。他认为死了一年以上的人不存在"死不瞑目"的问题，因此"新妇飘零目岂瞑"一句便成为雪芹卒于癸未的证明。我只举一个曹家的例子。康熙五十四年（1715）正月十八日李煦的奏折上说："奴才谨拟曹頫于本月内择日将曹颙灵柩出城，暂厝祖茔之侧……俟秋冬之际，再同伊母将曹寅灵柩扶归出葬，使其父子九泉之下，得以瞑目。"（就从这段文字里也可以看到，承袭了江宁织造的曹颙死后并没有按照《大清会典》的规定"三月而葬"）是时曹寅已故去两年半。为什么对死了一年的曹雪芹就不能提"瞑目"的问题呢？吴先生还认为"絮酒""生刍"都指新丧。我同意邓允建先生和周先生的看法，"故人惟有青衫泪，絮酒生刍上旧坰"这两句是展望将来上坟。只想补充一点：这里正是将《礼记》上"朋友之墓有宿草而不哭焉"的典故加以反用，所以愈益显得沉痛。既为展望将来，"絮酒""生刍"非指新丧甚明。只是说祭礼虽薄，情义甚重，此外并没有旁的意思。吴先生把典故看得太死了。

周先生对王佩璋先生的"最新周岁核实法"感到惊讶，我想，他看到了吴先生对"前数月"的算法，一定尤为诧异。吴先生主观地在"前数月"这个概念中取消前三月和前二月的含义，又在计算中硬刷去一个月，把雪芹之子的死期下限规定在八月里。在我们的日常生活里，难道九月、十月都不能算是除夕前的"前数月"吗？这多么不符合客观的事实。

　　吴先生这样做完全是为了迁就他的另外两个"雪芹不是卒于壬午"的证据。

　　第一个证据是庚辰本第二十一回的一条脂批。吴先生认为这条批语是说壬午九月雪芹向脂砚斋索书（《石头记》稿）甚迫，"若伊子果殇于九月之前，则雪芹因感伤九月间就不可能还有兴致索回《石头记》底稿来续写或校改，同时，他自己也应该已经因感伤而'成疾'了"。

　　细察这条脂批，情况完全和吴先生所说的不符。它说明批者（畸笏叟）向人借了一部《秋树根偶谭》，对里面的改杜诗《茅屋为秋风所破歌》非常赞赏。壬午九月，人家向他催讨这部《秋树根偶谭》，要得很紧，他便把这九句诗以及诗中所说的事记在《石头记》的抄本上，所以他说："姑志于此，非批《石头记》也。"吴先生没有弄清楚是谁索书以及索的是什么书，过于仓促地得出了结论。

　　第二个证据是敦诚的《佩刀质酒歌》。吴先生仅仅根据诗的小序上"风雨淋涔，朝寒袭袂"的话和"秋气酿寒风雨恶，满园榆柳飞苍黄"的诗句，就断定这首诗写于九月底或十月初，"看序中诗中描绘的雪芹不但无病而且还很高兴的样子，绝不像已有'子殇'的事故发生"。

　　我能举出敦敏、敦诚兄弟重阳节写的一些诗为例，证明在九月初也能有此景色。如"西风黄叶晚离披"（敦诚《九日大风……》），"木叶愁风力，芦花助雨声"（敦敏《九日过东皋吊问亭将军》），"小窗雁冷三更雨"（敦敏《九日冒雨过敬亭夜宿话旧》），等等。不能确凿地证明诗一定写于十月初，就不能拿它作为"雪芹不卒于壬午"的证据，更不能说它是"尤其重要"的证据。

三　对脂批的怀疑缺乏根据

　　脂砚斋的批语明明白白写着"壬午除夕，书未成，芹为泪尽而逝"。主张"癸未说"的人极力假设一些理由以论证脂砚斋之误记。这些说法需要申辩。

　　为了证明脂砚斋可能记错，周先生连举两例，可惜这两个例子不是出于脂批。一个是曹寅《重茸鸡鸣寺浮图碑记》里把"癸卯"误记为"壬寅";另一个是《爱新觉罗宗谱》把敦敏卒年记错了。

查《栋亭文钞》,曹寅那篇文章最后署明写作年月是:"康熙五十年正月二十六日。"是时去康熙二年(1663)癸卯业已四十八年。康熙二年(1663)曹寅不过六岁,尚是一个正在嬉笑玩乐的小孩,未见得懂得什么是干支。四十八年,差不多半个世纪,追忆儿时往事,不免有误。雪芹去世之日,脂砚斋至少也四十多岁了,他怎么会不知道该年的干支呢?以他和雪芹的特殊关系,事过只十二年。要说他忘掉了,实难令人相信。至于《爱新觉罗宗谱》记敦敏的卒年,一眼就能看出错误。寥寥数语,自相矛盾到如此程度,只能说明编者糊涂和不负责任。情况完全不同,怎能互相比附?

吴世昌先生和吴恩裕先生都用脂砚斋的年龄很大来解释他之所以"误记",这倒是很有力量的。因为人到老年则记忆力减退,这是自然的规律,我们必须承认这个客观事实。吴世昌先生在《脂砚斋是谁》一文里推断脂砚斋生于1697年前后,则在甲午(1774)写批语时已有七十七八岁。吴恩裕先生的看法也与此相同。不过,吴世昌先生在《曹雪芹的生卒年》一文里说"脂砚在一七七四年已经八十多岁",又往上猛增了三四岁以上。

七十七八岁甚至八十多岁,只是两位吴先生的假定。我认为这种假定不能成立,有三点理由:第一,按雪芹之父曹頫的年龄是可以大致推算的。吴恩裕先生在《有关曹雪芹八种》里就作过推算,认为他承袭织造时才十五六岁。经我考察,这是可信的,因为他在康熙五十四年(1715)袭职时在奏折上自称"黄口无知",康熙五十七年(1718)皇帝在他奏折后的批语中尚称为"无知小孩"。若脂砚斋真有两位吴先生所说的那么大,则曹頫袭职时他有十八九岁(或二十二三岁),就大于曹頫。那么,他就是雪芹的伯父了,从而就推翻了吴世昌先生的根本论点——脂砚斋是曹雪芹的叔父。

第二,如果脂砚斋的年龄那么大,他不可能成为宝玉的原型。脂批说:"作者今尚记金魁星之事乎?抚今思昔,肠断心摧。"(第八回)"不肖子弟来看形容。余初见之,不觉怒焉,谓作者形容余幼年往事。"(第十七、十八回)"作者尚记'一大百'乎?笑笑。"(第二十回)"是语甚对,余幼时所闻之语合符,哀哉!伤哉!"(第二十八回)凡此等等,都足以证明雪芹亲眼看到脂砚斋少年时代之生活,当时和他在一起。吴世昌先生说脂砚斋比雪芹大十八岁至二十岁左右，那么在脂砚斋的少年时代，雪芹尚未出世或在襁褓之中，如何能留下深刻印象？

第三，如果脂砚斋年龄那么大，则甲戌年（1754）有五十七八岁（或六十一二岁）。以年近六旬之人抄阅近七十万字的《石头记》，实在令人难以想象。甲戌本第一回正文中说得很明白："至脂砚斋甲戌抄阅再评，仍用《石头记》。"

我认为据脂批看来，脂砚斋和雪芹年纪相近。则甲午时他只有六十岁左右，离八十岁还远得很，绝不会如此之健忘。

两位吴先生之所以推断错误是由于把畸笏叟和脂砚斋混作一人。畸笏叟的年纪倒是大得多，他曾看见过康熙南巡，为雪芹写《石头记》提供过一部分素材。

我们知道，脂砚斋是宝玉的原型之一（雪芹本人也是宝玉的原型），因之他特别关怀《石头记》，并且亲自加批。他们的思想有许多共同的地方，比如脂砚斋在批语中嘲讽世上之"禄蠹"和"腐儒"，对公式化的才子佳人小说表示厌弃，这都和雪芹在作品里所表现的思想相同。他们两人的关系的确相当特殊：既是亲属，又是知己，既共生活上的患难，又共创作上的甘苦。在当时，他们两人于"蓬牖茅椽"之中，兢兢业业，那么热衷于《红楼梦》这部长篇小说的创作和批评，的确可以传为我国文坛上的佳话。他们感情那么深厚，很难想象他会把雪芹的卒年搞错。我认为，除非我们掌握了确凿无疑的证据，才能肯定脂砚斋是误记，否则那写得明明白白的"壬午"两字只能保留，脂砚斋并没有记错的嫌疑。

根据以上所做的考察，可以看到《懋斋诗钞》的编年的确有误，《古刹小憩》题下原注是"庚辰"二字，乃被后人挖改为"癸未"。《小诗代简》系作于庚辰，它和曹雪芹卒于壬午除夕的事实一点也不矛盾。"经年而葬"的说法并未被推翻。对脂批的怀疑更缺乏合理的根据。"癸未说"所做的间接推断，漏洞相当多，论据亦不足。因此，我个人目前还是认为"壬午说"合理，"癸未说"难以成立。

（原载《光明日报》1962 年 6 月 10 日《文学遗产》第四一八期）

关于曹雪芹卒年问题给茅盾同志的信

茅盾同志：

在您所主持召开的曹雪芹卒年问题座谈会上，曾次亮先生提出了"癸未说"的新证据。为了本着严肃的态度来对待学术讨论，我觉得很有必要认真对它加以研究。如果它确凿无疑，可以解决曹雪芹的卒年问题，那当然是一件好事。

为此，我在座谈会后作了一番考查。根据现有材料，业已证明这个新证据并不可靠。现将情况向您报告于下。

曾次亮先生的主要论点是这样的：他考证张宜泉的《伤芹溪居士》一诗写于甲申。其中的诗句"北风图冷魂难返，白雪歌残梦正长"，在他看来是意在双关，兼指曹雪芹去世之日风雪交加。他查了乾隆的诗集，证明癸未年除夕下了一场大雪，而壬午年除夕并未下雪，以此断定曹雪芹必死于癸未除夕无疑。他还说敦敏的《河干集饮题壁兼吊雪芹》一诗里写到"河干万木飘残雪"，也是有所感而发。曾先生认为下雪是一个天文学上的证据，因此根据它就可以科学地解决曹雪芹的卒年问题。

我的考查是从一个关键性的问题——癸未年的除夕有没有下雪——着手的。如果没有下雪，显而易见，曾先生的论点是根本无法成立的。

我到科学院图书馆查对了乾隆的诗集，在《乾隆御制诗三集》的卷三十四里找到了癸未年末的诗，卷三十五里找到了甲申年初的诗。我特别注意那些在诗题或诗句里提到了"雪"的作品。癸未年末有四首这样的诗。

第一首是《河南山东胥报得雪》。诗中说："畿辅昨曾雪，所惜只寸余。继兹盈尺佳，吾心常企诸。齐豫腾奏章，报雪一时俱。虽亦未优沾，度寸三已逾……"

第二首是《雪（腊月初七日）》，全文是："彻夜云同色，侵晨雪舞翮。敢轻言慰矣，惟益冀沾焉。竟至达申后，犹欣值腊前（明日为腊八日）。心田滋渴望，可以命吟篇。"

第三首是《腊日悦心殿侍皇太后膳即景得句》，诗中有"年年慈豫奉嘉平，更喜琼华（岛名）雪始晴"之句。

第四首是《除夕》，全文是："旅旅弁星去，砲砲木德来。今年慰省岁，腊雪胜于梅。户换宜春帖，座传延喜杯。璇玑斡微轴，不息万环回。"

乾隆诗集里的作品是按照写作时间来编排，这给考查以很大方便。第一首诗是说北京附近下了一场小雪，而河南、山东也在下雪。从排列次序看来，其写作时间当在腊八节之前，这是可以肯定的。第二首诗的题目讲明了腊月初七日下雪，适值腊八的前一天。由第三首诗可知腊八已放晴。琼华系指北海之琼岛，悦心殿今尚在，并可见"琼岛春荫"一碑。第四首诗写于除夕，其中有"今年慰省岁，腊雪胜于梅"之句，对这两句诗应该正确地理解。

按，腊雪并非专指除夕降雪，凡腊月里下的雪都可称之为"腊雪"。根据具体情况看来（癸未除夕的诗不见有雪景的描写，只提及"腊雪"二字。甲申年正月初一写的《甲申元旦》《元旦试笔》《元旦慈宁宫行礼毕，御殿受贺》也不见有任何雪景的描写），这首诗中提到的"腊雪"就是指腊月初七日下的那场雪。诗意不过是说今年天公很作美，腊月里下了雪，比梅花还好。这是由雪花六出的形象联想而来，同时和"瑞雪兆丰年"的传统看法有关。

甲申年初的诗，有三首里提到了"雪"。第一首是《甲申春帖子》，有"瑞律元正后，祥花腊日前"之句。"腊"为古"腊"字。这里也是说腊日之前下过雪，即指癸未年腊月初七日的那场雪。据《御定万年书》，乾隆二十九年（甲申年，1764）正月初三日立春，此诗当写于该日。第二首是《雪（正月初五日）》，诗中说："立春越二日，六出布祥花。"可知正月初五日曾下雪。第三首是《扫雪》，有"腊前及春后，屡沾六出瑞"之句。"腊前"系指腊日之前，"春后"系指立春日之后，足见由癸未年腊月初八日至甲申年正月初四日这一段时间里未下过雪。这都可作为癸未除夕没有下雪的旁证。

根据乾隆的诗所提供的信息，只能得出癸未除夕未下雪的结论。曾先生误解了《除夕》那首诗的原意，做出了错误的论断。

三月廿九日，我从《光明日报》第一版的《学术简报》栏里看到了一则消息。消息是这样的：

《晴雨录》的整理与分析

我国实测雨量记录年限较短，北京自公元一八四一年始设立雨量站观测雨量，至今仅有九十余年的资料（中间有缺年）。而清代钦天监（观测和记载北京地区天文、气象的机构），逐日记载天晴或降雨的《晴雨录》一书，自公元一七二四年（清雍正二年）起至一九零三年（清光绪二十九年）止，约有一百八十年的资料（中间仅缺三年）。因此，若将《晴雨录》进行科学的整理，对延长北京雨量系列有一定参考意义。

水利水电科学研究院水利史研究室为了利用历史水文资料为当前生产服务，曾对《晴雨录》进行了初步整理与分析。（下略）……

《晴雨录》原本尚在，而且就在北京，这是再好不过的喜讯了！我在四月一日专函水利水电科学研究院水利史研究室，请他们查对一下《晴雨录》中有关壬午除夕及癸未除夕的资料。① 四月八日得到他们的复函（1963 年水史 001 号，原件存我处），查对结果是：

"乾隆廿七年除夕日无雪，而在该年十二月全月也无雪。"——这是壬午年的情况。

"乾隆廿八年除夕日无雪，但在该年十二月初七日辰——巳时微雪。翌年正月初五日辰——酉时微雪，戌——子时雪；初六日子——丑时雪，寅——辰时微雪。"——这是癸未年的情况。和我根据乾隆诗集分析的结果相印证，所有下雪的日期全部符合。

水利史研究室的同志特别热心，还在信上说："此外，我们还对乾隆廿七、廿八年前后若干年份的除夕日降雪的情况也进行了查对。经查过三

---

① 为了获得翔实的资料起见，我在信中请他们查对壬午除夕、癸未除夕及其前后下雪的情况，并未吐露我手中业已掌握乾隆诗集中有关下雪的材料。

十二年的资料中（自乾隆十七年至四十八年），只有乾隆四十四年除夕日寅时微雪，辰——申时微雪，戌——子时微雪。又乾隆四十六年十二月廿九日（除夕日）微雪。"①

　　清代钦天监逐日记载天晴或降雨的《晴雨录》一书，当然极为可靠。曾先生既然相信天文学上的证据，这就是一个铁证。它确凿无疑地证明了癸未年除夕并未下雪。曾先生在座谈会上提出的新证据是不符合事实的。他对张宜泉的"白雪歌残梦正长"及敦敏的"河干万木飘残雪"诗句的特殊解释，完全是捕风捉影、牵强附会。

　　附带我想指出吴恩裕先生在《记关于曹雪芹的传说》一文中有关曹雪芹卒年部分的论述有绝大漏洞。该文说："乾隆二十八年……到除夕那天他死了……曹雪芹死后，人人都说：他和他儿子的死日子，占了两个'绝日'，一个是八月十五，一个是腊月二十九。听祖上说那年没有三十。二十九就是除夕。"吴先生在座谈会上也原原本本讲了这个传说。我查对了《御定万年书》，乾隆二十八年（1763）癸未系"十二月大"，有年三十，并非什么"秃尾巴年"。从乾隆二十三年（1758）戊寅一直到二十八年（1763）癸未，这六年都是"十二月大"。事实的真相就是如此。

　　　　此致
敬礼！

陈毓罴

1963 年 5 月 12 日

（原载《红楼梦论丛》，上海古籍出版社 1979 年版）

---

　　①　后来我们又查对了故宫博物院档案馆所藏的《晴雨录》，情况与此完全相合。

曹雪芹卒于癸未除夕新证质疑

　　吴世昌先生在《综论曹雪芹卒年问题》一文①中，对拙文②提出批评，并列举一些"癸未说"的新证。读后我有不同的看法，对他的新证深表怀疑。现在把我的意见写出来和吴先生商榷。

　　首先必须声明，吴先生说我把《四松堂诗钞》抄本当作了《四松堂集》付刻底本，这是不符合事实的。我在《商榷》一文里谈敦诚的《挽曹雪芹》诗时说："它的定稿不见于刻本的《四松堂集》，但在《四松堂诗钞》抄本及《四松堂集》的付刻底本里面都有，题下都注了'甲申'二字。"又在另外一处说："《四松堂诗钞》抄本及《四松堂集》的付刻底本都没有全部收入作者的诗。"可见我并未将两种本子混为一谈。我根据的是北京大学图书馆所藏的《四松堂集》付刻底本，吴先生没有理由指为名目不同、内容也有差异的《四松堂诗钞》抄本，叫我回答《四松堂诗钞》的编年问题。

　　吴先生承认《四松堂集》"刻本编时是经过一番审查年份的工作的"，他应该知道这个刻本就是根据付刻底本来的。付刻底本是编年的本子，经过了审查年份的工作。《四松堂诗钞》错编在庚子的那首《佩斋墓上同人哭醊》，在付刻底本上业已调整，编于乙巳，刻本与此相同。付刻底本上虽有一些剪贴的纸片，只是贴改字句，它和《懋斋诗钞》抄本是由大量剪接残页而拼凑成卷的情况完全不同。二者不能相提并论。

　　由于编者有意在刻本上不标注年代，所以付刻底本上诗题下署年的干

　　①　见《新建设》1963 年 6 月号。以下简称《综论》。
　　②　《有关曹雪芹卒年问题的商榷》，见《光明日报》1962 年 4 月 8 日《文学遗产》第四〇九期。以下简称《商榷》；《曹雪芹卒年问题再商榷》，见《光明日报》1962 年 6 月 10 日《文学遗产》第四一八期（以下简称《再商榷》）。

支大都用小块白纸贴上，作为一种标记。比如《挽曹雪芹》一诗题下所署的"甲申"二字，即贴上了小块白纸。"壬午"这个干支未见，当是遗漏，然而这不能证明没有壬午年的诗。① 我说敦诚的题画诗编在壬午，基于两点事实：（1）《题画诗》后面的第九个诗题《南村清明》，题下署明"癸未"；（2）据考证，《题画诗》前面的第六个诗题《黑龙潭》及第五个诗题《过十三陵》，《题画诗》后面的第二个诗题《东皋同子明、贻谋作》，都是壬午年的作品（考证见第二节）。

下面且来考察吴先生"新证"的论点。

一　吊天元上人的诗作于癸未吗？

吴先生在《综论》一文中，认为《四松堂集》里的《一月中闻罗介昌、李迂甫两先生、天元上人皆作古人，感而有作》这首诗作于癸未，并对我《商榷》一文的看法大加批评。他说："陈先生径说这首吊诗在《四松堂集》（甚至不说是抄本）中编在'己卯'，全非事实。他甚至于用这个自己推论出来的'己卯'年为根据，断定了《懋斋诗钞》的'编年错误'……陈先生把这位只活了二十多岁的天元上人，又减了四年寿命。"（注：重点是原有的）

查这首吊诗在《四松堂集》的付刻底本及刻本中，都排在《送易堂南归》一诗之后，而且紧相连接。付刻底本在《送易堂南归》的诗题下，业已明确标出"己卯"的编年，并有其兄敦敏己卯年所写的《送汪易堂南归省亲》② 及《怀易堂，次敬亭韵四首》诸诗可以参证。因此说吊诗编于己卯，这完全是有根据的。怎能说"全非事实"呢？

吴先生反复强调这首吊诗在付刻底本中并未注明年代，所以是否编在己卯大有问题。这种说法也是站不住的。任何一部编年的诗集都绝不会在每个诗题下一一注明年份，一般都是在每年的第一首诗题下注明干支，或是在一卷之首标出起讫年月。吊天元上人的诗既不是一年中的第一首诗，它的题下

---

① 付刻底本上，凡是没有收入的诗的年份都曾注明，如"自丙戌至辛卯无诗"。壬午年未加注。

② 见《懋斋诗钞》，影印本，第一六页。此诗的前面一首《清明东郊》，题下注明"巳下己卯"。

怎么会注明年份呢？它前面的《送易堂南归》恰恰是这一年的第一首诗，题下就注有"己卯"二字。这难道不足以表明吊诗是编在己卯年吗？

吴先生又说："即使认为《送易堂南归》一诗的'己卯'编年不误，也不能证明下一首也作于同一年。"原因何在呢？"因为诗中的'江天一雁迟'是秋景，而下首吊诗有'初逢寒食'、'棠梨春雨'之句，是春景。若如陈先生所谓'严格编年'，则己卯年先秋后春，矛盾太大了。"

其实，《送易堂南归》中"暮雨孤篷急"明明和下首吊诗中的"棠梨春雨暮潇潇"写的同是春雨之景。"江天一雁迟"也恰恰说明汪易堂南归不是在秋天。雁群是在秋天飞往南方，而汪易堂春日南归，故敦诚把他比作"一雁独迟"。

我们看看其兄敦敏在同一年春天里写的《送汪易堂南归省亲》第二首："一剑轻行橐，单车出蓟门。青衫游客泪，白发老亲恩。烟水江天阔，莺花乡路繁。秋风桂子月，预设故人樽。"（注：重点是笔者加的，下同）汪易堂是钱塘人，敦敏说他"西湖有旧庐"。这首诗说明他到家当是春光明媚之时，作者盼望他秋天北上，为他洗尘。再看敦敏也是在同一年春天里所写的《怀易堂，次敬亭韵》第一首："书剑今何处，翻怜作客时。探奇过废寺，吊古访遗碑。水阔孤帆远，春寒旅雁迟。顿教离别意，往事倍堪思。"这就更清楚了。"暮雨孤篷急，江天一雁迟"和"水阔孤帆远，春寒旅雁迟"所写的是同一回事，它到底是春景还是秋景呢？

《送易堂南归》和吊天元上人的诗都写于己卯年的春天，《四松堂集》的编年根本没有错。《鹪鹩庵笔麈》中"癸未再过禅房而上人示寂矣"这句话，只是说作者在癸未年再度重游，天元上人业已谢世，房栊依旧，人事全非，不禁感慨系之。这条材料并未表明天元上人是死在癸未，而不是死在癸未以前。根据敦诚在己卯年为上人作了吊诗看来，天元上人是死于己卯年无疑。"示寂"在梵文中有无文法上的现在式的意义，我没有研究，不敢妄加揣测，但在古汉语里后面加了一个"矣"字，明明是过去式的意思。吴先生却说敦诚亲临现场才大惊失色，"发现他在禅房'示寂'了"（注：重点是原有的），好像敦诚从来不曾知道过上人的死讯，这就未免直接违反了那首吊诗的题目（《一月中闻……天元上人皆作古人……》）所表明的事实。

二　题画诗作于癸未吗？

吴先生还断定《四松堂集》中的《东轩雅集，主人出所藏旧画数十轴，同人分题，得四首》也作于癸未，并认为我在《商榷》一文中说作于壬午是错误的。他所提出的证据是这四首题画诗在吊天元上人的诗之后，吊诗据他讲作于癸未春，题画诗就作于癸未夏了。

查《四松堂集》刻本中，在吊天元上人的诗后面的第二十二个诗题才是题画诗（在付刻底本中是吊诗后的第二十七个诗题）。在它们之间有二十一个诗题，从诗中所表明的时令季节看来，业已春而复秋、秋而复春，周转了好几次，怎么能使人相信这些诗竟会是同一年的春天到夏天的作品呢？

吊诗写于己卯，前面已经证明。要判断题画诗的写作年代，需根据与它邻近的诗，才比较可靠。

《题画诗》前面的第六个诗题《黑龙潭》和第五个诗题《过十三陵》，年代都可考。查敦诚本人所写的《感怀十首》[①]，其中第一首是纪念他的伯父拙庵：“东山丝竹尝教预，北岭烟霞许从游（原注：壬午春，随伯父游大汤、芹岭、天寿诸山，浃旬而返）。华屋山丘多少泪，醉鞭羸马过西州。”黑龙潭是北京西郊的名胜，在汤山温泉附近。十三陵是在天寿山，《过十三陵》那首诗说：“巩华城北风烟合，天寿山前云树层。立马平原闲指点，晚烟残照十三陵。”敦诚这次出游是在春天（《黑龙潭》诗中有“愿早霈春霖”之句），游踪与注中所述相符，而且付刻底本在《黑龙潭》一诗之前恰有一个诗题：《住慧云寺怡情泉石堂（在西山），拙庵伯父（讳九如）命为小诗，走笔却呈》（此诗未刻）[②]，足见《黑龙潭》及《过十三陵》就是壬午春游写的诗。

《题画诗》后面的第二个诗题《东皋同子明、贻谋作》，也可考出年代。此诗末句“小楼倚病听秋涛”下有长注：“子明兄云‘忆昔与敬亭、贻谋两弟泛舟潞河时，波光潋滟，烟云浩渺。敬亭小病，倚栏看水。贻谋

---

① 见《四松堂集》，影印本，第一三八页。
② 在《四松堂诗钞》抄本中，此诗题下注明“壬午”二字，这个编年并没有错。

微饮。余独狂呼大叫，把酒淋漓。月横西岩，犹与诸仆作鲜鱼脍进酒。读此不禁今昔之感云。'录诗至此，并识。"

查《鹪鹩庵笔麈》中有一条正好提到了这次夜游："壬午九月十四夜，同贻谋在潞河水阁饮酒看月，野人进只鸡活鲤，极兴而罢。今年此月此夕，仍与贻谋醉月此阁，风景不殊，居诸易迈。因感昔题云：'水阁涵虚落梵音，鸥波东下月西沉。他年若更怀今夜，黄叶秋风对酒心。'题罢惘然，未卜明秋又在何处。或仍继两年遗迹，复登此阁。人世事又安可必耶？不禁鸿泥之感。癸未秋抄记。"① 这条材料抄录了癸未年九月十四夜所写的那首诗，并未说是"仅录其一"，可见只写了一首。《东皋同子明、贻谋作》这首诗肯定不是癸未年之作。根据"子明兄云"的长注看来，所描写的极兴情景正和《笔麈》所记的"壬午九月十四夜"相切合。它当是壬午年之作。

从《黑龙潭》到《东皋同子明、贻谋作》，由春至秋，次序分明。既已考出它们作于壬午，则夹在中间的题画诗自然也属于壬午年的作品。我们怎么能够根据它前面遥远得很的第二十二个诗题，而且还根据吴先生对这个诗题的写作年代的错误判断（吊诗作于己卯，他误断为癸未），来确定题画诗写于癸未呢？

三 《佩刀质酒歌》作于癸未吗？

吴先生在《综论》一文中说发现了曹雪芹卒年的新证据——敦诚的《佩刀质酒歌》。据他考订，这首诗作于癸未。有了这个新证据，"即使《懋斋诗钞》中那首《小诗代简》排错了年份，不能算作癸未，雪芹也决不会在上年'壬午除夕'已经'泪尽而逝'"。

他是怎样考订的呢？在他所排的表上"证据"一栏谈得清清楚楚。此诗"在上列悼诗（按即吊天元上人的诗）②之后，必在本年（癸未）或下年（甲申）。但雪芹已卒于是年（癸未）除夕，故不可能在下年（甲

---

① 见《四松堂集》，影印本，第二九七页。末尾所署的"癸未秋抄记"，见于付刻底本。
② 括弧中的按语是我加的，下同。此段文字的重点号也是我加的。

申）"，所以他断为癸未秋之作。

任何人看了，都不能不对这种证明方法感到惊异。所谓曹雪芹卒于癸未的新证据就是这样得来的，它本身之成立有一个必要的前提——"雪芹已卒于是年（癸未）除夕"。但是，曹雪芹卒于癸未除夕，恰恰是吴先生所要证明的东西，怎么能把它转化为前提呢？既然这个前提本身还需要得到证明，所谓新证据如何能够成立呢？

查《四松堂诗集》刻本中，在吊天元上人的诗后面的第二十九个诗题才是《佩刀质酒歌》（在付刻底本中是吊诗后的第三十四个诗题），相隔比题画诗更远。吊天元上人的诗业已考出作于己卯，能不能像吴先生那样据此就断定《佩刀质酒歌》也是作于同一年呢？当然不能。必须考察它邻近诸诗的写作年代，才能得出正确的结论。

《佩刀质酒歌》前面的第五个诗题是《东皋同子明、贻谋作》，我在前一节已考出它作于壬午秋。《佩刀质酒歌》后面的第二个诗题是《南村清明》，付刻底本在此诗题下注明"癸未"，可知是癸未年的第一首诗。吴先生既然相信付刻底本中《挽曹雪芹》一诗题下所注的"甲申"，就没有理由不相信《南村清明》题下所注的"癸未"。根据这个编年，在它之前的诗只能是壬午年的作品。如果在壬午年敦诚就已写了癸未年秋天的诗，莫非早已料到下一年的秋天将和曹雪芹会于槐园，而且要为他解刀买饮、互相唱和、害怕当场交白卷，事先就写下诗来？现实生活中是不会发生这种事的。这首《佩刀质酒歌》明明写的壬午年秋天的事，它和前面的《东皋同子明、贻谋作》是同时之作。以它作为曹雪芹卒于癸未的新证据，是没有根据的。

四　《小诗代简》作于癸未吗？

《懋斋诗钞》是个残稿本，而且是由剪贴粘接而成。全书存在着大量剪接的痕迹。据我统计，剪接共有五十一处之多。① 所谓剪接，是指它把

---

① 王佩璋先生在《曹雪芹的生卒年及其他》（见《文学研究集刊》第五册）一文中计算有二十七处，没有包括那些直接粘接而未留空白的在内。

原来的零散抄稿（敦诚在上面加过批语及圈选）剪贴粘接在一起。粘接时或者在中间补上一行至一面不等的空白纸张，在纸上用墨笔描出上下栏；或者什么也不补，只在背面衬以纸张，直接把两张诗稿粘在一起，中间留下一道接缝。最末有三首诗还是将作者亲笔写的原稿一行行剪贴上去的。有的诗缺上文，只有后面几句；有的诗缺下文，只有前面几句；有的有题无诗，但题上有敦诚的圈选；有的有诗无题，诗句却经敦诚的圈点。这一切情形都使人怀疑它不是一个原抄本，而是后人整理过的本子。看起来，春夏秋冬的次序，大体还顺，但在编年和粘接上是否不会发生错误很难保证。因为一则不像《四松堂集》有刻本可以对证；二则经过仔细研究，也的确发现了一些错排了年代的诗。

例如《小雨访天元上人》诗错排在壬午年。据《四松堂集》，天元上人在己卯年去世（本文第一节已证明），敦诚已为他写了吊诗。敦敏自然不会在壬午年去访他。有人说己卯年上人的死讯出于讹传，但《四松堂集》是敦敏参加编辑的，那首吊诗的题下并未加注，也未删去，可见不是"海外东坡"之谣。敦诚生前也不至于没有发现埋葬掉一位活人。

还有《题画四首》错排在癸未年。敦诚的《东轩雅集，主人出所藏旧画数十轴，同人分题，得四首》诗写于壬午（本文第二节已证明）。敦敏的题画诗也是四首，其中三首与敦诚所题的画相同（即张可山的《梅溪小艇》、谢时臣的《溪山岁晚》和张璞庵的《万竿烟雨》），应是同一次聚会之作。有人说："弟弟可以在壬午而哥哥也可以在癸未写这四首同题诗。"查《鹪鹩庵笔麈》有一条："贻谋家藏古画数十轴，皆宋、元、明人名迹。一日，在东轩焚沉香，瀹佳茗，命余一一品题，各为小诗。内有谢时臣《溪山岁晚》一轴，泼墨苍古，洵非时笔所拟，余以晴谷老人《松风亭子》易之。"① 足见敦诚壬午年题诗之后，这幅《溪山岁晚》业已转让给他，别的画（包括《梅溪小艇》和《万竿烟雨》）都还在贻谋手中。敦敏怎么能够在癸未年一次题这分藏于两家的四幅画呢？

排错年代的例子还有，限于篇幅，只再举一个。《懋斋诗钞》中有一首《送和怡斋牧马塞上》（影印本第三二页），排于庚辰春，诗里却写的

---

① 见《四松堂集》付刻底本，刻本未收。

是秋景（"箫声胡地月，雁阵戍楼烟"）。《四松堂集》也有一首《送怡斋内弟牧马塞上》（影印本第三四页），编于己卯秋，诗中说"马肥秋草深"。查和怡斋是敦诚岳父和邦额之子，与敦诚为郎舅亲。牧马塞上是秋天的事，不可能在春寒之日。敦敏此诗应写于己卯秋而错排于庚辰春。

说《小诗代简寄曹雪芹》排错了年代，自然不是用的"类推方法"。谁也没有说因为《小雨访天元上人》和《题画四首》排错了，所以《小诗代简》也必然排错。《懋斋诗钞》的编年发现了好些错误，促使我们要谨慎地对待它所收的诗，不要轻率地做出"严格编年""有条不紊"的结论。

在《小诗代简》前面第三首诗《古刹小憩》的题下，的确注出了"癸未"二字，壬午说者从来没有否认过这点。但这"癸未"两字确为挖改，即把原注干支挖去，贴上一小块白纸，然后再题上"癸未"，和所抄的诗笔迹与墨色都不一样。这也是个不可否认的事实。

吴恩裕先生说《古刹小憩》下所粘的"癸未"二字"是作者（敦敏）自粘的"[①]，吴世昌先生说："据专家审定确为敦诚亲笔。"周汝昌先生认为"仍然就是那个原抄手的一色笔迹"[②]。于是就同时出现了三个挖改的人：敦敏、敦诚、原抄手（周先生虽主张原抄手就是敦敏，但吴世昌先生说："抄者不详"，所以这个"不详"的第三者还不能取消）。"癸未说"者的看法既如此分歧，这挖改者究竟是谁，也就值得怀疑了。

在《再商榷》一文中，我曾指出《古刹小憩》题下挖改的"癸未"，和首页《东皋集序》上贴改的"癸未"笔迹相同，因此必须联系起来考察。后者未贴改前原是"庚辰"二字，目前还可看出。收藏者燕野顽民在同治元年写的《题识》上也说至庚辰止，他应该是根据序言才这样写的，其时序言尚未经过贴改。《古刹小憩》题下原注很可能也是"庚辰"，被挖改是在燕野顽民之后，否则他看到"癸未"这个干支，绝不会说稿本仅止于庚辰。

周汝昌先生在《再商曹雪芹卒年》一文中提出了另一种可能。他说：

① 见《光明日报》1962 年 5 月 6 日《曹雪芹卒于壬午说质疑》。
② 见《文汇报》1962 年 5 月 6 日《曹雪芹卒年辩》。

"《古刹小憩》之前，正值有删割空白之处，那就很可能是被删弃的诗题中原有涉及当年干支关系之处，或题下有过干支小注；此等处既适遭削，而整理时觉有必要将此干支关系保留，故而将原有的或由原语推得的'癸未'二字移来《古刹小憩》之下。"① 但这仍然不能解释挖改这一事实。周先生断定作者在癸未年曾经整理结集，结果作者把自己当年春天写的诗的年代搞错了，竟要去挖改一番。一般来说，是不会发生这种情况的。

　　我认为要确定《小诗代简》的年代，最好是考订与它较为邻近的诗。由于《小诗代简》与前面的三首诗抄在一处，中间没有剪接的痕迹，而它与后面的《月下梨花》是剪接起来的，所以考订前面三首诗才可靠。《古刹小憩》的内容考不出年代，挖改后的"癸未"二字只能存疑，不足为据。《典裘》一首也无考，只是《过贻谋东轩》可考。此诗在《古刹小憩》之后，离《小诗代简》更近，更值得我们注意。

　　据我考订，《过贻谋东轩同敬亭题壁分得轩字》作于庚辰，在《再商榷》一文中已有论证。此处只补充另外一个证据。《四松堂集》卷首载有敦敏为其弟作的《敬亭小传》，其中云："十三随余从叔父月山公学，为叔父所喜，故有'兄弟齐名似陆云，行年总角学能勤'之句。"查敦诚生于雍正十二年（1734）甲寅，他十三岁时正值乾隆十一年（1746）丙寅，故知是年敦敏兄弟两人均受业于月山。从"伤心满壁图书在"句看来，东轩是月山的书斋，也正是敦敏兄弟受业之处。他们在十五年后的庚辰重过旧地，感慨万端，因而一同题壁。这又一次证明了"十五年前事"并非"亡者生前的任何一年的一件可纪念的事"，而的确是回忆当年受教及叔父赠诗规劝的事。"焚囊惭负东山教"一句相当重要，"焚囊"之事本来就是和"教"联系在一起的，它是"教"的一种方式。敦诚在《感怀十首》的第二首诗中说："髫年雅荷芝兰誉，竹老空林别墅荒。一事未忘公训勖，卅年不佩紫罗囊（原注：记叔父惠赠余兄弟诗，有'应笑谢玄空颖悟，正烦赌取紫罗焚'②）。"足见月山在丙寅年春闱之后赠诗的事，使他们兄弟最难忘怀。

――――――

　　① 《光明日报》1962 年 7 月 8 日《文学遗产》。

　　② 此诗全文可见《月山诗集》，题为《三叠前韵，示敦敏》，由注中可知是月山丙寅年春天出闱之作。

《过贻谋东轩》既作于庚辰，在它后面的《小诗代简》自然也是庚辰的作品。两者都是春天的诗，次序正好连得上去。从时令节气来看也合适。查《万年历》，乾隆庚辰年二月初四日春分，二月十九日清明。癸未年二月初七日春分，二月廿二日清明。假定敦敏写《小诗代简》是在二月廿五日，庚辰年则为清明后六日，癸未年则为清明后三日。曾次亮先生说："北京又气候较寒，花事相当的迟。"又说："后者（指癸未年）也不定已到落花时节，但杏花可能已经盛开。"① 根据诗中描写的景物看来，恐怕庚辰年比癸未年还要切合些。

《懋斋诗钞》中有一首《过明琳养石轩》，编于庚辰秋。诗题中有"芹圃曹君别来已一载余矣"的话。此诗前有剪接痕迹，如果它没有粘接错误，则曹雪芹在庚辰年的上巳前三日并未赴约。在实际生活中，由于各种各样的原因不能应友人之约，这是常有的事。何况曹雪芹远居西郊，其时正在大力整理他那部《石头记》的"庚辰秋月定本"②，平常就很少进城。

《综论》一文的"附录"，还引用了周汝昌先生最近的考证。他考出《小诗代简》"不是随便约雪芹喝酒消遣之诗，而是敦敏为乃弟敦诚祝寿的一个请帖"。癸未年适为敦诚三十华诞，"此番原是寿辰家宴，也请至好参加"。这是值得商榷的。第一，日期不符。查敦诚的生日是三月初一，敦敏约雪芹赏花是在"上巳前三日"，即二月二十九日。第二，地点不对。据敦敏的《饮集敬亭松堂》诗（《懋斋诗钞》，影印本第九三页），其中有"阿弟开家宴，樽喜北海融"之句，可见敦诚的家宴是在他自己的"松堂"举行，并非在敦敏的"小院"。其时敦诚早已出继，两家不是住在一处。因此我认为诗简既是约雪芹赏花，就不能指为邀请他参加寿辰家宴，完全改变它的性质，用来作为"癸未说"的新证据。

五　挽诗能表明曹雪芹卒于癸未吗？

敦诚的《挽曹雪芹》是送葬的诗，从"晓风昨日拂铭旌""鹿车荷锸

---

① 见《光明日报》1954 年 4 月 29 日《曹雪芹卒年问题的商讨》。

② 《石头记》现存的己卯本，署为"己卯冬月定本"。现存的庚辰本，署为"庚辰秋月定本"。后者是曹雪芹继己卯本之后所整理的一种本子，其整理时间当自庚辰年春天开始，秋天完毕。

葬刘伶"等诗句都可以看得出来。在《四松堂集》付刻底本中，题下注明"甲申"。就诗来看，只能说明曹雪芹在甲申春下葬，并不能表明他是新死不久。由于脂批中说他"壬午除夕，芹为泪尽而逝"，因此就有可能是经年而葬。卒于壬午，葬于甲申，挽诗写于送葬之时，[①] 完全合情合理。经年而葬的事在旧社会里是常见的，并不奇怪。

"癸未说"者提到满洲法制。我们不妨查一查《满洲四礼集》中的《满洲慎终集》。这是一部专门讲述"丧葬事仪"的书，前有作者北谷氏乾隆二年（1737）的自序。索宁安在《满洲丧葬追远论》一书的序上说，其父"曾作《慎终集》一书，以示仪则，因此人人钦佩，家家效仿，足称满洲第一等仪制也"，可见它有一定的权威性。

《慎终集》里记载丧葬事仪甚详，可是并无关于葬期的具体规定。值得注意的是有一条规定："今定于三年以内安葬者，其孝子既在制中，仍应服服，族人皆摘去帽缨为是，如此于亲友方有区别。如已过三年后安葬者，其孝子已无服制，只摘帽缨，族人则可素服缨帽前往矣。"这里把安葬之期区分为"三年以内"和"已过三年后"两种，可见满洲的葬期并不严格限制在几个月之内。根据这种情况看来，经年而葬完全是可行的。

吴先生一方面承认"挽即送葬"；另一方面又认为人死一年以后不能为他作挽诗，不免陷于自相矛盾的境地。如果经年而葬，当然是在一年之后才送葬，送葬时写的诗为什么不能叫作"挽诗"呢？其实挽诗固然可以在人死后立即写，也可以在一年之后写，甚至可以在好些年之后写，本不必看得那么死板。试举一例。《红楼梦》第七十八回，贾政向幕友谈了林四娘的事迹，他说："倒是个好题目，大家要作一首挽词。"众幕友都叹道："实在可羡可奇，实是个妙题，原该大家挽一挽才是。"林四娘是明末人，她去世该不知多少年了！而贾政还可以叫人作"挽词"。曹雪芹刚死了一年，就不许写挽诗，这个道理是说不通的。

吴先生也许认为曹雪芹在《红楼梦》里写错了，不能"借用另一古人

---

　　① 有些主张壬午说的人，认为收入《鹪鹩庵杂诗》中的两首挽诗初稿写于癸未春，收入《四松堂集》付刻底本的那一首是挽诗的定稿，改定于甲申。我认为这种可能性较小，但并不排斥有这种可能存在。

的错误来证明这一古人也必然犯同一错误"。我再举一个敦诚本人的例子。《鹪鹩庵笔麈》中有一条："陈后山《妾薄命》二首，自注为曾南丰作……可谓千古知己门人。记余挽孙银台虚川（灏）先生诗，有'鹿洞亲依徽国席，登龙曾御李君车。自为桃李公门后，不向春风更著花'，亦是此意。"① 查"鹿洞亲依徽国席"这首七绝，见于《感怀十首》之中。② 《感怀十首》是《四松堂集》的压卷诗，它前面的第四个诗题是《辛亥早春，与鲍琴舫饮北楼……》，当作于乾隆五十六年（1791）辛亥。孙灏的卒年可以查出是在乾隆三十年（1765）乙酉。③ 事隔二十六年，敦诚还可以为他的老师作挽诗。为什么只隔了一年，他就不能挽他的朋友曹雪芹呢？

　　吴先生还根据"铭旌"一词断定曹雪芹是新死，他引胡培翚的《仪礼正义》，说铭旌是"此时尸未敛于柩，盖预书以表之"。其实这本书是在解释古礼，和清代的礼无多大关系。在实际生活中，铭旌是为出丧而制，出丧时往往以铭旌作为前导。我们不妨看看乾隆时人吴敬梓的《儒林外史》第二十六回，他写鲍文卿去世之后，"鲍廷玺又寻阴阳先生寻了一块地，择个日子出殡，只是没人题铭旌……向道台出到厅上，问道：'你父亲几时出殡？'鲍廷玺道：'择在出月初八日。'向道台道：'谁人题的铭旌？'鲍廷玺道：'小的和人商议，说铭旌上不好写。'向道台道：'有什么不好写？取纸笔过来！'……这里到了出月初八日，做了铭旌。吹手、亭彩、和尚、道士、歌郎，替鲍老爹出殡，一直出到南门外"。挽诗中的"哀旌一片阿谁铭"，正是感叹曹雪芹身后萧条，下葬之前没有阔气的亲友来为他题铭旌。

　　对"絮酒""生刍"这些典故都不宜看得太死，以为定指新丧。因为典故只是一种比喻，要求它和所比喻的事物完全一样，那就很难写诗了。古人用典，往往取其主要之点。如"牛鬼遗文悲李贺，鹿车荷锸葬刘伶"，上句指雪芹才华甚富而不幸短命，下句指雪芹放达好饮而死后薄葬。如果从这两句诗里还推断出什么来，断定这"文"就是《红楼梦》，这"葬"

① 见《四松堂集》影印本，第264—265页。
② 同上书，第139页。
③ 见《国朝耆献类征初编》卷七九。

是死后不数日即葬，敦诚是以雪芹的仆人自居，未必可靠。如把典故看得太死，那么，"生刍"之典明系徐穉往吊郭林宗之母丧，敦诚用来吊友人；"青衫泪"之典明系白居易为浔阳江上的琵琶女而下泪，敦诚用来比喻自己哭曹雪芹，都不通了。①

　　挽诗初稿的第二首末联是："他时瘦马西州路，宿草寒烟对落曛。"吴先生说："若此诗是雪芹卒后一年多所写，则在那时雪芹去世的情景早已成陈迹，坟上早已有宿草，岂有再作'预言'之理？"殊不知若是经年而葬，在此一年的期间尚未下葬，哪里来的"宿草"呢？《礼记》上说："朋友之墓有宿草而不哭焉。"可见"宿草"是坟头上长的。坟之未立，草将焉附？说停灵时就已有了宿草，令人难解。

　　《综论》一文的"附录"，还引用了曾次亮先生的一条新证。曾先生考出在癸未年曾流行痘疫，从而推断雪芹之子即因传染此病而死；雪芹之死相距数月，不可能在壬午除夕。这种说法是值得商榷的。须知连吴先生也不得不承认："雪芹何年丧子，至今尚未发现任何直接记录。"不但如此，雪芹之子死于何种病症，也不见任何记载。在过去的社会里，小儿死亡率高，尤其是境况不好的贫穷人家。年年都有小儿死亡的事故发生，而且致小儿于死命的病因也不止一种痘疹。目前也没有材料能证明壬午年就绝对没有痘疹。这些都是必须考虑到的问题。不能说癸未年有了痘疹，前一年壬午就不死人，其理甚明。

六　脂批难以推倒

　　吴先生在他文章的结尾郑重宣告："一切客观证据皆证明雪芹卒于癸未除夕，即一七六四年二月一日，绝无可疑。"前面我已经考察了他所提出来的证据，其中没有一个是靠得住的。他说吊天元上人的诗、题画诗和《佩刀质酒歌》都作于癸未，其实吊诗写于己卯，其他两诗写于壬午。他说《懋斋诗钞》严格编年，其实里面有好些诗排错了年代。他说《小诗

---

　　①　吴先生在《敦诚挽曹雪芹诗笺释》一文中，引作"故人惟有青山泪"，失误。按这首挽诗只见于《四松堂集》付刻底本及《四松堂诗钞》抄本，两处均作"故人惟有青衫泪"。

代简》作于癸未，据考证其实是写于庚辰。他说挽诗句句皆指初丧，其实挽诗只能表明新葬。所谓"坚证"，并不坚固，漏洞甚多。要以它们来推倒"壬午除夕"这条脂批，自然是十分困难的。

我在《商榷》一文中说过："如果没有十分确凿可靠的证据，我们就不能轻易勾销其中（指脂批）的'壬午'二字，硬说脂砚斋是误记。"在《再商榷》一文中也说过："我认为，除非我们掌握了确凿无疑的证据，才能肯定脂砚斋是误记，否则那写得明明白白的'壬午'两字只能保留，脂砚斋并没有记错的嫌疑。"现在我还是这个看法。这条脂批在目前是唯一可靠的直接记载了曹雪芹卒年的材料，我们必须尊重这个客观的证据，不能随意抹杀它的史料价值。

"壬午说"者因为相信了"壬午除夕"，就被吴先生说成是"迷信脂评""把它当作什么圣经"，这是不能令人心服的。如果相信了一条脂批，就被说成是迷信的话，那么，吴先生相信了好多条脂批中的纪年，又该如何解释呢？举个例来说，他在《曹雪芹的生卒年》一文①里，曾经引用了《石头记》甲戌本第十三回的一条脂批："'树倒猢狲散'之语，今犹在耳。屈指三十五年矣！哀哉！伤哉！宁不痛杀！"他说这条批写于1762年，"三十五年前是一七二七年，正是曹頫被黜之年，此时曹寅已死了十五年了，但其当年'对客佛语'竟成谶语：这年曹頫免职'树倒'，次年春天被抄，'猢狲散'了。雪芹生于曹寅死后，当然没有亲闻曹寅此语，必是他父亲被黜时觉得奇祸将临，才又重复说着此语，他才听到。"言之凿凿。吴先生十分相信脂砚斋在三十五年之后追忆往事并没有发生错误，是不是他也"迷信脂评"呢？显然是不能这样说的。

脂砚斋看来记忆力很好，三十五年前所听到的一句话没有记错，这"三十五年"也计算得相当准确。可是他倒把十二年前与自己有着极为亲密关系的人的卒年记错了，干支也排错了，这种说法不免令人感到奇怪。吴先生解释为"一个人太激动时，反而容易记错事情的"，脂砚斋"当时激动太过"，所以把曹雪芹的卒年记错了。从他所引用的那条追忆三十五年前往事的批语来看，脂砚斋当时的感情也特别激动，才说出"哀哉！伤

---

① 见《光明日报》1962年4月21日《东风》。

哉！宁不痛杀！"的话来，可见感情激动并不是头脑发昏。吴先生说"祖先卒年的干支，却往往须查历本才弄得清"，又说曹雪芹是脂砚斋侄儿，并非他的祖先。他们是同时人，不是相隔好几代，无须查历本才弄得清卒年的干支。从雪芹去世的壬午年，到脂砚斋写批语的甲午年，恰好十二年。根据干支的排法，下面一个字每隔十二年便要重复一次。"壬午"到"甲午"正是经过了一个周期。这既便于记忆，也很容易排出干支。在这种情况下，如说"把干支计算错了一年，是极平常、极可理解之事"，那倒是违背常理了。

吴先生还把他所设想的错记或误排的原因归之于脂砚斋的"高龄"，说他在甲午时年已八十岁以上。我在《再商榷》中曾指出这种说法很不可靠。据我推断，脂砚斋和曹雪芹年龄相去不远，绝不像吴先生所说要大到二十岁以上。在封建社会的大家族中，叔侄年龄相近是常见的事。甲午时脂砚斋只有六十多岁。而吴先生之所以推断错误，是由于把另一位批者畸笏叟当作了脂砚斋。①

我们判断及考订曹雪芹的卒年，只能根据可靠的材料，而不能凭个人的主观想象，结论必须建立在可信的论据之上。吴先生在《综论》中提出"癸未说"的新证，经考察后都不能成立。"癸未说"不是"绝无可疑"，而是大有可疑。我认为目前可信的材料还是与曹雪芹关系极为亲密的脂砚斋所写的专门表示哀悼的批语："壬午除夕，书未成，芹为泪尽而逝。"曹雪芹卒于壬午除夕，即公元1763年2月12日。

（原载《新建设》1964年3月号）

---

① 关于这个问题，我另有文（《脂砚斋与畸笏叟》）考证。

论《红楼梦》的物的描写

　　我国古典小说一向有写物的传统。作家很重视物的描写，或作为塑造人物形象的手段，或作为组织情节的关键，在这方面积累了不少有益的经验。好多小说的回目是直接以物来命名，如《杜十娘怒沉百宝箱》《蒋兴哥重会珍珠衫》《沈小霞相会出师表》《御史巧勘金钗钿》，等等。在作者的笔下，杜十娘抱着百宝箱跳江心，表示她对负心薄幸的李甲和满身铜臭的孙富的鄙视和抗议；沈炼写的两幅《出师表》被挂在中堂上，说明他和权奸斗争的耿耿忠心为人所敬爱。这都是借写物以表现人物性格的典范。再如，《碾玉观音》中的那尊玉观音，《错斩崔宁》中的十五贯青钱，《卖油郎独占花魁》中秦重的油桶，《白娘子永镇雷峰塔》中许仙的雨伞，都是小说中重要的情节因素，绝不可以细节而等闲视之。长篇小说如《水浒传》和《西游记》等，也都有一些物的描写。我们可以说，物的描写已成为人民大众所喜闻乐见的一种表现形式。

　　曹雪芹写《红楼梦》，更是广泛地运用了物的描写，他继承了中国古典小说的这种优秀传统，并能加以创造性的发展。从回目中看，像"蒋玉菡情赠茜香罗　薛宝钗羞笼红麝串""撕扇子作千金一笑　因麒麟伏白首双星""白玉钏亲尝莲叶羹　黄金莺巧结梅花络""俏平儿情掩虾须镯　勇晴雯病补雀金裘""茉莉粉替去蔷薇硝　玫瑰露引来茯苓霜""痴丫头误拾绣春囊　懦小姐不问累金凤"，等等，都是明显点出所描写之物的。此外，没有在回目中点出之物就更多了。我们在谈《红楼梦》的时候，只要一提到鹿肉和螃蟹，人参和燕窝，酥酪和枫露茶，冷香丸和西洋"汪恰"鼻烟，石榴裙和蓑笠，自鸣钟和穿衣镜，绿毛红嘴鹦哥和玉顶金豆，白海棠和栊翠庵的红梅，苏州泥人和美人风筝等，便可想起和它们相关的人和事，曹雪芹以精湛的艺术所描绘的生动场景，顿时浮现在我们眼前。

在他以前的小说，从未达到如此神奇的艺术境界。

《红楼梦》物的描写是很丰富多彩的，现在抽出其中几个特点，试作论述。

一

在《红楼梦》里，描写得最工细之物，大概要算宝玉和金锁了。那是在第八回，回目作"比通灵金莺微露意　探宝钗黛玉半含酸"。贾宝玉此刻来到梨香院，探望偶有小恙的薛宝钗。两人寒暄一番之后，薛宝钗看到他项上挂着的那块宝玉，便笑说道："成日家说你的这玉，究竟未曾细细的赏鉴过，我今儿倒要瞧瞧。"于是宝玉把玉摘下来，递到了她手中。作者描述道："只见大如雀卵，灿若明霞，莹润如酥，五色花纹缠护"，点明"这就是大荒山中青埂峰下的那块顽石的幻相"，又引标为"后人曾有诗嘲云"的一首诗。

特别使人注目的是，作者在书中画下了通灵宝玉的正面图式和反面图式。他在图式下面还郑重其事地注出玉上所镌刻的小字篆文：正面是"莫失莫忘，仙寿恒昌"八个字，反面是"一除邪祟，二疗冤疾，三知祸福"十二个字。至此，通灵宝玉的形象便整个地呈现在读者面前。

我们知道，第一回的楔子里，癞僧大展幻术，将一块大石登时变成一块鲜明莹洁的宝玉，他托在掌上，笑道："形体倒也是个宝物了，还只没有实在的好处，须得再镌上数字，使人一见便知是奇物方妙。"正文开始，写甄士隐炎夏昼梦，梦见一僧一道谈到了什么"蠢物"，他要求见见，原来是块鲜明美玉，上面字迹分明，镌着"通灵宝玉"四字，后面还有几行小字。他正欲细看，那僧夺了而去。第二回冷子兴演说荣国府，讲到贾宝玉取名的由来。他说："说来更奇，一落胎胞，嘴里便衔下一块五彩晶莹的玉来，上面还有许多字迹，就取名叫作宝玉。"前后两处，作者只交代了这块宝玉上面镌着"通灵宝玉"四个字，还有一些什么其他字迹，读者心中始终是个谜。第三回黛玉进贾府，当天晚上，她问袭人："究竟不知那玉是怎么个来历，上头还有字迹？"袭人答道："连一家子也不知来历。听得说落草时从他口里掏出来的，上面有现成的穿眼。让我拿来你看便知。"黛玉忙加阻止："罢了，此刻夜深了，明日再看不迟。"这一回又没有看成。一直到第八回，这块宝玉的样式和镌上的字迹全部呈露，读者心中才放下了悬念。

作者由薛宝钗看宝玉而写到贾宝玉看金锁。当薛宝钗细看那块宝玉，口内念道："莫失莫忘，仙寿恒昌。"她的侍婢莺儿在一旁嘻嘻笑道："我听这两句话，倒象和姑娘的项圈上的两句话是一对儿。"这就引起了贾宝玉的好奇心，非要看看金锁不可。作者描述道："（宝钗）从里面大红袄上，将那珠宝晶莹、黄金灿烂的璎珞掏将出来。宝玉忙托了锁看时，果然一面有四个篆字，两面八个，共成两句吉谶。"作者在书中也照样画下了金锁的正面图式和反面图式，郑重其事地注出上面所镌刻的篆文：正面是"不离不弃"，反面是"芳龄永继"。宝玉看了，念了两遍，又把自己宝玉上的篆文念了两遍，如有所悟，笑问宝钗："姐姐这八个字，倒与我的是一对儿！"这时莺儿又从一旁插说："是个癞头和尚送的。他说必须錾在金器上。"弄得薛宝钗反而不好意思起来，忙用别的话题岔开。

曹雪芹如此细致地描写宝玉和金锁，显然有深刻的用意。自此以后，贾宝玉和林黛玉这一对叛逆儿女在共同思想基础之上建立的爱情，便时时刻刻处在"金玉良姻"的阴影笼罩之下，受着它的威胁。他们不得不和那强大的封建势力苦斗，因此，他们的爱情表现得格外曲折和痛苦。

岂止莺儿有宝玉和金锁是天生一对儿的看法，四大家族的家长就是这样看的。第二十八回里写道："薛宝钗因往日母亲对王夫人等曾提过金锁是个和尚给的，等日后有玉的方可结为婚姻等语，所以总远着宝玉。昨日见元春所赐的东西，独他与宝玉一样，心里越发没意思起来。"第三十四回写薛蟠因宝钗冤枉他是宝玉挨打一事的祸首，便急得眼似铜铃一般，暴跳如雷，大声叫嚷："好妹妹，你不用和我闹，我早知道你的心了。从先妈和我说，你这金，要拣有玉的才可正配。你留了心，见宝玉有那劳什骨子，你自然如今行动护着他。"这番话把宝钗气怔了，拉着她母亲哭道："妈妈，你听哥哥说的是什么话！"薛姨妈也气得全身乱颤。读者可以看到，金锁的传说越来越神，原来莺儿说那上面的八个字是和尚给的，到了薛姨妈嘴里，便整个金锁都是和尚送的了。薛姨妈露骨地向王夫人提过"金玉良姻"，薛家和贾家、王家的进一步勾结已在暗中酝酿了。而宝钗心中也不是不明白，只是因为她想作一个言行端庄的封建淑女，不得不有几分矜持。林黛玉有一次在清虚观看戏时说："她在别的上还有限，惟有这些人带的东西上越发留心"，正戳穿了宝钗的心病。

林黛玉因母亲早逝而寄养贾家。她本身不是四大家族的成员，论门第和财富都比不上薛宝钗，她所有的最宝贵的东西便是贾宝玉对她的爱情。迫于封建礼教的压力，他们之间不能公开地相互表白。"金玉之论"使她深怀疑惧，她知道这是一种代表封建正统的舆论，如同"风刀霜剑严相逼"，要摧毁她的感情和意志。在第二十九回里，她与宝玉吵嘴，作者描述她心里想着："你心里自然有我。虽有金玉相对之说，你岂是重这邪说不重我的？我便时常提这金玉，你只管了然自若无闻的，方见得待我重而毫无此心了。如何我只一提金玉的事，你就着急？可知你心里时时有金玉，见我一提，你又怕我多心，故意着急，安心哄我。"我们由此可见林黛玉已把"金玉之论"看成一种"邪说"，她是坚决反对这种重物不重人的"邪说"的。

贾宝玉对"金玉之论"也深恶痛绝。他项下挂着的那块宝玉，被人看的是何等贵重，不但薛宝钗要"赏鉴"，而且北静王也要"细细地看"，连先皇御口亲呼为"大幻仙人"的那个张道士，也恭恭敬敬地把它请了下来，放在托盘之内，用蟒袱子垫着，亲手捧了出去，给那些远来的道友并徒子徒孙们"见识见识"。可是曹雪芹却偏偏一连两次写了贾宝玉摔玉和砸玉，可谓惊人之笔。

第一次摔玉是在宝黛初见时。他问黛玉有没有玉，回答说没有，他摘下那玉，就狠命摔去，骂道："什么罕物！连人之高低不择，还说通灵不通灵呢！我也不要这劳什子了！"吓得众人一拥争去拾玉。贾母急得搂了宝玉道："孽障！你生气，要打骂人容易，何苦摔那命根子！"宝玉满面泪痕，哭道："家里姊姊妹妹都没有，单我有，我说没趣。如今来了这么一个神仙似的妹妹也没有，可知这不是一个好东西！"这些话出自一个天真少年的口中，充分表现了他是多么反对自己的特殊化，他不愿意被人们捧作窝里的金凤凰。

作者第二次写砸玉，更为精彩。事见第二十九回。宝玉和黛玉拌嘴，听见她说"好姻缘"三个字，心里干咽，口里说不出话来，便赌气向颈上抓下通灵玉来，咬牙狠命往地上一摔，道："什么劳什骨子，我砸了你完事。"作者用他那支生花妙笔这样描述："偏生那玉坚硬非常，摔了一下，竟文风没动。宝玉见没摔碎，便回身找东西来砸。林黛玉见他如此，早已哭起来。说道：'何苦来，你摔砸那哑巴物件。有砸他的，不如来砸我。'二人闹着，紫鹃雪雁等忙来劝解。后来见宝玉下死力砸玉，忙上来夺，又夺不下来。见比往日闹的大了，少不得去叫袭人。袭人忙赶了来，才夺了下来。宝玉冷笑道：'我砸我的东西，与你们什么相干！'袭人见他脸都气黄了，眼眉都变了，从来没气的这样，便拉着他的手，笑道：'你同妹妹拌嘴，不犯着砸它，倘或砸坏了，叫她心里脸上怎么过的去！'林黛玉一边哭着，一边听了这话说到自己心坎儿上，可见宝玉连袭人不如，越发伤心大哭起来。心里一烦恼，方才吃的香薷饮解暑汤便承受不住，哇的一声，都吐了出来。"作者又接着写了林黛玉剪那玉上穿的穗子，一场风波愈来愈大，闹得贾母和王夫人都赶来平息。这次砸玉，虽是由于误会而起，然而也曲折地表现了贾宝玉对"金玉之论"的抗议。自经此事后，他俩"虽不曾会见，然一个在潇湘馆临风洒泪，一个在怡红院对月长吁，却不是人居两地，情发一心！"两人的感情反而更增进了一层。生活本身就是这么复杂和曲折，作者一点也不对它加以粉饰或作任何简单化的处理。

我们可以设想，如果没有宝玉和金锁，"金玉之论"也就无从而起。若把书中对宝玉和金锁的描写以及两次摔玉和砸玉的情节，统统删去，宝黛的爱情必将大为减色。宝玉和金锁，虽是富贵人家日常佩戴之物，但在作者的笔下却赋予了思想的意义。它们是封建统治阶级所赞美的"金玉良姻"的象征，而作者正是极力反对这种婚姻的。

第三十六回，作者描写贾宝玉在梦中喊骂："和尚道士的话如何信得！什么是金玉姻缘，我偏说是木石姻缘。"薛宝钗这时正坐在他身旁，一针一针绣那鸳鸯戏莲的肚兜花样，她听了不由得一怔。这位封建淑女明知宝玉并不爱她，她仍然锲而不舍。最后她的夙愿实现了，终于做了宝二奶奶。我们知道《红楼梦》已失落的后半部中有"薛宝钗借词含讽谏　王熙凤知命强英雄"一回。看来，在贾家败落之后，薛宝钗还在继续以"仕途经济"这一套来规劝宝玉，要使他纳入封建的正轨。贾宝玉始终不听从，他"空对着山中高士晶莹雪，终不忘世外仙姝寂寞林……纵然是齐眉举案，到底意难平"，最后悬崖撒手，抛弃了宝钗之妻和麝月之婢，而出家为僧。

我们不知脂评提及的"甄宝玉送玉"情节在后半部中究竟是如何写的，但是知道曹雪芹的友人明义的《题红楼梦》诗谈到了《红楼梦》的结局。其第十九首写道："莫问金姻与玉缘，聚如春梦散如烟，石归山下无灵气，总使能言亦枉然。"由此看来，那块宝玉最后还是变为一块顽石，复其本相，回到了青埂峰下。那留在家中的薛宝钗，看到她那个金锁正面镌着的"不离不弃"四个篆字，应该醒悟到这根本不是什么"吉谶"，客观事实正好与之相反。她总该会感到这不啻是对她的命运所做的辛辣嘲讽罢。

二

《红楼梦》第三十二回写到了"近日宝玉弄来的外传野史，多半是才子佳人，都因小巧玩物上撮合，或有鸳鸯，或有凤凰，或玉环金佩，或鲛帕鸾绦，皆由小物而遂终身。"然而我们仍然可以看到，《红楼梦》里面有不少那种象征着爱情或婚姻的信物，难道曹雪芹竟脱离不了才子佳人小说的俗套吗？

问题的关键不在于写什么，而在于怎么写。的确，在《红楼梦》里，不但出现了宝玉和金锁，还出现了金麒麟、九龙佩、鸳鸯剑等。可是曹雪芹并没有把它们描写成能为人们带来幸福的东西，相反的，在他的笔下，这些东西却制造着悲剧。这就是他的独创之处。

如前所述，有了宝玉和金锁，人们便编造出"金玉之论"。它沉重地压在贾宝玉和林黛玉身上，使得他们几乎抬不起头来。他们由于思想投合而自然苗长的爱情，经受着风风雨雨的吹打。要坚持这种爱情，必得和"金玉之论"作殊死的斗争。他们两人正是这样做的，结果一个泪尽而逝，一个悬崖撒手。薛宝钗也没得到幸福，只落得个守活寡。这宝玉和金锁并非夫妇百年好合的象征，已是毫无疑义的了。

金麒麟又怎样呢？贾府全家去清虚观打醮，贾宝玉从张道士他们送的贺礼之中选取了一件赤金点翠的麒麟。史湘云原也佩戴着这么一个，只是比它小些。后来她的丫鬟翠缕在蔷薇架下拾着了宝玉的金麒麟，拿来与小姐的相比，笑着叫嚷："可分出阴阳来了！"己卯本、庚辰本、戚序本都有一条脂评："后数十回若兰在射圃所佩之麒麟，正此麒麟也。提纲伏于此回中，所谓草蛇灰线在千里之外。"看来，宝玉的这个金麒麟后来到了卫若兰手中，大概是在射圃中比赛箭法的彩物罢。卫若兰与史湘云成婚，金麒麟正好配成了双。第三十一回的回目中有"因麒麟伏白首双星"，已暗示出这对夫妇也无好的结局。他们白首分离，如同迢迢双星，永隔河汉。其原因总不外乎是世家公子卫若兰因事获罪，被判处终身监禁或长期流放。

九龙佩是一块雕工精致的汉玉，贾琏与尤二姐调情，解下相赠。后来尤二姐成了贾琏的外室，被王熙凤骗进大观园，百般折磨，好一个花容月貌活生生的女子终于吞金自尽。鸳鸯剑本是一件稀有的传代之宝，柳湘莲把它作为定婚的信物，托贾琏捎给尤三姐。尤三姐接到它时，作者是这样描写的："三姐看时，上面龙吞夔护，珠宝晶莹，将靶一擎，里面却是两把合体的，一把上面鏨一'鸳'字，一把上面鏨一'鸯'字，冷飕飕，明亮亮，如两痕秋水一般。三姐喜出望外，连忙取来，挂在自己绣房床木，每日望着剑，自喜终身有靠。"读者总以为他俩品貌相当，自是天生佳偶。可是事实却不然，当柳湘莲听到了有关尤三姐的一些风言风语，他不能原谅这个曾经陷入泥沼而如今努力自拔的女子，终于又演出了一场悲剧，尤三姐愤而自刎。鸳鸯剑没有给尤三姐带来幸福的归宿，反而夺去了她年轻的生命。曹雪芹在这方面的描写，足以使人骇目惊心了。

当然，在曹雪芹的笔下，的确也有"由小物而遂终身"的。我们很容易想起那袭人的松花汗巾与蒋玉菡的茜香罗，通过贾宝玉而互相交换，这是袭人和蒋玉菡配为夫妇的预兆。我们也很容易想起贾芸在大观园里拾到了小红的手帕子，却把自己的一块手帕通过坠儿而还给小红，后来贾芸与小红也终成眷属。他们这两对都是幸福的吗？他们所得到的又是一种什么样的幸福呢？这都值得读者深思。像袭人那样满脑子封建思想、时刻规劝宝玉读书上进的人，成为一个唱小旦的蒋玉菡的妻子，会对她的丈夫感到满意吗？像小红那样伶牙俐齿、专拣高枝儿爬的人，配上了一心钻营的贾芸，他们理想中的幸福又是何等庸俗啊！

曹雪芹描绘宝黛两人的爱情成长过程，充分使用了"借物以写情"的手法。第八回，宝黛两人在梨香院做客，薛姨妈取来糟鹅掌让他们喝酒。

作者描写了临走之前黛玉给宝玉戴斗笠的情景，表现了她的细腻、温柔和待他的亲切态度。第三十四回，林黛玉来看挨了打的宝玉，哭得两只眼睛红肿如桃儿一般。宝玉在她走后，托晴雯送去两条半新不旧的手帕子，黛玉着实细心思忖，方才悟出他的苦心。作者写她研墨蘸笔，在那两块旧帕上题了三首诗，及至上床去睡，犹拿着那帕子思索。第四十回，林黛玉在潇湘馆，风雨夕闷制风雨词，心境十分凄凉，正好宝玉这时冒雨来看她，使她感到无限温柔。作者写他们之间关于斗笠和蓑衣的谈话，关于明瓦灯笼和玻璃绣球灯的谈话，处处洋溢着热爱之情。

第五十七回，宝玉听紫鹃说林妹妹要回苏州去，顿时发了痴狂。这个场面写得特别精彩，真是紧处愈紧、密处愈密。其中有两个细节最富有表现力。一是人报林之孝家的来瞧哥儿了，宝玉听了一个"林"字，便满床闹起来，说："了不得了！林家的人接他们来了。快打出去罢！"还哭着说："凭他是谁，除了林妹妹都不许姓林的。"另一是写金西洋自行船，作者这样写的："一时，宝玉又一眼见了十锦隔子上陈设的一只金西洋自行船，便指着乱叫，说：'那不是接他们的船来了？湾在那里呢。'贾母忙命拿下来，袭人忙拿下来。宝玉伸手要，袭人递过，宝玉便掖在被中，笑道：'这可去不成了！'一面说，一面死拉着紫鹃不放。"作者描写宝玉在昏迷中把小小的金自行船当作来接林妹妹的大船，有谁不为宝玉对黛玉这样炽热的爱情所感动呢？

看来，写金西洋自行船是作者的得意之笔，因此后文还有两处予以照应。一处照应是在第五十八回，贾宝玉大病初愈，拄了一支杖，靸着鞋，步出院外，看到园中池塘有驾娘们行着船在夹泥和种藕。史湘云见了他来，忙笑说："快把这船打出去，他们是接林妹妹的。"众人都笑起来。宝玉红了脸，也笑道："人家的病，谁是好意的。你也形容着取笑儿。"湘云笑道："病也比人家另一样，原招笑儿。反说起人来。"另一处照应是在第六十三回，寿怡红群芳开夜宴，史湘云抽了一根画着海棠的签，正面题着"香梦沉酣"四字，背面还有一句诗："只恐夜深花睡去。"黛玉为了打趣湘云在白天里醉卧芍药茵之事，便道："'夜深'两个字，改'石凉'两个字。"众人都笑了。这时，湘云开始反击，笑指那怡红院十锦隔子上的金自行船与黛玉看，又说道："快坐上那船家去罢，别多话了。"惹得大家又笑了起来。这两处照应都自然浑成、生动有趣，与前遥映生辉，表现了作者巧妙的匠心。

三

刘姥姥游大观园，是《红楼梦》的精彩篇章。作者让刘姥姥在一天之内走了多半个园子，借此对大观园再作一次重要的皴染，以使它能耀然于读者的心中眼中。然而他的目的绝不止于此。更为重要的是，他通过刘姥姥的观察和感受，暴露了贾家奢侈浪费的豪华生活。在这方面，作者运用了许多物的描写。

缀锦阁是贾府的一个库房。刘姥姥到了那里，亲眼看见小厮、老婆子、丫头们抬出二十多张高几，阁里还乌压压地堆着些围屏、桌椅、大小花灯之类。作者写她虽不大认得，只见五彩炫耀，各有奇妙，口里不住念佛。

到了潇湘馆，贾母看见窗纱的颜色旧了，而且配上院中的绿竹也不好看，叫王夫人派人更换。凤姐说她昨儿开库房，看见大板箱里还有好些匹银红蝉翼纱，颜色又鲜，纱又轻软。贾母笑她无有眼力，告诉大家，那种纱的正经名字叫作软烟罗，有四样颜色，用它作帐子和糊窗屉，远远地看着，就似烟雾一样，还说如今上用的府纱，也没有这样软厚轻密。凤姐命人去取了一匹来，众人看了，称赞不已。刘姥姥觑着眼看个不了，念佛说道："我们想它作衣裳也不能，拿着糊窗子，岂不可惜？"

在秋爽斋的晓翠堂开宴，刘姥姥使着一双老年四楞象牙镶金的筷子，夹那一两银子一个的鸽蛋，用那黄杨木根整抠的大套杯喝酒。菜看中最令人叹为观止的是茄鲞。凤姐给她讲解这道菜的做法："你把四五月里的新茄包儿摘下来，把皮和瓤子去尽，只要净肉，切成头发细的丝儿，晒干了。拿一只肥母鸡，靠出老汤来。把这茄子丝上蒸笼蒸的鸡汤入了味，再拿出来晒干。如此九蒸九晒，必定晒脆了。盛在磁罐子里封严了。要吃时拿出一碟子来，用炒的鸡瓜一拌就是了。"刘姥姥听了，摇头吐舌道："我的佛祖！倒得十来只鸡来配它。怪道这个味儿。"

饭后到了栊翠庵，妙玉招待他们一行人喝茶。茶具十分精美。奉与贾母的是成窑五彩泥金小盖钟，众人都是一色官窑脱胎填白盖碗。宝钗和黛玉在耳房内吃"体己茶"，她们用的杯子都是古玩奇珍，作者又对此作了一番细致的描写。妙玉给宝玉拿来一只九曲十环、一百二十节、蟠虬整雕竹根的一个大盏。刘姥姥喝过的成窑杯子，妙玉嫌脏而不要了。

刘姥姥酒后解手，眼花头眩，独自闯进了怡红院。作者写她进了房门，只见迎面一个女孩儿，满面含笑，迎了出来。她忙笑道："姑娘们把我丢下了，要我碰头碰到这里来。"那女孩儿不答应。刘姥姥便赶上来拉她的手，咕咚一声，便撞到板壁上，把头碰得生疼。细瞧了瞧，原来是幅西洋的油画。她找得了一个小门，掀帘进去，抬头一看，只见四面墙壁，玲珑剔透，琴剑瓶炉都贴在墙上，锦笼纱罩，金彩玉光，连地下踮的砖，都是碧绿凿花，竟越发把眼花了。她从屏后得了一门，才要出去，只见她亲家母也从外面迎了进来，戴了一头的花，心中好不诧异，过后才明白这是她自己在大穿衣镜中的映象。她不意撞开镜子的西洋机括，来到贾宝玉的卧室，倒床大睡。醒来她问袭人："这是那位小姐的绣房，这样精致？我就象到了天宫里一样。"

曹雪芹通过这一系列物的描写，向读者展示了贾府主子们的日常生活，他们的饮食、衣服、住室、器具是如何穷奢极侈，他们是怎样寻欢作乐，作弄和嘲笑一个农村的老年妇女。因此，我们从刘姥姥对螃蟹宴的评论："阿弥陀佛！这一顿的钱，够我们庄家人过一年的了！"可以听出，其中隐藏着作者对社会上不公平现象所发出的深沉叹息。

第七十四回抄检大观园也是一个大事件，作者真是笔酣墨饱，写得龙腾虎跃，意足神畅。他在暴露贾府统治者的专横残暴方面，同样也运用了许多物的描写。

傻大姐所拾到的绣春囊，只不过是抄检大观园之事发生的一个导火线。主持此事的是王夫人和邢夫人，凤姐和王善保家的是她们的特权代表。她们采取大规模的联合行动，在迫害奴婢这个方面是完全一致的，但又各怀鬼胎，想乘机以打击对方。她们等晚上园门关了的时节，以迅雷不及掩耳之势，对大观园各处来一次突击检查，搜查对象主要是丫头们，目的在于发现赃物，以便作为进一步迫害的借口。

可是到底搜查出什么来了呢？她们从上夜的婆子处不过抄出些多余攒下的蜡烛、灯油等物。王善保家的狐假虎威，大叫："这也是赃，不许动。

等明日回过太太再动。"到了怡红院，袭人打开了箱子和匣子，不过是平常动用之物，晴雯将箱子掀开，两手提着底子朝天，往地下尽情一倒，其中也无甚私弊之物。到了潇湘馆，从紫鹃房中抄出两副宝玉常换下来的寄名符儿，一副束带上的披带，两个荷包并扇套，套内有扇子。王善保家的自以为得了意，忙请凤姐过来验视。凤姐说她自幼服侍宝玉，这些都是宝玉的旧东西，不足为奇。到了秋爽斋，王善保家的挨了探春一个耳光，自讨个没趣。到了暖香坞，在惜春丫鬟入画的箱中，寻出一大包金银锞子，约共三四十个，又有一副玉带板子，并一包男人的靴袜等物。入画哭诉："珍大爷赏我哥哥的。因我们老子娘都在南方，如今只跟着叔叔过日子。我叔叔婶子只要吃酒赌钱，我哥哥怕交给他们又花了，所以每常得了，悄悄的烦了老妈妈带进来，叫我收着的。"到了缀锦楼，王夫人的心腹周瑞家的从王善保家的外孙女儿司棋的箱中，抄出一双男子的锦带袜和一双缎鞋，又有一个小包袱，里面有一个同心如意和一个字帖儿，那帖子是大红双喜笺，原来是司棋的姑表哥潘又安写给她的一封情书。

　　读者看到这一系列物的描写，不由得又好气又好笑。她们大张旗鼓，到头来却只搜查出这么一些东西，其中没有一件够得上称作真正赃物的。那些上夜的婆子和丫鬟们，可怜巴巴，个人的东西很有限，哪有什么从主子处偷来的金银财宝或古玩奇珍？入画藏的东西是贾珍赏给她哥哥，她哥哥又托她保管的，并非是什么赃物，可是主子们要治她私自传送之罪，把她撵了出去。司棋因为和姑表兄自由恋爱，私相通信，被视为有害风化，也给赶走。王夫人更亲自到大观园里来查人，把所有丫头都叫来一一过目，叫人架走晴雯，并命令凡有唱戏的女孩子们，一概不许留在园里。这真是大观园中的一场浩劫。

　　值得注意的是作者在第七十四回的开头，即抄检大观园事件发生之前，写了贾琏拍手叹气，向凤姐诉苦，说邢夫人叫他迁挪二百两银子，他回答没法办，邢夫人发火道："前儿一千两银子的当是哪里的？连老太太的东西你都有神通弄出来，这会子二百银子你就这样。"这很清楚，贾琏和凤姐经常偷贾母的东西去当去卖。作者又在第七十五回的开头，即抄检大观园事件刚发生之后，写了江南甄家有几个人来，还带些东西，十分机密。尤氏听了这个消息，惊奇说："昨日听见你爷说，看邸报甄家犯了罪，现今抄没家私，调取进京治罪，怎么又有人来？"老嬷嬷道："正是呢。才来了几个女人，气色不成气色，慌慌张张的，想必有什么瞒人的事情。"这也很清楚，所谓瞒人的事情不外乎转移财产，难道这不也是私自传送东西吗？读者可以看到，主子们所做的事，胜过奴婢千万倍，却干得满不在乎，而奴婢们被抓住一点把柄，就要撵出去，或发卖，或配人，其对照是十分鲜明的。总之，只许州官放火，不准百姓点灯。作者在抄检大观园事件的前后，写这两件事，确实用意很深。

曹雪芹在《红楼梦》的描写中，还引进了一些富有社会意义的物品，比如护官符、恒舒当的当票、乌进孝缴租的账单等，好些都是在他以前的小说未曾描写过的。作者描写了这些东西，他的笔锋因此而触及当时的政治、经济、社会诸方面的问题，使得全书的批判色彩更加强烈。

乌进孝缴租一事，作者用了不到半回的篇幅，只有一千三百来字。其中开了一张长长的账单，上面分项列举了交纳各种物资的数量。种类五花八门，从大鹿、熊掌直到杂色粱谷。外卖粱谷牲口各项之银，共折银两千五百两。这个单子透露了贾府的经济来源，他们对农民搜括甚凶。作者写贾珍看了账单，犹嫌太少，指出乌进孝今年又来打擂台，乌进孝连忙诉说："今年年成实在不好。从三月下雨起，接接连连直到八月，竟没有一连晴过五日。九月里一场碗大的雹子，方近一千三百里地，连人带房并牲口粮食，打伤了上千上万的，所以才这样。"贾珍并不相信灾情真是如许严重，怀疑这个乌庄头借口荒歉而中饱。作者接着写贾蓉向乌进孝讲，荣府因盖大观园和元妃省亲而大闹亏空，又笑着告诉贾珍，凤姐偷贾母的东西去当银子。他对此完全采取一种隔岸观火和幸灾乐祸的态度，而贾珍听了之后又认为是凤姐在捣鬼，其中还大有文章。作者通过写账单和人物之间的对话，揭示了庄园主和农民的矛盾、主子和奴才的矛盾以及封建统治阶级内部至亲骨肉之间的矛盾，很发人深省。

至于护官符和恒舒当的当票，作者描写它们，意图揭露四大家族在政治上互相勾结及在经济上剥削平民，许多文章已有详细分析，本文就不再多谈了。

（原载《红楼梦研究集刊》第二辑，上海古籍出版社 1980 年版）

曹雪芹、高鹗与曹纶

嘉庆十八年（1813）九月十五日，天理教首领林清派人潜入北京的紫禁城，攻进皇宫。嘉庆对此惊呼为"亘古以来未有之奇变"，并悲叹道："国家设立王公，文武大臣以及侍卫章京，不下千员，八旗步营将弁、兵士，几及十余万人，竟无一人出首者。呜呼痛哉！"（《行实政论》）

这一次起义不幸失败，林清等人被捕。官方大肆镇压，查出太监刘得才、刘金、高广福、张泰、王福禄、阎进喜等人都是天理教徒，和林清素有联络，起事之日，他们在宫内接应，为起义者领路。嘉庆大为震怒，处以极刑。后来又继续查出独石口都司曹纶于嘉庆十二年（1807）与林清结拜弟兄，其子曹福昌也是同党。十月十七日，嘉庆下令逮捕曹纶。

曹纶是汉军正黄旗人，现任四品职官。所驻守的独石口在长城线上，是拱卫京北的重地。他也是天理教徒。嘉庆十六年（1811）五月领饷到北京，林清叫人向他传达口信："河南七卦人，都已归了清。目下劫数已列，林清该当起事。彼时，你若可以进京，就来京助。若不能来，就在独石口收人入会，等候接应。"嘉庆十八年（1813）七月十七日，林清又曾派人专程去独石口，告知他发动起义的日期，要他"临时马头朝南，迎着同会的人"。案破之后，嘉庆得悉此情十分震惊，在十一月初九日下令把他处死。

一些封建文人，别有用心地借此事制造谣言。他们一口咬定曹纶是曹雪芹的后裔，因为曹雪芹创作了《红楼梦》，致干天谴，毁家灭族。言之凿凿，若有其事。

毛庆臻在《一亭考古杂记》中说："然入阴界者，每传地狱治雪芹甚苦，人亦不恤。盖其诱坏身心性命者，业力甚大，与佛经之升天堂正作反对。嘉庆癸酉，以林清逆案，牵都司曹某，凌迟覆族，乃汉军雪芹家也。

余始惊其叛逆隐情，乃天报以阴律耳。伤风教者，罪安逃哉？"

汪堃在《寄蜗残赘》中说："《红楼梦》一书，始于乾隆年间……相传其书出于汉军曹雪芹之手。嘉庆年间，逆犯曹纶，即其孙也。灭族之祸，实基于此。"

陈其元在《庸闲斋笔记》中说："此书（指《红楼梦》）乃康熙年间江宁织造曹楝亭之子雪芹所撰。……至嘉庆年间，其曾孙曹勋，以贫故，入林清天理教。林为逆，勋被诛，覆其宗。世以为撰是书之果报焉。"

他们制造这些谣言，充分表现了封建统治阶级对《红楼梦》一书的痛恨，其用心及手段都是极为卑劣的。

按，曹纶在狱中的供词云："我是正黄旗汉军，年四十二岁。曾祖曹金铎，系骁骑校。伯祖曹瑛，曾任工部侍郎，补放大同镇总兵。祖曹城，原任云南顺宁府知府。父曹廷奎，原任贵州安顺府同知，嘉庆二年在署南笼府任内，因苗匪围城瘀发身死。我嫡母荆氏，生母孙氏，亦俱自缢，其时无人呈报，未得旌表。我叔叔曹廷琦。又兄弟三人，内长兄曹绅已故，只有二兄曹维，现任武备院弓匠，均已分居。妻杨氏，生子三人，长男幅（福）昌，次男重庆，三男鹤龄，女妞儿。我先于乾隆五十八年充整仪尉，升治仪正，兼公中佐领。嘉庆十六年升独石口都司。"（《平定教匪纪略》卷十六）

我们知道，曹雪芹是满洲正白旗，而曹纶是汉军正黄旗，两者各不相涉。曹雪芹的父亲是曹頫，祖父是曹寅，曾祖是曹玺，三代俱任江宁织造，根本与曹纶一家毫无关系。曹雪芹仅有一子，早殇。敦诚的《挽曹雪芹》诗，初稿云"肠回故垄孤儿泣"，改稿云"孤儿渺漠魂应逐"，句下皆有自注："前数月，伊子殇，因感伤成疾。"曹雪芹卒于乾隆二十七年（1762）除夕，既无后裔，则生于乾隆三十七年（1772）的曹纶焉能是他的子孙？对照这些事实，那些谣言不攻自破。

曹雪芹虽然和曹纶不是一家子，但他们两人又确有共同之处。他们两人都是封建统治阶级的叛逆者。曹雪芹背叛了他显赫的家世，以十年的辛苦创作了《红楼梦》，以此作为批判的武器，向封建制度猛烈开火。曹纶的父、祖也都是品级相当高的朝廷命官，其父还为清廷镇压少数民族，效忠至死。然而曹纶却背叛了自己的家族和封建统治阶级，毅然投入到农民起义的洪流，反对朝廷，献出了自己的生命。他们两人在历史上可以前后辉映。封建文人把他们联系在一起加以诅咒，正表明封建统治阶级对这两个人是同样痛恨的。

把曹雪芹说成是曹纶的祖父，全然荒唐无稽。但是，与《红楼梦》后四十回有密切关系的高鹗，倒的确和曹纶一案有关，他因此案而受到了皇帝的严重处分。这一史料过去不为人知，今述如下。嘉庆十八年（1813）十月二十九日，皇帝向内阁下达谕旨：

> 国家设立科道，职司言路，原期发奸摘伏，俾大案得早破露，以匡国宪而弼王章。乃近来科道风气，惟知撼拾浮词，更改一二例文，藉以见长干进；或竟受人嘱托，毛举细故，博取直名，而于大奸大恶，转毫无举发。即如逆首林清一案，讯究该逆等供称，自嘉庆十一年间，即有荣华会名目；至谋为不轨，则始自十六年夏间。该逆等潜伏近畿，传教谋逆，经年累月，勾结多人，其踪迹亦不甚秘密。乃科道等一无见闻，竟同聋聩，实属有乖职守。本应悉予降革，姑念人数众多，从宽免议，俱著传旨严行申饬。惟此案谋逆重犯，俱系直隶附近州县之人，并有汉军旗人曹纶父子，预知逆谋。所有科道中汉军及籍隶直隶各员，失察之咎尤重。著都察院查明各该员在任年月，咨交吏部议处，以示惩儆。（《平定教匪纪略》卷十五）

到了十一月初九日，嘉庆下令处死曹纶，接着又批下了吏部处分"失察"官员的奏本。

《平定教匪纪略》卷十七是这样记载的："同日（即十一月初九日）吏部奏：遵旨议处失察林清、曹纶谋逆不奏之汉军直隶各科道，按其在任年月分别降调留任。得旨：'所有失察谋逆，在任一年以上、议以降二级调用之给事中高鹗，御史今任江安粮道魏元煜、常州府知府朱澄，俱著改为降三级调用。在任未及一年、议以降一级调用之御史丁孝彝、李恩绎，御史今任山东登州府知府商载、陕西榆林府知府何梦莲，俱著改为降二级调用。余依议。'"

据《国朝六科汉给事中题名录》载："嘉庆十八年……高鹗，镶黄旗汉军人，乾隆乙卯进士，由掌江南道升刑科。"由此可知高鹗在嘉庆十八年（1813）是担任刑科给事中的职务，与御旨中的"给事中高鹗"正相符合。然而我们看到故宫所藏嘉庆十八年（1813）正月三十日的吏科题本载："掌江南道监察御史高鹗，镶黄旗汉军进士。"又嘉庆十八年（1813）京察二等官员册载："严都察院掌江南道监察御史高鹗：操守谨，政事勤，才具长，年力壮。考语：勤职。"嘉庆十八年（1813）三月十四日的吏科题本中，也提到高鹗的名字，其职衔仍是"御史"。（以上档案材料，均见故宫博物院明清档案部编《清代档案史料丛编》第二辑，中华书局1978年版）可见高鹗由掌江南道监察御史升任刑科给事中，乃是在嘉庆十八年（1813）三月以后的事。

高鹗升任刑科给事中未久，即碰到林清起义。嘉庆谕旨上说："并有汉军旗人曹纶父子，预知逆谋。所有科道中汉军及籍隶直隶各员，失察之咎尤重。"高鹗是汉军旗人，正在其内。他任刑科给事中，最多只有七个月，何以在谕旨中把他归入"在任一年以上"一类呢？大概因为他在此之前，长期任掌江南道监察御史，仍是供职都察史的缘故。据《国朝御史题名录》，高鹗是在嘉庆十四年（1809）由内阁侍读考选江南道御史的。在皇帝看来，他长期担任御史职务，又是汉军旗人，便要对他从严治罪。

与此同一天，嘉庆还颁发了一道上谕，专为安抚汉军旗人。其中说："至八旗汉军，自我太祖、太宗开国之初，从龙著绩，栉风沐雨，勋载旗常。我国家视向世仆，实与八旗满洲、蒙古无异。百数十年以来，汉军中历任文武大臣，名卿硕辅，节概炳著者，指不胜屈。即现在简用内外大员，亦皆克宣力效忠，无愧阀阅。不意竟有曹纶一人，败常蔑本，实出人情意想之外。谅八旗汉军闻之，自必人人愤恨，义切同仇。不知此等败类，乃戾气所钟，譬如万顷嘉禾，间生稂莠，锄而去之，无害良亩。即如林清本系畿辅民人，敢兴悖乱，国有常刑，只将逆犯诛殛，断无因林清一犯，将近畿数百万良民皆疑其反侧之理。现在曹纶一家，已销除旗档，我汉军臣仆，皆当视曹纶为异类，不必引以为愧。所有八旗满洲、蒙古、汉军等，惟当感激国家培养厚恩，勿忘祖父勤劳世泽，共矢天良，力抒忠荩，无负朕谆谆训勉至意。将此通谕八旗知之。"（《平定教匪纪略》卷十七）

口头上说汉军中"即现在简用内外大员，亦皆克宣力效忠，无愧阀阅"，又要"汉军臣仆，皆当视曹纶为异类，不必引以为愧"，实际上却对汉军各科道从严治罪，"以示惩儆"，由此可见嘉庆之口是心非、表里不一，大耍两面手法。（《清实录》中收了上面的安抚汉军旗人的谕旨，却只字不提对汉军各科道治罪之事，亦可见《实录》之纂修者为了粉饰皇帝的"德政"，有些"实事"却是避而不"录"的。参见《仁宗实录》卷二百七十八）他见有旗人参加了林清起义，极为恼怒。

高鹗却因此而倒了霉。在处分失察的汉军及直隶科道官员中，他是名列第一。吏部奏请将他降二级调用，皇帝嫌轻，御笔改为降三级调用。他老年受此处分，心情是不会愉快的，果然不几年就去世了。增龄在嘉庆二十二年（1817）三月为其师高鹗的《月小山房遗稿》撰写序言，说他"家贫官冷，两袖清风，故著作如林，未遑问世，竟赍志以终"，当是高鹗晚景的如实写照。

（原载《红楼梦研究集刊》第四辑，上海古籍出版社 1980 年版）

《红楼梦》说书考

一

　　《红楼梦》问世之后，开始是以抄本形式流传，"好事者每传钞一部，置庙市中，昂其值得数十金"。后来程伟元两次用活字排印了一百二十回本，第一次在乾隆五十六年（1791），第二次在乾隆五十七年（1792）。自此以后，《红楼梦》便风靡全国，广泛地流行开来。一般知识分子，谈红之风颇盛，嘉庆年间甚至有"开谈不说《红楼梦》，读尽诗书足枉然"之说。

　　将《红楼梦》改编成为戏曲，据目前所知，最早是在乾隆五十七年（1792），其人是仲振奎，仅成《葬花》一折。他在《红楼梦传奇》的自序中说："壬子秋末，卧疾都门，得《红楼梦》于枕上读之，哀宝玉之痴心，伤黛玉、晴雯之薄命，恶宝钗、袭人之阴险，而喜其书之缠绵悱恻，有手挥目送之妙也。同社刘君请为歌辞，乃成《葬花》一折，遂有任城之行。厥后碌碌，不遑搦管。"后来，他在嘉庆二年（1797）秋天，花了四十天的工夫，写成了《红楼梦传奇》，共三十二出，其中也包括了《葬花》。孔昭虔在嘉庆元年（1796）编了《葬花》的戏曲，也是一折，其时间已在仲振奎撰成《葬花》的四年之后了。以后，嘉庆五年（1800）万荣恩编成《潇湘怨传奇》，嘉庆十一年（1806）有女作家吴兰征的《绛蘅秋》问世（共二十八出，最后两出是其夫俞遥帆所补），嘉庆十八年（1813）朱凤森编成《十二钗传奇》，嘉庆二十年（1815）吴镐编成《红楼梦散套》，等等。这些根据《红楼梦》改编的戏曲，绝大多数未曾上演。《红楼梦散套》书前署名听涛居士的序上说："《石头记》为小说中第一异书，海内争传者已数十载，而旗亭画壁，鲜按红牙。顾其书事迹纷繁，或有夫已氏强合全部作传奇，即非制曲家有识者所为，况其抒词发藻又了不足观欤！"据许兆桂为《绛蘅秋》所写的序说："吾友仲云涧于衙斋暇日曾谱之，传其奇。壬戌春，则淮阴使者，已命小部按拍于红氍上矣"，由此得知仲振奎的《红楼梦传奇》于嘉庆六年（1801）曾经在扬州的两淮巡盐御史使院里演出过。

至于民间艺人说唱《红楼梦》的故事，过去所知的最早记载见于得舆的《草珠一串》（又名《京都竹枝词》）。他写过这样一首竹枝词：

> 儿童门外喊冰核，莲子桃仁酒正沽。
> 西韵《悲秋》书可听，浮瓜沉李且欢娱。

在"西韵《悲秋》书可听"句下有作者自注："子弟书有东西二韵，西韵若昆曲。《悲秋》即《红楼梦》中黛玉故事。"

《草珠一串》是嘉庆二十二年（1817）刊刻。作者自序上说："甲戌新夏，有友人持《京都竹枝词》八十首见示，不知出自谁手，大半讥刺时人时事者多。虽云讽刺，未寓箴规，匪独有伤忠厚之心，且恐蹈诽谤之罪。友人啧啧称善，余漫应之而未敢附和也。立秋后五日，芸窗静坐，忽闻满院蕉声；荜户虽开，不见同人履迹。潇潇细雨，空余北海之心；勃勃诗情，敢效东施之态。因人及物，共得百有八章，集腋成裘，真乃一言以蔽，名之曰《草珠一串》。"此"甲戌"是嘉庆十九年（1814），得舆创作《草珠一串》是在这一年的秋天。

子弟书是北方鼓词的一个支流，相传创始于乾隆年间。它以七字句为主要的格律，但可随意增加若干的衬字，伴奏的音乐也和一般鼓词一样，是以三弦为主要的乐器。至于它的乐调唱法，分作东西两派。震钧《天咫偶闻》里说它"其词雅驯，其声和缓，有东城调、西城调之分，西韵尤缓而低，一韵纤萦良久"（卷七）。《悲秋》即是用北京的西城调来演唱的。

现存最早的子弟书刻本是乾隆二十一年（1756）的《庄氏降香》，据关德栋同志考证，此书是罗松窗的创作。在罗松窗以后，子弟书的著名代表作家为韩小窗，他的作品现存约三十多种，其中有好几种是演唱《红楼梦》故事，如《一入荣府》《宝钗代绣》《黛玉悲秋》《露泪缘》及《紫鹃思玉》等。《露泪缘》可算他的代表作，一共有十三回，其中也包括了《黛玉悲秋》。这些作品，或在开头，或在篇中，或在结尾，大多嵌入"小窗"二字，可以判断是他所写。

　　韩小窗生活的时代，诸家的说法不一，有的以为是乾嘉间人，有的以为是嘉道间人。据1962年胡光平同志所写《韩小窗生平及其作品考查记》（载《文学遗产增刊》第十二辑），韩小窗一生的经历，早期较为模糊，晚年多可考实。同治年间，他在北京得名。光绪三年（1877）以后，他定居沈阳。据胡光平和任光伟同志当时的调查，尚有沈阳曲艺老艺人文俊阁在光绪十八九年（1892—1893）曾见过韩小窗，那时韩五十余岁。文俊阁的舅父缪东霖是韩小窗晚年的好友，曾一同参加过诗社，在沈阳鼓楼会文山房聚会，除写诗外，还写子弟书和影卷，由会文山房印行。调查结果是韩小窗大约生于道光二十年（1840）前后，卒于光绪二十二年（1896）前后。即使他的生年可能提前，我们把他算作道光及光绪年间的作家，大体上是不会错的。他所创作的《红楼梦》子弟书是鸦片战争以后的作品。

　　《脂砚斋重评石头记》甲戌本上有大兴藏书家刘铨福在同治二年（1863）所写的一条跋语："《红楼梦》纷纷效颦者无一可取，唯《痴人说梦》一种及二知道人《红楼梦说梦》一种尚可玩，惜不得与佟四哥三弦子一弹唱耳。此本是《石头记》真本，批者事皆目击，故得其详也。癸卯春日白云吟客笔。"他惋惜没有人来弹唱《红楼梦》的故事。其实早在他写这条跋语的五十年前，在北京就已有人用三弦子来弹唱《红楼梦》的子弟书了。

二

　　刘铨福所称许的《痴人说梦》是一本较早的研究《红楼梦》的书。此书和得舆的《草珠一串》一样，也是在嘉庆二十二年（1817）刊刻，题"苕溪渔隐撰"。其中包括《槐史编年》《胶东余牒》《鉴中人影》和《镌石订疑》四种，并附有《大观园图》。

　　"苕溪渔隐"是范锴的别号。他是浙江乌程人，《南浔镇志》上有他的小传，兹录于下。

范锴，初名音，字声山，号白舫，又号苕溪渔隐。例贡生。其先明祭酒应期，居菁山，殁后，族党散处各郡。祖颖通，字希贤，号栖园，监生，攻轩岐术，精脉理，自塘栖迁浔，著《砚北居琐录》，皆载故里文献。父宗镐，字学周，号检斋，监生，辑浔著二卷。锴有俊才，工诗，尤善词。中岁以后，远游四方，磊落好交，寓意盐筴，往来楚、蜀者三十年。留心掌故，作《浔溪纪事诗》七十首，征引记载，遗闻佚事，靡不毕具。客蜀，著《蜀产吟》；侨寓汉上，著《汉口丛谈》，皆不愧作家。晚岁寓居扬州，卒年八十余。锴兄登，字既庭，号烟畦，县学生，亦有文行。登子来庚，初名濂，字小庭，秀水县学生，尝刊《南浔镇志》。（《南浔镇志·人物二》）

范锴的生卒年不见于任何记载，大体上可以考出。他为《幽华诗略》一书所写的跋，末署"道光二十有一年岁次辛丑季冬，乌程范锴识于汉沑寓居，时年七十有七"，可推算出他生于乾隆二十九年（甲申，1764）。《幽华诗略》卷四录常道性的一首七古，题为《甲申六月，范白舫六十寿辰，时君客夔府，爰赋长歌寄祝，以为一觞之献》，与上面推算正相符合。他的卒年当在道光二十五年（1845）以后，因为他的《苕溪渔隐诗稿》所收的最后一首作于道光二十四年除夕，而他的友人孙燮为《华笑庼杂笔》一书写的序，末署"道光二十有五年岁次乙巳重阳后三日，同邑孙燮拜手谨撰"，此时范锴仍然健在，已有八十一岁。估计他的卒年在此之后两三年内，不会晚于咸丰二年（1852）。

范锴一生未做官。《南浔镇志》上说他"寓意盐筴"，是指他以名士身份依附于盐商，有时也为他们办些文墨之事。有人说他是一个盐商人，实误。他一生勤于著述，据目前所知，共十五种，计有：《吴兴藏书录》一卷，《南浔刘氏眠琴山馆藏书目》四卷，《华笑庼杂笔》六卷，《浔溪纪事诗》二卷，《湖录纪事诗》一卷，《蜀产吟》一卷，《感逝吟》一卷，《续汉上题襟集》一卷，《浔溪渔唱》一卷，《苕溪渔隐诗稿》六卷，《苕溪渔隐词》二卷，《华笑庼词》一卷，《幽华诗略》四卷，《汉口丛谈》六卷，《痴人说梦》一卷。

他对《红楼梦》很熟悉。所著的《痴人说梦》是一部谱录性质的书，用的是一百二十回本，但他也看到了八十回本《石头记》，并且花了功夫做了一些校勘工作，写出了札记。除此之外，值得我们注意的是，《苕溪渔隐词》卷一载有一首词，透露了当时有《红楼梦》的说书，其时间要比得舆的记载早。

《玲珑四犯》

寒食日方东山招饮汉阳山墅，雨阻不果，移席洪石农太守行馆，听周生说《红楼梦》。仿石帚体，为赋一解一纪。

杏酪送春，饧箫迎暖，番番春信过半。冶游天亦妒，小雨吹花惯。空期蹋青旧伴，恨东风霎时心换。吐翠殷勤，落红辛苦，谁证此公案。高斋且开文宴，听尊前说梦，多是情幻。柳丝千万缕，定把韶华绾。天涯乐事惟诗酒，又何须舞裙歌扇。看瞥眼晴光启，寻芳未晚。

《苕溪渔隐词》所收作品是按词的写作年代顺序编排。此词前面的第三题为《琴调相思引·戊辰花朝对月次心盦韵》，后面的第五题为《探芳讯·己巳题黄心盦来禽书屋填词图》。戊辰是嘉庆十三年（1808），己巳是嘉庆十四年（1809）。因此我们可以判断这首《玲珑四犯》系作于嘉庆十三年，即1808年4月间。

这次《红楼梦》说书的地点在何处呢？词题中说是"洪石农太守行馆"。洪石农太守为何许人，他的行馆又在哪里，设宴的方东山和范锴是什么关系，都必须弄清楚。

范锴在《感逝吟》一书中对此两人的生平作了记载。

《洪石农观察》

观察名范，号石农。歙人，居桂林村。善篆隶，工六法。以赴北闱入京师，福郡王（按，即福康安，傅恒之子）延为书记，从征卫藏。策马万余里，所历西番各部山川险要，战守形胜，悉绘于图。上相筹边，藉资指画。事平，以县尹微僚立功绝域，超擢松潘同知，赏戴花翎。涪守同州，引内讳归。服阕，补山东曹州府，升运河河库道，病卒于官。先自同州丁艰归，道出汉上，值酷暑，小住数月，其行馆与余寓仅一垣隔，往来过从无间。时设酒果，招方岩夫、常芝仙暨余，谈诗论画，时相得也。尝言：西藏每于日落见星，仰观经星及象星，觉光芒闪烁，较中土为更大，历夏秋冬三季，并不见北斗七星，天文之殊如此。

由此得知洪石农擅长书法，懂得绘制地理图，曾到过西藏，见闻颇广。他的行馆是在汉口，和范锴比邻。查范锴当时是借寓在"吴氏之揽葘山房"，离后湖很近，他和友人们常在后湖一带漫步品茗，诗酒唱酬，诗词集子中常有反映。

关于方东山的情况，《感逝吟》一书是这样记载的。

《方东山秀才》

秀才名轸，字岩夫，号东山。歙县人，居西灵金村。世饶于资，乐施好义，尊甫晞原先生（矩）刻苦读书，文名远著。乾隆丙午朱文正公（珪）主试江南，自决必能以第一人取晞原，而晞原时以多病，已不赴试。又四年卒，著有《以斋集》。东山为程瑶田先生（易田）弟子，家学师承，渊源有自。尤精《文选》，作诗以五言为长。慎择益友，重于切磋，处有知无，时能推爱贫交。所惜百年之业，久托戚党司理，日侵月蚀，已莫能支，而周济之心犹未倦也。与余同客汉口，讨经论史，吟眺山川，无十日相违。嘉庆庚午（按，嘉庆十五年，1810）自汉归歙，次年余亦由巴东入蜀，音问遂隔。甲戌（按，嘉庆十九年，1814）季冬，余旅食犍为，忽闻凶耗，不禁涕泣沾襟。

由此可知，方东山也是与范锴"同客汉口"，过从甚密。《幽华诗略》卷四收有方东山的诗一百四十首，范锴在作者小传后面摘引了自己所做的《揽葘山房漫记》，其中说到方东山"先业汉，时来寓馆，虽处尘市，日睹典籍。闻其盛时，往来游士竞投诗文，咸资赆馈。尝见余作，颇为击赏，余未之知也。嘉庆丙寅（按，嘉庆十一年，1806），醝务长鲍筠长（兆瑞）邀余赏雪探梅，狐貉盈座，而余则衣敝缊袍，操觚自若。君闻之，语人曰：'斯人也，守贫介介，谁识之哉？'一旦见访旅居，握手言欢如旧识。由是讨论经史，互相研砺。丁卯（按，嘉庆十二年，1807）冬，侵晨大雪，君寝未兴，惊曰：'范叔得无寒乎？'急遣人贻以羊裘。戊辰（按，嘉庆十三年，1808）将归新安，赋诗留别，余和之。君读至'安有他时意，乃易今日情'句（按，此诗见《苕溪渔隐诗稿》卷二，题为《方岩夫将归新安，赋诗留别，书以赠送》，是其中的第三首），不觉拍案而起曰：'此真我两人之交也！'"从这段记载看来，方东山是一位豪爽慷慨、笃于友情的人，他和范锴在嘉庆十一年（1806）间相识。

《幽华诗略》卷四所收录的方东山诗，最后一首是《答声山》：

> 轻烟细雨湿庭莎，引人愁怀定几何？
> 休说《玲珑》新调好，更无从觅雪儿歌。

诗后有方东山的自注："寒食后，君有《玲珑四犯》调见示，词中颇多感慨。"此诗是写给范锴的，所谓"词中颇多感慨"的《玲珑四犯》，就是描述在洪石农太守行馆听周生说《红楼梦》的那首词。"轻烟细雨""引人愁怀"，与当时的情景正合。《玲珑四犯》这个词调虽创自北宋周邦彦，南宋姜夔又有自制曲，与周词之句读不同。范锴在"听周生说《红楼梦》"这首词的小序中明确说道："仿石帚体，为赋一解以纪。"方东山在诗中说："休说《玲珑》新调好，更无从觅雪儿歌"，正是用姜夔之故事，感叹目前已找不出善解音律如同雪儿之歌姬，此调盖已绝响久矣。范锴大概是为了纪念这次文酒之会，并很欣赏方东山这首七绝的诗意，才拿它来作为压卷之作吧。

三

嘉庆十八年（1813）寒食日，方东山借洪石农的汉口寓所宴请友人，在宴会上表演《红楼梦》说书的周生究竟叫什么名字，他是怎样一种身份，当时说的是《红楼梦》中的哪段故事，还可作进一步的探索。

我在范锴所著的《汉口丛谈》卷五一书里，终于找到了一条与此有关的较详记载。现引录如下：

> 方岩夫招同曹问林、黄心盦出游汉阳郊墅，因雨阻不果，移席洪石农先生寓馆，听说书者周在谿说《红楼梦》野史数则。是集也，觥筹履舄，雅极缠绵。各赋十绝句纪事。心盦诗云："流红未可付春漪，合筑香泥葬玉肌。传得女郎情态好，教人一倍惜花枝"，"杏子樱桃且慢肥，柳绵榆荚莫轻飞。欲将暮雨潇潇曲，翻作花开缓缓归。"余作云："葬花人独荷香锄，听说《红楼》一卷书。试问阿谁能遣此，伤春那不渺愁余"，"秋赋槐黄看拾才，待君秘籍校兰台。也须先解文园渴，银烛金尊醉百杯（时岩夫将归江南赴试，故云）"，"漫唱《玲珑四犯》词，不争日暮汉宫诗。姓名倘入《江湖集》，肠断江湖酒醒时"。先生读至此首，再四吟讽曰："大有遗韵绕梁，不仅风调佳也。"嗣问林、岩夫、心盦相继殂谢，先生远莅山左，余犹旅食汉口，老作江湖之客。回首前欢，宛如昨梦，能不黯然！

由此可知，参加这次宴会的，除了方东山、洪石农及范锴之外，尚有曹问林和黄心盦。曹问林是方东山的岳丈，黄心盦是范锴的知友。《汉口丛谈》卷五对此两人都有记载：

> 曹问林侍墀，字曙阶。歙贡生。性纯和，好学嗜诗。为岩夫外舅，尝馆于鲍筠庄（按，前面所引的《揽茝山房漫记》中曾提到鲍筠庄，名兆瑞，是嵯务长，爱好风雅）汉上寓斋，宾主倡酬，殆无虚日。新雨联吟、苔枝倡和之集，两翁皆与诗会，兴不少衰。
>
> 黄心盦，名承增。歙人。伟貌修髯，交游甚广。工作诗词，文思斐然。尝往来于燕北、汴梁、三湘、吴下，所至公卿倒屣，争相延致，为江湖上客，而操觚染翰之士，亦无不愿交于心盦也。两游汉口，皆与题襟雅集，虽参末座，已有惨绿少年之异。丙寅（按，嘉庆十一年，1806）复自淮上来，侨寓痘姥祠。仆仆半生，鸟将飞倦，遂

有终焉之意。值余重客汉上，因通缟紵。自后吟尊花社，酬唱日增，顿著"黄、范"之目。每推敲过市，人咸指而视之，似以为两异人耳。然余寡学鲜能，拘于孤傲，痴呆木讷，樗散早成，而心盦则具应世之才，高谈雄辩，四座俱倾，大有意气公然笼罩人之概，乃忝齐名，殊可愧也。心盦偶语及汉口曩日前辈风流，渺不可得，辄抚腕嗟叹。余曰："四美二难，不可兼得，人固知之；而中寓盛衰之感，人莫知也。数十年来，君阅历已深，矧擅文笔，曷不纪之？"心盦颔笑再三，遂有《汉口漫志》之作，中载生平交游倡和居多，得二十三卷，未竣而卒。

这次宴会的参加者所写的诗，可惜未全部保留下来，目前只能看到五首，即黄心盦的两首及范锴的三首。从他们的诗里，可以知道当日宴会上所说的《红楼梦》故事，其中之一是《黛玉葬花》，即《红楼梦》第廿七回的"埋香冢飞燕泣残红"。看来，说书人的技艺相当高明，传神摹态，惟妙惟肖，所以黄心盦才夸他"传得女郎情态好，教人一倍惜花枝"，范锴也说"试问阿谁能遣此，伤春那不渺愁余"。早期的《红楼梦》戏曲，也大都写《黛玉葬花》（如仲振奎和孔昭虔）。这也证明了曹雪芹笔下的黛玉葬花确实写得精彩，特别动人。

当日所说的"《红楼梦》野史数则"，除了《黛玉葬花》之外，还有别的什么呢？因为没有直接的文字记载，只能作些推测。我们从黄心盦的第二首诗中似可找到若干线索。

"杏子樱桃且慢肥，柳绵榆荚莫轻飞"，虽和眼前之景分不开，但也有可能是由说书的内容联想而来。《红楼梦》中有关这些景物的故事足以独立成篇者，有第五十八回的"杏子阴假凤泣虚凰"和第七十回的"史湘云偶填柳絮词"前一个故事写贾宝玉看到杏花全落，叶稠荫翠，上面结了豆子大小的许多小杏，而想到邢岫烟已择了夫婿，不过两年，也要"绿叶成荫子满枝"，再几年，就会"乌发如银，红颜似槁"，因此不免伤心，只管对杏流泪叹息。正胡思问，忽见一股火光从山石那边发出，于是发现藕官满面泪痕，在那里烧纸祭奠。后一个故事写暮春之际，史湘云见柳花飞舞，写成一首小令，十分得意，便倡议起社填词，以柳絮为题。探春、宝玉、黛玉和宝琴所写的词，大都发出悲叹，唯有宝钗在作翻案，说是"好风频借力，送我上青云"。洪石农行馆的那次文酒之会，很可能也说了这两段《红楼梦》的故事。我们看范锴那首《玲珑四犯》，下阕开始写"高斋且开文宴，听尊前说梦，多是情幻"，紧接着又往下写道："柳丝千万缕，定把韶华绾"，不由得也想起了《红楼梦》中史湘云所写的《如梦令》最后三句："且住，且住，莫放春光别去！"还有探春所写的《南柯子》上阕："空挂纤纤缕，徒垂络络丝，也难绾系也难羁，一任东西南北各分离。"范锴在词中用一"定"字，当是由听《红楼梦》说书而引起的感慨。

黄心盦的这首诗里还提到了"暮雨潇潇曲"。按，"暮雨潇潇曲"乃是唐代江南的《吴二娘曲》，其中有"暮雨萧萧郎不归"之句，见于白居易《寄殷协律》诗的自注。嘉庆十八年（1813）寒食日的那次宴会上无有歌妓，由范锴《玲珑四犯》中有"天涯乐事惟诗酒，又何须舞裙歌扇"之句可知。此"暮雨潇潇曲"很可能便是指席间所说的《红楼梦》故事。在《红楼梦》中写"暮雨潇潇"之景而又可以独立成篇者，有第四十五回的"风雨夕闷制风雨词"。它写林黛玉在凄风苦雨的夜晚，写成题为《秋窗风雨夕》的长诗，哀怨动人，十分伤感，后来宝玉来了，谈笑风生，这才使她转悲为喜。其间又有"渔翁"与"渔婆子"之喻，妙趣横生。

如果上面的推测尚可成立，那次宴会上所说的《红楼梦》故事，除《黛玉葬花》之外，可能还有《藕官烧纸》《填柳絮词》《秋窗风雨夕》等篇。这几段故事，就其内容而言，也符合范锴在那首《玲珑四犯》词中所说的"听尊前说梦，多是情幻"。

范锴第一首七绝，点明《黛玉葬花》。第二首一开头就说："秋赋槐黄看拾才"，诗后并有自注，明确指出方东山在这一年即戊辰年要回江南去参加乡试，因之，此诗乃为方东山而发，与听《红楼梦》说书无关。第三首是范锴感慨自己的身世遭遇。"不争日暮汉宫诗"是用唐代韩翃的故事，其事见孟棨《本事诗》。唐德宗时制诰缺人，中书请提名，德宗批道："与韩翃。"当时有同姓名者为江淮刺史，中书不知与谁，再请批，德宗写下"春城无处不飞花，寒食东风御柳斜。日暮汉宫传蜡烛，轻烟散入五侯家"一诗，批道："与此韩翃"，成为一个佳话。范锴用此事入诗，切合寒食，并表示自己浪迹江湖，姓名不欲天子知。

据范锴所记，在席间说《红楼梦》的乃是一位民间艺人，即"说书者周在谿"。

洪石农的行馆和范锴的寓所仅一垣之隔，靠近后湖。后湖是当时的游览胜地。《汉口丛谈》有多处描绘了它的风光。现摘引三条如下：

> 后湖即废襄河旧地，北距黄陂、孝感境三十余里。东西数十里，平畴旷野，弥望无际。春时丛树扶疏，芳草鲜美，伏云在地，流霭接天。浪翻麦陇之风，香泡菜畦之露。复有茶肆罗列，歌管纷喧，百鸟鸣笼，时花当户。于是女士出游，咸憩坐啜茗而留览焉。

> 后湖一带，地平而旷远，春草生时，望无涯涘。加诸茶寮市列，争购名花，春兰秋菊，各擅其芳。以是骚人逸士，估客寓公，无不流连光景，呼茗憩留。加诸医卜星相，百伎咸呈，日喧于秦筑楚弦之外。若爱幽静者，每于树荫僻处，斜阳下时，脩然小步，空阔在望，烟景离离，大有合于吟怀者也。

> 后湖俗名黄花地，土人垦作，遍种菜麦，近成沃壤。菜花齐放，麦穗低垂，一片黄云，斜阳灿色，真如七宝庄严，布金满地。余尝偕常芝仙春时闲步。芝仙有作云："野旷烟无际，荫浓一桁杨。麦苗含浅碧，菜蕊散深黄。春色已过半，豪情殊未央。与君皆老大，莫负此流光。"于写景中寓及时行乐之意。余和之云："散步偕良友，重来春已中。草青迷野阔，云白漾天空。卢陆留清韵，严韩溯古风（自注：茶肆外复多医卜诸术者）。旷怀纵谈笑，归恋夕阳红。"芝仙又有句云，"红袖嬉茶社，青帘动酒人"，"参差几幔谈医卜，高下楼台弄管弦"，皆实录也。

以上这些记载，充分表明当时后湖为汉上繁盛之地，茶肆酒楼，歌榭戏馆，医卜星相，百伎纷呈。邻近后湖的洪石农寓馆，请来的那位说《红楼梦》以助兴的"说书者周在谿"，大概就是在后湖一带献艺的民间艺人。

　　武汉一向有说书的传统。明末清初的大说书家柳敬亭曾来武汉。孔尚任的《桃花扇》第十三出《哭主》就写到柳敬亭在黄鹤楼左良玉席上说《秦叔宝见姑娘》的故事。据说还有他说书的底本流传下来，题为《柳下说书》。辛亥革命后，武昌刘禺生曾见过此书，据其《世载堂杂忆》所记，有八册，凡百篇，其中包括《杜、孟、米争襄阳》《元、白二人争湖》《宋江气出梁山泊》《程咬金第四斧头最恶》《隋炀帝往来扬州》《赵家留下一块肉》《蒋兴哥重会珍珠衫》等故事。很可能是在流传过程中经过武汉说书艺人的加工和发展，编纂成集。汉口，地当江汉二水之冲，为七省要道，商贾云集，人文荟萃。嘉庆年间出现像周在谿这样能生动说唱《红楼梦》故事的民间艺人，实不足为奇。

　　我们以前只知道嘉庆十九年（1814）北京城里有人说唱《红楼梦》故事的子弟书，吸引了不少听众。现在我们得知嘉庆十三年（1808）在汉口就已有民间艺人在宴会上表演《红楼梦》的说书了。不但时间早了六年，地点是长江重镇，而且说书人周在谿的名字也流传了下来。自乾隆五十六年（1791）苏州萃文书屋用活字刊印《红楼梦》一百二十回本以来，到此时已有十七个年头。我们重新发现的有关《红楼梦》说书的史实，也可以看到《红楼梦》一书风行南北及其影响之深广。

1981 年 2 月

（原载《红楼梦研究集刊》第八辑，上海古籍出版社 1982 年版）

何处招魂赋楚蘅

　　曹雪芹晚年住在北京西郊，敦敏、敦诚兄弟好几次去拜访过他，并且还赋诗纪事。他选择西郊居住，是为了潜心创作《红楼梦》，而且他还是位画家，"门外山川供绘画"，给予他一个景色宜人的幽静环境。虽举家食粥，仍写作不辍，直至"壬午除夕，书未成，芹为泪尽而逝"（有甲戌本和夕葵书屋本之脂批为证）。

　　他的墓究竟在何处，一直是个谜。现在通县张家湾发现了"曹霑墓石"，这一问题看来可望得到解决。

一

　　敦诚《挽曹雪芹》诗定稿之尾联云："故人唯有青衫泪，絮酒生刍上旧坰。"他把上新坟以吊故人说成是"上旧坰"，值得人们深思。坰是郊野，郊野本无所谓"新""旧"，这儿实指坟地。"旧坰"即老坟地，表明雪芹是葬入曹家的老坟。又，敦诚《挽曹雪芹》诗初稿，第一首之颔联云："肠回故垄孤儿泣（前数月伊子殇，因感伤成疾），泪迸荒天寡妇声。"从敦诚亲自写的诗注看来，雪芹在去世之前数月，有丧子之痛。所谓"故垄"表明其子也葬在曹家的老坟地。

　　敦诚反复使用"旧坰"和"故垄"两词，并非偶然。唯有雪芹父子葬于曹家老坟，方能解释得比较合理。旧时，世家大族，归葬祖茔，相沿成俗。数千里外，还扶榇返里，何况老坟所在并不算远。曹寅遗下的产业多在通州，有典地六百亩，张家湾当铺一座，他家在京东通州一带有坟地大致可信，坟地和祭田在抄家时并不入官。著名的李氏家族，如雪芹祖母李氏之父，曾做过广东巡抚的李士桢，就葬在通州城西之王瓜园。

《红楼梦》里贾府办丧事，停灵铁槛寺。曹雪芹写道："这铁槛寺，原是宁荣二公当日修造，现今还是有香火地亩布施，以备京中老了人口，在此便宜寄放。其中阴阳两宅，俱已预备妥帖，好为送灵人口寄居。"（第十五回）凤姐嫌不方便，带了宝玉、秦钟往水月庵来。据光绪《通州志》卷二《建置》，载有铁牛寺，云："旧在州张家湾北门外，久废。"又载有水月庵三处，云："一在州城东北隅，明为州绅杨行中书院，行中孙世扬舍作佛地。崇祯二年，僧仁善建庵，三面阻水，通以木梁，结构清雅，士大夫爱揽其胜。国朝顺治十二年知州师佐颜其堂曰'小蓬莱'，侍读沈荃作记。康熙十八年地震，殿门尽圮，僧智广、智度、慧吉重建。一在州治南，一在新城南门内。"1941 年编《通州志要》载："水月庵，在潞河公园之前。"看来，曹雪芹对通州及张家湾相当熟悉，把这些寺观庵堂，或稍加变化，或直接借用，写入其《红楼梦》。

雪芹死于壬午除夕，正是一年将尽之时，故张宜泉《伤芹溪居士》诗有"北风图冷魂难返，白雪歌残梦正长"之句。如果归葬老坟，不大可能在大正月里，势必停灵在家或附近佛寺。何时何地殡葬呢？我们先看曹寅和曹颙的例子。康熙五十四年（1715）正月十八日苏州织造李煦在上皇帝的奏折上说："奴才谨拟曹頫于本月内择日将曹颙灵柩出城，暂厝祖茔之侧。……俟秋冬之际，再同伊母将曹寅灵柩扶归安葬，使其父子九泉之下得以瞑目，以仰副万岁佛天垂悯之至意。"雪芹的祖父曹寅、伯父曹颙都是葬在祖茔，时间在秋冬之际。我们再看敦诚的挽诗初稿说："故人欲有生刍吊，何处招魂赋楚蘅！"以宋玉自比而以屈原喻雪芹。屈原自沉于汨罗江。传为宋玉所做的《招魂》，其结语云："湛湛江水兮上有枫，极目千里兮伤春心，魂兮归来哀江南！"敦诚之诗似暗示雪芹是葬在潞水之滨。又，"晓风昨日拂铭旌"之句，用一"拂"字，不像是天寒地冻之时，而且又易使人联想到宋代柳永《雨霖铃》词之名句"杨柳岸晓风残月"和"多情自古伤离别，更那堪冷落清秋节"。张家湾在通州城南，地处潞河下流，又联结北运河，正是南北交通、送往迎来之地，与"杨柳岸晓风残月"之境地相合。现在这里又发现了"曹霑墓石"。雪芹很可能是在辞世次年之秋后，归葬张家湾的曹家老坟了。

如果以上推论不误，敦诚挽诗之初稿当写于癸未年秋天雪芹出殡之次日。出殡那天，他和敦敏并未亲临下葬现场，因为他们家里也有丧事，他有丧子之痛，敦敏有丧女之痛。到了甲申年初，敦诚重新检读挽诗，发现其中第一首出了韵，"旌""声""蘅"是八庚韵，而"伶"字却是九青韵，于是重行改写，并两首为一首，用九青韵，保留他颇为得意的"牛鬼遗文悲李贺，鹿车荷锸葬刘伶"一联（此联也确是精彩），因此就把此诗之写定年代署为"甲申"了（此处采用周绍良先生说）。我觉得这些并不是凭空猜想，有一定根据，也合乎情理。因此，我认为有必要修正自己过去"经年而葬"的说法，雪芹停灵在家或附近佛寺，时间大概只有八九个月。

张家湾发现的"曹霑墓石"是旧刻，字体较一般碑刻大得多，已经风化剥蚀，在强烈光线下还看得清楚。雪芹乃是一介书生，没有功名，没有做官，坟前未立碑。这块墓石标明了墓主之姓名及卒年，埋于地下，其作用也就略同于墓志了。

从种种迹象看，此墓石并非出于镌刻石碑的专门工匠之手。有些专家提出了怀疑的理由，如石碑用石不合理，字的刻工不合理，事先未书丹，是直按下刀刻的，刀法乱、文法不合理，等等。我以为精粗和真伪并无必然的联系，要根据具体的情况来考察。应该充分考虑曹雪芹身后萧条、没有后嗣、新妇飘零、家境贫困，在这种情况之下，也就只能一概从简，不能以常规去要求。敦诚挽诗已透露了此一信息，如"牛鬼遗文悲李贺，鹿车荷锸葬刘伶"，前句说雪芹才华甚富，留下惊人之作而不幸短命，后句说雪芹旷达好饮而死后薄葬，丧事从简。何况挽诗一开头便说："四十年华付杳冥，哀旌一片阿谁铭？""阿谁"即求谁之意。铭旌是以一幅帛制成，标识死者之姓名，出殡时用，其作用在于导引魂魄至新的居所——墓地。曹雪芹死后无人为之书写铭旌，他的新妇肯定经过此事。即便后来找个人凑合写了，那也不能改变世态之炎凉及新妇的辛酸。若充分考虑这种情况，对墓石之毛糙及不合正规，便可以理解了。

试想，在当时，有一位曹雪芹的穷朋友或同情者，对死者素有好感，佩服其人品及才学，为了不使他淹没于世，找来一块条石，刻上曹霑的名字及其卒年，而且把名字刻得大大的，作为墓石埋之地下。作为曹雪芹的新妇，她是不是满怀感激之情呢？她会不会以墓石毛糙和不合规格而拒绝这一份好心呢？这总是件好事，我想她谅必会首肯的吧。

有人说墓石上应刻"曹君讳雪芹"才是，我以为"曹公讳霑"是正确的，因为"霑"是名，"雪芹"是号。如雪芹祖母李氏之父，其墓志铭说："公讳士桢，号毅可，生于万历己未岁四月二十三日亥时，卒于康熙乙亥岁三月二十二日申时"，而且铭文就题名为《广东巡抚、都察院右副都御史李公士桢墓志铭》，见钱仪吉《碑传集》卷六十六，此种例子不胜枚举。有人说雪芹葬入祖坟，碑上不应称"公"。我以为，如是曹家人自己立的，不会称"公"。若是他人（雪芹友人或同情者）所制，为了表示对死者的尊敬，当然可以称"公"的了，这也是一般通例。况且是埋于地下，并非树在墓前。

曹雪芹不会是"裸葬"。两百年间，京东一带经过战乱，如英法联军进犯北京，八国联军镇压义和团民，北洋军阀混战，沦陷时期通州曾是伪冀东自治政府所在地。兵荒马乱之际，很不安宁，坟墓屡有被盗者。旧时旗人坟前多不立碑，盗墓者不知墓主是谁，胡乱发掘。即便未发现什么珍宝，也不能空手而去，遗弃死尸，拖出棺木，好者拿去卖，劣者劈作柴烧，这些情形也是有的。墓石的石质不好，又沉，不好拿，自然丢在原处了。曹雪芹的墓可能会遭此劫。当然还有另外一种可能。据住过张家湾一带的人讲，那里因靠潞河，土质不好，普通棺木埋在土里，数十年后即荡然无存。他曾见人家有求夫妇合葬者，几十年后挖开墓穴，只见一副白骨，可为佐证。所以我认为后一种可能性更大，此事亦不足为奇。

幸而这块"曹霑墓石"终于现之于世。它虽简陋，却带着刻石者的好心、穷朋友的一片真诚，向后人提示了曹雪芹墓之所在。曹雪芹"十年辛苦不寻常"所创作的这部伟大作品《红楼梦》，传世以后赢得了中外读者的热爱和尊敬，更在人们心中树起了一座天然的、非人工的纪念碑。

二

一些专家引用敦诚挽诗中的两联："他时瘦马西州路，宿草寒烟对落曛"（初稿）及"故人唯有青山泪，絮酒生刍上旧坰"（定稿），来证明曹雪芹死后葬在北京西郊的西山或香山一带，并认为曹雪芹墓在京东张家湾的说法与挽诗大相矛盾。

果真是这样吗？

"西州路"是一个怀念死者的成典，并不代表固定的方向。它出自《晋书》卷七十九的《谢安传》。按《谢安传》云："羊昙者，太山人，知名士也。为安所爱重。安薨后，辍乐弥年，行不由西州路。尝因石头大醉，扶路唱乐，不觉至州门。左右白曰：'此西州门。'昙悲感不已，以马策扣扉，诵曹子建诗曰：'生存华屋处，零落归山丘。'痛哭而去。"

我查检了敦诚的全部现存诗作，把"西州路"和"坟墓"相联系起来的只有两首。一首是《挽曹雪芹》初稿的第二首。还有一首题作《同人往奠贻谋墓上，便泛舟于东皋》，诗云："才向西州回瘦马，便从东郭下澄渊。青山松柏几诗冢（三年来诗友数人相继而殁），秋水乾坤一酒船。残柳败芦凉雨后，渔庄蟹舍夕阳边。东皋钓侣今安在？剩我孤蓑破晚烟。"

此诗首联与诗题相印证，正是所谓"破题"。"才向西州回瘦马"就是指"同人往奠贻谋墓上"这件事，"便从东郭下澄渊"就是指的"便泛舟于东皋"。第三句是对人生发感慨，叹息近三年来诗友相继凋谢。第四句是写眼前现实，我辈同人乘一酒船漂泊于天地之间耳。颔联写舟中所见之景，尾联怀贻谋弟。贻谋名宜孙，是敦敏的从堂弟，两人小时同过家塾，长大成人也常一起游谦。他墓在何处，是见诸记载的。敦诚有一首诗题为《潞河舟中遇书筠园、李仲青、郭澄泉，缆不能维，一语别去，因寄是诗，并感怀贻谋弟》，在诗题下自注："弟墓近南岸"，明确说出贻谋之墓是靠近潞河南岸。此处用"西州路"之典，是指北京的东郊而非西郊。既然如此，那么敦诚前往处于潞河下流的张家湾去奠祭雪芹之墓，同样也是可以使用此典的。

敦诚挽曹雪芹诗中用"西州路"可能还有更深一层的喻义。

羊昙为什么行不由西州路，过西州门而痛哭？谢安原来出镇广陵（今之扬州一带），"雅志未就，遂遇疾笃。……诏遣侍人慰劳，遂还都。闻当舆入西州门，自以本志不遂，深自慨失"。他自扬州回到当时的京都金陵，要乘车进入西州门，因为自己志业未成，有很大的失落感。羊昙是他的外甥，知悉此事。

敦诚知道曹雪芹曾在南京的江宁织造署内宅度过一段富贵繁华的生活（《寄怀曹雪芹》诗有敦诚自注"雪芹曾随其先祖寅织造之任"），在父亲罢官及抄家之后，随家人由金陵取道扬州，经运河而入都。他弃舟登陆的地点就是张家湾，从张家湾到北京是他入京之路。雪芹是怀着十分沉重的心情进入北京的。入京之后，历尽世态炎凉，坠入困顿之中，正如敦诚诗中所说，"扬州旧梦久已觉，且著临邛犊鼻裈"，虽然"著书黄叶村"，但一部《红楼梦》尚未写成，泪尽而逝。所志未遂，"竟坎坷以终"（敦诚《鹪鹩庵笔麈》）。在某些方面与谢安回京师情况有类似之处。

雪芹是自张家湾入京，其墓又葬在张家湾，敦诚写"他时瘦马西州路，宿草寒烟对落曛"，正是最恰当不过的了。

有的专家在"青山"一词上大做文章。

按，敦诚挽诗的定稿不见于《四松堂集》刻本，而只见于《四松堂集》付刻底本和《四松堂诗钞》乾隆抄本。前者今藏北京大学图书馆，后者今藏中国社会科学院文学研究所图书馆。两处皆作"故人唯有青衫泪，絮酒生刍上旧垌"，是"青衫"而非"青山"。

敦诚乾隆二十二年（1757）做过松亭关的税官，二十四年（1759）离职回京。直到乾隆三十一年（1766），即雪芹去世后四年，才补入宗人府笔帖式。他写挽诗时，没有担任官职，而且"三年下第"，在功名上失意，故以"青衫"自喻。"青衫泪"典出白居易名篇《琵琶行》的"座中泣下谁最多，江州司马青衫湿"，用来表示一洒同情之泪，敦诚曾创作过《琵琶行》传奇一折，曹雪芹为之题过诗，有"白傅诗灵应喜甚，定教蛮素鬼排场"之句，给敦诚印象尤深，记在《鹪鹩庵笔麈》里。所以敦诚在挽诗中用"青衫泪"，有他特殊的意义。敦敏也写诗称赞其弟曲作之动人："红牙翠管写离愁，商妇琵琶溢浦秋。读罢乐章频怅怅，青衫不独湿江州。"敦诚在诗文中多处用"青衫泪"之典，如和人诗云："私念平生多少泪，万痕灯下看青衫。"其《留别东轩弟序》亦云："相顾潸然，不觉青衫之尽湿也。"东轩弟即前文所提到的贻谋。

"青衫"之误作"青山"，由来已久，始于胡适之考证文章。吴恩裕先生过去出版的《有关曹雪芹八种》，其中所收的《四松堂集外诗辑》亦误。1963 年出版的《有关曹雪芹十种》吴先生已加改正。（卷前说明中说："承陈毓罴同志代将其中的《四松堂诗钞》根据原抄本校正一过。"）我在 1964 年所写的《曹雪芹卒于癸未除夕新证质疑》一文中，也曾指明"青山"为"青衫"之误。

一字之差，虽是小事，可是有人用来证明曹雪芹葬于西山或香山一带，并以此对张家湾有曹霑墓地的看法大加非难，这就不能不郑重其事来重提了。诚然，通州张家湾是看不到"山"的影子的，然而敦诚的挽曹雪芹诗中又何尝有"山"的影子呢？

有人又引用敦诚《同人往奠贻谋墓上，便泛舟于东皋》诗："才向西州回瘦马，便从东郭下澄渊。青山松柏几诗冢（三年来诗友数人相继而殁），秋水乾坤一酒船。……"说这儿的"青山"恰好也正是与"故人唯有青山泪，絮酒生刍上旧垌"相呼应，表明敦诚不久前刚在西郊吊祭了曹雪芹等诗友。这位专家大概忘了此诗编入丁酉，即乾隆四十二年（1777），敦诚的从堂弟贻谋乃死于是年。诗注中所说的"三年来"是指乾隆四十年至四十二年（1775—1777），而曹雪芹早于乾隆二十七年（1762）除夕去世了，前后相隔有十五年之久，怎么能包括在"三年来诗友数人相继而殁"之内呢？所以这儿的"青山"也是不能请来为曹雪芹墓地作证的。正如前文所云，"才向西州回瘦马"本是指"往奠贻谋墓上"，"便从东郭下澄渊"乃是指"便泛舟于东皋"，贻谋之墓据敦诚诗注是靠近潞河的南岸。这位专家却强解为吊雪芹于西郊，扭转敦诚和友人们的马头，偏要他们一行往西郊进发，这种解诗方法既不顾诗题所标明，又不顾诗句所写的实际内容，未免过于奇特。

在乾隆四十年至四十二年（1775—1777）之间，这三年来敦诚丧失了哪些诗友呢？这又是历历可考的。

一位诗友是龚紫树。据敦诚之《祭龚紫树》文，紫树卒于乾隆四十年（1775）八月间。乾隆四十一年（1776）敦诚有《万柳堂阁上同荇庄饮酒，并感怀紫树》诗，其中有"愁云低暗花宫路，缥帐凄风有所思（紫树停榇夕照寺）"之句。又乾隆四十二年（1777）敦诚有《过龚紫树柳巷故居有感二首》诗，其中第二首有"寒食何人过野寺（停榇夕照寺），孤魂和雨泣棠梨"之句。

另两位诗友是复斋和兰庄。

乾隆四十一年（1776）的重阳节，敦诚写过一首诗，题为《九日宜闲馆置酒，松溪（恩昭宗兄）、瞿仙、懋斋（即子明兄）、贻谋见过，以香山诗"歌笑随情发"，分韵得歌字，兼有感怀》。其中云："我有同心友，玉立芝兰拖，两年当此日，茅堂剧笑歌，今夜北邙月，凄风动黍禾（谓复斋、兰庄）。"可见复斋及兰庄两人业已去世。

再看敦诚在上一年即乾隆四十年（1775）所写的一首诗，题为《九日宜闲馆置酒，复斋（吉元宗叔）、嵩山、墨翁、朱桐崖、龚荐庄（协）、荩庵（和顺武宗侄）、子明兄、贻谋、桂圃（宜兴从堂弟）两弟，暨余共九人，即次荐庄韵八首》从诗题上可以看出是时复斋尚健在，参加了此次重阳宴会。此诗之第四首云："客里悲秋病易侵，登台谁复问黄金。纤腰一束东阳骨，黄叶雨窗对酒心（兰庄时卧病）。"可见此年重阳节兰庄已患病。则复斋与兰庄两人在乾隆四十年（1775）重阳节后至乾隆四十一年（1776）重阳节前相继去世，是毫无可疑的了。

三年之中，敦诚诗友之中有龚紫树、复斋（吉元宗叔）、兰庄三位故世。这就是所谓"青山松柏几诗家（三年来诗友数人相继而殁）"句之实际所指，其中哪有曹雪芹的影子呢？

张宜泉《伤芹溪居士》诗之结语云："多情若问藏修地，翠叠空山晚照凉。""藏修"一语，出自《礼记·学记》："故君子之于学也，藏焉修焉。""藏修地"是指曹雪芹读书和写作的地方，指他居处的环境，当然也就是写作《红楼梦》的环境。"藏修地"的意思并非葬身之地。它和"葬尸地""埋骨处"不能画上等号。

有的专家还引敦敏《西郊同人游眺兼有所吊》一诗，认为其所吊对象非雪芹莫属，并以此证明曹雪芹葬在香山一带。

经我查检，这首诗见于《熙朝雅颂集》。此书专收旗人之诗，为八旗通志馆总裁铁保奉皇帝之命纂辑，于嘉庆九年（1804）编成。敦敏诗选编入首集卷二十六，共三十五首，有三十一题。《西郊同人游眺兼有所吊》是其中第二十题。诗的全文是："秋色招人上古墩，西风瑟瑟敞平原。遥山千叠白云径，清磬一声黄叶村。野水渔航闲弄笛，竹篱茅舍坐开樽。小园忍泪重回首，斜日荒烟冷墓门。"

　　紧接其后的第二首，即第二十二题，便是《赠曹雪芹》，即敦敏与其弟去西郊访曹之作，也见于《懋斋诗钞》，题作《赠芹圃》，文字稍有小异。如果《西郊同人旅眺兼有所吊》真是吊雪芹，以常情而论，只会放在《赠曹雪芹》一诗之后，而不会在其前，且相邻如此之近。第二十八题还有一首《访曹雪芹不值》诗。《熙朝雅颂集》所收敦敏诗未编年，有错简的情况，但不应错到如此地步，以致造成先吊后访的咄咄怪事。

　　我们可以进一步研究，敦敏此诗兼有所吊的对象到底是谁？

　　曹雪芹是敦敏、敦诚熟悉的朋友。敦敏若是凭吊雪芹，大可直书其名号，而那首在潞河岸边酒楼上所写的《河干集饮题壁兼吊雪芹》就是明证。他为什么要偏事隐讳呢？这"兼有所吊"之对象定是和西郊游眺之"同人"（即和他一起喝酒的朋友们）没有干系的，而且若写在题目里面有些不大合适。

　　"黄叶村"一词出自苏东坡《书李世南所画秋景》诗："野水参差落涨痕，疏林欹倒出霜根。扁舟一棹归何处，家在江南黄叶村。"此词富有诗意，常被人们用来形容及代指秋日的村庄。敦诚写过"残杯冷炙有德色，不如著书黄叶村"，指雪芹住在西郊写书之事。然而这"黄叶村"并非雪芹所居村庄之特定专名。敦敏诗中的"黄叶村"只是用来写秋日之景。一见到"黄叶村"二字，就以为定指雪芹，乃是一种误会。

　　此诗前三联写西郊同人游眺之情景，末联才写到"兼有所吊"。诗中的"小园"是敦敏指他自己的家，从"忍泪""重回首"等词可以看出所吊乃是作者亲近的人、共同生活过的人，更可能是其家人。

　　经我查考，此人乃是敦敏死去的小女儿。

　　《懋斋诗钞》有《哭小女四首》，我们不妨对照一下。这四首诗如下：

　　　　一念旋教泪欲垂，那堪深思倍神驰。
　　　　灯前空屋重回首，最是黄昏钟静时。

　　　　膝前欢笑恰三年，钟爱非关少女怜。
　　　　忆汝临危犹眷眷，连呼阿父泪潸然。

小胆依人姊妹行，时惊鸡犬一彷徨。
如何衰草寒烟里，一例孤坟傍白杨。

汝弟才亡未七日，汝姑先去只三朝。
夜台相见须相护，莫似生前太恃娇。

我们看，"灯前空屋重回首，最是黄昏钟静时"与"小园忍泪重回首"何其相似！可以说是一回事。前者更具体，后者较概括。"灯前空屋"与"小园"不就是敦敏所居的槐园和水南庄别墅吗？又，"如何衰草寒烟里，一例孤坟傍白杨"与"斜日荒烟冷墓门"更是写的同一景，同样的悲哀。

乾隆二十八年（1763），敦敏、敦诚家中好几个小儿相继去世，包括敦敏的小女、敦诚的小儿子、敦奇的小儿子、敦敏和敦诚的妹妹。《四松堂集》卷四载有敦诚的《哭妹、侄、侄女文》。其中写道，"侄女（按，即敦敏之女）生而颖异，眉目秀朗，吾兄钟爱过于阿默。尝语余曰：'俟他日长成，汝教之诗，谢庭凤絮何不可飞于我家与！'相与抚弄成笑。"这里明确写出敦敏最疼爱他的小女儿。敦诚文又云："今将汝三人之棺，瘗于一处，不违汝等偕嬉之愿。汝等亦不必频来入梦，以伤我大人及我兄我弟之心。他日西郊过汝三人之小丘，衰草寒烟，一痛而已，不复更为堕泪也。"也明确点出三人葬在一处，地点在西郊。敦敏和友人在西郊游眺，他所凭吊的"斜日荒烟冷墓门"正是其女之墓。因自己的三岁小女尚未成年，与友人并非同辈，敦敏不便在友人面前为之号啕大哭，故说"忍泪"。诗题若作《西郊同人游眺兼吊小女》，就显得不伦不类，故作"兼有所吊"，不便明白写出。

通过以上分析，我想可以证明敦敏所吊的并非雪芹，而是自己的小女，因此不能以此诗来证明雪芹葬在西郊而不在东郊。

文章写到这里，不禁想起曹雪芹《红楼梦》第五回里所写的一副太虚幻境的对联：

假作真时真亦假，

无为有处有还无。

这是曹雪芹观察过多少世事，经历了多少辛酸，所悟出的哲理。后人当三复斯言。

1992 年 10 月写成于京华之清风堂

（原载《92 年中国国际红楼梦研讨会论文集》，文化艺术出版社 1995 年版）

《红楼梦》与民间信仰

——读甲戌本札记

一　推背图与葫芦庙

　　《红楼梦》第五回写贾宝玉梦入太虚幻境，看了薄命司中的十二金钗册子，有正册、副册及又副册。当他看到有一张图，画着一张弓，弓上挂一香橼，也有一首歌词云："二十年来辨是非，榴花开处照宫闱。三春争及初春景，虎兔相逢大梦归。"这段正文上甲戌本有一眉批云："世之好事者，争传《推背图》之说。想前人断不肯煽惑愚迷。即有此说，亦非常人供谈之物。此回悉借其法，为儿女子数运之机，无可以供茶酒之物，亦无干涉政事，真梦想奇笔！"脂评作者明确指出曹雪芹在此回利用了《推背图》的形式，有图有诗，形同谶语，预示了十二金钗及几个丫鬟的各自命运及归宿，他的构思及其手法在小说之中是富有创造性的。

　　《推背图》是古代的图谶之书，预言国家政事之兴衰变替，相传为唐代李淳风所作。有六十象，恰合天干地支的六十甲子之数。每一象都有图，图下有三言、四言或杂言的四句谶语，还有五言、六言或七言的四句诗，名之曰"颂"，充分利用了谐音、转义、双关、暗喻、测字、商谜等等手法来做出有关政事的预言。宋元明清，官方大都把它作为妖书图谶来禁止刊行、出售、传抄、拥有及流传，查获出违犯者，要治以重罪，这是因为历代一些有志图王者及农民起义领导者往往利用此书的预言，为自己的取而代之和造反制造舆论。然而屡禁不绝，一直在民间暗中流传。曹雪芹应是看到过这本书的，而且还做过一番考察，否则不会如此熟悉形式与手法，并能在《红楼梦》中有创造性地运用。这是毫无疑问的。

脂批作者为什么要在十二金钗册子元春的判词上面加这条长达六十七个字的眉批呢？我们不妨来考察一下元春的判词。

"二十年来"正是元春的年龄。"榴花开处照宫闱"是暗示元春入宫，时间大约在五月里（宋代朱熹在《题榴花》诗中有"五月榴花照眼明"之句）。第三句判词是说贾家四姊妹中以元春命好，最为显赫。"虎兔相逢大梦归"应是指元春之死。而元春之死乃是"通部书之大过节，大关键"之一（第十八回之庚辰本脂批）。她之死必将带来贾家的失势，因而导致衰败的后果。

寅年属虎，卯年属兔，因之有些图谶之类的预言书上，把"寅卯之年"说成是"虎兔之年"。或以"虎兔"来代表"寅卯之年"，如《转天图经》（亦名《五公经》《五公符》）就是如此。

《转天图经》和《推背图》一样都是历代被官方禁毁的"妖书"。如《大元通制条格》卷二十八载："至元十八年（1281）三月，中书省御史台呈：江南行省咨都昌县贼首杜万一等，指白莲教会为名作乱。照得江南现有白莲会等名目，《五公符》《推背图》《血盆》及应和禁断天文图书，一切左道乱世之术，拟合禁断。送刑部与秘书监一同议得，拟合照依圣旨禁断拘收，都省准拟。"《转天图经》是五代时吴越的钱镠于唐昭宗乾宁四年（897）命属下所撰，① 假借天台山五公菩萨之名造作谶语，以救处于末劫时期之世人。

《转天图经》利用了五代时民间流行的"寅卯信仰"（如"兔上金床"的谶语），宣传与鼓吹寅卯年间将要有"真王"即真命天子出现，改朝换代，带来太平治世，并且把"虎兔之年"作为"寅卯之年"的代用词。其中说："直至虎兔之年，七月之中，得明王，号罗平。归化之初，江东岸上，南道北陌，万庶之家，是君王也。"②（《转天图经》第 13 页前页）又说："猖狂浪到忆前朝，猪头鼠尾尽成灰。虎兔之年可大定，不用干戈坐凤台。"（第 14 页前页）再如"鼠年世纷纷，虎兔有区分"（第 15 页后

---

① 喻松青：《转天图经新探》，《历史研究》1988 年第 2 期。
② 《天台山五公菩萨灵经》，（台北）万有善书出版社 1979 年版。

页），即是说子年世上纷乱，到来寅卯之年，就会得到澄清，好人和坏人，胜者和败者，真王和假王，都会显现。

至于直接指出"寅卯之年"之处也有一些。如"遇过寅卯后，方是太平年"（第7页后页）、"明王出世应不久，出在寅卯后"（第9页后页）、"江东岸上出明王，处处商旅入其方。其中一个是真王，凌滕（腾）走起上金床。子丑之年天无光，寅卯之年始下翔"（第12页前页）、"吾语教道办干粮，目（且）须逃避山中藏。过了寅卯好还乡，圣生立后甚康祥"（第12页后页）。

元春判词中的"虎兔相逢大梦归"，"虎兔"正是指的"寅卯之年"，这可以由以上所引的谶书所证实，已卯本和《红楼梦稿》本均作"虎兕相逢大梦归"，"虎兕"当系"虎兔"之讹，"兔"和"兕"字形相似，因而致误。把"虎兕相逢"解释为宫廷上两大政治力量冲突，元春成为这场政治斗争的牺牲品，可以说是"失之毫厘，差以千里"了。

笔者以为"虎兔相逢"有广狭二义。广义是指寅年和卯年间，狭义是指寅年和卯年交替的日子。元春判词中预示元春之死的"虎兔相逢"，取的是狭义，指除夕这一天。元春生在大年初一，冷子兴演说荣国府时说是"这就奇了"；死在除夕，更是奇之又奇。曹雪芹很可能有意如此安排，她的病捱不到新的一年，荣华正好而无常又到，岂非薄命？这就难怪收入薄命司的十二金钗正册了（附带说一句，《红楼梦十二支曲》中《恨无常》所说的"荡悠悠芳魂消耗，望家乡路远山高"，当指元春死后，进入冥间，在望乡台上眺望故里。有人解成元春遭了"马嵬之变"或在逃难途中丧命，故远离京城，疑不确）。

"虎兔相逢"还有广义。笔者认为曹雪芹在这里吸收了民间的"寅卯信仰"，取"寅卯之年"改朝换代之义。康熙死于康熙六十一年（1722）即壬寅年的十一月十三日，十九日雍正登基，次年改元为雍正（1723），即癸卯年。这就是寅卯年间发生的大事。一朝天子一朝臣，加以其他种种原因，曹家的命运由此而出现了转折，急遽直下。雍正是否人们理想的真命天子，会带来太平治世、人人享福，这确乎是难以言之，然而给曹家所带来的却是灾难，粉碎了三代江宁织造享尽荣华富贵的美梦。因之"大梦归"更有它独特的含意。曹雪芹对民间的"寅卯信仰"，可以说是反其意而用之。

因此可以说，"虎兔相逢大梦归"是双关之语，有它双重的含义，一是暗示元春之死，二是影射曹家之败。前者是正面着笔，而后者是旁敲侧击。以后者而论，这句话的内在含义显然触及了时政，而且对雍正有所讥讽。脂批作者在长达六十七字的批语中说此回借《推背图》之法"亦无干涉政事"，未免是"此地无银三百两"的掩饰之词。这段眉批加在元春判词上，恰"欲盖弥彰"。

再看《红楼梦》第一回，曹雪芹写甄士隐抱着女儿英莲在街上看"过会"，忽然来了一僧一道，癞头和尚念了四句偈语："惯养娇生笑你痴，菱花空对雪澌澌。好防佳节元宵后，便是烟消火灭时。"这首诗的最后两句也有双重意思，一是暗示甄英莲在元宵节被人拐去，以致后来卖给薛家作婢妾；又是影射曹家织造任上惨遭抄家。在"好防佳节元宵后"句旁，甲戌本有侧批云："前后一样，不直云前而云后，是讳知者。"赵冈学兄在《红楼梦新探》一书里说得好："雍正是在十二月二十四日下令抄曹頫之家，命令到达江宁时应是元月三日左右。为了怕曹家闻风而转移家财，抄家命令是密令，对曹家来一个意想不到的突击。"① 其时本在正月十五元宵节之前，而诗中却说"好防佳节元宵后"正是为了掩饰曹家被抄这一事件所发生的真实日期，以免文字之祸。正月初三左右，在合家欢庆之时，突来晴天霹雳，大批官兵蜂拥而至，抄掠一空，这是何等的人间惨景！

《红楼梦》第一回写甄士隐家着火，它是这样描述的："不想这日三月十五葫芦庙中炸供，那些和尚不加小心，致使油锅火逸，便烧着窗纸。此方人家多用竹篱木壁者多，大抵也因劫数，于是接二连三，牵五挂四，将一条街烧得如火焰山一般。彼时虽有军民来救，那火已成了势，如何救得下去？直烧了一夜，方渐渐熄去，也不知烧了几家，只可怜甄家在隔壁早已烧成了一片瓦砾场了。"甲戌本在这段上有条眉批云："写出南直召祸之实病。"

南直是南直隶之简称，指当时的江宁，即南京，自明代以来就有此种

---

① 赵冈、陈钟毅：《红楼梦新探》，文化艺术出版社1989年版，第212页。此书早在1971年于台湾出版。

称法。"南直召祸"当是指曹家在江宁织造任上被抄没。这条脂批透露出批者深知曹家之事，他大概是曹家人，看到这一段《红楼梦》正文，便引起了对往事的回忆和感慨。

我们知道，下令查抄曹家是在雍正五年（1727）年底，杭州织造孙文成也同时革职。在此之前，苏州织造李煦是在雍正元年（1723）被抄家治罪。雍正五年二月他又被流放到酷寒的打牲乌拉。傅鼐于雍正四年五月革职抵罪遣往黑龙江，平郡王讷尔苏也于同年七月革职圈禁。这四五年里，大故迭起，曹頫一家及其"联络有亲"的几门亲戚相继败落，真像是遭了一场突如其来的火灾，"接二连三，牵五挂四"，玉石俱焚，无一保全。

"南直召祸之实病"应是指曹家致祸之真实原因。甄士隐家之被火焚，是由于"葫芦庙炸供"，而曹家召祸的真实原因又是什么呢？我们细读第一回，在引出贾雨村时是这样写的："忽见隔壁葫芦庙内寄居的一个穷儒，姓贾名化，表字时飞，别号雨村者，走了出来。"在"隔壁葫芦庙"五字的正文旁，甲戌本有一条侧批云："隔壁二字，极细，极险，记清！"甄士隐家在葫芦庙的隔壁，很可能是影射江宁织造衙门旁边也有一座庙万寿庵。雍正六年（1728）七月初三日，新任江宁织造隋赫德向雍正奏报："窃奴才查得江宁织造衙门左侧万寿庵内，有藏贮镀金狮子一对，本身连座共高五尺六寸。奴才细查原因，系塞思黑（按，即雍正之政敌允禟，亦即其弟）于康熙五十五年遣护卫常德到江宁铸就，后因铸得不好，交与曹頫，寄顿庙中。今奴才查出，不知原铸何意，并不敢隐匿，谨具折奏闻。"① 万寿庵内寄存了雍正政敌允禟在南京所铸的镀金狮子，是经曹頫之手办理的，这一事件表明曹頫已牵涉并卷进了康熙皇子之间的斗争漩涡，追查起来是十分危险的，脂批中的"极险"二字当是指此。雍正抄曹頫家，表面上的理由是织造亏空公帑甚巨（这与曹家多次接驾有直接关系），实际上很可能是早已风闻和觉察曹頫与其他皇子有来往和牵连（而这又是江宁织造之官所无法避免的，要满足他们的一些愿望与需求，不能也不敢得罪他们），不过借端发难而已。隋赫德窥见皇帝的心曲，落井下石，举报此事。虽然镀金狮子事件似乎没有进一步查究，可以肯定的是，它加重

---

① 故宫博物院明清档案部编：《关于江宁织造曹家档案史料》，中华书局1975年版，第188页。

了雍正心中不信任及怀疑的砝码，以致曹頫在抄家之后回到北京还被枷号示众。曹家败落之惨有其深刻的原因。

葫芦庙影射万寿庵。万寿庵当是江宁织造原为接驾而立，供奉着祝祷当今皇上万寿的龙牌。《红楼梦》第一回初出葫芦庙时，甲戌本在"人皆呼作葫芦庙"句旁有一脂批："糊涂也，故假语从此具焉。"（戚序本及甲辰本上"具"作"兴"）元曲中常用"葫芦提"一词，也是表示糊里糊涂之意。曹雪芹是否影射雍正皇帝是个糊涂人呢？这就很难揣测。如果是，他的胆子也够大了。

《红楼梦》不是一部谶书或谜书，但书中个别之处有旁敲侧击之笔。曹雪芹是按着小说的情节之自然推进而逐步地展开描写，但个别地方有双关、影射及一击两鸣之意，并且干涉了时政。他写得很隐蔽、很自然，似乎天衣无缝，如果仔细考察，并联系脂批，还是可以明白的。

二　五鬼魇魔法与马道婆

《红楼梦》第二十五回的回目是"魇魔法叔嫂逢五鬼　通灵玉蒙蔽遇双真"。马道婆受赵姨娘的重托，收了白花花的一堆银子和五百两的欠契，要对宝玉和凤姐施行魇魔法。她掏出十几个纸铰的青脸红发的鬼来，还有两个纸人，叫赵姨娘把他两个人的年庚八字写在这两个纸人身上，一并五个鬼，都掖在他们各人的床上，她可以在自己的家里作法，对宝玉、凤姐制裁。果然，宝玉和凤姐两个同时中了魔法，胡言乱语，瞎蹦乱跳，拿刀弄杖，寻死觅活，闹得荣国府天翻地覆。当两人快要断气的时候，出现了神奇的癞头和尚和跛足道人，登门自荐，取下宝玉佩戴的那块宝玉，持诵一番，悬于卧室上槛，三十三天之后身安病退，复旧如初。

"五鬼魇魔法"实是一种模仿巫术。它源于原始宗教，一直流传下来，即用木偶、草人、泥人或纸人代替被诅咒的对象，对之施行魔法，使被诅咒者中邪，丧魂失魄，甚至五内如焚，直至死亡。较有代表性的一例见于《太平御览》卷二八三所引的《广陵妖乱志》，记唐末地方军阀高骈事：

　　唐高骈尝诲诸子曰："汝曹善自为谋，吾必不学俗物，死于四板片中，以累于汝矣。"及遭毕师铎之难，与诸甥侄同坎而瘗焉，唯骈以旧毡包之，果符所言。后吕用之伏诛，有军人发其中堂，得一石函，内有桐人一枚，长三尺许，身披桎，口贯长钉，背上疏（书）骈乡贯甲子官品姓名，为厌胜之事，以是骈每为用之所制，如有助焉。

封建社会中，宫廷斗争中行厌胜之术，时有发生，史不绝书。如汉代的"戾太子案"，南朝宋文帝的长子刘劭对其父实行诅咒巫蛊的事件，隋炀帝杨广做太子时借巫蛊陷害其弟杨谅，清代康熙的庶出长子允禔用巫蛊暗害太子允礽，等等。古人相信巫蛊之术，认为确有实效。所以民间广为流行一种说法，切忌向生人透露自己或亲属的生辰八字，以防暗算。把巫蛊之术写入小说之中，较为著名的，便是明代的《封神演义》和清代的《红楼梦》了。《封神演义》有多处描写，总其名而称之为"订头七箭书"，《红楼梦》里则是"五鬼魇魔法"。

曹雪芹到底相信不相信这种巫蛊之术呢？有的专家提出了怀疑。如刘逸生在《神魔国探奇》一书里说："奇怪的倒是《红楼梦》以写实著称，有人誉之为现实主义的杰作，书中却写了马道婆的巫蛊之术，刻画入微，大有灵验，难道曹雪芹也相信这种骗人的把戏么？"[1]

生活中可能会发生一些偶然巧合的事情，人们对其中因果关系的认识可能不正确，而且对某些事物达到科学的认识要有一个历史过程。古人更有时代的局限性，曹雪芹作为一个伟大的文学家，也难以摆脱这种局限性。因为，许多古人是相信这种巫蛊之术的，而在大多数情况下，一般人都采取"宁可信其有，不可信其无"的态度。

康熙在历代帝王之中可以算得受过科学洗礼的了。他学过数学（如勾股弦），懂得天文历算、测绘地图，等等。宫中还有专门制作的炕桌，各个小抽屉里放满绘图测量以及数学计算用的量尺、圆规等工具。当他获知蒙古喇嘛僧巴汉格隆等人的口供，其中供述："直郡王（按，即允禔）欲咒诅废皇太子，令我等用术镇魇是实。"差侍卫在宫中掘出镇魇物十多处。他即召见侍卫内大臣等人，对他们说："且执太子之日，天色忽昏，朕于

---

① 刘逸生：《神魔国探奇》，江苏出版社、香港中华书局1992年联合出版，第103页。

是转念，是日即移御馔赐之。进京前一日，大风旋绕驾前。朕详思其故，皇太子前因魇魅，以至本性汩没耳。因召置左右加意调治，今已痊矣。朕初谓魇魅之事，虽见之于书，亦未可全信，今始知其竟可以转移人之心志也。"① 由此可知，他原本认为魇魅之事未可全信，自发生此事之后，就深信无疑了。

曹雪芹在第二十五回里表现封建宗法制贵族家庭内部之间环绕继承权和财产权所产生的尖锐的、剧烈的冲突，为此而不惜采取一切手段，甚至是魔法的手段，他写"五鬼魇魔法"这一事件是很典型的，而且具有重要的社会意义。赵姨娘、贾环与贾宝玉、王熙凤的矛盾和冲突在一定的条件之下还会有更大的发展（可惜《红楼梦》后三十回原稿失落了，但前八十回的正文和脂批中已有透露）。曹雪芹对宝玉和凤姐中邪的描写，是基于现实生活中对一种急性热病患者的观察，此种病症，有时会表现出高烧发热、胡言乱语甚至瞎蹦乱跳，如同癫狂。曹雪芹的描写是真实的，只是他还相信"魔法"会使人"中邪"，这种认识基于当时流传社会的民间信仰。和尚道士之扑朔迷离，固然是由于作者的随意驱遣，可能是一种游戏笔墨，但玉能辟邪，这确也是古代的一种民间信仰（宝玉沾了红尘，故需要和尚持诵一番以恢复其灵效，这里带有佛教的色彩）。这些都对曹雪芹的思想认识产生一定的影响。

在《红楼梦》中施行"五鬼魇魔法"的是马道婆。曾经有人认为"马"与"嘛"同音，八十一回又写到"马道婆身边，搜出匣子，里面有象牙刻的一男一女不穿衣服光着身子的两个魔王"。亦与相传喇嘛教中之欢喜佛相等，马道婆之代表喇嘛也无疑。② 这种说法显然根据不足。后四十回是程伟元、高鹗的一百二十回本所续补的，并非曹雪芹的手笔，因此续补之文不能拿来佐证。续补者对人物的构思与设计，是否与曹雪芹所设想者相同，大成问题。第二十五回中关于马道婆的描写，很难看出她是一个喇嘛僧。

马道婆的身份，应该说有些神秘。甲戌本第二十五回的眉批和回后批

---

① 《清实录》卷二三五《圣祖实录》，康熙四十七年（1782）十一月丁亥。
② 蔡元培：《石头记索隐》，商务印书馆 1935 年版，第 10 页。

语都把马道婆归入"三姑六婆"之列。（眉批云："宝玉乃贼婆之寄名儿，况阿凤乎！三姑六婆之危害如此，即贾母之神明在所不免。"回后批又云："此回本意是为禁三姑六婆进门之害难以防范。"）就其性质来说，这样说法是对的。但她究竟归于"三姑六婆"的哪一类，也难于确定。元代陶宗仪《辍耕录》上说："三姑者，尼姑、道姑、卦姑；六婆者，牙婆、媒婆、师婆、虔婆、药婆、稳婆也。"她一口一句阿弥陀佛，大讲菩萨，而且有庙，像是一个年长的尼姑。她又有自己的家，是在家中作法，施行的是"五鬼魇魔法"，又似乎是一个师婆，即巫婆。她的身份是尼姑和师婆兼而有之，而这两者，一般是不相混淆的，这就有些奇怪了。

《红楼梦》前八十回里，除了马道婆以外，也提到过"道婆"这一称呼。如第四十一回"贾宝玉品茶栊翠庵　刘姥姥醉卧怡红院"中写到"妙玉刚要去取杯，只见道婆收了上面的茶盏来，妙玉忙命将那成窑的茶杯别收了，搁在外头去罢"。这里的"道婆"是指在栊翠庵中执仆役之责的老年妇女。而马道婆，她能在贵族之家中穿堂入室，与一家之尊老祖宗讲话，并且还是贾宝玉的寄名干娘。她来往的还有好几处王妃诰命，如南安郡王的太妃，所以绝对不是仆役之类的人物。

马道婆究竟是何等人物值得研究。《红楼梦》书中似乎也透露了一点消息。马道婆进荣国府来请安，见了宝玉脸被蜡灯油所烫伤，吓了一跳。她对贾母说道："祖宗老菩萨，哪里知道那经典佛法上说的利害，大凡那王公卿相的子弟，只一生下来，暗中就有许多促狭鬼跟着他，得空便拧他一下，掐一下，或吃饭时打下他的饭碗来，或走着推他一跤，所以往往的那大家子的子孙多有长不大的。"甲戌本这段话有一条侧批："一段无伦无理、信口开河的浑话，却句句都是耳闻目睹者，并非杜撰而有。作者与余，实实经过。"这条脂批表明马道婆是脂批作者和曹雪芹两人在实际生活中所见到过的人物，马道婆的这段话也是他们听到过的，那经典佛法上本没有这样的说法，而是马道婆的信口开河任意编造。

以下马道婆接着说："再那经上还说西方有位大光明普照菩萨，专管照耀阴暗邪祟，若有那善男子善女子虔心供奉者，可以永佑子孙康宁安静，再无惊恐邪祟、撞客之灾。"她所讲的"大光明普照菩萨"，在佛经上也是查无实据。那么，它是出自何方呢？

当时在北方流行的民间宗教中有一种黄天道（又名皇天道、黄天教），它所供奉的五位佛祖中倒有一位"普照菩萨"。黄天道倡自明代嘉靖年间，教主是李宾，道号普明，号称普明佛或皇极佛，有《普明如来无为了义宝卷》传世。他死后由其妻王普光承继教权。普光故世，其女普净、普照相继成为教主。普照死去，又由其女普贤继承。清代乾隆时期的宫中档案里有明确的记载："普明当日只生二女，称为普净佛、普照佛，此外并无嫡派亲属。"① 普照是一位著名的女教主，有《太阴生光普照了义宝卷》传世，大约作于明代万历中叶。

清代的思想家颜元在《四存编》卷二中说："我直隶隆庆、万历前，风俗醇美，信邪者少。自万历末年添出个黄天道，如今大行，京师府县，以至穷乡山僻都有。"又说黄天道仙佛杂糅，亦佛亦道。据乾隆二十八年（1763）的宫中档案记载，其创教人普明生前讲经说道的圣地在北直隶万全县膳房堡的碧天寺，"寺宇五层，前三层俱系佛像，尽后一层高阁系三清神像，阁前石塔十三层，即李宾坟墓"。碧天寺"四面环山，基地颇大。寺门镌'祗园'二字。一二三层供立佛坐佛等像，三层东西两壁绘李宾平生事迹。后层高阁上匾额正中题'先天都斗宫'，东题'玉清殿'，西题'斗牛宫'。阁前石塔十三层，高三丈六尺，周十二步，称为明光塔，以李宾号普明，其妻号普光也"②。两百年来，香火颇盛，每年四时八节作会。奉其教者，千里拜佛，多金舍寺。我们还知道，黄天道有一部传世的经卷，名《太阳出身开天立极亿化诸佛归一宝卷》，共四册，三十六品，为清初折装本，锦缎装饰，卷名套金，与佛经相类，由此可知黄天道于清初亦盛行，它还拥有一些社会上层的信徒。因此才有财力刊造这类经卷。

《红楼梦》第二十五回曾提到在马道婆那里还供奉有"药王"。"药王"疑是"药师"之讹称。药师佛也称"大医王"，《药师琉璃光如来本愿功德经》云药师佛本行菩萨道时，发十二大愿，令诸有请所求皆得。黄天道的创教人普明佛和药师佛也大有关系。黄天道现存的经卷《开天立极亿化诸佛归一宝卷》中第二十七品，题为《太阳化德念药师如来归一

---

① 《军机处录副奏折》，乾隆二十八年（1763）三月廿九日直隶总督方观承奏折。
② 同上。

品》。又《佛说利生宝卷》第二十九品，题为《药师化普明四句无字真经分》。碧天寺所宝藏的黄天道经卷字迹之中，也有一件是《药师化普明二张》，乾隆二十八年（1763）四月为官方查获。由此可知，黄天道也假借药师佛为其神祇，当信徒问病求医，为他们祈福免灾。①

　　马道婆大约是黄天道的一名女传教师，即黄天道的道婆。黄天道本来就是亦佛亦道，外佛内道，它信仰弥陀②，因此马道婆一口一句阿弥陀佛，就不足为怪了。她所供奉的"普照菩萨"，实际上也是黄天道的佛祖。正因为黄天道本质上是民间秘密宗教，又吸取了一些方术，如画符、驱鬼、治病、扶乩、气功，其中也有巫术、咒语等，具有包罗很广、内容庞杂的特点。其内幕亦不易为人们所知晓。虽然信徒很多，香火很盛，但仍被当时的读书士人视为"邪教"。《红楼梦》中对之大有贬义，也是十分清楚的。曹雪芹所描述的马道婆的故事反映了清代社会巫蛊之术和"邪教"的盛行，已从民间深入上层社会。

　　至于清政府镇压黄天道所采取的严厉打击行动，是在乾隆二十八年（1763）四月，不但拆毁了黄天道的圣地碧天寺，还挖掘了其五位教祖的坟墓，剉尸扬灰。曹雪芹死于乾隆二十七年（壬午，1762）除夕，这已是他身后所发生的事情了。

（原载《红楼梦学刊》1995 年第 1 期）

---

　　① 其他民间秘密宗教也有类似情况。清代嘉庆二十二年（1817）直隶献县发现了红阳教。在调查过程中，地方官员勘得破庙一座。"内供弥勒、如来、老君三像，中供药王一尊。其药王像据王存来指称，即系韩祖。其庙伊等均名为韩祖庙。"（《宫中朱批》490 卷 20 号，嘉庆二十二年八月三十日直隶总督方受畴折）按，韩祖即红阳教之教祖韩太湖，教中号飘高老祖。

　　② 信仰弥陀是黄天道的一个重要特色。《普明如来无为了义宝卷》开卷云："但信同赴莲池会，直待弥陀同下生。"第二分云："古弥陀，观见他，十分难忍。驾法船，游苦海，普度众生。"第十八分云："古弥陀，发下他，弘誓大愿。度尽了，众生苦，愿满平生。"

三春去后诸芳尽

——《怀古诗》三首试析

　　《红楼梦》第五十回至第五十一回，众人在惜春的住处暖香坞，雅制春灯谜，薛宝琴写了十首怀古诗。"却怀往事，又暗喻俗物十件"，姊妹们都猜不出，书中也未讲明谜底。笔者于1979年曾写了《〈红楼梦〉怀古诗试释》一文，对所隐的十件俗物试作解答（见《红楼梦论丛》一书）。

　　红学家蔡义江和梁归智两位先生，对《红楼梦》后三十回佚稿的种种问题，有专门的研究。他们也就《怀古诗》的另一方面——其中每一首隐寓的"十二金钗"，写了一些文章，见于《论红楼梦佚稿》（以下简称"蔡著"）及《石头记探佚》（以下简称"梁著"）。他们这些探讨无疑是很有益的，推动了"探佚学"的发展。

　　近年我也在从事这方面的研究。我赞同一个观点，即《怀古诗》既暗寓了十种俗物，又隐射了《红楼梦》"十二金钗"（也许还有十二金钗之外的人物如贾宝玉）的身世。曹雪芹以他高超的写诗和作谜的技巧，挥洒自如地将二者结合起来。

　　现在我对《怀古诗》中有关三春（即迎春、探春、惜春）的三首试作解析，并从中探寻曹雪芹后三十回佚稿中的一些情节线索。如有谬误，敬希指正。

（一）　交趾怀古

　　　　铜铸金镛振纪纲，声传海外播戎羌。
　　　　马援自是功劳大，铁笛无烦说子房。

　　蔡著云此是说贾元春。其理由为作者用"金镛"是隐指宫闱。南齐武帝置金钟于景阳宫，令宫人闻钟声而起来梳妆。要宫妃黎明即起，就是为了"振纪纲"。"声传海外"句喻进封贵妃时的显赫声势，正如元春所作灯谜说爆竹如雷，震得人恐妖魔惧一样。马援正受皇帝的恩遇而忽然病死于远征途中，这也可以说是："喜荣华正好，恨无常又到"，"望家乡，路远山高"。但由于元春之死详情莫知，诗末句的隐意，也就难以索解。

　　梁著认为此说精当，并作了补充。他说八十回后确曾写到战争，而元春最终落得与杨贵妃类似的下场。"子房"当指韩信。"马援自是功劳大"两句是寓意贾家之显赫一时与元春这把保护伞有关。

　　在笔者看来，此诗和元春关合之处甚少。贾妃之显赫声势，似不能誉为声传海外，而且"声传海外"下面还有"播戎羌"三字，更难找到着落。元春确是贾家的保护伞，此种裙带关系如说成是"功劳大"，也不伦不类。至于马援病死途中之事，此诗全未涉及，似不能由此引申。

　　关于元春之死，笔者于1994年曾写《〈红楼梦〉与民间信仰》一文，有所论述。笔者不同意因异族寇边致元春惨遭"马嵬"之变的说法。《红楼梦十二支曲》中《恨无常》所说的"荡悠悠芳魂消耗，望家乡路远山高"，当指元春死后，进入冥间，在望乡台上眺望故里；或者魂归太虚幻境，顿感仙凡之隔，不胜悲痛。有人解成元春遭了"马嵬之变"或在兵荒马乱之逃难途中丧命，远离了京城，似不确。我想曹雪芹作为一个大家，也不会有"落入前人窠臼"的写法。他所生活的清代与唐代不同，康雍乾正是国势强盛之时，亦无产生"马嵬之变"的现实基础。曹雪芹在《红楼梦》开卷的第一回中曾借石头之口申明了他的文学主张与写作小说的原则："至若悲欢离合，兴衰际遇，则又追踪蹑迹，不敢稍加穿凿，徒为哄人之目而反失其真传者。"

　　我认为《交趾怀古》不是说元春，而是说她妹妹探春的。探春之结局是远嫁海外做了王妃，前八十回中作者有许多暗示，如《十二金钗正册判词》道："才自精明志自高，生于末世运偏消。清明涕泣江边望，千里东风一梦遥。"判词图中绘的是："两人放风筝，一片大海，一只大船，船中有一女子，掩面涕泣之状。"《红楼梦曲》第五支《分骨肉》中云："一帆风雨路三千，把骨肉家园齐来抛闪。"第二十二回中写探春所作灯谜，末两句是"游丝一断浑无力，莫向东风怨别离"，比喻断线风筝，谜下脂评："此探春远适之谶也。使此人不远去，将来事败，诸子孙不致流散也。悲哉，伤哉！"第六十三回"寿怡红群芳开夜宴　死金丹独艳理亲丧"探春抽得的花名签，上面是一枝杏花，用红字写着"瑶池仙品"。众人笑道："我们家已有了王妃，难道你也是王妃不成！"这些都可以证明探春为海外王妃，殆无疑义。

《交趾怀古》首句是说钟鼓齐鸣，振作纪纲，比喻探春理家，大刀阔斧，搞改革，去宿弊，立威信，明赏罚。此事在书中有充分描写。"金镛"即大钟，"铜铸"是指铜鼓。（《诗经·商颂·猗那》篇，赞美成汤的功业，其中说道："庸鼓有斁，万舞有奕。"孔颖达疏云："大钟之镛与所植之鼓，有斁然而盛；执其干戈为万舞者，有奕然而闲习，言其用乐之得宜也。"）曹雪芹以"铜铸"和"金镛"并提，本用以称赞东汉文治武功之盛，颇有中兴气象。拿来比喻探春理家及为海外王妃，借此"点出身份"，亦切。"戎羌"是指异族，探春远嫁海外，当为异族之王妃。"声传海外播戎羌"，可谓点睛之笔。

过去有人把探春远嫁比作杏元和番，认为两者性质相同。我认为并非如此。探春是个精明能干的人，她曾说但凡是个男儿，早就出门干一番事业去了。如今嫁到海外，她也能够在那里发挥过去理家的才能，能有一番作为，绝不会浑浑噩噩、了此一生。《交趾怀古》的末两句："马援自是功劳大，铁笛无烦说子房"，似是写她嫁到海外去以后，辅佐夫君，抗御外敌，建立功勋。《红楼梦》后三十回中，可能写到海外传来消息，交代此事。

《红楼梦》第五十二回，薛宝琴曾口述《真真国女儿诗》。全文如下：

> 昨夜朱楼梦，今宵水国吟。
> 岛云蒸大海，岚气接丛林。
> 月本无今古，情缘自浅深。
> 汉南春历历，焉得不关心？

开首的两句不正是探春的写照吗？她离开了故国，离开了贵族之家，来到一个海岛上的国度。这儿四周环海，岛上还有丛林，气候是炎热而多雨的。但她仍是眷恋着故土，满怀思乡之情。这首诗吐出了她的心声。在当时，凌波涛，渡大海，是件大事，不啻生离死别。久居深闺的女儿，此去如断了线的风筝，永无归来之日。"远托异国，昔人所悲，望风怀想，能不依依？"（《李陵答苏武书》）此探春之所以归入"薄命司"也。

薛宝琴说那个真真国的女孩子，"身上穿着金丝织的锁子甲洋锦袄袖，带着倭刀。也是镶金嵌宝的"，竟是一个戎装的美人。这是不是象征着探春在岛国上也参与了金戈铁马之事呢？或者类似梁红玉击鼓战金山，极大地鼓舞了士气？"马援自是功劳大，铁笛无烦说子房"似乎从这里可以得到一点印证。

从"带着倭刀"和"岛云蒸大海，岚气接丛林"的描述看来，这个国度类似琉球。清代，琉球是属国，其国王照例由清政府派遣使臣去册封。琉球受汉文化影响较深，其文人正如薛宝琴所说的那位真真国女儿："他通中国的诗书，会讲五经，能作诗填词。"琉球国王经常派一些贵族子弟来北京入太学，国子监并为他们设立了专门班。曹雪芹很可能是以琉球为蓝本，虚构出这个海外王国。探春远嫁当是由于这个属国的国王仰慕汉文化，而为其子侄提出的请求，绝非兵临城下，以武力威胁许婚。换句话说，探春不像王昭君，倒有些像文成公主。

《红楼梦》第七十回写放风筝。探春放的是"软翅子大凤凰"，和一个外头来的凤凰风筝绞在一起，又被一个"玲珑喜子"绞住，然后"三个风筝飘飘摇摇都去了"。这段描写不仅预示探春作了海外王妃，而且还预示外来的王子（很可能是在中国京城的太学学习），带着未来的王妃探春，归国去行大典。为什么说探春嫁给王子而非国王呢？因为在清代，属国如琉球的国王，都是派使臣来朝贡，而不亲自进京，倒是一般贵族子弟有机会进京学习及观光。《红楼梦》中的写法从不作重复累赘之笔。元春是皇妃，而探春是海外王子之妃，这样写法就有了差别。

（二）青冢怀古

黑水茫茫咽不流，冰弦拨尽曲中愁。
汉家制度诚堪叹，樗栎应惭万古羞。

蔡著云此诗是说香菱，他认为《十二金钗册子》上所画的"一方池沼，其中水涸泥干"之图景与本诗首句所写相合。香菱永别故乡亲人，身世寂寞孤凄，即"冰弦拨尽曲中愁"所寓之意。"汉家制度"之"汉"，此处作"汉子"即"丈夫"意。薛蟠为人横暴，却怕"河东狮吼"，被悍妇夏金桂所制。此种家庭关系，在封建时代，尤其显得"堪叹"。这个呆霸王是草包，是不成材的"樗栎"。他屈从金桂，虐待香菱，真该永远受人们的嘲笑。

梁著却以为此诗不是说香菱，而是说贾探春。探春后来远嫁海外为王妃，她的遭际和王昭君十分相近。第七十回关于她放风筝的描写，正喻她和番远嫁，成了出塞的昭君，与《青冢怀古》所咏相符。

在笔者看来，以上两说都有缺陷，并不切合。"黑水茫茫"和一方池沼中的"水涸泥干"，两者相去甚远，不能说是所写相同。"樗栎"是大而无当的不材之木，比作薛蟠这个草包有些勉强。指责他"应惭万古羞"似过分。因为迫害香菱的主凶是夏金桂，薛蟠受其挟制，只能说是从犯，不应受到如此严厉的责备。因此此诗所说未必就是香菱。至于探春，我觉得不能把她比作王昭君（详见本文前节）。梁著对此诗后两句"汉家制度诚堪叹，樗栎应渐万古羞"的寓意未作任何解释，如何能与探春相联系呢？是否她和番远嫁是由于朝廷之栋梁腐朽无能？诗中指责的对象是谁？可惜梁著对此未置一词，令人莫名究竟。

我认为，《青冢怀古》说的既非香菱，又非探春，而是探春的姐姐迎春。

"黑水茫茫"是比喻苦海无边，迎春出嫁到孙绍祖家，正如陷入了苦海，势非灭顶不可；"咽不流"喻其含悲忍泪，心中有苦说不出。孙绍祖对其百般虐待，正如《红楼梦曲》第八支《喜冤家》所云："觑着那侯门艳质同蒲柳，作践的公府千金似下流。"他一味好色好赌酗酒，家中所有的媳妇丫头将及淫遍。封建时代有一句俗语说："嫁出去的女儿泼出去的水。"迎春只有逆来顺受，委曲求全，难以改变她的痛苦处境，"拨尽曲中愁"似是指此。迎春的悲剧完全是那个时代的家长包办的婚姻制度所造成的。家长只顾自己和家族的利益，而不管子女之结合是否真正幸福。因而导致了无数人间悲剧，吞噬了许许多多年轻的生命，怎能不使人们为之叹息不已呢？贾赦是迎春之父，他用了孙家的一大笔钱，不想归还，便把亲生女儿相许配，事实上是用女儿来抵债。难怪孙绍祖指着迎春的脸说："你老子使了我五千银子，把你准折卖给我的。"作者多么清楚地暴露了这种买卖婚姻的实质！身为朝廷命官和一家之主的贾赦，昏庸老朽，贪婪好色，如逼婚鸳鸯，强夺石呆子所藏的二十把古扇，如今又嫁女抵债，置之死地而不顾，岂非不知人间羞耻？

"樗栎"原是两种大而无当的不材之木，见于《庄子》。其《逍遥游》篇上说："惠子曰：'吾有大树，人谓之樗。其大本臃肿而不中绳墨，其小枝卷曲而不中规矩，立之途，匠人不顾。'"其《人间世》篇上说："匠石之齐，至乎曲辕，见栎社树，其人蔽数千牛，之百围……匠者不顾……曰：散木也。……是不材之木也，无所可用，故能若是之寿。"《青冢怀古》所言"樗栎"，当指贾赦与孙绍祖翁婿两人。书中说孙绍祖现袭指挥之职，生得相貌魁梧，体格健壮，且又家资饶富。但其人一味好色，好赌，且酗酒，日后还有忘恩负义反噬岳翁之举，其行为狗彘不如，可谓徒有其表。他是迫害迎春致死之罪魁祸首，他当然也在"樗栎"之列。

（三）桃叶渡怀古

衰草闲花映浅池，桃枝桃叶总分离，
六朝梁栋多如许，小照空悬壁上题。

蔡著云此诗是说迎春。他认为"衰草闲花映浅池"之景象，在《红楼梦》第七十九回已经写道：迎春被接出大观园后，宝玉"天天到紫菱洲一带地方，徘徊瞻顾"，"看那岸上的蓼花苇叶，池内的翠荇香菱，也都觉摇摇落落，似有追忆故人之态"。宝玉伤感之余，口吟一诗，也是以"池塘一夜秋风冷，吹散芰荷红玉影"起头的。"桃枝桃叶"本是同根，恰好喻迎春与宝玉的姊弟关系。诗的后两句是八十回之后的细节，无从揣测。后半部佚稿中是否会有宝玉空对迎春所遗之小照并伤悼题句一类的情节，就不得而知了。

梁著赞同蔡著的说法，只作了一点修正。他认为，《桃叶渡怀古》既是用的王献之和他的爱妾桃叶相别离的典故，"桃枝桃叶总分离"也许是说迎春夫妻不睦，被当作妾侍一般虐待，正如迎春所作算盘诗谜中云："因何镇日纷纷乱，只为阴阳数不通。"

在笔者看来，"桃枝桃叶总分离"一句很重要，关键在于如何理解它。"桃枝桃叶"比喻姊弟或夫妻，都嫌不妥。李商隐在《燕台》诗中说："当时欢向掌中销，桃叶桃根双姊妹"，其根据是《古今乐录》之记载："晋王献之爱妾名桃叶，其妹曰桃根。"曹雪芹在《桃叶渡怀古》中不说"桃叶桃根"，而云"桃枝桃叶"，可能他觉得"桃根"之名不如"桃枝"朗朗上口，便虚拟了此名（还可能和谜底所射之俗物有关，笔者的《〈红楼梦〉怀古诗试释》一文可以参阅）。古代文人，喜给自己的宠婢爱妾取这种花花草草的名字，如白居易有一家伎叫杨枝。"桃枝桃叶"应该比喻姊妹。"桃枝"是女子之名，绝不能用来比喻男子如宝玉或孙绍祖。

"桃枝桃叶总分离"是喻姊妹分散。用一"总"字可以看出是指贾家的四姊妹全体在内，无一例外。长姊元春是"虎兔相逢大梦归"；二姊迎春是受其夫虐待而死；三姊探春远嫁海外；四妹惜春流落尼庵，皆遭生离死别之痛。而四姊妹中能目睹这些的，唯有惜春。迎春嫁与孙绍祖后，"一载赴黄粱"，她不大可能看到探春因婚事而远行，更不可能看到贾府被抄没后惜春之"缁衣乞食"，理由很简单，她已捱不到这个时辰，早已离开人世了。

我以为，《桃叶渡怀古》不是说迎春，而是说惜春，因为只有她最适合。贾府被抄家是在年初，书上已作了暗示："好防元宵佳节后，便是烟消火灭时。"（贾家之原型为曹家。曹家是在元宵节之前被查抄的，所以行脂批云："不云前而云后，是讳知者。"）贾家被抄，房屋及产业均被没收。换了新的主人。宝玉和惜春等人再也不能安居在大观园里了。"衰草闲花"当是惜春为尼之后所见之景，这个尼庵处在郊外，应是水月寺即馒头庵。《红楼梦》第七回写周瑞家的奉薛姨妈之命去送宫花，见到惜春正同水月庵的小姑子智能儿一处顽笑，惜春见了宫花笑道："我这儿正同智能儿说，我明儿也剃了头同她做姑子去呢，可巧又送了花儿来。若剃了头，可把这花儿戴在哪里！"作者在此处已作了暗示。

如前所述，"桃枝桃叶总分离"是说贾家的四姊妹分散，惜春这时已饱尝生离死别之苦。"六朝梁栋"喻指贵族之家，"多如许"即大多像贾家这样由盛而衰，"忽喇喇如大厦倾，昏惨惨似灯将尽"，"终有个家亡人散各奔腾"。惜春不正是由此看破红尘，终于出家为尼了吗？

"小照空悬壁上题"，是何人的小照（即画像）悬在尼庵中惜春居室之壁上？依我看，这有两种可能。一种可能是贾母之遗像，惜春所画，为她的老祖母祈求冥福。她老人家享尽了荣华富贵，又身经大风大浪，看到子孙不争气和抄家，真是死不瞑目，惜春也会有一种负罪感。况且老祖宗平日对她也是疼爱的，常向人夸这个会画画儿的小孙女。还有一种可能，即是妙玉之小照。惜春和妙玉最合得来，也常相过从。妙玉是惜春所尊敬的人，同时也是她唯一的知交。贾府抄家，大观园被查封，妙玉自然被逐出栊翠庵。她无处可存身，很可能也是来到和贾府略有关系的水月寺即馒头庵。《红楼梦》第六十三回写妙玉常说："古人中自汉晋五代唐宋以来，皆无好诗，只有两句好：'纵有千年铁门槛，终须一个土馒头。'"她自称"槛外之人"，这都暗示妙玉后来寄身于馒头庵，这个馒头庵就离贾府荣宁二公修造的铁槛寺不远。妙玉德行高尚，自然为馒头庵的住持净虚老尼所不容，变个法子打发出去。惜春失此好友，十分缅怀，画一幅像来纪念她，这也是在情理之中。

这里顺便探谈妙玉的结局。馒头庵的住持净虚老尼，貌似和善，满口念佛，实则是刁钻奸狡、工于心计的恶婆，《红楼梦》第十五回"王凤姐弄权铁槛寺　秦鲸卿得趣馒头庵"中已有入木三分的描写。她怎能容忍妙玉留在馒头庵呢？表面上她会极力劝说妙玉回南即返回苏州，似乎苦口婆心，而实际上则是将妙玉拐卖，妙玉不察，终于中了她的毒计。

靖藏本《石头记》第四十一回有一条关于妙玉的脂批，原文为：

妙玉偏僻处此所谓过洁世同嫌也他日瓜州渡口劝惩不哀哉屈从红

颜固能不枯骨□□□（据云所缺三字，前二字磨损不清，似"各示"二字，末一字蛀去）。

因文字错乱，有缺文，且有讹误。诸家试图整理校读。

周汝昌所拟有两种，见《红楼梦新证》一书第1052—1053页，他将此条脂批之后半部分校读于下：

其一为：他日瓜州渡口，各示劝惩，红颜固不能不屈从枯骨，岂不哀哉！

其二为：他日瓜州渡口，红颜固□屈从枯骨，不能各示劝惩，岂不哀哉！

梁归智也有校读，见《石头记探佚》（1992年版第223页）。他校读为：

妙玉偏僻处，此所谓过洁世同嫌也。他日瓜州渡口劝惩，不哀哉！红颜固不能屈从枯骨，（后面三个字可能是如"不哀哉"的感叹词）。

两家之说，均有缺陷。"红颜固不能不屈从枯骨"也罢，"红颜固不能屈从枯骨"也罢，文句都佶屈聱牙、晦涩不明，似与脂评之风格不符。或以"枯骨"代指"老者"，亦欠妥。笔者揣测文义，结合书中故事，试为校读如下：

妙玉偏僻处，此所谓"过洁世同嫌"也。他日瓜州渡口，红颜遭劫。亡师遗训，明示劝惩，不能遵从，哀哉！

这条脂批特别提到了瓜州渡口，不能不令人想起杜十娘的故事。《警世通言》第三十二卷《杜十娘怒沉百宝箱》，写柳监生和众美人送出崇文门外，李公子和杜十娘行至潞河，舍陆从舟，却好有瓜州差使船转回之便，讲定价钱，包了舱口。"不一日，行至瓜州，大船停泊岸口，李公子别雇了民船，安放行李，约明日侵晨，剪江而渡。"李公子要把杜十娘以千金之价转卖与盐商孙富，杜十娘闻知，悲愤欲绝，怀抱百宝箱自沉于江。这个故事脍炙人口，久传不衰。

　　出崇文门，到潞河乘舟，经大运河，过瓜州，这也是妙玉回南的路线。瓜州渡口在今镇江对岸，为当时从北方水路去苏州等地所必经。妙玉被拐骗至此，受人挟制，强迫登岸，以后被转卖到妓院。她回想起精演先天神数的师父在临终时曾有遗言，嘱咐她不宜返回苏州故乡。此时醒悟也来不及了。

（原载《红楼梦学刊》1997 年增刊）

《红楼梦》与西太后

——介绍管念慈的《锦绣图咏序》

清末咸丰后那拉氏（即西太后）喜欢看《红楼梦》，前人笔记中已有记载。徐珂《清稗类钞》第二十八册"著述类"载："京师有陈某者，设书肆于琉璃厂。光绪庚子（1900）避难他徙，比归，则家产荡然，懊丧欲死。一日，访友于乡，友言：'乱离之中，不知何人遗书籍两箱于吾室，君固业此，趣视之，或可货耳。'陈检视其书，乃精楷抄本《红楼梦》全部，每页十三行，三十字。抄之者各注姓名于中缝，则陆润庠等数十人也。乃知为禁中物，亟携之归，而不敢示人。阅半载，由同业某介绍，售于某国公使馆秘书某，陈遂获巨资，不复忧衣食矣。其书每页之上均有细字朱批，知出于孝钦后之手，盖孝钦最喜阅《红楼梦》也。"这部精楷抄本的《红楼梦》，当已流入海外，迄今下落不明，未知尚存天壤间否？

故宫里的长春宫是那拉氏经常起居的地方，在庭院四周的游廊上，绘有十八幅以《红楼梦》为题材的壁画。据考证，是那拉氏度五十岁生日（1884）时重新修整此宫所彩绘。由此可见，所谓那拉氏喜爱《红楼梦》之说，洵非虚语。

光绪十七年（1891），那拉氏曾就当时流传的《红楼梦图》，作曲题咏，并命词臣管念慈撰写了一篇《锦绣图咏序》。此序有管念慈的写本，中国社会科学院文学研究所古代文学研究室乔象钟同志收藏。承象钟同志出示，笔者得以目验，确为真迹。今据原件迻录于下。凡有抬头空行之处，均直接连写，不予保留。

《御制锦绣图咏序》

岁在重光单阏，皇太后驻跸西苑，宫闱之暇，取世传《红楼梦图》，隐其人名地名，缀以曲牌，而各系以词，定其名曰《锦绣图》。陶情淑性，延年何必琼芝；墨舞笔歌，倚调如赓玉树。借游戏之微事，为颐养之寄怀。草稿甫成，花样绝异。复诏臣念慈饰以芜词，述其缘起。自天闻命，伏地怀惭。臣谨按《锦绣》一图，离奇文字，幻梦缘由；绮语未除，情禅颇悟。绘出贪嗔痴爱，恨无我佛指迷；写来儿女因缘，直欲向天搔首。蚕多丝而自缚，蜡有泪以难干。要知四大皆空，何处著兰因絮果？百年如瞬，岂能常花好月圆！痴梦未醒，宜其爱根难断也。作者现身说法，不言性而言情；观者因色悟空，本如泡而如梦。若论稗史，已参上乘之禅；巧绘全图，允为艺林之宝。皇太后全翻旧谱，妙寓新机，端乙乙以相联，理庚庚而不紊。名以曲牌而分著，声偕乐府以流传。界以乌丝，人物楼台之悉备；歌以绛雪，宫商角徵之胥谐。陋织女之七襄，璇玑运巧；炼娲皇之五色，纂组增华。臣智等管窥，学疏绠汲，敬绎圣慈之制作，妄测海岳之高深。生面独开，因心作则。非非想外，更辟机械；种种光中，别成世界。何幸文非玉茗，附鸾章凤藻以常新；任教记说石头，等海市蜃楼之志异。臣管念慈奉敕敬撰。

这篇序文所叙的"世传《红楼梦图》"，当时较著名的有两种。一种是画家改琦于道光年间所绘，计五十幅，编为四卷，有光绪五年（1879）间刊本。每幅原来都有题咏，最早者如张问陶，晚者如王希廉、周绮。书前有光绪五年（1879）淮浦居士序，序上说："华亭改七芗先生琦，字伯韫，号玉壶外史。天姿英敏，诗词书画并臻绝诣。来上海，下榻于李笋香光禄吾园。时光禄为风雅主盟，东南名宿咸来止之，文宴之盛，几同平津东阁，先生在李氏所作卷册中，惟《红楼梦图》为生平杰作，其人物之工丽，布景之精雅，可与六如、章侯抗行。"另一种是画家王墀于同光年间所绘，计一百二十幅，有光绪八年（1882）上海点石斋照相石印本，题名《增刻红楼梦图咏》，凡二册。每幅有题咏七绝一首，是画家请吴中名流题的。书前有光绪八年（1882）丁培序，其中说："华亭改七芗居士分绘为图，笔墨精妙，海内珍之，兵灾后传本绝少。澄江王芸阶先生精于六法，而仕女尤擅长，得周昉神理，爱读是书，爰将书中诸美，分绘百二十图，各系以事，视七芗本几倍之，其心力可谓挚且勤矣。"这两种《红楼梦图》都有光绪年间的刊本，那拉氏可能是取的其中一种。

这"世传《红楼梦图》"，也有可能是一种游戏用物，即《红楼警幻图》或《游大观园图》。据《增刻红楼梦图咏》悟痴生序说："余忆同治间尝于某戚家得《红楼警幻图》，其制如升官图，以德、才、情、过，配骰色而掷之，而名举其事，以系升降，至警幻而止。喜其编次之精，乞稿付梓，继而饥驱奔走，不遂所愿，旋为好事者取去。"看来这幅图可能通过其他人刊刻出来。又据光绪十三年（1887）刊本解盦居士《悟石轩石头记集评》载："都门所刊《游大观园图》，系仿《揽胜图》之式。"这似乎是另一种游戏用的图，因为《揽胜图》和《升官图》格式、体制差异甚大。据笔者所见，俞樾《春在堂丛书》中的《俞楼杂纂》收有《揽胜图》，而《升官图》旧时坊间所刻甚多（宣统年间尚有根据新官制所绘的一种），只要对照一下，其差别是一目了然的。《游大观园图》今尚可见，与《揽胜图》是相似的。

那拉氏以皇太后的身份住在西郊的颐和园里，宴游和听戏之余，兴之所至，取来"世传《红楼梦图》"，加上她自己所写的曲子（很可能是命词臣代笔的），以附庸风雅，并别出心裁，把《红楼梦图》改名为《锦绣图》（当是仿苏蕙《璇玑图》而命名），还要臣下来对此大加歌颂，真是花样翻新。

管念慈自称"敬绎圣慈之制作，妄测海岳之高深"，献媚之态可掬。经他揣摩所得，一部《红楼梦》，主要是强调"色空"。比如他说："要知四大皆空，何处著兰因絮果？百年如瞬，岂能常花好月圆！"，"作者现身说法，不言性而言情；观者因色悟空，本如泡而如梦"，"若论稗史，已参上乘之禅"，"任教记说石头，等海市蜃楼之志异"，都是宣传色空观念。这大抵反映了那拉氏的观点。封建统治者面临王朝的末世，尽管他们拼命挣扎，妄想永世长存，总难免会产生虚幻之感。这是他们色厉内荏、外强中干的心理反应，是他们的阶级本质所决定了的。

吴绚斋《清宫词》云："《石头》旧记寓言奇，传言传疑想象之，绘得大观园一幅，征题先进侍臣诗。"原注："瑾、珍二贵妃令画苑绘《红楼梦》大观园图，交内廷臣工题诗。"作者不知道，那拉氏实是始作俑者，瑾、珍二贵妃不过步其后尘而已。可以想见，那拉氏所以如此欣赏《红楼梦》，她所喜爱的只是书中所描写的那种"烈火烹油、鲜花着锦之盛"，当她看到这不过是"瞬息的繁华，一时的欢乐"，对照她所面临的大清王朝分崩离析的现实，自然也会乐极生悲，感慨系之。

（原载《我读红楼梦》，天津人民出版社 1982 年版）

《红楼梦》和《浮生六记》

　　《红楼梦》在中国古典文学的宝库中是无上的珍品，它被称作中国封建社会的百科全书。其中一个重要的主题就是描写爱情和婚姻的悲剧。贾宝玉和林黛玉这两个人物在全书中处于特殊的重要地位，他们的相爱及其悲惨的结局，两百多年以来，吸引了广大读者的注意，赢得了他们的同情。曹雪芹极力反对那些"千部共出一套"的才子佳人小说，认为他的《红楼梦》才是发泄了儿女之真情。他在这方面的描写确实是杰出的，开创了中国古典小说的新境界。

　　《浮生六记》是中国少有的一部以抒情性的散文来细致地描写夫妇生活的书，它带有回忆录的性质。在中国文学史上，也许只有宋代李清照的《金石录后序》和明代归有光的《项脊轩志》才是它的先驱。至于明末清初冒辟疆所写的《影梅庵忆语》，则未免太接近于所谓才子佳人小说了。著名的学者陈寅恪先生在《元白诗笺证稿》中说得好："吾国文学，自来以礼法顾忌之故，不敢多言男女间关系，而于正式男女关系如夫妇者，尤少涉及。盖闺房燕昵之情景，家庭米盐之琐屑，大抵不列载于篇章，惟以笼统之词，概括言之而已。此后来沈三白《浮生六记》之闺房记乐，所以为例外创作，然其时代已距今较近矣。"

　　《红楼梦》的作者曹雪芹在乾隆二十七年（1762）除夕去世，次年即乾隆二十八年（1763）的十一月二十二日，《浮生六记》的作者沈复诞生了。当《浮生六记》成书的时候，一百二十回本的《红楼梦》在社会上流行已快二十年。真是无独有偶，曹雪芹《红楼梦》后三十回的遗稿下落不明，沈复《浮生六记》中的最后两记（即《中山记历》与《养身记道》）同样也散佚了。一百二十回本的《红楼梦》中的后四十回系高鹗等人所续补，《浮生六记》中的最后两记也出现了伪作，经一些专家学者考订，断定是后人的移花接木和狗尾续貂。

这两部书的写成是在乾嘉时期，其中描述的人和事以及所提出的问题，都有若干相似之处。本文不是对这两部作品进行全面的分析研究，而只是将书中的几个主要人物及其命运加以对比，试作一番考察。固然，《红楼梦》中的贾宝玉和林黛玉是曹雪芹所创造的艺术形象，而《浮生六记》中的沈复和陈芸是现实生活中的人物，不能混为一谈，但对他们的思想性格及其命运作一比较，可以看出现实生活中确实存在着一些和贾宝玉、林黛玉相类似的人，曹雪芹笔下的正面人物有着很高的典型性。《红楼梦》这部丰富多彩的小说和《浮生六记》这部真实的生活实录，都可以帮助我们深入了解它们所反映的那个时代。

下面分三节来谈：（一）沈复和贾宝玉；（二）陈芸和林黛玉；（三）两个悲剧。

一　沈复和贾宝玉

我们把贾宝玉和沈复来互相比较，就可发现，尽管他们的出身不同，家庭环境有很大差异，他们所走过的生活道路也很不一样，然而他们的思想和性格却有着惊人的相似之处。

最引人注目的是两人对待爱情的态度。他们都很尊重所爱的女子，注重思想的沟通和精神上的契合无间，并且一往情深、坚贞不渝。这一特点表现了对封建礼教的违背和对男尊女卑制度的反抗。

《红楼梦》第五回中，警幻仙姑对贾宝玉说："如世之好淫者，不过悦容貌，喜歌舞，调笑无厌，云雨无时，恨不能尽天下之美女供我片时之趣兴，此皆皮肤滥淫之蠢物耳。如尔，则天分中生成一段痴情，吾辈推之为'意淫'。'意淫'二字，惟心会而不可口传，可神通而不可语达。汝今独得此二字，在闺阁中固可为良友，然于世道中未免迂阔怪诡，百口嘲谤，万目睚眦。"甲戌本这段文字有好几条脂批，一条云："二字（按，指'意淫'二字）新雅。"另有一条云："按宝玉一生心性，只不过是'体贴'二字，故曰'意淫'"，对"意淫"做了恰当的解释。在我们今天看来，所谓"意淫"和"皮肤滥淫"，二者的区别就在于前者是"爱情"，而后者只不过是"色情"。曹雪芹的态度很鲜明，他赞成合理的爱情，反对那种动物本能式的贪欢好色。他笔下的正面人物贾宝玉对林黛玉的尊重和体贴，给了读者十分深刻的印象。他们两人也不时发生争吵，正如曹雪芹所指出的，"既亲密，则不免一时有求全之毁，不虞之隙"，所以一场风波过后，感情反而更增进一层。《红楼梦十二支曲》中的《终身误》，唱出了贾宝玉的心声："都道是金玉良姻，俺只念木石前盟。空对着山中高士晶莹雪，终不忘世外仙姝寂寞林。"在林黛玉泪尽而逝之后，贾宝玉被迫与封建淑女薛宝钗结成夫妇，他拒不接受她的讽谏，终于抛弃了她而"悬崖撒手"，出家为僧，以践前盟。

沈复似乎比贾宝玉幸运，他的妻子陈芸与他思想一致，性情相投合，一起生活了二十三年。在这二十三年之中，他们既有沧浪亭畔的蜜月，做过萧爽楼中的"烟火神仙"，也经历了生活中的暴风雨，尝够了"贫贱夫妻百事哀"的辛酸，最后终于在病榻前诀别。总起来说，欢乐之日较少，愁苦之日居多。即使在那漫长的艰难岁月，他们也能互相支持，互相安慰，共同向命运苦斗，内心仍然感到无限温暖。正如沈复所描述的，"鸿案相庄二十有三年，年愈久而情愈密"。

《文心雕龙》的《知音》篇上说："音实难知，知实难逢，逢其知音，千载其一乎？"这也可以同样移用于封建时代儿女之间的遇合。紫鹃曾劝林黛玉要拿主意，趁贾母还明白硬朗的时节，"坐定了大事要紧"，最后说道："岂不闻俗语说的'万两黄金容易得，知心一个也难求！'"林黛玉听了，心内伤感，直哭了一夜。她和贾宝玉虽然知音，却并未配成佳偶。沈复和陈芸似乎是满足了他们的夙愿。

在富有神话色彩的七夕，他们曾设香烛瓜果，同拜天孙。沈复镌刻了"愿生生世世为夫妇"的图章两方，一朱文，一白文，两人分执，以为日后往来书信之用。他们俯视波光如练，仰见飞云过天。陈芸发出了感喟："宇宙之大，同此一月，不知今日世间，亦有如我两人之情兴否？"又有一次，两人促膝谈心，遐想将来同访名山，搜胜迹，遨游天下。陈芸深感自己是个女子，不能抛头露面，待到鬓斑之日，恐已步履维艰，因此说："今世不能，期以来世。"沈复回答得好："来世卿当作男，我为女子相从。"于是请人画了一幅月下老人像，供在内室。

陈鸿的《长恨歌传》写了李隆基和杨玉环七夕在骊山宫，仰天感牛女事，密相誓心，愿世世为夫妇。白居易在《长恨歌》中也曾咏叹此事。沈复和陈芸显然是受了他们的影响，同拜天孙，向往来世。沈复希望陈芸在来世成为一个男子，自己愿化身为女子，不但表现了他的痴情，而且也反映了他平等待人的民主思想。陈芸临终，回顾她的一生，对沈复讲："忆妾唱随二十三年，蒙君错爱，百凡体恤，不以顽劣见弃。知己如君，得婿如此，妾已此生无憾。"从这段自白里，我们可以看到她对丈夫的品评。

《浮生六记》曾写道："芸没后，忆和靖妻梅子鹤语，自号梅逸，权葬芸于扬州西门外之金桂山——俗呼郝家宝塔。买一棺之地，从遗言寄于此。……复至扬州，卖画度日，因得常哭于芸娘之墓，影单形只，备极凄凉。且偶经故居，伤心惨目。重阳日，邻冢皆黄，芸墓独青。守坟者曰：'此好穴场，故地气旺也。'余暗祝曰：'秋风已紧，身尚衣单。卿若有灵，佑我图得一馆，度此残年，以待家乡信息。'"此情此景，人何以堪？《红楼梦》八十回后的佚稿也有"对境悼颦儿"一段描写，写贾宝玉对景伤情，忆昔感今，这一定是十分精彩、极为感人的。可惜我们现在只能从脂批中知道有"落叶萧萧，寒烟漠漠"两句，恰和第二十六回写潇湘馆"凤尾森森，龙吟细细"相对照，全文竟无缘得见了。

沈复和贾宝玉在思想性格方面，还有显著共同之处，即他们两人都反对八股，反对科举，反对做官，追求一种高雅的、十分洒脱的艺术家生活，吟诗作画，自得其乐。面对封建社会中丑恶的现实，他们感到憎恶，因此对理想的追求便格外执着。这是封建社会晚期知识分子不满现状但又找不到一条更为积极的出路之反映。在当时的封建压力下，他们的理想终要破灭。我们不能不承认，在当时的条件下，他们反对那些事物，具有叛逆性和反抗性，而他们所追求的理想也有一定的进步性。

《红楼梦》第三回有两首《西江月》形容宝玉，其中有"潦倒不通世务，愚顽怕读文章"及"可怜辜负好时光，于国于家无望"之句。所谓"怕读文章"，就是不喜欢读四书五经及八股文，贾宝玉认为这些都是后人饵名钓禄之阶，对之深恶痛绝。在《红楼梦》第七十八回中，曹雪芹曾经表述了贾宝玉心中的想法："无奈今之人全惑于功名二字，于尚古之风一洗而尽，恐不合时宜，于功名有碍之故也。我不稀罕那功名，我又不为世人观阅称赏。”所谓“于国于家无望”，就是指贾宝玉不愿意做官，不愿意去“补”封建社会之“天”，不愿意走封建统治阶级所期望于他的那条正统道路。他把那些为了求得功名富贵而一心读书上进的人都叫作“禄蠹”，并且非常讨厌和士大夫接近。史湘云曾经劝说他：“如今大了，你就不愿读书，去考举人进士的，也该常会会这些为官做宰的人们，谈谈讲讲些仕途经济的学问，也好将来应酬世务，日后也有个朋友。没见你成年家只在我们队里搅些什么。”他立刻下了逐客令，说：“姑娘，请别的姊妹屋里坐坐，我这里仔细脏了你知经济学问的！”他一再强调和林黛玉要好是因为她从来没说过这些“混账话”。

贾宝玉有一句名言：“女儿是水作的骨肉，男人是泥作的骨肉。我见了女儿，我便清爽，见了男子，便觉浊臭逼人。”发这种奇论，不为无据。他所见到的男子，大都争名逐利，好声色犬马，染上了种种恶习，即使是较为正派的人，也头脑闭塞，迂腐不堪。唯有他周围的女子，包括那些奴隶身份的少女，比较单纯和天真，因此他愿守着她们过日子。

结社吟诗，原是探春首先创议，一开始就得到宝玉的热情支持。他曾说：“这是一件正经大事，大家鼓舞起来，别你谦我让的。”为了一次诗社雅集，他向贾母要一块鹿肉，史湘云说：“若不是这鹿肉，今日断不能作诗。”他还冒雪去找那位脾气古怪的妙玉，讨一枝栊翠庵的红梅。他的诗如《咏白海棠》，即使被评为“压尾”，还是认为“这评的极公”。在他看来，姊妹们聚会在大观园中，各抒性灵，比赛才智，这是正经大事，且是极有乐趣的。

也许像贾政那样的人把这一切看作儿戏，会嗤之以鼻。但，谁能断定其中不会产生像样的诗人呢？像《菊花诗》《螃蟹咏》《柳絮词》，乃至《中秋夜大观园即景联句三十五韵》，都是佳作。贾宝玉通过这种文学活动，也锻炼了自己的才能。在第七十八回中，我们看到他用蘸满了血泪的笔写出那篇《芙蓉女儿诔》，哀悼屈死的晴雯，控诉对她的诬陷和迫害，怎能不赞叹他的才华？

大观园好景不长，盛筵难再。经过抄检之后，呈现出衰败的景象。欢乐的气氛没有了，人走了，诗社也散了。当贾宝玉在紫菱洲一带徘徊瞻顾，口吟“池塘一夜秋风冷，吹散芰荷红玉影”一律，又何尝不是在悲叹自己理想的幻灭呢?

现在我们再来看沈复。

父亲本以幕为业,给他这个长子也安排了同样的出路。他十九岁开始习幕,二十一岁就聘,长期做这种工作。幕僚是依人作嫁,虽然本身并不是官,却是帮助官办事的,得天天和公文案牍打交道,看东家的脸色行事,工作辛苦而待遇不高,弄不好,便被解聘。沈复做幕,系为了糊口,他对这种工作根本不感兴趣。《浮生六记》很少描述他的幕僚生活,一提及此,笔调总是阴郁的,如:"此非快事,何记于此?","惜乎轮蹄征逐,处处随人","见热闹场中卑鄙之状,不堪入目,乃易儒为贾","不一载,值台湾林爽文之乱,海道阻隔,货积本折,不得已,仍为冯妇。馆江北四年,一无快游可记",等等。他的友人顾翰在《寿沈三白布衣》一诗中描述他的晚年生活:"偶因币聘来雉皋,十年幕府衣青袍。买山无赀去归隐,肠绕吴门千百遭。"(《拜石山房诗钞》卷六)颇能道出他的心曲。

沈复衷心热爱艺术,从他的气质和才能来看,无疑是一位艺术家。徐澄《吴门画史》引彭蕴灿《耕砚斋笔记》云:"沈复,字三白,元和人。工花卉。殿撰赵文楷奉诏封中山王,复曾随使琉球,其名益著。"沈复的书画创作,保存下来的有山水一帧、梅花一幅、篆文对联一副(书"岩前倚杖看云起,松下横琴待鹤归"十四字,上款题"柳隄法家正之",下款署"长洲沈复"。"柳隄"是画家戚遵之号,苕溪人,善写人物,曾为沈三白夫妇绘月下老人像)。据《浮生六记》自述,他曾在苏州、扬州卖过画。从《浮生六记》还可以看出他的文学才能。除此之外,他爱花成癖,喜剪盆树,对插瓶及盆景颇有研究,嗜游山水,于园林建筑等也很留心。

值得注意的是沈复"凡事喜独出己见,不屑随人是非"。他认为"名胜所在贵乎心得,有名胜而不觉其佳者,有非名胜而自以为妙者"。对山水园林的品评,强调天然。扬州的园林,他推许南门幽静处的九峰园,别饶天趣,以为诸园之冠。杭州西湖的湖心亭、六一泉诸景,他说都不脱脂粉气,"反不如小静室之幽僻,雅近天然"。海宁的陈氏安澜园,占地百亩,古木千章,皆有参天之势,鸟啼花落,如入深山,他认为是"此人工而归于天然者。余所历平地之假石园亭,此为第一"。苏州虎丘之胜,他只取后山之千顷云一处;次则取一剑池,其余大半"皆藉人工,且为脂粉所污，已失山林本相"；城中最著名的狮子林，虽说出于倪云林手笔，他批评道："然以大势观之，竟同乱堆煤渣，积以苔藓，穿以蚁穴，全无山林气势。"他所发的议论，不禁使我们想起了《红楼梦》第十七回，贾政带着一批清客游大观园，贾宝玉侃侃而谈，他说，"古人云'天然图画'四字，正畏非其地而强为地，非其山而强为山，虽百般精巧而终不相宜"，气得贾政要把他撵出去。贾宝玉和沈复的看法是相同的。

　　沈复一生所最怀念的是为时约一年半的萧爽楼生活。那时他们夫妇正届而立之年，严父责令离家别居，因而寄居在书画家兼篆刻家鲁璋的萧爽楼中，反得以共享了一段清福。《浮生六记》中的《闲情记趣》对这个环境作了描述。"楼共五椽，东向，余居其三，晦明风雨，可以远眺。庭中木犀一株，清香撩人，有廊有厢，地极幽静。……余素爱客，小酌必行令。芸善不费之烹庖，瓜蔬鱼虾，一经芸手，便有意外味。同人知余贫，每出杖头钱，作竟日叙。余又好洁，地无纤尘，且无拘束，不嫌放纵。"交往的多是一些艺术家，品诗论画，从事创作，相互切磋。长夏无事，考对为会，陈芸是位亲切的主妇，殷勤待客。朋友们把萧爽楼看作艺术之家，"如梁上之燕，自去自来"。在他们之间有几条不成文法，这就是沈复所说的："萧爽楼有四忌：谈官宦升迁，公廨时事，八股时文，看牌掷色，有犯必罚酒五斤"，"有四取：慷慨豪爽，风流蕴藉，落拓不羁，澄静缄默"。从这里可以见到身为主人的沈复之胸襟与志趣，和贾宝玉实有惊人的相似之处。他们不拘于封建礼法，对功名利禄表示鄙夷，追求一种高雅和十分洒脱的生活。这种生活是适合于艺术家和富有艺术气质的人的。

　　显然，这带有浓厚的洁身自好的性质。他们自以为与人无争、与世无争，实际上绝不能为封建社会所容。无情的现实终于粉碎了他们的理想。林黛玉泪尽而逝，贾宝玉是"贫穷难耐凄凉"。陈芸为封建礼教迫害而死，沈复也到处流浪，抱恨终身，当他晚年写《浮生六记》，回忆这段幸福生活，不禁感慨万端："今则天各一方，风流云散，兼之玉碎香埋，不堪回首矣！"

　　思想的一致使得他们的爱情日益巩固，而爱情又促使他们在离经叛道的路上走得更远，贾宝玉和沈复正是这样。

二　陈芸和林黛玉

陈芸和林黛玉都是苏州姑娘。她们美丽、聪明、善良、真挚、雅洁脱俗。两人虽家世悬殊，各有不同的生活经历，但她们的思想和言行常和封建礼教相对抗，藐视权威，独行其是，至为封建社会所不容。

林黛玉出生于一个封建贵族家庭。远祖袭过列侯，父亲林如海是探花，官居兰台寺大夫，钦点为巡盐御史。她六岁丧母，被送到外祖母家抚养，从此来到了贾府。不几年，她父亲又去世了。她虽然过着锦衣玉食的生活，却常常感到自己无依无靠，有着寄人篱下的痛苦。有一次，她把自己和《西厢记》中的崔莺莺对比，感叹道："双文，双文，诚为命薄人矣。然你虽命薄，尚有孀母弱弟。今日林黛玉之命薄，一并连孀母弱弟俱无。"只有贾宝玉是她唯一的知音。陈芸生长在一个贫寒人家，四岁时死去了父亲，孀母弱弟，相依为命。她从小就知道了生活的艰难，这个家庭全靠她来支撑，"三口仰其十指供给"。十三岁和沈复订婚，这年冬天她的堂姊出阁，沈复随母来贺，和她见了面。他的印象是："时但见满室鲜衣，芸独通体素淡，仅新其鞋而已。见其绣制精巧，询为己作，始知其慧心不仅在笔墨也。"由此可见她家经济上很困窘，购不起鲜艳华美的衣服，但她善于审美，仍能给人以落落不凡之感。

林黛玉是个很有才华的女诗人，《葬花吟》《秋窗风雨夕》《五美吟》《桃花行》是其名篇。她教香菱学诗，也有一些好见解。陈芸于诗不甚工，《浮生六记》中仅存"秋侵人影瘦，霜染菊花肥"一联，尚有和沈复联吟的"兽云吞落日，弓月弹流星"之句。她幼年未从名师，纯系自学，因此作诗的成绩要逊于林黛玉。她富有艺术气质，心灵手巧，精通刺绣，曾在病中赶绣了一部《心经》，是福郡王所订购。她还善于美化生活，起居服食及器皿房舍都安排得省俭而雅洁。《浮生六记》中的《闲情记趣》一章有一些描述。如作"活花屏"法："每屏一扇，用木梢二枝约长四五寸，作矮条凳式，虚其中，横四挡，宽一尺许，四角凿圆眼，插竹编方眼。屏约高六七尺，砂盆种扁豆置屏中，盘延屏上，两人可移动。多编数屏，随意遮拦，恍如绿阴满窗，透风蔽日，迂回曲折，随时可更，故曰'活花

屏'。有此一法，即一切藤本香草，随地可用，此真乡居之良法也。"这样
的花屏，生机蓬勃，雅近天然，如果把它放在书室，人们足不出户，举目
便可接触到一片新绿。在这些方面，她有不少独具匠心的创造，为林黛玉
所不及。

　　封建时代，妇女身受种种束缚。林黛玉有幸住在大观园里，能朝夕领
略秀丽的风光。陈芸托言归宁，才得与沈复同游太湖。当她看见风帆沙
鸟、水天一色，感慨地说："此即所谓太湖耶？今得见天地之宽，不虚此
生矣。想闺中人有终身不能得见此者。"他们夫妇同船家女素云一起喝酒
行令，酩酊而归。后来被友人传为沈复挟两妓饮于万年桥舟中，问起陈芸
知否此事，陈芸答道："有之，其一即我也。"当她得以冲破封建礼法，放
浪形骸，遨游于太湖之上，心中该是如何舒畅啊！

　　陈芸和林黛玉都是很有个性的女子。林黛玉孤高自许，精神上表现出
一种傲岸不驯的气概。她从不知道"装愚守拙，安分从时"，任情任性，
言语锋利逼人。她从未对宝玉讲过"混账话"，劝他立身扬名，宝玉的思
想和行动，她是同情和支持的，因此深为宝玉所敬重。对宝玉这个众人看
来是"行为偏僻性乖张"的青年，她倾注了全部心血去爱。她的爱温柔而
又深沉，曲折而又痛苦。柔弱的身体，寄人篱下的处境，"金玉之论"的
邪说，封建礼教的压力，使得她多愁善感，为不能掌握自己的命运而悲
哀。陈芸是个柔和的女子，内心充满了激情。她在古代诗人中最推崇李
白，说他的诗"宛如姑射仙子，有一种落花流水之趣"。她不同于流俗，
不爱珠玉首饰，却对破书残画倍加珍惜，"于破筒烂卷中，偶获片纸可观
者，如得异宝"。她曾向沈复吐露自己的理想："他年当与君卜筑于此
（指苏州郊外），买绕屋菜园十亩。课仆妪，植瓜蔬，以供薪水。君画我
绣，以为诗酒之需。布衣菜饭，可乐终身，不必作远游计也。"她愿丈夫
不到外地去做幕，两人在乡下厮守到老。她在萧爽楼招待爱好艺术的朋
友，"拔钗沽酒，不动声色，良辰美景，不放轻过"。丈夫赋闲，她无怨
言。当沈复设一书画铺于家门之内，三日所进不敷一日之出，隆冬无裘，
挺身而过，十四岁的女儿青君衣单股栗，强说不寒，陈芸誓不医药，抱病
绣《心经》，在十天的限期内完成，我们不由得联想起《红楼梦》中晴雯
病补雀金裘，显然她比晴雯要消耗更多的心神和体力。

　　林黛玉不顾当时的礼教，向贾宝玉曲折地表示了爱情。陈芸违背了封建社会为妇女所定的道德规范，两次被逐。第一次是为了两件事。一件事是沈复之弟启堂向邻妇借贷，央她作保，后来启堂赖账，诿称不知此事。另一件事是公公想娶妾，向朋友发牢骚："一生辛苦，常在客中，欲觅一起居服役之人而不可得。儿辈果能仰体亲意，当于家乡觅一人来，庶语音相合。"朋友转述给沈复。于是沈复为了"仰体亲意"，密札致妻，请媒婆物色了一个姚氏女子。陈芸以为成否未可知，没有即时禀告婆婆，引起婆婆不满。后来陈芸给沈复写信说："令堂以老人之病，皆由姚姬而起。翁病稍痊，宜密嘱姚托言思家，妾当令其家父母到扬接取，实彼此卸责之计。"公公见到，勃然大怒，专札训斥沈复："汝妇背夫借债，谗谤小叔，且称姑曰'令堂'，翁曰'老人'，悖谬之甚！我已专人持札回苏斥逐。汝若稍有人心，当亦知过！"所谓"背夫借债，谗谤小叔"，完全颠倒了事实真相。公公讨妾，婆婆吃醋，陈芸处在夹缝之中，难乎其为媳妇。仅因她用了"令堂""老人"这两个词，触犯了封建家长的尊严，便被视为大逆不道。一年半以后，公公才回心转意，命他们夫妇回到故宅。

　　陈芸第二次被逐的经过是这样的。被召回家的次年，陈芸和一位名妓的女儿憨园相遇，甚为欣赏，认为是"美而韵者"。她突发奇想，要为沈复纳妾。日后她与憨园结拜姊妹，深结其心，并暗地里谈妥，以翡翠钏作定。一年多后，憨园为有力者夺去。此事已为公婆所闻。适逢沈复代友作保，其人挟资远遁，债主咆哮于门。公公苛责沈复说："汝妇不守闺训，结盟娼妓。汝亦不思习上，滥伍小人。若置汝死地，情有不忍。姑宽三日，速自为计，迟必首汝逆矣！"父母如果出首告子忤逆，这是很严重的。在此情况下，夫妇两人不得不再度出走。

　　当时男子娶妾，视为平常。妻子主动给丈夫从外面找来一个美妾，却极少有。陈芸承认她是受了李渔《怜香伴》的影响。我们看这部传奇是演崔云笺设计使其诗友并嫁其夫石坚之事，第一出《破题》中有"真色何曾忌色，真才始解怜才"之句，点明了崔云笺的用心。陈芸的动机大概也不过如此。她的这种行为与她婆婆两年前的表现恰成鲜明对照，因此我们猜测她也是有意识地在与凡夫俗子对抗，一反其道而行之。今天看来，当是她独特个性的一种畸形表现。

我们自然会联想到《红楼梦》中宝玉挨打的事件。贾政加在宝玉头上的罪名，其一就是"在外流荡优伶，表赠私物"。优伶是在忠顺王府承应当差的小旦琪官（即蒋玉菡），私物是一条汗巾。宝玉为此而挨了一顿死打，皮开肉绽，气息奄奄。陈芸再次被逐的罪名是"不守闺训，结盟娼妓"。在封建社会里优伶和妓女都被看作下等人，不能深交。沈复的父亲斥责陈芸，正是因为她以一个少奶奶的身份居然去和妓女结拜成姊妹，有违妇道，玷污门庭。

陈芸像林黛玉一样多病。她因弱弟出亡不返，寡母念子病殁，悲伤过甚，患有"血疾"。二次被逐，她对与憨园焚香结盟一事绝无后悔，不向公婆乞怜。离家前无法安顿子女，只有让儿子去当学徒，把女儿送给人家作童养媳，母亲的心该是何等悲痛！她宁肯咬紧牙关，忍受贫困，因为多种忿激，以致血疾大发，病势危殆。临终前她向沈复说"满望努力做一好媳妇而不能得"，这是多么沉痛的控诉！

她的去世给沈复带来了不可愈合的心灵创伤。沈复画了一幅《梅影图》，有石韫玉的题词，见于《微波词》中。词云："最伤心处，是瑶台圮后，芳华无主。不见婵娟，绘影生绡，翻出拈魂新谱。罗浮梦远寻难到，空听唧啾翠羽。夜深纸帐清寒，化作缟云飞去。从此粉侯憔悴，看亭亭瘦影，相对凝伫。留得春光，常在枝头，人寿那能如许！二分明月，虹桥侧，有葬玉一抔黄土。想幽香，已殉琼花，不与蘼芜同梦。"（《疏影·为沈三白题梅影图》）那幽雅高洁的梅花乃是陈芸的人格象征。

三　两个悲剧

《红楼梦》中的贾宝玉和林黛玉，《浮生六记》中的沈复和陈芸，他们都受到封建礼教的迫害，各自经历了一场悲剧。

《红楼梦十二支曲》中的《枉凝眉》，倾诉了贾宝玉和林黛玉相爱而不能结合的痛苦："一个是阆苑仙葩，一个是美玉无瑕。若说没奇缘，今生偏又遇着他；若说有奇缘，如何心事终虚化。一个枉自嗟呀，一个空劳牵挂。一个是水中月，一个是镜中花。想眼中能有多少泪珠儿，怎经得秋流到冬又春流到夏！"

　　陈芸和沈复十三岁上订婚，十八岁举行婚礼。由于沈复要为衣食奔走，也常有别离，他们深知其中滋味。住在沧浪亭畔和萧爽楼中是他们生活中最美好的岁月。《浮生六记》中的《闺房记乐》和《闲情记趣》留下了这段生活的剪影。紧接着这两章便是《坎坷记愁》。温暖明丽的阳光消逝了，乌云密布天空，暴风雨轰轰然而至。他们遭受种种打击，陷入了困境，夫妻儿女，不能相保。《坎坷记愁》描述了陈芸的两次离家及去世。第二次离家的情景有这样的场面："将交五鼓，暖粥共啜。芸强颜笑曰：'昔一粥而聚，今一粥而散。若作传奇，可名《吃粥记》矣！'逢森（其子名）闻声亦起，呻曰：'母何为？'芸曰：'将出门就医耳！'逢森曰：'起何早？'曰：'路远耳。汝与姊相安在家，毋讨祖母嫌。我与汝父同往，数日即归。'鸡声三唱，芸含泪扶妪，启后门将去。逢森忽大哭，曰：'噫，我母不归矣！'青君（其女名）恐惊人，急掩其口而慰之。当是时，余两人寸肠已断，不能复作一语，但止以勿哭而已。"陈芸回顾过去的生活，瞻望未来的前景，已预感自己的不幸结局，深信这是一场人生的悲剧。事情的发展果然不出所料。

　　贾母、王夫人、王熙凤等人对林黛玉和薛宝钗都很熟悉，因为这两个少女很早来到贾府，长期住在大观园里。她们根据平日的观察，按照封建的标准，多方面进行比较，分析利弊，权衡得失，认定薛宝钗符合她们的要求。薛宝钗是个典型的封建淑女，其言行都遵循封建道德的规范，会处世做人。她们正需要她来把贾宝玉引入正途。而林黛玉的思想性格和薛宝钗根本不同，她和宝玉在一起，将会促使和鼓励他在反封建的道路上走得更远，只能引起她们不安和恐惧。她们精心挑选，终于挑中了薛宝钗。

　　人们会问，这是不是一种特殊情况呢？封建社会中的通常情况是女孩子锁在深闺，家长决定亲事，一般只能听信亲友或媒人的介绍，凭相亲时所得到的一点印象，很难进行深入的了解。人们想，如果林黛玉、薛宝钗没有来到贾府长期居住，如果没有大观园那样的特殊环境，贾宝玉和林黛玉是否也有结合的可能呢？他们如结合，能不能幸福地白头偕老？

　　《浮生六记》正好像是回答了这个问题。沈复以他和陈芸的亲身经历提供了一个范例，促使人们深入思考。

　　封建时代表兄妹或表姊弟定亲，几乎成为一种风气。陈芸和沈复是表姊弟。沈复母亲常回娘家，对她的内侄女是有所了解的。但她只看到了陈芸性格的一个方面，"爱其柔和"，而并没看出这个十三岁少女身上的刚性，更未预料到陈芸将会发展成为一个带有叛逆色彩的女子。在她看来，亲上加亲，会使婆媳之间的关系更融洽，给她添一个得力的助手，因此她促成了这桩婚事。

沈复和陈芸能够结婚当然是幸运的。两人思想一致，兴趣相投，感情浓得化不开。但是，他们不同凡俗的思想和独立的性格必然会引起家长的不满，发生尖锐的冲突。封建家长不能允许子女独行其是，要扑灭那些叛逆的火花。家长对子女的绝对统治权在法律上得到明文保证，因此在家长和子女的斗争中双方的实力是悬殊的。沈复母亲虽是陈芸的姑妈，也不会去袒护她，何况心中早存芥蒂，她们之间的感情已经恶化。沈复之弟启堂显然站在父母一方，他和沈复有着继承财产权的冲突，而且在思想上也和他的兄嫂有严重分歧。我们只要看他向人借贷，求嫂担保，后来又翻脸不认账，以及父亲死后他与沈复种种为难，就可知其人的行径和心术了。

沈复和陈芸两次被逐，面临着经济上的困境。第一次离家别居，还可以"商柴计米而寻欢"。第二次就十分拮据了，妻子患病，丈夫失馆，薪水不继，只得求亲靠友。人情冷暖，世态炎凉，使他们饱尝辛酸。《坎坷记愁》中描述沈复在江阴江口遇雪及靖江途中夜宿土地祠的情景，都悽恻动人。

他们能离开大家庭，却脱离不开这个封建社会。在这个社会里，封建统治者专横而平民无权，庸人踌躇满志而好人受气，爱好艺术的人不能专心致志从事创作，被迫去做幕僚，而且时常赋闲，即使卖画维生，"三日所进不敷一日所出"，艺术根本不受重视。在这个封建社会里，沈复和陈芸不会有好的出路，他们的幸福生活被无情的现实击得粉碎。只要他们不同流合污，坚持美好的理想，这一场人生的大悲剧终是难以避免的。

因此，我们可以回答前面提出的那个问题。贾宝玉和林黛玉若是处于另一种情况，他们也有可能结合，成为一对恩爱夫妻。但是，即使他们能够有幸结合，他们仍然挣扎不出封建的罗网，逃脱不了悲剧的命运，其结果必然会和沈复、陈芸相似。

《浮生六记》是否受了《红楼梦》的影响呢？从时间上来看，这是完全有可能的。乾隆五十六年（1791）及五十七年（1792），苏州萃文书屋以活字两次排印一百二十回本《红楼梦》，自此以后，有许多翻刻本，沈复和陈芸长期住在苏州，很有可能见到这部名著。但《浮生六记》一书，现存的四记都未提及《红楼梦》，已佚的两记是《中山记历》与《养生记道》，估计也不会谈到它。沈复的友人石韫玉（也是他的幕东）曾编过一部《红楼梦》传奇，署名吴门花韵庵主，内分"梦游""游园""省亲""葬花""折梅""庭训""婢闲""定姻""黛殇""幻圆"，共十出。此书前有苹庵退叟嘉庆二十四年（1819）序，已是在《浮生六记》写成后十多年了。

　　我们认为，《浮生六记》里没有提及《红楼梦》，并不能证明沈复夫妇未看过此书。他们思想比较解放，爱好文学艺术，是会把《红楼梦》找来一看的。阅读之后，自然会引为同调，同时受到它的一些影响，促使他们更加珍惜爱情，渴望自由，反抗礼教，追求美好的理想。第一次被逐离家就是在乾隆五十七年（1792）所发生的事，他们在萧爽楼中过着自由而幸福的生活，我行我素，不知悔改，不啻是在向封建的压迫挑战。焉知不正是在此时期《红楼梦》对他们起了良好的作用呢？

　　曹雪芹自云："今风尘碌碌，一事无成，忽念及当日所有之女子，一一细考校去，觉其行止见识，皆出于我之上，何我堂堂须眉诚不若彼裙钗哉？实愧则有余、悔又无益之大无可如何之日也。"因此促使他要"编述一集以告天下人。"他在《红楼梦》中创造了一系列的女性形象，而林黛玉正是其中重要的一个。沈复在"半生潦倒"（他有此印章，为阳文）之后，提笔撰写《浮生六记》，回忆当年的生活，留下了陈芸的声容笑貌，其人栩栩如生，历历在目，给后人以极为难忘的印象。他也许就是受了《红楼梦》一书的影响吧。

　　当然，《浮生六记》不是《红楼梦》的摹本，它写了一些《红楼梦》所没有写到的东西。《红楼梦》所反映的社会生活确是广阔的，它的批判触及封建社会上层建筑的各个方面，塑造了众多的典型人物，在中国古典小说中允称首屈一指。《浮生六记》中沈复和陈芸的悲剧，正好对《红楼梦》中贾宝玉和林黛玉的悲剧作一补充。它们在描写爱情和婚姻方面各有特色，然而它们的思想倾向是一致的。文学批评家刘勰说过："有同乎旧谈者，非雷同也，势自不可异也，有异乎前论者，非苟异也，理自不可同也。"这话说得多好啊！我们对优秀的文学作品，也应作如是观。

由于时代所限，曹雪芹和沈复对于他们所写的悲剧的社会原因，并没有认识清楚。他们探索而不得，最后仍归之于不可知的命运，因此他们都有梦幻感。这也反映在两本书的题名上。《红楼梦》的题名，正如曹雪芹在第一回借僧道之口所透露的，有"乐极悲生，人非物换"及"到头一梦，万境皆空"之意。《浮生六记》的题名，则出于李白《春夜宴诸从弟桃李园序》上的"浮生若梦，为欢几何？"

可贵的是，曹雪芹和沈复都在为这些悲剧的牺牲者鸣不平。他们通过自己的作品，客观地揭示了当时的"太平盛世"并非那么美好、"衣冠之家"也不那么可爱，其中不断地在制造种种悲剧，封建礼教到处都在戕贼人命，青年男女受害尤深。这两部作品在乾嘉时期相继产生也绝非偶然，它反映出这样一种趋势，即封建社会已经到了"末世"，各种制度日益暴露其不合理性，知识分子中的有识之士和特别敏锐的人，通过亲身经历有了深刻的感受，已在心中郁积着愤懑，是需要就人们切身的问题而开始大声疾呼了！

1980 年 5 月

（原载《红楼梦学刊》1980 年第四辑）

《读红楼梦随笔》作者考

　　《读红楼梦随笔》，四川巴蜀书社 1984 年 9 月影印出版，署"清佚名氏撰"。其底本是四川省图书馆所藏的一个抄本，共八册，工楷精抄于墨栏十行纸上，字数约为十五万字，未署作者之名，亦无作者印章。首册为《红楼梦》总评，其他七册系分回评语，止于第六十九回，以下不存，疑是残本。此书评《红楼梦》，有不少精辟之见，是红学史上一部重要的专著。

　　影印本前面有周汝昌《〈读红楼梦随笔〉影印本绪言》及该社"出版说明"。"出版说明"共有五节，长达三十五页。其中第三节关于《〈读红楼梦随笔〉的思想认识意义》、第四节《〈读红楼梦随笔〉对〈红楼梦〉艺术价值的分析》及第五节《〈读红楼梦随笔〉中其他几个值得注意的问题》，写得较好。只是第一节《关于〈读红楼梦随笔〉的概况》发掘甚浅；第二节《关于〈读红楼梦随笔〉与〈红楼梦抉隐〉》颇多舛误，以致使得此书的作者失考，这是很可惋惜的。

　　如果是有关作者生平的材料太少，无迹可寻，考不出来，因而存疑，这是实事求是的科学态度，未可厚非。但也有另外的情况，即材料具在而未能深入分析，误入歧途而不自省，反而越走越远。"出版说明"则是属于后面这种情况。

一

　　要研究《读红楼梦随笔》（以下简称《随笔》）的作者问题及对此书做出评价，不能不涉及 1925 年上海出版的《红楼梦抉隐》一书，因为《随笔》的绝大部分评语均被采入《红楼梦抉隐》，只是词句稍有异处。

"出版说明"为此设立专节论述。

《红楼梦抉隐》（以下简称《抉隐》）为铅印本，十六卷，八册，共有一百二十回的评语，署"著作者：武林洪秋蕃。校正者：铁沙徐行素"，并题"海上漱石生鉴定"，1925年11月由上海印书馆出版。书前载有两序，首为海上漱石生序，末署"癸丑（1913）孟冬月海上漱石生序于沪北退醒庐"，次为李兆员序，末署"昭潭李兆员顿首拜撰"。1935年1月上海印书馆再版印行，改题书名为《红楼梦考证》，书前两序，一仍旧观，称此书为《红楼梦抉隐》。

"出版说明"云："我们进一步对两书的内容、文字、格调诸方面作了认真而严肃的比较分析，随后，我们又将两书的引文作了一番比勘稽考，我们的初步看法是：第一，这两部书不是同一部书。第二，如果说是，则是《抉隐》抄袭《随笔》。"又云："洪秋蕃可能因某种机遇见到过《随笔》，并将其大部分内容抄录下来，篡改拼凑补缀而成《抉隐》。"

事情的真相果然如此吗？

且看"出版说明"所举出的三大理由。

第一条理由是说《随笔》和《抉隐》两书评论所涉及的引文差异很大。如是同一作者，就不可能在修订旧稿时随意更换其原据的版本和引文。而且，《随笔》的引文是一种"珍贵而奇罕之版本"，怎能轻率将其换成程高系统的本子？

可惜"出版说明"的作者未曾好好细读《随笔》一书。其卷首总评已有多处提及一百二十回本中八十回以后的情节，如评钗黛优劣云："黛玉虽失嘉耦，遽赴夜台，而设幌则表其冥升，易箦则迎以天乐。……宝钗虽能络玉，卒不利金，伉俪仅及期年，鱼水只邀一度，染指尝鼎；异味无多，代李僵桃，苦心枉费，而且玉郎频加白眼，视之轻若鸿毛，金锁莫锢缁衣，弃之等于鸡跖。"（《随笔》第17—18页）又评晴袭优劣云："晴雯忠于事主，为怡红不叛不二之臣，尝言：'撵我出门，便一头碰死'，后果斥逐而死。袭人则屡自言去，迨王夫人加以月例，有留在宝玉房里之说。宝玉笑道：'这回看你家去不去，就算我不好，回了太太要去，你也没意思。'袭人道：'有什么没意思，难道强盗贼我也跟着罢。'忍哉！猪狗不发此恶声。是其平日已无从一而终之意，后果改嫁琪官而去。两人之贤不肖为何如？"（《随笔》第31—32页）第二十一回的评语中还明确点出："红楼一百二十回中未尝称人以贤，惟五十六回篇目曰贤宝钗，此回篇目曰贤袭人。"（《随笔》第139页）又第十六回的评语云："凤姐宿在里间，宝玉、秦钟睡在外间。秦钟与智能云雨，宝玉与秦钟算账，水月庵掀翻风月案，即此已是，何待九十三回。"（《随笔》第113页）而程高本第九十三回的回目恰是《甄家仆投靠贾家门，水月庵掀翻风月案》。凡此都可以证明，《随笔》所评的本子确是程高系统的一百二十回本。

然则为何《随笔》和《抉隐》在引文上仍有一些差异呢？看似复杂，其实也很简单。《随笔》和《抉隐》是同一作者不同时期的书稿，《随笔》在前而《抉隐》在后，《抉隐》一书在整理《随笔》的基础上产生，对《随笔》作了修正及大量的补充，并且校订了引文，这是很正常的事情。何况《抉隐》在铅印刊行前，还经过一位"铁沙徐行素"的校正。这位徐行素先生，根据一种"程乙本"校过全书的引文，故显得与"程乙本"相接近了。为了适应20世纪20年代一般读者的接受水平，徐行素甚至把评语中的某些词句改得略为浅显一些，也是可能的。

两书的引文，差异是有，但要说是很大，就未必然了。"出版说明"引了三例，多是《随笔》原有脱漏之处，而《抉隐》将其补正。其中有一例，至关重要，不能不辨。

"出版说明"指出第二十三回有一段引文，《随笔》作："宝玉戏黛玉道：'我就是个多愁多病身，你就是那倾国倾城貌。'黛玉听了，指着宝玉怒道：'好好的把这些淫词艳曲弄了来，说这些混账话来欺负我。'"而《抉隐》作："宝玉谓黛玉道：'我就是那多愁多病身，你就是那倾国倾城貌。'黛玉听了，不觉桃腮带怒，薄面含嗔，指着宝玉道：'你这该死的，胡说！好好的把这些淫词艳曲弄了来，说这些混账话欺负我。'""出版说明"指出《随笔》的这段引言，完全没有"不觉桃腮带怒，薄面含嗔"两句，而且把"指着宝玉道"一句变作"指着宝玉怒道"，字句语意出入也大；《抉隐》与程乙本相核对，基本相合，而《随笔》又明显不一样，如是云云。

细加查考，原来"出版说明"竟把《随笔》及《抉隐》作者对《红楼梦》中情节及描写的转述，全部当作了正式的"引文"，而来一一推敲。众所周知，"转述"本来可详可略，不必拘泥于原文，述其大意即可。古人即或是引书，也常有删略之处。这些都是时代的风气使然。如果根据"出版说明"的标准来查对，那么《抉隐》所引又何尝能与程乙本"基本相合"？在"桃腮带怒，薄面含嗔"的前面不是还脱漏了"不觉带腮连耳的通红了，登时竖起两道似蹙非蹙的眉，瞪了一双似睁非睁的眼"这三十二个字吗！

尤为奇怪的是"出版说明"把《随笔》一书在转述上与原书的某些字句的差异，竟视为其所根据的乃是一个珍贵而罕见的《红楼梦》本子，并说由此入手，索隐探微，可能找到一些线索，使流传在四川或其他地方的另一种有价值的《红楼梦》版本得以发现。我们当然欢迎任何《红楼梦》新抄本的发现，也要为此而努力。试图用这样的方法考证出一种珍贵而罕见的《红楼梦》本子，那是"可怜无补费精神"的。如果像这样校勘古书中的转述及引文，那么，岂止《红楼梦》一书，连《老子》《吕氏春秋》《史记》《汉书》都有大量尚未发现的珍贵而罕见的版本，这岂非海市蜃楼吗？

"出版说明"论证《随笔》和《抉隐》并非同一部书及同一个作者，所举出的第二条理由是说两书的成书时间相隔太长。据其考定，《随笔》成书于光绪癸未（1883）之后，《抉隐》成书于1913年之前，两者相距约三十年。

古人有著作等身，也有一辈子皓首穷经写成一部书，盖因人而异，不能强求一律。《抉隐》的作者在卷首总评前的小序里是这样说的："仆自束发受书以来，即读《红楼》，即有心得，辄叹天下传奇小说，有此一副异样笔墨。然自少至壮，足迹半天下，抵掌谈《红楼》，迄无意见相合者，且有抵牾而加姗笑者。乃舍斯人而求诸书肆，凡批本及图赞图咏，悉取览焉。甫数行，即与意迕。窃自讶鄙见果有偏耶？抑斯人之目光不炯耶？因再取全传潜玩之，审乎所见不谬，遂随笔而记之。嗣以一行作吏，此事遂废，束置高阁者三十年。罢官后，为小儿昌言迎养粤西之苍梧、富川等县署，课孙暇，一无事事，爰将前所笔记，增足而手录之。虽不足当大雅一粲，而作者惨淡经营之苦心，或不致泯灭焉。呜呼，生平所读何书，不能羽翼圣经贤传，顾于传奇小说阐发其奥义，斯亦陋矣。虽然，贤者识大，不贤者识小。仆为世人所弃，其不贤甚矣，小者之识，不亦宜乎！"序中颇有牢骚，他因做官，才耽搁了此书的写作。"一行作吏，此事遂废"本是古人的典故，用在这里有慨叹之意。

"三十年"是指"一行作吏"之后的三十年，并非指《随笔》与《抉隐》相隔的时间，作者所做的"笔记"也不等于是《随笔》一书，其意甚明。

"出版说明"判断《随笔》成书在光绪九年（1883）之后，其根据是第六十一回的批语："某甲署湘抚，措施乖谬，秽德彰闻，庸劣列之刻章，阳城居以下考，语言噍然，无一中窾，湘人呼为庞吠而不名，以其为庞德之后也。有大令，才德俱优，廉明称最，矫矫鹓鸶，垂三十年。……光绪癸未（1883），再权巨邑，惩一巨痞，构怨于甲之嬖佞；诬以事而谮之。……甲由进士科至方伯，其无是非之心，与凤姐等。……甲后究以此召物议沸腾，授巡抚不果，调粤蕃不果，卒以远窜云南，婴恶疾而死。人亦何乐而为是无是非之人哉！"（《随笔》第565—567页）又据第二十三回评语，此"某甲"即做过湖南巡抚的庞际云。

其实《随笔》的成书时间还可向后推迟多年，"出版说明"盖未细考。据《国朝进士题名碑录》、钱实甫所编《清代职官年表》及罗尔纲《李秀成自述原稿注》等材料，庞际云号省三，直隶宁津人，咸丰二年（1852）壬子恩科进士，第二甲第三十名。他曾在曾国藩家中教读，同治三年（1864）三月入曾国藩幕，六月受曾委派，参与审讯被俘之太平天国忠王李秀成。光绪六年（1880）二月，由淮阳海道迁湖北按察使；七年（1881）八月改迁湖南布政使；十年（1884）二月署湖南巡抚；十一年（1885）二月被劾卸署，降五级留任，三月调任广东布政使，四月调任云南布政使；十二年（1886）九月去职，由广东按察使于荫霖接任。《随笔》既已写到庞际云"卒以远窜云南，婴恶疾而死"，则其成书必在光绪十二年（1886）九月之后，盖无疑义（附带在此说一句，《随笔》作者在书中对庞际云有多处揭露，实是难得的珍贵材料，有助于我们了解这位曾审讯过忠王李秀成的清朝官僚）。

"出版说明"判断《抉隐》成书是在《随笔》成书的三十年后，既然《随笔》成书据其考定在光绪九年（1883）之后，加上三十年，就是1913

年（即海上漱石生序末所署的"癸丑"那一年）之后。但这实际是不可能的，因为《抉隐》卷前的李兆员序业已明确讲过："岁庚寅（1890）、辛卯（1891），员馆于洪明府小蕃君处。其封翁秋蕃先生手一编示员，题其签曰《红楼梦抉隐》披诵一过。……《红楼》盖画工也，亦化工也，微先生亦孰知是书之妙者。"此处"庚寅"是光绪十六年（1890），"辛卯"是光绪十七年（1891），可知《抉隐》成书是在光绪十六七年之间。前面我们业已考定《随笔》成书是在光绪十二年（1886）九月之后，则《抉隐》成书与其相距至多有四五年，绝非如《〈读红楼梦随笔〉影印本绪言》所云："《随笔》是旧稿，《抉隐》是'三十年'后的增订定本"，"三十年"之说大误。

　　一部大的著作由于种种原因而迁延多年才得出版，过去是常有的事。如沈复的《浮生六记》于嘉庆十三年（1808）写成，以活字版首次刊行于光绪三年（1877），已在成书七十年后。《抉隐》在成书三十多年之后，于1925年铅印出版，不足为奇。至于1935年再版印行，更改书名为《红楼梦考证》，显然是因为胡适的《红楼梦考证》风行一时，书商为了牟利，也采用了这个名字。此事实与《抉隐》的作者洪秋蕃无关，其时他早已不在人世了。

　　"出版说明"提出了一大串质疑："什么书须得十年前写序，十年后出版，十年后再版时又改名换记？什么书须得三十年时间装神弄鬼，招摇过市？如此'潜玩'，倒真应了《红楼梦》中的一句话：'假作真时真亦假。'《抉隐》作者不因为掩饰抄袭剽窃，有什么必要这样煞费苦心，玩弄花招？"将这一切都归罪于作者洪秋蕃，乃是极其不公正的。

　　"出版说明"论证《随笔》和《抉隐》并非同一部书及同一个作者，所举出的第三条理由是说两书尽管许多文字相同，但整个精神、整个格调却相去甚远，许多关键地方甚至有根本的抵牾。

　　具体例子是两书的开头。

　　《随笔》开头作："《红楼梦》是天下传奇第一书，立意新，布局巧，词句美，头绪清，起结奇，穿插妙，描摹肖，铺序工，见事真，言情挚，命名切，用笔周，妙处殆不可枚举，而且讥讽得诗人之厚，褒贬有史笔之严……宜其脍炙人口，不胫而走天下也。"

　　《抉隐》开头作："言情之书盈签满架，《红楼》独得其正，盖出乎节义也。……《红楼梦》是天下古今有一无二之书，立意新，布局巧，词藻美，头绪清，起结奇，穿插妙，描摹肖，铺叙工，见事真，言情挚，命名切，用笔周，妙处殆不可枚举，而且讥讽得诗人之厚，褒贬有史笔之严……斯诚空前绝后，戛戛独造之书也，宜登四库，增富百城。"

　　我们把这两段文字作一比较，只要不带任何偏见，都可看出它们大致相同，其中许多词句是一样的，稍有异处，是同一个作者不同时期的异文。所谓"《红楼》独得其正，盖出乎节义也"，虽然表现了评者观点的局限性，但确乎是他的一个指导观点，绝非外加的和后人篡改的。《随笔》中的总评也说过："甚至笃盟守义，黛玉则之死靡他；始篡终嫌，宝钗则临行迫悔，此尤关乎志节，绝不予以含糊。"（《随笔》第 17 页）又说："黛玉笃于守义，为闺阁至节至烈之人。"（《随笔》第 32 页）都是明证。

　　可是，"出版说明"却做出了奇怪的分析："把《红楼梦》在言情书中'独得其正'归诸'出乎节义'，是《随笔》中所没有的，把'天下传奇第一书'改为'天下古今有一无二之书'，可说是改得不伦不类，把'不胫而走天下'改成'宜登四库，增富百城'，则是根本对立的两种思想的具体表现。说《红楼梦》'不胫而走天下'，正表现了在反动统治的恶毒诽谤与严厉禁毁之下，它仍能受到广大人民群众的衷心热爱；说《红楼梦》'宜登四库，增富百城'，则只能表现出评说者思想的庸俗与腐朽。试问，具有强烈反封建倾向的《红楼梦》如何能与封建统治者钦定的四库全书扯到一起？为封建统治诽谤禁毁的《红楼梦》如何能'登四库'？终生穷愁潦倒的曹雪芹又如何能与'增富百城'扯到一起呢？《抉隐》作者为掩盖其剽窃之行，不仅篡改了《随笔》的文字，歪曲了《随笔》的观点，而且也表现了自己手段的拙劣，思想的低下、庸俗与腐朽。"

　　仅仅用了"宜登四库，增富百城"八个字，就有如此严重的罪孽吗？"出版说明"的作者错把"增富百城"当成了"富裕"的同义语了。我们研究与评价古人，切忌吹毛求疵、胡牵乱扯、动辄上纲上线，搬出什么"根本对立的两种思想的具体表现"，训斥其人"思想的低下、庸俗与腐朽"。这样做有百害而无一利。

　　至于说到文人的游戏笔墨，那么《随笔》里面也有。如总评中说：

"若夫床帏之际，鱼水之欢，虽伉俪百年，断无移樽就教之理。不若宝钗明遭弃掷，方且曲意求欢，玉郎无贴肉之情，金锁作迎钥之势……"（《随笔》第33页）《随笔》和《抉隐》何尝有什么"本质上的差别"？

二

《随笔》与《抉隐》乃是同一作者在不同时期的异文，两者的思想倾向与格调实际上是一致的。《随笔》揭露官场、针砭时弊，《抉隐》也是如此。如《抉隐》第六十五回评语说："兴儿对尤二姐说，凤姐心里歹毒，口里尖快，合家大小，除了老太太、太太两个，没有不恨他的，只不过面子情儿怕他；一味哄着老太太两人喜欢，他说一是一，说二是二，没人敢拦他；又恨不得把钱省了下来，堆积如山，好叫老太太、太太说他会过日子，殊不知苦了下人，他讨好儿，如有好事，他就不等别人去说，他先抓尖儿；或有不好的事，或他自己错了，他便一缩头推到别人身上来，他还在旁边拨火儿。此等尖刻伎俩，吾于典首郡者，恒见其人。"（此条不见于《随笔》）第一百〇五回评语说："贾母正摆家宴，与凤姐等说得高兴，忽见邢夫人那边的人，一直声的嚷进来说：'老太太，太太，不好了！多少穿靴戴帽的强盗来了，翻箱倒笼的拿东西。'自有强盗以来，未有穿靴戴帽者，写得好笑，却说得毕肖。吾弟少岩曰：'穿靴戴帽强盗，随处皆有，但未肯以强盗自居耳。'"

《抉隐》中还有一些内证，表明此书绝非后人所能伪造。此处且举两条。

第一条内证是《抉隐》第一回评语："余初任临武，闻邻封衙署多被窃，有戒心，循视墙壁，窥败不胜防，乃以纸裹顽石，纳馈鞘，缄置室中，葺墙补壁以为御。未竣，而贼至，窃鞘去，他物无损。踪迹之，得破鞘于城下，石散漫委地，收以归。或曰：'贼不空过，空必复来。'余笑曰：'贼已丧胆，恐复中计，决不来。'卒无恙。后以语客，客鼓掌曰：'此石兄之功也，不可忘。'余因为文以祭之曰：'伟哉石兄，磊落性成，简默厚重，洁白坚贞。光辉内敛。老气秋横，颇见棱角，不善钻营。世无知者，委之荒荆，硁硁自守，不与时争。一旦借重，丰骨铮铮，能卫肢篋，良于闲阀，能慑贼胆，贤于甲兵。不事胶扰，运以神明，窥之莫测，听之无声，妙以利导，其机自迎。安我衽席，保我金籯，夜之护法，室之干城。厥功甚伟，莫敢与京。夏瑚商琏，赵璧楚珩，为世宝贵，自负令名。闻石生事，退而失惊，乃知顽石，胜于瑶瑛。爰陈酒醴，载荐牺牲，既同米拜，更竭郫诚。子才既逞，子伎已呈，而今而后，毋为不平。子尚有我。知卿用卿，讵无奇杰，埋没平生。长为鼎弃，不共缶鸣，滔滔天下，孰是关情。量才之尺，惟玉是衡，补天之质，弃掷转轻，以语吾子，能无凄清？"

此条评语不见于《随笔》。试问，除了同一位作者，有谁敢在添写的评语中自封为湖南临武县的知县呢？《随笔》作者曾为息柯居士杨翰戏作了一首长诗《琵琶行》（《随笔》第68—69页），如果不是他，又有谁在添写的评语中同样也附上自己所做的《祭石兄文》呢？

第二条内证是《抉隐》第八十一回的评语："昔年因公至湘乡，署有鱼池，暇即垂钓。即用知县王实卿，需次数年，始得补保靖，小缺也，亦以公干至。见余钓，谓曰：'子亦知钓有道乎？竿丝钩饵，固宜讲求，牵曳停顿，亦有巧妙，此仆所优为也。'因授竿钩，良久不得鱼，薄暮，始得一小尾，长才二寸许。实卿意怏怏，余因作歌以调之。今实卿蒸蒸上矣，不负其才与学，仆则惄焉，不禁感慨系之。因录其歌于左：'湘南有鱼池，池中足娵隅，大者既泼泼，小者亦于于，投竿辄可得，每以供庖厨。王郎瀛洲客，曾探骊龙珠，自诩得钓术，觇之良不诬。持竿气深稳，倚栏神恬愉，垂纶水不动，投饵鱼争趋。旁观欣且羡，修尾得须臾，庖人沃釜待，奚奴酤酒须。王郎亦自负，请客属清旷，视如涸泽鲋，易若铜盘鲈。夫何执竿坐，坐久日渐晡，但见莲叶动，不见鱼响濡。夫岂为灵鳄，迁徙尽其挐，又岂化神龟，曳尾于泥涂，白苹红蓼间，何处为薮逋。回首夕阳红，落照在桑榆，求几同缘木，待还类守株。忽惊竿影动，纵横相曳娄，嘁钩颇跳脱，座客皆欢娱。王郎亦自喜，今番不负吾，急引出水面，见者皆胡卢。其大不盈指，其重才数铢，并真为鱼婢，有类乎蟹奴。何以脍金盘，何以馈伊蒲，何以遗故人，何以佐莼菰。王郎乃长叹，呜呼命矣夫，我钓其维何，而畀予区区。腥膻可巧致，不如大嘴乌，肥鲜可自择，不如沉水鹕，自顾增惄怍，对客难枝梧。我解王郎嘲，大声而疾呼，才高天忌疾，名盛鬼揶揄，所饥维贤豪，所饱皆侏儒，世事类如此，何必为瞿瞿。竿非不劲直，饵非不芳腴，钩亦曲且利，丝亦细不粗，钓更合乎道，自许原非谀。所修即在我，得失有何殊，君终不得鱼，与君何尤乎。君今终得鱼，毕竟胜于无，莫谓此鱼小，一样长鳞须。既引出池中，会纵入江湖，仰看风云生，一跃上天衢。'"

此条评语是由程高本第八十一回《占旺相四美钓游鱼》一节而发，作者联想起他和友人王实卿在湘乡署所钓鱼之事，还附了自己所写的一首长诗。现存《随笔》止于第六十九回，故不见此条。

王实卿乃实有其人。中国科学院图书馆所藏《庚寅（光绪十六年，1890）秋季缙绅录》载："桂阳直隶州：知州王必名，广西临桂，进士，（光绪）十二年十月升。"此书之原藏主在王必名之名下用毛笔注明"实卿"，可见"实卿"是字而"必名"是名，"名"与"实"相关合。光绪《湖南通志》卷一二五《职官》载："保靖县：知县王必名，广西临桂，进士，同治十二年任。"可见此人在同治十二年（1873）做过湖南保靖县的知县，与《抉隐》所记相合。他一直在湖南做官，据光绪《湖南通志》卷一二三《职官》载："善化县：知县王必名，广西临桂，进士，光绪二年任。"善化县与长沙县同为湖南的首县。《郭嵩焘日记》光绪六年（1880）正月二十日记："张力臣来谈，述及张子遇调署浏阳，王石卿调署湘乡，两首县并有更动。"又光绪七年（1881）六月二十日记："陆恒斋应湘乡王石卿之召分校试卷，告辞启行。"王实卿亦作王石卿。从他由保靖知县调任善化知县及升任桂阳直隶州知州看来，确如《抉隐》所言"今实卿蒸蒸上矣"。王必名曾中过进士，由《国朝进士题名碑录》可知他是同治七年（1868）戊辰科进士，第三甲第五十名。《抉隐》作者的长诗中说："王郎瀛洲客，曾探骊龙珠"，也是写实。

"出版说明"判断《随笔》的作者在同光时期做过知县，与当时在湖南做官的杨翰交往，和湖南巡抚庞际云也有一定的关系。如今，我们知道《抉隐》的作者做过湖南临武县的知县，与同光时期做过湖南保靖知县和善化知县的王必名有交往。同在同光时期，同在湖南做知县，同写《红楼梦》的评语，而且《随笔》的绝大部分都被采入《抉隐》一书，《随笔》评语所附的《琵琶行》和《抉隐》所附的《祭石兄文》《钓鱼歌》都是俳谐文字，才气纵横，文字水平相当，文风也相类似，两书的评语在思想倾向及格调上一致，这些都可表明他们乃同一人。

<h1 style="text-align:center">三</h1>

由于《随笔》与《抉隐》乃是同一作者在不同时期写成的评《红楼梦》的两次书稿，我们考证《随笔》的作者可以利用《抉隐》所提供的资料。撇开《抉隐》，无异于作茧自缚，堵塞通向真理的道路。

《抉隐》刊行时署明作者为"武林洪秋蕃"，卷前的李兆员序称作者为"秋蕃先生"，并称他是"洪明府小蕃君"之"封翁"，海上漱石生（即孙家振，有《退醒庐笔记》二册行世）所写的序也称此书作者为"武林洪秋蕃先生"。《随笔》既与《抉隐》同一作者，当然也是洪秋蕃所著。

然则武林洪秋蕃究竟为何许人？有人认为他是民国间人，得佚名旧本而攘为己有。更有人怀疑他是乌有先生和亡是公之流，并非真有其人，乃是海上漱石生孙家振所杜撰出来的。《抉隐》一书托之于武林人所著，是否因为著名小说家施耐庵及罗贯中均有"杭人"之说（《忠义水浒传》，旧题"钱塘施耐庵的本"。明人郎瑛《七修类稿》谓《三国》《宋江》二书乃杭人罗本贯中所编），而武林即杭州之别称？

我们需要进一步来考察武林洪秋蕃其人。

据前面所引《抉隐》第一回的一条评语"余初任临武，闻邻封衙署多被窃，有戒心，循视墙壁，窳败不胜防，乃以练裹顽石，纳饷鞘，缄置室中，葺墙补壁以为御。未竣，而贼至，窃鞘去，他物无损。踪迹之，得鞘于城下，石散漫委地，收以归。……"可知作者早年曾做过湖南临武县的知县。

又据《抉隐》卷前的昭潭李兆员序云："先生文章丽卿云，政绩媲召杜，尝宰吾邑，共颂神君。晚年舍二千石，作六一翁，就养粤西，以图书笔墨为乐。"由此可知《抉隐》作者曾在李兆员的家乡做过知县。一粟编著的《红楼梦书录》指出《红楼梦抉隐》一书的作者洪秋蕃曾任"昭潭知县"，即是根据此项材料。按，清代并无"昭潭"的县名。同治和光绪年间的《大清缙绅全书》所载，只有广西的平乐府别名"昭潭"，可它并不是一个县。查昭潭本是一个潭水，有两处，一在广西平乐县西，一在湖南长沙县南，位于湖南湘潭县北的昭山下。顾祖禹《读史方舆纪要》云："梁始置湘潭县，以昭潭为名。"这是说湘潭县是因昭潭而得名。由于《随笔》及《抉隐》透露出作者在同光时期担任湖南的地方官多年，因此他有很大可能做过湘潭县的知县。

笔者根据上述线索，首先查阅了光绪《湖南通志》（卞宝第、李瀚章等修，曾国荃、郭嵩焘等纂，光绪十一年刻本）。可惜此书甚为疏略，所载同治光绪时期的《职官》中，临武知县及湘潭知县均无洪姓者。继而查阅同治《临武县志》（邹景文原本，吴洪恩续修，陈佑启、章俊纯续纂，同治六年增刻本），此书卷二九《职官》所载的知县名单，其中有一个洪锡绶，注明系浙江昌化县人，同治元年（1862）任。再查光绪《湘潭县志》（陈嘉榆等修，王闿运等纂，光绪十五年刊本），此书《官师》部分所载的知县名单，其中也有洪锡绶，注明系"昌化监生，（同治）八年署，光绪九年署"。可知洪锡绶不仅在同治元年（1862）做过湖南临武知县，而且还在同治八年（1869）及光绪九年（1883）两次署理过湘潭知县。洪秋蕃当即此人，锡绶是名，秋蕃是号或别号。①

再查民国《昌化县志》（陈培埏修，张秉哲纂，1924年铅印本），此书卷十《选举志》载："洪锡绶，署丰阳县知县，特授湘潭县、清泉县知县。"可知此人任湖南地方官多年。昌化在清代属浙江省杭州府，为杭州府所领九县之一。《抉隐》一书署明著作者为"武林洪秋蕃"，其人其籍贯都是真实的，并非弄虚作假。

值得注意的是民国《昌化县志》卷十《选举志》中还有一条材料："洪昌言，特授苍梧县、富川县知县，署横州知府。"《随笔》的总评云："小儿周岁，内子范氏设汤饼之筵，极钗裙之盛，座间因抓周之说而及宝玉，并及钗黛，无不怜黛而恶钗者，均可谓善读书者矣。"（《随笔》第27

---

① 据冯其庸《校红漫记——八家评批红楼梦校后记》（载《红楼梦学刊》1989年第4辑）一文介绍，在郑州大学图书馆藏有《读红楼梦随笔》钞本，此钞本页八行，行二十字，首行书名下署"武林秋蕃洪锡绶管见"九字，经冯其庸、陈其欣二位认真勘核，巴蜀书社影印的川图本是据郑大本过录的，过录本还留下了不少钞误和钞漏，此文对洪秋蕃的材料和郑大本多有考证，并附有郑大藏本照片，可参阅。

页)《抉隐》中也有此条评语，"小儿周岁"作"昌言儿周岁"，明确点出作者有子名昌言。又作者在小序中说，"罢官后，为小儿昌言迎养粤西之苍梧、富川等县署，课孙暇，一无事事，爰将前所笔记增足而手录之"。所言其子昌言任苍梧县与富川县之知县，与民国《昌化县志》上所载恰相吻合。又昭潭李兆员序云："岁庚寅、辛卯，员馆于洪明府小蕃君处，其封翁秋蕃先生手一编示员，题其签曰《红楼梦抉隐》。……晚年舍二千石，作六一翁，就养粤西。""明府"一词即为旧时官场上对知县的尊称，也点明洪昌言在广西做过知县，小蕃当是其号。

洪锡绶同光时期在湖南做过许多任知县。《随笔》中所提到的友人息柯居士杨翰，同治三年（1864）任湖南的分巡辰永沅靖兵备道，同治十年（1871）秋被罢官。（杨翰《息柯白笺》卷六《致汪砚山》云："辛未（1871）秋去官之长沙"）洪氏同治元年（1862）任临武知县，同治八年（1869）署湘潭知县，也恰在这一时期，两人相识，交往弥勤。《随笔》中所提到的庞际云，光绪七年（1881）八月任湖南布政使，光绪十年（1884）二月署湖南巡抚，次年二月被劾卸署，三月调任广东布政使，洪氏在光绪九年（1883）再度署理湘潭知县，正是庞际云的下级部属。《随笔》第六十一回评语所记"有大令，才德俱优，廉明称最，矫矫鹓鸶，垂三十年。……光绪癸未，再权剧邑，惩一巨痞，构怨于甲之嬖佞，诬于事而谮之。一时雷霆之震，几于屋瓦皆飞，司道申救，不为理。"（《随笔》第565—566页）其中的署年"光绪癸未"即光绪九年（1883），是时洪氏正署理湘潭知县，故对其劣迹知之甚详，多所揭露。凡此等等，都可证明洪锡绶（秋蕃）即《随笔》与《抉隐》之作者。其人并非著名人物，生平事迹不为世人所知，我们钩稽再三，才得到这点材料。试问，民国间人如何能够伪托此人，记载当时的事情，原原本本，天衣无缝？这是不可能的。洪氏初任临武知县在同治元年（1862），他在庚寅（光绪十六年，1890）、辛卯（光绪十七年，1891）间，业已完成其书定稿，题为《红楼梦抉隐》，并出示其子之幕客李兆员，其间相距正好三十年左右，与《抉隐》作者小序中说"嗣以一行作吏，此事遂废，束置高阁者三十年"，也是符合的。

我们辨明《随笔》与《抉隐》之作者为洪锡绶（秋蕃），那么，洪氏身后被加上的一系列莫须有的罪名都不能成立。《〈读红楼梦随笔〉影印本绪言》所说的"洪氏因得佚名旧本而攘为己有","出版说明"所说的"洪秋蕃可能因某种机遇见到过《随笔》,并将其大部分内容抄录下来,篡改拼凑补缀而成《抉隐》","《抉隐》作者为掩盖其剽窃之行,不仅篡改了《随笔》的文字,歪曲了《随笔》的观点,而且也表现了自己手段的拙劣,思想的低下、庸俗与腐朽",全属不实之词。试问,一个作者整理自己的笔记,在初稿的基础上修订和补充,定稿成书,能说是抄袭和剽窃吗?能说是篡改和拼凑吗?能说是手段拙劣,思想低下、庸俗、腐朽吗?这是一件地道的冤假错案,理应予以昭雪,勿使古人含冤于九泉。

我们要研究洪氏评《红楼梦》的观点,必须综览其全部一百二十回的评语,而后才能了解其整个系统。洪氏在前六十九回所增补的评语,在第六十九回之后所写的共计五十一回的评语,其中都有一些有价值的见解,不能弃之不理或一概抹杀,这是不言而喻的。

(原载《红楼梦学刊》1994 年第二辑)

第二辑

红楼短论

《枉凝眉》曲末句之校读

　　《红楼梦》第五回写贾宝玉神游太虚幻境，警幻仙姑命歌姬演唱《红楼梦》曲。其中第三支名《枉凝眉》，实写宝玉和黛玉两人在"金玉良缘"阴影的威胁下身受爱情痛苦，曲词缠绵悱恻，哀怨动人，读之回肠荡气。

　　此曲末句在各"脂本"中颇有异文，呈现复杂情况。庚辰本作"想眼中能有多少泪珠儿，怎经得秋流到冬尽春流到夏"，己卯本同。舒元炜序本及甲戌本也与之相同，唯"盡"字作繁体，书写为"盡"，甲戌本又把此一"盡"字用墨笔圈去。戚蓼生序本和蒙古王府本均作"怎禁得秋流到冬盡春流到夏"，其中"盡"字也是繁体。梦觉主人序本作"怎经得秋流到冬，春流到夏"，后来的"程乙本"作"怎禁得秋流到冬，春流到夏"。

　　按，此句有一"尽"字，殊费解。若属上，则"冬尽"难以成词，且易使人误解为眼泪从秋到冬业已流尽。若属下，"尽春流到夏"也不成话。再者，此句有一"尽"字，若有物从中阻隔，颇不通畅。梦觉主人序本及程乙本的整理者看出了这个问题，以"尽"字为衍文，干脆删去。这未尝不是一个处理办法，但他们把一个长句断为两个短句，顿使气势已挫，亦不见佳。

　　查杨继振旧藏《红楼梦稿》，此句作"怎禁得春流到冬尽春流到夏"，前一个"春"字用墨笔圈去，旁添"秋"字；"尽"字也用墨笔改为"又"字，看来这两处更改都是有根据的。它使人恍然大悟，原来"尽"字实为"又"字之讹误。抄本中常把"盡"字简写为"尽"，下面两点若写得小，和"又"字形似易混。反过来，"又"字若写得潦草，其下又适有污点，也容易被粗心的抄手误认为"尽"字。甲戌本、戚蓼生序本、蒙古王府本和舒元炜序本，将简写的"尽"字改成繁体，错上加错。

　　"怎经得"与"怎禁得"意义相通，此处以作"怎经得"为宜，言一年四季，岁月如流，人之眼泪实经不起如此之消耗。我们通读《枉凝眉》全曲，读到"想眼中能有多少泪珠儿，怎经得秋流到冬又春流到夏"，会感觉出其中有一"又"字而使全句贯通，气足神畅。作者写这两句，正如陆机《文赋》所云："立片言以居要，乃一篇之警策。"

（原载《红楼梦研究集刊》第一辑，上海古籍出版社 1979 年版）

曹雪芹何时开始写作《红楼梦》

关于曹雪芹开始写作《红楼梦》的年代，许多同志认为是乾隆九年（1744），根据是：（一）甲戌本第一回正文有"至脂砚斋甲戌抄阅再评，仍用《石头记》"的话；（二）甲戌本第一回前面的《凡例》附题诗一首，尾联云："字字看来皆是血，十年辛苦不寻常"；（三）第一回正文说："曹雪芹于悼红轩中披阅十载，增删五次，纂成目录，分出章回。"他们从甲戌（乾隆十九年，1754）往前推算十年，得此结论。还有同志把它更提前两年，断为乾隆七年（1742）。①

看来，这些看法还需斟酌。《红楼梦》中有多处证据，可以证明此书开始写作的年代不早于乾隆十四年（1749）。试举例于下。

第四回中写到"护官符"，"上面皆是本地大族名宦之家的俗谚口碑，其口碑排写得明白，下面皆注着始祖官爵并房次"。在"阿房宫，三百里，住不下金陵一个史"下有注云："保龄侯尚书令史公之后，房分共十八……"

第十一回写贾敬的寿辰，贾蓉向他母亲尤氏回话，说："方才南安郡王……忠靖侯史府等八家，都差人持了名帖送寿礼来。"

第十三回写秦可卿的丧礼，"王、邢夫人，凤姐等刚迎入上房，又见锦乡侯、川宁侯、寿山伯三家祭礼摆在门前"。

第十四回写送殡的"官客"，其中有"忠靖侯史鼎，平原侯之孙，世袭二等男蒋子宁、定城侯之孙、世袭二等男兼京营游击谢鲸，襄阳侯之孙、世袭二等男戚建辉，景田侯之孙、五城兵马司裘良"。

据清代福格的《听雨丛谈》，其卷十二有《公侯封号》条云：

① 见周汝昌《红楼梦新证》（增订本）中的《史事稽年》。

> 国初公、侯、伯皆无名号，仅分超等、一、二、三等名目。……
> 乾隆十四年奉旨将侯爵、伯爵一律赐以美号，乃封有奉义侯、恭诚
> 侯、顺勤侯、顺义侯、昭武侯、延恩侯、敦惠伯、翼烈伯、宣义伯、
> 昭毅伯、威靖伯、襄勤伯、诚毅伯、昭信伯、懋烈伯、诚武伯、勤
> 宣伯。

《红楼梦》在前面十四回中，既有多处记载了侯爵和伯爵的名号，则可推断此书之开始写作时间是在乾隆十四年（1749）谕旨下达之后。作者获得深刻印象，故如此写。甲戌本《凡例》之后的诗，可能是在甲戌年之后所题，所以自甲戌年往上逆推十年的这种推断方法是欠妥的。

（本文原署名"常材"，原载《红楼梦研究集刊》第一辑，上海古籍出版社1979年版）

古人说"天然"

　　《红楼梦》第十七回写贾政带着宝玉及一帮清客游大观园。到了稻香村，父子两人因观点不同而争论起来。贾政斥责宝玉道："终是不读书之过。"宝玉忙答道："老爷教训的固是，但古人常云'天然'二字，不知何意？"反将了他父亲一军。后来他又说："古人云'天然图画'四字，正畏非其地而强为地，非其山而强为山，虽百般精巧而终不相宜。"把贾政气得大声呼喝，叫人把他"又出去"。

　　贾宝玉讲得很对，古人是常说"天然"二字的。举例来说，唐代大诗人李白在《经乱离后，天恩流夜郎，忆旧游书赠江夏韦太守良宰》的长诗中说："清水出芙蓉，天然去雕饰。"金代著名诗人元好问有《论诗绝句》三十首，其第四首说："一语天然万古新，豪华落尽见真淳。南窗白日羲皇下，未害渊明是晋人。"第七首又说："慷慨歌谣绝不传，穹庐一曲本天然，中州万古英雄气，也到阴山敕勒川。"明代大戏剧家汤显祖在《牡丹亭》的《惊梦》一折中写道："〔醉扶归〕你道翠生生出落的裙衫儿茜，艳晶晶花簪八宝填，可知我常一生儿爱好是天然。"曾和吕留良一起编选《宋诗钞》的清康熙时人吴之振，在《宋石门画辋川图》一诗的自注中说："郡人张南垣杂土叠石为假山，高下起伏，天然第一。"

　　康熙时流寓金陵的戏剧家及戏曲评论家李渔，曾在谈"借景"时写道："向居西子湖滨，欲构湖舫一只，事事犹人，不求稍异，止以窗格异之。人询其法，予曰：四面皆实，犹虚其中，而为便面之形。……坐于其中，则两岸之湖光山色，寺观浮屠，云烟竹树，以及往来之樵人牧竖，醉翁游女，连人带马，尽入便面之中，作我天然图画；且又时时变幻，不为一定之形，非特舟行之际，摇一橹变一象，撑一篙换一景，即系缆时风摇水动，亦刻刻异彩。是一日之内，现出百千万幅佳山佳水，总以便面收

之。"（《笠翁偶集》卷四《居室部》）

如果贾宝玉真是不读书，那么他怎会知道古人常讲"天然"二字呢？看来乃父对宝玉是在戴帽子和打棍子，所谓虚张声势、借以吓人而已。

（本文原署名"余师今"，原载《红楼梦研究集刊》第一辑，上海古籍出版社 1979 年版）

林黛玉爱清幽

《红楼梦》第三回写林黛玉进贾府，邢夫人带她去见舅舅。作者写道："邢夫人搀了黛玉的手，进入院中。黛玉度其房屋院宇，必是荣府中之花园隔断过来的。进入三层仪门，果见正房厢庑游廊，悉皆小巧别致，不似方才那边轩峻壮丽，且院中随处之树木山石皆有。"（甲戌本）

最后一句颇为费解。过去的贵族大家，庭院里当然有树木山石作为点景，这是不成其为问题的，何况是四大家族中的贾家！作者讲"树木山石皆有"，说了等于白说。

查查其他本子，这最后一个字却原来还有许多种异文。庚辰本原作"皆在"，又用墨笔在旁改为"皆多"；杨继振藏《红楼梦稿》作"皆在"；戚蓼生序本、蒙古王府本和甲戌本一样，都作"皆有"；舒元炜序本作"皆幽"；程乙本作"皆好"。

"皆在"就比"皆有"好吗？不见得。林黛玉如果是第二次来，倒还可以和她头次的印象做个比较，看看那些树木山石还在不在。无奈林黛玉到宁府，这是头一次！"皆多"也不妥，因为林黛玉不会一到舅舅家就赶紧查点起他们庭院里山木树石的数目来。"皆好"也太笼统，到底怎么个好法，令人摸不着头脑。一个像曹雪芹这样卓越的语言艺术大师，绝不会如此马虎。

看来以舒元炜序本上的"皆幽"为最佳，当是出自曹雪芹的手笔（抄本上"幽""有"相混，实为音近而误）。因为这些景物都是通过林黛玉的眼睛所看到的，对它们的评价也渗透了林黛玉的感情色彩，而林黛玉最欣赏的不是富丽堂皇，却是清幽。

我们翻开《红楼梦》的第二十三回，其中写到元春派太监来传谕，命众姊妹和宝玉一起进大观园居住。宝玉喜出望外，首先和林黛玉商量，问她住哪一处好。作者这样写道："黛玉正心里盘算这事，忽见宝玉问他，便笑道：'我心里想着潇湘馆好，我爱那几竿竹子，隐着一道曲栏，比别的更觉幽静。'宝玉听了，拍手笑道：'正和我的主意一样，我也要叫你住这里呢。我就住怡红院。咱们两个又近，又都清幽。'"（庚辰本）书中对潇湘馆的景物描写，也处处给人以十分清幽的印象。凡此，皆足以证明林黛玉爱清幽。曹雪芹有意在写她初入贾府时，即点出她的性格及癖好。

（本文原署名"梅尊"，原载《红楼梦研究集刊》第一辑，上海古籍出版社 1979 年版）

燃藜图

　　《红楼梦》第五回写到宝玉困倦，欲睡中觉，贾蓉之妻秦可卿引着他到了上房内间。宝玉抬头看见一幅画贴在上面，画的人物固好，其故事乃是"燃藜图"，也不看系何人所画，心中便有些不快。接着又见还有一副对联，写的是"世事洞明皆学问　人情练达即文章"。他看到这两句，纵然室宇精美、铺陈华丽，也断断不肯在这里了，忙说："快出去！快出去！"

　　曹雪芹利用这个富有性格特征的典型细节，有力地表现了贾宝玉极为厌恶每日"诗云""子曰"地读书，反对走"仕途经济"的"禄蠹"道路。

　　《燃藜图》画的是西汉刘向校书天禄阁，有神仙执青藜杖来，吹杖头出火，为他照明。其事见晋代王嘉的《拾遗记》："刘向于成帝之末，校书天禄阁，专精覃思。夜有老人，着黄衣，植青藜杖登阁而进，见向暗中独坐诵书。老人乃吹杖端，烟燃，因以见向，说开辟以前。向因受五行洪范之文，恐辞说繁广忘之，乃裂裳及绅，以记其言。至曙而去，向请问姓名，云：'我是太乙之精，天帝闻卯金之子有博学者，下而观焉。'"这个传说充满了神奇的色彩，显然是为了美化刘向及其阴阳灾异之说而故弄玄虚。

　　在封建社会里，富贵人家总好夸耀自己是诗书簪缨之族，很喜欢在居室上房里挂这种《燃藜图》。清代康熙年间著名的学者毛奇龄，曾写了一首《虞美人》，题目是《为刘比部题天禄阁燃藜图》，其词云：

　　　　图书万轴牙签满，辟蠹烧芸暖。果然子政（按，子政为刘向之字）是前身，羡煞当年天禄阁中人。

　　　　白云司判西曹事，薇省曾留字。胸藏冰照宛如犀，绝胜西堂终夜
对燃藜。(《毛翰林词》)

　　作者对刘向的艳羡之情溢于言表。于此也可见当时文人学士的态度。
曹雪芹描写贾宝玉对《燃藜图》感到厌恶，的确是冒天下之大不韪了。

　　在程伟元、高鹗所补的后四十回中，第九十二回写"评女传巧姐慕贤
良"，贾宝玉居然自告奋勇对巧姐讲解刘向的《列女传》。续作者写道：
"宝玉又讲那曹氏的引刀割鼻及那些守节的，巧姐听着更觉肃敬起来。"像
这种描写，未免与前八十回中贾宝玉的叛逆性格相去太远了。

　　　　(本文原署名"金明"，原载《红楼梦研究集刊》第二辑，上海古籍出版社 1980 年版)

寿昌公主之谜

《红楼梦》第五回写贾宝玉来到了秦可卿房中，只见铺陈华丽，"上面设着寿昌公主于含章殿下卧的榻，悬的是同昌公主制的连珠帐"。这寿昌公主无论在史书上或是小说戏曲中，都是查无其人的。

按，甲戌本、己卯本、杨继振藏《红楼梦稿》本、蒙古王府本及戚蓼生序本，都作"寿昌公主"。庚辰本作"寿昌公"，其下漏一"主"字。舒元炜序本作"寿长主"，"长"下旁添"公"字。梦觉主人序本、程伟元和高鹗序本也作"寿昌公主"。

据笔者所见，今存各种刻本，包括新中国成立后出版的多种校本，无一不错。这"寿昌公主"实是"寿阳公主"之讹误。《太平御览》卷三十"时序部"引《杂五行书》云："宋武帝女寿阳公主人日卧于含章殿檐下，梅花落公主额上，成五出花，拂之不去。皇后留之，看得几时。经三日，洗之乃落。宫女奇其异，竟效之，今梅花妆是也。"宋代程大昌《演繁露》有"含章梅妆"条，记载与此同，文字稍简。著名词人姜夔在《疏影》中写道："犹记深宫旧事，那人正睡里，飞近蛾绿"，即用此事。

曹雪芹所写的"于含章殿下卧的榻"，也是自寿阳公主梅花妆的故事蜕化而出。这榻当然高贵华美，然而却是没有专门名称的。至于"连珠帐"则不然，它出于唐代苏鹗的《杜阳杂编》："同昌公主堂中设连珠之帐，绩真珠为之也。"

为什么"寿阳公主"错成了"寿昌公主"呢？曹雪芹所知渊博，他是不会弄错的。揣测情况，很可能是在原稿传抄的过程中致误。"阳"字本是简写（如第三十一回"撕扇子作千金一笑　因麒麟伏白首双星"，史湘云和侍儿翠缕论阴阳，抄本上"阳"字多是简写，和现代的简化字相同），后因虫蚀或水渍等原因，脱落了偏旁。抄手知此字有误，但他脑中只记得有个破镜重圆的"乐昌公主"（她是南朝陈后主之妹），看到下文又有一个"同昌公主"（她是唐懿宗之女），因此便自作主张，把"日"字改成了"昌"字，于是南朝宋武帝刘裕的女儿就被称作"寿昌公主"了。

（本文原署名"马骊"，原载《红楼梦研究集刊》第二辑，上海古籍出版社 1980 年版）

秦可卿为什么托梦

《红楼梦》第十三回写秦可卿托梦，她对凤姐说："如今我们家赫赫扬扬，已将百载，一日倘或乐极悲生，若应了那句'树倒猢狲散'的俗语，岂不虚称了一世的诗书旧族了！"凤姐问她有何法可以"永保无虞"，她提出了自己的建议："趁今日富贵，将祖茔附近多置田庄房舍地亩，以备祭祀供给之费，皆出自此处，将家塾亦设于此。合同族中长幼，大家定了则例，日后按房掌管这一年的地亩钱粮，祭祀供给之事，如此周流，又无争竞，亦不有典卖诸弊。便是有了罪，凡物可入官，这祭祀产业连官也不入的。便败落下来，子孙回家读书务农，也有个退步，祭祀又可永继。……万不可忘了那'盛筵必散'的俗语，此时若不早为后虑，临期只恐后悔无益了！"

这项建议实际上是对付皇帝抄家的办法。"凡物可入官，这祭祀产业连官也不入的"，法律上既有此规定，便要钻这个空子，在祖坟附近多置田庄房舍地亩，以免日后没有退步，败落得太惨。政治风云变幻莫测，富贵荣华不能长保，无可奈何之中，只能找出这么一条生路。

曹雪芹的好友敦诚认识一位名叫席特库的老人。他号璞庵，曾任粤东将军，被革职抄家，沦于赤贫，在祖坟附近栖身。敦诚曾为他写过一首长诗，题为《璞翁将军年八十三，卖棺度日，诗以咏之》，其中云："酒酣告我鬻棺事，年来贫老情阑珊。白首无家妇啼馁，黄绵有袄儿号寒。"（《四松堂集》卷一。按，古人称冬天的太阳为"黄绵袄子"）此人去世，敦诚还写了一篇《璞翁将军哀词》，前面引子中说："翁少为王长史，积年迁擢，五十始为都统，六十为将军，旋罢去，驰驱于二万里之边陲，复褫职籍其家，翁遂赤贫，寄迹于先人丘垅之侧，妻孥子孙，凡三百指，每至嗷嗷，又二十年。然以翁之生平，不可不谓据台辅、享大年矣，而其情状可哀如此。况位不及翁之崇，年不及翁之半，而其遭如是者，又何可胜数哉！"（《四松堂集》卷四）可见当时类似这样遭遇的人甚多。

我们知道，曹雪芹的父亲曹頫及舅公李煦也都是被皇帝下令抄家的。他那时年龄不过十二三岁，总留下了深刻的印象。因之，他所描写的秦可卿托梦，乃是反映了当时严酷的现实。

（本文原署名"常林"，原载《红楼梦研究集刊》第二辑，上海古籍出版社 1980 年版）

夏金桂的命名

《红楼梦》里的夏金桂是个出了名的悍妇。她和王熙凤有相同处，也有不同处。凤姐不识字，她颇通文墨，而两人都善于耍弄权术，诡诈得很，真是杀人手上不见血。薛蟠日夜悔恨不该娶了夏金桂这个"绞家星"。

书中有一段文字写夏金桂给香菱改名。她讥笑说："菱角花谁闻见香来着！若说菱角香了，正经那些香花放在那里去！可是不通之极。"于是强迫香菱改名为秋菱，因为"菱角菱花皆盛于秋，岂不比'香'字有来历些！"（第八十回）

其实菱花带有一股清香，何尝不通？这位"桂花夏家"的阔小姐大概闻惯了浓郁的桂花味，以致鼻子失灵，闻不见菱角花香了。再者，她自己的尊姓大名凑在一起，难道就通吗？

久住北京的人，大都知道北京有四种桂花可供观赏。第一种是金桂，花黄色，有浓香，叶大而较长。第二种是银桂，花白色，香味比金桂及丹桂还浓，叶小而圆。第三种是丹桂，又叫朱色桂，开橙红色花，香似金桂，花小而少。第四种是四季桂，开乳白色花，香味淡，花较少，四季均可开花，以中秋节为多。

以上这四种桂花，除四季桂外，花期都在九月下旬，中秋佳节盛开。金桂正是如此。夏日里何来金桂？此名岂非不通之极。"桂花夏家"的阔小姐，据作者描写是"爱自己尊若菩萨，待他人秽如粪土"，她何尝肯检讨自己。

看来，曹雪芹在取名时确是有意。因为这位"外具花柳之姿，内秉风雷之性"的悍妇，配上这个刁钻古怪而又俗气的名字，也正合适。八十回后，香菱被她折磨致死，到后来此案必发，加速了薛家的崩溃。曹雪芹让这两家结亲，一个是"桂花夏家"，一个是"丰年好大雪"的"薛家"，从字面上看它们也是相克的，作者或许在这里有所暗示和寓意吧。

（本文原署名"张兰"，原载《红楼梦研究集刊》第三辑，上海古籍出版社 1980 年版）

曹雪芹并非遗腹子

有些红学专家主张曹雪芹是曹颙的遗腹子，名叫曹天佑。他们认为曹天佑是谱名，而曹霑是学名。

如果细读《石头记》里的脂批，我们便可发现有许多反证，兹举数例。

一是甲戌本第一回的正文写到《红楼梦》一书的异名有《情僧录》《风月宝鉴》等，其上有朱笔眉批云："雪芹旧有《风月宝鉴》之书，乃其弟棠村序也。今棠村已逝，余睹新怀旧，故仍因之。"由此可见曹雪芹有弟棠村，曾为《风月宝鉴》作序。遗腹子当然不可能有弟。

二是甲戌本第二回，在正文"每打的吃疼不过时，他便姐姐妹妹乱叫起来"句上，有一条朱笔眉批，其中云："盖作者实因鹡鸰之悲，棠棣之威，故撰此闺阁庭帏之传。"由此可知雪芹不止一弟，有弟二人。一个与他亲密，相处甚好，当即曹棠村；另一个与他生分，千方百计排挤他，评者隐其名。曹雪芹创作此书，其中为十二金钗立传，和这种情况有关。这两个弟弟不可能都是隔房的堂兄弟（王利器同志把"棠棣之威"释为"死丧之威"，谓评者以"棠棣"代"死丧"，殊为费解，疑不确）。

三是第二十二回写贾府里制灯谜，正文中说："往常间只有宝玉长谈阔论，今日贾政在这里，便惟唯唯而已。"庚辰本在句下有双行批云："写宝玉如此，非世家曾经严父之训者，段（断）写不出此一句。"有正本及蒙古王府本双行批均作："写宝玉如此，非世家曾经严父之训者，断写不出此二句。"脂砚斋在这里已明确点出作者有"严父"，因有亲身体验，故写来栩栩如生。

我们再看《红楼梦》第一回正文前的一段文字，作者自云："背父兄教育之恩，负师友规谈之德，以致今日一技无成，半生潦倒。"这里写得清清楚楚是"父兄教育"。曹天佑是曹頫的遗腹子，其兄长早夭，《红楼梦》的作者怎么可能是他呢?!

从以上所引的材料看来，曹雪芹有兄及两弟，受过"严父之训"，当然他绝无可能是个遗腹子。在那个时代里，像他所出生的那个家庭，是不能容许妇女再醮的。

（本文原署名"王怀湘"，原载《红楼梦研究集刊》第三辑，上海古籍出版社1980年版）

史湘云的结局

关于史湘云的结局，近来有些同志发表文章，提出了新的看法。

朱彤同志有《释白首双星》一文（载《红楼梦学刊》1979 年第一辑），他认为曹雪芹通过《红楼梦》第三十一回的回目"因麒麟伏白首双星"，"暗伏后来史湘云跟她的丈夫婚后因某种变故而离异，一直到老，就象神话传说中天上隔在银河两岸的牵牛、织女双星那样，虽然都活在世上，但却不得离剑再合，破镜重圆，永抱白头之叹"。

孙逊同志的《红楼梦探佚》一文（载《上海师范学院学报》1979 年第 1 期）持同样的看法，并且进一步探索了婚后剧变的原因。他说："我们不妨设想一下：湘云嫁给卫若兰后，两人感情和好，过了一段时间的美满生活；但好景不长，不久史家也和四大家族一起被抄家治罪。这时，虽然湘云已嫁，但有事可能牵涉到她，加之卫家父母正欲与犯罪之家脱离关系，因而便象《孔雀东南飞》里所描写的焦母那样强迫儿子休掉了媳妇。但是，卫若兰却是一个多情侠义之人，发誓从此再不续娶。因此，两人便如银河两边的'双星'，两地相思，永难相会。"

笔者认为，他们对"因麒麟伏白首双星"的解释是可信的。至于离剑不得再合，破镜难以重圆，其原因恐不在于发生了《孔雀东南飞》式的悲剧，更可能是卫若兰因侠义之行而获罪，被充军到远方，以致两地相思、不能相会。

我们知道，乾隆年间有个著名的女作家陈端生。她因丈夫充军到伊犁，而在《再生缘》弹词中写道："一曲哀弦弦顿绝，半轮破镜镜难圆。失群征雁斜阳外，羁旅愁人绝塞边。从此心伤魂杳渺，年来肠断意尤煎。未酬夫子情难已，强抚双儿意自坚。日坐愁城凝血泪，神飞万里阻风烟。遂如射柳联姻后，好事多磨几许年。岂是早为今日谶，因而题作《再生缘》。"她的堂弟陈文述在《西泠闺咏》一书中曾有诗纪事,诗云:"红墙一抹水西流,别绪年年怅女牛。金镜月昏鸾掩夜,玉关天远雁横秋。苦将夏簟冬釭怨,细写南花北梦愁。从古才人易沦谪,悔教夫婿觅封侯。"

由此可见,乾隆年间就有人以牵牛、织女双星来比喻因充军而分离的夫妇。陈端生虽较曹雪芹年代稍晚,她的生平遭遇却不啻重演了曹雪芹笔下史湘云的悲剧。

(本文原署名"沈思",原载《红楼梦研究集刊》第三辑,上海古籍出版社 1980 年版)

恭王府与大观园

京华何处大观园？传说北京西城前海西街十七号的原恭王府是大观园，还有同志著文考证。

北京出版社出版的《旅游》杂志 1980 年第 1 期刊登了张卓同志所写的《恭王府是不是大观园？》，对这个问题作了解答。

张卓同志说，原恭王府的建筑应开始于乾隆三四十年以后，是和珅建造的。和珅受乾隆宠信，做军机大臣，兼内务府大臣，其子娶乾隆之女和孝公主，既贵且富，所以府第造得豪华壮丽。乾隆五十三年（1788）刻本《宸垣纪略》已有记载，和珅府在三座桥西北。正因为建筑太豪华了，嘉庆四年（1799），和珅得罪抄家时，竟成了一条罪状。后来这宅第分给乾隆第十七子永璘，到了咸同年间，才归了恭亲王奕訢。建筑史家认为，整个府的规模体制，大体上还保持着乾隆晚期和珅建第时的模样。

和珅建府以前怎样呢？张卓同志说，从清乾隆十四五年间内务府绘制的京城全图上可以看到，恭王府这一地带当时只有一些一般的房屋，不像大的府第。不少北京地志和记述坊巷胡同的书也没有留下此处曾有大宅子的记录，也看不出和曹家有什么联系，恐怕不会是曹家的府第、花园，也不是大观园。

张卓同志认为，作为文学作品，《红楼梦》描写的大观园是艺术创造。曹雪芹是综汇、吸取了我国造园艺术精华而创作的，是广泛体察传统园林建筑而做出的艺术概括。假如他从现实汲取环境素材的话，应首先是江宁的织造署——这是康熙几次下江南住过的地方，曹家几代人生活、曹雪芹幼年住过的处所。曹雪芹早年很可能去过苏州，著名的苏州园林当会给他留下深刻的印象。当然，北京许多王府、甲第也影响过他。乾隆初年正是北京大建皇家园林的时候，曹雪芹很难进入皇家园林，但大观园中也有皇家园林的影子。

（本文原署名"田力"，原载《红楼梦研究集刊》第四辑，上海古籍出版社1980年版）

《红楼梦》中的酒

　　曹雪芹在《红楼梦》里描写了许多喝酒的场面，在绝大多数的情况下，没有交代喝的是什么酒。

　　然而也有个别地方是点明了的。如第十六回贾琏和凤姐对酌，忽见贾琏的乳母赵嬷嬷来，他们忙让吃酒。凤姐对赵嬷嬷说："妈妈，你尝一尝你儿子带来的惠泉酒。"原来贾琏因送林黛玉回苏州去料理父丧，这时才从远道归来，惠泉酒是他带回来的。此酒是无锡所产的名酒，以号称天下第二泉的惠山泉水酿成。

　　第六十三回写"寿怡红群芳开夜宴"。宝玉事先与袭人商议，要"晚间吃酒，大家取乐，不可拘泥"。袭人说都已筹划好了，并且告诉他："我和平儿说了，已经抬了一坛好绍兴酒藏在那边了。"由此可知，她们在夜宴时喝的是绍兴酒。

　　第七十五回写中秋家宴，击鼓传花，饮酒助兴。贾政在席上讲了一个怕老婆的笑话。这个怕老婆的人中秋节上街购物，被友人拉去喝酒，因酒醉住在朋友家里。次日回家请罪，老婆正洗脚，叫他舔舔才饶他。他未免恶心呕吐，见老婆恼了要打，忙跪着哀求："并不是奶奶的脚脏，只因昨晚吃多了黄酒，又吃了几块月饼馅子，所以今日有些作酸了。"贾母听了这个笑话，笑向贾政说道："既这样，快叫人取烧酒来，别叫你们受累！"由此可见贾府平日里设宴，喝的是黄酒，即绍兴酒。

　　绍兴酒产于浙江绍兴。它是选用糯米，以麦曲、酒药发酵而成，色泽橘红透明，香气浓郁，酒味醇厚。尤以酒坛外层绘有各种彩色的图案、内装陈年绍酒的"花雕酒"最为著名。乾隆时候，北京城里的上层社会人士，饮绍兴酒已成风气。曹雪芹的友人敦诚在《鹪鹩庵笔麈》中有一条记载："近时士大夫宴客，非山阴酒不可。其味微酸，较之惠山泉诸酿耐久，饮醉者无头眩舌燥之醒。乐天云：'户大嫌甜酒'，在唐时想已然焉。"
（《四松堂集》卷五）杨米人在乾隆年间所写的《都门竹枝词》中，也有
一首云："绍酒真同甘露浓，座无客至为瓶空。长宵坐对寒灯永，一盏消
愁史国公。"（《清代竹枝词十三种》）

（本文原署名"梅尊"，原载《红楼梦研究集刊》第四辑，上海古籍出版社 1980 年版）

栊翠庵的茶

　　曹雪芹在《红楼梦》里，曾在多处描绘品茶。第二十三回贾宝玉所写的《大观园四时即景诗》，其中有三首写到了品茶。《夏夜即事》云："倦绣佳人幽梦长，金笼鹦鹉唤茶汤"；《秋夜即事》云："静夜不眠因酒渴，沉烟重拨索烹茶"；《冬夜即事》云："却喜侍儿知试茗，扫将新雪及时烹。"

　　第四十一回对品茶写得最细致。它的回目标题即是"贾宝玉品茶栊翠庵　刘姥姥醉卧怡红院"。作者描写贾母一行来到了栊翠庵，在东禅堂喝茶。妙玉亲自捧了一个海棠花式雕漆填金云龙献寿的小茶盘，里面放一个成窑五彩泥金小盖钟，奉与贾母。贾母说："我不吃六安茶。"妙玉笑说："知道。这是老君眉。"贾母接了，又问是什么水，妙玉笑回："是旧年蠲的雨水。"众人都是一色官窑脱胎填白盖碗。随后妙玉把宝钗和黛玉拉到耳房内吃"体己茶"，宝玉也悄悄跟了过来。宝钗和黛玉所用的茶杯都是"古玩奇珍"。妙玉在宝玉的央求下，给他拿出一只九曲十环、一百二十节、蟠虬整雕竹根的一个大盒。斟了茶，宝玉细细喝了，果觉轻淳无比，赞赏不绝。黛玉问她："这水也是旧年的雨水？"妙玉告诉她："这是五年前我在玄墓（山名，在苏州，多梅树）蟠香寺里住着，收的梅花上的雪，共得了那鬼脸青的花磁瓮一瓮，总舍不得吃，埋在地下。今年夏天才开了，我只吃过一回，这是第二回了。你怎么尝不出来？隔年蠲的雨水，那有这样轻淳，如何吃得？"

　　凡此，都足以表明曹雪芹深得饮茶之道，所以才能有如此精确的描写。

　　妙玉用梅花上的积雪来烹煮的老君眉茶，是什么品种的茶叶呢？今人有误会为一种红茶者，其实乃是一种绿茶。老君眉茶是湖南洞庭湖心的君山所产的一种银针茶。君山银针全由没有开叶的肥嫩芽头制成，满布毫毛，色泽鲜亮，香气高爽，汤色澄黄，滋味甘醇，虽经久置，其味不变。因为它是君山所产，外形如长眉，故名曰"老君眉"。相传老子（李耳）是长寿老人，长眉为高寿的象征，因此"老君眉"语义双关，又带有吉祥之意。据传在后唐时（923—936）已充作贡品，历代相袭。清朝乾隆皇帝特别爱好君山茶，规定每年要进贡十八斤，初春时由地方官吏监督和尚采制，价值奇昂。

（本文原署名"余楚"，原载《红楼梦研究集刊》第四辑，上海古籍出版社 1980 年版）

胡适谈甲戌本

胡适在 1927 年的夏天，得到了一部大兴刘铨福旧藏的《脂砚斋重评石头记》抄本，残存十六回，即所谓甲戌本。当年八月十二日，他写信给钱玄同，就谈到了这个本子：

> 近日收到一部乾隆甲戌抄本的脂砚斋重评《石头记》，只剩十六回，却是奇遇！批者为曹雪芹的本家，与雪芹是好朋友。其中墨评作于雪芹生时，朱批作于他死后。有许多处可以供史料。有一条说雪芹死于壬午除夕。此可以改正我的甲申说。敦诚的挽诗作于甲申（或编在甲申），在壬午除夕之后一年多。（也许是"成仁周年"作的！）又第十三回可卿之死，久成疑窦。此本上可以考见原回目本作"秦可卿淫丧天香楼"，后来全删去天香楼一节，约占全回三分之一。今本尚留"又在天香楼上另设一坛（醮）"一句，其"天香楼"三字上不着天，下不着地，今始知为删削剩余之语。此外尚有许多可贵的材料，可以证明我与平伯、颉刚的主张。此为近来一大喜事，故远道奉告。

在写此信的次年，1928 年 2 月，胡适写了一篇《考证红楼梦的新材料》，专门介绍甲戌本。信中谈到"批者为曹雪芹的本家，与雪芹是好朋友"，此文则作了进一步的推论，他认为脂砚斋"大概是雪芹的嫡堂弟兄或从堂弟兄，——也许是曹颙或曹頫的儿子"。信中谈到甲戌本中"尚有许多可贵的材料，可以证明我与平伯、颉刚的主张"，此文则明确指出："俞平伯在《红楼梦》里特立专章，讨论可卿之死。但顾颉刚引了《红楼佚话》说有人见书中的焙茗，据他说，秦可卿与贾珍私通，被婢撞见，羞愤自缢死的。平伯深信此说，列举了许多证据，并且指出秦氏的丫鬟瑞珠触柱而死，可见撞见奸情的便是瑞珠。现在平伯的结论都被我的脂本证明了。"

（本文原署名"章兰"，原载《红楼梦研究集刊》第四辑，上海古籍出版社 1980 年版）

脂评为什么被删除

现存的《红楼梦》早期抄本，大都题名为《脂砚斋重评石头记》，附有脂砚斋、畸笏叟等人的批语。乾隆四十九年甲辰（1784）梦觉主人序本，改题《红楼梦》，删去了大部批语，在第十九回前有后人的一条总评，其中云："原本评注过多，未免旁杂，反扰正文，今删去，以俟观者凝思入妙，愈显作者之灵机耳。"乾隆五十四年己酉（1789）舒元炜序本也题名为《红楼梦》，批语已全部删除。杨继振旧藏的《红楼梦稿》，情况也是如此。

为什么自乾隆四十九年（1784）以后新出现的抄本开始大量删除脂评，以至于成为"白文本"呢？其中一个重要的原因，可能是为了免遭忌讳，逃避"文字狱"。

当时文网严密，一字之差，足以破家灭族。且举一例。故宫博物院文献馆编的《史料旬刊》第二十九期上，有乾隆四十三年（1778）十月十四日江苏巡抚杨魁的奏本。其中写道："为奏闻事，窃照伪妄书籍，钦奉谕旨查禁，理应搜缴净尽，不容稍有存留。兹报海州所属赣榆县知县孙铭彝禀，据韦昭禀称伊侄韦玉振为父韦锡刊刻《行述》，内有'于佃户之贫者赦不加息，并赦屡年积欠'等语，吊起板片，禀送到臣，查韦玉振身为廪生，乃竟擅用'赦'字，殊属狂妄，而《行述》内叙其祖韦仪来著有《松西堂稿》，恐更有违悖之处，当即密委淮徐道韩镁，督同海州知州林光照亲往搜查追讯。……"

我们看甲戌本《脂砚斋重评石头记》，第十三回有一条脂批云："《秦可卿淫丧天香楼》，作者用史笔也。老朽因有魂托凤姐贾家后事二件，嫡（的）是安富尊荣坐享人能想得到者？其事虽未漏，其言其意，则令人悲切感服。姑赦之，因命芹溪删去。"靖本也有类似批语。据判断，此批当出于畸笏叟之手笔。不少红学家认为畸笏叟乃是曹頫的化名。如果"姑赦之"此三字被追究起来，这位曾做过江宁织造后被革职抄家的"废员"，就会锒铛入狱，送掉老命。即使业已去世，也会开棺戮尸。

　　当然，脂批中还有许多条包含了"反道学""反禄蠹"的内容，这也是触犯忌讳的。当时，正是风声鹤唳、杯弓蛇影，新整理的抄本把脂评删除殆尽，自有其不得已的苦衷，也许是保全《红楼梦》的不二法门吧。

　　（本文原署名"金明"，原载《红楼梦研究集刊》第四辑，上海古籍出版社 1980 年版）

周策纵咏红集句

　　1980 年 6 月下旬在美国威斯康星州麦迪逊市（Madison）举行了国际红楼梦研讨会，大会主席为威斯康星大学东亚文化系主任周策纵教授。周氏原籍湖南祁阳，早年在湖南念中学时，就以诗名。中学毕业后，入中央大学历史系，在重庆沙坪坝攻读。那时，湖南省立高中的校长，经常把他书信来往中所附的近作，公布在校内，以供观摩，勉励后进，给同学们留下了很深的印象。

　　他早年曾集过龚自珍的诗句来题咏《红楼梦》里的人物，极为工巧。兹录五首如下。

宝玉

　　阅历无花悟后身，少年哀乐过于人。
　　须知一点通灵福，买尽千秋儿女心。

黛玉

　　种花都是种愁根，累汝千回带泪吟。
　　今日帘旌秋缥缈，一钗一佩断知闻。

宝钗

　　佩声耳畔尚泠泠，错怨蛾眉解用兵。
　　牡丹绝色三春暖，那向如花辨得明？

凤姐

卿筹烂熟我筹之，留报深闺国士知。

一笑劝君输一著，收帆好趁顺风时。

妙玉

镇物何妨一矫情？非将此骨媚公卿。

儿家心事无人见，红是他生禅此生！

题咏妙玉一首的末句，出于刘大白发表的龚定庵《红禅室词逸稿》。

（本文原署名"余楚"，原载《红楼梦研究集刊》第五辑，上海古籍出版社 1980 年版）

"南直召祸"解

《红楼梦》第一回写三月十五日葫芦庙中炸供，那些和尚不加小心，致使油锅火逸，烧着了窗纸，于是引起了一场大火，把隔壁的甄家烧成一片瓦砾场。

甲戌本正文里写道："此方人家，多用竹篱木壁者（多）。大抵也因劫数，于是接二连三，牵五挂四，将一条街烧得如火焰山一般。"上面有一条朱笔眉批："写出南直召祸之实病"。

"南直"即南直隶，指当时的江宁，自明代以来就有此种称法。"召祸"之"祸"，当是指曹家在江宁织造任上被抄没。这条脂批透露出批者深知曹家之事，他大概是曹家人，看到《红楼梦》里这一段，便引起了对往事的回忆和感慨。

"实病"所指似乎不是"此方人家，多用竹篱木壁者"，曹家的织造衙署并未遭回禄之灾，不闻因此受害，而且曹家所担任的是织造差使，对地方无直接管辖之责。看来，批者所着重的乃是"于是接二连三，牵五挂四，将一条街烧得如火焰山一般"这几句。

我们知道，下令查抄曹家是在雍正五年（1727）的年底，杭州织造孙文成也同时落职。苏州织造李煦是在雍正元年（1723）被抄家治罪，雍正五年（1727）二月又被流放到打牲乌拉。傅鼐于雍正四年（1726）五月革职抵罪遣往黑龙江，平郡王讷尔素于雍正四年（1726）七月也被革爵圈禁。这四五年里，大故迭起，曹家及其几门亲戚相继败落，真像是遭了一场突如其来的火灾，"接二连三，牵五挂四"，玉石俱焚，无一保全。

贾、史、王、薛这金陵四大家族中，免不了有作者曹雪芹的家庭及其几门亲戚的影子。曾做过葫芦庙小沙弥的门子对贾雨村说道："这四家皆连络有亲，一损皆损，一荣皆荣，扶持遮饰，皆有照应的。"这番话反映了当时社会的真实情况。

（本文原署名"沈思"，原载《红楼梦研究集刊》第六辑，上海古籍出版社 1981 年版）

"风月宝鉴"从何而来

《红楼梦》第十二回"王熙凤毒设相思局　贾天祥正照风月鉴"，其中写到贾瑞病重，来了个跛道人，给他一面镜子，镜把上面錾着"风月宝鉴"四字，并对他说："这物出自太虚幻境空灵殿上，警幻仙子所制，专治邪思妄动之症，有济世保生之功，所以带他到世上，单与那些聪明俊杰、风雅王孙等看照。千万不可照正面，只照他的背面，要紧，要紧！"贾瑞拿起镜子，向反面一照，只见一个骷髅立在里面；再照正面，只见凤姐在里面招手。由于他一心只想照正面，结果一命呜呼。

据甲戌本《石头记》卷前的《红楼梦旨义》，"风月宝鉴"是为了戒妄动风月之情而设。但作者在具体的描写中，似乎受了蒲松龄《聊斋志异》的《凤仙》一篇的启发和影响。

《凤仙》写人狐之恋。刘赤水终日游荡，家无恒产，被人看不起。狐女凤仙劝他发愤攻读，赠他一面镜子，告诉他说："欲见妾，当于书卷中见之；不然，相见无期矣。"

刘赤水看镜一段，作者是这样写的：

> 视镜，则凤仙背立其中，如望去人于百步之外者。因念所嘱，谢客下帷。一日，见镜中人忽现正面，盈盈欲笑，益重爱之。无人时，辄以共对。月余，锐志渐衰，游恒忘返。归见镜影，惨然若涕；隔日再视，则背立如初矣：始悟为己之废学也。乃闭户研读，昼夜不辍，月余，则影复向外。自此验之：每有事荒废，则其容戚；数日攻苦，则其容笑。于是朝夕悬之，如对师保。如此二年，一举而捷。喜曰："今可以对我凤仙矣！"揽镜视之，见画黛弯长，瓠犀微露，喜容可掬，宛在目前。爱极，停睇不已。忽镜中人笑曰："影里情郎，画中

爱宠，今之谓矣。"惊喜四顾，则凤仙已在座右。

这两面镜子在不同的情节中具有不同的作用。看来曹雪芹总是力求变化，自辟新境，不落前人窠臼。比如，两面镜子里都可以出现意中之人，然而一个是看到勉人上进的凤仙，一个是看到毒如蛇蝎的凤姐，因此其功效也就大不相同了。

（本文原署名"梅尊"，原载《红楼梦研究集刊》第六辑，上海古籍出版社 1981 年版）

如何理解"借省亲事写南巡"

甲戌本《石头记》在第十六回前有五条批语，其中第四条批语云："借省亲事写南巡，出脱心中多少忆惜（昔）感今！"

许多红学家把这条批语解释为：表面上写的是"元妃省亲"，而实际上是写"康熙南巡"的盛况。由此推断"元妃省亲"这一大回文字并非曹雪芹所撰写，因为曹雪芹无论如何也赶不上"康熙南巡"的盛事，他未经历过，如何写得出来？更从而断言这一大回文字的真正作者是脂砚斋，由他能亲眼得见康熙的南巡而估算他的年龄。

我不赞成这种未经严谨论证即随意取消曹雪芹著作权（部分或全体）的做法。在一个虚幻的假定之上建立另一个更高一级的假定，乃至一系列的假定，这种方法是很危险的，它会使人越走越远，从一个岔道而走向迷途。

"借省亲事写南巡"这句话本是好理解的，结合《红楼梦》第十六回的正文描写来看，它的意思极简单，即借写省亲这件事带写到"南巡"，对"南巡"发一通感慨。

就在这一回，庚辰本有一条朱笔眉批云："自政老生日用降旨截住，贾母等进朝如此热闹，用秦业死岔开，只写几个如何，将泼天喜事交代完了。紧接黛玉回，琏凤闲话，以老妪勾出省亲事来，其千头万绪合笋贯连，无一毫痕迹，如此等是书多多，不能枚举。……丁亥春畸笏叟。"值得注意的是其中讲到用"琏凤闲话"为引，勾出了贾琏昔日的奶妈赵嬷嬷来为她的两个儿子求差使，因为"这如今又从天上跑出这一件大喜事来，那里用不着人？"赵嬷嬷喝了几杯惠泉酒之后，谈兴大发，讲起当年的"太祖皇帝仿舜巡的故事"，她老人家大讲那时"别讲银子成了土泥，凭是世上所有的，没有不是堆山塞海的，'罪过可惜'四个字竟顾不得了"。

还说那是一个"虚热闹"。显然是在这侧笔描写中表现了作者对"南巡"的评价。曹家当年曾经多次接驾，也是硬凑这个"虚热闹"。

《石头记》一开头就曾讲"毫不干涉时世"。一个伟大的作家不可能不干涉时世，但在当时文网严密之下只能旁敲侧击。他借"省亲事"带写"南巡"，通过一个老嬷嬷来发一通议论，何尝不是对康熙乃至乾隆的微词呢！

（本文原署名"金阳"，原载《红楼梦研究集刊》第六辑，上海古籍出版社 1981 年版）

释"凤姐点戏,脂砚执笔"

《红楼梦》第二十二回写贾母给宝钗做主日,定了一班新出小戏,昆弋两腔都有,还在贾母上房摆了几桌酒席。饭后点戏,贾母一定要宝钗先点,宝钗点了一折《西游记》。接着便叫凤姐点,"凤姐亦知贾母喜热闹,更喜谑笑科诨,便点了一出《刘二当衣》,贾母果真更喜欢"。

庚辰本在这几句上有两条朱笔眉批。一云:"凤姐点戏,脂砚执笔事,今知者聊(寥)聊(寥)矣,不怨夫!"一云:　"前批书(知)者聊(寥)聊(寥),今丁亥夏只剩朽物一枚,宁不痛乎!"评者显然是畸笏叟。

"凤姐点戏,脂砚执笔"究竟是一件什么事情呢?有的红学家认为在这里找到了脂砚参加写作《红楼梦》的铁证。他们把"执笔"解释为"撰稿"。正如我们在上面所引出的,有关凤姐点戏的文字只不过寥寥四句,如何非要脂砚斋来撰写呢?

"执笔"承"点戏"而来,应当是同一事。凤姐本人不能和宝钗、黛玉、湘云、迎春、探春、惜春、李纨等人相比,她是不识字的。第十四回写凤姐到宁府去办理秦可卿的丧事,"命彩明钉造簿册",庚辰本上有朱笔眉批云:"且明写阿凤不识字之故。壬午春。"这条批语的作者显然也是畸笏叟。

畸笏叟深知书中所描写的凤姐有生活中的原型,凤姐点戏这件事也有生活素材的根据。现实生活中那个凤姐的原型,也是一位不识字的妇女,她知道《刘二当衣》这出戏是热闹戏,有许多插科打诨,易得老人欢心。因此由她口授,而在她身边的脂砚代为执笔,在戏折上圈点。

我们再看第二十八回,凤姐站在门前,见宝玉来,就笑道:"你来的好,进来,进来,替我写几个字儿。"于是宝玉听凤姐的口头吩咐,用笔开了一张账单："大红妆缎四十匹，蟒缎四十匹，上用纱各色一百匹，金项圈四个。"由此可知凤姐也曾叫宝玉充当她的执笔人。作为凤姐原型的那个妇女，情况也是相似的。

这样解释，比起把"脂砚执笔"解为"脂砚撰稿"，似要妥当一点。质之高明，以为然否？

（本文原署名"赵宁"，原载《红楼梦研究集刊》第六辑，上海古籍出版社 1981 年版）

眼泪流成大河

《红楼梦》第三十六回"绣鸳鸯梦兆绛芸轩　识分定情悟梨香院"，写到宝玉和袭人闲话，宝玉批评了"文死谏，武死战"的不当，接着谈到了自己的死。他说："比如我此时若果有造化，该死于此时的，趁你们在，我就死了。再能够你们哭我的眼泪流成大河，把我的尸首漂起来，送到那鸦雀不到的幽僻之处，随风化了，自此再不要托生为人，就是我死的得时了。"

"眼泪流成大河"之说，据钱锺书先生在《管锥编·太平广记》第廿三则里考证，其盖出自佛经。《大般涅槃经·光明遍照高贵德王菩萨品》第一〇之二："——众生一动之中所积身骨，如王舍城毗富罗山。……父母兄弟妻子眷属命终哭泣，所出目泪，多四大海。"唐代寒山诗因之有"积骨如毗富，别泪如海津"之句。《续玄怪录·麒麟客》："主人曰：'经六七劫，乃证此身；回现委骸，积如山岳；四大海水，半是吾宿世父母妻子别泣之泪。'"也是由此而来。

至于古代诗歌中，类似的比喻更多，如古乐府《华山畿》："相送劳劳渚，长江不应满，是侬泪成许"；唐代李群玉《感兴》诗云："天边无书来，相思泪成海"；聂夷中《劝酒》诗第二首云："但恐别离泪，自成苦水河"；贯休《古离别》诗云："只恐长江水，尽是儿女泪"；《花草粹编》卷八韩师厚《御街行》词云："若将愁泪还做水，算几个黄天荡！"

（本文原署名"金明"，原载《红楼梦研究集刊》第六辑，上海古籍出版社1981年版）

王闿运与《红楼梦》

王闿运（1832—1916），字壬秋，湖南湘潭人。他是清末民初的一位名士，颇有文名，诗词文赋均佳。生平爱读《红楼梦》，是个"红迷"，日记中多所反映。

如他在民国元年（1912）正月十日的日记中写道："写字无墨，因停一日。行斋院，昼长人静，颇有林黛玉之感。"

又如他在民国四年（1915）九月二十四日的日记中写道："终日闷睡，大有林黛玉意思。"

同年九月二十五日，他写道："已而看昨日日记，八十老翁，自比林黛玉，殆亦善言情者。长爪生（按，指李贺）云：'天若有情天亦老'，彼不知'情''老'不相干也。情自是血气中生发，无血气自无情，无情何处见性？宋人意以为性善情恶，彼不知善恶皆是情，道亦是情，血气乃是性。"（以上所引，均见《湘绮楼日记》）

八十岁左右的老人，以林黛玉自比，还为此大发一通议论，于此可见《红楼梦》一书感人之深。此老敢在日记中如此写，亦愧煞当时一班道学气重的文士。

（本文原署名"李卓"，原载《红楼梦研究集刊》第六辑，上海古籍出版社1981年版）

曹振彦诰命中之误字

雍正十三年（1735）九月三日，皇帝向护军参领兼佐领曹宜颁发了诰命，追封曹振彦（曹玺之父，曹宜之祖父）为资政大夫，其原配欧阳氏及继配袁氏为夫人。这件诰命的全文在周汝昌同志的《红楼梦新证》里已有著录。

《红楼梦新证》初版所载的全文，错字颇多。如"荣阶宜涉"，"涉"字乃"陟"字之误；"五章服来"，"来"字乃"采"字之误。这些都已在《红楼梦新证》一书之1976年增订本中作了校改。

可是还有误字，一仍旧贯，未被改正。兹举于下。

这件诰命中说："尔护军参领兼佐领加一级曹宜之祖母袁氏：'茂旅含芳，名门作俪。'""茂旅含芳"一句，殊不可解。"茂旅"如何可以与"名门"相对？而且"茂旅"根本不成词。联系下文加以揣测，这"茂旅"当是"茂族"之误。"茂族"即"望族"之意，名门望族，子孙繁衍。

诰命中还说："於戏！衍庆再传，式受自天之宠；疏荣大母，用酬积日之劳。""疏荣大母"一句也不好解释。揣测起来，这"疏荣大母"很可能是"贻荣大母"之误。

冯其庸同志的《曹雪芹家世新考》，在第93—94页上，也有这件诰命的全文。但因他是自周汝昌《红楼梦新证》1976年增订本所转引的，所以凡周氏错的地方，他也跟着错了。

（本文原署名"高川"，原载《红楼梦研究集刊》第七辑，上海古籍出版社1981年版）

传说之订正

前不久看到梅挺秀《曹雪芹卒年新考》一文（载《红楼梦学刊》1980 年第 3 期），对其中最后一条注释感到诧异。

他是这样写的："六十年代初期，曾流行过香山张永海老人的《关于曹雪芹的传说》，其中谓雪芹父子死于两个'绝日'。其子患白口糊死于乾隆壬午中秋，雪芹死于壬午除夕。但永海老人的传说太离奇，也太现实，同'壬午说'不谋而合，因此反而相信的人几乎没有。"（第 237 页）

按，吴恩裕同志《有关曹雪芹十种》中有《记关于曹雪芹的传说》一篇，其第二节标题为《张永海谈曹雪芹的事迹》。

原来张永海老人是这样谈的："乾隆二十八年的中秋节前，他儿子闹嗓子，得了白口糊，到中秋那天就死了。曹雪芹晚年得子，儿子死了非常悲痛，天天到地藏沟他儿子的坟上去哭他。鄂比时常到他家劝解他，也没有效果。他喝酒喝得更厉害了，心里又不痛快，不久自己也病了。到了快过年的时候，他的病越来越重。鄂比去看他，劝他好好养病，他对鄂比说：'我该骂的也骂了，该说的也说了，我这病是治不了啦，怕过不了初一。我那部书请你给我传出去！'到除夕那天他就死了。他一死，他的续妻只管哭，一点没办法。大过年的，谁没有个事儿，幸亏同院的街坊老太太来帮些忙。老太太对曹雪芹续妻说：'他活着的时候对你那么好，他死了你连个纸钱都不给他烧！'就找把剪子拿起桌上整叠的字纸剪了许多纸钱给烧了。曹雪芹死后，人人都说，他和他儿子的死日子占了两个'绝日'，一个是八月节，一个是除夕。"

这个传说确是够离奇的，也违背了普通常识。旧时，纸钱是用黄色草纸制成的，绝不能用上面写满了字迹的稿纸来顶替。道理很简单，从迷信者的眼光看来，用废纸胡乱剪成的纸钱，在阴间根本不管用，不能"兑现"。焚化这种纸钱，等于是和死者开玩笑。要说曹雪芹所写的后半部《红楼梦》就这样给毁了，会使他的"新妇"和与他同院的街坊老太太蒙受不白之冤。

尤为离奇的是，这个传说明明说曹雪芹父子死于乾隆二十八年（癸未，1763），梅挺秀却说是乾隆二十七年（壬午，1762），并从而断言这个传说"同'壬午说'不谋而合"，更是张冠李戴、以讹传讹了。

（本文原署名"王琼"，原载《红楼梦研究集刊》第七辑，上海古籍出版社 1981 年版）

曹尔正诰命中之误字

曹雪芹上世的诰命，至今共发现六件。其中之一是雍正十三年（1735）九月三日所颁发的，追封曹尔正为资政大夫，徐氏和梁氏为夫人。这件诰命的原文，已为红学家吴恩裕发表在他的著作《有关曹雪芹八种》《有关曹雪芹十种》及《曹雪芹佚著浅探》里。

细读这件诰命的过录本，有三处较为明显的错误。兹举于下。

其一，诰命中说护军参领兼佐领加一级曹宜之父曹尔正，"令德克敦，义方有训。衍发祥之世绪，蚤大门闾；旌式投之休风，用光阀阅"。"式投"二字不能成词，应该是"式穀"之误。按"式穀"一词出自《诗经·小雅》的《小明》篇："靖共尔位，正直是与。神之听之，式穀以女"，郑玄笺曰："式，用；穀，善也。有明君谋具女（汝）之爵位，其志在于与正直之人。为治神明，若祐而听之，其用善人，则必用女（汝）。"这"式穀"二字是诰命中常见之词，不知为何错成了"式投"？周汝昌《红楼梦新证》（增订本）第 667 页，冯其庸《曹雪芹家世新考》第 98 页，引诰命原文，都把"式穀"误作"式投"。后一书还把"休风"误作"沐风"。休风者，犹言美德也，与"沐风栉雨"之"沐风"，含义大异。

其二，诰命中说："於戏，显扬既遂，壮猷一本于贻谋；缔构方新，殊锡永绥天余庆。""永绥天"应该是"永绥夫"之误。诰命是用骈体文写作，这"壮猷一本于贻谋"和"殊锡永绥夫余庆"是对仗的句子。"于"和"夫"都是虚词，方能属对。"天"是实词，如何能与虚词相对？

其三，诰命中说曹宜之生母梁氏，"一堂琚璃，和鸣允叶于闺帏；五夜机丝，俭德茂传于姻党"。"琚璃"显然为"琚瑀"之误。琚瑀都是佩玉。璃是琉璃，乃以扁青石为药料烧制而成，其制品如昔日宫殿之琉璃瓦、屋上之兽头等皆是。它们不能互相混淆。

这三处，诰命的原本没有错，当是过录时粗心大意且又未加校勘所致。

（本文原署名"李卓"，原载《红楼梦研究集刊》第七辑，上海古籍出版社 1981 年版）

萧红与《红楼梦》

近代的著名女作家萧红（1911—1942）喜欢读《红楼梦》，很推崇这部书。她对书中的副册十二金钗之首——香菱印象尤深。香菱的不幸遭遇和勤奋好学的精神，引起了她内心的强烈共鸣。她还曾经以之自比。

据聂绀弩同志的回忆，1938年他在临汾或西安与萧红有过一次谈话，在交谈中把她比作《镜花缘》中的才女。萧红笑着说："你完全错了。我是《红楼梦》里的人，不是《镜花缘》里的人。"他当时感到有些意外，表示自己不懂她到底像《红楼梦》里的哪一位。萧红提醒他说："《红楼梦》里有个痴丫头，你都不记得了？"他吃惊地说："不对，你是傻大姐？"

萧红先是批评他对《红楼梦》不熟悉，指出"痴"和"傻"不是同样的意思，因此"痴丫头"并非傻大姐。接着她发了一段议论。

　　曹雪芹花了很多笔墨写了一个与他的书毫无关系的人。为什么，到现在还不理解。但对我说，却很有意思，因为我觉得写的就是我。你说我是才女，也有人说我是天才的，似乎要我自己也相信我是天才之类。而所谓天才，跟外国人所说的不一样。外国人所说的天才是就成就说的，成就达到极点，谓之天才。例如恩格斯说马克思是天才，而自己只是能手，是指政治经济学这门学说的。中国的所谓天才，是说天生有些聪明、才气，俗话谓之天分、天资、天禀，不问将来成就如何。我不是说我毫无天禀，但以为我对什么不学而能，写文章提笔就挥，那却大错。我是像《红楼梦》里的香菱学诗，在梦里也做诗一样，也是在梦里写文章来的。不过没有向人说过，人家也不知道罢了。

萧红实际上已回答了她自己所提出的问题。曹雪芹写香菱学诗，意在勉励人们努力上进，强调苦学，而他自己正是以"字字看来皆是血，十年辛苦不寻常"的精神去从事《红楼梦》的创作。如果缺乏这种精神，任何正经事情都是做不好的。

萧红关于天才的话说得何等好啊。那时她才二十七岁，已经写出了著名的长篇小说《生死场》及一系列优秀短篇小说。她一点骄气也没有，能够冷静地对待自己，从不接受天才的桂冠，也不以天才自居。可惜天不永年，三十一岁就在香港去世了。

聂绀弩同志的回忆，见于他在《新文学史料》1981年第1期上发表的文章，题目是《回忆我和萧红的一次谈话——序〈萧红选集〉》。笔者读了这篇文章，觉得萧红的谈话对青年人大有裨益，因此介绍过来，以飨读者。

（本文原署名"梅尊"，原载《红楼梦研究集刊》第八辑，上海古籍出版社1982年版）

明义与晋昌

《红楼梦研究集刊》第四辑中有《明义与曹寅墨迹》一文，还刊出了明义书札手迹的照片。其中第三幅印得欠清晰，字迹不易辨认，而其内容却颇有值得注意之处。因将全文录出，并加标点于后。

> 清和之月廿日辰刻接手书，欣悦览讫，即将匾额付公家。尊纪不知谁何，彼竟不知取匾之说，掷言送信处多，悠然而逝。欲差人随后送去，第苦舍下绝无妥人，即尊府亦不知交与何人之手为妥。非余吝之，诚以珍重此物，恐托之匪人，致有损伤耳。见字可于府报中指名委派一的当人来取不误。承讯作匾之人，系余之堂姊夫墨香（旁注："乃黑二爷"）之岳丈，朝阳门外有园一区，花木甚茂，红梨尤奇，故虚舟书此以赠。其后家事中落，园遂他售，将匾撤回。余无意中于家姊处丐得之。所愿莫遂，韫椟至今。若不承此际会，移赠知音，将来兰亭玺红，难以再入昭陵，则令姑亦必复蹈前辙，视为废板而庋藏已，岂不痛哉！然而虚舟妙书，借尊园以彰之，冥默之中，天作之合，不得谓红丝一牵之力也。故董玄宰跋行穰帖云：此卷在处，当有吉祥云覆之，俗眼者不见非謈之功。匆匆不尽，并候近好。当日午刻我斋伏枕手书。

刘光启和云希正两位同志推断此书札写于嘉庆八年（1803）之后的一两年中，似不确。信上说到"即尊府亦不知交与何人之手为妥"，并让晋昌"见字可于府报中指名委派一的当人来取不误"，则是时晋昌还在盛京将军的任上。晋昌是顺治第五子常颍的六世孙，故在北京有府邸。嘉庆七年（1802）年底他曾"述职回都"，次年八月即革职回京。由此可知明义写此书札是在嘉庆八年（1803）的四月二十日。

　　明义与晋昌究竟有什么戚谊关系，过去研究者对此一无所知。今据此信，可知明义为晋昌之姑父，晋昌是明义的内侄，故《明义书札册》里有八封信的上款或其中称晋昌为"戬斋老贤侄"。上面录出的这封书札，其中所说的"令姑"即明义的夫人。"红梨草堂"的匾额，乃墨香岳丈家中之旧物，明义自他堂姊夫墨香处得来，又移赠他的内侄晋昌，这几家都有姻亲关系，所以明义颇有感慨地说："冥默之中，天作之合，不得谓红丝一牵之力也。"

　　据《爱新觉罗宗谱》，额尔赫宜（即墨香，敦敏及敦诚之叔），乾隆八年（1743）九月三十日生，嫡妻博佳氏，博寿之女。由此可知，墨香之岳丈为博寿，"红梨草堂"是王澍（虚舟）为博寿在朝阳门外的别墅所题的匾额。明义得到它大约在乾隆二十七年（1762）或更早一些，此时曹雪芹还健在。

　　晋昌在盛京将军任上，程伟元做过他的幕僚。

（本文原署名"余师今"，原载《红楼梦研究集刊》第八辑，上海古籍出版社 1982 年版）

"发其"非人名

庚辰本《脂砚斋重评石头记》第廿三回,在"黛玉葬花"一段上有条署"丁亥夏畸笏叟"的朱笔眉批。俞平伯先生的《脂砚斋红楼梦辑评》是这样断句的:

> 丁亥春间偶识一浙省发其白描美人真神品物,甚合余意。奈彼因宦缘所缠无暇,且不能久留都下,未几南行矣。余至今耿耿,怅然之至。恨与阿颦结一笔墨缘之难若此,叹叹。

画家程十发认为"发其"是个假名,实际上就是指乾隆时以白描美人著称于世的画家余集,"余"字加几笔即可成为"发"字,"集"字略微加粗也可改为"其"字。他为此还写了一篇文章,题为《白描美女画家"发其"考》,曾三易其稿,迄今尚未发表(见《红楼梦学刊》1980 年 3 期所载汝捷《天空海阔话红楼——访〈红楼梦〉插图作者程十发》)。

畸笏叟所想邀请为黛玉画像的那位画家是余集,我以为大体可信。已故的红学家朱南铣也有此看法,见其遗著《曹雪芹小像考释》(《红楼梦学刊》1980 年第 1 期,第 267 页),此文 1962 年曾在内部印出过。

但是,"发其"怎么也说不上是此人的假名。如果说它是"余集"两字之讹误,"丁亥春间偶识一浙省余集"也不成话。古人一般不会直呼友人之名,何况畸笏叟对此人极为推崇,赞赏他的"白描美人"是"神品"。"一"字也用得古怪,难道当时还有两个"余集"不成?

我们知道,现存的《石头记》抄本,脂批常有讹文及缺字。很可能这条脂批在"发"字之上脱漏了一个"新"字。"新发"者,即新考中的举人或进士,"发"乃"发解"之"发"。"余集"在乾隆三十一年(丙戌,

1766）中了进士，畸笏叟在次年夏天写这条批语，故称他为"新发"。

当然还有另一种可能。"发"字的草书与"友"字相近似，《石头记》的抄手在过录时粗心大意，发生了讹误。"偶识一浙省友"也通。

靖本《石头记》上的这条脂批，错简之处颇多。它开头一句作"丁亥春日偶识一浙省客"也是通顺的，可以供参考。

无论如何，"其"字应属下句，"其白描美人真神品物"乃是一句。不能把"发其"两字连在一起，当作了人名。

（本文原署名"马骊"，原载《红楼梦研究集刊》第八辑，上海古籍出版社 1982 年版）

碧纱橱

　　《红楼梦》第三回，写林黛玉来到了贾府，拜见了外祖母、舅舅和舅母，也见到了贾家姊妹和贾宝玉。奶娘来请问黛玉的房舍，贾母说："今将宝玉挪出来，同我在套间暖阁儿里，把你林姑娘暂安置碧纱橱里。等过了残冬，春天再与他们收拾房屋，另作一番安置罢。"宝玉接着说："好祖宗，我就在碧纱橱外的床上很妥当，何必又出来，闹的老祖宗不得安静。"贾母想了一想，也就允准。

　　这碧纱橱是什么样的呢？有些人把它当作安上碧纱帐的床，说宝玉和黛玉是联床而眠，这是不对的，乃是对"碧纱橱"三字望文生义，捕风捉影。

　　其实这碧纱橱是一间屋子，四面绷纱作窗，里面还要设床。

　　清代乾隆年间有一位曹庭栋，写了一本书，名《老老恒言》，共五卷。卷首有作者乾隆三十八年（1773）自序。此书前四卷所谈都是老年人日常起居寝食的养生方法；第五卷为粥谱，列举粥方一百种，蔚为大成，有益于老年人的调养和治疗。作者编写此书时已七十五岁，他是曹雪芹的同时代人，所记述的大都是他自身的经验之谈。此书有乾隆刻本及同治刻本。

　　卷四有一条关于纱橱的记载：

　　　　有名纱橱者，夏月可代帐，须楼下一统三间，前与后俱有廊者，方得有之。除廊外，以中一间左右前后，依柱为界，四面绷纱作窗，窗不设槅，透漏如帐。前后廊檐下，俱另置窗，俾有掩蔽。于中驱蚊陈几榻，日可起居，夜可休息，为销夏安适之最。

　　由此可知，碧纱橱确是一间屋子，是一统三间之中间一间，四面绷纱，透漏如帐。碧纱橱里还设床榻、桌椅，日常起居及夜间休息都在里面。

　　宝玉和黛玉是邻室而居，并非联床而眠。他们两人见面时已不是小孩了，封建礼法也不容许他们过分亲昵。不过贾母宠爱他这衔玉而生的孙子，还拿他当小儿看待，对他的要求也就适当予以满足。宝玉在碧纱橱外，黛玉在碧纱橱里，声音笑貌，都在近旁，他们两人在这个环境之中朝夕相处，也就更加相互了解，培养起美好的感情。

　　（本文原署名"梅尊"，原载《红楼梦研究集刊》第九辑，上海古籍出版社1982年版）

北静王与贾宝玉

《红楼梦》第十四回末尾写"贾宝玉路谒北静王",说"那宝玉素日就曾听得父兄亲友等说闲话时,赞水溶是个贤王"。蒙古王府抄本《石头记》在这两句旁边有一条脂批云:"宝玉见北静王水溶,是为后文之伏线。"

乍看起来,此批语似乎可解释为北静王赠给宝玉一串御赐的鹡苓香念珠,后来宝玉又转送黛玉,她说:"什么臭男人拿过的,我不要他",掷而不取。此事见第十六回。

仔细思索,则又不然。北静王赠鹡苓香串是在第十五回。那条脂批是在前一回,而且是批在贾宝玉见到北静王之前。如此看来,就不会是专指香串之事了。这"后文"应是指后三十回。

北静王在后三十回里发挥了什么作用呢?他和贾宝玉又有什么瓜葛呢?

程高本的第一百○五回及第一百○七回都写到了北静王。前一次他是奉命前来贾府宣旨,其时贾家正在被查抄。后一次他传贾政到内廷问话,同时也宣读了圣旨。北静王一次也未提到贾宝玉,根本忘记了世上还有这么一个人存在。显然这并不符合曹雪芹原来的构思。

启功《记传闻之红楼梦异本事》一文记述陈弢庵曾见过"旧本",其中宝玉沦落为看街人,住堆子中;一日,北静王舆从自街头经过,看街人未出侍候,为仆役捉出,将加棰楚,宝玉呼辩,为北静王所闻,识其声为故人子,因延之府中;书中作者自称当时亦在府中,与宝玉同居宾馆,遂得相识,闻宝玉叙述平生,乃写成此书云云。

这应是《红楼梦》的又一种续书,虽利用了贾宝玉见北静王的伏线,然亦未合原意。贾宝玉出家为僧,岂是住在北静王府中?作者与宝玉同居宾馆，尤为荒诞。

看来北静王在后三十回所起的作用应是营救宝玉出狱。吴世昌和周汝昌都认为贾芸与倪二有交，他和小红浼求倪二，通过倪二的朋友——监狱的看守，曾去探监，并由他们共同设法，加以解救。笔者觉得通过倪二的关系去探监，在狱神庙与宝玉会面，应不成问题，然而要把因抄家而下狱的宝玉释放出来，则谈何容易，这不是倪二及监狱看守之力所能及，他们只能起传递消息及找人联络的作用。营救宝玉出狱，非北静王莫属。宝玉出狱后要去北静王府道谢，再度相逢，必然悲喜交集，百感丛生，可惜我们如今已见不到曹雪芹的精彩描写了。

（本文原署名"余师今"，原载《红楼梦研究集刊》第十辑，上海古籍出版社 1983 年版）

惜春的画

对大观园的研究，业已成为红学中的一个分支。据笔者所见，近人所绘大观园示意图即有六幅之多，其中多出自名家之手。他们于园林建筑之布局结构素有研究，且对《红楼梦》一书之有关描写作过详细钩索，其努力是有裨益的。

但是，令人神往的仍是书中人物惜春的那一幅《大观园画》。她参考了原先盖这园子的细致图样，删补了稿子，添了人物，无论如何，那地步方向是不会错的，何况在绘画的过程中还有"工细楼台就极好"的詹子亮及"美人是绝技"的程日兴这些贾府清客可以咨询和商议。

奇怪的是曹雪芹对这幅《大观园图》在现存八十回中未作正面描写，只多处点染，并写其工程之大，难以完工。惜春为此且向诗社告了长假，在暖香坞里惨淡经营。第四十八回里，李纨、黛玉等人领了香菱来到暖香坞看画，"惜春正乏倦，在床上歪着睡午觉，画缯立在壁间，用纱罩着。众人唤醒了惜春，揭纱看时，十停方有了三停。香菱见画上有几个美人，因着笑道：'这一个是我们姑娘，那一个是林姑娘。'"隆冬时节，贾母还惦记着这幅画，进了暖香坞，并不归坐，只问："画在哪里？"惜春笑答："天气寒冷了，胶性皆凝涩不润，画了恐不好看，故此收起来。"此事见第五十回。

戚蓼生序本《石头记》第五十回有一段回末总评，内云："最爱他中幅惜春作画一段，似与本文无涉，而前后之景色人物，莫不筋动脉摇，而前后文之起伏照应，莫不穿插映带。文字之奇，难以言状。"根据这条脂评，惜春作画并非到此为止，还有后文。作者之所以未让这幅《大观园图》展露出其庐山真面，正是一种"云龙雾雨"及"草蛇灰线，伏笔千里"的手法。恰如"通灵宝玉"上面的字迹与图样在书中延宕出现一样，不过时间拉得更长些罢了。他在后三十回中对此画还派有用场，便有意在前面予读者以悬念。

曹雪芹究竟如何通过《大观园图》来构思情节，今虽不能指实，然亦可揣知一二。此画的关系人乃是贾母与刘姥姥。刘姥姥进大观园，见园中美景胜画十倍，很想得到一张《大观园图》，贾母因命惜春作画。到后来，贾府被抄，名园易主，巧姐与板儿成婚，此画可能由贾母贻赠，归于刘姥姥家。宝玉等人去她家做客，重睹此画，当不禁唏嘘。黛玉之辈已归黄土，一群丫鬟在抄家之后多被掠夺，其命运之悲惨可想而知。大观园终成为"群芳冢"，千红一哭，万艳同悲，则其图也不啻为此大悲剧之一见证也。

（本文原署名"张兰"，原载《红楼梦研究集刊》第十二辑，上海古籍出版社 1985 年版）

"栅栏"与"堆子"

　　《续阅微草堂笔记》曾记述有人见过《红楼梦》的"旧时真本"，八十回以后的情节和程高本不同，贾府被抄家后，境况极为萧条，宝钗早死，"宝玉无以作家，至沦于击柝之流"，史湘云做了乞丐，后来和宝玉成为夫妇。

　　王滢在《红楼梦》第四十九回的批语里写道："濮青士先生云，曾在京师见《痴人说梦》一书，颇多本书异事，如宝玉所娶系湘云，其后流落饥寒，至栖于街卒木棚中云云。"

　　据启功《记传闻之红楼梦异本事》，画家关松房曾听陈弢庵说，他三十多岁时看过一部旧本《红楼梦》，"薛宝钗嫁后，以产后病死。史湘云出嫁而寡，后与宝玉结褵。宝玉曾落魄为看街人，住堆子中"。启功解释说，先前街道口都有小屋，为看街人居住守望之处，俗称堆子，所谓"击柝之流"，即是看街人。

　　按，乾隆时人汪又辰《彡石斋集》，其中有《京师街道杂咏四首》，所咏之物有车辙、地沟、栅栏和堆子。今将后两首录于下。

　　　　制重宵行禁，重门比柙安。当街车绝迹，斲木制粗完。
　　　　乍启人趋直，催归宴罢欢。留心有招贴，新戏诘朝看。

　　　　　　　　　　　　　　　　　　　　　　　　（《栅栏》）

　　　　小屋沿街设，栖迟困老兵。火微泥炕冷，风紧草帘横。
　　　　干盾门虚立，桴铃夜有声。胜他青海外，毡帐自平生。

　　　　　　　　　　　　　　　　　　　　　　　　（《堆子》）

　　《东华录》载有乾隆元年（1736）六月辛卯"上谕"，其中说："嗣以外城街巷孔多，虑藏奸匪，各树栅栏，以司启闭，因而设巡检官数十员。……著将巡检概行裁革，其栅栏仍照旧交与都察院五城及步军统领，酌派兵役看守。"

从汪又辰这两首诗看来，栅栏是为宵禁而设，早开晚闭，戏园子并在它上面贴海报，以招徕观众。堆子是沿街所设的小屋，其中往往是由老兵看守，他们夜间还负责打更。"火微泥炕冷，风紧草帘横"，其清冷困苦之状可知，不过聊胜于在青海外屯戍而已。

汪又辰，字希应，号彡石，浙江秀水人。他生于雍正六年（1728），乾隆二十九年（1764）中举，来到北京，住在他的长兄汪孟铜处，次年故去，终年三十九岁。《京师街道杂咏四首》是他到北京后所写，其时曹雪芹刚去世两年多。

（本文原署名"梅尊"，原载《红楼梦研究集刊》第十二辑，上海古籍出版社 1985 年版）

皇八子的病

乾隆二十八年（1763）十一月，皇帝召见诸皇子，看到永璇（即皇八子）"形容清减，疑有内病"，就命专教师傅陈兆崙随同他前往圆明园的尚书房读书。此事见于陈玉绳的《句山先生年谱》。

有的红学家由此而引起奇妙的联想，说永璇素性"放荡"，不循"正轨"，指其患有"内病"，很为乾隆所不喜，严密监视他的行动：永璇之所以患有"内病"，是由于他阅读了《红楼梦》这部书；乾隆得知或看到永璇一类人在阅读这种"邪书"而大加注意，这就使得脂砚斋、曹雪芹在已经传出八十回书之后，再也无法往外续传了。

皇八子到底患的什么病，目前找不到医案查考。幸而有关文献还没有全部湮灭，在皇八子的专教师傅陈兆崙的《紫竹山房文集》卷十二中，还保留了一封《上皇八子笺》。

这封信的内容是劝诫永璇要注意摄生之道。信一开头就说："伏闻本月六日，上召见书房近臣，询及贵体似有内病者，虽据以清安无恙实对，而前数日随幸履邸，业已承旨面奏，顾犹未以为信者，是讳疾之疑终不释耳。君父爱子之心，至于如此。"可知此笺是写于乾隆二十八年（1763）的十一月中。

陈兆崙以他目睹的事实证明永璇不注意保养身体。他举出了三点。一是"昨岁追随塞上，时已深秋，同僚服纩犹寒，而左右衣袷自若，意在据鞍矫捷，步体轻便，殊不料风露侵肌，积成委顿，至于不能自隐。安舆入关，阅腊经春，仅乃痊可，此即前事之失，可为鉴戒。古人云矫枉者，欲其正也，过于正，则同归于枉，今欲矫贵人之柔脆，而甚者乃至求胜于单寒，不已过乎？"二是"自王俺答之殁，颇恣独任之情，春寒而卸吴绵，秋老而袭鲁缟。他若果蓏生冷之属，恐亦未免杂进"。三是"如近事咏瓜联句之作，乃吾辈老生作达之一端耳，非以是绳之书堂课业也，亦非以是题必如许纷罗而后为才也。故曾奉戒毋庸仿效，又尝以年来芝宇体度殊不及往时为规，一则虽不次韵，而更拈别韵，数更益之，是谓耗有用之精，作无情之语"。

皇八子的病是因他性好逞强，在塞外的寒风中偏穿着夹衣，而且和上书房的老先生用险韵和诗，一和再和。何尝和阅读《红楼梦》有什么半点瓜葛！把皇八子的得病归之于读《红楼梦》，此说固然新奇，可惜查无实据。

（本文原署名"章兰"，原载《红楼梦研究集刊》第十二辑，上海古籍出版社 1985 年版）

首创大观园模型的杨令茀

《红楼梦研究集刊》第二辑载有一组文章，记述杨令茀女士于 1919 年制成大观园模型事，其首创之功自不可没。

《人物》杂志 1983 年第 2 期刊出了商一仁所写的《魂归中华——记旅美女画家杨令茀》。他曾看到过杨令茀自撰的回忆录，并有杨通谊教授向他介绍过其姑母的一生，所以其记述比较可靠，可以订补郑逸梅一文。

郑文云："（令茀）女士却于今春（按，指 1980 年）在美国逝世，年龄已超过九十岁了。"此说不确。据商一仁所记，她系于 1978 年秋逝世于美国西部加利福尼亚州近海的卡麦尔城，终年九十二岁。

郑文云："在上海、北京、南通及朝鲜、日本等处，都举行展览，最后远渡重洋，到美国展出，即定居于美国费城，直至逝世。"据商一仁所记，她是 1923 年日本关东大地震后作为艺术界代表赴日慰问，并举办画展，借以捐赠灾民。此行结束，去朝鲜举办画展。两年后又赴美，参加费城博览会。在美滞留两年，1927 年返国，在沈阳故宫博物馆任职。"九一八"事变后，誓不与日本人合作，曾有"关东轻弃千钟禄，义不降日气节坚"之诗句。1934 年，出走德国，又到加拿大。1937 年到达美国，从此侨居美国长达四十年之久。

商一仁文章附有一张杨令茀致周总理信的手迹照片，今将其中文字移录于下：

令茀于一九三七经加拿大来美，入加省大学，取硕士，在士丹佛大学教画。我画与古玉器于香港陷日前运美，金山税关要保税八万余元，经加省大学力辩非卖品，经十个月释放。令茀以此项艺术品寄银行，付保险寄费三十七年。曾借与慈善机关展览（收费二次）。今因年老，愿送回祖国保存，乞锡复。敬请钧安。杨令茀启，一九七三年十月十二日。

1973 年正是"四人帮"横行的动乱年月，老人的愿望未能实现。她生前立下遗嘱，希望死后把她的骨灰送回祖国，埋葬在故乡无锡的太湖之滨，并把她珍藏的书画及玉器等文物悉数送回祖国，以报祖国哺养之恩。她的侄儿杨通谊教授夫妇，两次远涉重洋，几经周折，终于 1982 年 9 月，从美国带回了老人的骨灰，带回了她所珍藏并献给祖国的文物一百三十余件。北京故宫博物院举行了"杨令茀女士捐赠文物仪式"，并举办了"杨令茀女士捐献文物展览"。

杨令茀手制的大观园模型，全园占地十六方尺，是一件颇为精巧的工艺品。据她自述，当年在上海展览时，吸引了中外人士，"美国女医士任女士、柏女士等请余捐助医院，舶送美洲博物院中"，她慷慨允诺，摄影以留纪念，并写了《大观园模型记》之第三记。这是中美人民之间友好交往的一段佳话。估计其运美时间大约在 1923—1925 年。现已不知其下落如何，存于何处。若有海外红学家对此作一番调查，追踪蹑迹，使其重现光辉，当是一件美事。

（本文原署名"余楚"，原载《红楼梦研究集刊》第十二辑，上海古籍出版社 1985 年版）

黄庐隐与《红楼梦》

《新文学史料》季刊 1983 年第 2 期上载有陆晶清同志《追记评梅》一文，是为《石评梅作品集》出版而作。作者回忆她早年在北京女子高等师范学校的同窗好友石评梅，记述了石评梅与学生运动领袖、早期的共产党员高君宇之间坚贞不渝的爱情。

1929 年 10 月 2 日，亲友将石评梅的灵柩移到陶然亭，与高君宇合葬。此文写道：

> 送葬的人在灵柩入墓前又举行了一次简单的祭奠后便纷纷散去了。
>
> 站在墓地上看着封洞的有：静姐、庐隐、冰森、君珊、赓虞……等等我们十几个人。我们一直看着坟工们一铲一铲地把地上的黄土往洞里扔送，直到填满了洞又填平了洞口。在有人高叫一声"封洞了"之后，坟工们又铲土在墓上堆起一小冢。
>
> 我从地上捧起一捧黄土走上去撒向土冢时，庐隐在我身后念出了"一抔净土掩风流"的诗句。

全文即以此结束，文后署明写作时间："一九八二年十二月于上海。"

按，庐隐即女作家黄庐隐，与石评梅、陆晶清是"女师大"的同学，她著有长篇小说《象牙戒指》，系以石评梅和高君宇的爱情为素材而写成，曾脍炙人口，风行一时。她在石评梅灵柩下葬时所念出的诗句，出自《红楼梦》第二十七回所写的林黛玉《葬花吟》："愿奴胁下生双翼，随花飞到天尽头。天尽头，何处有香丘？未若锦囊收艳骨，一抔净土掩风流。质本洁来还洁去，强于污淖陷渠沟。"

黄庐隐引了林黛玉的诗句"一抔净土掩风流",充分表示了她对挚友石评梅的赞颂与痛惜。据陆晶清记载,石评梅在高君宇去世后曾经写下一段誓言:"君宇!我无力挽住你迅忽如彗星之生命,我只有把剩下的泪流到你的坟头,直到我不能再来看你的时候。"这几句话还刻在高君宇的墓碑上。石评梅在世上仅度过了二十六年,她的生命也是"迅忽如彗星"。她富有才华、爱流泪及不幸早逝,这些特点都使黄庐隐隐隐约约把她和《红楼梦》中的林黛玉联系起来。在移葬那天,黄庐隐触景生情,悲从中来,想起了《葬花吟》的诗句,不禁脱口而出,这不是偶然的。

黄庐隐可能也还有自我感伤的意思,因为《葬花吟》在紧接"一抔净土掩风流"之后,还有这么几句:"尔今死去侬收葬,未卜侬身何日丧。侬今葬花人笑痴,他年葬侬知是谁?"

陆晶清同志在1982年2月所写的《〈庐隐〉序》一文中,曾对庐隐的生活道路作了如下概括:

> 庐隐生存在人间仅三十五年。她年复一年地在崎岖、坎坷的生活旅途上挣扎。伴随着她的是风风雨雨。她是曾经披荆斩棘闯进桃色梦境,有过短暂的温馨沉醉。但,梦境幻灭,娇艳的桃红色变成一片漆黑,她又捧定痛创的心,吞咽着哀伤,怀着空虚与惆怅,继续挣扎在她未走完的坎坷旅途上。她没有后退过,她一直往前闯,追求她的理想。
>
> 林黛玉的《葬花吟》表达了封建社会妇女无法掌握自己命运的悲痛,所以曾经引起了很多人的共鸣。旧社会的女作家,如因种种原因未能直接投身于革命洪流,大多"在崎岖坎坷的生活旅途上挣扎",又何尝能幸免于"千红一哭,万艳同悲"的命运?黄庐隐正是如此。

(本文原署名"梅尊",原载《红楼梦研究集刊》第十二辑,上海古籍出版社1985年版)

第三辑

《西游记》《浮生六记》研究及其他

从"过火焰山"看吴承恩对情节的处理

　　《过火焰山》是《西游记》中一个精彩的故事，它包括了三回，即第五十九回："唐三藏路阻火焰山　孙行者一调芭蕉扇"，第六十回："牛魔王罢战赴华筵　孙行者二调芭蕉扇"和第六十一回："猪八戒助力败魔王　孙行者三调芭蕉扇。"人们都为它生动有趣的情节所吸引。它和《大闹天宫》一样家喻户晓。

　　我们知道，在吴承恩的百回本《西游记》之前，民间早已有取经故事在流传，并且出现了《西游记杂剧》和《西游记平话》，吴承恩正是在这个基础之上进行他的文学创作的。《西游记杂剧》为元末明初人杨讷所著，共有六本二十四出，规模相当大。第五本中有三出演《过火焰山》故事，即第十八出"迷路问仙"、第十九出"铁扇凶威"和第二十出"水部灭火"。《西游记平话》今不传，只保存下来片段文字。从朝鲜古代的汉语教科书《朴通事谚解》的注解中，可以知道《西游记平话》已大体具备了后来百回本《西游记》的重要情节。它所列举的唐僧取经在西天路上经过的"诸恶山险水怪害"，其中就有"火炎山"的名字。① 由此可见，《过火焰山》这个故事在《西游记杂剧》和《西游记平话》里面都已经有了，吴承恩在创作时确是有所依据。

　　我们看百回本《西游记》中的《过火焰山》并非简单地沿袭杂剧和平话，而是有着巨大的发展，作者对情节和人物都作了创造性的提炼和加工。《过火焰山》之写得如此有声有色，为人民大众所喜爱，终于通过百回本而完全定型下来，应该归功于伟大的作家吴承恩。他吸收了传统中的一些好东西，又能充分发挥自己的创造性，才使得原来的故事放出异彩，

---

　　① "炎"与"焰"通，故"火炎山"，即"火焰山"。

面貌焕然一新。

一　从"铁扇子"谈起

吴承恩在处理《过火焰山》的情节时，作了一些大的变动。不大为人所注意到的是他把原来的"铁扇子"改成了"芭蕉扇"。细心的读者会发现一个问题：铁扇公主顾名思义应该拿铁扇才对，为什么她竟拿一把芭蕉扇呢？拿芭蕉扇当然也未尝不可，为什么她不叫作蕉扇公主或芭扇公主呢？

这个问题提得一点也不奇怪，因为无论在杂剧还是平话中，铁扇公主并没有什么芭蕉扇，她只有铁扇。

《西游记杂剧》第十八出"迷路问仙"中，一位采药仙人向唐僧指点前方去路，说道："俺此间不五百里，有一山，名曰火焰山。山东边有一女子，名曰铁扇公主。她住的山，名曰铁镖峰。使一柄铁扇子，重一千余斤。上有二十四骨，按一年二十四气。一扇起风，二扇下雨，三扇火即灭，方可以过。"①

第十九出"铁扇凶威"中，铁扇公主夸耀她那柄铁扇："这扇子六丁神巧铸成，五道神细打磨，间浮间并无二箇。上秤称一千斤犹有余多。管二十四气风，吹灭八十一洞火。火焰山神见咱也胆破。"

《西游记平话》虽未流传下来，无法得知其中《过火焰山》的详细内容，但从元末明初的《销释真空宝卷》里可以找到一点线索。据赵景深先生的考证，这个宝卷所记载的唐僧取经故事是出于《西游记平话》。②宝卷里说：

> 正遇着，火焰山，黑松林过，
> 见妖精，和鬼怪，魍魉成群。
> 罗刹女，铁扇子，降下甘露。

---

① 引文见隋树森编《元曲选外编》所收的《西游记杂剧》。着重点是本文作者所加。
② 赵景深：《谈西游记平话残文》，《文汇报》1961年7月8日。

流沙河，红孩儿，地勇夫人，

牛魔王，蜘蛛精，设（摄）入洞去，

南海里，观世音，救出唐僧。……

这里也明说是"铁扇子"而不是"芭蕉扇"。至于把铁扇公主称作罗刹女，因为罗刹女乃是铁扇公主的别名，百回本中也有这样称法。宝卷"三、三、四"的句法，要求主语一般是三个字。

还可找到一个旁证。署名余象斗编的《南游志传》（又名《五显灵官大帝华光天王传》），其中也有铁扇公主。这个铁扇公主是玉环圣母的女儿，与华光交战，被华光擒获为妻。她的兵器就是一把铁扇。据谢肇淛《五杂俎》的记载，明代万历年间就已有"华光小说"。估计它的出现还可能更早一些，明末余象斗是根据旧本改编。由于华光故事本盛传于民间，铁扇公主很有可能由传说而来，无论是采自传说，还是作者虚构，都反映了一个事实：在一般人心目中，"铁扇公主"是和"铁扇"联系在一起的，而作者也接受了这个观念。

从以上一些证据看来，把"铁扇子"改成"芭蕉扇"，的确是吴承恩的独特构思。他这样做，显然不是随随便便更动一下"道具"，而是经过缜密考虑之后的精心处理。只要看一看他所拟定的回目，其中有"一调芭蕉扇""二调芭蕉扇""三调芭蕉扇"的字样，便可以知道他是如何重视"芭蕉扇"了。

"芭蕉扇"是重要的情节因素，整个《过火焰山》故事的情节正是围绕着"三调芭蕉扇"而展开的。吴承恩之所以要做这个关键性的变动，又是由他对整个故事的构思所决定。因此我们要首先考察作者在故事中对矛盾的处理，对矛盾双方力量的配置，然后才能了解这一变动的意义及其作用，才能解答本节开始所提出的关于"芭蕉扇"的问题。

二　两种矛盾

唐僧取经在西天路上经历了重重困难，每一个困难都有它的特殊性。一部《西游记》就以绝大篇幅来描述各种各样的困难以及克服困难的过程。在《过火焰山》这个故事里，自然的大障碍物火焰山阻挡了西方的去路，唐僧师徒四众难以通过。他们要去取经，必须想办法来克服这个困难。结果打听到了铁扇公主有一把扇子，能扇息火焰山。孙悟空向铁扇公主借扇，她不肯借，双方发生了恶斗。如何取得扇子，这是又一个困难。

我们知道，矛盾或冲突是构成作品情节的基础。从这个角度来看，《过火焰山》的故事包含了两种性质不同的矛盾。一种是取经人和自然天险的矛盾，唐僧师徒四众面对的敌人是自然界。另一种是取经人和妖魔的矛盾，唐僧师徒四众面对的敌人是铁扇公主（百回本中还有她的丈夫牛魔王）。这两种矛盾互相关联。

《西游记杂剧》虽也写了两种矛盾，但事实上是以前一种矛盾为主，而后一种矛盾被放在次要地位。孙悟空和铁扇公主交锋，铁扇公主将他打败，一扇子扇得他"滴溜溜半空中"转。孙悟空借不到扇子，便转而求告观世音，请来雷公、电母、雨师、风伯，降了一场倾盆大雨，泼熄了火焰山，唐僧师徒才安然过去。铁扇公主这一线索仅为了情节上的过渡，在整个故事之中只能算是一个插曲。过火焰山并不依靠铁扇子，而是靠神仙降雨。在杂剧作者看来，以水攻火，这是解决自然矛盾的最好办法，所以专门用了一场来描写"水部灭火"。

其实，这种处理方式比较简单，它在很大程度上削弱了剧中的冲突。由于片面强调自然矛盾而过分忽视取经人和妖魔之间的矛盾，孙悟空在解决矛盾的过程中很难发挥作用，他几乎完全失去了英雄用武之地。要不去求告观世音，除非他自己能降雨灭火。可是这样一来，故事就会在开始的时候宣告结束，根本发展不下去了。作者力图以水部诸神呼风唤雨的办法来帮助唐僧脱离这一难，便只能让铁扇公主战胜孙悟空，断绝他借扇子的痴心妄想。像杂剧这样处理，大大损伤了孙悟空这一英雄人物的形象，和他的斗争性格很不符合。取经人和妖魔之间的矛盾未见展开，可以说是不了了之。铁扇公主这一线索在情节中显得有些游离。

吴承恩在百回本《西游记》中采取了完全不同的另一种处理方式。显然他看出杂剧的处理有很大的缺陷，才加以根本改造。他一方面固然也强调自然矛盾，极力渲染火焰山的可怕："有八百里火焰，四周围寸草不生。若过得山，就是铜脑盖，铁身躯，也要化成汁。"另一方面则把矛盾中心转移到取经人和妖魔之间的矛盾上去，只有解决了这个矛盾才能顺利地解决自然矛盾。孙悟空要保唐僧过火焰山，必须战胜铁扇公主及牛魔王，取得那把扇子。斗争失败了，必须再接再厉，直到获得成功为止。这样的处理能够使矛盾尖锐起来，有利于正面展开对孙悟空斗争精神的描绘，杂剧是让人物服从于作者主观构思出来的情节，为了情节上不出漏洞，不惜用损伤人物性格的办法来弥补，结果反而造成了更大的破绽。吴承恩在百回本中是让情节的构思服从于人物的性格，为了塑造人物的需要而选择情节，所以情节与人物血肉相连。

看来，吴承恩是深深懂得组织情节的。他知道仅仅描绘自然矛盾，很难使故事展开。只有强调取经人和妖魔之间的矛盾，表现双方的斗智斗勇，才能使情节保持紧张，引人入胜，容易写得有声有色。他在"有诗为证"的那首诗里，已对两种矛盾的处理作了一番概括：

道高一尺魔千丈，奇巧心猿用力降。

若得火山无烈焰，必须宝扇有清凉。

三　铁扇公主和红孩儿、牛魔王

矛盾中心已有了转移，吴承恩必须对矛盾双方的力量重新加以部署。取经人的一方不外乎师徒四众，问题较为简单。在取经故事中，唐僧照例是受保护的对象，猪八戒和沙和尚只能起助手的作用，主要靠孙悟空，过火焰山自然也不例外。妖魔的一方也必须旗鼓相当，是有智慧、有能力的对手。由于双方斗争是为了一把扇子，孙悟空要借，妖魔不肯借，作者对妖魔的处理不能同于一般想吃唐僧肉的大大小小的妖怪。这个妖魔既然根本不想吃唐僧肉，他又为什么坚决不肯借扇呢？这一切都需要作者对妖魔的身份以及妖魔和孙悟空构衅的原因加以妥善的安排。

杂剧中的铁扇公主实际上是一个叛逆的女神，她自述身世："乃风部下祖师，但是风神皆属我掌管。为带酒与王母相争，反却天宫，在此铁镒山居住。"据采药仙人讲，她还没有丈夫。牛魔王在杂剧里连影子都没有。红孩儿虽然在第十二出"鬼母皈依"上场，被佛祖扣在钵盂里，以致他的母亲率领鬼兵前来抢救，但他母亲是鬼子母，并非铁扇公主。这两个故事根本不相干。铁扇公主之不肯借扇，是因为孙悟空调戏她，一见面就叫她招他做女婿，说了好些无礼的话。从杂剧的描写看来，铁扇公主很能保持自己的尊严，容不得外人欺侮，孙悟空倒有些无赖。这样的处理显然美化了铁扇公主，丑化了孙悟空，是非曲直恰恰颠倒。

　　吴承恩毅然舍弃了这种处理方式。他面临一个难题，必须重新论证铁扇公主不肯借扇的原因。神魔小说固然可以高度发挥想象，但它的情节还是要求有一定的合理性。吴承恩巧妙地把铁扇公主的身份处理为"牛魔王的妻，红孩儿的母"，因为要报"害子深仇"，才坚决不肯借扇。杂剧中本有"鬼母皈依"一出，① 鬼子母为了抢救红孩儿，和佛祖做殊死的搏斗，"则为子母情肠，恶了那神佛面皮"。百回本《西游记》把红孩儿处理为一个独立的故事，依然保存红孩儿伪装迷路小儿骗唐僧发善心的情节，并且加以扩大、渲染，充分写出这个妖精狡猾狠毒的面貌。可是作者却删去了鬼子母揭钵的情节，把红孩儿的母亲说成是铁扇公主，让孙悟空在过火焰山时和她打交道，造成孙悟空的莫大困难。她和鬼子母一样，也是受一种狭隘的母子感情所支配，在铁扇公主身上可以看到鬼子母的影子。

　　《西游记平话》里有牛魔王，但他和百回本里的牛魔王显然是两回事。据《销释真空宝卷》，这个牛魔王曾把唐僧"摄入洞去"，后为观音设法解救。他的目的当然是想吃唐僧肉，不过是一个吃人的妖怪而已。在宝卷上，"牛魔王"和"蜘蛛精""红孩儿""地勇夫人"并列，和"罗刹女"不排在一起，可见他是一个独立故事的主角。据笔者估计，他大概相当于后来百回本中的金兜洞的兕大王或玄英洞的犀牛怪，这些妖精都曾把唐僧拿进洞去，要蒸要煮。吴承恩另外创造了一个牛魔王，他是孙悟空当年大闹天宫时的结义弟兄。他的名字是从《西游记平话》中借来的，他的身份

---

　　① 鬼子母揭钵的故事原本佛家内典："九子母有十子，其一子在佛钵中，百计求之，不得出。佛为点化，乃皈依正果。"宋代的僧侣已在向群众宣传这个故事。孟元老《东京梦华录》卷三《相国寺万姓交易》载："（相国寺）大殿两廊，皆宋朝名公笔迹。左壁画炽盛光佛降九子母百戏，右壁佛降鬼子母揭盂。"由于南宋话本《大唐三藏取经诗话》中已有《入鬼子母国处》一节，所以后人把鬼子母揭钵的故事掺入了取经故事。杨讷的《西游记杂剧》即是如此。

却和《西游记杂剧》中的铁扇公主有些类似，看来，吴承恩完全改变了杂剧中的铁扇公主的面貌，而把她的叛逆者的身份转移到牛魔王身上，让牛魔王和她结成了夫妇。这样一来，孙悟空便面对两个强有力的敌人。

在吴承恩的笔下，他们的夫妻关系又是特殊的。牛魔王另宠新欢玉面公主，铁扇公主过的是被遗弃的日子。玉面公主一听说铁扇公主派人来请牛魔王，便破口大骂："这贱婢，着实无知"，"还不识羞"。孙悟空正是利用了这种关系，变化为牛魔王，以夫妻之情来骗取扇子。铁扇公主渴望着丈夫的回心转意，讲的话很凄惨："大王，燕尔新婚，千万莫忘结发，且吃一杯乡中之水。"她有凶狠的一面，又有软弱的一面，写得有性格。一些读者对她多少有点同情，是因为她被丈夫遗弃的处境可悲，而且最后愿意交出扇子，并不顽抗到底。

四　神奇的芭蕉扇

吴承恩把铁扇公主的身份处理为"牛魔王的妻，红孩儿的母"，就将《过火焰山》和前面的《红孩儿》及《过子母河》在情节上直接联系了起来。它们是三个连续性的故事，事件的发展有着密切的关系。

在《红孩儿》的故事中，作者就已经介绍了红孩儿："他是牛魔王的儿子，罗刹女养的。他曾在火焰山修行了三百年，炼成三昧真火，却也神通广大。牛魔王使他来镇守号山。"他使一柄火尖枪，并能口中喷火，鼻里冒烟。孙悟空为了对付他在火焰山炼成的三昧真火，曾动员了四海龙王来行雨，"好似火上浇油，越泼越灼"，直烧得孙悟空"火气攻心，三魂出舍"，后来请来观音才制服了妖精。孙悟空要想从他妈妈手里借扇子，当然是难上加难。而显然又不能用那行之无效的降雨的办法来通过火焰山，只有接受一场严重的斗争。

作者为了加强情节上的论证，还安排了一个《过子母河》的故事。唐僧和猪八戒因误饮子母河水而怀孕，须得落胎泉水才能解救。占据落胎泉的如意真仙恰是牛魔王的兄弟，他"一听得说个悟空名字，却就怒从心上起，恶向胆边生"。原来他已接到牛魔王来信，知道了红孩儿的事，正要寻孙悟空报仇。一场恶斗就展开了。这个故事告诉读者，红孩儿的事件并未结束。牛魔王兄弟的出场预兆着过火焰山必有一场更剧烈的战斗。铁扇公主和牛魔王决不肯善罢甘休。

过火焰山这场大战的确不好写。笔力稍为薄弱，就不会使读者信服，因为前面《红孩儿》和《过子母河》里的战斗已写得相当精彩。吴承恩克服了这个困难，他所使用的一个重要手法就是利用芭蕉扇来开展情节。有了一把芭蕉扇，双方斗争的过程就写得格外曲折，波澜起伏，姿态横生。

以"一调芭蕉扇"为例。孙悟空被扇走之后，弄到了定风丹，破了扇子的兵器作用。他施巧计变作蟭蟟虫儿，躲在茶沫之下，钻进了铁扇公主的肚里，强迫她交出芭蕉扇。却不料铁扇公主也颇有智谋，拿出来一把假扇子，害得孙悟空过火焰山烧净了两股毫毛，狼狈退回。我们可以设想，如果是一柄由先天宝铁铸成的铁扇，重有一千多斤，铁扇公主如何能造假呢？那是不会使人信服的。

再以"二调芭蕉扇"为例。铁扇公主把真芭蕉扇藏在哪里呢？原来它可以缩小如一个杏叶儿，噙在嘴里。这是最安全的保藏办法，孙悟空想偷也不行。他只有变作牛魔王，利用铁扇公主复杂的感情，来骗取扇子。扇子到了手，他只知道变大的咒语，不知道该如何缩小，结果反被牛魔王骗走。如果是一柄铁扇，它如何能放在嘴里呢？很难想象能有这样多的转折。

吴承恩用芭蕉扇代替了铁扇子，其根本原因在于铁扇子束缚了、限制了情节的展开，而芭蕉扇能对情节发展起到促进的作用。此外，作者还考虑到芭蕉扇更符合于人们日常生活中的观念，刺激人们的想象。一把小小的芭蕉扇，能搧熄八百里的火焰山，它的神奇性更大些（这也反映了人们在过去对征服自然的幻想）。从形象上来看，俊俏的铁扇公主拿一把芭蕉扇也比较和谐。

由于铁扇公主这个名字已流行，为一般读者所熟知，吴承恩在百回本中依然保留了它。同时，用了一些巧妙的办法来掩盖这个漏洞。他处处强调铁扇公主有一把芭蕉扇，通过各种人物（卖糕人、樵夫、灵吉、土地、孙悟空）的谈话反复指出这点。他还把铁扇公主住的洞府命名为芭蕉洞，以与芭蕉扇相照应。《西游记杂剧》中，铁扇公主是住在铁镂峰（这正照应铁扇子），吴承恩为了自己故事的需要，让她搬了家。

百回本中有两把芭蕉扇，一把是铁扇公主所有，还有一把是平顶山的金角大王所有（见第三十五回）。吴承恩把它们写得很有区别。金角大王的芭蕉扇能"平白地搧出火来"，而铁扇公主的芭蕉扇却是"一扇息火，二扇生风，三扇下雨"，都各有妙处。比较起来，还是铁扇公主的扇子写得更为出色。第一次交锋，铁扇公主只拿它扇了一下，"那大圣飘飘荡荡，左沉不能落地，右坠不得存身。就如旋风翻败叶，流水淌残花。滚了一夜，直至天明，方才落在一座山上，双手抱住一块峰石。'定性良久，仔细观看，却才认得是小须弥山。'大圣长叹一声道：'好厉害妇人，怎么就把老孙送到这里来了？'"孙悟空在小须弥山找到灵吉菩萨，向他问个归路。灵吉告诉他说："假若扇着人，要飘八万四千里，方息阴风。我这山到火焰山，只有五万余里。此还是大圣有留云之能，故止住了。若是凡人，正好不得住也。"这种充满奇光异彩的描写，表现了作者丰富的想象力。

五　三调芭蕉扇的斗争

孙悟空是这个故事的中心形象，作者正是通过"三调芭蕉扇"的斗争过程来刻画他的性格。和杂剧的处理完全不一样，孙悟空始终是站在有理的一方和铁扇公主、牛魔王斗争到底，尽管斗争中也有曲折、反复，但是他从来不在敌人面前表示怯弱，他的威风总是压倒敌人的气焰。

我们知道，杂剧中的孙悟空调戏铁扇公主，简直是无理取闹。百回本则不然，由于他和牛魔王当年曾有结义之谊，一开始他力求用好言好语来借到扇子，见了女主人他彬彬有礼，口称："嫂嫂，老孙在此奉揖。"铁扇公主和牛魔王问到红孩儿的事，他一一解释，指出红孩儿捉了唐僧，要蒸要煮，这才求了观音收他去，而且红孩儿现在改邪归正，做了善财童子。一直到有理讲不通的时候，对方已经动武，他才被迫还手，和他们进行坚决的斗争。事实上，他们已成为过火焰山的严重障碍。孙悟空对牛魔王说得好："哥要说打，弟也不惧！但求宝贝，是我真心。"

杂剧中的孙悟空和铁扇公主交锋，一扇走之后就再也不敢找上门来。

百回本则不然，孙悟空是斗志昂扬，再接再厉。他被搠到小须弥山，得了定风丹，就"辞了灵吉，驾筋斗云，径返翠云山，顷刻而至。使铁棒打着洞门叫道：'开门！开门！老孙来借扇子使使哩！'慌得那门里女童即忙来报：'奶奶，借扇子的又来了！'罗刹闻言，心中悚惧"。一调不成继之以二调，二调不成继之以三调，最后杀得牛魔王走投无路，铁扇公主满眼垂泪，终于交出了芭蕉扇。

　　吴承恩除了表现孙悟空的勇敢坚韧，还着重表现了他的智慧。一调写他变作一个蟭蟟虫儿，从门缝中进来，正见铁扇公主叫道："渴了！渴了！快拿茶来！"便钻在茶沫之下，趁机到了她的肚里，强迫她交扇。二调写他深入龙宫，灵机一动，乘牛魔王正在贪杯，把坐骑金睛兽盗走，变作牛魔王的模样，去骗铁扇公主。要不是这匹真的金睛兽，铁扇公主定会产生怀疑的。此外，作者也写了孙悟空由于一时麻痹大意而遭到的挫折。他得到了芭蕉扇，高兴过分，丧失了应有的警惕，结果牛魔王变作猪八戒，从他手中轻易骗走。他跌足高呼："咦！逐年家打雁，今却被小雁儿鹐了眼睛。"

　　最后一场，双方打赌变化，写得相当精彩。牛魔王变作天鹅、黄鹰、白鹤、香獐、大豹、人熊；孙悟空变作海东青、乌凤、丹凤、饿虎、狻猊、赖象。一物克一物，针锋相对。最后，"牛王嘻嘻的笑了一声，现出原身——一只大白牛。头如峻岭，眼若闪光。两只角，似两座铁塔。牙排利刃。连头至尾，有千余丈长短。自蹄至背，有八百丈高下。对行者高叫道：'泼猢狲，你如今将奈我何？'孙悟空也就现了原身，抽出金箍棒来，把腰一躬，喝声叫'长！'长得身高万丈，头如泰山，眼如日月，口似血池，牙似门扇，手执一条铁棒，着头就打！"顽强狡猾的敌人终于战不过勇敢坚强的孙悟空。吴承恩在描写了这个场面之后，才写诸神相助，牛魔王被擒，看来，他塑造孙悟空这个英雄形象的目的已经达到了。

（原载《光明日报·文学遗产》1963 年 5 月 12 日、19 日）

吴承恩《西游记》成于晚年说新证

　　百回本《西游记》现存最早版本为《新刻出像官板大字西游记》，仅署"华阳洞天主人校，金陵世德堂梓行"。卷首有陈元之序，内云："《西游》不知其何人所为。或曰出天潢何侯王之国，或曰出八公之徒，或曰出王自制。余览其意近跅弛滑稽之雄，卮言漫衍之为也。旧有叙，余读一过，亦不著其姓氏作者之名，岂嫌其丘里之言与？"又云："唐先禄既购是书，益俾好事者为之订校，秩其卷目梓之，凡二十卷，数十万言有余，而充叙于余。余维太史、漆园之意，道之所存，不欲尽废，况中虑者哉？故聊为缀其轶叙叙之，不欲其志之尽堙，而使后之人有览，得其意忘其言也。或曰：'此齐东野语，非君子所志。以为史则非信，以为子则非伦，以言道则近诬。吾为吾子之辱。'余曰：'否！否！不然！……'"

　　陈元之序末题"壬辰夏端四日也"，"壬辰"即万历二十年（1592），距吴承恩死约十年。序中有很值得注意之处。其主旨是在反驳"此齐东野语，非君子所志"的观点，申明此书之意。由此可见当时的卫道之士对描写"怪力乱神"的通俗小说是贬斥的，在这种气氛之下，此书不敢标出作者姓名，校订者也仅署其别号，也就好理解了。尽管如此，序中还是吐露了作者的身份，和实际情况相去不远，不像揣测之辞。吴承恩确曾做过"荆府纪善"。荆府即荆宪王府，纪善之职，"掌讽导礼法，开谕古谊及国家恩义大节，以诏王善"，还教导宗室子弟，美称为"八公之徒"也未尝不可，因为八公本是汉代淮南王刘安的门客，是文学之士，而荆宪王也是分封在湖北蕲州的明宗室。至于说《西游》"出王自制"，看来似一种烟幕，为此书之刊行起掩护作用，以塞苛论者之口。几个"或曰"，故作曲笔，煞费苦心。

　　看来，这个"天潢何侯王之国"倒真和《西游记》有些关联。澳大利亚大学柳存仁教授1981年在天津举行的"明清史国际学术讨论会"上，曾宣读了《陆西星、吴承恩事迹补考》的论文。他举出《西游记》第八十八回及第八十九两回叙唐僧师徒过玉华县，县主为玉华王，是"天竺皇帝之宗室"，府门左右有长史府、审理厅、典膳所、待客馆，此玉华王有三个小王子，拜孙行者、猪八戒及沙僧为师。吴承恩任荆府纪善时，荆王为朱翊钜，亦有三子。《西游记》中如此描写，盖以自嘲，由此推断，其成书年代距此时当不太远。此说有理。

按，第八十九回及第九十回，多处称玉华县为玉华州，明代藩王所居皆为州治，于此恰合。又，"玉华"之名易使人联想到"荆山之玉"（即有名的卞和泣玉故事），"玉华王"似是影射"荆王"。文人涉笔成趣，每从生活中信手拈来。唐僧所经国度，大都"文也不贤，武也不良，国君也不是有道"，独于玉华州及玉华王无一微词，多所称赞，实发人深思。

有人认为"荆府纪善"乃是虚衔，吴承恩并未赴任，这种猜测恐脱离实际，明制，自县丞改调王府官属，是对"赃吏"从轻发落的一种处分，吴承恩怎能拒不到任？即使本人有意呈请解职归田，恐怕也得到上任之后过一段时期才行。1980年淮安县县委和县政府组织有关人员，查明吴承恩的墓地，找到了出土的髹漆半截棺材挡板，上有竖写四字："荆府纪善"，这是吴承恩的最后官职，并非如宋代的祠禄，可以在乡遥领。

吴承恩就任荆府纪善是在隆庆二年（1568）。《西游记》第八十八回叙唐僧师徒四众前往玉华县云："此时光景如梭，又值深秋之候"，则吴氏赴任似在深秋（旧时有"秋审"，处理犯罪官吏及平民，吴氏被人诬告，当在此时结案）。《射阳先生存稿》有《贺笛翁太丈七十寿词》云："隆庆庚午，我笛翁丈人寿晋七袠，七月二日，是维初度之辰"，可见至迟到隆庆四年（1570）七月前，他已回到故乡淮安。他在纪善任内最多两年，揆之吴的生平行事，尚无不合之处。

陈元之序称他为"八公之徒"，看来他在荆王府中是受到礼遇的（《西游记》有关玉华州的描写，也可佐证）。纪善之职较为清闲，生活亦当优适。很可能就是在此期间，他撰写了《西游记》一书。还可再举数例。

《西游记平话》及《西游记杂剧》，均未记载"弼马温"之事。这一情节是他的独创。他写孙悟空被玉帝封作"弼马温"，官卑职微，与人养马，似乎在发泄他不久前任长兴县丞的一股牢骚、委屈及不平之气。按《明文·职官志》，县丞是知县的佐贰。正八品官，管理粮、马（马政）之事。明代政府分摊各省孳牧种马，以备边警，意图虽好，实际做来却是一项苛政。嘉靖时著名戏曲家李开先曾说过："钱粮马匹，实则一事相资，而马其尤困者也。"（《闲居集》卷五《贺吾潭程尹马政膺奖序》）吴承恩想必尝够了这种苦头，他在《西游记》中通过猴王讲："那玉帝不会用人，他见老孙这般模样，封我做个甚么'弼马温'，原来是与他养马，未入流品之类"，盖慨乎言之耳。

再举一例。试将百回本第九回《袁世诚妙算无私曲，老龙王拙计犯天条》与《永乐大典》所存《西游记平话》"梦斩泾河龙"一段对照比较，便可发现此回是依据平话写成，经过大大扩充和加工。开头一大段"渔樵对话"，全是吴承恩的创作。平话中的两个渔翁张梢、李定在百回本中改作"一个是渔翁，名叫张梢，一个是樵子，名唤李定。他两个是不登科的进士，能识字的山人"，两人各道词章，又相互联句。此一大段显然与下文无甚关联，现实生活中的渔翁和樵夫不会有如此高深的文学修养，此处是在代作者立言，所谓"不登科的进士"与"能识字的山人"乃是夫子自道（吴氏未登科，自号射阳山人）。吴承恩增加这一大段，不仅是在显示他诗词创作的才华，更重要的是表达他个人的情绪。渔翁张梢所说的："我想那争名的，因名丧体；夺利的，为利亡身；受爵的，抱虎而眠；承恩的，袖蛇而走。算起来，还不如我们水秀山青，逍遥自在，甘淡薄，随缘而过。"这是翻过筋斗的过来人的感受。再看渔樵对吟的诗词，其中句子如："一觉安眠风浪消，无荣无辱无烦恼"，"一叶小舟随所寓，万迭烟波无恐惧"，"无挂碍，无利害，不管人间兴与败"，"性定果然知浪静，身安自是觉风微。绿蓑青笠随时着，胜挂朝中紫绶衣"，"口舌场中无我分，是非海内少吾踪"，"清闲有分随潇洒，口舌无闻喜太平"，"身安不说三公位，性定强如十里城，十里城高防阃令，三公位显听宣声。乐山乐水真是罕，谢天谢地谢神明"。这些都是受了官场挫折之后的消极情绪，也是对官场生活厌倦乃至绝望的激愤之言。渔樵所赞美的山清水秀是和官场生活中的"挂碍""利害""风浪""恐惧""烦恼"相对照，"口舌场"

"是非海"是比喻官场。吴承恩大半辈子没做过什么官，晚年才任长兴县丞，结果被诬告贪污，撤职改调。事过不久，他在荆王府内，痛定思痛，写出这种文字，在"取经缘起"的开头添加一大段，采取首章明志的方式（严格说来，"大闹天宫"与"玄奘出身"都不能算作取经故事的开头），乃是很自然的事。

吴承恩在隆庆二年至四年（1568—1570）之间做荆府纪善，他的年龄需略加考证。近人所编年谱，把他生年定得早了一些，约在弘治十三年（1500）或弘治十七年（1504）。吴承恩和他夫人叶氏结婚在嘉靖四年（1525），他们推断此时约二十六岁或二十二岁。按吴家几代都是孤枝单传，吴氏本人只有一个姐妹，并无兄弟，其父近五十岁才得此子。封建社会，处此情况下，如非赤贫而无力迎娶，一般均早婚，以慰老人之望，不至于二十多岁还未成家。他们的推算不免有误。按，《射阳先生存稿》有《鹤江先生诔》一文，自云："仆窃自念，昔受公知，昉于童孺。登龙识李，即以斯文见赏。有怀雅遇，二纪于兹。"此文作于"嘉靖庚子"（1540），往上逆推"二纪"，则为正德十二年（1517）。《后汉书》上说孔融十岁登李膺之门，对守门人说："我是府君通家子弟。"吴承恩早慧，被人们看作"神童"，他在"童孺"时受到蔡昂（鹤江）的赏识，大概也在十岁左右。此推断如能成立，则他大约生于正德二年（1507），嘉靖四年（1525）与叶氏夫人成婚时约十九岁（还可能更小一些）。他做荆府纪善时，约为六十二岁至六十四岁。百回本《西游记》大概就在此期间写作，归田后又有所修改加工，并给他的朋友李春芳（华阳洞天主人）校订。至于此书初次刻印成书是在吴氏生前抑或身后，是否受到荆宪王府的资助（其时荆宪王朱翊钜已故，由他次子朱常㵿及三子朱常㳿先后承袭，这两人都是吴承恩的弟子），这都无从查考了。

（原载《光明日报》1984 年 3 月 27 日）

新发现的两种《西游宝卷》考辨

一

　　新发现的两种《西游宝卷》，全称是《佛门取经道场·科书卷》（以下简称《取经道场》）及《佛门西游慈悲宝卷道场》（以下简称《西游道场》），见王熙远著《桂西民间秘密宗教》所收录的《魔公教经卷》。[①] 它们是为了超度亡灵、祈福禳灾而举行法事，即做道场所用之台本，属于宝卷中的"科仪"一类。李世瑜《宝卷综录》中未著录。

　　魔公教是长期流行在广西的百色、田林等县的一种民间宗教。它糅合了儒、道、释三教，尤其是吸取了道教正一教、淮南天心正教等教派的教义和仪式。熟悉该教道务的宗教职业者称为魔公。其教形成较为完整的体系大约在清代乾隆以后。桂西地区在明清时期有大量移民自川、黔、鄂、湘、赣等地迁居至此，因此代代相传保存了移民先辈们从各省携来的民间宗教经卷，这是魔公教一部分经书的来源。《取经道场》和《西游道场》当是如此。《西游道场》的抄录者在卷末注明："滕（腾）录古本道场"，虽为1967年所抄，[②] 并不算远，其来源可能很早。

　　这两种宝卷，内中都叙述了唐三藏师徒四众去取经所经历的诸般苦难，一路上，孙行者、猪八戒和沙和尚擒妖捉怪，克服重重障碍，终于取经而归。经卷对此加以描绘，赞颂了他们的坚定信念。

　　《取经道场》可分为两个部分，其前半部分系讲述西游故事，其后半

[①]　王熙远：《桂西民间秘密宗教》，广西师范大学出版社1994年版。

[②]　《佛门西游慈悲宝卷道场》抄本，卷末注明："1967年丙申年十月初六日滕（腾）录古本道场。"

部分是《十王道场》，① 叙述世间亡人遍历地狱，十殿阎王赦免其罪，引入龙华会。《西游道场》全为讲述西游故事，但其末尾之唱词云："《升天宝卷》才展开，诸佛菩萨降来临。阴超逝化生净土，阳保善卷永无灾。"是迎神词而非通常之送神词，由此可以推知其后半部分是《升天宝卷》，今已佚。按，《升天宝卷》乃《目连救母出离地狱升天宝卷》之简称。

于是我们可以了解这两种宝卷实具有不同之功用。《取经道场》乃是用于饯行道场之台本。饯行道场是为亡者送行的小型灵活的道场，做法事之时间不长，或三日，或七日，规模也不大，三位、五位或九位僧人即可举行。它主要是通过一系列仪式和经咒，使死者在两三天内顺利通过十殿审判，转生天界。《西游道场》乃是用于盂兰盆会之台本。盂兰盆会在夏历七月十五日即中元节举行，规模大，僧人多。其来源，据西晋竺法护所译之《佛说盂兰盆经》云，② 目连之母死后为饿鬼，在地狱受苦，佛告目连，每年七月十五日以百味饮食供养十方僧人。至宋代以后，由供佛及僧众而转变为以超度亡人为重点，进而超度一切孤魂野鬼，盂兰盆之百味饮食不再是供僧而是施鬼。关于目连救母之故事也逐渐转移到以目连入地狱寻母的艰难及最后设法超度母亲为主要线索，如《目连救母出离地狱升天宝卷》即是如此。

从篇幅上看，《取经道场》的前半部分（即讲述西游故事部分）与现存的《西游道场》大致相当，各有韵文约两百句。

从形式上看，《取经道场》前半部分全为韵文。以"三、三、四"的十字韵文为主，也有七言韵文，还有四句七言而在中间夹上四句五言自成一段的韵文格式。其后半部分《十王道场》是韵散相间，韵文有五言和七言。《西游道场》为韵散相间，韵文有五言、七言及俗曲三种。主要格式是先写一段散文，再写十八句七言韵文，后有一俗曲及四句五言偈语。如此循环往复，计有六次之多。韵文之前，均先标"唱"字。

笔者将这两种《西游宝卷》与《朴通事谚解》及20世纪30年代在宁

---

① 《佛门取经道场·科书卷》中的这一部分，内有"具此十王道场者，实冥途之炬烛及苦海之舟，利益无穷，报应弗爽"及"微尘刹土诸群品，同八（入）十王大道场"之词句。

② 《佛说盂兰盆经》是一部伪经，非天竺原有，乃产自中土。

夏所发现的《销释真空宝卷》中所记载的西游故事作了比较对照，发现它们有一些相同及类似之处，也有一些可以相互补充和发明的地方，系同出于一源，即元代的《西游记平话》。《西游记平话》一书已佚，今残留《梦斩泾河龙》一节（见《永乐大典》卷13139）。我们过去是从朝鲜古代的汉语会话书《朴通事谚解》及民间宗教的宝卷《销释真空宝卷》里得知《西游记平话》的一些情节，窥其端倪。现在新发现了《佛门取经道场·科书卷》及《佛门西游慈悲宝卷道场》，便可对之有更多的了解。明代吴承恩的百回本《西游记》是以《西游记平话》中故事为创作素材，我们对《西游记平话》了解得多一些，就能由此窥知伟大作家进行艺术构思的匠心。这当然是很有意义的事。

这里需要解释一下，为什么桂西地区能保存下来来源甚古的经卷而不见今人著录的两种早期《西游宝卷》？按，其发现的具体地点是广西的田林县浪平乡。此是田林县与凌云、乐业等县交界之地，十分偏僻，而且遍地垌子弄场，地少石多，土地贫瘠。历代官宦弃兵、会党游勇乃至土匪强盗都视此为不毛之地，战乱烽火也很少燃及。居住此地区的汉族移民，多信奉魔公教，他们代代相传，保存了先辈们自各祖籍省份带来的民间宗教文化以及一些教派的经卷。由于年代久远，真正的古本经卷难以保存至今，他们只有以辗转传抄的方式，将“古本”保存下来，为其所用。这种抄本由于抄录者文化水平不高，难免会有讹字，但其内容很少有篡改之处。

作为一种民间宗教，魔公教过去一直不为世人所知，其所保存的《西游宝卷》当然也就湮没无闻。幸而今天得见天日，现在是到了发掘、整理和研究它们的时候了。

本文所引经卷，经笔者校订，改正之处均用括号标出。

二

《取经道场》里叙说唐僧取经的经过如下：

止（贞）观殿上说唐僧，发愿西天去修行。

唐王闻说心欢喜，通关文牒往前行。

满朝文武并宰相，大排鸾驾送唐僧。

玉手搭肩亲嘱咐，取了真经便回程。

大唐王，传圣旨，忙排鸾驾。

似群真，离了朝，相送唐僧。

三藏师，拜辞了，唐王圣主。

选良辰，合吉日，便要登程。

将领着，孙行者，齐天大圣。

西方路，上逍遥，降伏妖精。

猪八戒，逢恶山，开条大路。

沙和尚，流沙河，大显神通。

师拿着，金钵盂，九还（环）锡杖。

火龙驹，三太子，相伴西行。

从东土，到西天，十万余里。

每晓行，并夜走，全无退心。

到深山，并恶岭，迷踪大路。

魔鬼岭，虎狼哑（哑），遇步难行。

多亏了，杀虎王，送出山林。

师徒们，心欢喜，又往西行。

正行道（到），火焰山，黑松林内。

见妖精，和鬼怪，魍魉成群。

到黄昏，刘白猿，撑船摆渡。

风野山，难行走，挟步难行。

黄风山，黑风洞，黑熊断路。

又遇着，黄袍怪，鬼王接引。

多因（目）怪，来打搅，不能前行。

莲池国，盖山观，要灭唐僧。

白（伯）猿（眼）山（仙），秦（奏）国王，西京闭（备）战。

师徒们，一见了，胆颤心惊。

都云（头）割，下油锅，柜贵（中）猜物。

孙行者，金銮殿，大显神通。

凭神通，三件事，全都得胜。

排鸾驾，送山城，又往西行。

蜘蛛精，红孩儿，神通不小。

大力王，摄唐僧，无处跟寻。

师徒们，无投奔，嚎啕大哭。

多亏了，南海岸，救苦观音。

半空中，常引路，不坏您者。

太白星，指引路，教子唐僧。

若不是，众徒弟，神通广大。

谁敢往，佛国里，去取真经？

三藏师，一路行，忧心不尽。

方才到，佛国里，大觉雷音。

到灵山，见佛境，赛过西天。

入雷音，见圣容，殷勤礼拜（敬）。

师徒们，在佛前，一齐下拜。

愿我佛，发慈悲，大转法轮。

佛如来，就吩咐，惠安和尚。

唐王主，差三藏，来取真经。

连忙去，开宝藏，来点经卷。

从头看，交真经，细说分明。

佛慈悲，经万卷，济生因果。

咐唐僧，清净拾，即便回程。

　　我们再看 20 世纪 30 年代发现的《销释真空宝卷》里关于西游故事的全部经文，可以看出，不但内容近似，而且同样是用"三、三、四"的十字韵文。

正（贞）观殿上说唐僧，发愿西天去取经。

唐圣主，烧宝香，三参九转。

祝（炷）香停，排鸾驾，送离金门。

将领定，孙行者，齐天大圣。

猪八界（戒），沙和尚，四圣随根（跟）。

正遇着，火焰山，黑松林过。

见妖精，和鬼怪，魍魉成群。

罗刹女，铁扇子，降下甘露。

流沙河，红孩儿，地勇夫人。

牛魔王，蜘蛛精，设（摄）人（入）洞去。

南海里，观世音，救出唐僧。

说师父，好佛法，神通广大。

谁敢去，佛国里，去取真经？

灭法国，显神通，僧道斗胜。

勇师力，降邪魔，披剃为僧。

兜率天，弥勒佛，愿听法旨。

极乐国，火龙驹，白马驼经。

从东土，到西天，十万余里。

戏世洞，女儿国，匿了唐僧。

到西天，望圣人，殷勤礼拜。

告我佛，发慈悲，开大沙门。

开宝藏，取真经，三乘要典。

暂时间，一刹那，离了雷音。

取真经，回东土，得见帝王。

告我佛，求忏悔，放大光明。

到东土，献真经，唐王大喜。

金神会，开宝藏，字字分明。①

以上引文中，《销释真空宝卷》和《取经道场》相同及近似的句子不少。如"正（贞）观殿上说唐僧，发愿西天去取经"，《取经道场》中"取经"

---

① 《销释真空宝卷》，《国立北斗图书馆馆刊》第五卷第三号，1931 年 6 月。

二字作"修行"；"将领定，孙行者，齐天大圣"，《取经道场》中"定"作"着"；"正遇着，火焰山，黑松林过。见妖精，和鬼怪，魑魅成群"两句，《取经道场》也有，只有三字之差，"遇着"作"行道（到）"，"过"作"内"。字句虽有小异而意义却相同。

两卷所叙之人、地、事，大致相同，略有差别。亦有取舍之不同，繁简之相异，然他们的取经故事都出于《西游记平话》，殆无可疑。

《销释真空宝卷》写了"火龙驹，白马驮经"，可知白马系火龙所化，而《取经道场》写"火龙驹，三太子"，更点明了火龙驹原是龙王之三太子。按，元末明初杨景贤之《西游记杂剧》里有《木叉售马》一出，[①] 讲明此马乃南海火龙三太子，为行雨差池，法当斩罪，如来佛奏知玉帝，着它化为白马，与唐僧代步驮经。吴承恩所写与此不同，他写白马是西海龙王敖闰之子，唤作"玉龙三太子"，为纵火烧了殿上明珠，犯了天庭上的死罪，经观音向玉帝说情，让它下凡，与唐僧做个脚力（事见百回本《西游记》之第十五回）。[②]

《取经道场》中所写的"黑熊断路"和"多目怪"，不见于《销释真空宝卷》。但《朴通事谚解》所记的《西游记平话》情节有黑熊精及多目怪。后来吴承恩也写入百回本，见第十七回与第七十三回，他点明"百眼魔君又唤做多目怪"，是个蜈蚣精。

《取经道场》中的黄风山和黄袍怪，也不见于《销释真空宝卷》。但《朴通事谚解》中有黄风怪。吴承恩百回本，黄风山见于第二十回及第二十一回，此处叫作黄风岭，黄风岭上有黄风怪，当是同一故事。又，黄袍怪见于第二十八回，他住在碗子山波月洞，是天上的星宿奎木狼下凡。

《朴通事谚解》和《销释真空宝卷》都未提到《取经道场》所写的"鬼王接引"，但这并不意味着《西游记平话》无此故事。因为《朴通事谚解》只是毛举故事情节，并非情节的一览表，全部网罗无遗，而《销释真空宝卷》叙西游故事，对情节是有所取舍的。吴承恩把"鬼王接引"

---

① 《木叉售马》为杨景贤《西游记杂剧》之第七句，见隋树森编《元曲选外编》，中华书局1959年版，第650页。

② 金陵世德堂刊本《新刻出像官板大字西游》二十卷一百回，前有万历二十年（1592）陈元之序。

写入了百回本，见第三十七回，鬼王乃被妖精害死的乌鸡国国王之幽灵。

《取经道场》中写了"大力王，摄唐僧，无处跟寻"，大力王即是牛魔王，《销释真空宝卷》中"牛魔王，蜘蛛精，设（摄）人（入）洞去"，亦写到此事。《朴通事谚解》未记入牛魔王，而吴承恩的百回本中却有，其事见第五十九回至第六十一回，是将牛魔王和火焰山的铁扇公主（罗刹女）写在一起的。吴承恩通过樵夫之口介绍铁扇公主是大力牛魔王之妻，还写火焰山之土地神，率领阴兵，挡住败阵的牛魔王，唤道："大力王，且住手。唐三藏西天取经，无神不保，无天不佑，三界通知，十方拥护。快将芭蕉扇来扇息火焰，教他无灾无障，早过山去。"只是百回本中并无牛魔王把唐僧摄入洞中之情节。

值得注意的是，《取经道场》中所写"到黄昏，刘白猿，撑船摆渡。风野山，难行走，挟步难行"。刘白猿和风野山不见于《朴通事谚解》及《销释真空宝卷》，亦不见于百回本《西游记》。《取经道场》这一段是从"正行道（到），火焰山，黑松林内。见妖精，和鬼怪，魑魅成群"直到"多因（目）怪，来打搅，不能前行"，写的都是妖精鬼怪，"刘白猿"列在其中。我们看《取经道场》开卷的头一段唱词，也可作为佐证。

> 昔日唐僧去取经，惊动南海观世音。
> 净瓶拈在手，嘱咐与龙神。
> 掌（撑）船并摆度（渡），尽是鬼妖精。
> 八爪金龙来下界，化匹白马载唐僧。

刘白猿既然"撑船摆渡"，乃是妖精无疑。顾名思义，当是白猿精。白猿精之进入古代小说，著名的作品有《吴越春秋》[①] 和唐传奇《补江总白猿传》。《西游记平话》中的白猿精，是伪装善人在水上陷害唐僧还是在被降伏以后助唐僧过河，已不可考。吴承恩在百回本中舍弃了这个情节，却受此启发，另写了一个六耳猕猴，串演了一场真假孙行者的闹剧，相当精彩。事物有真便有假，假者恒多真者寡。试看，有假唐三藏骑着白马，有

---

①　见《太平广记》卷 444 畜兽 11。

假猪八戒挑着行李，有假沙僧拿着锡杖，还有假孙行者双手捧起一张假冒唐太宗名义所开的通关文牒，他们也要去取经。① 吴承恩的这个艺术构思是奇妙的。

《朴通事谚解》相当详细地记载了《西游记平话》中车迟国斗圣的故事。国师先生号伯眼大仙，又号烧金子道人，见国王敬佛法，便使黑心，要灭佛教，大肆迫害和尚。他要和唐僧在君王面前斗胜，第一坐静，第二柜中猜物，第三滚油洗澡，第四割头再接。结果失败了，死在孙行者手里，露出本相，原来是个虎精。《销释真空宝卷》里说："灭法国，显神通，僧道斗胜。勇师力，降邪魔，披剃为僧。"有人认为这是说灭法国而非车迟国，不是一回事，百回本《西游记》中就有一个灭法国与车迟国并列。笔者认为有可能是《销释真空宝卷》作者之误记，也有可能"灭法"作为一个形容短语，灭法之国即消灭佛法之国，灭法并非定是国名。

《取经道场》中作"莲池国"，可能是由"车池（迟）国"蜕化而来，《西游道场》中有"车池（迟）国奉三清全无妙门"之句可证。"莲"字之中有一"车"字，固可讹写，但更可能是因为唐僧师徒降妖去怪，重振佛教，国王舍身出家，披剃为僧，将车池（迟）国改名为莲池国，莲花满池即佛国也。这正如吴承恩百回本写灭法国后来改名为钦法国一样。那么，《取经道场》中把车池（迟）国说成是莲池国，也不能算错。

斗圣的方法，《销释真空宝卷》未细写，《取经道场》所写的与《朴通事谚解》并无显著的出入，只是次序有错乱，且少了一项"坐静"。按，坐静乃是佛道两家必习之事，似非决胜之道。

参加斗圣的妖魔一方，《朴通事谚解》明确说出是伯眼大仙及其徒弟鹿皮，吴承恩的百回本改作虎力大仙、鹿力大仙及羊力大仙。《取经道场》中"白猿山"显为"伯眼仙"三字之讹误。"伯"及"仙"都漏掉偏旁而成"白""山"，"猿"与"眼"也音相近。此"伯眼仙"是据《西游记平话》而来。

为什么《西游记平话》里写车迟国斗圣，把失败的一方取名"伯眼"呢？按，"伯眼"可谐音"百眼"，指蜈蚣精，但《朴通事谚解》所述

---

① 见百回本《西游记》第五十七回"真行者落伽山诉苦　假猴王水帘洞誊文"。

《西游记平话》的情节，其中已列入了多目怪，而且明确写出"伯眼"原是个虎精。可见此处"伯眼"谐音"百眼"之说不能成立。笔者认为，此名仍为谐音，但所谐之音并非"百眼"而是"伯颜"。伯颜实有其人，赫赫有名，乃是元世祖忽必烈的中书左丞相，率兵南下灭宋的主帅。元代因有民族压迫，战争中又大肆屠戮，人心思念故国，民众视伯颜为罪魁祸首，痛恨尤深，故而在《西游记平话》中借题发挥，把这位颇有虎威的上将军化为虎精，尽管穷凶极恶，终于斗不过孙行者，死在他手里，露出了原形。平话作者以此表达了当时民众的愤懑情绪。除此之外，我们尚难找到对"伯眼"一名的更合理解释。吴承恩在百回本中写虎力大仙，则融合了明代嘉靖时被尊为国师的大道士陶仲文的某些特点，也不乏弦外之音。这都是时代使然。

在元末明初杨景贤的《西游记杂剧》中，交付唐僧经卷的是大权修利菩萨，他是金刚大藏的看守者。吴承恩百回本写的是阿傩和伽叶。而《取经道场》与之相异，出现了惠安和尚。《西游道场》亦然，它有这样的唱词：

> 昔日唐僧去取经，六年辛勤入雷音。
> 合掌礼拜慈尊面，惟愿我佛转法轮。
> 忙唤惠安从头捡，推开宝藏取真经。
> 交付唐僧来收拾，白马驮经转回程。

按，历史上的惠安和尚有二。一为刘宋时人，比丘，不知何许人，少时被掳为荆州人奴，十八岁出家，住邑中之琵琶寺，颇有异行，后入蜀，途自火化，南阳刘虬闻其事，曰："得道之人也。"另一为唐代比丘，善厌胜诅咒之术，唐中宗神龙中游北京，唐休璟供养之，居数年忽遁去。① 从时代上看，应是前者。但何以此惠安被尊为如来佛座下之弟子？民间通俗小说出现此人有何渊源？待考。

取经的归途中是否还有妖魔来捣乱？《取经道场》对此持肯定的态度。

---

①　见比丘明复编选《中国佛学人名辞典》，台湾方舟出版社 1974 年版。

其继续描写：

> 从东土，到西天，十万余里。
> 遇妖精，前拦路，抢取真经。
> 众徒弟，神通大，腾云驾雾。
> 把妖精，除灭了，夺回真经。
> 将真经，展开看，全无一字。
> 师徒们，一见了，胆战心惊。
> 急转至，世尊前，从头苦告。
> 说惠安，开经处，问要金银。
> 取假经，到东土，唐王见罪。
> 师徒们，很费心，六年辛苦（苦辛）。
> 佛如来，唤惠安，跪在殿前。
> 将素珠，轮在手，八（问）寸（寻）原因。
> 佛如来，财心动，迷心不改。
> 把咽喉，来锁住，送了残生。
> 惠安师，慌张了，从头捡点。
> 付唐僧，亲收拾，白马驮回。

可见归途中还会遇到妖精，它们不是以吃唐僧肉为目的，而是要夺取真经。孙行者和他的两个师弟还得与妖魔厮杀。吴承恩在百回本中则不是这样写法，他改成为燃灯佛知道了阿傩、迦叶是将无字经传去，便命座下的白雄尊者前去夺取，好使唐僧再来求有字真经。夺经者是神佛手下的侍者而非妖精。这样处理也许有其道理，可以避免枝蔓。上引《取经道场》的故事出于《西游记平话》，这种写法自有其深刻性；而且把惠安和尚勒掯唐僧之罪直归如来，指责如来佛"财心动，迷心不改"，写孙行者几乎要动武，亦属大胆之笔。吴承恩不敢如此写，是为了维护佛教教主的尊严。但他在第九十八回中对阿傩与伽叶交出真经之前的一段描写，世故人情，刻画入神，十分出色。他写道：

二尊者复领四众，到珍楼宝阁之下，仍问唐僧要些人事。三藏无物奉承，即命沙僧取出紫金钵盂，双手奉上道："弟子委是（实）穷寒路遥，不曾备得人事。这钵盂乃唐王亲手所赐，教弟子持此，沿路化斋。今特奉上，聊表寸心。万望尊者不鄙轻亵将此收下，待回朝奏上唐王，定有厚谢。只是以有字真经赐下，庶不孤（辜）钦差之意，速涉之劳也。"那阿傩接了，但微微而笑。被那些管珍楼的力士，管香积的庖丁，看阁的尊者，你抹他脸，我扑他背，弹指的，扭唇的，一个个笑道："不羞！不羞！需索取经的人事！"须臾，把脸皮都羞皱了，只是拿着钵盂不放。

未被吴承恩写入百回本中去的还有下面的情节。《取经道场》在开卷处写道：

> 昔日唐僧去取经，抬头观见一夫人。
> 岩崖山又险，高山顶接云。
> 石头烧马脚，无烟火自生。
> 若在此山过不得，回头难见圣明君。
>
> 夫人跪拜告唐僧，山遥路远受苦心（辛）。
> 日行鬼窝路，处处见妖精。
> 索桥八百里，清波万丈深。
> 若还得见如来面，教妖十死九还魂。
>
> 后行礼拜告唐僧，请僧诵传大乘经。
> 行者观看见，蜀山狗见（现）行（形）。
> 戒刀提在手，便要斩妖精。
> 化乐天宫都不见，唐僧独坐一山林。

山狗精化身为一夫人，提醒唐僧前途要受苦辛、处处都有妖精，要唐僧怜惜它们，为它们诵传大乘经，使之超生。《西游记平话》有此情节，是由

《大唐三藏取经诗话》发展而来。诗话里写了白虎精化身为白衣妇人被孙行者识破事。但平话里添进了妖精向唐僧警告前途艰难，要他为妖魔诵大乘经，是宣传佛法。吴承恩大概不喜欢这种怜惜恶人的无原则的慈悲思想，便舍弃了这样的处理方式。百回本中，向唐僧发出警告的是浮屠山乌巢禅师，事见第十九回。因他在偈语中说了"野猪挑担子"和"多年老石猴"，引起孙行者之恼怒，举起金箍棒乱捣其乌巢，只见莲花生万朵、祥雾护千层。他教唐僧在遇魔障时大念《多心经》，[①] 可以消灾。吴承恩还写了观音化身为老母（事见第十四回），她送唐僧一顶嵌金的花帽，并传授《定心真言》，即《紧箍儿咒》，目的是为了制服孙行者。至于《大唐三藏取经诗话》中的白虎精，在吴承恩的笔下便发展成白骨精。三打白骨精的情节，仍表现了吴承恩之不能怜惜恶人的思想。

值得注意的是，在《取经道场》的这段描写中，孙行者是用戒刀来斩妖精。《朴通事谚解》叙车迟国斗圣事，说孙行者打了伯眼大仙两铁棒。看来《西游记平话》中孙行者并非使单一的兵器。[按，雕刻及画像中所反映的也是如此。福建泉州开元寺之西塔——仁寿塔，其第四层有火龙三太子、唐三藏及孙行者之雕像，孙行者手持朴刀。]此塔建于南宋嘉熙元年（1237）。广州博物馆藏有元代磁州窑生产之磁枕，上有唐僧师徒四众之画像，孙行者手持铁棒在前开路。元末明初杨景贤《西游记杂剧》，在第十九出《铁扇凶威》里，写铁扇公主与孙行者斗法，她唱道："这扇子柄长面阔，锁铁贯，嵌金磨，骨把握薄，妖气罩，冷风多。云端顶上观见我。铁棒来抽身便躲，戒刀着怎地存活，我着戒刀折，铁棒损，力消磨。"可见铁扇公主使用的兵器是一柄铁扇，[②] 而孙行者则是使刀弄棒。他降伏沙和尚是用生金棒，而把红孩儿砍下涧去是使戒刀。

笔者认为，孙悟空（后来成为孙行者）以如意金箍棒作为唯一兵器乃是吴承恩这位伟大作家的精心构思。百回本一开始，就在第三回写美猴王嫌他那口刀着实榔槺，不遂心意，便到龙宫求宝。他不要大杆刀、九股叉和方

---

① 即《般若波罗蜜多心经》，略称应为《般若心经》或《心经》。玄奘曾译此经。
② 由铁扇如何发展到百回本中的芭蕉扇，笔者曾在 1963 年 5 月 12 日及 19 日《光明日报》之《文学遗产》专刊上发表《从"过火焰山"看吴承恩对情节的处理》一文，其中有论述。

天戟，单取了那重一万三千五百斤的如意金箍棒。这原是天河定底的神针铁，即大禹王留下的治水时定江海深浅的一个定子，霞光艳艳，瑞气腾腾。这件神奇兵器可大可小，甚至缩小成为绣花针。孙悟空手持金箍棒，打进了地府，大闹了天宫。在西天取经的路上，经历了激烈的战斗，有多少妖魔毙命在他的棒下！孙悟空配上了金箍棒，真是相得益彰、八面威风。

三

《西游道场》也和《取经道场》一样，其中描述了唐僧一行在去西天取经的路上所克服的艰辛苦难。它是这样写的：

伏以大乘经典，原在西城（域）之国；三教垂慈，方传东方之教。如是三藏离了东京，往西径奔，遇妖魔而压禁，伏救苦以现形。皈伏行者、八戒与沙僧。师徒四众同住（往），逐一逢灾遇魔而临险，全赖大圣威光，异口同音，心无退转。[唱]

要往灵山亲拜佛，九九灾难受苦辛。

昔日唐僧去取经，路逢悟空孙大圣。

收伏悟能猪八戒，又怡（收）悟净号沙僧。

手携钵盂共锡杖，火龙太子伴西行。

晓行夜宿每投奔，遥望灵山拜世尊。

妖精鬼怪啖人肉，魍魉成群要灭僧。

黑松岭下无行路，火焰山下好烦懑。

狼虎塔内人难过，黄蜂恶怪更吓人。

不是众徒神通大，难保僧人见世尊。

西游妙典，万古流传，无坏亦无崩。千般苦楚，万种难辛，监牢固人，不损一尘。捻花已（以）后，灵山见世尊。①

西方微妙法，凡圣两皆空。

众生来信受，地狱化天宫。

① 《桂西民间秘密宗教》对此卷俗曲之断句多误，此处经笔者校正。

　　如是三藏师徒逐日登程，遇妖魔而神通降怪，遇国界而倒换关文。女人国、子母河泛阴寡阳，车池（迟）国奉三清全无妙门。高山峻岭，猪八戒而开条大路；流沙恶水，〔沙〕悟净而大显神通。黑雄（熊）拦路，受千般之苦；白龟摆渡，有万幸之缘。〔唱〕

　　终朝辛苦连遭遇，何日得到大雷音？

　　普日唐僧去取经，临国见帝换关文。

　　贫僧东土奉圣旨，要往西天取真经。

　　多见（目）鬼怪来打搅，大力妖魔摄唐僧。

　　蜘蛛精布天罗网，红孩儿飞火焰盆。

　　众徒哮啕无投奔，多亏南海观世音。

　　沿途若非他拥护，怎得雷音见世尊？

　　去也去也往西方，奔入灵山竺国乡。

　　原是金禅（蝉）来脱化，今日得入我佛堂。

　　投见大佛，求取真经，离凡要超圣。灵山胜境，历历分明，山河朽坏，这个安宁。春日来无花不放春。

　　灵山真祖意，凡圣莫教差。

　　指日登彼岸，便作老佛家。

　　所叙唐僧师徒遭难之地，如黑松岭、火焰山、车池（迟）国、流沙河，《取经道场》里也有，唯黑松岭作黑松林，车池（迟）国作莲池国，当是同样的故事。女人国见于《朴通事谚解》所叙述《西游记平话》之情节，《销释真空宝卷》作女儿国。子母河为独出，当也是《西游记平话》所有。猪八戒在高山峻岭之间开条大路，即《朴通事谚解》中之薄屎洞，《销释真空宝卷》中的戏世洞（稀屎洞之雅称）故事。白龟摆渡是过通天河。这些素材都被百回本《西游记》采用了。

　　值得注意的是狼虎塔，不见于《朴通事谚解》及《销释真空宝卷》。《取经道场》中有虎狼哑（崕），与魔鬼岭并列，想是另一处遇难的所在，和狼虎塔是两回事。查吴承恩的百回本《西游记》，有两处写入塔逢魔。一处是第二十八回，回目作"花果山群妖聚义　黑松林三藏逢魔"，孙行者负气出走，回归花果山，猪八戒化斋未归，沙和尚去寻找，唐僧独自走出黑松林，发现了一座宝塔，金顶放光，他来到塔门之下，揭起竹帘，一个妖魔正睡在石床上，众小妖把他拿下。此妖即黄袍怪，是天上的星宿奎木狼下凡。另一处是第六十二回，回目作"涤垢洗心惟扫塔　缚魔归正乃修身"，唐僧和孙行者在祭赛国的金光寺里扫塔，扫到第十层，唐僧倦了坐下，孙行者又往上扫两层，见两个妖精在那里猜拳吃酒，当场将它们拿下。原来它们是偷了塔上宝贝的万圣龙王之部下，一个是黑鱼精，一个是鲇鱼怪。由此看来，第一处与"狼虎塔"近似，但并无虎怪，只有狼精。又，《取经道场》里有"黄袍怪"之名。吴承恩大概是把"狼虎塔"与"黄袍怪"合并在一起而作了改写。

《西游道场》所叙之妖魔鬼怪，有如黑熊精、多目怪、大力妖魔、蜘蛛精、红孩儿，《取经道场》里也有"大力妖魔"作"大力王"，即牛魔王。这些都分见于《朴通事谚解》与《销释真空宝卷》。唯"黄蜂恶怪"独出，与《朴通事谚解》所列之"黄风怪"疑非一事。黄蜂本来就是一种螫人的昆虫，尾端有钩状毒刺，内贮毒液，其巢大者如巨钟，房连数百层，群起而螫人，可以致死。《西游记平话》作者将它幻化为妖精，完全是可能的。百回本《西游记》里无此怪，所写的黄风大王是黄毛貂鼠精。

红孩儿在斗法中是飞起火焰盆，这和百回本《西游记》大不相同。吴承恩采用《西游记平话》中的红孩儿作素材，又有了大大改进。一是把红孩儿安排为牛魔王和铁扇公主（罗刹女）之子。孙行者制服了红孩儿，便结下了深仇，尤其是铁扇公主爱子心切，决不会自动献出芭蕉扇，过火焰山就大难特难了，矛盾更为尖锐，情节愈发紧张。杨景贤《西游记杂剧》中的红孩儿是鬼子母之子，鬼子母原是观音收在座下作"诸天"，而铁扇公主却是风部下祖师，凡是风神都属她掌管，只因带酒与王母相争，反下天宫，在铁镟山居住。百回本的处理方式与之有很大的差异。吴承恩所做的另一改进，是把红孩儿描写成一个十分刁钻机灵的妖怪。他的兵器和法宝不是火焰盆，而是手挺火尖枪与孙行者大战。当他败下阵来，就一只手捏着拳头，往自家鼻子上捶了两拳，口里喷火，鼻子里迸出浓烟，火焰齐生。他还命小妖推出五辆车子，火光涌出，连喷几口，只见红艳艳大火烧空。这火乃是他修炼成的三昧真火，龙王下雨犹如火上浇油。这些描写富于想象，生动有趣，使故事生色不少。

《西游道场》和《取经道场》一样，有火龙太子和惠安和尚，只是无惠安索要人事的描写，当系省略。

唐王饯别场面，有一处细节描写，为《朴通事谚解》和《销释真空宝卷》所未提到，《西游记杂剧》里也无，而被吴承恩所采用。

> 于是斋筵暂住，水陆停修，接盟玄奘为御弟，故称法号唐三藏。钦赐通关文牒，御驾饯送出城。金口嘱咐，取得真经早回，御酒三杯，金手掸尘玉盏，是时三藏不改（解）其故。〔唱〕
> 宁吃本乡一块土，莫受他乡万两金。

《取经道场》里也有这处细节，描述如下：

> 昔日唐僧去取经，安排鸾驾送唐僧。
> 御手搭肩上，金口劝唐僧。
> 寡人亲嘱咐，早早便回程。
> 宁作本乡一块土，莫念他乡万两金。

而百回本《西游记》是这样描写的：

> 太宗道："今日之行，比他事不同，此乃素酒，只饮此一杯，以尽朕奉饯之意。"三藏不敢不受。接了酒，方待要饮，只见太宗低头，将御指拾一撮尘土，弹入酒中。三藏不解其意。太宗笑道："御弟呵，这一去，到西天，几时可回？"三藏道："只在三年，径回上国。"太宗道："日久年深，山遥路远，御弟可进此酒：宁恋本乡一捻土，莫爱他乡万两金。"三藏方悟捻土之意，复谢恩饮尽，辞谢出关而去。

唐王在临别时说的这两句话，《西游道场》《取经道场》和百回本《西游记》都有出入，用词略有不同。虽以吴承恩所写最佳，其他两卷也不失为佳句，都蕴含着热爱祖国、热爱故土的思想。

《西游道场》里有的地方也含有哲理，发人深省。如：

> 东土步入西方境，十万程途有余零。
> 道高何妨山峻险，心诚自然鬼神惊。
> 不怕妖魔及鬼魅，虚空自有活神灵。
> 要闻如来真是（实）语（义），① 仍是铁杵磨绣针。

四

《西游记平话》是元代的作品，日本学者太田辰夫和中国学者赵景深曾加以论证。② 我们现在还可以添加一个内证，即"伯眼大仙"之命名，前文已有说明，见第二节。有人认为，《朴通事谚解》所记之事是在明初，此点还无法得到证实。即使如此，也不能证明《西游记平话》是明代的作品。正如清代在北京能在书肆中买到《三国志通俗演义》和《忠义水浒传》，我们能说这两部名著是清人所撰写的吗？

《销释真空宝卷》的撰作年代，前人有过争论。有人说是元代，有人说是元末明初，有人说是晚明。但长期以来，在文学史著作中及有关《西游记》的论文中，一般均认为是元代作品。1995 年 7 月出版的《中国文化》第十一期上，发表了喻松青《〈销释真空宝卷〉考辨》一文，对此问题作了详细的考察。她指出《销释真空宝卷》开卷《焚香赞》有"《无为卷》，最堪夸，功能无价"之句，《无为卷》是明代正德年间罗教创始人罗清所撰写的五部重要经卷，即所谓《五部六册》在当时的略称。《销释真空宝卷》之中所宣扬的教理也和罗教近同，而且所载之法系表明它与罗教有统属关系。她判断罗教有一支传入西北，自立门户，其教首撰写了此卷，时间是在明代万历二十四年至四十八年之间（1596—1620）。此宝卷

---

① 佛经的开卷大多有一《开经偈》云："无上甚深微妙法，百千万劫难遭遇。我今见闻得授持，愿解如来真实义。"宝卷亦仿此。

② 太田辰夫：《〈朴通事谚解〉所引〈西游记〉考》，发表于昭和三十四年（1959）。此文收入太田辰夫《西游记研究》一书，研文社 1984 年出版。赵景深《谈〈西游记平话〉残文》，《文汇报》1961 年 7 月 8 日。

引用了元代的《西游记平话》故事，不足为奇，因为《西游记平话》一书，明代仍在流传，明代《永乐大典》就曾收录，明中叶和晚期此书在某些地区仍可见到。喻松青此文之论断，大抵可信。

《取经道场》与《西游道场》之撰作年代，比《销释真空宝卷》早还是晚，抑或同时，这是一个值得研究的问题。笔者认为它们比《销释真空宝卷》早，试申述理由于下。

《取经道场》与《西游道场》都在标名中有"佛门"二字，其内容是利用通俗小说的故事来宣传佛教思想。统观两卷，并无宣传民间秘密宗教教义和修行秘诀之处。它们是作为佛教之通俗宣传而撰写的，用来做佛教道场之台本，后来却为民间秘密宗教所利用了。其利用的方式有两种，一种是原封不动地搬过来，成为其教派之经卷，如后来的魔公教之利用西游宝卷；另一种是对原作加以摘引或改编，用以宣传民间秘密宗教某个教派之教义。民间秘密宗教利用佛经和佛教宝卷或模仿之，则是常见之事。

《西游道场》开卷有一段七言韵文：

> 三世诸佛不可量，钵（波）旬诸佛入涅槃。
> 留下生老病死苦，释迦不免也无常。
> 老君住在南阳乡，烧丹炼药有谁强。
> 留下金木水火土，老君不免也无常。
> 大成至圣文宣王，亘古亘今教文章。
> 留下仁义礼智信，夫子不免也无常。
> 贞观殿上说唐僧，发愿西天去取经。
> 大乘教典传东土，亘古宣扬至迄今。

《取经道场》里也有一段七言韵文，放在西游取经故事结束之后，而在十王道场开场之前：

> 三世诸佛不可量，眉间常放白毫光。
> 留下生老病死苦，我佛不免也无常。
> 老君住在南阳乡，烧丹炼药有谁强。

> 留下金木水火土，老君不免也无常。
> 聪明智慧文宣王，亘古亘今教文章。
> 留下仁义礼智信，圣人不免也无常。
> 普天率土佛梵刹，真如界内一非荣。
> 梵率天宫击法鼓，安阳国里撞金钟。
> 极乐国王谈妙法，娑婆世界演真经。
> 我佛祖法悟大乘，菩提打座有功能。
> 普化摇铃归法界，都是超凡入圣人。

再来看《销释真空宝卷》，它在开经偈之后也有七言的韵文：

> 三世诸佛不可量，波寻（旬）诸佛入涅槃。
> 留下生老病死苦，释迦不免也无常。
> 老君住世烂（南）阳乡，烧丹炼药有谁强。
> 留下金木水火土，老君不免也无常。
> 大成至圣文宣王，亘古亘今论文章。
> 留下仁义礼智信，夫子不免也无常。
> 道冠儒履释迦（袈）裟，三教元来是一家。
> 江南枳壳江北桔，春来都放一般花。
> 唐僧西天去取经，一去十万八千程。
> 昔日如来真口眼，致（至）今拈起又重新。

由以上三段引文，可以看出，《销释真空宝卷》模仿《西游道场》和《取经道场》的痕迹是明显的。从放在开卷之位到"大成至圣文宣王"的词句，则和《西游道场》更为接近。历数释迦、老君及孔子都不免无常之苦，《西游道场》和《取经道场》都宣扬大乘，而中国佛教理论正是侧重宣扬大乘佛教之慈悲救世、普度众生的思想。然而《销释真空宝卷》却是鼓吹三教一家，这正是很多民间秘密宗教在教义上的一个要点。由感悟人之生死无常而皈依大乘，在逻辑上较为合理。由不免无常而得出三教一家的结论，未免牵强。

《取经道场》云："若不是，众徒弟，神通广大。谁敢往，佛国里，去取真经？"《西游道场》云："不是众徒神通大，难保僧人见世尊。"都是同样的意思。而《销释真空宝卷》却云："说师父，好佛法，神通广大。谁敢去，佛国里，去取真经？"虽是模仿，却歪曲原意，把神通广大者归之于唐僧而不是他的三个徒弟，这和《西游记平话》的原意是不符合的。像《销释真空宝卷》如此写法，显然是为了抬高民间秘密宗教教主和道首的地位，在他们眼里唐僧是教主和道首的象征，故尊崇之，说他神通广大。

《销释真空宝卷》之韵文约有588句，其中西游故事只有27句，约占全卷的1/22。它开卷时叙说西游故事，只是一个"冒头"，主体部分是宣传这个教派的教义——真空思想。《西游道场》和《取经道场》两卷主要是通过叙说西游取经故事来宣传佛教及其经典，各有写西游故事的韵文约200句。这是它们的根本差异。

以上情况表明，《销释真空宝卷》受了《西游道场》与《取经道场》之影响，这两种《西游宝卷》之撰作要早于《销释真空宝卷》。两卷都用了"文宣王"的谥号来称孔子。《西游道场》里还称"大成至圣文宣王"，这是元代大德十一年（1307）追加的谥号，到明代嘉靖九年（1530）才改为先师孔子。此一现象也值得重视，它表明《西游道场》与《取经道场》之撰作必在元代大德十一年至明代嘉靖九年（1307—1530）之间。至于《销释真空宝卷》中之"大成至圣文宣王，亘古亘今论文章"，乃是沿袭《西游道场》而来，故不足以作为判断其写作时代之根据。

《西游道场》卷末有"《升天宝卷》才展开，诸佛菩萨降来临"之唱词，值得我们特别注意。《升天宝卷》即《目连救母出离地狱升天宝卷》之略称。郑振铎师曾藏有此卷，他在《中国俗文学史》一书里说：

> 叙述佛经故事的宝卷，所见极多，且也最为民间所欢迎。《目连救母出离地狱升天宝卷》是其中最早且最好的一个例子。
> 这个宝卷为元末明初写本，写绘极精，插图类欧洲中世纪的金碧写本，多以金碧两色绘成。（斯类选本，元明之间最多，明中叶以后，便罕见。）惜缺上半。以此与《目连变文》对读之，颇可以知道其演

变的消息。今坊间所传《目连宝卷》，与此本全异，盖已深受明人戏文及清代《劝善金科》诸作的影响了。①

此卷现藏于北京图书馆。末页之图画，如迎着阳光看，可以看清是一座碑，上部及左右有三条金龙缠护。其碑文曰："敕旨　宣光三年　谷旦造弟子脱脱氏施舍"。宣光为元人退居蒙古所立之年号。宣光三年（1373）相当于明太祖之洪武五年。由此可以进一步确定此写本之年代，其成书应还要早些。这是地道的中原文化，乃自中土播迁而来。

笔者认为，《佛门取经道场·科书卷》和《佛门西游慈悲宝卷道场》，应该正像其标题中所标识的那样，原先都只叙说西游故事，而在流行了一段时期之后，才在后面各自加上《十王道场》或《目连救母出离地狱升天宝卷》。那么，这两部西游宝卷的撰作年代还要提前。

综合多方面的情况来考察，可以判断它们是元末明初之作。

（原载《中国文化》1996 年第 13 期）

---

① 郑振铎：《中国通俗文学史》，商务印书馆 1938 年版，第 318 页。笔者曾受业于郑振铎先生，1949 年秋在北京大学中文系三年级学习，亲聆他所讲授的《民间文学》（即俗文学）及《水浒传》两门课程。时郑师任文物局局长，在北大兼任教授。1957 年冬，笔者在苏联莫斯科大学文学系做研究生，郑师来莫斯科，在苏联科学院东方学研究所作学术讲演，讲《中国小说史》，历时一周。笔者前往拜谒并听课，亲见彼邦汉学家对他之敬重。次年郑师前往中东途中，飞机失事，遽归道山。广陵弦绝，思之怆然，撰一挽联，以吊吾师。联云："堂上弦歌传大道　门前桃李泣春风。"

《浮生六记足本》考辨

小　引

　　1980 年 6 月中旬我应邀赴美，出席在威斯康星州首府麦迪逊召开的国际《红楼梦》研讨会，提交大会的论文为《〈红楼梦〉与〈浮生六记〉》。此文曾指出："真是无独有偶，曹雪芹《红楼梦》后三十回的遗稿下落不明，沈复《浮生六记》中的最后两记（即《中山记历》与《养生记道》同样也散佚了）。一百二十回本的《红楼梦》中的后四十回系高鹗等人所续补，《浮生六记》中的最后两记也出现了伪作，经一些专家学者考订，断定是后人的移花接木和狗尾续貂。"①

　　我所说的《浮生六记》中的最后两记也出现了伪作，是指 1935 年上海世界书局出版的《美化文学名著丛刊》收进了所谓《浮生六记足本》，其中有早已散佚的《中山记历》和《养生记道》。此书附有赵苕狂《浮生六记考》，里面说："同乡王均卿先生，他是一位笃学好古的君子，也是出版界中的一位老前辈；他在前清光绪末年刊行《香艳丛书》的时候，就把这《浮生六记》列入的了。三十年来，无日不以搜寻是项佚稿为事。最近，他在吴中作菟裘之营，无意中忽给他在冷摊上得到了《浮生六记》的一个抄本；一翻阅其内容，竟是首尾俱全，连得这久已佚去的五六两卷，也都赫然在内。这一来，可把他喜欢煞了！现在，我们的这本就是根据着他的这个抄本的。……至于这个本子，究竟靠得住靠不住？是不是和沈三白的原本相同？我因为没有得到其他的证据，不敢怎样的武断得！但我相信王

---

　　①　此文载《红楼梦学刊》1980 年第 4 期。

均卿先生是一位诚实君子，至少在他这一方面，大概不致有所作伪的吧？而无论如何，这在出版界中，总要说是一个重大的发现，也可说是一种重大的贡献了！"除了赵苕狂的这篇文章。此书还附有朱剑芒的《浮生六记读后附记》。朱剑芒也曾发现《中山记历》和前四记中的《坎坷记愁》和《浪游记快》所叙之事在时间上有冲突，但他未做深入研究，就径自以为是沈复晚年记忆不清所致。另外，《养生记道》在《足本》中作《养生记逍》。他认为"道""逍"形似，可能是抄手笔误。

由于后两记和前四记的思想和文字风格相去甚远，赵苕狂和朱剑芒的解释并不能消除人们的怀疑。20 世纪 30 年代末有人指出其为伪作，未能引起人们的注意。一些专家学者也认为《足本》中的最后两记不可信，但迄今未见有专门文章探讨这个问题。

1980 年年底，我收到福建人民出版社的来函。他们说有一位读者送来一部《浮生六记》手抄本，其中有《中山记历》和《养生记逍》，是他在十年浩劫中保存下来的。随后寄来了这个抄本，请我鉴别其真伪。翻开一看，原来这正是从 1935 年上海世界书局出版的《美化文学名著丛刊》中抄录下来的。我回信告诉他们，《中山记历》和《养生记逍》是伪作，并指明它们抄自何书。

美国夏威夷大学的马幼垣教授知道我对这个问题有研究的兴趣，寄来了两篇台湾学者文章的复印本。一篇是吴幅员先生的《〈浮生六记〉〈中山记历〉篇为后人伪作说》，发表于 1978 年 2 月在台湾出版的《东方杂志》复刊第十一卷第八期。另一篇是杨仲揆先生的《〈浮生六记〉——一本有问题的好书》，发表于 1980 年 3 月 16 日出版的台湾《时报周刊（海外版）》第 120 号。他们在文章中以李鼎元的《使琉球记》和《中山记历》相对照，辨明《中山记历》是伪作。他们的看法大体和我相同，辨证是有力的，但可惜未能应用有关沈复的其他一些资料来进行考索，以致有些问题还模糊不清。

我对《浮生六记足本》的问题考虑已久，写作此文，试图作进一步的探讨，以就正于海内外的专家和读者。

一　沈复是否到过琉球

由于沈复的琉球之行是解决这个问题的关键，本文便先从这里谈起。

杨仲揆先生的文章第二节的标题是《作者沈复真到过琉球吗？》，他指出张景樵先生于 1972 年就已怀疑沈复曾到琉球的真实性。至于他本人，自 1961 年起旅居琉球，研究琉球，达六年之久，回台湾后又继续研究琉球，对这个问题有深入研究的兴趣，但限于资料难求和证据不足，无法做出肯定的答复。吴幅员先生在文章中说："如果沈复确曾到过琉球，那也是四十六岁以后的事。"看来，他对这个问题也是疑信参半，难下结论。

根据我目前所找到的资料，沈复确曾到过琉球，可以举出四个证据来。

证据之一是石韫玉的《题沈三白琉球观海图》诗。石韫玉是沈复的"总角之交"，又曾是他的"幕主"，他们之间的关系是密切的。此诗见于石氏《独学庐集·晚香楼集三》，诗云："中山瀛海外，使者赋皇华。亦有乘风客，相从贯月槎。鲛官依佛宇，龙节出天家。万里波涛壮，归来助笔花。"可知沈复曾以从客的身份，随朝廷派遣的使臣去过琉球，归来后画了一幅《琉球观海图》。

证据之二是顾翰的《寿沈三白布衣》诗。顾翰是沈复晚年的友人，此诗见于他的《拜石山房诗钞》卷六。其中有四句写道："当年曾作海外游，记随玉册封琉球，风涛万里入吟卷，顿悟身世如浮沤。"可见沈复确曾作过海外之游，此行是随使臣去册封琉球国王，还写了一些诗篇。

证据之三是沈复本人在琉球写的两首七言律诗，见于《元和县志》。一首题作《望海》，诗云："行到千山欲尽头，惊看巨浪拍天浮。翠螺远点群峰晓，铁马喧腾万里秋。亭古三间倚峭壁，堤长一带束横流。始知叠巘重重处，锁钥东南第一州。"另一首题作《雨中游山》，诗云："大瀛云水漫丹邱，海外人来天外游。寒雨满城无过雁，荒潭抱壑有潜虬。招摇北极如横带，控制南闽等挈瓯。醉倚移情台畔石，萧萧落木送残秋。"

何以知道这两首诗是写的琉球风光呢？《雨中游山》明确点出"海外人来天外游"，而且又有"大瀛云水"之景，还写到"控制南闽"，以北辰喻朝廷，自是在琉球所写无疑。《望海》诗中所描绘的"亭古三间倚峭壁，堤长一带束横流"，也是琉球景物。康熙五十九年（1720）奉命赴琉球的副使徐葆光在《中山传信录》里曾记载："波上在辻山东北，一名石笋崖。山下海中生石芝，沿海多浮石，嵌空玲珑，白色。山头石垣四周，垣后可望海。垣内板阁离立三楹，扃钥无僧，下有平堂三楹。波上东北沿海中有山名雪崎。下有洞。雪崎东北有小石山，空洞，名龟山。"嘉庆五年（1800）派赴琉球的副使李鼎元在《使琉球记》里也有记载："（六月十三日）食后，偕介山（按，正使赵文楷）骑过迎恩亭，沿堤行。堤长三里左右，石砟碨立。堤尽处为炮台，南北对峙，踞霸港口，环以埤堄，方广不盈亩，无一人一物。……归路游临海寺，寺创于顺治十二年，为渡唐官船祈报之所。国人呼中国为唐山，呼华人为唐人也。石垣四周，佛堂三楹，面东板阁，一无佛像，而有香炉供石。旧名定海寺，有钟，为前明天顺三年铸。此邦观海，波上为最，炮台其次矣。"所谓"亭古三间"实际是寺庙，正如李鼎元在《中山杂诗二十首》中所云："古刹如亭小。"（《师竹斋集》卷十三）徐葆光《中山传信录》云："作屋皆不甚高，以避海风。去地必三四尺许，以避地湿。民间作屋，每一间，瓦脊四出，如亭子样。瓦如中国瓯瓦。极坚厚，非此不能御飓故也。"盖在山顶或海边的庙宇，为了抗御台风袭击，往往造得不高，样式像亭子。所谓"堤长一带"，是指那霸港口连接南炮台和北炮台的长堤，以蛎石筑成，蜿蜒数里。

　　证据之四是管贻葼的《分题沈三白处士〈浮生六记〉》诗，见于独悟庵丛钞本《浮生六记》所附。其第五首云："瀛海曾乘汉使槎，中山风土纪皇华。春云偶住留痕室，夜半涛声听煮茶。"管贻葼曾经看过《浮生六记》的稿本，其时最后两记尚未亡佚。独悟庵居士杨引传在《浮生六记序》中说："弢园王君寄示阳湖管氏所题《浮生六记》六绝句，始知所亡《中山记历》盖曾到琉球也。""春云偶住留痕室，夜半涛声听煮茶"，乃是描绘沈复当日所历之境。赴琉球的使臣及随行人员都住在天使馆，离那霸港口不远，馆内有敷命堂、长风阁、停云楼等建筑。李鼎元《中山杂诗》第十四首云："海气入楼腥，停云肯暂停。檐高惟聚雀，草茂只多萤。书帙因风乱，诗肠对酒醒。那堪愁夜永，雷雨撼窗棂。"第十八首云："多仆翻成累，无书更懒窥。得闲惟赌酒。对客且围棋。笛向风前吹，花从雨后移。终朝寻乐事，事事入新诗。"可见天使馆的环境和使臣一行的生活。他还写了《停云楼即事八首》，第一首有"虚窗容海色，高枕落潮头"之句（均见《师竹斋集》卷十三），一经对照，我们便可知道管贻葄诗里所写的"夜半涛声"乃指海涛之声，而非松涛之声。煎茶品茗，作长夜之谈，也是海外生活中的乐事。"留痕室"之名当系沈复自题其居室，他在《浮生六记》卷一《闺房记乐》开首就写道："东坡云：'事如春梦了无痕'，苟不记之笔墨，未免有辜彼苍之厚。"苏轼在《和子由渑池怀旧》诗里还写道："人生到处知何似？应似飞鸿踏雪泥，泥上偶然留指爪，鸿飞那复计东西！"沈复浪游至海外，该有同感吧。

从以上所举的四个证据来看，沈复确曾到过琉球，此事无可怀疑。

二　沈复琉球之行是在何时

那么，他的琉球之行究竟是在哪一年呢？

沈复生于乾隆二十八年（1763）。如果他能活到七十多岁，他的一生中可能有三次机会随使臣赴琉球，即嘉庆五年（1800）、嘉庆十三年（1808）及道光十八年（1838）。其中道光十八年的一次可以排除，那一年他已七十六岁，作为从客，年事过高，不会让他漂洋过海了。因此只能是前两次中的一次，或是在嘉庆五年（1800），或是在嘉庆十三年（1808）。

嘉庆五年（1800）是前往册封尚温为琉球国王，朝廷派去的正使是翰林院修撰赵文楷，副使是翰林院编修李鼎元。嘉庆十三年（1808）是前往册封尚灏为琉球国王，朝廷派去的正使是翰林院编修齐鲲，副使是工科给事中费锡章。使臣人选及册封对象均见《嘉庆实录》。一般都是前一年任命，次年成行，五月放洋，十月或十一月中归来。

李鼎元有《使琉球记》，自嘉庆五年（1800）二月二十八日由北京出发，至十一月初三日返回福建，逐日记事。据他在二月二十九日所记，从北京出发的从客共有四人，"介山（按，赵文楷）从客三人；王君文诰，秦君元钧，缪君颂。余从客一人：杨君华才"。闰四月十九日在福州，福州将军庆霖（按，号晴村，尹继善之子）赠送行诗四首，"并札云：寄尘有航海之兴，愿与同行"。闰四月二十三日记："寄公，衡山人，别号八九山人，寄尘其字也。姓范氏。五岁度为僧，略窥内典，好吟咏，工书善画，有奇术，人莫测也。"寄尘是乌目山的名僧，俞蛟《梦庵杂著》中的《读画闲评》有他的传记。他因有福州将军庆霖的举荐，参加了赴琉球的使臣一行。李鼎元在《和寄尘上人见赠四首，即邀之渡海》诗中说："水击三千愧大鹏，长风敢谓力能乘。中山旧俗尊从客，薄海新闻属异僧。但使诗名流绝岛，何须佛国觅传灯。预愁法服球阳诧，错认维摩作道陵（上人戴笠，球人以为道上）。"寄尘之徒李香崖，苏州人，善绘画，也随同渡海。因之，赵文楷和李鼎元所带的从客共六人，都见于记载，其中并无沈复。沈复之名也不见于李鼎元的《师竹斋集》。这些情况都表明沈复其人并未在嘉庆五年（1800）以从客的身份陪同使臣前往琉球。

我们还可以从另一个方面来判断沈复的琉球之行不可能在嘉庆五年（1800）。

《浮生六记》的前四记已写到沈复因连年无馆，想卖画为生，与友人程墨安在苏州开设一家书画铺。但"三日所进，不敷一日所出"，生活困窘。就在这一年的冬天，陈芸抱病强绣《心经》，以致病势加重。"西人（按，指山西籍的高利贷者）索债，咆哮于门。"沈复之父大怒，苛责儿子："汝妇不守闺训，结盟娼妓；汝亦不思习上，滥伍小人。若置汝死地，情有不忍，姑宽三日限，速自为计，迟必首逆矣！"沈复夫妇无奈，只得商议出走，投奔无锡华氏。出走的头一天，据沈复在《坎坷记愁》中标明，"是时庚申（按，嘉庆五午）之腊二十五日也"。下文接着叙述他们夫妇到华家做客，"相安度岁"。过了元宵节，陈芸建议沈复往求姊丈之助。动身那天，也标明"此辛酉（按，嘉庆六年）正月十六日也"。由于有这两处纪年，可知沈复嘉庆五年（1800）在苏州与友人开设书画铺，年底发生了家庭变故。《浪游记快》里记载："余与程墨安设一书画铺于家门之侧，聊佐汤药之需。中秋后二日，有吴云客偕毛忆香、王星烂邀余游西山小静室。……是年冬，余为友人作中保所累，家庭失欢，寄居锡山华氏。"也是与此相符合的。

如果沈复于嘉庆五年（1800）五月前往琉球，使臣一行在天使馆住了半年，十月二十五日返航，十一月初三抵福州，那么他回到苏州当是十一月的下旬。琉球之行在当时人的心目中是件光彩的事，无论如何，其父不会在他归里不久就责骂他是"不思习上，滥伍小人"，更不会要出首告他忤逆，这是可以断言的。

尤为令人惊奇的是，嘉庆五年（1800）八月十八日，《中山记历》和《浪游记快》所记的事发生冲突。按所谓《中山记历》的记载，沈复这天夜里是在琉球和寄尘和尚一起去波上山观潮。而据《浮生六记》中《浪游记快》记载，沈复在苏州和他的三位友人——吴云客、毛忆香、王星烂同游来鹤庵，他们夜饮甚欢，还登放鹤亭，当晚寄宿庵内。次日往游无隐庵。

俞平伯先生《浮生六记年表》云："（嘉庆）五年庚申……八月十七日偕客游无隐禅院。归作《无隐图》一幅。"这条材料常为人们引用。俞先生的记年是对的，但计算日期不免有误。《浪游记快》云："中秋后二日，有吴云客偕毛忆香、王星烂邀余游西山小静室。余适腕底无闲，嘱其先往。吴曰：'子能出城，明午当在山前水踏桥之来鹤庵相候。'余诺之。越日，留程（按，程墨安）守铺。余独步出阊门，至山前，过水踏桥……余即循径入，过小石桥，向西一折，始见山门，悬黑漆额粉书'来鹤'二字。"其中所说的"中秋后二日"是指八月十七日，"越日"是指八月十八日，往游的地点是来鹤庵。他们盘桓了一日之后，"明晨，云客谓众曰：'此地有无隐庵，极幽静，君等有到过者否？'咸对曰：'无论未到，并未尝闻也。'……从其言。度岭南行里许，渐觉竹树丛杂，四山环绕，径满绿茵，已无人迹。……余乃蹲身细瞩，于千竿竹中隐隐见乱石墙舍，径拔丛竹间，横穿入觅之，始得一门，曰'无隐禅院，某年月日南园老人彭某重修'。众喜，曰：'非君则武陵源矣！'"由此可知，游无隐庵是在八月十九日。俞先生误记，提前了两天。

八月十八日晚，沈复及其友人在来鹤庵宴饮。《浪游记快》对此曾有描述："桂轩之东，另有临洁小阁，已杯盘罗列。竹逸（按，来鹤庵的住持僧）寡言静坐，而好客善饮。始则折桂摧花，继则每人一令，二鼓始散。余曰：'今夜月色甚佳，即此酣卧，未免有负清光。何处得高旷地，一玩月色，庶不虚此良夜也？竹逸曰：'放鹤亭可登也。'云客曰：'星烂抱得琴来，未闻绝调，到彼一弹何如？'乃偕往，但见木犀香里，一路霜林，月下长空，万籁俱寂。星烂弹《梅花三弄》，飘飘欲仙。忆香亦兴发，袖出铁笛，呜呜而吹之。云客曰：'今夜石湖看月者，谁能如吾辈之乐哉？'盖吾苏八月十八日石湖行春桥下，有看串月胜会，游船排挤，彻夜笙歌，名虽看月，实则挟妓哄饮而已。未几，月落霜寒，兴阑归卧。"

沈复的记述如此清楚。他怎能在同一天夜晚出现在琉球的波上山观潮？

所谓《中山记历》是这样记载的："世传八月十八日为潮生辰，国俗，于是夜候潮波上。子刻，偕寄尘至波上。草如碧毯，沾露愈滑。扶仆行，凭垣倚石而坐。丑刻，潮始至，若云峰万叠，卷海飞来。须臾，腥气大盛，水怪挐风，金蛇掣电，天柱欲折，地轴暗摇，雪浪溅衣，直高百尺。未敢遽窥鲛宫，已若有推而起之者，迷离惝恍，千态万状。观此，乃知枚乘《七发》犹形容未尽也。潮既退，始闻嘈呹之声，出礁石间。徐步至护国寺，尚似有雷霆震耳。潮至此观止矣。"（《美化文学名著丛刊·浮生六记足本》，世界书局1935年版，第75—76页。以下引用简称《足本》）这段描写不能说没有气势，但令人更为惊心骇目的是它全部抄袭李鼎元的《使琉球记》，截取八月十七日的一条，与八月十八日的一条合而为一，其中只有一句稍加改动，即把原来的"觉枚乘《七发》形容未尽"改成"乃知枚乘《七发》犹形容未尽也"。与寄尘和尚一道观潮的，原来不是沈复，而是副使李鼎元。

考察嘉庆五年（1800）八月十八日沈复的活动，也足以证明他这一年未去琉球。前面已说过，沈复去琉球的时间只有两种可能，或在嘉庆五年（1800），或在嘉庆十三年（1808）。现在排除了嘉庆五年（1800），他的琉球之行就只有一种可能了，即在嘉庆十三年（1808）。

可以找到三个旁证。

证据之一是石韫玉《题沈三白琉球观海图》诗作于嘉庆十五年（1810）。

此诗见于石氏《独学庐集》中的《晚香楼集》卷三。《晚香楼集》里所收的诗是编年的。卷二的最末一首诗，题为《己巳除夕》。卷三收庚午至壬申年间的诗，第一题为《庚午元旦》；第二题为《项秋子邀至甘遁村看桃花，舟中即席分韵，得雨字》；第三题为《灵隐话雨图，为顾星桥作》；第四题为《送梦芝随高中丞之皖》；第五题为《陈古华太守五十学书图》；第六题为《题滕树苍课孙图》；第七题为《寄居孙氏一榭园，奉怀主人渊如观察》；第八题为《拜于忠肃公墓》；第九题为《题杜素芬怜影图，即和卷中自题诗韵》；第十题为《明周忠毅公玉印，为廉堂少宰赋》；第十一题为《题沈三白琉球观海图》。以上诸诗都是嘉庆十五年（1810）之作。从题画诗的内容和措辞语气来看，沈复的琉球之行是近嘉庆十五年（1810）间事，《琉球观海图》当作于海外归来不久，是时印象犹深。沈复于嘉庆十三年（1808）十一月下旬返回苏州，十四年（1809）或嘉庆十五年（1810）初作此画，友人石韫玉为之题诗，有"万里波涛壮，归来助笔花"之句，这是合乎情理的。

证据之二是《浮生六记》中现存最后一记《浪游记快》的记述至嘉庆十二年（1807）秋天止。作者在结尾写道："至丁卯秋，琢堂（按，石韫玉）降官翰林，余亦入都。所谓登州海市竟无从一见。"吴谦《独学老人年谱》记石韫玉于嘉庆十二年（1807）秋天离山东按察使之任，去京师重入翰林院，与沈复所记相符。而就在这年的初秋，皇帝任命了派往琉球的使臣，《嘉庆实录》卷一百八十三载："（十二年）七月乙巳……以故琉球国中山王尚温孙灏袭爵，命翰林院编修齐鲲为正使，工科给事中费锡章为副使，往封。"石韫玉与齐鲲同在翰林院，很有可能他将随之入京的沈复推荐给齐鲲作随行人员。这在时间上也是吻合的。

齐鲲，字澄潇，一字北瀛，福建侯官人，嘉庆六年（1801）辛酉进士，由庶常授编修。石韫玉的《独学庐全稿》附有散曲集《花间乐府》一卷。其中有题为《送齐北瀛编修册封琉球》的北新水令一套，是送行之作。又《晚香楼集》卷二有《齐北瀛编修惠琉球竹簟，杨补帆为我作翠微图，诗以谢之》，其第三首云："客自琉球国里回，寄将小扇当琼瑰。清凉绝胜龙皮扇，如挟风涛海上来。"此诗作于嘉庆十四年（1809）。诗题中提及的杨补帆即画家杨昌绪，善山水，兼工仕女、花卉，性情颖异，人呼为"杨疯子"。他与沈复也是好友，是萧爽楼中的常客。《闲情记趣》："杨补帆为余夫妇写载花小影。神情确肖。"即是此人。石韫玉曾为此图题了一首《洞仙歌》词。

证据之三是《浮生六记》中的现存四记。其中所述之事，时间包括了自沈复童年到他四十五岁（即嘉庆十二年，1807），没有一字一句提到琉球之行。已佚的《中山记历》，专门记述嘉庆十三年（1808）他去琉球的经历。无论在时间的次序上还是全书的结构上，都是顺理成章，极其自然的。

综合以上多方面的考察结果，不难做出如下判断：沈复的琉球之行是在嘉庆十三年（1808）。

三 《中山记历》乃伪作无疑

我们前面已经证明沈复琉球之行是在嘉庆十三年（1808），而所谓《浮生六记足本》的《中山记历》全是记载嘉庆五年（1800）五月至十一月初之事，从时间上来看，相差八年之久，其为伪作乃是毫无疑问的了。这就从根本上摧毁了《中山记历》出自沈复手稿的说法。

还需指出两点事实。一是《中山记历》里有作者在琉球所写的十二首诗，描绘了琉球风光，分插在许多地方，唯独不见我们在《元和县志》上所发现的《望海》和《雨中游山》。两相对照，诗风也迥不相同。那十二首全是七绝，写得浅露，缺乏文采，而《望海》和《雨中游山》都是七律，写得较有功力。二是《中山记历》里根本找不到类似"春云偶住留痕室，夜半涛声听煮茶"的情景，与管贻葄的题诗不符。这两点事实也表明了《中山记历》并非真本。如果它是真本，不会出现如此现象。

《中山记历》的绝大部分文字是抄袭自李鼎元的《使琉球记》。《使琉球记》为日记体，有六万多字，《中山记历》对之大加删节，改成了笔记体，全文只一万一千八百多字。经我查对，《中山记历》之中只有将近七百字是作伪者自己的创作，这个数目包括来源可疑的十二首七绝在内（李鼎元在琉球写的诗，《使琉球记》未录。全部收入他的《师竹斋集》。其中无一首与之相同）。换言之，《中山记历》全文有百分之九十四是抄袭来的。作伪者大量截取《使琉球记》的文字，偷梁换柱，移花接木，前后挪动，重新缀合。为了掩人耳目，他还在文章中间分散插入那十二首伪造的诗，故意模仿沈复的口气讲些怀念陈芸的话，以照应前文。由于李鼎元记载真实，文字风格类似小品文，而《中山记历》除了个别文字有更动外，一律照抄，一般读者不明了《中山记历》的底蕴，很容易受其迷惑。

作伪者采用了张冠李戴的手法，把李鼎元的事大量安在沈复身上。于是我们在书中看到了沈复与正使赵文楷"举觞弄月，击楫而歌"，与寄尘和尚大谈玄理，和他从客的身份很不相称。有时沈复与寄尘和尚合而为一。从沈复的口中讲出寄尘和尚的话来。有时沈复还同时扮演三个角色，好像旧时京戏《纺棉花》中唱"一赶三"的《二进宫》一样。《使琉球记》九月十七日记游龟山："乃陟巅，巅恰容一楼，楼无名，四面轩辕，无户牖，后有石坛，祀神处也。余顾长史曰：'兹楼俯中山之全势，不可无名。'因名之曰蜀楼，并为之跋曰：'蜀者何？独也。楼何以蜀？以其踞于独山也。不曰独而曰蜀者，以余为蜀人。楼构以百年，而余始名之，若有待也。楼左瞰青畴，右扶苍石，后临大海，前揖中山。坐其中以望，若建瓴焉。'长史谓曰：'额不可无联。'因书前四语付之。"可是在《中山记历》里却改成："副使谓余曰：兹楼俯中山之全势，不可无名。'因名之曰蜀楼，并为之跋曰：'蜀者何？独也。楼何以蜀名？以其踞独山也。不曰独而曰蜀者，以副使为蜀人。楼构已百年，而副使乃名之，若有待也。楼左瞰青畴，右扶苍石，后临大海，前揖中山。坐其中以望，若建瓴焉。'余又请于副使曰：'额不可无联'。副使因书前四语付之。"（《足本》第74—75页）这样，沈复不但写了跋文，取消了副使李鼎元的著作权，而且还代行琉球国长史官的职务，请求副使书写对联。于是沈复又是从客，又是长史，又是副使，一身而三任焉。

作伪者还有一个手法，就是把李鼎元在《使琉球记》中逐日所记的一些海产、果物、草木、衣冠、礼制、风俗习惯，分门别类，加以归纳整理，放在一起来叙述，给人以很有系统和一气呵成的印象。比如，《中山记历》所记的海味特产一项包括有七种（《足本》第63—64页），其中，"石鉅"的叙述是取自李记五月十九日；"海蛇"的叙述取自李记五月二十五日；"海胆"的叙述取自李记六月二十一日；"寄生螺"的叙述取自李记六月初十日；"沙蟹"的叙述取自李记六月十四日；"蚶"的叙述取自李记六月初三日；"海马肉"的叙述取自李记六月十五日。又如草木一项，包括有九种（《足本》第64—65页），其中，"罗汉松""冬青"和"万寿菊"的叙述取自李记六月初七日；"铁树"的叙述取自李记六月十二日；"凤梨"的叙述取自李记六月十一日；"月桔"的叙述取自李记九月初八日；"野牡丹"的叙述取自李记九月十二日；"佛桑"的叙述取自李记八月二十七日；"兰"的叙述取自李记九月二十六日。若非耐心细细查对，很难发现它们全由拼凑而成。

凡作伪者总会在无意之中露出自己的马脚，《中山记历》也不能例外。它在抄袭时也有疏漏之处，下面举几个例子。

（1）《中山记历》记述琉球的农产，开宗明义就说"琉球山多瘠硗，独宜薯。"（《足本》第68页）读者感到纳闷，难道琉球人是把薯栽在山上吗？查对李鼎元《使琉球记》，此条抄自八月初五日。原文作"余阅《志略》，知琉球田多瘠硗，独宜薯"。作伪者粗心大意，竟误"田"为"山"。一字之差，谬甚。

（2）《中山记历》记琉球风俗云："七月十五夜，开窗，见人家门外，皆列火炬二。询之土人，云：'国俗于十五日盆祭。预期迎神，祭后乃去之。'盆祭者，中国所谓盂兰会也。"（《足本》第70页）七月十五是中元节，为什么偏要在这一天"预期迎神"？毋乃太晚。查对《使琉球记》，此条抄自七月十二日，原来是在中元节的前三天。作伪者乱改为七月十五夜。

（3）《中山记历》记琉球皇宫云："北宫，殿屋固朴，屋举手可接。以处山冈，且阻海飔。"（《足本》第71页）"殿屋固朴"似和"屋举手可接"不接，也费解，查对《使琉球记》，此条抄自七月二十五日，原文作"更衣后，国王揖入北宫。殿屋固朴，多柱础，屋梁举手可接。以处山冈，且阻海飔。"李鼎元是说北宫的殿屋虽然朴素，但柱子多，础石多，不失为一种特色。举手可以碰到的是屋梁，而不是屋顶。《中山记历》删去"多柱础"一句，又脱漏了一"梁"字。

（4）《中山记历》记"踏桤戏"云："此邦有所谓踏桤戏者，横木以为梁，高四尺余，复置板而横之，长丈有二尺，虚其两端，均力焉。夷女二，结束衣，赤双足，各手一巾，对立相视而歌。歌未竟。跃立两端，稍作低昂，势若水碓之起伏。渐起渐高。东者陡落而激之，则西飞起三丈余，翩翩若轻燕之舞于空也。西者落而陡激之，则东者复起，又如鸷鸟之直上上青云也。"（《足本》第76—77页）为何称作"踏桤戏"，文中难以索解。查对《使琉球记》，此条抄自九月十八日。原为寄尘和尚所云，名称是"踏板戏"。李鼎元《师竹斋集》卷十四有《蹋板歌》可证。

（5）《中山记历》述琉球待客之礼云："贵官劝客，常以筯蘸浆少许，纳客唇以为敬。"（《足本》第 77 页）为何要蘸浆，很费解，难道真是合乎"君子之交淡如水"之古训？查对《使琉球记》，此条抄自七月二十九日。原作"俗尤重酱品。贵客劝客，常以筯蘸酱少许，纳客唇以为敬"。这才发现"浆"字是音近而讹。删去"俗尤贵酱品"一句太不应该。

台湾学者吴幅员先生在《〈浮生六记〉〈中山记历〉篇为后人伪作说》一文中，说《中山记历》开端的叙言，"完全出诸伪作者的笔墨，尚非剿袭之文"。其实这也是受骗了。

《中山记历》的开端叙言是这样的：

> 嘉庆四年，岁在己未，琉球国中山王尚穆薨，世子尚哲先七年卒，世孙尚温表请袭封。中朝怀柔远藩，锡以恩命，临轩召对，特简儒臣。于是，赵介山先生（名文楷，太湖人，官翰林院修撰）充正使，李和叔先生（名鼎元，绵州人、官内阁中书）副焉。介山驰书约余偕行。余以高堂垂老，惮于远游。继思游幕二十年，偏窥两戒，然而尚囿方隅之见，未观域外；更历瀴溟之胜，庶广异闻。禀商吾父，允以随往。从容凡五人：王君文诰，秦君元钧，缨君颂，杨君华才，其一即余也。五年五月朔日，随荡节以行，祥飚送风，神鱼扶轴、计六昼夜、径达所届。凡所目击，咸登掌录。志山水之丽崎，记物产之瑰怪，载官司之典章，嘉士女之风节。文不矜奇，事皆纪实。自惭谫陋，甘贻测海之嗤；要堪传信，或胜凿空之说云尔。（《足本》第 58—59 页）

我查到杨芳灿《芙蓉山馆文钞》卷三有一篇《李墨庄〈使琉球记〉序》，拿来和《中山记历》开端的叙言对照，发现它们相同及相似之处甚多。现将此文的有关部分移录于下，以供参考。

> 嘉庆四年，岁在己未，国王尚穆世孙尚温表请袭封。圣主怀柔远藩，锡以恩命，临轩召对，特简儒臣。于是，赵介山先生充正使，先

生副焉。……兹乃握英荡之节，被织成之衣，鹢首乘云，蜺旌耀日。……天威所被，灵贶聿昭。祥飚送飓，神鱼扶轴。……凡六昼夜，径达所届。……凡所目击，咸登掌录。……遂乃表士女之风节，载官司之典章，志山水之丽崎，记物产之瑰怪。油素四尺，铅椠千言；文不矜奇，事皆纪实。昔骞英凿空，未闻论撰之工；郦桑著录，徒囿方隅之见。若夫出宙合之外，览瀯溟之胜，以今方古，殆过之矣……自知浅见，甘贻测海之嗤；徒罄褊词，终愧悬河之目。

估计作伪者大概得到一部原刻本的《使琉球记》，卷首有杨芳灿这篇序，据以改写，好多句子都照抄了。目前较易找到的《使琉球记》是《小方壶斋舆地丛抄》本，已删去杨芳灿所写的序了，因此不易发觉作伪者的偷天换日。

《使琉球记》开头说："乾隆五十有九年甲寅四月八日，琉球国中山王尚穆薨。世子尚哲先七年卒。世子尚温取具通国臣民结状，于嘉庆三年戊午八月，遣正使耳目官向国垣、副使正议大夫曾谟进例贡，表请袭封。四年二月，福建抚臣汪志伊以闻，礼部上其议。"

李鼎元和杨芳灿两人的叙述相当清楚。李是副使，知道尚温何时表请袭封琉球国王，因此他的记载更为准确。《中山记历》糅合了《使琉球记》和杨芳灿的序，行文之间却把琉球国王尚穆的卒年误为嘉庆四年（1799），把世子尚哲的卒年误为乾隆五十七年（1792）。按，赵新《续琉球国志略》卷一《国统》记载："尚穆，尚敬长子，乾隆四年生，十七年立，二十一年受封，五十九年薨，孙尚温嗣。""尚哲，尚穆长子，乾隆二十四年生，五十三年卒，未及立。""尚温，尚哲二子，乾隆四十九年生，六十年立，嘉庆五年受封，八年薨，子尚成嗣。"此书足以为证。

四　《养生记逍》亦系伪作

吴幅员先生和杨仲揆先生的文章主要是对照《中山记历》和《使琉球记》，考证《中山记历》是伪作。他们对《浮生六记足本》的第六记《养生记逍》有所涉及，未作考证。

吴幅员先生说："我对《记逍》尚未作深入探究，但知已有人指出其文颇多与曾国藩的《曾文正公全集》颐养方面的日记大同小异，亦系后人伪作，这又是《记历》伪作的一个旁证。其实《记历》伪作，本身已有充分的证据，诚如上述，这适足确证《记逍》亦伪。至于《记逍》所涉及的人与事，自亦同属误会。"

《养生记逍》的确有多处抄袭自曾国藩《求阙斋日记类钞》（光绪年间湘潭王启原选编）卷下的《颐养》类。查对结果是抄了其中的八条。虽作了改动，仍痕迹宛露。

比如《养生记逍》有这么一段："余年才四十，渐呈衰象，盖以百忧摧撼，历年郁抑，不无闷损。淡安劝余每日静坐数息，仿子瞻《养生颂》之法，余将遵而行之。"（《足本》第81页）这是根据《颐养》类所收的两条日记改写而成。一条是"精神委顿之至，年未五十而早衰如此，盖以禀赋不厚，而又百忧摧撼，历年郁抑，不无闷损。此后每日须静坐一次，庶几等一溉于汤世也"（己未五月）。另一条是"阅《福寿金鉴》，午正数息静坐，仿东坡《养生颂》之法，而心粗气浮，不特不能摄心，并摄身不少动摇而不能。酉刻服药后，行小周天法，静坐半时许"（庚午五月）。作伪者把"年未五十"改为"年才四十"，并加上沈复友人夏淡安的名号（见于《坎坷记愁》），以造成出于沈复笔下之假象。

《颐养》类有一条己未四月的日记云："夜洗澡。近制一大盆，盛水极多，洗澡后，至为畅适。东坡诗所谓'淤槽漆斛江河倾，本来无垢洗更轻'，颇领略得一二。"《养生记逍》删去"夜洗澡"三字，加了一句"浴浴极有益"以总领下文，并把"洗澡后"改为"浴浴后"，其余全抄（见《足本》第82页）。

《颐养》类还有一条癸亥四月的日记云："余少时读书，见先君子于日入之后，上灯之前，小睡片刻，夜则精神百倍。余近日亦思法之，日入后于竹床小睡，灯后治事，果觉清爽。余于起居饮食，按时按刻，各有常度，一一皆法吾祖吾父之所为，庶冀不坠家风。"《养生记逍》却改为"余少时，见先君子于午餐之后，小睡片刻，灯后治事，精神焕发。余近日亦思法之，午餐后于竹床小睡，入夜果觉清爽。益信吾父之所为，一一皆可为法"（《足本》第92页）。"日入之后"提前为"午餐之后"，傍晚小睡改为睡午觉，曾国藩变成了沈复，真是如同俗语所说："眼睛一眨，黑老鸹变鸭。"

另外，还抄了四条。

《养生记逍》云："范文正有云：'千古贤贤，不能免生死，不能管后事，一身从无中来，却归无中去。谁是亲疏？谁能主宰？既无奈何，即放心逍遥，任委来往。如此断了，既心气渐顺，五脏亦和，药方有效，食方有味也。只如安乐人，勿有忧事，便吃食不下。何况久病，更忧身死，更忧身后。乃在大怖中，饮食安可得下？请宽心将息'云云，乃劝其中舍三哥之帖。余近日多忧多虑。正宜读此一段。"（《足本》第82页）这是抄《颐养》类所收的一条庚午四月的日记。首句原作"阅《范文正集》尺牍、年谱中有云"，改成"范文正有云"。"范文正"这种称呼颇为奇特，一般均称作"范文正公"的。除首句有改动外，其余全抄。短短一段，抄错了三处。"千古圣贤"讹为"千古贤贤"。"忽有忧事""勿有忧事"，全句不可解。"更优生死"，讹为"更忧身死"。

《养生记逍》云："放翁胸次广大，盖与渊明、乐天、尧夫、子瞻等，同其旷逸。其于养生之道，千言万语，真可谓有道之士。此后当玩索陆诗，正可疗余之病。"（《足本》第82页）这是抄《颐养》类所收的一条辛酉正月的日记，略作删节更动。原文作"放翁胸次广大，盖与陶渊明、白乐天、邵尧夫、苏子瞻等，同其旷逸。其于灭虏之意，养生之道，千言万语，造次不离，真可谓有道之士。惜余备员兵间，不获于闲静中探讨道义。夜睡颇成寐，当思玩索陆诗少得裨补乎？"曾国藩说玩味陆游的诗可以使人睡得安适，是因为陆游在诗中以美睡为乐。《养生记逍》却说玩索陆诗可以治病，乃是夸大其词，缺乏根据。

《养生记逍》云："养生之遭，莫大于眠食。菜根粗粝，但食之甘美，即胜于珍错也。眠亦不在多寝，但实得神凝梦甜，即片刻亦足摄生也。放翁每以美睡为乐，然睡亦有诀。"（《足本》第92页）这是抄自《颐养》类所收的两条日记，一条是辛酉十一月所记，一条是辛酉正月所记。前一条原文作"养生之道，当于眠食二字悉心体验。即平日饭菜，但食之甘美，即胜于珍药也。眠亦不在多寝，但实得神凝梦甜，即片刻亦足摄生矣"。后一条原文作"放翁每以美睡为乐，盖必心无愧作，而后睡梦皆恬，故古人每以此自课也"。"胜于珍药",是指饮食疗法,"胜于珍错"是指人心知足,含意不大相同。孰优孰劣,一望而知。

其实,《养生记道》不仅抄《求阙斋日记类钞》,而且还抄了别的书,是一个大杂烩。

杨仲揆先生在他的文章中说:"我本不拟谈《养生记道》(按,'道'在《足本》中作'道')。但读过后,又发现《记道》中,也有一段谈到琉球:'余昔在球阳,日则步履于空潭、碧涧、长松、茂竹之侧,夕则挑灯读白香山、陆放翁之诗,焚香煮茶,延两君子于坐,与之相对,如见其襟怀之澹宕,几欲弃万事而从之游,亦愉悦身心之一助也。'此段为李鼎元《使琉球记》所无。假如此记亦系伪出,则更见伪记作者之苦心与匠心,若不查出抄袭李记之证据,则真可以乱真矣。"

杨先生所引的这段文字(《足本》第89页),不但不见于李鼎元《使琉球记》,也不见于曾国藩《求阙斋日记类钞》。其实它是抄袭自清代康熙年间张英的《聪训斋语》,见《笃素堂文集》卷十五第12—13页(光绪年间重刊本《笃素堂全集》)。原文是"余昔在龙眠,苦于无客为伴,日则步履于空潭、碧涧、长松、茂竹之侧,夕则掩关谈苏陆诗,以二鼓为度。烧烛焚香煮茶,延两君于坐,与之相对,如见其容貌须眉然。诗云:'架头苏陆有遗书,特地携来共索居。日与两君同卧起,人间何客得胜渠。'良非解嘲语也"。

张英,字敦复,号乐圃,安徽桐城人。康熙年间进士,入直南书房,官至文华殿大学士,兼礼部尚书,卒谥文端。他归田家居,在龙眠山有别墅。龙眠山在桐城市西北,北宋李公麟在此养老,号龙眠居士。《养生记道》把"余昔在龙眠"改为"余昔在球阳",地点就移到了海外,以适合沈复的经历。因为沈复去琉球时的身份是从客,便删去了"苦于无客为伴"等字样。至于苏东坡换成了白香山,大概是因陈芸讲过:"妾尚有启蒙师白乐天先生,时感于怀,未尝稍释。"(《闺房记乐》)

笔者小时,家中有张英的书,看过多遍,印象犹新。书名题作《笃素堂集》,实即《聪训斋语》及《恒产琐言》,20世纪30年代上海一家书局标点排印,属于所谓一折八扣书。《求阙斋日记类钞》30年代也有排印本,书名径题作《曾文正公日记》,笔者小时也曾翻阅。《浮生六记足本》出版于 1935 年，作伪者所使用的想必就是当时容易得到的这种通行本，他倒未必肯费心去找一部卷帙繁多的《笃素堂全集》和《曾文正公全集》。

《养生记道》云："圃翁拟一联，将悬之草堂中：'富贵贫贱，总难称意，知足即为称意。山水花竹，无恒主人，得闲便是主人。'其语虽俚，却有至理。天下佳山胜水、名花美竹无限，大约富贵人役于名利，贫贱人役于饥寒，总鲜领略及此者。能知足，能得闲，斯为自得其乐，斯为善于摄生也。"（《足本》第 91 页）此条也出自《聪训斋语》，圃翁乃张英晚年自号，《聪训斋语》中好多条都是以"圃翁曰"开头。原文作"圃翁曰：予拟一联，将来悬草堂中：'富贵贫贱，总难称意，知足即为称意；山水花竹，无恒主人，得闲便是主人。'其言虽俚，却有至理。天下佳山胜水、名花美箭无限，大约富贵人役于名利，贫贱人役于饥寒，总无闲情及此，惟付之浩叹耳。"（《笃素堂文集》卷十五，第 3 页）一经对照，即发现张英对他所作对联的诠释，被稍加添改，变成沈复的了。

《养生记道》共抄袭了《聪训斋语》十一条，字数也多，远超过前面提到的《求阙斋日记类钞》。除了以上所引两条外，尚有九条，列举于下。

（1）"圣贤皆无不乐之理。孔子曰：'乐在其中。'颜子不改其乐，孟子以不愧不怍为乐，《论语》开首说乐，《中庸》言无入而不自得，程朱教寻孔颜乐趣，皆是此意。圣贤之乐，余何敢望？窃欲仿白傅之有叟在中，白须飘然，妻孥熙熙，鸡犬闲闲之乐云耳。"（《足本》第 87—88 页）此段全抄《聪训斋语》，见《笃素堂文集》卷十五的第 2—3 页，中多删节。原文中的"《论语》开首说悦乐"，抄成"《论语》开首说乐"，"程朱教寻孔颜乐处"抄成"程朱教寻孔颜乐趣"，"圣贤仙佛之乐"删去"仙佛"二字。

（2）"余居山寺之中，暑月日出则起，收水草清香之味，莲方敛而未开，竹含露而犹滴，可谓至快。日长漏永，午睡数刻，焚香垂幕，净展桃笙。睡足而起，神清气爽，真不啻天际真人也。"（《足本》第 88 页）此条全抄《聪训斋语》，见《笃素堂文集》卷十五的第 5—6 页。首句原作"予山居颇闲"，改成了"余居山寺之中"。末尾加了一个"也"字。

（3）"真定梁公每语人，每晚家居，必寻可喜笑之事，与客纵谈，掀髯大笑，以发舒一日劳顿郁结之气，此真得养生要诀也。曾有乡人过百岁，余扣其术，答曰：'余乡村人，无所知，但一生只是喜欢，从不知忧恼。'此岂名利中人所能哉？"（《足本》第 88 页）此条也抄自《聪训斋语》，见《笃素堂文集》卷十五第 8 页。原文在"每晚家居"之前尚有"日间办理公事"一句，"曾有乡人过百岁"之前尚有"何文端公时"一句，"此岂名利中人所能哉？"之前尚有一"噫！"字，均已删去。"公扣其术"改为"余扣其术"，于是何文端公摇身一变而为沈复。

（4）"晋王右军云：'吾笃嗜种果，此中有至乐存焉。我种之树，开一花，结一实，玩之偏爱，食之益甘。'右军可谓自得其乐矣。"（《足本》第 88—89 页）除最后一句是添加上去的外，其余抄自《聪训斋语》，见《笃素常文集》卷十五第 9 页。"我种之树"原作"手种之树"。

（5）"放翁梦至仙馆，得诗云：'长廊下瞰碧莲沼，小阁正对青萝峰。'便以为极胜之景。余居禅房，颇擅此胜，可傲放翁矣。"（《足本》第 89 页）"余居禅房"等三句是添加上去的，其余抄自《聪训斋语》，见《笃素赏文集》卷十五第 10 页。

（6）"余自四十五岁以后，讲求安心之法。方寸之地，空空洞洞，朗朗惺惺。凡喜怒哀乐、劳苦恐惧之事，决不令之入。譬如制为一城，将城门紧闭，时加防守，惟恐此数者阑入。近来渐觉阑入之时少，主人居其中，乃有安适之象矣。"（《足本》第 89 页）此条抄自《聪训斋语》，颇多删节，见《笃素堂文集》卷十五第 20—21 页。原文作"圃翁曰：'予自四十六七以来，讲求安心之法。凡喜怒哀乐、劳苦恐惧之事，只以五官四肢应之。中间有方寸之地，常时空空洞洞，朗朗惺惺，决不令之入，所以此地常觉宽绰洁净。予制为一城，将城门紧闭，时加防守，惟恐此数者阑入。亦有时贼势甚锐，城门稍疏，彼间或阑入，即时觉察，便驱之出城外，而牢闭城门，令此地仍宽绰洁净。十年来，渐觉阑入之时少，不甚用力驱逐，然城外不免纷扰。主人居其中，尚无浑忘天真之乐。倘得归田遂初，见山时多，见人时少，空潭碧落，或庶几矣。'""四十六七以来"改为"四十五岁以后"，是为了制造《养生记道》紧接《浪游记快》之假象。《浪游记快》叙事止于嘉庆十二年（1807）秋，时沈复四十五岁。"尚无浑忘天真之乐"改为"乃有安适之象矣"，意思全非。

（7）"养身之道，一在慎嗜欲，一在慎饮食，一在慎忿怒，一在慎寒暑，一在慎思索，一在慎烦劳。有一于此，足以致病，安得不时时谨慎耶？"（《足本》第89页）此条全抄《聪训斋语》，见《笃素堂文集》卷十六第4—5页。"足以致病"之后原有"以贻父母之忧"一句，已删去。末句原作"安得不时时谨懔也？""谨懔"改为"谨慎"，"也"字改成了"耶"字。

（8）"张敦复先生尝言，古人读《文选》而悟养生之理，得力于两句，曰：'石蕴玉而山辉，水含珠而川媚。'此真是至言。尝见兰薰苔药之蒂间，必有露珠一点，若此一点为蚁虫所食，则花萎矣。又见笋初出，当晓，则必有露珠数颗在其末；日出，则露复敛而归根，夕则复上。田间有诗云'夕看露颗上梢行'是也。若侵晓入园，笋上无露珠，则不成竹，遂取而食之。稻上亦有露，夕现而朝敛。人之元气全在乎此，故《文选》二语，不可不时时体察，得诀固不在多也。"（《足本》第89页）此条全抄《聪训斋语》，见《笃素堂文集》卷十六第7页，只是前面加了一句"张敦复先生尝言"。

（9）"圃翁曰：人心至灵至动，不可过劳，亦不可过逸，惟读书可以养之。闲适无事之人，镇日不观书，则起居出入，身心无所栖泊，耳目无所安顿，势必心意颠倒，妄想生嗔，处逆境不乐，处顺境亦不乐也。古人有言，扫地焚香，清福已具，其有福者，佐以读书，其无福者，便生他想。旨哉斯言。且从来拂意之事，自不读书者见之，似为我所独遭，极其难堪，不知古人拂意之事，有百倍于此者，特不细心体验耳。即如东坡先生。殁后遭逢高、孝，文字始出，而当时之忧谗畏讽，困顿转徙潮惠之间，且遇跣足涉水，居近牛栏，是何如境界。又如白香山之无嗣，陆放翁之忍饥，皆载在书卷。彼独非千载闻人，而所遇皆如此。诚一平心静观，则人间拂意之事，可以焕然冰释。若不读书，则但见我所遭甚苦，而无穷怨尤嗔忿之心，烧灼不静，其苦为何如耶？故读书为颐养芽一事也。"（《足本》第89—90页）此段有三百多字，全部摘抄自《聪训斋语》，见《笃素堂文集》卷十五第1—2页。它保留了原文开头的"圃翁曰"，中间颇多删节。原文云"苏过跣足涉水，居近牛栏"，作伪者不知道苏过是苏轼之子，竟改为"且遇跣足涉水，居近牛栏"，径指东坡。

此外，《养生记逍》还引了"孙真人《卫生歌》""扬廉夫《路逢三叟词》"等，可能是从《传家宝》及《格言丛钞》一类书上抄来的。

最后，还须指出，《养生记道》中有好几处显然出于近代人的手笔。试举两例。一处是"太极拳非他种拳术可及，太极二字已完全包括此种拳术之意义。太极乃一圆圈，太极拳即由无数圆圈联贯而成之一种拳术。无论一举手、一投足，皆不能离此圆圈，离此圆圈，便违太极拳之原理。……"（《足本》第85页）此条纯为近人口吻。另一处是"吴下有石琢堂先生之城南老屋，屋有五柳园，颇具泉石之胜。城市之中，而有郊野之观，诚养神之胜地也。有天然之声籁，抑扬顿挫，荡漾余之耳边。群鸟嘤鸣林间时所发之断断续续声，微风振动树叶时所发之沙沙簌簌声，和清溪细流流出时所发之潺潺淙淙声。余泰然仰卧于青葱可爱之草地上，眼望蔚蓝澄澈之穹苍，真是一幅绝妙画图也。以视拙政园，一喧一静，真远胜之"。（《足本》第90页）从修辞及句法来看，根本不是乾嘉时人的作品，倒很像昔日十里洋场上"礼拜六派"的格调。也许就是这位作伪者的"大作"吧。

五　余论

草成此文，看到《读书》1980年第6期上郑逸梅先生的一篇短文，题为《〈浮生六记〉的"足本"问题》。郑先生回忆了20世纪30年代和王均卿的一段交往，为伪作说提供了有力的旁证。

郑先生在文章中写道："这个本子（按，指《浮生六记足本》）在王均卿没有交世界书局排印之前，尚有一段小小的曲折。其时我主编《金刚钻报》，王均卿担任特约撰述，所以时常晤面。后来他老人家在苏州买了住宅，全家迁往，但是他不来沪则已，来则必蒙见访。有一次，他很高兴地告诉我说：'最近在苏州一乡人处，发现了《浮生六记》的完全抄本，已和乡人商妥，借来印行，以广流传。'我是喜欢读这书的，当然也很兴奋。过了一月，他老人家复从苏来，说：'前次所谈的足本六记，那乡人突然变卦，奇货可居，不肯公开印行了。但已和世界书局接洽印行事宜，如今失信于人，很难为情。没有办法，因想恳你仿做两篇，约两万言，便可应付了。'我当时婉谢着说：'我不但文笔拙陋，碔砆难以混玉，且事迹不知，更属无从下笔。'他老人家却说：'你的行文，清丽条达，颇有几分类似三白处。至于《养生记逍》，那是空空洞洞，可以随意发挥。即《中山记历》，所记琉球事，我有赵介山的《奉使日记》，可以借给你，作为依据参考。'笔者始终不敢贸然从事。不久他老人家患病逝世，又不久，世界书局这本《美化文学名著丛刊》出版，那足本的六记赫然列入其中。那么这遗佚两记，是否由他老人家自撰，或托其他朋友代撰，凡此种种疑问，深惜不能起均卿于地下而叩问的了。总之，这两记是伪作。还有足以证明伪作处，当时均卿要我仿作二万言左右，现在刊出的两记，恰巧两万余言，可见均卿早有打算的。又三白四记，笔墨轻灵，补刊两记，笔墨滞重，也足证明非一人手笔。"

向世界书局提供《浮生六记足本》的是王均卿，据称他是无意之中在苏州的冷摊上发现了这部首尾完整的抄本。看了郑逸梅先生的文章，知道冷摊之说乃是烟幕，专程来沪请郑先生仿作两万言，却是事实。郑先生既已婉言谢绝，那么《足本》中最后两记当是王均卿另请高明所续，或者是他自撰的了。所谓赵介山的《奉使日记》，迄今未有人见过此书，若非海内的"孤本秘籍"，则亦属子虚乌有。王均卿可能在他未和郑先生谈妥前，不肯吐实，其实他手中所有的只是一部李鼎元《使琉球记》而已。他不清楚沈复琉球之行究在何时，可能见到近代人徐澄《吴门画史》所引《耕砚田斋笔记》的错误记载，以为是嘉庆五年（1800）。依他的想法，沈复是赵文楷的从客，与李鼎元等人一道同行，其所见所闻和李鼎元当无大异。殊不知这个时间问题乃是关键，一经证明他的错误，则全线崩溃，守无可守，伪作之说已成铁案，再也无法翻转过来了（比如诡辩为李鼎元的《使琉球记》乃是抄袭沈复的《中山记历》）。

王均卿讲他在苏州一乡人处发现《浮生六记》的完全抄本，藏主以为奇货可居，不肯付印，其说是否可信也存在着很大的疑问。如真有这么一个旧时真本，他提议公开印行，并已和世界书局洽妥，以一般常理而论，他总该曾经过目。《中山记历》究写何年之事，他应有印象，何至于伪造者连年代都弄错了。如果这个"旧时真本"的《中山记历》也是记叙嘉庆五年（1800）之事，可以断定它也是一个伪本。也许，此乡人手中压根儿就没有什么首尾俱全的完整抄本，不过是故弄玄虚，开开玩笑。至于王均卿是否蓄意以此促成郑逸梅先生来续成《浮生六记》，不好妄加揣测，但也不能排除这种可能。总之，这个事件之发生，起因于广大读者爱好《浮生六记》一书，对它后两记的缺失引为憾事，于是就有人利用这种心理来投机。庶不知文人狡狯伎俩，焉能逃脱历史的公断？徒贻后世以笑柄而已。

（原载《文学遗产增刊十五辑》）

《浮生六记》写于海外说

《浮生六记》原六记，今存有四记。此书之写作时间及地点，迄今未有人考订。且看前四记里所叙之事止于何时以及所透露的情况。

《闺房记乐》结尾云："自此无日不谈憨园矣。后憨为有力者夺去，不果。芸竟以之死。"按书中所记，陈芸于嘉庆八年（1803）三月三十日去世。此卷之写作在陈芸死后，自是无疑。

《闲情记趣》写到他们夫妇寓居扬州，事在嘉庆七年至八年（1802—1803）。叙及萧爽楼中的"烟火神仙"生活时写道："更有夏淡安……诸君子，如梁上之燕，自去自来。芸则拔钗沽酒，不动声色，良辰美景，不轻放过。今则天各一方，风流云散，兼之玉碎香埋，不堪回首矣！""玉碎香埋"是指陈芸逝去及埋骨扬州，可知此卷也是写于陈芸死后。

《坎坷记愁》结尾写到嘉庆十一年（1806）冬，沈三白得其女青君之信，惊悉爱子逢森于四月间夭亡，"琢堂闻之，亦为之浩叹。赠余一妾，重入春梦。从此纷纷攘攘，又不知梦醒何时耳"。由此可知此卷之写作是在石韫玉赠妾之后。

然则前三记是否嘉庆十一年（1806）冬天所写成的呢？其时友人赠妾，重入春梦。新人可能在许多方面不如旧人，难以填补他内心的空虚，然而总会给他的生活暂时增添一些欢乐的色彩。面对新人，而搦管濡墨，淋漓兴会，大写回忆旧人的文章，亦属人情之所难堪，像沈三白这样感情细腻、善于体贴的人必不忍为。

第四卷《浪游记快》中透露了重要的情况。此卷结尾云："至丁卯秋，琢堂降官翰林，余亦入都。所谓登楼海市，竟无从一见"，写的是嘉庆十二年（1807）间事。卷中记叙少时与顾金鉴缔交，作者写道："此余第一知己交也。惜以二十二岁卒，余即落落寡交。今年且四十有六矣，茫茫沧

海，不知此生再遇知己如鸿干者否？"沈三白生于乾隆二十八年（1763），
嘉庆十三年（1808）他正是四十六岁。

笔者认为，《浮生六记》的前四记写于嘉庆十三年（1808）间，此时
作者暂时离开了自己的家，来到了一个特殊的环境。这个环境比较孤寂，
比较清闲，也比较安静，使得他得以回顾自己过去的生活历程，并有条件
从事回忆录的写作。

那么，这是一个什么样的环境呢？又从何而得到证明呢？

我们再细读一下《浪游记快》记述作者与顾金鉴缔交的一段文字，其
中"茫茫沧海"四个字值得我们思索。沈三白何以不说"茫茫人海"呢？
一般说来，这里如用"茫茫人海"该是更为恰当和更为醒豁的。"茫茫沧
海"，当系借眼前之景物起兴，兼有隐喻人海之意，这正是"兴而比也"。

如果我们记得第二卷《闲情记趣》写萧爽楼中的几位常客，其中有
"今则天各一方，风流云散"的话，把它和"茫茫沧海"联系起来，不难
发现沈三白写作《浮生六记》是在海外，即是《中山记历》中所记的
琉球。

据笔者考证，沈三白在嘉庆十三年（1808）间，经石韫玉的举荐，随
翰林院编修齐鲲出使琉球，其身份是幕客，此行是册封尚灏为琉球国王。
拙文《〈浮生六记〉足本考辨》作了详细考索，载《文学遗产增刊》第十
五辑，兹不赘述。

此次出使琉球的正使是齐鲲，副使是费锡章。他们编有《续琉球国志
略》，凡五卷，其中记载他们于当年闰五月十一日放洋，十七日到达琉球，
十月初九返航，十七日抵达福州。他们一行在琉球住了五个月。

使臣及随员都住在天使馆，离那霸港口不远。馆内有敷命堂、长风
阁、停云楼等处，宽敞舒适，白天开窗即能眺海，夜间还可听到海涛之
声。有嘉庆五年（1800）出使琉球的副使李鼎元的诗句"海气入楼腥，
停云肯暂停"（《中山杂诗》），"虚窗容海色，高枕落潮头"（《停云楼即
事》）可证（两诗均见《师竹斋集》卷十三）。沈三白晚年友人管贻葄有
《长洲沈处士三白以〈浮生六记〉见示，分赋六绝句》诗，其中第五首
云："瀛海曾乘汉使槎，中山风土纪皇华，春云偶住留痕室，夜半涛声听
煮茶。"（《裁物象斋诗钞》）乃根据《中山记历》的叙述。"夜半涛声"

指海涛之声，自不待言。"春云偶住"暗用陶渊明写《停云》诗之事，由于馆中"停云楼"之题名联想而来。陶渊明《停云诗》的小序说："停云，思亲友也。"沈三白身处海外，怎能不思念至亲好友？怎能不眷念祖国的大好河山？他把自己往昔的生活及此日的经历一一记之笔墨，以免"事如春梦了无痕"，正是"良有以也"。他在写作时该是痛苦的，然而也是愉快的。

《中山记历》一卷应该也是在他离开琉球之前写成的。此卷记叙海外游踪，似可归入《浪游记快》。然而，琉球是属国，册封是大典，凌波涛，渡大海，当时是件壮举，琉球的山川景物及岁时风尚，又多可书者，故别为一卷。

《养生记道》一卷，失去尤为可惜。管贻葄题诗云："养生从此留真诀，休向琅嬛问素书，""素书"盖指"素女之书"，既云"休向"，可知此卷所记并非道家之修持妄说，而是沈三白在生活中所探索出的"养生之道"。沈三白并非文弱书生，观《浪游记快》叙其游山能"猿攀而上"与"以腹面壁，依藤附蔓而下"，又能骑马"日则驱鹰犬猎于丛沙渚间"可知。此卷之写作也可能是在琉球，有仙方来自海上之意。

因此，笔者认为，《浮尘六记》一书是沈三白于嘉庆十三年（1808）五月至十月间所写，其后可能有所修改和补充，写作的具体地点是在琉球的天使馆。

（原载《光明日报·文学遗产副刊》1984 年 10 月 30 日）

《浮生六记》考索

小　引

1923 年，俞平伯先生校点重印《浮生六记》，撰有《重刊浮生六记序》及《浮生六记年表》，对此书之研究，有筚路蓝缕之功。从此《浮生六记》风行于海内外，为士林所重，发表的文章不少。笔者 20 世纪 40 年代末期，曾在北京大学中文系受业于俞师。除治红学外，对《浮生六记》亦颇爱好，曾注意搜集有关资料。近年来，先后发表《〈红楼梦〉和〈浮生六记〉》《〈浮生六记足本〉考辨》《〈浮生六记〉写于海外说》等文。兹将历年所积材料及其考订，加以整理，择要发表。

本文共分九节：（一）月下老人像；（二）萧爽楼中几位画家；（三）种碗莲；（四）汪王庙；（五）无隐庵；（六）两首有关陈芸的题画词；（七）琉球之行；（八）沈三白的晚年；（九）《浮生六记》序跋。以此就正于海内外专家及广大读者。

一　月下老人像

沈三白和陈芸婚后，曾请了一位画家戚遵，为他们绘了一幅《月下老人像》，以作纪念。

《浮生六记》卷一《闺房记乐》是这样记叙的：

"余尝曰：'惜卿雌而伏，苟能化女为男，相与访名山，搜胜迹，遨游天下，不亦快哉！'芸曰：'此何难。俟妾鬓斑之后，虽不能远游至五岳，而近地之虎阜、灵岩，南至西湖，北至平山，尽可偕游。'余曰：'恐卿鬓斑之日，步履已艰。'芸曰：'今世不能，期以来世'。余曰：'来世卿当作男，我为女子相从。'芸曰：'必得不昧今生，方觉有情趣。'余笑曰：'幼时一粥犹谈不了，若来世不昧今生，合卺之夕，细谈隔世，更无合眼时矣。'芸曰：'世传月下老人专司人间婚姻事，今生夫妇已承牵合，来世姻缘亦须仰借神力，盍绘一像祀之？'时有苕溪戚柳堤名遵，善写人物，倩绘一像，一手挽红丝，一手携杖悬姻缘簿，童颜鹤发，奔驰于非烟非雾中，此戚君得意笔也。友人石琢堂为题赞语于首，悬之内室。每逢朔望，余夫妇必焚香拜祷。后因家庭多故，此画竟失所在，不知落在谁家矣？他生未卜此生休，两人痴情，果邀神鉴耶？"

这件事充分反映了封建社会里妇女所受的束缚以及青年男女不能掌握自己命运的悲哀。他们把希望寄托于虚无缥缈的月下老人，然而，面对残酷无情的社会现实，终于不得不尝到幻灭的苦痛。

他们两人的痴情不曾感动上苍，却为后世的千千万万读者所深切同情。

这幅《月下老人像》在沈三白生前即已散佚，只有石韫玉（琢堂）所题的赞语还保存在《独学庐初稿》之中，我们今天还能见到，实为不幸之中的幸事。

石氏的《独学庐初稿》卷三为杂著，其中有一篇《月下老人赞》，今移录如下：

> 氤氲使者，般若摩诃，云游碧落，雾隐丹阿。
> 兰桥有径，银汉无波，邀灵月姊，结愿星娥。
> 白璧一升，赤绳千里，轶事可征，良缘非诡。
> 素月如珠，圆灵若水，回雪轻飞，行云细起。
> 鸳文合牒，凤诺分符，其情蔼蔼，其色愉愉。
> 岁在无辰，月维初吉，遴墨龙宾，征绡鲛室。
> 真香降灵，明水浣笔，神光合离，生于兜率。

它是题《月下老人像》，殆无疑问。从赞语来看，也和沈三白所述戚遵的构图情况相符。一般人不会像沈三白和陈芸那样，专门请人画一幅

《月下老人像》，悬于内室，而石韫玉若不是沈三白的"总角之交"，也不会贸然去题《月下老人像》。这篇《月下老人赞》虽无上下款识及跋语，仍可断定系石氏为沈三白夫妇所题。

此赞写于何时，不妨试作考察。查《独学庐初稿》于乾隆六十年（1795）刊刻，其中所收诗文的写作时间不得晚于乾隆六十年（1795）。乾隆五十八年（1793）六月十八日，沈三白夫妇偕游吴江，途经太湖。陈芸看见风帆沙鸟，水天一色，很有感慨地说："此即所谓太湖耶？今得见天地之宽，不虚此生矣。想闺中人有终身不能见此者。"请人绘《月下老人像》的起因是陈芸感到深锁闺中的痛苦，只好期以来世，其事必在乾隆五十八年（1793）六月十八日之前。因此，《月下老人赞》写作时间的上限是乾隆四十五年（1780）沈三白夫妇完婚之后，而其下限是在乾隆五十八年（1793）。

再进一步来考察。

《独学庐初稿》卷三《杂著》，紧接在《月下老人赞》之后的一篇是《顾鸿千椿萱棣鄂小影题辞》。全文如下：

> 人生五伦，君臣、夫妇、朋友皆以人合，惟父母、兄弟乃缘天定。《书·君陈》之篇曰："惟孝友于兄弟"，诚以为人生不可多得之遭逢，而际其盛者为可乐也。余生无兄弟，五伦阙其一。未冠，遭母氏之丧，三春寸草，有余恫焉。顾子鸿千为吾赓堂舅氏长君，天性孝友，际天伦之全盛，丐画师图《椿萱棣萼》小影，以写其乐。乃图成而母丧，回忆畴昔之乐不可再得，怜可知己。然我舅氏春秋鼎盛，弟奉庭训之日正长，又有季子鹡鸰急难，视余茕茕孑立，上侍垂白之父，一喜一惧者，犹厚幸焉。

据石韫玉的叙述，顾鸿千是其表弟，乃舅父顾赓堂之长子。古人平辈之间，多以字号相称，一般不直呼其名，"鸿千"当是字号。

沈三白有一位好友叫顾金鉴。

《浮生六记》卷四《浪游记快》云："（蒋）思斋先生名襄。是年（按，乾隆四十六年，1781）冬，即相随习幕于奉贤官舍。有同习幕者，顾姓名金鉴，字鸿干，号紫霞，亦苏州人也，为人慷慨刚毅，直谅不阿。长余一岁，呼之为兄，鸿干即毅然呼余为弟，倾心相友。此余第一知己交也，惜以二十二岁卒，余即落落寡交。"

乾隆四十七年（1782）的重阳节，沈三白和顾鸿千均在苏州，他们相约前往西郊之鸡笼山登高。三白归来，历述所游，陈芸神往久之。嘉庆五年（1800）八月十九日，沈三白及其友人往游无隐庵，途经旧地，无限感慨。他在《浪游记快》中写道："是时由上沙村过鸡笼山，即余与鸿千登高处也。风物依然，鸿千已死，不胜今昔之感！"

这个顾金鉴，字鸿千，也是苏州人，而且家居苏州。他比沈三白大一岁。乾隆四十六年（1781），两人相交，沈三白十九岁，他二十岁。乾隆四十八年（1783），沈三白二十一岁，他二十二岁，即于是年去世。

笔者认为，顾鸿千很可能即是沈三白许为生平知己的顾金鉴。"千""干"两字形体相似，容易混淆。《独学庐初稿》及《浮生六记》两处必有一误。或云《易经》上有"鸿渐于干"之语，以"鸿干"为是。

据吴谦《独学老人年谱》，石韫玉生于乾隆二十一年（1756）。他比沈三白大七岁，比顾金鉴大六岁。石氏是沈三白的"总角之交"，其表弟为沈氏好友，可能性也很大。如果此一推测不误，则《月下老人赞》与《顾鸿千椿萱棣萼小影》均不能晚于乾隆四十八年（1783），即顾金鉴去世的一年。这样，我们又可将《月下老人赞》写作的时间下限提前十年。

《月下老人赞》云："岁在元辰，月维初吉，遴墨龙宾，征绡鲛室"，业已点出此画是在新春元旦所作。乾隆四十五年（1780）正月二十二日沈三白与陈芸才结婚，是年可以排除。他们婚后居沧浪亭畔，不过一年光景，次年其弟启堂娶妇，即迁居饮马桥之仓米巷。按，《闺房记乐》先叙启堂弟妇催妆时偶缺珠花，陈芸出其纳采所受者一事，再叙绘月下老人像，可知此像乃迁居仓米巷后请人所画，悬挂在宾香阁中。由此看来，乾隆四十六年（1781）也可排除在外。此像之作，当在乾隆四十七年（1782）或乾隆四十八年（1783）之元旦，石氏题赞语亦在此时。

二 萧爽楼中几位画家

乾隆五十七年（1792），陈芸为其翁斥逐，他们夫妇迁居于友人鲁璋的萧爽楼，过了一年半"烟火神仙"的悠闲自在生活。《浮生六记》卷二《闲情记趣》里描述道：

> 友人鲁半舫名璋，字春山，善写松柏或梅菊，工隶书，兼工铁笔。余寄居其家之萧爽楼，一年有半。楼共五椽，东向，余居其三。晦明风雨，可以远眺。庭中木犀一株，清香撩人。有廊有厢，地极幽静。移居时，有一仆一妪，并挈其小女来。仆能成衣，妪能纺绩。于是芸绣，妪绩，仆则成衣，以供薪水。余素爱客，小酌必行令。芸善不费之烹庖，瓜蔬鱼虾，一经芸手，便有意外味。同人知余贫，每出杖头钱，作竟日叙。余又好洁，地无纤尘，且无拘束，不嫌放纵。时有杨补凡名昌绪，善人物写真；袁少迂名沛，工山水；王星澜名岩，工花卉翎毛，爱萧爽楼幽雅，皆携画具来，余则从之学画，写草篆，镌图章，加以润笔，交芸备酒供客。终日品诗论画而已。

萧爽楼可以说是这些人的"艺术之家"。主妇陈芸"拔钗沽酒，不动声色"，客人如"梁上之燕，自去自来"。他们不仅有共同的艺术爱好，相互切磋，而且思想也相投合，鄙弃功名利禄。在他们之间有八条不成文法："萧爽楼有四忌：谈官宦升迁，公廨时事，八股时文，看牌掷色；有犯，必罚酒五斤。有四取：慷慨豪爽，风流蕴藉，落拓不羁，澄静缄默。"由此可见他们的思想倾向，在当时确是难能可贵的。

古人说得好："知其人必观其友。"与沈三白交往的这几位画家，都有材料可考。

鲁璋是萧爽楼原来的主人。据沈三白在《坎坷记愁》中所述，陈芸被加上"背夫借债，谗谤小叔，且称姑曰令堂，翁曰老人，悖谬之甚"的罪名，其父责令他"携妇别居"。沈三白本想送她回娘家，"而芸以母亡弟出，不愿往依族中。幸友人鲁半舫闻而怜之，招余夫妇往居其家萧爽楼"。

可见这位友人是很有侠气的，他为了解脱三白夫妇的急难，让出自己的住处，作为他们的栖身之所。蒋宝龄的《墨林今话》中载有他的传略："鲁璋，字近人，号半舫，吴县人。书学郑簠，兼参郑燮法。写意花竹，疏老有致，尤工枇杷，识者颇许之。"

杨昌绪的小传可见蒋宝龄《墨林今话》及李濬《清画家诗史》。《墨林今话》云："杨昌绪，字补帆，长洲人，善山水，兼工仕女、花卉。尝入蜀，佐福郡王戎幕，至苗疆饱览山川奇胜，画学益进。游武林，客阮元娜嬛仙馆，与诸名士游。自画《凤凰山下读书图》，因号凤凰山樵。晚寓扬州小秦淮，往来吴门，旋卒。"《清画家诗史》云："杨昌绪，字补凡，别号凤凰山樵，长洲人。初从戎，入蜀，历览苗疆山川奇胜。继客阮文达幕中。善山水，森秀中具有浑厚之气，兼长仕女、花卉。每引王蓬心语云：'画到古人不用心处乃有佳趣'，可知其涵养之功矣。"

《清画家诗史》录有他的诗两首，题目是《丁丑秋日，为阮梅叔作〈珠湖渔隐图〉，并题》。其一云："麋社湖边记昔游，蓼红苇白最宜秋。嗣宗老屋垂杨里，只为寻诗放钓舟。"其二云："烟门淼淼夜苍茫，月上淮南草木凉。十里明湖环抱处，珠光辉映读书堂。"此诗作于嘉庆二十二年（1817），饶有画意。梅叔乃阮亨之号。他的《珠湖草堂诗钞》卷二载有《题杨补帆所画〈珠湖草堂图〉》，诗云："波光如镜水如珠，一棹秋风麋社湖。拟筑草堂归射鸭，先矾生绢倩君图。"

石韫玉与杨昌绪相识是在嘉庆十二年（1807），有《题陈莲夫进士仿石谷山水，为杨补帆作》，见《独学庐三稿·晚香楼集》卷一，其中谈到"我与沈三白，六法有所受"，沈三白在他面前极力称赞杨补帆。《晚香楼集》卷二有《齐北瀛编修惠琉球竹簏，杨补帆为我作〈翠微图〉，诗以谢之》七绝三首，其第二首有"当代丹青杨补之，此心解与白云期"之句；又有题为《凤凰山馆图，为杨补帆题》的五言长诗，对杨的性格及生活作了描绘。诗云："太息杨疯子，风流古郑虔，吾吾常暇豫，我我独周旋。早咏从军乐，相传入幕年，扫门曹相贵，设醴穆生贤。画品神兼逸，诗心鬼亦仙，抱冰勋未录，磨盾檄曾宣。迹托西湖长，名争北苑先，依刘江上赋，访戴剡中船。乔木三迁遂，浮家十载延，乍营因树屋，自办买山钱。……"此诗作于嘉庆十四年（1809）。

杨昌绪当时被人称为"杨疯子"，可知他的思想及性格必有奇特磊落之处。

袁沛的小传也见于《墨林今话》及《清画家诗史》。《墨林今话》云："袁沛，字少迁，元和人，钺之子。早岁即以画名，入都馆富阳相国第，得纵观宋元妙迹，艺益进。性恬淡，居京师三十余年，所识王公贵人，惟以笔墨往还，他无干谒。晚年归里，囊橐肖然，仍卖画自给。沛于书法亦深造，尤擅径尺大字，所蓄端砚多上品，平湖朱为弼为书'二十四砚山房'额。"《清画家诗史》云，"袁沛，字小迁，一字少迁，杭州人，青溪太学钺子。山水绍父艺，清腴秀润，为董蔗林相国幕客，工书"。

《清画家诗史》录有他的诗一首，题目是《题韩小米（曰华）扬州画舫词图》。诗云："暖翠晴岚梦不成，按图如在绿杨城。江南无数佳山水，爱听红桥打桨声。"此诗颇得唐人韵味。

他的父亲袁钺在冯今伯的《墨香层画识》里有小传："袁钺，字震业，号清溪，元和国学生。书法得何义门太守指授，著声艺林。又惠红豆学士延之家塾，诗文俱进。晚岁究心六法，宗一峰老人，手染丹黄，朝夕不少懈。惟性拗僻，不谐于俗，卒年八十三。至七十三时始得一子，名沛，字少迁，亦工书善画。"他们两人都"不谐于俗"，可谓有其父必有其子。

王岩的生平不详。我们从商承祚先生所编的《中国历代书画篆刻家字号索引》一书中，得知他字星澜，江苏吴县人，善花卉，为名画家缪椿的弟子。《墨林今话》有其师缪椿的小传："缪椿，字丹林，号东白，吴县人。工花卉、翎毛，宗恽寿平而稍易其法，名噪于时。吴中写生，自王忘庵后，竞推补斋为巨擘，已而椿继起，又靡然从风，有缪派之目。"沈三白在《闲情记趣》中说王岩"工花卉翎毛"，可见他确有师承，是缪派传人。

三　种碗莲

《浮生六记》卷二《闲情记趣》中，沈三白讲他"爱花成癖"，记述了一些独有心得的种植花草的经验。其中之一便是种碗莲。

他是这样记载的："以老莲子磨薄两头，入蛋壳，使鸡翼之。俟雏成取出，用久年燕巢泥加天门冬十分之二，捣烂拌匀，植于小器中。灌以河水，晒以朝阳。花发大如酒杯，叶缩如碗口，亭亭可爱。"

荷花是否能缩成这么小，这种种植方法是否靠得住，许多读者心中是打上一个大问号的。为什么要用鸡来孵，为什么要用久年燕巢泥，都使人迷惑不解。

其实，种植碗莲之法并未失传。如今，夏季里公园常常举办荷花展览，其中也可以见到这种碗莲。

1986 年 2 月 24 日上海《新民晚报》第七版，刊出夏中谊先生所写的《种碗莲》一文，记载了栽培碗莲的方法。其原理大致相同，今法且有发展，后之胜昔，时代使然。

兹将《种碗莲》一文的有关记载移录于下：

> 先挑选品种好、果实饱满并要带壳的莲子，用老虎钳夹去底基部约 4 毫米的硬壳，防止弄伤它的胚乳，使形成一个小的破孔。因莲壳很坚厚，如事先不作这一处理，浸泡时水分不易渗入内部，影响发芽。
>
> 然后在 3—4 月间，将已破壳的莲子先用摄氏 40 度的热水浸种，以后每天可用摄氏 20 度左右的温水浸泡二次，并放置在向阳温暖之处，承受光照，约经一个月左右能开始萌芽、发叶、生根。叶梗细长，在水伸展，叶片则浮飘在水面。待根系长得 5—6 厘米时，可定植于大花碗或大的水仙花盆内，也可在其中布置几块大小不一的怪石，等四周水中长满荷叶莲花时就能显示出一派庭园景象。
>
> 栽培莲子的土壤应用肥沃的湖塘泥、菜田泥或腐殖土，然后将几颗莲种适当分散埋入土中，注满水分，多晒太阳，隔些日子换水一次，但须保留一部分存水。
>
> 以后在荷花将开放时，可将其移入室内，以供欣赏，这不仅是家庭绿化的一部分，也是一种小小的科学实验，其乐趣是无穷的。

我们拿沈三白所记述的方法来与之对照，便可知道，"以老莲子磨薄两头"是因为莲壳坚厚，不易出芽，古人没有老虎钳子这种工具，只有采取简单可行的办法了。其所有要"入蛋壳，使鸡翼之。俟雏成后取出"，是为了进行较长时间的加温，使其出芽。古人没有温度计，不便于掌握温度。一个月左右，天天要用温水浸泡两次，也不胜其烦。古人采用以鸡孵之的办法，巧妙得很。至于"用久年燕巢泥加天门冬十分之二，捣烂拌匀，植于小器中"，则是为加强栽培莲子的土壤之肥力，相当于用腐殖土。"灌以河水，晒以朝阳"与今之"注满水分，多晒太阳"是相同的。

由此可见，沈三白种碗莲的方法，与今大同小异，且有其独到之处。他以自己的方法种出了碗莲，其真实性是无可怀疑的。两百年前之古人，创造了此法，亦不简单。

四　汪王庙

《浮生六记》卷四《浪游记快》云："余年二十有五，应徽州绩溪克明府之招"，于是有绩溪之行。在绩溪做幕僚不到两年，与同事不合，拂衣归里。

在绩溪时，他曾游了一处地方，使他难以忘怀，记述如下：

> 又去城三十里，名曰仁里，有花果会，十二年一举，每举各出盆花为赛。余在绩溪适逢其会，欣然欲往。苦无轿马，乃教以断竹为杠，缚椅为轿，雇人肩之而去。同游者惟同事许荣廷，见者无不讶笑。至其地，有庙，不知供何神。庙前旷高处高搭戏台，画梁方柱极其巍焕，近视则纸札彩画，抹以油漆者。锣声忽至，四人抬对烛大如断柱，八人抬一猪大若牯牛，盖公养十二年始宰以献神。莱廷笑曰："猪固寿长，神亦齿利。我若为神，乌能享此。"余曰："亦足以见其愚诚也。"入庙，殿廊轩院所设花果盆玩，并不剪枝拗节，尽以苍老古怪为佳，大半皆黄山松。既而开场演剧，人如潮涌而至，余与莱廷遂避去。

他们到的是什么庙宇呢？"有庙，不知供何神"，足见其中所供奉的神祇非同一般，面目生疏，不好辨认。庙前举行迎神赛会，庙里遍设花果盆玩，也不似寻常所见的佛庙或道观。

现存有嘉庆十五年（1810）刊行的《重修绩溪县志》。前有绩溪知县清恺序，内称："丁卯（嘉庆十二年）秋，余来宰是邑，披览旧志，深惧缺失，意图修辑。……开馆汇修，始于戊辰（嘉庆十三年）之夏五，越明年，十二月而书成。"其时为沈三白绩溪之行后二十余年。看看书中记载，以与沈氏所述相对照，可以明其究竟。

据此书卷一《村都》，仁里隶十一都。十一都在县治之南，与歙界。查卷首所载《县境全图》，十一都附近有登源洞。

卷二《风俗》云："（二月）十五日，登源十二社挨年轮祀越国公，张灯演剧，陈设毕备，罗四方珍馐，聚集祭筵，谓之赛花朝。其素封之家，宾朋满座，有主人素未谋面者。"又云："中秋日，以香烛、茶点、瓜梨之属，设以檐霤，祀月华，撷瓜馈新妇，取多子兆。前夕，登源村居民赴越国公庙，步月待旦，谓之坐庙。"沈三白所至，盖是越国公庙。其时当在二月十五日。

卷七《乡祀》云："忠烈庙，明志云在县东七里登源，祀汪越国公，旧扁额曰忠显公之故宅，遗址在焉。庙后有公父母墓，郡守袁甫为书神道碑。庙乃宋太平兴国五年知县事范阳卢远始建，朱赋记，绍兴二十九年知县曹训重修，参军范成大记。"又云："公在隋，称吴王，后纳款归唐。贞观二十二年薨于长安。"又卷十二《诗》，载有宋代苏辙两首诗，题为《初到绩溪，际事三日，出城南谒两祠，游石照，偶成，呈诸同官》，其第二首又有小题曰《汪王庙》，汪王庙盖即越国公庙之俗称。

卷十《勋烈》，载有越国公汪华的传记，内有他小时的一件轶事，今录如下：

　　唐，汪华，本名世华，字国辅，一字英发。登源人。早孤，母挈归外氏，母亦寻卒。九岁为舅牧牛，每出，常踞坐盘石，气使群儿。又令刈茅营屋，曰："室成，吾且椎牛以犒若"，卒取舅氏牛分食之，牛尾插地。既归，舅问牛所在，对："已入地矣。"舅素（?）之，不深诘。及长，身长九尺，广颡方颐，庞眉隆准，美髭髯，不事田业。陆州有演公习武事，往从之游，年十八还，以勇侠闻。……

由此可知，牛尾插地之事，早已有之。后人附会到朱元璋（也是安徽人）身上，诧为灵异，已在汪华此事七百年后了。

又，卷八《县职官表》载有历任知县名单。其中有克明，系汉军镶黄旗人，举人，乾隆五十一年（1786）任，至五十四年（1789）离任。此克明即沈三白书中所称之"克明府"，乃其幕主。"明府"是当时人对知县的尊称。

五　无隐庵

嘉庆五年（1800）八月十八日，沈三白偕同友人王星澜、吴云客、毛忆香往游来鹤庵，当晚借宿于庵中。次晨，吴云客提议去无隐庵一游，来鹤庵的住持僧竹逸说："无隐四面皆山，其地甚僻，僧不能久居。向年曾一至，已坍废。自尺木彭居士重修后，未尝往焉。今犹依稀识之。如欲往游，请为前导。"他们步行前往，过鸡笼山，翻山越岭，入四山环绕中，径不可辨，终于"于千竿竹中隐隐见乱石墙舍，径拨丛竹间，横穿入觅之，始得一门，曰：'无隐禅院，某年月日南园老人彭某重修'"。兹游甚畅，沈三白归来，还画了一幅《无隐图》，赠予竹逸和尚，作为纪念。

沈三白在《浪游记快》一开头就说："余凡事喜独出己见，不肯随人是非。即论诗品画，莫不存人珍我弃、人弃我取之意（按，《闺房记乐》云：'是年七夕，芸设香烛瓜果，同拜天孙于我取轩中。''我取轩'之命名，亦是个性之表现）。故名胜所在贵乎心得，有名胜而不觉其佳者，有非名胜而自以为妙者。"他所游的无隐禅院，当时甚为冷落，人迹罕见。僧散无人接待，仅有一鹑衣少年在内看守，以烹焦饭代茶。此少年云："四居无邻，夜多暴客。积粮时来强窃，即植蔬果，亦半为樵子所有。此为崇宁寺下院，长厨中月送饭干一石、盐菜一坛而已。某为彭姓裔，暂居看守，行将归去，不久当无人迹矣。"

沈三白他们于此极偏僻处发现其景色之美，大加赞赏。《浪游记快》中有一段精彩的描写："殿后临峭壁，树杂阴浓，仰不见天。星澜力疲，就池边小憩。余从之，将启盒小酌。忽闻忆香音在树秒，呼曰：'三白速来，此间有妙意。'仰而视之，不见其人，因与星澜循声觅之。由东厢出一小门，折北，有石磴如梯约数十级，于竹坞中瞥见一楼。又梯而上，八窗洞然，额曰'飞云阁'。四山抱列如城，缺西南一角，遥见一水浸天，风帆隐隐，即太湖也。倚窗俯视，风动竹梢如翻麦浪。忆香曰：'何如？'余曰：'此妙境也！'忽又闻云客于楼西呼曰：'忆香速来！此地更有妙境。'因又下楼，折而西，十余级，忽豁然开朗，平坦如台。度其地，已在殿后峭壁之上，残砖缺础尚存，盖亦昔日之殿基也。周望环山，较阁更畅。忆香对太湖长啸一声，则群山齐应。"读了这段文字，当日情景，历历在目。

关于无隐庵的沿革及其规模，可见石韫玉《独学庐五稿》中的《无隐庵记》。其文如下：

　　吴城迤西多名山，方外士每择其山水佳处，以为安禅之所。由灵岩至支硎，十里而近，中间平冈峻岭，迤逦相接。昔履中禅师（按，履中和尚，明崇祯间人）筑精舍于其间，曰无隐庵。其后庵主迭更，有不肖者废其业，结讼在官。嘉庆初，吴令吴公之诚，斥去故僧，别选梵行清高者，于是庵归天台澄谷风公（按，此人法名古风，一名际风，字澄公，号寒石，俗家姓王，天台人。1933 年曹允源等所修的《吴县志》卷七十七《列传·释道》有其小传），而风公先为尺木彭居士（按，彭绍升，字允初，号尺木，江苏长洲人，乾隆 年间进士，工古文，晚年居深山习静，素食持戒甚严，有《二林居士集》）延主吾与庵，因令其徒涵虚上人分主其地。其庵左右皆山，依岩结屋。中为问梅堂，堂之前有老梅，花时香雪盈庭。堂左为飞云阁，阁外古藤老木，翳荟阴森。其旁曰静观室，中奉观世音菩萨。室外聚石为台，泉出石间曰瓢丰泉，泉流曲折行在间曰泻雪涧，汇而为池曰金莲池。旁有小轩曰涌月轩，乔松百尺，山风时至，飒飒作海潮音。松下有静室曰清籁寮。修竹一林，回廊绕之，曰倚碧廊。庵之大略如此，此皆诸檀越为涵虚上人所修筑者也。吾闻如来在世，不肯在桑下三宿，恐其生依恋心，将大地山河皆空虚无有，而何有于一庵？然舍卫有城，给孤有园，虽在绝塞万里之外，而中国之人津津能道之，盖因佛而重也。此庵自履中开山以来，不知凡易几主。昔之人无闻知，而自归风公之后，其地遂为吴中名胜之区。士大夫游西山，必过而访焉。以想见风公之高致，几与支硎林公同此不朽，岂非地以人重耶？后来者，清修梵行，毋忘旧德，庶几长为山灵所呵护也。

石氏所记，殆为嘉庆五年（1800）之后经过再次整修的无隐庵，其中之飞云阁及其左近，犹是沈三白等当年啸傲之处，景色之幽美不异畴昔。只是石韫玉大谈什么"地以人重"，着意颂扬那位和士大夫交往以附庸风雅的"澄谷风公"，未免大煞风景。试问，当年沈三白、毛忆香、吴云客、王星澜等人畅游此地，庵中唯有一彭姓少年看守，何尝有这位道行甚高的"澄谷风公"及其徒涵虚上人呢？

六　两首有关陈芸的题画词

石韫玉《独学庐全稿》附有《微波词》一卷，其中有两首词是题沈三白所藏的画卷。

一首是《洞仙歌》，题目是《题沈三白夫妇载花归去月儿高画卷。时其妇已下世矣》。其词云：

> 春光一舸，趁江流如箭。料想仙源路非远。问刘纲，佳偶暂谪凡尘，消受过，几度花明月艳。比肩人已杳，憔悴崔郎，犹对夭桃旧时面。不用水沉香，百种芳华，早薰得真真活现。倘环珮珊珊夜深归，算只有嫦娥，当年曾见。

此画卷当是杨昌绪为沈三白和陈芸所作之写真小影，绘于萧爽楼中。《浮生六记》卷二《闲情记趣》里曾写道："杨补凡为余夫妇写载花小影，神情确肖。是夜月色颇佳，兰影上粉墙，别有幽致。星澜醉后兴发，曰：'补凡能为君写真，我能为花图影。'余笑曰：'花影能如人影否？星澜取素纸铺于墙，即就兰影，用墨浓淡图之。日间取视，虽不成画，而花叶稀疏，自有月下之趣。芸甚宝之，各有题咏。'"这两幅画，一幅是《载花小影》，一幅是《兰影图》，绘于乾隆五十八年（1793）的春天，上面当有时常来往萧爽楼的友人题咏。石韫玉为此画卷题词已是在陈芸去世之后了。

另一首词是《疏影》，题目是《为沈三白题〈梅影图〉》。其词云：

> 最伤心处，是瑶台圮后，芳华无主。不见婵娟，绘影生绡，翻出拈魂新谱。罗浮梦远寻难到，空听尽，啁啾翠语。怕夜深纸帐清寒，化作缟云飞去。从此粉侯憔悴，看亭亭瘦影，相对凝伫。留得春光，常在枝头，人寿那能如许。二分明月红桥侧，有葬玉一抔黄土。想幽香已殉琼花，不与蘼芜同影。

按《坎坷记愁》云："芸没后，忆和靖'妻梅子鹤'语，自号梅逸。权葬芸于扬州西门外之金桂山，俗呼郝家宝塔，置一棺之地，从遗言寄于此。……复至扬州，卖画度日，因得常哭于芸娘之墓，影单形只，备极凄凉。且偶经故居，伤心惨目。"望穿秋水，伊人不见，悠悠苍天，耿耿寸心。绘《梅影图》以寄哀思，当在此时。昔日有《兰影图》，今日有《梅影图》，恰成对照。

这两首题画词虽未署明写作年代，然亦大致可考。

据《坎坷记愁》，陈芸卒于嘉庆八年（1803）三月三十日。嘉庆十年（1805）七月，石韫玉始自北京返回苏州。他与沈三白多年渴别，相见甚欢。重阳节石氏挈眷重赴四川重庆之任，沈也随同前往，入其幕中。是年仲冬，抵湖北荆州，石氏得升陕西潼商道之信，留眷属于荆州，交沈三白照应，自己轻骑简从，至重庆办理移交事务。嘉庆十一年（1806）二月，沈三白及石氏眷属赴潼关；夏季石氏亦自川来。沈三白抵潼关甫三月，石氏又升山东按察使，眷属仍不能偕行，沈三白等人借寓潼川书院。沈氏自云："十月杪，（石韫玉）始支山左廉俸，专人接眷，附有青君（按，三白之女）之书，骇悉逢森（按，三白之子）于四月间夭亡，始忆前之送余堕泪者，盖父子永诀也。呜呼，芸仅一子，不得延其嗣续耶！琢堂闻之，亦为之浩叹，赠余一妾，重入春梦。从此扰扰攘攘，又不知梦醒何时耳。"

据《微波词》排列次序，《洞仙歌》在《疏影》之前，其写作时间当必在前。《疏影》词首句云："最伤心处，是瑶台圮后，芳华无主"，足见石韫玉写作此词时尚未有赠妾之事。因此，这两首词的写作时间应在嘉庆十年（1805）七月石氏返抵苏州（他和沈三白长期离别。陈芸卒于嘉庆八年（1803）三月底。嘉庆十年（1805）七月之前，他无机会见到画卷）至嘉庆十一年（1806）七月石氏自潼关赴山东按察使任之前。又以嘉庆十年（1805）七月至九月石氏在苏州时所写的可能性最大。

石韫玉是沈三白的"总角之交"。他目睹沈三白和陈芸的新婚，写过《月下老人像》的赞语，又从三白处亲闻陈芸的死况，为他题了一幅《载花归去月儿高画卷》（或称《载花小影》）和一幅《梅影图》，留下了两首哀悼的词。这两首词写得凄婉动人，遥想当年三白读之必定会泫然泪下吧。

七 琉球之行

沈三白在嘉庆十三年（1808）曾有琉球之行。此行是随朝廷遣派的使臣去册封琉球国王，正使是翰林院编修齐鲲，副使是工部给事中费锡章，沈三白的身份是从客。他撰有《中山记历》一卷（琉球古代有中山国，故称"中山"），列入《浮生六记》卷五，今佚。1935年上海世界书局出版《美化文学名著丛刊》，收进了所谓《浮生六记足本》，其中有《中山记历》，乃是伪作，系剽窃篡改曾在嘉庆五年（1800）出使琉球的副使李鼎元的《使琉球记》。笔者有《〈浮生六记足本〉考辨》一文，载中华书局1983年出版的《文学遗产增刊》第十五辑，对此作了考订。

齐鲲，字澄潇，一字北瀛，福建侯官人，嘉庆六年（1801）进士，由庶常授编修。他此次出使，石韫玉写了一套《送齐北瀛编修册封琉球》的散曲，见《独学庐全稿》所附的《花间乐府》。曲文如下：

[双调新水令] 一封丹诏降彤墀，驾灵槎乘风万里，手持龙虎节，身别了凤凰池。似者般四牡驱驰，也则是效贤劳为王事。

[驻马听] 你看那玉检金泥，五色天书题玺纸，丰貂文绮，九重菜币载云轺。不数那谪仙人醉草吓蛮词，不数那汉通侯凿空探源事，

四海皆知者，是大清朝第六度的琉球使。

［雁儿落带得胜令］羡你敕赐麒麟一品衣，钦颁蝌蚪千行字，荷君恩衣锦归，问亲舍鸣珂里。喜孜孜笑语绕庭闱，忙碌碌馈问遍亲知，威凛凛拥千骑弓刀盛，梦迢迢望三山云树奇。侏僙自唐代通蕃使，妍嫮尽尧封及岛夷。

［沉醉东风］我当初燃画烛玉衡一席，采明珠铁网千丝，入邓林逢了杞梓材，游元圃遇了珪璋器。果然鹏运天池，一路青云羡鸟飞，遥望着南溟如咫。

［折桂令］笑沧海沐浴鲸鲵，万斛朦艟，一叶如飞。想见有番女焚香，蛮童持节，国主擎卮。述风土瑶编纪事，志山川锦橐题诗。宾礼成时，早趁东风，归计休迟。

［清江引］须知圣主当阳熙庶绩，不负劳臣意。需卿绛节归，定有恩波至，但愿九万里扶摇从此始。

钱唐梁同书当时也写了一首送别诗，题为《戊辰夏送齐北瀛太史出使琉球》，见《频罗庵遗集》诗三。其诗如下："兽锦宫袍宝带鞓，词臣衔命出东瀛。弓刀列队鲸鲵静，英荡前头蝍象迎。万里宣风真浩荡，重帏称庆有光荣（君堂上具庆祖母八十四岁）。明年期过西陵驿，倾耳高谈海外程。"

关于这次海外行程，沈三白曾撰《中山记历》，惜已佚失，两位使臣也有文字记载，今存齐鲲、费锡章合编的《续琉球国志略》及费锡章的《一品集》。《续琉球国志略》凡五卷，署"翰林院编修臣齐鲲、工科给事中臣费锡章恭辑"，大约是他们两人献给皇帝的书，报告此行的经过。《一品集》凡两卷，有序，末署"嘉庆十有三年，岁在戊辰，小阳月，年愚弟张师诚拜题于榕城节署"，上下两卷，收有费氏该年二月十八日出都至离开琉球所写的诗。两书罕见，笔者久觅始获。

此行之选择从客，乃是一项重要事情。《续琉球国志略》卷五《志余》曾有记载："正副使奉命册封，例许随带从客、医士等，正使跟丁二十名，副使跟丁十五名，经礼部奏定有案。臣等查前使张学礼从客陈翼，授王世子，王婿辈琴操，医士吴燕授国人医理；徐葆光从客陈利川，授那霸官毛光弼琴法。但琉球人质朴好文，使臣将命后，求诗求字，日不暇给，从客长于笔墨者，自不可少，其他不必求备。至仆从人等，不过以此壮观瞻而已。"从客实际上担负了文化交流的工作，长于笔墨和多才多艺的人，才能胜任。沈三白自是适当的人选。他和石韫玉是总角之交，相知甚深。嘉庆十二年（1807）秋，石降官翰林，他也陪同入都。石韫玉和齐鲲同在翰林院供职，沈氏当系石所介绍，为齐鲲挑中。

　　当时使臣赴琉球册封，所乘的封舟以夏至往、以冬至归，有迟至次年二月始返者。这是为了利用季候风之变换。虽然如此，海上仍会遇到风暴。使臣奉命而行，势难规避，而从客之自愿前往，需具有相当大的胆识与决心。姚鼐在王文治《梦楼诗集》序上说，乾隆二十一年（1756），翰林院侍讲全魁出使琉球，邀王文治一同渡海，文治欣然规往，故人相聚涕泣留之，不听；入海，覆其舟，幸得救不死，乃益自喜曰："此天所以成吾诗也"，今集中名《海天游草》的部分，即是此行之作。王文治书法与诗俱佳，在当时与袁枚齐名。沈三白虽不如他的名声大，其胆识与决心当亦过人。按，三白身体健康，并非一介文弱书生，观其游虞山能"猿攀而上，直造其巅"，且"以腹面壁，依藤附蔓而下"，又能骑马"日则驱鹰犬猎于丛沙渚间"，可知他爱好旅游。凌波涛，渡大海，在当时是件壮举，岂可不往，坐失良机？《浮生六记》卷四《浪游记快》末尾，以"明年二月，余就馆莱阳。至丁卯秋，琢堂降官翰林，余亦入都。所谓登州海市，竟无从一见"作为结语，甚妙，由此而过渡到下一卷，记次年的琉球之行，极其自然。海市蜃楼虽未得见，然而却实地去海外一游，为之耳目一新。作者文心之细，一至于此。

　　《中山记历》今虽未存，然此次琉球之行，因有齐鲲与费锡章的记述，其大体内容也可窥知。当然，同是一事，同属一景，不同之人也会有不同的感受。沈氏之感受究竟如何，也只有靠我们各人自己想象了。

　　此行之启程日期是嘉庆十三年（1808）闰五月初三日。使臣的封舟有两艘，共载五百十二人。启碇典礼颇为隆重。《一品集》卷下有《闰五月初三日，南台开行》诗，其中云："中山使者持绛节，高坐南台点士卒，当街一踊上舳舻，异军五百苍头突（两舟共五百十二人）。龙旗御仗列满床，万目暌暌金鼓伐，笑指南风渐渐来，回身再与诸公别。"又有《姑米洋候风》诗，题下有注："海中无可湾泊，惟有随风荡漾，所恃者一桅片帆而已"，诗云："万涛围一叶，四顾更无舟。不辨鱼龙气，真成日夜浮。天圆低似盖，水活碧于油。欲问蓬莱路，神仙未可求。"于此可见海行之一般情况。

至其惊险场面，亦可于费锡章《一品集》中见之。卷下有一首诗，题作《落帆后询知本日乃系暴期，旋见黑云层叠，大风拥之南来，舟中无不失色。云既渐近，而又折而北去，一似有所避者然。益信御书在舟，百灵呵护。而是日他舟之有无遭风，不能问矣》，诗云："雷声隆隆响地穴，电光闪闪九霄掣，黑云层叠压泰山，大风鼓荡势横绝。正是重洋起暴期，文武仓皇齐吐舌，水声人声诵佛声，但觉智尽能亦竭。余时倚枕念生平，我弟无言手暗捏，指点空中已渐遥，似将直逼忽一折。舟子乘暇转船头，镇静将军铁力搣（海舟舵神号镇静大将军），须臾皎日现扶桑，泰然无恙心欢悦。……"于此可见船工、舵手之沉着冷静，从容不迫，力挽狂澜，转危为安。

归途中他们还遇到了惊险。《续琉球国志略》卷三之记载云："十月初一日回舟，泊马齿山候风。初九日放洋，时二号船已循山而西，头号船离山仅数尺，尚未折回。群呼船已迫山，立成齑粉。臣等危急之际，默祈神佑。倏忽间船至山边，若有引之而西者。咸谓海船重逾二十万觔，非神力不能然也。十月初十日为水仙暴，老舵公云最准，迟早必在三天前后。初九日放洋时，天日晴霁，十二日过黑水洋，是夜飓风大作，一昼夜不止，白浪如山，飞压船面，锅灶皆没，舵动摇不定，针盘亦屡移。臣等在风涛簸荡中，虔心求祷，合船诵佛号不绝。十三日黎明，风稍息，考之针路，已斜走数百里矣。"

《一品集》中还有《琉球杂咏》十首，题下有注云："前使汪、徐两先生俱有《中山竹枝词》，已数十年，风俗不免小变，因成杂咏十首。凡二公所曾咏者，不再作也。"其第六首云："不诵诗书不种田，游人日暮满堤边。东风无力南风竞，六月炎天放纸鸢（球地操作，全是妇女，男则甚逸。四时俱放风筝，余所目击，正在六月，较《传信录》所述，又早三月）。"此是费锡章之作。清末黄景福《中山见闻辨异》引有"六月炎天放纸鸢"一句，以为齐鲲诗，或是误会。按，齐鲲撰有《东瀛百咏》，不知迄今尚存否，想其中会有不少材料可资参考。

笔者估计，《续琉球国志略》虽是齐鲲与费锡章两人署名，书中可能有沈三白的手笔。又，据云在琉球有一本《碑文集》，上面可以看到很多清朝使臣在琉球天使馆、学校、庙宇及各名胜所遗下的碑文、匾额、楹联、诗词。其中署名齐鲲之作，可能也有一部分由沈氏代劳。沈三白在琉球作过一些文化交流的工作，殆无可疑。

八　沈三白的晚年

沈三白的晚年生活在人们心目中是个谜。他卒于何年，迄今尚未发现明文记载。

顾翰《拜石山房诗钞》里有一道题为《寿沈三白布衣》的长诗，从中可以窥知沈三白的晚年生活。今录于下：

> 昔闻沈东老，家贫乐有余，床斗千斛酒，架上万卷书（按，沈东老即宋代的沈思，归安人。字持正，隐于县东之东林，因号东老。家颇藏书，有"黄金散尽为收书"之名句。喜宾客，能酿十八仙白酒）。我观三白翁，踪迹毋乃是，无心慕荣利，不肯傍朝市。当年曾作万里游，记随玉册封琉球，风涛万里入吟卷，顿悟身世如浮沤。人间得失等毫发，一意率真非放达，桥边孺子呼进履（按，用圯上老人事，见《史记·留侯列传》），当代大臣来结袜（按，用西汉廷尉张释之厚待王生老人事，见《史记·张释之传》）。偶因币聘来雉皋，十年幕府衣青袍，买山无赀去归隐，肠绕吴门千百遭。吴阊门，虎阜寺，高僧名道日栖止，期君结屋相往来，拊掌一笑林花开。赠君以湘江绿筠之杖，醉君以幔亭紫霞之杯，腰缠不羡扬州鹤，岁岁同看邓尉梅。

顾翰，号兼塘，江苏无锡人，嘉庆年间举人。以教习官京师，出为安徽泾县知县，晚年主讲东林书院，著有《拜石山房诗钞》十卷及补遗一卷、《拜石山房词钞》四卷。《拜石山房诗钞》卷首有其堂弟顾翊（兰厓）嘉庆十五年（1810）写的序，所收诗依写作年代的顺序而排列。

　　《寿沈三白布衣》一诗编在《拜石山房诗钞》卷六。卷五的第四十九题，即本卷的倒数第六题，为《哭三女绣姑》，诗题下有作者自注："女以甲戌生，越岁己卯，其母挈之来京，凡七年矣。虽状貌不逾中人，性颇自好，一灵慧女子也。庚辰五月二十四日以痘殇，葬于宣武门外太清观之侧，立员石焉，诗以志痛。"由此可知，这首哭女诗是作于嘉庆二十五年（1820）庚辰。卷六的第一个诗题为《新春喜雪》，第二个诗题为《上元夜》，都是次年即道光元年（1821）之作。第十一个诗题为《闰上巳日，招同姚山宾上舍、邹钟泉进士、季仙九孝廉，徐秋士、郑瘦山、陆莱庄诸同年，修禊万柳堂，归饮酒家垆侧，尽醉而返》，此诗是《寿沈三白布衣》诗前第四题，虽未署明年代，仍可考出。关键是在"闰上巳日"。上巳是阴历三月初三，"闰上巳日"表明这一年有闰三月，查《御定万年书》，道光二年（1822）有闰三月，故可断定此诗作于道光二年（1822）。《寿沈三白布衣》是卷六的第十五个诗题，与上诗乃作于同一年。足证沈三白在道光二年（1822）人尚健在。他生于乾隆二十八年（1763），至道光二年（1822），恰好年届花甲，《寿沈三白布衣》是祝贺他六十大寿。

　　我们知道，嘉庆十三年（1808）沈三白有琉球之行。据顾翰诗中所写，自琉球归来后，"偶因币聘来雉皋，十年幕府衣青袍"，雉皋即江苏如皋，他在此地又作了十年光景的幕客。自嘉庆十四年（1809）至道光二年（1822），计十四年，与顾翰所云大体相符，"十年"系指成数而言。

　　他在如皋幕中工作长达十多年，其长官必长驻该地，查对道光十七年（1838）范仕义主修的《如皋县续志》所载《职官表》，一般官吏任期多不长，唯有驻掘港场之盐运司大使梁承纶（浙江会稽人，副榜），自嘉庆十四年（1809）莅任，至道光二年（1822）才由童凤枝（浙江山阴人，监生）更替。梁承纶很可能就是沈三白的幕主。

　　从顾翰诗中看来，沈三白晚年对幕客生涯深感厌倦，无奈家贫，只好依人作嫁，客居在外。他早年愉快而又忧伤的生活已成陈迹，理想全盘化为泡影。沧浪亭、仓米巷、水仙庙、无隐庵、晚霞夕照的张士诚王府废基，菜花黄时的南园，悬挂在内室的《月下老人像》，萧爽楼中清香撩人的木樨，都会频来入梦，勾起他浓重的乡愁。"买山无赀去归隐，肠绕吴门千百遭"，其苦恼也就可想而知了。他虽饱经忧患，仍然"无心慕荣利", 自甘于清贫, 爱书好酒, 不异昔时。可万恶的封建社会夺去了他妻子陈芸的生命, 毁坏了他们的幸福生活, 使他为衣食所迫而不得不到处奔走, 可是却永远也改变不了他那艺术家的气质和性格, 无法使他堕落成为一个庸俗的人。

我们得知他的最后消息是道光五年（1825）他还在如皋, 拿出他的《浮生六记》给友人看。

这位友人名叫管贻葑, 看后题了六首七绝, 即《浮生六记》刊行本所载的《分题沈三白处士〈浮生六记〉》（作者署名"阳湖管贻萼树荃", 将"葑"字误排为"萼"）。

此诗又见于管氏所撰《裁物象斋诗钞》, 题名小异, 作《长州沈处士三白以〈浮生六纪〉见示, 分赋六绝句》, 是诗集中的第三十九题。诗前的第四题是《送方大履篯省亲之粤西, 即题其〈燕台送别图册〉》（即第三十五题）, 前第三题是《花朝后二日, 同人集云西山馆饯方大, 即席联句》（即第三十六题）, 前第二题是《抵家后赴雉水讲院作》（即第三十七题）, 前第一题是《同傅大令祖绪、宗秀才金枝寻水绘园故址, 仅存门径一掾, 园额犹在, 余地尽归园侧, 雨香庵、水明楼犹旧时胜境也。感赋一章, 并邀同作》（即第三十八题）。

方履篯, 字彦闻, 顺天大兴人, 工诗词及骈文, 善隶书, 尤精志乘之学, 有《万善花房文稿》。据洪齮孙为他写的《墓表》云:"戊寅顺天举人, 丙戌会试后大挑一等, 分发福建以知县用, 历署永定、闽县事。……卒年四十有二。"又梅曾亮《方君墓表》云:"中嘉庆二十三年举人, 道光六年以大挑为福建知县, 署永定县。……遂卒, 时道光十一年六月十八日, 年四十二。"两种《墓表》均见《万善花堂文稿》之附录。

从《送方大履篯省亲之粤西, 即题其〈燕台送别图册〉》的诗题看来, 方履篯是到广西省亲去的。诗题称"方大"而不称"方大令", 按理必在他道光六年（1826）以大挑分发福建署理知县之前〔按, 后面的诗题有称"方大令"者, 如《上巳日偕丁大令（煦）、余刺史（保纯）、盛大舍（思骞）、赵孝廉（申嘉）、上舍（煦）、吴参军（特征）, 集方大令（履篯）万善花室褉饮即事》〕送方履篯诗是管氏《裁物象斋诗钞》中第三十五题。第五十三题为《许烈妇诗》, 首句云:"道光六年冬十月, 万口争传许妇烈"，是道光六年（1826）年底作。

在道光六年（1826）之前的一次会试是道光三年（1823）。是年方履籛必赴京参加会试，去广西省亲当在次年二月间（第三十六题为《花朝后二日，同人集云西山馆饯方大，即席联句》，花朝为二月十二日），因离开北京，故有《燕台送别图册》。

管贻葃《抵家后赴雉水讲院作》诗中云："去年来帝京，素衣涸尘坱，故乡渺何处，乐事余梦想。今年赋南归，幽情遂菰蒋，还家未匝月，出门复惘惘。澄江百里遥，易舟溯泱漭，水穷跻川陆，兰舆涉林莽。春晚梦苗秀，平原豁开朗，雉水称名区，华离错膏壤。讲舍临清溪，泉石致幽敞（院为邑绅张氏露香池馆别业），邻园富花木，钟声递余响（院侧徐氏园有八钟楼诸胜）。惠绩著先人（先君子曾官如皋），流传话畴曩，倾盖得新知（柳桥大令），纵谈空万象。……"所叙景象和管氏《湘雨斋词草》中的《高阳台》（花朝日抵如皋，宿露香池馆，见雨中桃花，感赋）相吻合。由此可知管氏到雉水讲院是花朝日，即二月十二日，自不能与在北京饯别方履籛为同一年，而是下一年，即道光五年（1825）。

此诗的下一题便是管氏"同傅大令祖绪、宗秀才金枝寻水绘园故址"所赋之诗，水绘园也在如皋，为冒辟疆家之园林。

《长洲沈处士三白以〈浮生六纪〉见示，分赋六绝句》一诗，紧接以上两诗之后，故可断定沈三白道光五年（1825）尚在如皋。

1939 年上海西风社出版《浮生六记》的汉英对照本，译者为林语堂，扉页上有一张沈三白所绘《水绘园图》的照片。从照片上看，此画题名为《水绘园旧址》，上款为"晴石四兄先生属"，下款署"三白沈复"。林语堂注明是清道光间沈复为冒晴石明经作，上有李申耆、秦恩父、吴思亭、蒋剑人诸人的题咏，藏冒鹤亭先生家。如今我们知道沈三白曾在如皋长期做幕客，更可证明此画确是真品，由此可以见到沈三白的画风及其书法，弥足珍贵，不知此图今尚存否，殊为令人悬念。

旧说把沈三自卒年断在嘉庆十二年（1807）以后（见人民文学出版社1980 年新版本《浮生六记》的《刊印说明》）。我们作了以上考察，便可把他卒年的上限往后推迟十八年。可以判断沈三白道光五年（1825）仍尚健在，他至少活到了六十三岁。

在他六十三岁的时候，还拿出《浮生六记》给友人看，请人题诗，可见他对昔年生活之难以忘怀以及对自己这部著作之重视。不妨说，这是一部他的呕心沥血之作。他所写的《浮生六记》虽只存留四记，却给我们留下了那个时代知识分子生活的写照。全书内涵的潜流（思想倾向）即是对美的追求，对理想生活的追求，同时，也不啻是他对封建社会发出的抗议书，他似乎在向后人谆谆告诫："以后不要再有像我那样不幸的生活。人们应该过更好的合乎理想的生活。为了创造和建设新的美好的生活，人们，你们要努力啊！"

九　《浮生六记》序跋

沈三白在世时，《浮生六记》并未付梓。后来杨引传得其手稿于苏州城内冷摊之上，是时六记已缺其二（即《中山记历》与《养生记道》），遍访城中，无人知其作者之名。光绪三年（1877）杨引传将他所藏的《浮生六记》稿本，交上海申报馆以活字版排印，作为《独悟庵丛抄》中的第一种，次年（1878）出版。其后《雁来红丛报》自光绪三十二年（1906）四月起连载。民初上海进步书局将此书编入《说库》刊行。1912年有上海明明学社本。1915年有上海梁溪图书公司本。1924年5月有北京霜枫社本，俞平伯先生校阅，朴社发行。以后屡经刊印，大行于世。据笔者所知，新中国成立前的版本约有三十多种，尚不包括再版本在内。

此书刊行时，卷前载有阳湖管贻萼（各本均把"萼"字误排为"萼"）的《分题沈三白处士〈浮生六记〉》诗，潘麟生同治十三年（1874）初冬序，杨引传光绪三年（1877）七月七日序（按，此是七夕写成，当是纪念当年沈三白与陈芸是日同拜天孙于我取轩中），王韬光绪三年（1877）九月中旬跋。

1939年上海西风社出版的汉英对照本《浮生六记》，前有译者林语堂序，内云："现存的四记本系杨引传在冷摊上所发现，于1877年首先刊行。依书中自述，作者生于1763年（按，乾隆二十八年），而第四记之写作必在1808年（按，嘉庆十三年）之后，杨的妹婿王韬（弢园），颇具文名，曾于幼时看见这书（按，英译为 had Seen the book in his childhood），所以这书在 1810 年至 1830 年间当流行于姑苏。"

林氏说《浮生六记》在嘉庆十五年至道光十年（1810—1830）之间尚流行于姑苏，不知何所见而云然。据我们所知，此书当时并未刊行，沈三白在道光五年（1825）尚健在，并将其稿本给友人管贻萚看过，请他题诗。王韬的《弢园文录外编》中有《弢园老民自传》，自云："老民以道光八年十月四日生。"道光八年为公元 1828 年，公元 1830 年王韬仅三岁，略识之无，焉能阅读《浮生六记》一书？世上似无如此奇绝之天才。林氏说王韬曾于幼时看见这书，殊为不妥。

王韬《浮生六记跋》云："予少时尝跋其后云……顾跋后未越一载，遽赋悼亡，若此语为之谶也。"这里所说的"少时"绝非"幼时"。王韬何时丧妻，现有材料可考。《弢园文录外编》中有《先室杨硕人小传》，内云："硕人杨氏，名保艾，字台芳，后余为更其字曰梦蘅。茝汀先生讳隽第三女，醒逋茂才名引传之胞妹也。……丁未正月硕人年二十有余归余。"可知其妻杨梦蘅是杨引传的胞妹，道光二十七年（1847）出阁，是时王韬年二十岁。《弢园老民自传》又云："老民妻杨氏梦蘅，名保艾，字台芳，娶仅四年没于沪。"又王韬为其友人管秋初所写的《潘孺人传略》云："余亦二十三岁，早赋悼亡，杨硕人梦蘅年盖亦仅二十有四，与秋初有同悲焉。"王韬道光三十年（1850）为二十三岁，是年杨梦蘅去世。杨梦蘅当生于道光七年（1827），长王韬一岁。王韬既云"顾跋后未越一年，遽赋悼亡"，则他的《浮生六记跋》必写于道光二十九年（1849）或三十年（1850），其时他二十二岁或二十三岁。林氏未作深考，故而有误。

王韬光绪三年（1877）邮寄《浮生六记跋》与其妇兄杨引传，系把他近三十年前所写的旧跋全部过录，前加弁言，后添数语，以志经过。他所看到的即是杨引传在冷摊上所购得的残本，仅存四记，所以杨氏获得此本的时间当在道光三十年（1850）之前，而不能在其后。有人以为沈三白的手稿直到光绪初年才为杨引传所发现，实误。

1982 年《红梦楼学刊》第 2 辑发表了洪静渊的一篇短文《读〈红楼梦〉和〈浮生六记〉补遗》。洪文云："按《浮生六记》原名《红尘忆语》，又名《独悟庵丛钞》。在同治甲戌年间，其书稿为武林刺史潘麟生号近僧所得。"又云："根据光绪年间，我们徽州青溪阳湖管贻葑对《红尘忆语》的题跋，认为'忆语只有四篇，后二篇系以沈三白自况之潘麟生所作，并为六记。取名浮生者，系本脂评石头记所作浮生着甚苦奔忙，盛席华筵终散场之诗意而定名。'"

按，《浮生六记》原名《红尘忆语》，又名《独悟庵丛钞》，不见于刊本《浮生六记》及其序跋，当系洪氏根据管贻葑对《红尘忆语》之题跋。"独悟庵"为杨引传之室名，杨氏所写的《浮生六记序》即署"光绪三年七月七日，独悟庵居士杨引传识"。此书在光绪四年上海申报馆以活字版排印时，作为《独悟庵丛钞》中的第一种。《独悟庵丛钞》是杨引传所编的丛书，如何能和《浮生六记》混为一谈。管贻葑在道光五年（1825）看过沈三白出示的《浮生六记》，怎能说出这番话来？

潘麟生的《浮生六记序》，后署"同治甲戌（按，同治十三年，1874）香禅精舍近僧题"。他是杨引传的朋友，从杨处而看到此书。杨氏在道光三十年（1850）之前在冷摊上获得此稿，一直藏于自家，至光绪三年（1877）才交上海申报馆付印。所谓"其书稿为武林刺史潘麟生号近僧所得"，实不可能。又，潘麟生只是一个秀才，并未做过什么武林刺史。其致误之原因，当系对杨引传《浮生六记序》一文胡乱断句。按，杨序云："其书则武林叶桐君刺史、潘麟生茂才、顾云樵山人、陶芑孙明经诸人，皆阅而心醉焉。""刺史"属上句，是指叶桐君；叶桐君是武林（杭州）人，但也不是"武林刺史"，清制，如知县、知府等官均不得由本省人担任，照例须回避。绝不能以"刺史"属下句，硬安在潘麟生头上。说什么"武林刺史潘麟生"，岂非张冠李戴？

近人所伪造的《浮生六记》后两记，其《中山记历》系剿袭李鼎元的《使琉球记》，其《养生记道》系剿窃曾国藩的《求阙斋日记类钞》，作伪之事与王均卿其人有关，作伪时间约在 1935 年，笔者已有考订，可见 1983 年中华书局出版的《文学遗产增刊》第十五辑所载的拙文《〈浮生六记足本〉考辨》。曾国藩号称有清一代"中兴第一名臣"，门生故吏遍天下。潘麟生竟敢于在同治年间剿窃《求阙斋日记类钞》而成《养生记道》，岂非咄咄怪事？

再则，管贻葑看过沈三白所出示的《浮生六记》，并题了六首绝句，分赋其中各卷。他所看到的乃是全本，六记俱存，怎能在《红尘忆语》的题跋中说："忆语只有四篇，后两篇系以沈三白自况之潘麟生所作"，岂非白日梦呓？

"浮生着甚苦奔忙，盛席华筵终散场"一诗，只见于甲戌本《脂砚斋重评石头记》之卷首，而不见于其他脂评本。甲戌本甚为罕见，同治年间藏于刘铨福之半亩园（在北京），书上有刘氏同治二年（1863）及同治七年（1868）的跋语，并有濮文暹、汉文昶兄弟同治四年（1865）的跋语，末署"青士，椿余同观于半亩园，并识"，至今才有影印本，始大行于世。何以潘麟生能在当时见到此书，并能联系《浮生六记》而加以引用？

洪氏并未说明管贻葄对《红尘忆语》的题跋见于何书、何处得来，根据以上分析，可以断言，他所看到的乃是一件后人伪造的假材料。为免以讹传讹，此事亟须一辨。

真正可惜的是，杨引传所得到的沈三白《浮生六记》手稿下落不明。杨氏拿出付印，其功自不可没，然付印之后此稿竟不知所终，真是一件憾事。杨引传之后裔或在苏州，能知其消息否？念念。我相信广大读者怀有和我同样的心情。

（原载《俞平伯从事文学活动 65 周年纪念文集》，巴蜀书社 1992 年版）

《琉球国记略》非沈复之作考辨

一

2010 年 4 月，人民文学出版社出版了《浮生六记》的新增补本（以下简称"新增补本"）。其出版说明云："最近有收藏者发现了沈复同时代人、清代著名学者、书法家钱泳的《记事珠》手稿，其中有关于沈复和《浮生六记》的重要文献。特别是《册封琉球国记略》一篇，更被多位学者认定为抄录自已经失传的《海国记》（《中山记历》的初稿本）……我社与收藏者商议，决定将新发现的《册封琉球国记略》（《海国记》）与《浮生六记》前四记一起整理出版。希望此书的出版，能对《浮生六记》研究有所助益。"

笔者最近仔细阅读了这个新发现的文本，并搜集了有关嘉庆十三年（1808）赴琉球册封使团活动的一些材料，加以比较、对勘、研究，不辞谫陋，提出自己的一些看法，以供《浮生六记》的爱好者和研究者参考。

我仔细审视新增补本前面所刊载的钱泳抄稿的照片，发现他所抄录的文字出自《琉球国记略》。按，《记事珠》中各标题均低两格，单独标出。此处之"册封"二字乃顶格书写，与其体例不合，显系后加。而"册"字系涂改，原字模糊不清。二字较原有标题之字迹小，与钱泳本人笔迹不符。改动后的标题亦欠通，盖此行为册封琉球国现在位之国王并追封已故之国王。琉球国自明代洪武年间起即已奉中华正朔，自居为藩属之国，历代国王均受中国册封，作为国家，固无待于直至嘉庆十三年（1808）始册封也。"册封"二字当为后人妄改，我们首先必须予以正名。

明乎此，则其中记载了册封典礼之活动以及琉球一些风土人情，均属题中应有之义，方不显得突兀，两部分能合成为一整体，不致使人误认为系一篇文字与其他杂记的拼凑。

令人顿生疑惑的是抄录者钱泳既已知《浮生六记》初稿中有《海国记》一篇，何不径题为《海国记》呢？此文绝口不提作者自己的主观感受，不抒情，亦无"春云偶住留痕室，夜半涛声听煮茶"（管贻葄《分题沈三白处士浮生六记》之第五首）等的文人雅事。是否可能这《琉球国记略》并非沈复之《海国记》，而作者另有其人？此人在《琉球国记略》开首所说的"吴门有沈三白名复者，为太史司笔砚，亦同行"，只不过是对客观事实的叙述。盖沈复此时的幕主是赴琉球使团的正使、翰林院编修齐鲲。三白是经其好友、"总角之交"的石韫玉推荐来的。石韫玉是乾隆五十一年（1786）状元，出任过重庆府知府与山东按察使，此时亦在翰林院任编修，与齐鲲为同侪。沈复在众从客中占有优越地位，相当于后世之首席秘书，故予特别标出。说钱泳所抄录的原文本作"余为太史司笔砚，亦同行"，而钱泳擅自加以改动，纯属猜测，未必合乎事实。这有昔日"增字解经"的诠释方法之嫌，似不可取。

二

无独有偶。与《琉球国记略》书名极相似，有一部官书名《续琉球国志略》。① 此书为嘉庆十三年（1808）赴琉球册封使团之正使齐鲲（翰林院编修）和副使费锡章（工科给事中）所编纂，其中收录了有关使团此行的文书以及所调查了解的琉球各方面情况，是他们归国后向皇帝呈送的报告。现存有清嘉庆间武英殿木活字本。全书共五卷，前面还有"首卷"。其总目标示如下：首卷系"御书，诏敕，谕祭文"；卷一为"表奏，国统"；卷二为"封贡，典礼，学校，政刑，官制，府署"；卷三为"祠庙，风俗，人物，物产，针路，灵迹"；卷四为"艺文上"；卷五为"艺文下，志余"。

---

① 按乾隆二十一年（1756）册封使团之副使周煌，编纂有《琉球国志略》十六卷。故此书称为续编。

　　由于这是一部官书，内容翔实可靠，正好可和《琉球国记略》相对照。此书虽是齐、费两人署名，而实际的撰述者应是专为正使齐鲲"司笔砚"的从客沈复。

　　两书相对照，其事大体相合，但所取的角度不同，文字亦异。其记载举行追封、谕祭及正式册封诸典礼之进行步骤与场面安排，与官书卷二《典礼》全部相符，此亦不足怪，因有所谓《仪制》单在。《琉球国记略》云"先一日，通事官呈《仪制》，备轿马，请从官至先王庙演礼"（第85页），而且还有事先的排练。其作者显然参加了这种排练演习，正式场合也都在场。其所述琉球之行的见闻，皆亲历目睹，绝非向壁虚构，亦非剿袭拼凑。

　　但两者的记载也有惊人的差异之处。

　　一是嘉庆十三年（1808）赴琉球使团何时到达琉球，二者有异。

　　《琉球国记略》云：

　　　　（闰五月）十五日午刻，遥见远山一带，如虬形，古名流虬，以形似也。相距约三四十里，舟中升炮三声，俄见小艇如蚁，约数百号，随风逐浪而来。先有一船，投帖送礼，有旗，旗上书"接封"二字。其头接官为紫金大夫……未几，又有鸣锣而来者，为二接之法司官，投衔帖请安，三接官为国舅……至其口，曰那霸港……封舟身重不能抵岸，乃横小船，架板作浮桥，以达封舟。岸上有屋三楹，额曰"却金亭"，国王迎候于此……至中途，有迎恩亭，国王设香案，率其众官，行三跪九叩首接诏礼。礼毕，王前导，至天使馆……十六日，迎天后进天后宫。天使出馆，各庙拈香，答拜国王。（第83—84页）

这里明确表明是五月十五日到达琉球并住进天使馆。

　　可是《续琉球国志略》卷一《表奏》所载嘉庆十三年（1808）十月初二日之琉球国中山王尚灏《谢恩疏》云："嘉庆十三年钦差正使翰林院编修齐鲲、副使工科给事中费锡章等，持节赍捧诏敕币帛，随带员役，坐驾海船二只，于本年闰五月十七日按临敝国。臣灏即率百官臣庶于迎恩亭恭请皇上圣躬万安，奉诏敕安于天使馆。"

此文亦见于琉球之《历代宝案》。

相差了两天。如果十七日才登岸，国王亲自迎候，并引导住进天使馆，则十六日天使怎能出馆至各庙拈香并答谢国王呢？

二是何时举行追封及御祭典礼，二者亦有异。

《琉球国记略》云：

> 至七月朔日，将举行追封御祭礼仪。从官四人，一为捧诏官，一为捧节官，一为宣诏官，一为捧帛官。先一日，通事官呈《仪制》，备轿马，请从官至先王庙演礼……至次日辰刻，天使出馆，诣各庙拈香。返，三法司及众夷官备龙亭、彩亭、金鼓仪仗，集馆门外。候启门，奏乐，参谒毕，迎龙亭、彩亭入。正使捧节，副使捧诏，皆朝服……升炮，夷官前导。排全副仪仗，皆中国兵丁为之，着号衣骑马者，约百余对……追封礼毕……御祭礼毕。（第85—86页）

此文指明是"七月朔日"，即七月初一，前一日进行过排练。

可是，《续琉球国志略》所载嘉庆十三年（1808）十月初二日之琉球国中山王尚灏《谢恩疏》云："择吉于六月十五日，先蒙赐诏命追封王爵于臣父尚成，复蒙谕祭臣祖王尚温、臣父尚成。"

又《续琉球国志略》首卷《诏敕》载有《追封故世子尚成制》，末署"嘉庆十三年六月十五日"。此即追封典礼上宣读之诏敕。

又首卷《谕祭文》载有《嘉庆十三年谕祭故王尚温文》，开首即云："维嘉庆十三年岁次戊辰，六月乙未朔，越十有五日己酉，皇帝遣正使翰林院编修齐鲲、副使工科给事中费锡章，谕祭故琉球中山王尚温之灵曰……"

又《谕祭文》有《谕祭故世子追封国王尚成文》云："维嘉庆十三年岁次戊辰，六月乙未朔，越十有五日己酉，皇帝遣正使翰林院编修齐鲲、副使工科给事中费锡章，谕祭琉球国故世子、追封国王尚成之灵曰……"

官书所载之文书均写明为"六月十五日"，历历可考，而《琉球国记略》却与之不同，两者相差有半个月之久，令人费解。

三是何时正式举行册封现任琉球国国王的典礼，两者亦不同。

《琉球国记略》云：

> 至七月二十六日，始行册封大典。前一日，从官先往王府演礼……至次日，天使随文武官及从者至府，一如追封前仪……惟观者之多，更盛于前，盖忝有该国文武官眷属，设篷幕于路侧；又有扶老携幼者，合数万人，真大观也。（第87—88页）

官书《续琉球国志略》卷一《表奏》所载嘉庆十三年（1808）十月初二日之琉球国王尚灏《谢恩疏》云："嗣于八月初一日，荷蒙宣读诏敕，封臣灏为中山王，钦赐蟒缎等项，并赐妃彩缎等物。臣率领百官拜舞叩头谢恩外，随请于天使，恳留诏敕为传国之宝。"

又，此书首卷《诏敕》载有《嘉庆十三年封王尚灏诏》，末署"嘉庆十三年八月初一日"。此即在册封典礼上宣读过并留存为琉球国传国宝之中华皇帝诏书也。

八月初一正式册封现任琉球国国王的典礼，何以在《琉球国记略》中却提前五天，于七月二十六日就举行了？

琉球国自明代洪武年间起即奉行中华正朔，所以琉球与中华不可能有日期上的差异，这里不存在所谓"换算"的问题。

《琉球国记略》所记的三个关键日期皆不确。沈复身为正使齐鲲身边专"司笔砚"的重要幕僚，他过去富有做幕的经验，此行又负有重大的责任。这些文字若是出于他的笔下，岂非咄咄怪事？须知他是官书《续琉球国志略》的主要撰述者，明明白白记载了此行的三个关键日期，已向皇帝呈报，如果他又是《琉球国记略》的作者，而又如此写法，岂不自相矛盾，自打自嘴。此行所为何事？不就是为了举行追封、谕祭及册封大典吗？作为使团的首席秘书，岂能一错再错？足见《琉球国记略》的作者并非沈复，而另有其人。《琉球国记略》并非《海国记》，也不是《浮生六记》中第五记《中山记历》的初稿。

三

还有一种说法，说是从对"红衣人"的描述，可证沈复曾光顾过这种"娼寮"，才能写出这等文字。事实未必如此。沈复今非昔比，受好友翰林院编修石韫玉之推荐，作为使团的重要幕僚，观瞻所系，未必敢于犯禁令，招来物议。何况此一时期的沈复，并非独身，他有家眷，即石韫玉赠送的姬人，称为"华蕚女史"。先师俞平伯1928年曾写有《为陈乃乾题沈三白印章》七律一首，其中有"故黛芸香总消歇，新枝华蕚可重芬"之句，并自注云："有其姬人'华蕚女史'小印。"①

当然，使团从客之中，鱼龙混杂，也难保没有个别人偷偷摸摸做出这种事体。

齐鲲与费锡章此行所带的从客原不止沈复一人。

据《续琉球国志略》卷五所载齐鲲与费锡章呈交皇帝的报告云："正副使奉命册封，例许带从、客医士等，正使跟丁二十名，副使跟丁十五名，经礼部奏定有案。臣等查前使张学礼从客陈翼授王世子、王婿辈琴操，医士吴燕授国人医理。徐葆光从客陈利川授那霸官毛光弼琴法。但琉球人质朴好文，使臣将命后，求诗求字，日不暇给。从客长于笔墨者自不可少，其他不必求备。至仆从人等，不过以此壮观瞻而已。臣等此次各带跟丁十名，已可敷用。"

这里明确表示，跟丁可以少带，但从客长于笔墨者万不可少，其中还包括通晓音律者。

也有前例可循。上一次，嘉庆五年（1800）赵文楷率册封使团赴琉球，据其副使李鼎元在《使琉球记》中的记载，从北京出发时，赵文楷有从客三人，即王文诰、秦元钧与缪颂，他有从客一人，即杨华才。到福州后，以福州将军庆霖举荐，又增加了一位从客，即寄尘。此人是个和尚，俗姓范，书画俱佳，其事迹见于同时人俞蛟《梦庵杂著》卷七《读画闲评》。他们带的从客一共有五人。这些人都具有较高的文化修养和艺术才

---

① 可参看陈毓罴《沈三白和他的〈浮生六记〉》，台北大安出版社1996年版，第142页。

能，为的是能进行文化传播与交流。

嘉庆十三年（1808）赴琉球使团中的从客也不会少于五人。如今可考出姓名者有三人。一即沈复，善书画篆刻，为太史齐鲲司笔砚。一为费锡辂，副使费锡章之弟，亦工画，其兄《一品集》中有《题家弟锡辂〈乘风破浪〉图》诗，又有海行诗云："正是重洋起暴期，文武仓惶齐吐舌。水声人声诵佛声，但觉智尽能亦竭。余时倚枕念生平，我弟无言手暗捏。指点空中已渐遥，似将直逼忽一折。""我弟"即称锡辂。又一人为黄本中，号觉庵，是一位贡生，擅工笔画。《一品集》有《舟中无事，黄明经本中出示悬弧小照，辄题四韵》诗，又有《停云楼即事》诗云："吾友黄觉庵，写图更精致。"其他人已不可考。

然而，从《琉球国记略》的文字中也可看出作者的真正身份，不乏蛛丝马迹可寻。

请看使团封舟到达那霸港口的描写："及进口，始见乐人排班，分左右行。前列红边黄旗两面，大书'金鼓'二字，后列号筒二人，喇叭二人，鼓四人，锣四人。但闻音韵悠扬中杂以鼓角咚咚而已。"（第83页）

如此精确描写，如闻其声，如见其人。他甚至对欢迎使团到来的"金鼓"乐队，其组合成分也密切注意，而不忽略过去，足见此人具有专业眼光，非一般之目击者。

再看《琉球国演戏》亦被专列一节，不嫌词费，一一描述。此节有标题，不知何故，整理者加以删除，试观新增补本卷首之"图八"可知。

此节专门描写琉球戏班在天使馆的大规模演出，自开场至闭幕，记述甚详。如此繁缛的描摹，在沈复《浮生六记》前四记的任何地方都未见到。试想这样的肯花篇幅、不惜笔墨，岂是《中山记历》所能容纳得下？无论如何，《中山记历》之篇幅总不能和前四记相差太远，这是可以断言的。

《琉球国记略》的真正作者对琉球演戏如此重视，于其特异之处，与中国传统戏曲相比较，一一加以指点。这表明他对戏剧也具有专业的兴趣。

还有一个现象，即他很注意演出的音乐伴奏和演员的装扮。他是这样写的："其开场无锣鼓，但闻场后连打竹板声，即见一老人戴荷叶巾⋯⋯

率男子八人，头梳高髻，身披白花红地衫，腰束皂色带，各执花绕场而舞，如堆花状。又有童子摇鼓穿绕其间，歌声从后场而出，不吹笙笛，用弦索和之。场上启，做关目说白而已。"（第92页）又如："又闻竹板再响，四小旦扮四女，装如天女而无风带，头顶五彩笠子，曼声弦歌而上。"（第93页）

此人呼之欲出，笔者认为他很可能就是使团从客中之通晓音律者，对音乐和戏剧有一种专业的爱好。惜乎今日已文献无征，其确实名姓不可考，湮没在历史的长河中了。

有人说，《琉球国记略》的文字风格非沈复莫属，斯亦太过。这种小品文，自明末以来就很风行，擅长这种文体者，代不乏人。如徐宏祖之《徐霞客游记》，袁中道之《游居柿录》，叶绍袁之《甲行日注》，张岱之《西湖梦寻》与《陶庵梦忆》。清代初期康熙年间冒襄之《影梅庵忆语》、李渔之《闲情偶寄》。时期更为接近者也有李斗之《扬州画舫录》与李鼎元之《使琉球记》等。

实际上，沈复的文字风格与《琉球国记略》仍有大的差异，不容忽视。沈复文风简洁，概括力强，寥寥数语，颇中鹄的，又往往蕴有深情，感人甚深，这是《琉球国记略》所无法企及的。

总起来说，笔者认为《琉球国记略》不是《海国记》（《浮生六记》已亡佚的《中山记历》的初稿），不能断为沈复的作品。其作者虽非沈复，也是嘉庆十三年（1808）赴琉球册封使团中的一名从客，他记录其亲历之见闻，并非向壁虚构或剿袭拼凑，可以帮助我们了解琉球此行的一些活动及当时琉球的风土人情，具有不可磨灭的历史与文化价值。但他关于此行三个重要日期的记载皆失实，须予订正。

人民文学出版社之《浮生六记》新增补本，对《琉球国记略》文本的整理仍有疏漏。兹举于下：

"其头接官为紫巾大夫"（第83页），查琉球国王之诏书及清廷之文书，多处均作"紫金大夫"，可见此是正式官衔，紫巾是其服饰，须统一作"紫金大夫"为宜。

"王率众官请圣安礼，然后与天使行宾主之礼，就坐三献茶，即辞去"（第84页），"就坐"与"三献茶"为此种仪式所进行的两个步骤。"就坐"为一句，其下宜加逗号。

"十六日……天使出馆，各庙拈香答谢国王"（第 84 页）。"各庙拈香"与"答谢国王"亦是两件大事，不宜混为一谈，应用逗号断开。

"捧招官授诏与副使"（第 86 页），"捧招官"为"捧诏官"之误。

"其舍宇四面卸水者居多"（第 90 页），"卸水"不词，当作"御水"。"御"通"禦"。此文前段言"北筑石堤如长虹，以御潮水"（第 83 页）可为佐证。

"自称按司，名八重濑按司者，似乎彼国之诸侯也"（第 94 页），"按司者"三字属下句。"名八重濑"实为一句。

"平安大主有家将，名吉由，假缚龟寿为玉村之子，授献八重濑……吉由假降帐下"（第 94 页），两处"吉由"皆为"吉田"之误。查《续琉球国志略》卷三《人物》亦载有此事，正作"吉田"。

（原载《文学遗产》2010 年第 6 期）

《大唐太宗入冥记》校补

《大唐太宗入冥记》敦煌写本为唐人之话本小说。原件藏伦敦大英博物馆。首尾残缺,仅存中间部分。其现存者亦残缺过甚,几不可连贯,难于卒读。就其残卷观之,其描写人物心理及对话之生动,实远胜敦煌卷子中其他唐人入冥故事如《还魂记》《黄仕强传》诸篇。

王庆菽曾有校录,收入《敦煌变文集》中。其后徐震堮又曾两次补校,有校记四条(见《华东师大学报》1958年第1期及第2期)。潘重规在《敦煌变文集新书》(台湾中国文化大学1985年版)中亦有校记。刘瑞明有《〈唐太宗入冥记〉缺文补意与校释》(见《文献》1987年第4期)。郭在贻、张涌泉、黄征合撰之《敦煌变文集校议》(岳麓书社1990年版)亦有《唐太宗入冥记》。蒋礼鸿《敦煌变文字义通释》中间有校释。笔者不揣浅陋,继踵时贤,盖取拾遗补阙之义,幸海内博雅君子有以教之。

校记所引原文,均根据《敦煌变文集》(人民文学出版社1984年版)。并标明页码。

今自校记中择其重要者十条,胪举于下。

(1)《唐太宗入冥记》(第209页)。

《敦煌变文集》校记云:"标题原缺,依王国维、鲁迅以来所拟之标题。"(按,王国维《敦煌发见唐朝之通俗诗及通俗小说》及《唐写本残小说跋》两文,鲁迅《中国小说史略》一书,皆谓此小说记唐太宗入冥事,并未代拟标题。今人习称之为《唐太宗入冥记》。)此小说乃唐人话本,敦煌卷子亦为唐人所抄,其中多处称李世民为"大唐天子太宗皇帝",遇有"皇帝""陛下""朕"等词,前皆空格。颇疑此卷之标题为《大唐太宗入冥记》。

（2）□□语惊而言曰："忆德（得）武德三年至五年收六十四头□□曰，联自亲征，无阵不经，无阵不历，杀人数广。昔日□□，今受罪由（犹）自未了，联即如何归得生路？"（同页）

首句缺文当作"帝闻"。"头"疑为"处"字之误，其下两字疑作"草寇"。《西游记》第十一回"还受生唐王遵善果　度弧魂萧瑀正空门"，写唐太宗还阳之后，与文武大臣言："又过着枉死城中，有无数的冤魂，尽都是六十四处烟尘的草寇，七十二处叛贼的魂灵，挡住了朕之来路。"按，唐代官方之文书，对各地义军多蔑称为"草贼"或"草寇"。《旧唐书·僖宗纪》载乾符四年三月诏曰："如乡村有干勇才略，而能率合义徒，驱除草寇者，本处以闻，亦与重赏。""草寇"之下，"曰"当作"日"，形似而讹。"无阵不经"当作"无战不经"，避免与下句相重。亲历战阵，盖习语也。"昔日"之下当是"冤魂"二字。前引《西游记》即把这些被杀之"草寇"与"叛贼"统称为"冤魂"。刘瑞明以为是"威武"或"功业"二字，疑不确。盖唐太宗则被拘来地府，尚未勘决，不得谓自己犹受罪未了，"今受罪犹自未了"，乃指被杀之草寇，其灵魂尚在地府受罪，未得超生也。"冤魂"一词，亦见于敦煌卷子《孟姜女变文》。

（3）阎罗王被骂，□□着（羞）见地狱，有耻于群臣。遂乃作色动容，处分左右，□□□阎罗□□□推勘□过□□□唱喏，便引□□□□（注：原卷至此残缺）（同页）。

"羞见地狱，有耻于群臣"，此类句型于敦煌卷子中多见，如《捉季布传文》云："汉王被骂牵宗祖，羞看左右耻君（群）臣。"又《庐山远公话》云："于是道安被数，醃臜非常，耻见相公，羞看四众。"此处"羞见地狱"之上缺两字，刘明以为是"感得"或"于是"。笔者认为似是"当下"，以状阎罗王之狼狈也。《捉季布传文》云："侯婴当下心惊怪，遂与萧何相顾频。"若作"于是"，则与下文"遂乃"意相重矣。

检视敦煌卷子照片，下文之所谓"阎罗"二字，只残存右边少许。细审其书法笔意，并与他处对照。实乃"判官"二字之残余。《敦煌变文集》传录有误，"阎罗"须改正为"判官"。"判官"上缺文当作"今且着"，"判官"下缺文当作"崔子玉"。

"推勘"下之字，据王庆菽校记，残存右半"页"字。细加斟酌，此乃"领"也，其他"页"旁之字放于此处均不安妥，下文云及"领判官推勘"可证。"过"下缺文当作"去"。此句为"今且着判官崔子玉推勘，领过去"，前后须加上引号，"处分左右"句当用冒号。"唱喏"上缺文当作"使人"，"便引"下缺文当作"皇帝出"，敦煌卷子照片上尚可看出此"皇"字之上半部，其前空一格，乃照例也，故此处只须补三字即可。

何以后文写唐太宗问使人"判官名甚"？盖唐太宗生魂在"殿前处"，并未进入大殿，与阎罗王距离尚远，故斥骂阎罗王时需高声，而阎罗王吩咐左右之语彼亦未听清。且怀中揣有李淳风书信，欲向使人证实判官是否崔子玉其人也。

（4）今问□□判官名甚？□□□判官懆恶，不敢道名字。帝曰："卿近前来轻道。""□□□姓崔名子玉。""朕当识。"才言讫，使人引皇帝至□□院门，使人奏曰："伏惟陛下且立在此，容臣入报判官□□□速来。"（同页）

"今问"句为唐太宗之问话，须加上引号。"今问"下当为"使人"二字，"名甚"下当有"姓谁"二字。敦煌卷子中之《韩擒虎话本》亦有类似句法，如"发言便问：'启言老人，住居何处？姓字名谁？'"又如"高声便问：'上将姓字名谁，官居何为（位）？'"下句乃使人之答语，亦须加上引号，"判官懆恶"之上当为"怕"字，懆恶即嗔怒之意。下面之缺文当为"判官乃"三字。使人引皇帝所去之地当是地府中判官之公署。按，唐牛僧孺《玄怪录》卷二《崔环》云："安平崔环者，司戎郎宣之子。元和五年夏五月，遇疾于荥阳别业。忽见黄衫吏二人，执帖来追，遂行数百步，入城。城中街两畔，官林相对，绝无人家，直北数里，到门，题曰'判官院'。"此城即幽冥中之地府。由此可知，唐人入冥故事中，判官之公署即名"判官院"。此外"院门"上所缺二字，当为"判官"无疑。"速来"之前须补"唤即须"三字，后文崔子玉对六曹官言"唤即须来"，亦可佐证。

（5）崔子玉闻语，惊忙起立，惟言"祸事"。兼云："子玉是人臣，□□远迎皇帝，却交人君向门外祗候，微臣子玉□□乖礼！又复见行辅杨（阳）县尉，当家五百余口，跃马肉食。□是皇帝所司，今到冥司，全无主领之分，事将□怠。若勘皇帝命尽，即万事绝言，或若有寿，□□长

安，五百余口，则须变为鱼肉。岂不缘子玉冥司□乖，引时崔子玉忧惶不已。"（第209—210页）

徐震堮校，"远迎"上疑是"不曾"二字。甚确。"乖礼"上之缺文当是"岂不"二字。《韩擒虎话本》多处用"乞不"，亦即"岂不"。"辅阳"当为"滏阳"之民间俗写。滏阳为古县名，治所在今河北磁县。费衮《梁溪漫志》载宋仁宗景佑二年（1035）加崔府君封号，诏云："惠存滏邑，恩结蒲人，生著令猷，没司幽府。"而民间传说则言崔府君昼断阳事、夜断阴事，一身而二任焉。"跃马肉食"下当用逗号，语气未断，下句当作"皆是皇帝所赐"。王重民疑"司"为"赐"，甚是，盖音近而讹。"怠"当作"殆"，"殆"可作"怠"解而"怠"不能作"殆"解也。前文云"祸事"，后文又云"五百余口，则须变为鱼肉"，则此处之缺文以作"危"为妥，"危殆"指大祸临头。"长安"之上，当补"却归"二字。前文已有"徽臣子玉岂不乖礼"之语，此处宜作"岂不缘子玉冥司礼乖"，"乖"上可补一"礼"字。

（6）皇帝遂取书，分付□□（崔子）玉跪而授之，拜舞谢帝讫，收在怀中。皇帝问□□（崔子）玉："何不读书？"崔子玉奏曰："臣缘卑，不合对陛下读□□□有失朝仪。"帝曰："赐卿无畏，与朕读之。"崔子玉既□□□命拜了，对帝前坼（拆）书便读。子玉读书已了，情意□□，更无君臣之礼，对帝前遥望长安。便言："李乹风□□真共你是朝庭，岂合将书嘱这个事来！"（第210页）

"对陛下读"下之缺文，疑作"故人书"。"崔子玉既"下所缺三字，疑作"闻帝"。此卷子中凡"帝"前照例空一格，故少一字。"情意"下所缺两字，刘瑞明以为当作"茫乱"，疑不确。盖"茫乱"二字放于此处，程度嫌轻，与下文不合。此处疑以作"不分（忿）"为宜。"不分（忿）"有"不满意"或"嫌恶"义，为唐人习用之语。

"乹"即"乾"字，此乃唐代之一种通行写法。唐代官家铸造的钱币中，如唐高宗时的"乾封泉宝"、唐肃宗时的"乾元重宝"、唐僖宗时的"乾符元宝"，泉文中之"乾"皆作"乹"，笔者曾目验。

"李乹（乾）风"，当作"李淳风"。唐张鹭《朝野金载》卷六，载太宗入冥事，太史令李淳风言："陛下夕当晏驾。"即此人也。李淳风，岐州雍人，明天文历算，贞观初，以将仕郎直太史局，造浑天仪；参与修撰史志，累迁至太史今。世传李淳风好为谶语，曾著有《推背图》。此卷子中，李淳风均作"李乹（乾）风"，乃避唐宪宗之讳。宪宗初名淳，复改为纯。当时，淳州改为睦州，淳于改姓为于，陆淳改名陆质，韦淳改名处厚，韦纯改名贯之，皆避讳也。

　　"李淳风"下所缺两字，细玩全句语意，疑为"遮莫"。"遮莫"，唐代俗语，有"尽管""尽教"之意。敦煌卷子中，如《捉季布传文》云："直饶堕却千金赏，遮莫高槌万梃银。"《破魔变文》云："遮莫金银盈库藏，死时争岂与君将？"此处写崔子玉遥望长安，指责李淳风。京剧《武家坡》："手指着西凉高声骂，无义的儿夫骂几声"，其情景仿佛似之。"李淳风"下当断句，加逗号或惊叹号，此处乃作呼语用。中国古代小说用呼语处多，其中最佳者为程伟元、高鹗本《红楼梦》第九十八回写林黛玉之死："猛听黛玉直声叫道：'宝玉！宝玉！你好……'""遮莫"两句，意谓尽管真个和你是朋友，公事却归公事，不应公私不分，关说人情。前文云："崔子玉闻道有书，情似不悦"，亦此种心理反应。其后崔子玉为唐太宗添改生死簿，并借机勒索官职，并非真的铁面无私。此处对封建官场上人情世故之写照，入木三分。唐人话本中之地府，亦不啻人间之写照也。

　　（7）皇帝曰："卿何不上厅与朕相伴语□？"□（崔）子玉奏曰："臣缘官卑，不合［与］陛下同厅而坐。"帝曰："卿至□□（长安）之日，卿即官卑，今在冥司，须□□上来。"崔子玉拜了，□□□坐。（第211页）

　　"伴语"之下当是"也"字。"须□□上来"句，检视敦煌卷子照片，前一缺文，乃"伴"字残存上部。所谓"上"字，乃"坐"字之残存下部，《敦煌变文集》校录者误以"坐"为"上"。此句当作"须伴朕坐来"，"来"为语气助词，用于句末，表祈使语气，唐人常用之。

　　"□□□坐"，当作"升厅而坐"。《韩擒虎话本》云："使君闻语，遂命和尚升厅而坐。"又云："（韩擒虎）心口思量，升厅而坐。"

　　（8）崔子玉添□（禄）已讫，心口思惟："我缘生时官卑，不因追皇帝至□□，凭何得见皇帝面？今此觅取一员政官。"遂□□笏奏曰："臣与陛下勾改之案了。"皇帝曰："如何也？卿□速奏朕知。"崔子玉又心口思惟："我不辞便道注得'□□天子'即得，忽若皇帝不遂我心中所求之事，不可却□□三年五年，且须少道。"崔子玉奏曰："微臣何无得陛下□躬到此。但臣与陛下添注命禄，更得五年。却□阳道。"（第212页）

"不因追皇帝至"下之缺文，疑作"冥司"二字。"政"通"正"，"政官"即"正官"。"遂□□笏"当作"遂执槐笏"，前文有"索公服，执槐笏"之句也。"勾改之案"，郭在贻等人据敦煌卷子校为"勾改文案"，甚是。"卿"下当有"可"字。"□□天子"当为"十年天子"。"不可"二字下须断句，加上句号，此为崔子玉毅然做出之判断也。"却"下缺文，疑作"再减"。十年再减三年及五年，即七年及五年也，"且须少道"。故在七年与五年之间选中"五年"，以此告之皇帝。"何无"当作"何幸"，"躬"上缺文当是"圣"字，刘瑞明以为当作"微臣合无德，陛下亲躬到此"，疑不确。笔者以为须作"微臣何幸，得陛下圣躬到此"。"阳道"之上缺文，当为"归"字。

（9）崔子玉□□与皇帝答问头，此时只用六字便答了。云："大圣灭族□□"；崔子玉书了似帝，欢喜倍常。崔子玉呈了收却。又□（曰）："陛下若到长安，须修功德，发走马使，今放天下大赦，仍□□门街西边寺录，讲《大云经》。陛下自出己分钱，抄写大□□（云经）。"（第214页）

首句之缺文当为"提笔"二字。崔子玉出问头云："问大唐天子太宗皇帝去武德七年（按，当为"九年"），为甚□□（杀兄）弟于前殿，囚慈父于后宫？仰答！"唐太宗"把得问头寻读，闷闷不已，如忤中心，抛□（问）头在地，语子玉：'此问头交朕答不得！'"崔子玉又出来自做好人，仅用了六字来开脱唐太宗应负罪责，勒索官职及库钱两万贯，真所谓"一字千金"也。

此六字实系此话本之关键。所缺两字，耐人寻思。既以"大圣"为楷模，则此大圣必有杀戮兄弟之事者，意其为周公乎？周公诛管叔，放逐蔡叔，古人不以为罪，乃大义灭亲。韩愈《原毁》云："周公，大圣人也，后世无及焉。"此"大圣"即周公也，其孰曰不然！《文苑英华》卷三六〇载有唐太宗之《金镜》一文，开首即云："朕以万机暇日，游心前史。仰六代之高风，观百王之遗迹，兴亡之运，可得言焉。"当他历数前代之历史人物，其中有云："逆主耳而履道，戮孔怀以安国，周公是也。"（此文亦见《册府元龟》卷四十及《全唐文》卷十）《诗·小雅·常棣》云：
"孔怀兄弟"，"戮孔怀以安国"，即指周公诛管叔事。据此，"大圣灭族
□□"可定为"大圣灭族安国"，引周公为例，以开脱太宗之罪责也。此
语本于太宗自撰之《金镜》，而话本小说作者却归之于崔子玉之高明，殊
可笑也。（话本中多有调侃李世民处）

"崔子玉书了似帝"，"似"当作"示"，同音致误。"仍"下所缺一字
当作"敕"，"敕"专指皇帝之发布命令。"门"上所缺一字当为"沙"，
"沙门"专指佛教僧侣。寺录即僧录，为佛教之僧官。《大宋僧史略》卷
中云："至元和、长庆间，立左右街僧录，总录僧尼。"《佛祖统纪》卷四
十二载开成元年（836）"敕沙门云端充左右街寺录"，"街西边寺录"即
右街僧录。

《旧唐书》卷六《则天皇后》载天授元年（690）"秋七月，有沙门
十人伪撰《大云经》，表上之，盛言神皇受命之事。制颁于天下，命诸州
各置大云寺。"又卷一八三《武承嗣传附〈薛怀义传〉》云："怀义与法
明等造《大云经》，陈符命，言则天是弥勒下生，作阎浮提主，唐氏合
微。……其伪《大云经》颁于天下，寺藏一本，令升高座讲说。"陈寅恪
《武曌与佛教》一文，指出薛怀义等当时即取旧译之本，附以新疏，巧为
附会，其于昙无谶本原文，则全部袭用，绝无改易。《大云经》既非伪造，
亦非重译，其中有以女身受记为转轮圣王成佛之教义，并云："女既承
正，威伏天下，阎浮提中所有国土悉来奉承，无拒违者"，以是武则天颁
行《大云经》于全国，乃有政治作用。此论甚确。然则《大唐太宗入冥
记》亦带有武则天时代之印记，《朝野金载》记太宗入冥事，其作者张鷟
亦为武后时人，可以佐证。

（10）天复六年丙寅岁闰十二月廿六日氾美赟书记。

《敦煌遗书总目索引》录有此题记。《敦煌变文集》校录者未予录出。
郭在贻等人以为"天复"乃"天福"之讹，"天福六年"乃公元911年，
失误，天福为五代后晋石敬瑭之年号，天福六年之干支纪年为"辛丑"，
是年为平年，亦无"闰十二月"，与《题记》均不符。"天复"为唐昭宗
李晔之年号，天复四年（904）闰四月又改元为天佑元年。次年八月，唐
昭宗被杀。唐哀帝即位，时年十三，未改元。天复六年实即天佑三年

（906），是岁之干支纪年为丙寅，有闰十二月，与《题记》正合。天祐三年十月，王建立行台于蜀，称自大驾东迁（谓昭宗迁洛），制命不通，请权立行台，并以榜帖告谕所部藩镇州县，署为"天复六年十月六日"。司马光《资治通鉴考异》中特为指明"则是此年（按，天祐三年）十月也"。是"天复六年"实即"天祐三年"之证。

（原载《文学遗产》1994 年第 1 期）

关于《窦娥冤》的评价问题

一

最近冯沅君同志在《文学评论》1965 年第 4 期上发表了《怎样看待〈窦娥冤〉及其改编本》一文，提出了重新评价关汉卿杂剧的代表作《窦娥冤》的问题。她批评了过去评论中存在着的"有褒无贬"的倾向，并且试图在马列主义批判地继承遗产的原则指导下，运用"一分为二"的方法，运用历史唯物主义和阶级分析的方法来研究《窦娥冤》，对它做出全面的评价。这种努力值得我们欢迎和重视。

冯沅君同志敢于以批判的态度来对待大家公认为古典文学杰出作品的《窦娥冤》，指出鬼魂出场和肃政廉访使雪冤是剧本的缺点，这种做法是正确的，而且也是很有必要的。因为我们对待古典文学遗产的精华部分只有采取批判的态度，才能做到更好地继承。

在过去的评论和研究中，许多同志对《窦娥冤》的缺点往往视而不见，或者有意回避，这都不是科学的实事求是的态度。有些同志反而为剧本的缺点曲为辩护，甚至加以美化，把缺点说成是优点，把作者世界观中的缺陷和局限性看作进步性之所在，这样就混淆了糟粕和精华，盲目拜倒在古人脚下，违背了批判地继承文学遗产的原则。

曾有一位评论者主张"窦娥的冤魂便是'万民'的化身"[①]。他认为："这个冤魂实在是作者的理想的寄托，是这个剧本的人民性的最高表现。如果没有这个冤魂，这个剧本便达不到这样的思想高度，它的艺术上的吸

[①] 香文：《〈窦娥冤〉和〈东海孝妇〉》，《关汉卿研究》第一辑。

引力也就会跟着降低。"① 请看，他把窦娥的冤魂抬到多么高的地位！《窦娥冤》的思想高度和艺术吸引力都要依赖于它，仿佛关汉卿的最大成就在于写了这个冤魂。这样的评价显然和剧本的实际情况相去甚远。

我们必须指出：鬼魂申冤在剧本里是消极的东西。不仅因为鬼魂是虚妄的，相信人死后变成鬼是一种落后思想，鬼魂出场必然要向观众宣扬迷信，而且因为舞台上的"冤魂"常常是凄苦的形象，阴风惨惨，哭哭啼啼。窦娥的冤魂就是这样的。她"每日哭哭啼啼守住望乡台"，"一灵儿怨哀哀"，嗟叹自己"则落的悠悠流恨似长淮"，"怎脱离无边苦海"。她要与父亲托梦，却被门神户尉阻拦。好不容易见了面，又是一阵哀泣。这些描绘不能不损伤窦娥生前一贯刚强的反抗性格，并不是关汉卿的笔力突然减弱了，而是"冤魂"的特点决定了这样的写法。试看同一作者所写的杂剧《关张双赴西蜀梦》，勇猛如关羽、张飞死后也受制于门神户尉，只能在灯影下向刘备凄惶顿首，感叹"原来这做鬼的比阳人不自由"。把窦娥冤魂的凄苦形象看作"'万民'的化身"，实际上是对古代劳动人民精神面貌的严重歪曲，这种观点是十分错误的。

肃政廉访使窦天章为窦娥申冤复仇的情节，的确透露出作者对最高封建统治者存有幻想。窦天章"亲蒙圣主差"，"敕赐势剑金牌，体察滥官污吏"。他的女儿窦娥的鬼魂把一切复仇的希望都寄托在他身上，认为皇帝的"势剑金牌"可以保障正义。她对父亲说："从今后把金牌势剑从头摆，将滥官污吏都杀坏，与天子分忧，为民除害。"作者在这里宣扬了"天王圣明"的思想。这种思想很不高明，客观上只能起麻痹人民群众的作用。鬼魂固属虚妄，皇帝真正关心民间疾苦，封建官吏能为万民办事，何尝不是远离现实的、有害无益的空想？我们从关汉卿所写的另一个杂剧《望江亭中秋切鲙旦》里可以看到，号称"花花太岁"和"浪子丧门"的杨衙内就得到皇帝颁下的"势剑金牌"，"奉着圣人的命"，到潭州来杀害清白无辜的官员白士中，企图霸占他的妻子谭记儿。"势剑金牌"正是权豪势要行凶作恶的护符。亏得谭记儿聪明智慧，施以巧计，她的丈夫才能幸免于难。

---

① 香文：《〈窦娥冤〉和〈东海孝妇〉》，《关汉卿研究》第一辑。

除了鬼魂出场和廉访使雪冤以外，我们还可以在《窦娥冤》中找到其他缺点，比如剧中一些人物的言行明显地流露出封建思想，特别是受到封建伦理道德观念的一定程度的支配。冯沅君同志指出窦娥的救姑行为主要出于封建孝道，这是合乎实际情况的。当窦娥的鬼魂向她父亲哭诉时，就曾说："本一点孝顺的心怀，倒作了惹祸的胚胎。"她嘲讽婆婆"没贞心儿自守"，牢记着"好马不鞴双鞍，烈女不更二夫"的信条，都说明她是以传统的封建道德来要求别人和自己的。生长在那个时代的童养媳出身的青年妇女，头脑里有着一些封建思想并不是什么奇怪的事情。如果说窦娥的行为在当时的具体环境中有着抗拒强暴势力的意义，因此还能取得我们的同情，那么窦天章以朝廷命官的身份，向他女儿的亡魂大作"三从四德"的说教，在我们今天看来，就是十分迂腐可厌了。作者的本意可能在于强调清官之不徇私情，实际上却使我们看到了一个封建法权的代表同时也是封建伦理道德最坚决的维护者。

从以上对剧本缺点的简略叙述中，可以看出作者关汉卿有着鬼神迷信的宿命论思想和封建伦理道德观念，他对最高封建统治者还怀有幻想，这些都在剧本中得到了表现。我们必须注意到它们主要是表现在第四折里，因为鬼魂出场和廉访使雪冤都是这一折的事件。同时也要看到，在艺术上它们也是弱的，如窦天章的形象苍白无力，有些封建说教的地方相当概念化。鬼魂和廉访使正是剧本的缺点和局限性所在，不能当作有价值的东西来大加宣扬。《窦娥冤》的深刻的思想意义和艺术上成功的地方显然不在这里。

二

《窦娥冤》这个剧本的深刻的思想意义究竟在什么地方呢？

冯沅君同志认为《窦娥冤》的主题思想是"谴责当时'官吏每无心正法，使百姓有口难言'的罪恶现实，同时又歌颂敢于反抗种种恶势力的人物"。在她看来，作品的积极的思想意义就在于此。我觉得在这个问题上还有可以商讨之处。不敢自信个人的看法就一定对，现在且提出来讨论。

　　从冯沅君同志对主题思想的表述中，可以看到她强调两点：一是谴责官吏枉法；二是歌颂窦娥反抗。虽然她曾指出：所谓"王法"是封建统治阶级镇压人民群众的一种工具，但她强调的乃是剧本中表现了"这样的法律也被破坏、蹂躏"，使人民遭受到严重的苦难。这样就把剧本所揭露的问题仅仅看成是官吏不守法的问题。如果一个剧本只是揭露了官吏不守法，应该说，它的思想意义是并不高的。再者，冯沅君同志认为剧本只歌颂了一个窦娥，而且据她分析，窦娥的反抗性也是不强的，这个人物身上有种种弱点，如"斗争手段仅仅是借重神祇"，"她和广大劳动人民有距离"，等等。人们不能不产生怀疑：到底《窦娥冤》有没有什么深刻的思想意义？尽管冯沅君同志也承认它是"古典戏剧中不可多见的优秀作品"，根据她所具体肯定的东西来看，还难以达到这个结论。

　　冯沅君同志把《窦娥冤》的主题思想看得太狭隘了。通过窦娥的一生遭遇，我们可以看到当时的人民群众处于水深火热之中。窦娥被无辜杀害的悲剧所揭露的不仅仅是官吏无心正法的问题，而是封建社会的黑暗和政治的腐败，特别是封建统治阶级对人民的残酷迫害。在那个暗无天日的社会里，地方官和流氓恶棍是一丘之貉，强权当道，受害的多是良善的平民。像桃杌那样的官吏是典型的封建统治阶级的代表，把人民看作不值一文的"贱虫"①，千般拷打，万种凌逼。"衙门从古向南开，就中无个不冤哉！"正道出了在几千年的封建社会里充满了无数冤屈，大大小小的"衙门"都是封建统治阶级压迫人民的工具。关汉卿在剧本中不单是赞扬了一个从委身命运发展到高声呵责天地的普通妇女窦娥，而且更重要的是反映了封建社会里长期受压迫的人民群众的反抗情绪。如果作者仅仅是要求官吏执法，是写不出这样强烈的作品来的。

　　《窦娥冤》的第三折是全剧的高潮，也是写得最激动人心的一折。作品的主题思想在这里获得了鲜明的表现。窦娥在绑赴法场的路上，对天地发出了愤怒的呼喊：

---

　　① 《窦娥冤》第二折中桃杌太守对窦娥说："人是贱虫，不打不招。"这正是封建统治阶级对待人民的态度。

　　〔滚绣球〕有日月朝暮悬，有鬼神掌着生死权。天地也只合把清浊分辨，可怎生糊突了盗跖、颜渊！为善的受贫穷更命短，造恶的享富贵又寿延。天地也做得个怕硬欺软，却原来也这般顺水推船。地呀，你不分好歹何为地！天也，你错勘贤愚枉做天！哎，只落得两泪涟涟。

　　"为善的受贫穷更命短，造恶的享富贵又寿延"，这是对当时社会生活中种种不平现象的概括。年轻的窦娥从她短短一生的亲身经历和所见所闻，终于得出了这个痛苦的结论。她无法了解造成这些现象的真正社会原因（正是由于封建社会制度的本质决定了这些现象必然要大量产生），只有归之于天地的不公。我们从她对天地的呵责中，可以看出她对当时不合理的现实的强烈抗议。在封建时代，"天地君亲师"的神圣观念牢固地盘据在人们的脑子里，而窦娥以一个普通的年轻妇女，由于对现实的愤慨敢咒骂天地，这种反抗性是难能可贵的。一个作家在当时敢于写到这点，需要有很大的勇气。

　　诚如冯沅君同志所说，在愤怒激动时人们怨恨天地，不自关汉卿的杂剧始，司马迁的《史记》中的《伯夷列传》、蔡文姬的《胡笳十八拍》都写过与此相类的话。关汉卿还可能受过他们的影响和启发。① 比较一下，我们仍然看出它们之间有着区别。司马迁怀疑"天道无亲，常与善人"，表现了他对现实的不满，但他把伯夷、叔齐这些对自己国家的人民不负责任、开小差逃跑的人也当作了"善人"，而对他们饿死首阳山一事抱屈，这种看法显然是不正确的。蔡文姬在《胡笳十八拍》中说，"天不仁兮降乱离，地不仁兮使我逢此时"，完全是一种"生不逢辰"的嗟叹，很难认为这种对天地的怨恨有重要的社会意义。关汉卿在《窦娥冤》中写出了一个身处下层的青年妇女对天地的怨恨。这些怨恨是针对封建统治阶级的残酷迫害而发，其中包含对不合理的现实的强烈抗议，反映了下层人民反抗

―――――――――

　　① 《伯夷列传》中说："且七十子之徒，仲尼独荐颜渊为好学。然回也屡空，糟糠不厌，而卒蚤夭。天之报施善人，其何如哉！盗跖日杀不辜，肝人之肉，暴戾恣睢，聚党数千人，横行天下，竟以寿终，是遵何德哉？"《窦娥冤》中写"可怎生糊突了盗跖、颜渊！"，可能由此而来。

压迫的情绪。司马迁只敢提出怀疑："所谓天道，是邪？非邪？"蔡文姬笼统地说天地"不仁"，关汉卿通过窦娥呵责天地"不分好歹""错勘贤愚""怕硬欺软""顺水推船"，则是直接的指斥，把一般人敬若神明的"皇天后土"贬为昏庸无能、胆小怕事，而且还比作趋炎附势的"小人"。

窦娥临刑前发出了三桩誓愿：热血不洒地，六月飞大雪，楚州旱三年。这些情节在古代传说中都有，[①] 原来是分散着的。关汉卿把它们集中起来，写在一个戏里，并且表现得十分强烈动人。作者安排血溅白练、六月飞雪和三年大旱的情节（这些情节带有浓厚的幻想色彩），正是从人民的愤怒着眼的，用它们来表现人民强烈的愤怒。一个受了冤屈的普通妇女，她的愤怒竟然可以达到这样的结果，使得自然界发生巨大的变化，由此可见人民愤怒的力量是巨大的。《战国策》里写唐且说秦王（嬴政），谈到所谓"布衣之怒"："夫专诸之刺王僚也，彗星袭月。聂政之刺韩傀也，白虹贯日。要离之刺庆忌也，苍鹰击于殿上。此三子，皆布衣之士也，怀怒未发，休祲降于天。"[②] 唐且在这段话里强调了"布衣之怒"可以引起自然界的变化。但"布衣之士"还不等于普通人民，关汉卿描写"只为一妇含冤，致令三年不雨"，是更具有强烈的民主性的。同时，《窦娥冤》中还表现了作者这样的思想：任何一个良善的平民（即统治阶级所谓"匹夫""匹妇"）都不能冤枉。它把人民看得很重，和封建统治阶级把人民看作"贱虫"的观点直接相对立。在封建社会里它是很可贵的。

冯沅君同志承认"三愿"是带有浪漫色彩的手法。但她说："乍看去颇快人意，动人心，细加寻思，便感到其中含有将斗争胜利托于神祇的消极因素"，并且把它看作剧本中的一个缺点。我觉得这种看法是不妥当的。"三愿"虽然含有"托于神祇"的消极因素，但这绝不是它的主要内容。我们如果仔细再加寻思，便可发现"托于神祇"只不过是一个外壳，而其核心还是强调人民的不满和愤怒。"三愿"主要是通过幻想的形式表现了人民愤怒的力量之大，它所起的艺术效果是非常强烈的。我们应该看到

---

① 《搜神记》卷十一，"东海孝妇"条。《太平御览》卷十四，引《淮南子》"邹衍"条。（按，今本《淮南子》中此条佚）

② 《战国策·魏策》。

"三愿"是剧本中有价值的东西，不能轻易加以否定。

关汉卿以窦娥这样的人作为剧中主角，是为了向观众和读者表明有压迫就会有反抗。一个普通的青年妇女经受重重苦难，在她的身上也要迸射出反抗的火花。

当然，在评价窦娥的时候，我们也必须注意到她的反抗是带着自发性质的，绝不能够予以夸大，把她看作自觉的战士。有位研究者说："窦娥在这个剧本里，是作为中国人民为了正义事业向当时的黑暗统治势力坚决进行斗争的英雄人物的形象出现的"[1]，这显然是过分美化了她。窦娥的反抗是被现实的压力所逼出来的，而且受了种种条件的限制。作为一个待决的囚犯，她已失去了自由行动的可能，而她头脑里的封建思想也在一定程度上束缚着她，所以她一方面诅咒天地，一方面又依赖天地。她虽至死不屈，"不告官司只告天"，发出猛烈的抗议，但自始至终并未达到自觉地为了正义事业而斗争的高度。她没有什么崇高的理想，除了诅咒天地以外，也没做出什么有效的斗争（客观上没有这种可能），因而她和英雄人物还是有着不小的距离的，她只是封建社会里一个有着强烈的反抗性的年轻妇女。

我们分析和研究作品，不能只停留在表面的现象上，必须从现象深入它的本质。在古典文学作品中，对现实的反映往往又是比较曲折和复杂的，更不能只从表面现象上看问题。在评价《窦娥冤》时，既不能因为窦娥和广大劳动人民有距离而否认剧本中反映了人民的反抗情绪，也不能为了说明剧本中反映了人民的反抗情绪，而非要把窦娥美化成为人民的正义事业而斗争的英雄。我们必须力求避免简单化。伟大的和杰出的古典作家在自己作品里反映了人民的某些思想和情绪，这并不是奇怪的事情。关汉卿的《窦娥冤》也正是如此。我国有几千年的封建社会的历史，封建统治阶级对人民实行残酷的压迫，人民长期受着各种各样的冤屈，在他们身上积累了对封建统治阶级压迫的不满情绪和反抗情绪，反抗的火种是一直没有熄灭过的，有时还爆发为大规模的农民起义，震撼和推翻了封建王朝。人民受压迫以及他们的不满和反抗，都是客观上大量存在着的，必然要在

---

[1] 王季思：《谈关汉卿及其作品〈窦娥冤〉和〈救风尘〉》，《关汉卿研究论文集》。

文学作品中通过各种方式获得反映。一个伟大的或杰出的古典作家，不可能对人民苦难的命运漠不关心，他总是会对人民怀着热烈的同情，企图为他们申诉。当我们谈到关汉卿的时候，还必须考虑到杂剧当时正在兴起，它拥有比较广泛的观众，必须在一定程度上满足他们的愿望和要求，而关汉卿又是一个比较接近下层人民的杂剧作家，当他面对元代人民特别深重的苦难，不能不为之激动。

三

毛主席在《关于农业合作化问题》一文中，曾经教导我们看问题要看它的本质方面、主流方面。他批评有些同志看问题的方法不对，说："他们不去看问题的本质方面、主流方面，而是强调那些非本质方面、非主流方面的东西。应当指出：不能忽略非本质方面和非主流方面的问题，必须逐一地将它们解决。但是，不应当将这些看成为本质和主流，以致迷惑了自己的方向。"① 毛主席的这个教导，应当成为我们观察一切事物的指针。当我们评价古典文学作品时，也必须将它牢牢记住。

古代的文学作品常常是思想内容比较复杂的，积极的因素和消极的因素往往夹杂在一起。从本文前面两节所分析的情况来看，《窦娥冤》也正是如此。我们判断它的价值，必须从整个剧本出发，抓住它的本质、它的主流。这就需要我们实事求是地估计积极的东西和消极的东西在全剧中所占的地位，并且找出决定剧本性质的主导倾向来。

《窦娥冤》这个剧本的思想内容的弱点主要表现在鬼魂出场、廉访使雪冤以及某些人物（窦娥和窦天章）的言行中流露出封建思想（包括封建伦理道德观念）的影响。应该指出，鬼魂和廉访使都只是到了第四折才出现的，第四折里封建说教也较多，除了窦天章对女儿大讲"三从四德"外，窦娥的鬼魂也大讲"好马不鞴双鞍，烈女不更二夫"，"本一点孝顺的心怀，倒做了惹祸的胚胎"，"我不肯辱祖上，倒把我残生坏"，"那厮乱纲常当合败"。因此可以说第四折较多地集中了剧本中一些消极的东西。

---

① 《毛泽东著作选读》（甲种本），人民出版社 1986 年版，第 413—414 页。

从全剧来看，这一折并非重要的部分，因为高潮在第三折，矛盾和冲突在那里发展到了顶点，第四折只是余波和尾声，矛盾和冲突勉强得到了解决。它依赖鬼魂和廉访使的通力合作，使故事有了一个好的结局，这个结局是不自然的和虚假的。其他各折虽或多或少也有消极的东西，但都未占有主要的地位。比如在第二折里窦娥讲了不少封建道理，但这一折主要还是写张驴儿下毒手和窦娥受酷刑，表现窦娥的反抗性格。

《窦娥冤》这个剧本的积极思想意义在于揭露封建社会的黑暗和政治腐败，反映长期受着封建统治阶级残酷压迫的人民群众的反抗情绪。剧中第一、二、三折都贯穿着这个中心思想，以第三折表现得最为突出。第一折和第二折都是为了把矛盾和冲突逐步推向高潮而服务的，它们给第三折做好了充分准备。社会上的黑暗势力和封建官吏步步向窦娥进逼，迫使这个年轻寡妇不得不起而反抗。在第三折里，她的反抗性格发展到了最高点，诅咒天地与发出誓愿。作者通过这些描写，反映了人民长期积累起来的仇恨，并且表现了自己同情人民和赞扬人民的思想。这些是剧本中最突出的东西，也是最主要的东西，由于作者在艺术上表现得强烈动人，这些也就是实际上对观众和读者最起作用的东西，它们决定了整个剧本的主导倾向。

毛主席在《在延安文艺座谈会上的讲话》里教导我们："无产阶级对于过去时代的文学艺术作品，也必须首先检查它们对待人民的态度如何，在历史上有无进步意义，而分别采取不同态度。"

关汉卿的《窦娥冤》在反映人民的不满情绪和反抗情绪方面是很强烈的，元曲中很少有作品能够比得过它。它通过幻想的形式表明人民的愤怒力量是巨大的。作者还表现了一种可贵的思想：任何一个良善的平民都不能冤枉。他把人民看得很重，和封建统治阶级把人民看作"贱虫"的观点尖锐对立。在当时这是一种进步的观点，带有强烈的民主性。从它所达到的思想高度来看，从它的艺术成就来看，我们应该把《窦娥冤》看作古典文学中的一个杰出作品。尽管它里面还有不少杂质，还带有一些局部性的缺点，但它们都不能掩盖那思想的和艺术的光辉。

古典文学中的伟大作品和杰出作品，绝非没有任何缺点的作品。它们常常带有某些消极的因素，带有这样或那样的局部的缺点。即使像《水浒传》《红楼梦》那样更加杰出的作品也不能例外。古代作家不是劳动人民出身，要受时代和阶级的种种限制，因此他们的思想往往不是那么统一的，不是很自觉的。他们虽然接受了某些时代进步思想的影响，在一定程度上接近了人民，写出了好作品，但是，他们也有时代的限制，从阶级出身、家庭教养、社会环境之中带来许多本阶级的传统偏见，这些东西也不可避免地要反映到作品中。我们必须分清精华和糟粕、分清主流和支流，给以一定的历史的评价，同时也要用我们今天的观点去划清界限。不仅应该批判那些糟粕，清除其消极影响，而且对那些精华的局限性也要有足够认识，以免和今天的东西相混淆。我们重新评价古典文学作品，必须坚持贯彻历史唯物主义和阶级观点。

对关汉卿《窦娥冤》的评价问题，本文谨提出这样一些看法。可能其中有很多错误，希望得到指正。笔者深信，只有经过大家不断地探索，我们才能够逐步接近真理。

（原载《文学评论》1965 年第 5 期）

关于《金瓶梅》抄本的问题

——敬复魏子云先生

　　1988 年 10 月，魏子云先生在日本《中国古典小说研究动态》杂志第二号上发表了《金瓶梅的传抄付刻与作者——寄呈陈毓罴先生》一文。读了他的大作，感谢他对拙作《金瓶梅抄本的流传、付刻与作者问题新探》（《河北师院学报》1986 年第 3 期）的支持及一些批评。又蒙他惠赠新著《金瓶梅的幽隐探照》一书，读后获益良多。魏先生研究《金瓶梅》达二十年，用力最勤，探讨的方面最广，成果也最多。他为金学开辟草莱，卓然成一家之言，这都是令人钦佩的。

　　魏先生和我殊途同归，都认为"欣欣子"及"东吴弄珠客"是冯梦龙所署名，冯氏与《金瓶梅》之刊刻有密切关系，两人不谋而合，所见大抵相同，深感同声相应、同气相求之乐。

　　关于《金瓶梅》抄本的问题，我和魏先生却有分歧。他认为抄本应该分为初期和后期，初期抄本乃是一部"讽喻今上"的政治小说，后期抄本乃袁中郎及其友人改写；抄本长期未见刊刻以及袁中郎等人要改写，都是出于所谓政治原因。而我的看法是《金瓶梅》抄本并无前后两期之分，其面貌接近于今存之"词话本"，袁中郎及其友人并未参加改写，抄本之长期未刊也没有政治原因。爰将鄙见，草成此文，以求教于魏先生，俾收相互切磋之效。

　　台湾大学中国文学研究所叶庆炳教授说得好："考据讲求举证。有些作为证据的文字，一经发现，就可以直接获得结论，无须推敲。但多数作为证据的文字必须经过解释并据以推论，才能得出结论。如果解释稍有偏差，或者推论稍有疏忽甚至稍涉主观，都会影响结论的正确性。"（《金瓶

梅原貌探索》序）

现在就从袁宏道致董其昌那封信谈起。魏先生反复强调其中"伏枕略观，云霞满纸，胜于枚生《七发》多矣"，就已经表明最早问世的《金瓶梅》抄本乃是一部政治讽喻的小说，讽喻之对象就是当时之皇帝。

首先，魏先生对"云霞满纸"这四个字的解释大有问题。如果说"云霞满纸"是比喻《金瓶梅》有高超的文辞如云霞之布于天，这当然是对的，而且也只能如此解释。可是魏先生说它"盖指的是文辞上的隐喻"，意思是说《金瓶梅》初期抄本里充满了政治隐喻，他还在"文辞"之前加上"微妙的"一词，这就和"云霞满纸"之原意不符合了。"云霞满纸"本是形容文辞之华美丰赡，与"锦绣文章"同义。魏先生误会为"云翳满纸"甚至是"云雾满纸"，差之毫厘而失之千里。

袁中郎信中提及《金瓶梅》，为什么会用枚乘的《七发》来作比较呢？因为他当时适在病中，"伏枕略观"四字已透消息。据他的第二篇《乞改稿》，他患的是疟疾，此时适得稍愈。正巧又在看《金瓶梅》抄本，于是想起枚乘的《七发》来。《七发》假托吴客说七事使楚太子霍然而愈，袁中郎故以此为喻耳。中郎是楚人，此处以楚太子自比，显然有自我调侃之意。

《七发》中吴客所说："故纵耳目之欲，恣支体之安者，伤血脉之和。且夫出舆入辇，命曰蹷痿之机；洞房清宫，命曰寒热之媒；皓齿娥眉，命曰伐性之斧……越女侍前，齐姬奉后，往来游燕，纵恣于曲房隐间之中，此甘餐毒药，戏猛兽之爪牙也。"与《金瓶梅》若合符契，而且相映成趣。其铺采摘文及汪洋恣肆，也和《金瓶梅》的风格有类似之处。当然《七发》中也包括"要言妙道"，《金瓶梅》中也有。现存"词话本"接近于抄本之面貌。其卷首所载诸词以及各回中之证诗（如第五回之"参透风流二字禅"、第二十三回之"休将金玉作根基，但恐莫逃兴废"、第二十六回之"爽口物多终作疾，快心事过必为殃"之类），虽在今日看来无甚高论，但对当时的读者无疑是一种说教。袁中郎也是一个读者。我们只要看看他弟弟小修写的《李温陵传》，曾坦率自承他们不能免于世俗的恶习。他们也需要暮鼓晨钟，发其清省。

这里就涉及魏先生所谓《金瓶梅》头上戴的王冠问题。他认为，和刘邦、项羽故事不同，"西门庆的故事，只有'财色'并无'情色'；情，更是无有。那么，我们从'情色'二字看，可以疑及《金瓶梅词话》之前，极可能还有一部涉及政治描写情色的《金瓶梅》，那部《金瓶梅》就是一个可以戴上刘项头上那顶王冠的故事。"（《金瓶梅的问世和演变》）

这些议论从表面上看来，似乎振振有词、无可非议。如果仔细考察，便可发现魏先生纯粹是以现代人的眼光看问题，而古人对"情""色"二字，往往是界限不分明，容易相混同。就以《红楼梦》为例吧，即使到了曹雪芹所生活的时代（比《金瓶梅》抄本的问世要晚一百三十年），他在书中还借警幻仙姑之口称宝玉之体贴为"意淫"，对秦可卿的判词是："情天情海幻情身，情既相逢必主淫"，《好事终》一曲也说是"宿孽总因情"。依此观之，古人将"情色"二字套在西门庆身上，并非不适合。魏先生犯了"以今律古"之弊。

《金瓶梅词话》作者讲了刘项的故事后，下文便道："今古皆然，贵贱一般。"这就很自然地过渡到了西门庆的故事。刘项乃帝王之尊（刘邦其实也还是平民出身），西门庆是清河一霸，时代虽有今昔之别，地位纵有贵贱之分，然而不能逃于情色则一。说它是王冠，只有帝王佩戴，似和作者意图不符。

袁中郎写《觞政》，以《金瓶梅》配《水浒传》列入"逸典"。"逸典"中还包括有柳永、辛弃疾的词，董解元的诸宫调，王实甫、马致远、高则诚的戏曲。这表明了他对《金瓶梅》一书之称誉，是他的一贯立场。魏先生却认为"把《金瓶梅》写入《觞政》，定有原因。这原因，如果推究起来，又是政治的关系了"（《金瓶梅的问世与演变》）。不仅如此，他还断言袁中郎写《觞政》时，就透露了改写《金瓶梅》的意思，而且参与改写者圈子越来越大，包括了袁中郎好些朋友，甚至还有沈德符。如此一来，这个问题反而人为地弄得复杂化和神秘化了。

究其本意，袁中郎写作《觞政》，本是供他的社友参考。在他的《题记》中写得很清楚："余饮不能一蕉叶，每闻垆声，辄踊跃。遇酒客与留连，饮不竟夜不休。非久相狎者，不知余之无酒肠也。社中近饶饮徒，而觞容不习，大觉鲁莽。夫提衡糟丘，而酒宪不修，是亦令长之责也。今采古科之简政者，附以新条，名曰《觞政》。凡为饮客者，各收一帙，亦醉乡之甲令也。楚人袁宏道题。"其中所说"社中近饶饮徒",即指和他结成文社的一班朋友。时间是自万历三十四年（1606）秋天,地点是在北京,社友包括了刘元定（勘之）、陶孝若（若曾）、方子公（文僎）、丘长孺（坦）、胡仲修、刘元质、袁平子（简田,中郎族弟）、龙君超（襄）、袁小修等人,亦即《酒评》一节中所评及的对象,可能还有其他人,人数不会超过二十,他们常在一起宴集赋诗,约有一年光景散去,中郎诗集中有下列诸诗可证:《游崇国寺,得明字》,《浴佛日刘元定邀诸公偕游高梁桥,得为字》,《早起入朝书册,午间冲暑走城外别汤嘉宾,晚赴刘元定饮,时诸公已半酣,赋得原字》,《集元定行记斋,再赋得原字》,《客有赠余宫烛者,即席同刘元定、方子公、丘长孺、陶孝若赋之》,《刘元定斋中别诸社友,时余有内人之戚》。这些人当时聚集北京,且以中郎为中心,他们当能看得到《金瓶梅》的抄本,至少中郎手中的抄本能公诸同好,在他们中间传阅。因此中郎在《觞政》里将《金瓶梅》列入"逸典",要他们熟悉此典,就不足为奇了。

事情本来如此单纯而自然,哪有什么政治原因?中郎与他的一些友人有何必要暗中策划改写此书?经魏先生一番考证,袁中郎和他友人俨然结成了一个"阴谋集团",秘密商议并直接动手改写《金瓶梅》,还把事情的一切真相隐藏起来,对外一致统一口径,欺骗世人,而袁中郎却是这一"阴谋集团"之首领。这岂非咄咄怪事?袁中郎执一代文坛之牛耳,自有他的名山胜业。他虽然称赞过《金瓶梅》,但未必肯花如此心血及偌大气力去为他人作嫁衣裳。他这些朋友,无论才情和能力,都不能担此重任。他们在一起饮酒赋诗则有之,很难说是在搞什么地下活动。

《金瓶梅》成书二十三年才见刊刻,其原因当不外乎三点。一是抄本流传甚少。二是卷帙太多,一百回之洋洋大文,刊刻起来殊非易事。这两点屠本畯在《山林经济籍》中已说了:"按《金瓶梅》流传海内甚少,书帙与《水浒传》相埒。"三是收藏有《金瓶梅》抄本的人,不愿拿出付刻。他们认为"此书诲淫",作为枕中之私秘下阅读未尝不可,一经刊刻,传播四方,则有损于人格和阴德。他们不敢作名教之罪人,而且害怕进犁舌地狱,祸延子孙。这从当时诸家对此书的评论可以看得清楚。董其昌在万历二十二年（1594）和万历二十三年（1595）之间向袁小修推荐这部书，就已说了"决当焚之"。薛冈万历二十九年（1601）在北京从其友人文在兹手中借到《金瓶梅》的不全抄本，也说："此虽有为之作，天地间岂容有此种秽书，当急投秦火。"（《天爵堂笔余》）袁小修、沈德符都持有类似的看法。他们的心态就是这样，谁也不愿意为始作俑者。

其实，一部长篇白话小说在成书以后拖了二三十年出版，明清两代并非罕见，《金瓶梅》不是特例。在《金瓶梅》之前的神魔小说《西游记》也是一百回，写的唐僧师徒四众西天取经故事何等受人欢迎，真可说是家喻户晓了。它的成书是在吴承恩晚年做荆府纪善时，即隆庆四年（1570）左右（详见拙文《吴承恩〈西游记〉成于晚年说新证》，1984 年 3 月 27日《光明日报·文学遗产专刊》）。可是一直到万历二十年（1592）金陵世德堂才刊成《新刻出像官板大字西游记》（有人说"新刻"乃是针对"旧刻"，其实"新刻"就是"初刻"，以"新"字为号召，正如十卷本的《新刻金瓶梅词话》一样）。其间相距二十二年，与《金瓶梅》情况几乎一致。这里面根本没有什么政治原因。

再以时代较后的《红楼梦》来说，从乾隆二十五年（1760）就有了"庚辰秋月定本"的抄本，一直到乾隆五十六年（1791）才有了程伟元、高鹗的活字本，即"程甲本"。这其间相距有三十一年之久。如果说"抄家"的情节涉及了政治原因，那么程伟元、高鹗所整理和订正的后四十回不是依然有着抄家的描写吗？如果说此书讽喻了"当今圣上"，那么活字本问世之时乾隆皇帝不是依然在位吗？用政治原因也是解释不通的。古时候出版书籍不像现代这般容易，有时拖了很长时间才见刊行，实不足为奇。

因受篇幅所限，暂且谈到这里，其他问题容待日后细论。本文对作为证据的文字的解释如有偏差，推论如有疏忽及主观武断，也敬请魏先生和"金学"同道指教。

（原载《金瓶梅研究》第一辑，江苏古籍出版社 1990 年版）

汤显祖

一　汤显祖的生平

汤显祖字义仍，号海若、海若士、若士，别署清远道人，晚年自号茧翁，江西临川人。

明世宗嘉靖二十九年（1550 年）9 月 24 日，汤显祖诞生于临川县城内的文昌里。少年时在汤氏家塾读书，他的老师有罗汝芳（泰州学派大师王艮的三传弟子）和徐良傅。家塾中悬有一副对联："光阴贵似金，莫作寻常燕坐；天地平如水，相看咫尺龙门。"他常以此勉励自己。二十一岁中举。写诗作文，才气纵横，颇享盛名。

明神宗万历五年（1577 年）他去北京参加会试。首辅张居正耳闻其名，命自己的子弟和他结交，他不愿阿附权贵，谢绝不往，结果榜上无名，而张居正的次子嗣修中了榜眼。下一科考试，张居正的三子懋修又来结纳，仍遭拒绝，依然名落孙山，而张懋修高中状元。他看到了科举考试的黑幕，深深感到并非如他所想象的"天地平如水"，在任何情况下绝不愿做有损于人格的事。

一直到张居正去世的后一年，即明神宗万历十一年（1583 年），他才考中进士。当时的首辅张四维和申时行都拉拢他，请他做幕僚，保证让他进入翰林院，别人求之不得，而他断然拒绝。他见到一些所谓"贤人""长者"的所作所为，非常失望。朋友大都趋炎附势，随波逐流，他也不屑与之为伍。人们都说他是个狂生。

次年，他向朝廷请求去南京作太常寺博士。这是个闲官，他乘此机会，发奋读书，夜深还孜孜不倦。家里人笑他："老博士还要读书干什么呢!"他回答说:"我读我的书,不管什么博士不博士。"他酷嗜元人杂剧,收藏世间稀有的本子近千种,每本的精彩处都能一一背诵。

南京是当时的陪都,聚集有一些年轻官员,官居下位,而敢直率批评时政。汤显祖同情他们,也好与人议论天下大事,为此几乎被人所诬陷。连他的旧作《紫箫记》,也被认为其中含有讥刺。他就把《紫箫记》改写成《紫钗记》,增添了篡夺国柄的奸臣卢太尉这个人物,揭露了权贵的嘴脸。

明神宗万历十九年(1591年)三月里,天空出现了彗星。皇帝大为震恐,责备言官失职。汤显祖上疏直言,指陈时政的弊端。他总结了神宗即位后的朝政,大胆予以否定:"陛下经营天下二十年于兹矣。前十年之政,张居正刚而有欲,以群私人嚣然坏之。后十年之政,(申)时行柔而有欲,又以群私人嚣然坏之。"这篇《论辅臣科臣疏》正如一声春雷,震动天下。皇帝大怒,以"假借国事攻击元辅"之罪,把他远谪到广东徐闻县,降为典史。

徐闻县地处雷州半岛的南端,"白日不朗,红雾四障",向来被人看作瘴疠之地。汤显祖泰然自若,称赞此地的士气民风惇雅可爱。

明神宗万历二十一年(1593年)春天,他调任浙江遂昌县知县。遂昌地处万山之中,在浙中最称僻瘠。到任之后,他为民除害,搜捕猛虎,处死与富户勾结而白昼抢掠的盗魁。为县中唯一的书院添建房舍,用寺庙道观的食田来供养读书的学生。在任五年。由于他办事认真,一清如水,做到了政简讼清,人民衣食淳足。他还在除夕假释犯人回家度岁,元宵节允许犯人上街观灯,一时传为佳话。闲暇时,重修《宋史》,自称"借俸著书,亦自不恶"。

可是遂昌县并非绝世而独立的"桃花源"。被惩治的乡绅纷纷上告,又有大官僚为之撑腰,必欲去汤显祖而后快。这时,皇帝又派出大批太监,以"开矿"之名搜刮民脂民膏,遂昌是产金的山区,难以幸免。汤显祖便向吏部告归,回到家乡临川,从此再也没有出来做官。

他很勤奋地从事传奇的创作。自明神宗万历二十六年至二十九年(1598年至1601年)是他创作的旺盛时期。四年之内相继创作了《牡丹亭还魂记》《南柯梦记》和《邯郸梦记》。这三部作品和以前在南京写成的《紫钗记》，因其中都有梦的情节和描写，合称为"玉茗堂四梦"。以前的五十年生活，其间有考进士的艰难曲折，南都上疏直陈国事的慷慨激昂，远谪雷州半岛的困苦，在万山丛中的遂昌兴利除害所经历的宦海风波，自己政治理想的破灭及对官场的深恶痛绝，这一切都不是白白度过的。这五十年的生活历程，丰富了他的思想，擦亮了他的眼睛，孕育了他的创作构思，使他成长为一个戏剧大师。

晚年的家居生活是平静的。他不和官府往来，却爱和宜黄腔的演员交往，指导他们演唱，为他们写诗撰文。他写传奇本来就是便于他们用宜黄腔来演唱，可是却遭到某些人的非议，说是不协音律。他断然反对妄人来窜改《牡丹亭还魂记》。对国事仍很关心，曾给友人写信说："天下忘吾属易，吾属忘天下难也。"（《汤显祖集·答牛春宇中丞》）

明神宗万历四十四年六月十六日（1616 年 7 月 29 日），这位杰出的戏剧大师在临川溘然长逝，终年六十七岁。

他的剧作有《紫箫记》《紫钗记》《牡丹亭还魂记》《南柯梦记》和《邯郸梦记》五种。现存诗文集有《红泉逸草》《问棘邮草》《玉茗堂文集》及《玉茗堂集》等，今人钱南扬、徐朔方详加考订，合编为《汤显祖集》。他的《牡丹亭还魂记》有英、德、日三种文字的全译本。

二　汤显祖的前期戏剧创作

汤显祖的戏剧创作可以划分为前后两个时期。前期的代表作品是《紫钗记》。

还在明神宗万历五年至七年（1577—1579 年），汤显祖就和友人谢廷谅、吴拾芝和曾粤祥合作编写了传奇《紫箫记》。此剧实未完成，只写到三十四出，才及全剧之半。它取材于唐代蒋防的传奇小说《霍小玉传》。主要关目采自《大宋宣和遗事》亨集中的一段元夕观灯故事，只是把女主人公所拾得的金杯改成了紫玉箫。作者以优美的曲词歌唱霍小玉和李益的爱情，心理描写较细腻，在戏剧上初露才华。但基本上此剧未脱"才子佳人"的情调，辞藻华美，宾白骈俪。情节发展缓慢而平静，缺少波澜起伏，并未写到什么社会性的矛盾和冲突，原来唐传奇中的"痴心女子负心汉"的悲剧消失了，改成才子佳人因误会而产生痴妒，经过解释而"从前痴妒，一笔勾消"，以致显得内容单薄、篇幅冗长。汤显祖的好友帅机说："此案头之书，非台上之曲也。"明神宗万历十五年（1587 年）前后汤显祖在南京将《紫箫记》改写为《紫钗记》。

《紫钗记》共五十三出，只有十一出采用了旧作的部分曲文，但也作了修改加工。实际上是重写。作者改变了旧作的框架，更多地取材于传奇小说《霍小玉传》。虽未恢复"痴心女子负心汉"的悲剧，却增添了权倾当朝的卢太尉这个人物，因他的干扰与破坏，使得李益和霍小玉长期忍受分离的痛苦。这样就构成了新的社会矛盾和冲突，使剧本获得新的光彩。

卢太尉因为"天下士子俱到太尉府，可怪新状元李益独不到吾门"，大叫"书生狂妄如此，可恼！可恼！"便把李益调到边关任职，让他永不还朝。李益立了大功，却被软禁在招贤馆里，强迫入赘。作者写卢太尉"在京管七十二卫，在外管六十四营"，"姻连外戚""一门贵盛"，"手下刺客，布满京师"，他听说李益有了妻子霍小玉，便笑着嗔怪："呀！说甚么小玉，便大玉要粉碎他不难。"这都是揭露得很深的。

作者以他细腻的笔墨写出了李益的软弱和霍小玉的痴情。《怨撒》一出写得特别精彩。当霍小玉听到李益将在卢府入赘，昔日定情的紫钗已被卢府买去，要与新人上头，她悲愤交集，把卖钗所得的百万钱，乱撒满地，以示抗议。她对金钱的势力发出了诅咒："一条红线，几个开元，济不得俺闲贫贱，缀不得俺永团圆。他死图个子母连环，生买断俺夫妻分缘。你没耳的钱神听俺言，正道钱无眼，我为他叠尽同心把泪滴穿，觑不上青苔面！俺把他乱洒东风一似榆荚钱！"

剧中出现的黄衫客，仗着"暗通宫掖"之力，使得皇帝下旨"宜削太尉之衔，以申少妇之气"。他的侠义精神可嘉，但他所能起的作用显然被夸大了。

《紫钗记》曲词典雅工丽，抒情缠绵悱恻，以凄凉哀怨处见长。在宾白上减少了长篇骈俪。结构上也下了很大的改进功夫，利用了传奇小说中"卖钗"这个细节，更加以发展，使紫玉钗成为全剧情节发展的重要因素。这都说明作者的才华已趋成熟，为以后的跃进打下了良好的基础。

三　《牡丹亭》

汤显祖脱离了官场，返回临川，开始了戏剧创作的新阶段，通常我们称作是后期。这个时期的创作最丰富，四年之间接连写出了三部作品，充分展露了作者的才华。其中最震撼人心也是他最得意的作品为《牡丹亭还魂记》（简称《牡丹亭》），写成于明神宗万历二十六年（1598 年）。

全剧共五十五出，基本情节采自《杜丽娘慕色还魂》话本。剧情略谓：南宋时福建南安太守杜宝，膝下唯有一女丽娘，聘一塾师陈最良教读。丽娘春日游园归来，梦中与一少年在牡丹亭畔相见，醒后伤情不已，恹恹成病。临终嘱其父母把她葬在后花园梅树之下。书生柳梦梅流寓广州，赴临安应试，路经南安郡，拾得丽娘之自画像，终日把玩。丽娘幽魂出现，一见即知为昔日梦中所见之少年，令其掘坟而再生。丽娘复活后，两人成婚，潜往临安。梦梅受丽娘之托，赴临安求见其父。杜宝见而大怒，诬梦梅私掘女坟，拷问吊打。其时梦梅得中状元，也上书自辩。丽娘并登朝申诉，得到皇帝允许，夫妻团圆。

作者在《牡丹亭记题词》里写道："天下女子有情，宁有如杜丽娘者乎！梦其人即病，病即弥连，至手画形容，传于世而后死。死三年矣，复能溟莫中求得其所梦者而生。如丽娘者，乃可谓之有情人耳。情不知所起，一往而深，生者可以死，死可以生。……第云理之所必无，安知情之所必有邪！"他有意识地把"情"和"理"的冲突和斗争作为全剧的思想基础，大力歌颂青春少女不甘心屈服于悲剧命运，冲破封建礼教的网罗，决心追求自己的幸福与实现美好的理想。

杜丽娘生长在深闺之中，受着种种有形的与无形的封建束缚。她的父母和她的老师用一大套封建道理来教导她，这也不许，那也不准，简直压得她透不过气来。她"一生儿爱好是天然"，连走一步路都受人拘管。偶然的一次游园，大自然的春光唤醒了她内心的感情。这也同样遭到训斥："凡少年女子，最不宜艳妆戏游空冷无人之处。"她在对理想的爱情之渴望中寂寞地死去。作者并没有以杜丽娘之死来结束他的剧本，他以独特的艺术构思，用浪漫主义的手法描写杜丽娘在阴间向判官询问她梦中的情人，花神是她爱情的保护神，大力为她辩护，判官也通情达理，笔下超生，他们都帮助了杜丽娘，让她的游魂得以和柳梦梅相会，继续以前梦中的美满生活。这时，杜丽娘已经完全摆脱了封建礼教的束缚，在爱情生活中表现得更大胆执着。还魂以后，她积极争取父母的同意和支持，不惜在金銮殿上和他们辩论。此时的杜丽娘再也不是当年娇弱可怜的女子，她已觉醒，经过一场大的风浪，变得成熟多了。封建势力再也不能压倒她了。《牡丹亭》第三出是《训女》，到最后一出《圆驾》，杜丽娘和其父的辩理已多少带有"训父"的味道了。

作者写柳梦梅的几出戏也很出色。他具体描写了穷书生的遭遇，抒发了怀才不遇的感慨。如第二十一出《谒遇》写柳梦梅到香山嶴的多宝寺观宝，深有所感：

〔驻云飞〕天地精华，偏出在番回到帝子家！（白）禀问老大人，这宝来路多远？（净）有远三万里的，至少也有一万多程。（生）这般远，可是飞来？走来？（净笑介）那有飞走而至之理。都因朝廷重价购求，自来贡献。（生叹介）老大人，这宝物蠢尔无知，三万里之外，尚然无足而至；生员柳梦梅，满怀奇异，到长安三千里之近，倒无一人购取，有脚不能飞！

第七出《闺塾》脍炙人口。窗外大好春光，老塾师陈最良摇头晃脑地讲书，女学生听得索然无味。小丫环春香插科打诨，逗弄老师学那斑鸠的叫声。更为有趣的是，《诗经》的首章《关雎》，不但没有使杜丽娘领会"后妃之德"，反而由"窈窕淑女，君子好逑"引起了遐想："可以人而不如鸟乎！"这是杜宝和陈最良完全未曾料到的。汤显祖巧妙地剥落了封建教育的神圣外衣，暴露了它的虚弱。当时无人敢于大胆讲出这个真理，他确是卓有见识，很有勇气。

《牡丹亭》全剧中心是写情，令人惊心动魄。作者擅长用诗的语言写出诗的意境，细腻地表现女主人公的内心世界，《惊梦》《寻梦》《写真》《闹殇》《魂游》诸出都写得精彩。全剧曲词优美，清新可诵。总起来说，它是"案头之书"和"台上之曲"的很好结合。传说作者写此剧时，运思独苦，一日，家人遍觅不得，后来发现他躺在庭院的柴堆上，掩袂痛哭，问他是什么缘故，他说填词至第二十五出，写到"赏春香还是你旧罗裙"一句，不禁悲从中来。作者这样为他笔下人物的悲剧所感动，当非虚语。作者充分吸取了《紫箫记》和《紫钗记》写作的经验教训，发扬长于抒情的优点，而另辟新境，大胆革新，在创作上达到了成熟，为中国古典戏曲树立了丰碑。

此剧脱稿不久，就在舞台上演出。汤显祖有《滕王阁看王有信演〈牡丹亭〉》诗，其中一首云："桦烛烟销泣绛纱，清微苦调脆残霞。愁来一座更衣起，江树沉沉天汉斜。"可见感人之深。当时有不少妇女看了《牡丹亭》，激起了强烈的共鸣。有个女子冯小青，遇人不淑，她写过一首绝句："冷雨幽窗不可听，挑灯闲看〈牡丹亭〉。人间亦有痴于我，岂独伤心是小青。"后来含恨而死。还有不少同样的事情发生。这个剧本促使她们睁开眼睛，看到现实生活的不合理，更加难以忍受，以死来表示对封建势力的抗议。

四　《南柯梦记》和《邯郸梦记》

继《牡丹亭》之后，汤显祖于明神宗万历二十八年（1600年）写成了《南柯梦记》（简称《南柯梦》），次年又写成《邯郸梦记》（简称《邯郸梦》）。比起他以前的作品来，描写爱情的分量大为减少。主人公的发迹、成功与失败，才是作者所要注意的中心。这两个剧都不是以梦写爱情，而是以梦写政治。从爱情剧发展到政治剧，这是汤显祖后期创作的一个新阶段。

《南柯梦》取材于唐代李公佐的传奇小说《南柯太守传》，共四十四出。剧情略谓：裨将淳于棼被免职后终日借酒浇愁，一日醉卧榻上，梦见槐安国使者来迎，拜见国王，与公主成婚。出任南柯郡太守二十年，颇有政绩。因檀萝国入侵，公主受惊而亡。回朝后官居左丞相，权门贵戚争相趋迎，右丞相段功进谗，诬其弄权结党，国王下令遣归乡里。——一场梦醒，他才发现槐安国即庭中大槐树洞中的蚁群。经契玄禅师点化，大悟成佛。

作者巧妙地使用了一种艺术手法，用梦境反照现实，使梦境带有奇幻的色彩，完成人们在现实生活中很难实现的事，以反衬现实社会之不合理。淳于棼戒掉酒，勤理政务，使南柯郡得到大治。在他管辖境内，青山浓翠，碧水渊环，百姓丰衣足食，相互礼让，士农工商各安其业，都心情舒畅。第二十四出《风谣》和第三十四出《卧辙》都出现了动人的场面。作者以此告诉观众和读者：人世间埋没了多少人才，这些人若处在另一种环境下，让他们发挥才能，便能创造奇迹。淳于棼离开南柯郡时作者让他对接任者说："俺旧黄堂政事新人管，有一言听俺同官，休看得一官等闲，也须知百姓艰难！"封建社会的官吏有几个人能有这样的认识并且身体力行？作者借梦境来表现理想，实际也是对黑暗现实的针砭。

在剧本中作者还采用了另外一种手法，即借梦境作为掩护，使梦境的某些方面酷似现实，来揭露现实生活中的丑恶。第三十六出《还朝》之后，局势急转直下，右丞相段功的阴谋陷害，国王的疑惧，淳于棼受人引诱而生活放纵，都造成了淳于棼的失败，最后用牛车遣返。汤显祖让淳于棼讲出："太行之路能摧车，若比君心是坦途。黄河之水能覆舟，若比君心是安流。"（这是套用白居易《新乐府》中的《太行路》诗，只是把"人心"换成了"君心"，把"巫峡"改为"黄河"）对国王深为不满。淳于棼始终不明白在封建社会里君臣之间的关系充满着矛盾，经常会出现"有功即是有过"的荒谬事情。汤显祖显然对淳于棼抱着惋惜的态度。

由于作者世界观的局限，在政治理想破灭之后，受到佛家思想的一些影响，《南柯梦》不可避免地带有"梦幻泡影"的色彩，塞进了契玄禅师的大量说教，令人腻味。但也不时流露出对佛家的某些东西的怀疑。如第二十三出《念女》，写国王母对《血盆经》不以为然，她说："想来则有妇女苦。生男种女大家的。便是产时昏闷，倾污水于溪河，也是丈夫之罪。怎那经文呵，明写着外面无干，偏则是女人之谴？"高唱众生平等，而其实男女也不平等，这种揭露可谓一针见血。

《邯郸梦》也是取材于唐代沈既济的传奇小说《枕中记》，共三十出，是他剧作中篇幅最少的。剧情略谓：小地主卢生憩息在邯郸道上一家小店，遇见下凡的神仙吕洞宾，被授以一枕，瞬时入梦。梦中，卢生娶了有财有势的妻子，以贿赂而高中状元，又以治河与开边立功。权臣宇文融寻找各种机会来陷害，终至使他背上"通番卖国"的罪名。因妻子上午门鸣冤，由死刑改判流窜广南崖州之鬼门关，备历艰辛。后来宇文融问罪伏诛，卢生被召还朝，做了二十年宰相，以荒淫无度而死。——一场梦醒，卢生发现自己身卧邯郸店中，店主人待客的黄粱还未蒸熟。吕洞宾从而点化，使之悟道。

和《南柯梦》一样，它也是以梦写政。剧中写的是唐玄宗时的事，反映的正是明代社会政治的腐朽和黑暗。作者提炼许多生活素材，塑造了一个大官僚的典型，具体展示了他的一生——从发迹到死亡。

作者笔下的卢生全然没有匡时济民的政治理想，他以儿戏的方式侥幸立功，并无"文治"和"武功"的真正才能，远不如《南柯梦》中的淳于梦。作者通过一些生动的描写，有力地揭露了他的贪婪面目和极端自私自利的灵魂。如第十七出《勒功》写他趾高气扬、不可一世，接着又担忧地说："题则题了，我则怕莓苔风雨，石裂山崩，那时泯没我功劳了。"第二十九出《生寤》写他临死时还担心总裁国史的人把他六十年的功绩编载不全，其贪恋于声势名利之场，至死执迷不悟，既可笑，又可悲。

卢生并非一帆风顺，而是经历过宦海政途的巨大风浪，几次大起大落。权臣宇文融和卢生之间的斗争是极其残酷的，最厉害的一次是向皇帝告发他"通番卖国"。卢生也绝非清白无辜，他的确收到番将的书信，放开一条生路，不去穷追。宇文融借此事来加以陷害。卢生家产被查抄，妻子入宫为奴，本人被流放到鬼门关。这时候，宇文融还写密信，指使崖州司户要结果他的性命。经历了这大的劫难，卢生被召还朝，更是以百倍的疯狂去追求金钱和地位，还想以荒淫来求得长生，终至到了无可救药的地步。作者以他的那支生花妙笔描绘出一个极端个人主义者如何堕入功名利禄的深渊。如果说，汤显祖对《南柯梦》的主人公淳于梦有过希望，有过同情和惋惜，那么，他对《邯郸梦》的主人公卢生，就只有揭露和鞭笞了。更为重要的是，他是通过一个人来批判了一个阶层——封建社会的官僚阶层。

作者根据传奇小说安排了一个美好的结局，让卢生从梦中醒来，大彻大悟，以前种种譬若昨日死，以后种种譬若今日生，这不过是一个善良的愿望而已。卢生宁可在天门扫落花，而不愿在人间奔驰于名利之场，作者这样处理是在提醒世人要过干净的生活。

汤显祖的一生是热爱生活和热爱戏剧的。他为后世留下了《玉茗堂四梦》，也是呼唤着真正的新生活的到来。人民永远珍视这份宝贵的文学遗产，并怀着崇敬的心情来纪念这位戏剧大师。

（原载《中国历代著名文学家评传》第 4 卷，山东教育出版社 1985 年版）

袁中道

袁中道生于明穆宗隆庆四年（1570）五月初七日。初字中修，改字小修，号凫隐居士、凫隐、凫史，又号柴紫居士、酸腐居土。卒于明熹宗天启六年（1626）。湖北公安（今湖北公安县）人。

他是著名的"公安三袁"中年龄最小的一位。袁宗道（伯修）是他长兄，比他大十岁。袁宏道（中郎）是他二兄，年龄与他相近，只大两岁。但他的寿命比两个哥哥都长，宗道在世只有四十一个春秋，宏道也只活到四十三岁，而中道终年五十七岁。他亲见公安派文学的兴起及其末流，就其在文学活动中所起的作用来讲，可以说是公安派的殿军。

他的一生大致可分为三个阶段。

一

第一阶段，从明隆庆四年（1570）出生，到万历三十五年（1607）三十八岁。

他的童年和少年时期处在优裕安适的生活环境之中。兄弟三人，一起读书，互相勉励，共同切磋，正如他在诗中写到的："肩随三兄弟，少年同诵读。无夜不联床，寒雨滴疏竹。"（《中郎生日同大兄》，《珂雪斋诗集》①卷二）他十四岁时，伯修早已中举，他与中郎兄及么舅龚散木在杜园读书，单调的苦读生活之中也有不少少年人的奇趣。以后他回忆这段生活说："散木甚诙谐。时林中偶藏一虎，常闻吼啸。垣墙不甚高，皆惧之。方静夜共坐堂上，伏案了文字，而散木作假虎面，被绣被，跳跃其下，几

---

① 以下引此书，简称《诗集》。

为怖绝。"(《杜园记》《珂雪斋文集》①卷三)

小修少年时就很有才华，十岁多曾撰写了《黄山赋》及《雪赋》，约五千余言，不久即厌弃这类作品，喜欢阅读老子、庄子、列子诸书，旁及佛经，并且用心研究。像这样杂学旁搜，无疑开拓了其眼界，培养了独立思考的能力，然而对于专考八股文的科举考试，却是颇为不利的。眼看两个哥哥都中了进士，做了官，而他自己却屡次考试失利，满怀勃郁不平，有志难伸。

在这种失意的情绪支配下，他转而为追求任侠，以豪杰自命，专门结交豪侠之士，一掷千金，毫无吝色。除了济困扶危之外，也干了一些蠢事，染上了酗酒的恶习。他在《回君传》一文里记述了这样的情景：

> 其牢骚不平之气，尽寄之酒。偕回及豪少年二十余人，结为酒社。大会时，各置一巨瓯，校其饮最多者，推以为长。予饮较多，已大酣，恍惚中见二十余人皆罗拜堂下。时月色正明，相携步斗湖堤上，见大江自天际来，晶莹耀朗，波涛激岸，汹涌滂湃，相与大叫，笑声如雷。是夜，城中居民，皆不得眠。（《文集》卷八）

万历二十年（1592）五月间，他在武昌探望了李贽，写了一首七律："比来三食武昌鱼，今日重留静者居。我有兄弟皆慕道，君多任侠独怜予。尊前鹦鹉人如在，楼上元龙傲不除。芳草封天波似雪，卷帘对雨读新书。"（《武昌坐李龙潭邸中赠答》，《诗集》卷一）李贽对他颇为欣赏，使他很感动。此时他迹近荡子的行径，已引起家人戚友的反感，正如中郎诗中所说："亲朋尽欲杀，知己半相疑。"（《忆弟》，《敝箧集》卷二）

次年秋天，他和好友丘坦、僧人无念买舟东下，登雨花台，游牛首山，登虎丘，游西湖，直到岁暮，还在江行舟中。这是他第一次漫游，写有《江上示长孺》《同丘长孺登雨花台》《登虎丘戏为歌行变体示长孺》诸诗。

万历二十二年（1594），他在武昌第三次应省试，仍未考取，从他的

---

① 以下引此书，简称《文集》。

《下第咏怀》诗："人生能几何？愁思郁肺肝。行年二十五，惨无一日欢。生长爱豪华，长剑与危冠，宝马黄金勒，宾从佩珊珊。时兮竟寂寞，小弟空无官，窜伏蓬蒿内，妻子嗷饥寒"（《诗集》卷一），可以看到他难堪的处境。这年冬天，他随中郎到了北京，得以结识汤显祖、曹学佺、董其昌、王一鸣等名人，参加他们的文酒之会。中郎在给其外祖父的家书中说："三哥颇为同侪所推许，近日学问益觉长进。"（《家报》，《锦帆集》卷三）

次年（1595）二月间，中郎南行，赴吴县知县任，伯修与小修送行。他们对中郎的临别赠言，风格各异。据中郎在《出燕别大哥三哥》诗中说："长兄见老成，劝余勉为吏，钱谷慎出入，上下忌同异。小弟发狂谈，兄言胡乃赘，胸臆自可行。荣枯安足计。纵使挂弹章，亦只数行字。八十日彭泽（按，指陶渊明），独非男儿事？"（《锦帆集》卷一）看来，小修和中郎的思想较为接近。这年四月底，小修应大同巡抚梅国桢的邀请，前往做客，相聚甚欢。他以后在《梅大中丞传》中回忆了此时的情景：

> 予少时有奇气，相见直坐上座，扪虱而谭，公待之益恭。每有所论，公退而疏之。一诗成，公曰："真才子也！"尝于水磨河置酒，大合乐，泛舟，辩论锋起，公自谓数十年来无此乐。率将佐出猎，公与予并马笑谈，千骑围绕，笳管清路，呼声震地，箭如饿鸱叫，抵暮而归，灯火烁天，居民摩肩以视，大约如子瞻（按，指苏轼）游西湖从涌金门外入也。（《文集》卷八）

九月间他到了吴县，住在中郎的衙署里，又曾往游浙江、安徽，看山玩水，兴致颇浓。次年三月，才回中郎处。中郎把他弟弟的诗收集付刻，并写了一篇《叙小修诗》，阐发了公安派性灵说的观点，对小修诗歌的特色作了概括。他说："大都独抒性灵，不拘格套，非从自己胸臆流出，不肯下笔。有时情与境会，顷刻千言，如水东注，令人夺魄。其间有佳处，亦有疵处。佳处自不必言，即疵处亦多本色独造语。"又说："盖弟既不得志于时，多感慨，又性喜豪华，不安贫窭；爱念光景，不受寂寞，百金到手，顷刻都尽，故尝贫；而沉湎嬉戏，不知樽节，故尝病；贫复不任贫，病复不任病，故多愁。愁极则吟，故尝以贫病无聊之苦，发之于诗，每每若哭若骂，不胜其哀生失路之感。"（《锦帆集》卷二）中郎了解其弟甚深，他的评语是符合实际情况的，因此可以看作小修这一阶段诗歌的总结。

万历二十五年（1597），小修第四次省试失利，秋天到真州。这年春天中郎业已解官，漫游吴越，创作大增。兄弟两人此次在真州会晤，"相见顷刻，出所吟咏，捧读未竟，大叫欲舞"。小修为中郎的《解脱集》写了一篇序，把中郎比作"文起八代之衰"的韩愈。他说：

> 夫文章之道，本无今昔，但精光不磨，自可垂后。唐宋于今，代有宗匠。降及弘、嘉之间，有缙绅先生（按，指前七子）倡言复古，用以救近代固陋繁芜之习，未为不可。而剿袭格套，遂成弊端。后有朝官（按，指后七子），递为标榜，不求意味，惟仿字句。执议甚狭，立论多矜。后人寡识，互相效尤。如人怀重宝，有借观者，代之以块。黄茅白苇，遂遍天下。中郎力矫敝习，大破颓风。昔昌黎文起八代之衰，亦非谓八代以内，都无才人，但以辞多意寡；雷同已极，昌黎去肤存骨，荡然一洗，号为功多。今之整刷，何以异此？（《解脱集序》，《文集》卷一）

次年（1598）中郎补顺天府教官。十月间，小修送中郎眷属入京，以荆州府岁贡，进国子监肄业。袁氏三兄弟与友人黄辉、顾天埈、潘士藻、李腾芳、钟起凤、谢肇淛、方文僎等结社于城西崇国寺，在寺中葡萄林下论学吟诗，名曰"蒲桃社"。据小修在《潘去华尚宝传》中描述："当入社日，轮一人具伊蒲之食（按，指斋饭），至则聚谈，或游水边，或览贝叶，或数人相聚，问近日所见，或静坐禅榻上，或作诗，至日暮始归。"（《珂雪斋近集》①）他们还遍访燕中古刹名园，远游盘山、真定、赵州等地。两年后伯修及潘士藻相继去世，其余诸人亦多分散。

万历三十一年（1603）春天，小修进京赴考，终于中了举人，这时他已三十四岁。入京的前一年，李贽在通州被逮捕，罪名是"敢倡乱道，惑

---

① 以下引此书，简称《近集》。

世诬民"，因不堪屈辱，在狱中自杀。小修这次入京，路过通州，往吊李贽之墓，写《入都过秃翁墓》诗三首（《诗集》卷二），以寄其沉痛的怀念之情：

> 岩电似双眸，昨宵来入梦。驱车且暂停，三步肠应痛。
> 威凤不潜羽，蛟龙罢隐鳞。纲罗耽耽至，何处可藏身？
> 马鬣有新封，凄其荒草里。虽无要离坟，也近荆卿水。

过了几年，他又撰写了《李温陵传》（《文集》卷八），写出了一些哲人的见识不凡，独行其是，"气既激昂，行复诡异"，以致为一般道学先生所不容，诬陷而死。尤其是写李贽被捕及自杀时的表现，此老倔强之态，跃然纸上。这是小修的一篇力作。

万历三十四年（1606）他还写了一篇《赵大司马传略》，为两年前被武昌皇族所击杀的大臣赵可怀立传。其中写到皇帝派出的矿使——太监陈奉在湖北激起民变：

> 壬寅（按，万历三十年），奉居武昌旧帅侯邸，若古藩镇，大作威福。金钱日至无算，奉大喜，寝有他志。民不堪剥刻，遂变，共起诛之，燔其居。奉急从后垣走，入藩府获免。居民缚其左右数百人，皆投之大江。汉阳人闻之，皆相聚缚其使，亦如武昌。每投一人，两岸居民皆拊掌大笑为乐，投三四日不尽。得奉侄儿，不复投，令其四据如犬行，入水死，皆大笑。诸郡悉攘臂起，缚税使，杀之。杀奸人无数，官不能禁。（《文集》卷九）

这是多么大快人心的事。小修由此看到了统治的危机，担心局势得不到控制，会有人乘机作乱。他呼吁朝廷赶快彻底废止矿税，既表现了对人民的同情心，也表现了对人民的恐惧感。

次年他入京考进士，再度失利。他到密云，在蓟辽总督塞达处教家馆。署中无事，默然枯坐，在壁间题了《感怀诗》五十八首，回顾了过去的生活，对前途依旧感到茫然。

二

第二阶段，从万历三十六年（1608）三十九岁到万历四十三年（1615）四十六岁。这个阶段是他创作的旺盛期，《珂雪斋近集》中的诗文大多写于此时。

万历三十六年（1608）三月间，小修终于回到了公安，住在他的园林篔筜谷内，心灰意冷，闭门读书，如他自己所说，"颇怀栖隐之志"（《游居柿录》卷一）。只因家务太烦，俗客不断，了无一日之闲，于是起了远游之念。他想自备一舟，带上一年之粮和几箱书画，可行则行，可止则止，遇上佳山水和好朋友，还可作较久的淹留。十月登舟，拟游吴越，因天寒而返，改道沅、澧。游兴甚佳，除夕仍在舟中。次年（1609）正月，往游桃源，穷其山水之趣。三月间买一楼船，定名为"汎凫"，用《楚辞》"汎汎若水中之凫，与波上下，偷以全吾躯"之意。复作东南之游，从石首出长江，泊嘉鱼，至武昌，过湖口，经芜湖而抵金陵。此行写了《东游记》三十篇（《文集》卷四至卷五）。

途中经过江西东流县，因阻风停船，他在船上写了《饮酒说》一文，对自己以往的酗酒予以反省。他说："其实败德伤生，害我之学道者，万万必出于酒无疑也。……惟近来入舟一月中，不饮酒，夜饮数杯卧，脾胃调适。人见我好居舟中，不知舟中可以养生，饮食由己，应酬绝少，无冰炭攻心之事。予赋命奇穷，然晚岁清福，延年益寿之道，或出于此。不然常居城市，终日醺醺既醉之后，淫念随作，水竭火炎，岂能久于世哉？"（《近集》）看来他有自知之明，正是因为戒绝酒色，他才比两兄都活得长久些。

船抵安徽当涂的采石矶，小修在李白祠的壁间题诗云："李白祠前草自生，杉松无主乱禽鸣。独余沸水崩崖处，犹带惊天动地声。"（《又题祠壁》，《近集》）他心里仍保留着豪情，对李白能写出惊天动地的雄文，无限向往。

到了南京，小修和当地的名士词客有多次聚会。他在《游居柿录》卷三曾有记载："大会文士三十人于秦淮水阁，各分题怀去"，"词客三十余人，大会于秦淮水阁。女校书二人，为朱无瑕、付灵修。赋得'月映清淮流'五言律六韵。予诗于座上成之","大会文士四十余人于罗近溪（按，泰州学派大师罗汝芳）先生祠，风雨大作"。小修是公安派的重要作家，海内知名，故所到之处，都有一些旧知新交前来会晤。

这年除夕，他在都中中郎处度岁。其时中郎主试秦中方归，向他出示此次所写的游记和诗文，并对他说："我近日始知作诗。如前所作，禅家谓之语忌十成，不足贵也。"（《花雪赋引》，《近集》）他盛赞中郎近作"浑厚蕴藉，极一唱三叹之致，较前诸作又一格矣"（《中郎先生行状》，《文集》卷九）。从此他对诗文求新求变更加深了认识。

万历三十八年（1610）春季，中郎请假南归，小修随行，有《南归记》。中郎定居沙市，建砚北楼与卷雪楼，小修也于附近买一金粟园，有老桂一株，香闻数里，后有荷塘百亩。兄弟两人，常相过从。八月间，中郎突然发病大小便血不止，九月初六日去世。这对小修在精神上是个沉重打击，呕血之病复发，几至不起。由于中郎生前曾和他相约，同往当阳玉泉山一游，想在那里卜居终老，病中犹喃喃以此为念，小修便离家去玉泉山，看好了地，计划修建柴紫庵，供奉中郎及诸亡友。他游览了附近的青溪，惊叹道："予生平有山水癖，梦魂常在吴越间，岂知眉睫之前，有此青莲花世界也！"（《游居柿录》卷五）

万历四十年（1612）六月间，柴紫庵落成，山居的生活对他身体大有好处。他在家书中对儿子说；"且凤凰不与凡鸟同群，麒麟不代凡驷伏枥。大丈夫既不能为名世硕人，洗荡乾坤，即当居高山之顶，目视云汉，手扪星辰，必不随群逐队，自取羞辱也。"（《寄祈年》，《近集》）于此可见他的似乎无所作为正是有所不为也。

这一阶段他写了好多诗文，尽收于万历四十二年（1614）付刻的《珂雪斋近集》。

他的诗文以散文的成就较大。万历四十一年（1613）所写的《寿大姊五十序》一文，回忆儿时往事，颇为真切动人，催人泪下：

　　记母氏即世，伯修差长，姊及予等皆幼。时居长安里舍（按，指公安县长安村的老家），龚氏舅携姊入城鞠养。予已四岁余，入喻家庄蒙学。窗隙中，见舅抱姊马上，从孙冈来，风飘飘吹练袖。过馆前，呼中郎与予别。姊于马上泣，谓予两人曰："我去，弟好读书！"两人皆拭泪，畏蒙师不敢哭。已去，中郎复携予走至后山松林中，望人马之尘自肖冈灭，然后归，半日不能出声。(《文集》卷一)

这一阶段所创作的游记甚多，如《澧游记》《游桃源记》《游青溪记》《游君山记》《再游桃源记》等都是，各有妙笔。至于言简意赅，文情俱佳，深得公安派散文秀逸之美者，要算是《游居柿录》了。此书是日记体，起于万历三十六年（1608），止于万历四十六年（1618），共记十年间事一千五百七十一则，记述了作者的起居交游、行程游踪、生活事件、思想感情，并有他亲见李贽批阅《水浒》及亲闻董其昌称赞《金瓶梅》诸事之回忆。其中有不少清隽的小品文字，如：

> 从蔡店（按，即今汉阳之蔡甸）五鼓发舟，予方稳卧。天明闻桨声而醒，推蓬望天水相接，一望无涯，殊可骇异。旭日东升，见水上小山鳞次，武昌、汉阳之山，相逼而来。晓霞如异锦绚烂，盖水上霞也，又洒然神怡矣。至汉阳门登岸，寓黄鹤楼。(《游居柿录》卷七)

他的一些文论，见于为人作序及一些书信之中。中郎去世之后，他看到了公安派的末流，便直陈其弊："情无所不写，景无所不收，而又渐见俗套，而趋于俚矣。"(《蔡不瑕诗序》，《近集》)他批评人们对中郎诗的评价有片面性："今之好中郎之诗者，忘其疵，而疵中郎之诗者，掩其美。皆过矣！"(《蔡不瑕诗序》，《近集》)在《答须水部日华》一信中他说："昔李邕书法，谓'学我者拙，似我者死'，不肖于中郎之诗亦然。"(《近集》)又与竟陵钟伯敬及湘中周伯孔两位友人相约："予三人誓相与宗中郎之所长，而去其短。意诗道其张于楚乎！"(《花雪赋引》，《近集》)

三

第三阶段，从万历四十四年（1616）四十七岁到天启六年（1626）五十七岁。这是小修生活中的最后十年。

万历四十四年（1616）二月，小修终于考取了进士，出于兵部侍郎茅坤的门下。小修深受科举考试之苦，就以这次而言，在殿试的过程中，"暴烈日中，饥渴并至。立穷则跪，跪久复立。墨既易燥，又防其渗，日西始竣。平日作书，多作行书草书大字，至于窗下作课，皆令人代笔誉录。是日作楷书，甚窘"（《游居柿录》卷十一）。既中之后，感慨万端。他在日记中还记道："刘特倩、王君万见召于龙泉庵，其地为三人修业处也。追思三人相对苦思光景，堪为堕泪。或文思不属，相牵走冰上，望西山黛色。顷之，入黑山鬼窟中，见如不见矣。"（同前）

他回了一趟公安。友人刘玄度新逝，他到其家吊祭，并写了十首悼诗。其中第六首云："才士原无命，萧条孰与君。有人争绝产，无子护遗文。清浦千层雪，丹山五色云。我来人已逝，抚景内如焚。"（《哭亡友宜都刘孝廉玄度十首》，《诗集》卷七）他为亡友收集遗文，料理后事，不愧古道热肠。

朝廷选官，小修被任命为徽州府教授。他于万历四十五年（1617）十月自京赴任，途中游了千佛山和大明湖、泰山和孔林，次年二月才到任。端午节日，他为自己的诗文集写了一篇序言，回顾了自己的生活和创作，认为自己有五点不及古人：

少志进取，专攻帖括，中年尚遭摈斥。竭一生精力，以营笺疏，避謽迎笑，至于梦肠呕血。四十以后，始得卑卑一第。博古修词，偷暇为之。本不丈习，何由工巧？浮涉浅尝，安能入微？此其不及古人者一也。古人诗文，皆本六经，以溯其源，参之子史百家，以衍其派。流溢发满，中弘外肆。吾辈于本业外，唯取涉猎，一经不治，何论余书。或如牖中窥日，或如显处视月，此其不如古人者二也。古人研京十年，练都一纪（按，指古人作《两京赋》及《三都赋》，费多年之工），尽绝外缘，为深湛之思。今者虽有制作，率尔成章，如兔起鹘落，决河放溜，发挥有余，淘炼无功，此其不及古人者三也。古人庆吊饯送之文，实情真境，不尚浮夸，作者不以为嫌，受者不以为过。近时献谀进熟，不窨口出，少不称扬，便同讥刺。自惟骨体靡弱，未能免俗，虽抒性灵，间杂酬应，此其不如古人者四也。少忝闻道，有志出世，至于操觚，辄怀利刀切泥之叹。尝欲息机韬颖，遁迹烟云，故未仕前，大半居山，所作多偶尔寄兴，模写山容水态之语，而高文大册，寂然无有，此其不如古人者五也。（《诗集》卷首自序）

他指出自己在科举考试上花费了很多的精力，因此对文学创作"浮涉浅尝"，未能有精心构思的作品，缺点在于"发挥有余，淘炼无功"。这是深刻的自我反省。至于他说自己的诗文多为"模写山容水态之语"，而"高文大册，寂然无有"，实不足为病。他的山水游记及小品文字，颇有特色，也是对这种文体的开拓，自有其本身的价值，足以传世。

这篇序言，不啻是他对自己一生的创作所做的总结。他的态度较为客观，能有自知之明。此点值得后人学习。

天启四年（1624）小修调到南京任吏部郎中。过了一段时候，他请求退修，侨寓该地，钻研佛典，建石头庵。天启六年（1626）八月三十日去世，[①]终年五十七岁。

其著作现存于世者有《珂雪斋文集》《珂雪斋诗集》《珂雪斋近集》及《珂雪斋外集》（即《游居柿录》）。

（原载《中国历代著名文学家评传续编》第 2 卷，山东教育出版社 1989 年版）

---

① 小修之生卒年月日，见新发现的清康熙十二年（1673）袁嵩年主修的《袁氏族谱》。袁嵩年是小修的侄子。

明代的对联书

——《金声巧联》

一

明代的《金声巧联》一书，未见今人著录。我所见到的是日本刻本，全名是《精选百家金声巧联》，署"明余三峰先生编　日本贺向陵先生校"，出版者为"江都书肆千钟房青黎阁"，出版年代署"文化甲子新镌"。文化甲子是文化元年（1804），在日本是江户时代，正当清代嘉庆九年。千钟房及青黎阁是江户的书肆，江户即今之东京。

卷首有序，为手写体，间用行草。兹录于下，并加标点。

诗书百家，自有联句，有韵语，后世由是琢字炼句，黼黻文章，以成一体云。顷华月堂赍《金声巧联》以示余，余乃阅之。凡古今巧联，粲然盈一册。初学士得偶目，则譬犹玉探之昆冈也。虽然，撰人矜其多，并袭燕石。卞和氏邈矣，吾谁适从？余不自揣，妄删其冗长，以还华月堂。若夫花晨月夕，兴酣耳热，援毫以拂，而苦无佳句，以酬己志，则此篇铿然锵然，必有所取焉云。

> 文化改元甲子仲秋望
> 向陵逸史贺瑛之识并书

此书所收对联共有八百多副，分门别类加以排列。计有三十一类：天门、地理、节令、新春、元宵（附迎灯）、堂构、隐榭、楼阁、书斋、厅事、江楼、园阁、山家、村居、渔家、农家、僧寺、道观、医士、星士、相士、书铺、笔铺、药室、酒肆、茶馆、旅馆、缝衣铺、银铺、妓馆、诸物。最长者为五十二字联，最短者为五言联。绝大多数未署联语的作者姓名。据日人贺瑛之序，《金声巧联》原书所收的对联还要更多，经他一番删除，才重加刻印。此刻印本之对联，附有日文的训读，专供日人阅读方便。

书之封面题"明余三峰先生编"，卷首又题"明余公仁甫辑编"，由此可知原书之编者名余公仁，号三峰。其生平事迹不详。按，清初刻本之《增补批点图像燕居笔记》，署"明叟冯犹龙增编，书林余公仁批补"。此书是明代小说选集，其卷八有《杜丽娘牡丹亭还魂记》，为汤显祖传奇《牡丹亭》之蓝本，向为学人所注意。姑不论此本所署之冯犹龙是否伪托，余公仁是书林中人而且大致与冯梦龙（1574—1646）同时，则是可以肯定的。《金声巧联》书中还收有他写的一副对联："当下清怀秋夜月，个中淡乐午天云。"（余公仁小轩），可见他是一个爱好风雅的出版家。他所编的这部《精选百家金声巧联》，兼供鉴赏与实用，虽不免芜杂，然而搜集和保存了这么多的对联，其中也不乏佳作，可供我们了解明代对联的发展情况，却是功不可没的。此书流传海外，清代嘉庆九年（1804），在日本还有人重新刻印，作为案头之助。这也是中日文化交流史上的一段佳话。

二

《金声巧联》中有署名者大都集中在"厅事联"一类。有些直署名号。有些只署姓氏，附加官职名称，如陈令尹、刘都督、张通政；或加功名称谓，如刘武进士、吴孝廉；未做官亦无功名者则称处士，如郑处士。有些是赠联，亦注明，如赠黄御史、赠高侍郎。

就所署名号来看，著名的文学家有好几位。其中有四人是明代后期文学复古运动的健将，即被人称为"后七子"中的李攀龙、王世贞、吴国伦及宗臣。

李攀龙（1514—1570），字于鳞。嘉靖二十三年（1544）进士，除刑部主事，出为顺德知府，后擢河南按察使。有《沧溟集》。他的对联收有两副。

> 斜阳外水郭烟村，天属清江图画。
> 净几中渔经猎史，家藏碧汉阶梯。
>
> （李于鳞家联）

> 篱下披襟，黄菊不嫌陶令趣。
> 林间步履，赤松长伴子房游。
>
> （李于鳞宅）

王世贞（1526—1590），字元美，号凤洲。嘉靖二十六年（1547）进士，除刑部主事，出为山东副使，累官至刑部尚书。有《弇州山人四部稿》。他的对联收有一副。

> 历世有余荣，代代冠缨簪组。
> 传家无别业，人人礼乐诗书。
>
> （王凤洲）

其父王忬是嘉靖进士，累官兵部右侍郎、蓟辽总督。其弟王世懋亦嘉靖进士，累官太常少卿，善诗文，亚于乃兄。这副对联很切合他们的家世门第。

吴国伦，字明卿。嘉靖二十九年（1550）进士。累官河南参政，有《甔甀洞稿》。他的对联收有一副。

> 逸兴绕江山，风月四时梁父吟。
> 文光射牛斗，诗书万卷邺侯家。
>
> （吴国伦）

宗臣（1525—1560），字子相。嘉靖三十二年（1553）进士。曾任吏部考功郎、稽勋员外郎等职。因作文悼祭被害死的杨继盛而触怒严嵩，贬为福建布政司左参议。后又因抗击倭寇有功，迁提学副使。有《方城集》。他的对联收有一副。

绿鬓叹功名，不过汉郎官、秦博士。

清宵忆心事，空怀罗浮月、葛溪翁。

（宗方城家联）

看到这副对联，我们不禁想起他那封《报刘一丈书》。正因他耻于干谒，不奔走于权贵之门，才多遭冷遇。

《金声巧联》中《厅事联》一类还收有三位著名剧作家的对联。

汪道昆（1525—1593），字伯玉。历任义乌知县，襄阳知府，福建副使，按察使。擢右金都御史，巡抚福建，后巡抚湖广，召拜兵部侍郎。有《太函集》。他还是杂剧作家，撰《大雅堂杂剧》四种，即《高唐记》《洛神记》《五湖记》及《京兆记》。他的对联收有一副。

投辖有余情，园韭村醪对话。

开窗无别趣，树云花雨催诗。

（汪道昆宅）

许以忠，苏州人。著有《三节记》传奇，编有《故事白眉》十卷，尺牍集《春雪笺》八卷及《四六争奇》八卷。他的对联也收有一副。

上下百尺楼，胸次元龙湖海。

古今一部史，眼前司马山川。

（许以忠）

如果说，汪道昆的那副对联写得秀逸，许以忠的这副对联便以雄伟见长了。

王衡（1561—1609），字辰玉，礼部尚书王锡爵之子。著有《缑山先生集》。他也是杂剧作家，著有《郁轮袍》《没奈何》《再生缘》等。他曾称赞罗贯中《三遂平妖传》堪与《水浒》颉颃。他的对联也收有一副。

　　天相名门，累世衣冠承雨露。
　　人夸盛事，一家机杼织文章。

（王缑山）

　　值得注意的是此书收了一副南宋朱熹的对联，可补朱熹之佚文。

　　十八科解元，勋业文章天地老。
　　五百年故址，壶兰山水古今新。

（朱文公赠顾氏）

　　还有一副明代名将戚继光的对联。

　　一侯虎视正当关，雄飞万里。
　　三尺龙光新出匣，气压千军。

（戚参将）

　　戚继光在嘉靖中嗣职登州卫指挥佥事，用荐擢署都指挥佥事，备倭山东。改佥浙江都司，充参将，分部宁、绍、台三郡，大败倭寇，战功卓著，是他一生中的辉煌时期。嘉靖四十二年（1563），进署都督佥事。这副对联，气象雄伟，当是他在浙江充参将时所撰，悬挂其家厅堂之上。

　　从《金声巧联》中，我们可以得知明代一些著名人士所做的对联，而他们的对联作品是很少为人所知的。

三

　　《金声巧联》一书中所收的对联，仍以未署名者占绝大多数。其中有一些佳作，可供我们欣赏。

　　试举两副春联。

　　梓里物华新，天际锦云初捧日。

衡门春色早，囊中彩笔正生花。

腊去岁更新，昂首葛天岁月。
春来人可乐，遣怀杜老莺花。

前一副作吉庆语不落俗套，秀逸之笔。"衡门"即古之横木为门，贫士所居。此联写得有气势，亦有信心。后一副以"葛天岁月"（即陶渊明《五柳先生传》所云葛天氏之民，"昂首"亦有不为五斗米而折腰之意）与"杜老莺花"（用杜甫《绝句漫兴》："眼见客愁愁不醒，无赖春色到江亭，即遣花开深造次，便教莺语太丁宁"之诗意）作对，妙甚，透露出一点不平之气。如和通常春联作颂圣语相对照，更觉不凡。

元宵节之对联也有几副好的。

愿丰年斗米三钱，天子乐民民乐业。
庆良夜千金一刻，灯花留月月留人。

天兆丰年，雪满农郊春种玉。
民歌善政，月明公馆夜辞金。

谩设灯火向天开，只喜月明无犬吠。
任是笙歌随处满，何如雨足有牛耕。

这都反映了明代民众对天下太平和安居乐业的期望。第二联用东汉杨震故事。杨震为东莱太守，为官清廉，曾举荐王密为昌邑县令。王密为报其恩，夜晚拜见杨震，秘以金相赠，并云："暮夜无知者。"杨震曰："天知，神知，我知，子知，何谓无知？"拒受其金。人民自古以来，就盼望廉政建设，讴歌清廉无私。

园林堂馆，深院小楼，挂上一副对联，往往诗意浓郁，倍增雅趣。明代亦有此风。《金声巧联》中的一些作品，大都写山水花鸟、文人生活。其结构有远近的层次，动静相间，既有如画的景物描绘，也有虚飘的幽寂情思，时而流露出道家闲适的人生态度，时而不忘表达忧民忧君的儒家襟怀。如：

凿石引将流水去，
卷帘放入好山来。

花香满座客对酒，
竹影隔帘人读书。

一鸠鸣午寂，
双燕话春愁。

春去落花未扫，
客来新茗初烹。

堂不必高，时有清风明月至。
池毋言小，春来流水落花多。

地近名山，半亩苍苔茅屋。
门无俗韵，一庭明月梅花。

南山树，北山云，并可人春意。
东舍梅，西舍竹，更伴我岁寒。

海月去还来，万丈壶山倒影。
亭花赏不尽，一桥溪水皆春。

客到岂空谈，四壁图书聊当酒。
春来无别事，一帘花雨欲催诗。

别墅有青山，泉石烟霞都入画。
主人饶白发，江湖廊庙总关情。

明代读书人的书房，自然少不了对联。有些是写景，并借景起兴。如：

明月清风，松影半窗龙影动。
青灯黄卷，书声彻夜雨声寒。

助我书怀，小窗前数声鸟语。
解人心事，短墙外几点梅花。

意味清时，瘦竹寒梧月霁。
帘阶深处，落花流水春晴。

正是少年努力时，爱此山窗白日静。
依然老祖谈经处，至今春雨紫芝香。

（按，作者大概是借居道观，觅静读书）

更有一些对联，富有哲理之趣，挂在书房，当可促人深思。如：

自古圣贤做工夫，岂止数行书着力。
从今宇宙皆吾事，莫将第一等让人。

上联讲学问不仅在于书本，生活更是一部大书，所以"工夫"在于实践，不能停留在书本上。下联以天下为己任，做事做人都要力争上游。这些道理对今天的知识分子也有很大的启发。

道学源流，须接续曾三颜四。
光阴瞬息，休虚过禹寸陶分。

"曾三"是指曾参每日三省己身："为人谋而不忠乎？与朋友交而不信乎？传不习乎？""颜四"是指颜渊受孔子之教导：非礼勿视，非礼勿听，非礼勿言，非礼勿动。"禹寸陶分"用晋代陶侃故事。大将军陶侃少时常对人语："大禹圣人，乃惜寸阴，至于众人，当惜分阴。"这都是勉励人修身养性，奋发图强。由此亦可见，以"禹寸陶分"对"曾三颜四"，明代就已有了。

> 认天地以为家，休嫌室小。
> 与圣贤而共话，便是朋来。

这大概是明代一位读书人为自己狭小的书斋所做的一副对联。唐代贤相狄仁杰曾说他自己喜好读书，便是与圣贤对话，联中系用此事。

还有一些对联，构思奇特，想象丰富，造语俊工，亦有趣味。如僧寺联云：

> 饭后不鸣钟，何用紫纱笼壁上。
> 笑中闲说偈，曾留玉带镇山门。

> 任他人急管繁丝，惟我磬无俗韵。
> 纵别处红桃绿柳，此间松不妖花。

医士联云：

> 命仆换桃符，门外报传腊去。
> 呼童锄药草，担头挑得春归。

药室联云：

> 四陈之外，余药皆新。
> 三世以来，庸医岂敢。

旅馆联云：

飞鸟又飞云，故乡风景今千里。
好花还好酒，客舍春光总一家。

酒肆联云：

酒已酿成，人尽说青州从事。
客如来顾，我岂为白眼主人。

醉乡实无户税，纵重征厚敛，岂能勾留其间。
乐事只在壶觞，况美景良辰，正好徜徉其处。

诸物联云：

一声去就分南北，
四海飘零是弟兄。

（孤雁）

柔毛未必亏狐腋，
质美何劳假虎皮。

（羊）

只因春色好才到，
岂为主人贫不归。

（燕）

皆别具一格，耐人寻味。

由此可见明代之对联艺术业已达到相当高度，在楹联史上具有重要地位。《金声巧联》一书，值得我们重视。

（原载《周绍良先生欣开九秩庆寿文集》，中华书局 1997 年版）

附录

往事追忆

北大三院往事追怀

　　1947年入北大中文系，居宣武门国会街之北大四院。次年秋后，迁往校本部，住北河沿之北大三院，上课在沙滩之红楼。欣逢盛世，颇得读书之乐。忆当年之学生生活，忽忽已五十年矣。母校百年校庆之际，爰成六绝句。

　　　　大学弦歌地，城东隐竹林。莫言居室小，壁上有龙吟。

　　七人共居一室，皆中文系同班同学，相处甚洽。谭承伟兄携小提琴一把，常奏舒曼之《梦幻曲》。

　　　　绛帐传经久，名师两代贤。皇宫寻异句，水浒考遗篇。

　　名师如林。如罗常培与周祖谟，郑振铎与吴晓铃。且郑、吴素有师生之雅。郑师时任文物局局长，在北大授《水浒传》课。吴师执弟子礼甚恭，为捧书册，且坐于堂下与我辈共同聆听。时方发现有天都外臣汪道昆序之《水浒》版本，惊为异数。魏建功师授《应用文》课，带全班同学游故宫，搜集各处"说明牌"上之病句，相与切磋。游人见之，无不称奇。

　　　　观书天禄阁，待月五龙亭。雪霁登山好，晴光泛九城。

　　附近文津街有世界闻名之北京图书馆，系宫殿式建筑。又有北海公园，为昔日皇家之园林。景山近在咫尺，出西校门拐弯即到。雪后与同学登临，一片银色世界，兹景奇绝。

饭后钟方响，书城占地忙。锦衣非夙愿，独羡后来堂。

北大图书馆人满为患，多替女同学预留座位。魏建功师尝署自己之书斋，名曰"独后来堂"。

关西多大汉，河北赛金刚。宁让江郎笔，诗仙笑欲狂。

同室刘启宇兄为陕西兴平人，贾维祺兄为河北乐亭人，皆魁梧。江元铸与李赐二兄文采斐然。

架上书常满，壶中水不空。纵论今古事，炉火又熊熊。

冬日于宿舍中拥炉夜话，烤馒头片，以"橘子花生酱"抹之，风味尤佳。

（《新民晚报》1998 年 4 月 25 日夜光杯专栏）

春天的期望

近日重读托尔斯泰的《战争与和平》，第二卷里描写了安德烈公爵在来往路上两次看见一棵老橡树，写得实在是好。

第一次是这样描写的："路边屹立着一棵橡树。这棵橡树大概比林子里的桦树老十倍，树干粗十倍，树身高一倍。这是一棵巨大的橡树，粗可合抱，长有折断已久的老枝，盖着疤痕累累的树皮。它像一个苍老、愤怒和高傲的怪物，伸出不对称的难看手臂和手指，兀立在笑脸迎人的桦树中间。只有它不受春意的蛊惑，不欢迎春天，不想见阳光。"

第二次他又看到了这棵橡树："老橡树完全变了样，展开苍绿多汁的华盖，在夕阳下轻轻摇曳。如今生着节瘤的手指，身上的疤痕，老年的悲哀和疑惑，一切都不见了。从粗糙的百年老树皮里，没有长出枝条，却长出许多鲜嫩的新叶。使人无法相信这样的老树又会披满绿叶。'对了，就是这棵橡树'，安德烈公爵想，心里突然涌起一股难以名状的春天的喜悦和万象更新的感觉。他一生中所有难忘的时刻顿时浮上脑海。"

我愿所有的校友，老年过得愉悦、幸福、有意义。就如托氏笔下的这棵老橡树一样在春天中复苏。

《信使》是我们友谊的纽带。法汉中学久已无存，可是在我们心中却记忆犹新。校友人数有限，然而其凝聚力却格外强。许多其他中学乃至大学的老同学通讯逐渐消失，法汉《信使》巍然挺立。我愿《信使》扎根在友谊的土壤，日日受到阳光照耀和雨露滋润。大家都来爱护它，为它松土、施肥和浇水。

我觉得，《信使》登外地校友的通信多，而本地校友的通信少（也许本市可以会面聚谈，用不着通信）。须知，本地校友关心外地校友，想多听他们的消息；从另一方面来看，外地校友也同样关心本地校友，想多听他们的消息。当然，每次大聚会总是报道翔实，丰富多彩，这是本地校友的贡献，理应表扬。我觉得，《信使》最好不单是消息的沟通，如能为校友交流思想感情、展露心曲开辟自由的园地，那就再好不过了。文体可以不拘，形式多样化，可长可短，可文可白。

让我们大家都拿起笔来。让我们"以自己的火点燃旁人的火，以自己的心去发现心"（艾青《火把》）。

红楼忆往

一①

海外瀛洲三日聚，梦多湖畔说红楼。
漫云一会惊天下，无限风光望眼收。

（1980 年）

二②

炎炎夏日进冰城，共话红楼百感生。
记否西餐滋味美，威风摩托导前行。

（1996 年）

三③

一别维扬又几秋，瘦西湖上泛龙舟。
周公柳老谈锋健，如坐春风画里游。

（1992 年）

---

① 《红楼梦》为世界文学遗产。周策纵教授首创麦迪逊盛会，经营颇费苦心。"梦多"为湖名之音译。
② 哈尔滨盛会，论文甚多。出行尝以摩托车队开道。友谊宫之俄式大菜尤佳。
③ 扬州盛会，游瘦西湖。予与周策纵、柳存仁教授同舟。遍历五亭桥、平山堂诸盛。

四①

盈盈一水隔银河，惹得红楼梦几多。

真个今朝来幻境，名园歌舞任观摩。

（1994 年）

五②

京华重见大观园，凸碧山庄笑语喧。

世纪前程遥眺望，万花如绣遍中原。

（1997 年）

1997 年 8 月末是草

附：

并不迟到的来鸿

—— 高雅尊贵的中秋"月饼"！

正在送印八期《信使》之际，恰巧收到贺苏老师寄来诗作《红楼乱弹——读陈毓罴〈红楼忆往〉有作》。校友联络组拜读全文和陈毓罴校友原作后，为之欢呼雀跃：师生相距千里，岁月已逾半世纪，不顾空间时间，师生诗作酬答表情谊。恰逢中秋佳节，为我们全体法汉校友制作了一个特大的中秋"月饼"——这个高雅、尊贵无与伦比的精神"月饼"，其美味超过冠生园，其韵味胜过广月、苏月。谨及时转录于后，以飨各位校友，并借此向大家表示节日祝贺，向贺苏老师深致敬意和谢意。

---

① 中坜盛会，又畅谈红楼。曾在台北之大剧院观新排《红楼梦》舞剧。往游山中别墅。依山建筑，乃大手笔。

② 北京盛会，议题为"《红楼梦》与二十一世纪"。高朋云集，敬聆新论，真可喜也。

红楼乱弹

——读陈毓罴《红楼忆往》有作

一

一部红楼解说多，曹侯心事究如何？
请君百读《芙蓉诔》，此是曹侯心里歌。

二

千古文章笔有神，怡红公子祭晴雯。
人间血泪真歌哭，曹雪芹为第一人。

1997 年 9 月 1 日

张范民老师，感谢您！

有一件事久久萦怀。

上高三时，张老师教我们地理课。这一年学外国地理，每周上两小时，常常是一个下午。他迈着稳健的步伐走入教室，娓娓而谈，使人忘倦。他并非照本宣科，而是以他丰赡的学识，有条有理地讲述自然地理、人文地理与人生的密切关系。一门原本枯燥无味的课被他讲活了，只要用心听，就会被深深吸引，使人茅塞顿开。

这就是学者型的讲课。我想，当年孔子杏坛讲学，大约就是这样的风格吧。

学年结束，面临高考。我向他请教，他介绍了《人生地理学》一书，是一位美国学者写的，收入商务印书馆出版的《万有文库》。找来看看，很有益处。

恰好白教务主任房里放有一套崭新的《万有文库》，于是我便把此书借回家，仔细作了笔记。

考上了北大。一次，有一个同学说可以去注册处查阅入学考试的成绩，我好奇地跟他去了。办事的先生翻开册子让我看，各科成绩赫然在目。我考得最好的一门是地理，90多分。此时喜出望外，一则乃本届最高分；二则因此提高了总平均分数。

我想，这件事情得感谢我们的张范民老师。我平时听他的课，一年中积累了有用的知识。经他反复讲解，明白了地理影响人生的大道理。他推荐的书是世界名著，我读得津津有味，使得平日的学习进一步得到巩固。好成绩就是这样来的。

20世纪80年代，有次进书店，看到书架上陈列着一部很厚的讲托福考试的书，是张老师和师母范亚维老师合编。买了回来，给女儿参考。这是一部嘉惠士林的好书。我心里想,如果张老师当年还教我们英语课,那该多好啊。

如今,我女儿已在北美。这次我去探亲,打算住半年多。临行前写这篇短文,特地向张老师表示感谢之情。张老师是现存法汉老师中年纪最大的一位,衷心祝他健康长寿、依旧谈笑风生!

往事依稀忆舅家

余外祖张公仁勋，号鹿笙，著籍湖北汉阳，光绪年间举人。曾任汉阳府学校长，门生弟子遍三楚。居宅面临汉阳府学，出门可见龟山，气象甚佳。有一子两女，吾母乃其"最小偏怜女"也。余婴儿时，外祖父母常抱于膝上，咿唔不绝，顾而乐之。外祖母嗜弹词，有《凤凰山》《安邦志》《定国志》及《再生缘》诸书，时时诵之，余常侧耳谛听。

舅氏国藩，号屏周，善围棋。每日晚间于祖先之神案前，击磬焚香，其声悠然清远。余年幼，听之辄生欢喜之心。舅母刘氏，性温和，待余甚善。一日适逢清明，舅氏全家赴柏泉扫墓。余母及华姐均随往，惟留舅母及余在家。又闻途中经卓刀泉，乃关王圣地，益不平，乃号啕大哭不止。舅母温言抚慰于余，又自床头柜中之小抽屉取出玉器，有小人小马，方圭圆璧。余玩赏之，始破涕为笑。此事余记之最为清晰。

表兄世楚，号求陈。其洞房之上方，悬有以古钱串成之宝剑。示辟邪也。余尝欣羡不已。书房有风琴一樽，表嫂时来弹奏。有《燕双飞》曲，仿佛记之，至今犹在耳际旋绕。表嫂且奏且唱，闻之愀然心动。其词曰："燕双飞，画栏人静晚风微。记得去年门巷，风景依稀。绿芜庭院，帘幕低垂……转眼杨柳绿，杏花红如醉。春光老，雨风吹，景物全非。杜宇声声唤道：不如归！"词曲均不知何人所作，但觉婉转柔媚。表姐世珍，温和柔善，常护余。心灵手巧，诚慧心人也（抗战时做战难孤儿之救助保育工作，人皆视为慈母。善良哉吾姐！今年八十，尚在世）。后院莳花，春意盎然。生活宁静，不觉光阴度过。记余幼小时，尝牵母之衣裾曰："今日舅氏之米缸已空，盍归乎？"其可笑也如此。然余内心实喜留居舅家。稍长，来此度假。长夏炎炎，院中搭有凉棚，竹床上小憩，挟精美插图之《安徒生童话》而读之。清风徐来，双目欲合，不觉"手倦抛书午梦长"矣。

舅氏之家有楼，且宽敞。平日不住人，唯堆放箱笼及粗重之家具什物。外祖母仙逝，吾父来执子婿之礼，住楼上。有床、柜及桌椅，盖与卧室无以异也。有木制楼梯。一日，与华姐（长余五岁，余之胞姐）登楼，见阳光照射之下，游丝飞舞，顿生美感。昔人诗词中多见"游丝"之词，如冯延巳"满眼游丝兼落絮，红杏开时，一霎清明雨"是也。所谓游丝盖虫丝也。

既长，余思之，使得此楼，尽日读书其中，一床、一桌、一椅足矣。日长静寂，遍读异书，且思索之。一旦豁然贯通，大彻大悟，其快意为何如耶！余之读书生活中即有两次若是之体会。一在兰州静观园（匾额为左文襄公榜书）读苏联著名学者季莫非耶夫所著之《文学原理》凡三册。一在风光绚丽之列宁山上，莫斯科大学之玫瑰园，读别林斯基所撰之《普希金论》十二篇。心澄明朗，如月映水，触类旁通，灵感泉涌。此读书之至乐也。如在舅家此楼读书，休息时则可漫步于龟山之上，骋目远眺，风帆点点，心旷神怡，宁非快事！

然此楼实未善加利用。今日思之，亦不解。大抵当时既有正房、上房、书房、厢房以及后房，又何必登斯楼而观书哉？实不知，读书治学，乃以少见外人为佳，心无旁骛为宜。书房诸多陈设雅玩，高人往来，反失幽静之旨。必以隐秘之处为佳耳。但人不能脱离生活，必处亲人之间，熙熙穆穆，方得人间之乐趣。使心若古井，槁木死灰，文学之源泉业已枯窘，又何从而理解文学耶？僧徒处深山之中，青灯黄卷，伴以梵呗之声，息虑万机，灭绝生趣，人生至此，有何意味？此余之嗤而不取也。

外祖藏书甚丰。余尚年幼，不能读。然私心窃慕之。他日长大，蛟龙终非池中之物，当得天下异书而读之。如张子房之遇黄石公也。以后，余读书于世界闻名之列宁图书馆，坐专业阅览室中，明窗而净壁，宽大之案，软适之椅，尽读苏联研究契诃夫之论文。腹饥则往地下室之餐厅。不用还书，亦无须出馆。休息于游廊之上，再续攻读。他处均不见此等方便（如美国大学图书馆内设有专室，置自动机器数架，可供应三明治及饮料，然非正式之餐室），此真读书乐也。

抗战期间，舅家之书尽行散去，盖守屋者乃不肖之徒。舅家西行，逃难至川，艰苦备尝。仅携有余外祖之日记一部。皇皇数十册，亦一旦失去，可叹也夫。余喜考证文史，在苏联莫斯科大学俄罗斯文学系做研究生，尝亲受炙于彼邦之文艺理论大师，曾从事世界文豪托尔斯泰日记之研究，辄有会心。今未能得吾外祖毕生心血所寄之日记，从而研究之，诚为憾事也。余思至此，深觉有愧于外祖。

　　80 年代中，华姐偕余重觅舅家故地，宅已毁去大部。仅余后房，小楼已渺无踪影矣。门巷依稀，斜阳照人，不胜故园之思。余得句云："王谢堂前双燕子，归来迷却旧时家。"回首往事，有余恫焉。此诗正可表余之心曲，是否与儿时所聆之《燕双飞》曲相关，余则茫然不得而知也。

　　　　　　　　　　　　　　　　　　　1997 年 5 月毓罴记于京华

　　（后记：1938 年舅氏赴川，余方八龄。人情世故，一无所知。唯恃一己之儿时印象作一描写耳。自谓所记之事反映儿时之心理，亦有天真可爱处。知者试掩卷思之，以为然否？）

青灯有味忆儿时

大哥①晚上总是在祖父屋里用功。祖父困了，他只开书桌上的小台灯，绿色的灯罩，洒下柔和的灯光，可以看见大哥聚精会神的身影。

有时，他疲倦了。兴致一来，便到相邻的我们的房间里来。他摊开英语课本，向我们讲述书中有趣的故事。先用英语朗读，再译成汉语一段一段地讲述。那时，我的姐姐毓华初学英语，而我还只是一个小学生，在一旁倾听，十分入神。

我记得，大哥讲了格列佛游小人国的故事，书上绘着精美的插图。有一页是讲格列佛一觉醒来，发现他全身被千万道细绳所捆绑，地上还钉着许多木桩，不计其数的小人忙来忙去，奔走相告。之后，众人簇拥着皇帝出来，由一位大臣在格列佛面前宣读谕旨，赏赐他几万石面包和几十万桶水，给他食用。

我在汉口市立五小上学，学校与自来水厂相邻，每日潺潺之声不绝。一日，有许多工人攀附在水厂的高墙上整修，我从课堂的窗口望过去，心中不觉惊异：这不就是《格列佛游记》里的小人吗？

还有大哥讲的魔笛师故事，至今记忆犹新：一个岛国，鼠多成患。一天，来了一位吹笛子的外乡人，他许诺能为大家清除鼠患，但要若干金珠作为报酬。岛国上的人答应了。只见外乡人吹响手中的笛子，边吹边向海边走去。成群结队的老鼠，一个衔着另一个的尾巴，拉成一长串，奔向大海，跃入海中通通死去。事后，岛国人食言，没有付给吹笛人任何酬劳。吹笛人很失望，于是，他又吹响了魔笛，诱人的曲调招来了许许多多可爱的孩子，最后，孩子们跟着吹笛人走向深山，不知所终。

---

① 注：大哥是我的堂兄毓龙，已故。

　　后来我才知道，有一种旅鼠，繁殖迅速，由于大自然的规律，对于它们的迅速繁殖有一种天然的约束力。当它们繁殖过快时，便会有大自然的力量促使它们消亡。吹魔笛的人就是这种力量的化身。这个故事还教育大家要遵守诺言，保证信用。还有要教育孩子不要跟陌生人出走，谨防拐骗。

　　我还听大哥讲过安徒生《卖火柴的小女孩》的故事。受冻挨饿的小女孩，划了最后一根火柴取暖时，在刹那间明亮的火光中，她看见了已经去世的最亲爱的祖母。这个故事很凄惨，催人泪下。

　　听讲外国故事、传说和童话，对我来说是一种文学的享受和美感的教育。我始终对大哥怀着感激的心情，是他使我的童年增添了幻想和美的色彩。

惜山鹰

北京大学山鹰社登山队有五位同学在西藏遭遇山难，深为痛惜。我为他们写了一幅挽联，寄给了山鹰社。

北大山鹰社登山队遇难同学安息
万里云霄惊折羽，
一生事业勇登山。
北大中文系 1947 级校友陈毓罴敬挽

上联由"山鹰"而引起联想，下联写实，兼通哲理。人生在世，一番事业，何往而非登山耶？需要有永远向上的进取心，需要有勇气和毅力。

月夜小品

苏东坡写过《记承天寺夜游》这个小品。这个小品只有八十个字，堪称短小精悍。移录于下：

> 元丰六年（1083）十月十二日夜，解衣欲睡，月色入户。欣然起行。念无与乐者，遂至承天寺寻张怀民。亦未寝。相与步于中庭。庭中如积水空明，水中藻荇交横，盖竹柏影也。何夜无月？何处无竹？但少闲人如吾两人耳。

这时苏东坡被贬谪于黄州（今湖北黄冈），有个挂名差事。是夜月色颇佳，去找他的好友张怀民。张怀民名梦得，亦被贬于黄州，寄居于承天寺。这是个大庙，他们两人在广阔的庭院散步谈心，共同欣赏这月夜之美。闲人，一方面是指闲散之人，合乎他的身份，一方面又是指具有风雅闲情之人，只有他们两人，才能欣赏这美的月色。其他忙人，或忙于公务，或忙于私事，追逐名利，不一而足。谁又肯夜访承天寺，专程来踏月呢？

快近一千年前的古人，是我们的楷模。我们如身处他们的境地，也会这样做的。设想，月下携手，漫步踏月，即使有时默默无言，也能彼此心领神会。这清澈如水的月光，将把我们带入梦中的境界。

中秋词

南宋刘过有一首词，调名《唐多令》，写到了中秋，写到了武汉，也写到了黄鹤楼：

芦叶满汀州，寒沙带水流。二十年重过南楼。柳下系舟犹未稳，能几日，又中秋。

黄鹤断矶头，故人今在否？旧江山浑是新怨。欲买桂花同载酒，终不似，少年游。

作者于阔别二十余年之后，又来到黄鹤楼。转眼又是中秋了。他站在黄鹤矶头上，望不见黄鹤飞来，仙人渺无踪影。过去的老朋友云散四方，如今还在吗？真是江山依旧，人事全非啊。虽想买花载酒、泛舟中流，但终究失去了当年豪情。

诗人怀念过去同游的友人，感慨今昔，表现了二十年后重来此地的复杂情绪。此词韵味苍凉，感情深厚，无怪乎它能传诵一时。

我又想起了北宋苏东坡最著名的一首词《水调歌头》：明月几时有，把酒问青天。……我欲乘风归去，又恐琼楼玉宇，高处不胜寒。起舞弄清影，何似在人间。诗人始终眷恋大地，觉得天上总不如人间温暖。他感慨道：不应有恨，何事长向别时圆？但他始终明白大自然的规律、社会和人生的规律：人有悲欢离合，月有阴晴圆缺。此事古难全。唱出了"但愿人长久，千里共婵娟！"的祝愿，是自慰，也是与人共勉。

现在已经是新世纪。有如意的事，也有不如意的事。社会是如此，个人生活也是如此。让我们以宽厚的胸怀，从大处着眼，衷心欢迎这个美好的时代吧。

记一首诗

1950 年我在北大中文系念书的时候，从一本《名作家日记选》中看到了钟敬文先生写的《海行日述》。钟先生是我们的老师，当时教《民间文学》课，因此，我对他的《海行日述》一文，深感兴趣。

此文写于 1928 年，所记自 9 月 7 日至 16 日。当时钟师在海行的船上，离开广州，驶向上海。他原在广州中山大学执教，此时接受了杭州艺术专科学校的聘书，前往任教。

《海行日述》有个副标题——"寄呈女友礮君"，且引一段为例：

　　弟弟，这时候，不知你在家里做什么？独自在红灯白几间念书呢，还是坐陪老父在园亭里絮叙着两年的风尘旧事？

　　弟弟，我此时什么都不想起，我只眷念你，你这位远居在海天南尽处的密友！

　　让我向风神，遥寄你以凄切的相思！

礮君是钟师年轻时的女友（时年钟师 26 岁），她家侨居在南洋的新加坡。两年前曾来广州，后又回老家去了。

从此他们两人再也没有见面。

1997 年，北京师范大学为钟师的九五大寿举行祝寿盛会，我去了。我送的一副对联悬挂在中堂：

　　堂上弦歌传大道，
　　门前桃李舞春风。

对联是请启功大书法家的弟子所写，风格酷似乃师。当时钟师和我亲切交谈，看来身体不错，情绪愉快。

我想起了《海行日述》，便向钟师提及。钟师很动感情地告诉我，前几年他重去广州，看了女友的旧居，曾写下一首诗：

> 当年步履常临地，今日楼栏恍昔时。
> 万里椰香知道否？有人为念鬓成丝。

他念了好几遍，我牢牢地记住了。我深切地为我的恩师——一位九十五岁老人的深挚感情所撼动。

钟师已于 2002 年年初长逝而去。享年百岁，真是人瑞。

钟师是海内外著名的民间文学家和民俗学的权威人士。临终前几天还在病榻上向他的研究生们口述课业，真是令人肃然起敬。

作为钟师早年深为器重的学生，我记下了老师怀念他往日情事的小诗，告诉知友，勿使泯灭。

（注：据我考证，先生早年女友姓彭，是国民党元老、老同盟会员、日后又是国民党左派的彭泽民的侄女，她叫彭繁君）

滑雪去（留苏漫记）

寒假里，室内温暖如春，户外冰天雪地。七位中国同学，相约去莫斯科大学所属的郊外生物站滑雪。

我们都是俄罗斯语言文学系的研究生，平时学习非常紧张，难得相聚。如今，有了这个机会，可以彻底放松，欢聚一堂。

生物站位于远郊的森林之中，是生物系师生的实习基地。有位苏联女作家写过一部小说《我们的夏天》，即以此为背景，描写一群生物系学生暑期实习的生活。如今，我们是在严冬来此休假一周。

校车送我们住进一座典型俄罗斯风格的木屋。我们在门楣上用松枝和雪砌成了"七贤居"三个汉字，在太阳光下更加熠熠生辉。

远处异国，格外团结友爱，七个人，一条心。我们选了领队，作了分工，事先采买好大批食品，从学校体育馆借出了滑雪用具，个人也准备了御寒保暖的衣物，新的生活就这样开始了。

每天上午，早餐完毕，扛起滑雪板便去滑雪。滑雪场上一道长长的斜坡伸向远方，我们脚踏滑雪板，手持两支风火轮似的雪杖，略微蹲下身子，风驰电掣，一冲而下。滑雪板底事先用油剂润滑过，前进更加快速。滑行途中，只觉风声呼呼过耳，胁下如生双翅，任意翱翔。

滑到斜坡的尽头，再返回高处，必须侧着身子，横起滑雪板，一步一步挪上来。大约需要十多分钟，而滑下去只要一分钟就够了，十分刺激。

危险吗？从高山峻岭上飞跃而下，当然危险。非经长期练习不可。而滑斜坡相对是安全的，我感到甚至胜过溜冰。溜冰冰刀站不住，必须在运动中保持平衡，否则容易摔跤，摔得屁股酸痛。滑斜坡则能够站得住，滑行时也容易保持身体平衡，只需有一定的勇气和冒险的精神。途中若有情况，只需把身子一侧，破坏了平衡，马上就可以卧倒一旁。此间积雪甚厚，衣服又穿得多，倒地也不觉疼痛。同去的一些女同学，看着害怕，不敢尝试，有的一冲下去就大喊大叫，也是一景。

一上午滑了三个小时，一身大汗回到木屋，肚子饿了，想快吃东西。木屋内已准备好热面条、番茄牛肉汤或鸡汤，还能享用火腿、香肠、面包。我们带去的食物不少，大都是罐头，还有饮料、水果等。

午休后在室内活动，听音乐、诗朗诵、下棋、玩牌等。我最喜欢外出散步，呼吸特别清新的空气，欣赏俄罗斯的广阔森林。

冬天一般四点多天就黑下来了。到了晚上，大家洗完澡，换上睡衣漫谈，我们称之为"联床夜话"。屋里生着壁炉，十分暖和，大家天南地北，海阔天空，口无遮拦，或回忆童年趣事，或谈论品尝过的祖国美味佳肴，或猜谜、讲故事……直至深夜。

屋里壁炉由大家轮流值班看守，保证炉火熊熊，屋内温暖如春。炉子里烧的是松木，此处松树成林，取之不尽。工人用电锯解开，锯成大块，成堆码放在屋旁。一块松木扔到壁炉里火势很旺，很快就在木块之上冒出了松香，它滋滋作响，满屋清香。工人说，这一大片松林，年年需要砍伐一批，但运不出去，只能就地取材用来烧火取暖。

转眼七天就过去了。当我们乘上返回的校车，大家回望我们住过的木屋，不胜依依。再见了，七贤居。再见了，生物站。

莫斯科大学中国留学生的灯谜晚会

我从小喜欢猜谜，几十年过去了，兴趣未改。我的这一兴趣也影响了家人。老伴、儿子也都染上了这一嗜好。每年元宵节，北京市很多机关团体都举行灯谜晚会，家人前往猜谜多次获奖，得到了一些小礼品，增加了节日的愉快和喜庆气氛。

在苏联留学的四年里，每逢春节，留苏的中国同学也常组织灯谜晚会，大家贡献出不少精彩灯谜。1958年春节，莫斯科大学中国留学生哲学系支部举行新年晚会，张懋泽君求助于我，希望能提供一些有趣的灯谜。我立即应允，然后凭记忆所及和新创，编写好几个谜语，交给张君，令他大喜过望。事后告诉我效果甚好。所出的谜语都很文雅。此中国留苏研究生中之盛事，亦是在海外发扬我国文化也。现择其优者列举于下：

谜面	谜目	谜底
旺	唐诗七言一句	一朝选在君王侧
姜汁黄连丹	唐诗五言一句	粒粒皆辛苦
千古恨	字一	跌
差点儿没治了	字一	冶
会少离多	字一	禽
九十九	字一	白
乘风打场	外国人名	米高扬
此地有亿万树木焉	外国人名	斯大林
大戈壁	现代人名	沙千里
董狐之笔	现代人名	史良

续表

谜面	谜目	谜底
勿药而愈	古代人名	霍去病
以史为鉴	古代人名	史可法
年年二三月	古代人名	常遇春
斌	京剧名	将相和
姹紫嫣红开遍	《水浒传》人物	花荣
物换星移	《水浒传》人物	时迁
家累千金	《红楼梦》人名	多姑娘
汴京城	《红楼梦》人名	赵国基
禽	成语一	手到擒来
风平浪静	地名	宁波
边卒	中药名	车前子
雄鸡报晓	报刊名	《光明日报》

《临江仙》词

《红楼梦》中的《好了歌》，蕴含哲理，发人深省，为许多人所喜爱。我喜欢《三国演义》开首的《临江仙》词，也是如此。

> 滚滚长江东逝水，浪花淘尽英雄。是非成败转头空。青山依旧在，几度夕阳红。
>
> 白发渔樵江渚上，惯看秋月春风。一壶浊酒喜相逢。古今多少事，都付笑谈中。

这原是明代一位状元杨慎（号升庵）为他的《廿一史弹词》所写的第五段"说秦汉"开场词。清人毛宗岗修改明代罗贯中的《三国演义》，拿来置于卷首，作为开篇。长江两岸正是魏、蜀、吴三国交兵鏖战之地，因此很是恰当。

词的上片，可以概括为"哀人生之须臾短暂，叹宇宙之无穷永恒"。英雄豪杰，都是历史的过客。

词的下片，笔锋一转，写到两个小人物——渔翁和樵夫。用现代话说，就是两个劳动人民。他们久经风雨，淡泊名利，过着闲适的生活。他们相逢对酌在沙洲上，说古论今，谈笑风生。对历史人物和风云变幻，自有一番品评，帝王将相逃不出他们的褒贬。

全篇气势澎湃，涵盖古今，举重若轻。它写出人生之感慨，可谓上乘之作。

从词的下片，还能体会出友谊的温暖。渔翁与樵夫是知己好友，开怀畅饮，谈天论地，别有一番情趣。一壶浊酒（古时酒未过滤，色浑浊，故名），当然会有渔翁捕捞的活鱼鲜虾，樵夫信手采摘的鲜蘑香菌，多么美味的菜肴。可能还有可口的荠菜、马齿苋等野菜。两人酒醉耳热之时，打开了话匣子，有着说不完的话……这种醇厚的友谊，多么令人神往！

方城之趣(闲情偶拾)

四四方方一座城，城中有个活死人。金鸡三唱城门开，月上中天关城门。

(打一生活用品)

这是我儿时听到的谜语，颇有奇趣。谜底是帐子。

童年和少年时代，家里总用方帐。它用大麻纤维制作，用几根竹竿撑起，罩在双人的棕绳床上。既透气，又保暖，夏日可以防蚊虫，冬天成为一道屏障，不使寒气直接袭人。北方少女冬日骑车，头上蒙一纱巾，正是同样道理。

最难得的是，帐中自有天地。我很早就发现这里面是个好地方。关上帐门，很隐蔽，隔绝了尘嚣。你可以无拘无束，自由自在。在这方城里，学习功课，看小说，听音乐，摆棋谱，拼益智图版，思索遐想，外人很难发现。容你一个人安安静静，自得其乐。

大城市里，住得很挤。在室内支一顶方帐，等于给自己开辟了一个小间、一个专室。圆顶的蚊帐，里面没有多少空间，又气闷。除了睡觉，难作他用。

我喜欢在方帐中看书。把好看的书集中堆在枕旁，等于是我的"红角"，随时抽看。你可以在寒暑两假和公休日为自己订下时间表，什么时间复习功课，看参考书，什么时间念外文，什么时间看小说，什么时间研究棋谱，交替穿插，互相调剂，一一安排妥当。

人是需要小天地的。太宽敞的房间，往往使人心力分散，不能集中思想，还使人有一种不安的感觉。心理上受到压迫。这是什么道理？想必和辩证法有关吧。

方帐中看小说是一大乐趣。聚精会神，无人干扰，细细品味。可以打开食品罐，尝尝五香花生米和寸金糖。累了躺下，闭目养神。有时和堂兄同卧，可以说悄悄话。

在方帐中可以充分体会到这个小天地是属于你自己的。你可以发现自我，不断地充实你自己，改善你自己。

如果方帐中有一个从北方农村移来的小炕桌，那该多好！

北方不用帐子，我看是个缺陷。对青少年来说，更是损失不少。

立此存照

我前不久写过一篇《见闻札记》，共分两节：（一）如此大夫；（二）入学捐助。现在都有了下文。

一

《老年文摘报》摘录今年 12 月 5 日《现代快报》的报道，大字标题是：《心血管专家揭医疗黑幕，十元能看好却花费四五万》。

"胡大中教授是中华医学会心血管分会副主任委员，目前还是同济大学医院院长，他是国内著名的心血管病专家，说起目前疾病治疗过程中的不规范行为，他先后多次用'痛心疾首'来形容。"

"名利的驱使是导致这些不规范医疗行为的主要因素。以冠心病的治疗为例，目前，介入技术滥用乱用等不规范医疗行为越来越普遍，不论是否适合使用介入技术，医生总是先为病人放入支架。这样，病人的医疗费用大幅上涨，一个支架要三四万元。"

今史氏曰：快哉此论！胡教授真不愧为海内名家。揭露同行弊端痛加针砭，不留情面。见钱眼开及少才缺德之大夫，对之宁不愧杀！

二

今年 12 月 16 日之《北京晚报》载有"今日本报最后消息"，其标题是《国家发改委曝光，十所学校乱收费》。

"发改委提醒消费者，属于乱收费的项目有：录取通知邮寄费、复读费、建校费、户口管理费、落户手续费、新生电子注册费、提高标准收学费、学生证工本费、课桌椅费、学生学籍档案管理费、借书证工本费、学费滞纳金、德行手册费、多媒体网络使用费、学生手册费、健康咨询测试费、晚自习费、补考费、课桌椅维修费等。"

今史氏曰：上开乱收费之项目，五花八门，令人眼花缭乱。学校以此为生财之道，谓之学店，不亦宜乎！"学校店门八字开，有心无钱莫进来！"小学及中学为义务教育，岂能如此！

刊头语①

生活之树是常青的。

友谊之树是常青的。

我们都已经七十岁以上，仍然热爱生活。消极与悲观绝不是我们的信条。我们要从生活中寻觅乐趣，从生活中发掘诗意。

初中时我们是好朋友，到了老年，仍然要巩固我们的友谊。我们会相互关怀，相互鼓励，相互倾诉，相互安慰。

庄子说："相濡以沫。"鱼儿离开了水，互相吹出泡沫来湿润同伴，这是多么感人啊！孔子说："三人行，必有我师焉。择其善者而从之，则其不善者而改之。"在生活的种种方面，我们都有许多可以交流的经验。

曾记得我们在初中时相互交换阅读自己的日记和富有生活情趣的散文和小品。如今我们天南海北，分居各地，仍然要继承过去的好传统。

"常青树"是我们的园地，愿大家来栽培这棵常青树。

---

① 注：21 世纪初，罴公和几位中学同学联合办了一个刊物，取名为"常青树"。

珍贵的集体日记

[跋]

北大中文系 1951 年级生活日记本一册，从箧中拣出。匆匆二十余年矣！当年班上同学轮流执笔，或记事，或抒情，间有老师参加。百花齐放，丰富多彩。惜只存此一册（据 1949 年 11 月 22 日记，在此之前已有二册；又 12 月 21 日记，与此同时尚有一册）。自 1949 年 11 月 22 日至 1950 年 1 月 2 日，不足两月。今日重读，如对故人，弥足珍贵。天涯海角，不知何日能聚首一堂，重寻二十年前旧事也。

毓黑　1972 年 9 月 20 日于文学研究所

缀录俞平伯先生、陈毓黑和杨振声先生日记三篇：

（1）俞平伯日记

1949 年 12 月 19 日，阴。

我个人性情向来很孤独，不大参加集会。自从北京解放以后，把这旧习惯纠正了一些，却还不很够。我们的学校有它很好的传统，也有很不好的，例如师生关系比较疏远这一点。我住在东城根，离学校相当的远，加以上述我这种心情，自然和同学们接触的机会是比较的少了。

十二月十二日，我参加了师生共同的学习小组，这该对我有好处。在这小组里得到最和谐最不拘束的学习和讨论。和青年们在一块儿谈笑，给中年人增加了许多活力。同时，使我有瞧见自己影子的机会。借群众作镜子，可以渐渐纠正个性的偏差。

以上的话还都是为我自己着想，这观点很不妥当。假如我还可以进一步，有机会和力量去帮助别人，那会使我多么高兴啊！

集体生活日记，这想法不但聪明，而且很有意义。我赞同杨今甫老先生的话。

（2）陈毓罴日记

1949 年 11 月 22 日

小时候爱看京戏。总记得开幕的头一出戏是"天官赐福"或"百寿图"。出场的不外乎是三四流的角色，即所谓"班底"。一副嘶哑的嗓子唱得有气无力，聪明的观众照例是不听的。生活日记由我写下这神圣的一页，正是班底串"开锣戏"，其平淡无味，是不足怪的。

咱们中文系 1951 级的"生活日记"是从上学期开始的，积累有两本之多，是全级兄弟姐妹们的心血结晶。大家毫无顾忌地谈着自己的爱和恨、哭和笑，更多的是互相鼓励和批评。各人打开了心灵的门户，让人家能够深切地了解它。对于本级的团结和巩固，"生活日记"发挥了充分的效果，有不可磨灭的功绩。

这学期咱们又添了几位新的伙伴，真是"人丁兴旺"。目前 1951级大有生气，如《国风》壁报的篇幅，一次即达七十多页，半日劳动的英雄也出在本班，都是极显著的例子。"生活日记"于今日开始新的一本，正有其历史意义。

有组织有系统地整理我们宝贵的文化遗产，数百人编定一部完善的《中国文学史》，开集体创作的伟大纪录。还要建设前所未有的"中国文学史陈列馆"，那时，我们北大中文系有关中国文学史的课程，都到那里去听讲，就不必再待在只有黑板和粉笔的教室中了。为了发挥更多的教育作用，文学史馆可以常常开放，让我们的国民进去参观，了解我们民族文化的伟大。因为只有爱自己民族文化的人才有可能爱别一民族的文化。更深入一层来说，只有一个爱国主义者才能是国际主义者。这真是一个美丽的理想，然而，有谁敢说它不是明天的现实呢？

北大的中国文学史研究会已经宣告成立了，它是以中文系文学史组的同学作为骨干的，宗旨是以马列主义的立场、观点、方法来研究中国文学史。会员的资格是"有兴趣于研究中国文学史"者。每两星期开一次讨论会，聘有很多导师。尽管现在它还是很幼稚，然而是有发展前途的。我们的民族文化正如一片浩荡无边的草原，里面有极丰富的矿藏，等待我们来开垦发掘。现在是荒凉得多么可怜。中文系1951年级亲爱的兄弟姐妹们，来吧！参加到中国文学史研究会里来，谁说我们不爱护民族文化？

感谢李姐，是她捐了这么好的本子，才使我们的"生活日记"复活了。

——小弟（陈毓罴）

（3）杨振声日记

拿起"生活日记"从头看来，这里是一颗颗年青的心，在跳动，在申诉，在希望向上，在要求完美。他们将来有的会成为学者，有的会成为作家，有的会成为很好的教员，有的会为人民做些事业。虽说是每人不过短短数行，这里已藏着将来花果的种子。是谁这样机灵发明这"生活日记"？历来日记是孤独的自诉，或是孤芳自赏。这里却把一颗颗心连在一起。这比坐在树荫下谈心，或雨窗夜话，都更能赤诚相见。这是日记的革命。

另一种感想，使我不禁凛然，好学生值得学校骄傲，但这责任实在太严肃了。记得有一次与一个聪明透了的哲学朋友聊天，他在病中，我劝他休息保养，他摇摇头说："这是不值得的。"我了解他。他为了少时数学基础不够，不能做到第一等哲学家，遂有轻生之念。我说："讲到基础不够。我们这一代，只配做个台阶，让后一代踏着上进吧。"我们无言相对好久，彼此点点头，都默认了。这是十多年以前的话了，现在检查自己，做到了吗？没有。病在不能"忘己"。想到这儿，背上有点发冷。移近炉子坐一回，一转头见床边小表已指十二点半了。想娃娃们都已经在酣睡中，他们很有纪律地十一时入寝，我也应当纪律点，睡觉去也。

寄怀大兄二首

一①

相看儿女各成行，竹菊梅兰自有芳。
记取谢家传好句，莫教天壤笑王郎。

二②

浮生我亦梦红楼，海上曾来汗漫游。
黄鹤白云依旧在，何时江汉许同舟？

① 大兄有五女，余亦有女冰梅。
② 1980 年年底应邀赴美国威斯康星大学参加国际红学研讨会，论文为《〈红楼梦〉和〈浮生六记〉》。

编后记

　　1990年春天，为了报考研究生，专诚登门请益，初识陈先生。他的宽厚平易与渊博儒雅均予我以深刻印象。后来有幸成为陈先生的及门弟子，三载受教，宛如春风化雨。进入师门，对老师在明清小说研究方面的深湛造诣有了更真切的体会。

　　陈毓罴先生学养深厚，用志专一。1947年考入北京大学中文系，在读期间已经开始涉足古代文学研究，1951年北大毕业，远赴兰州大学任教，讲授《中国文学史》，深受学生欢迎。后赴莫斯科大学留学四载，50年代末归国，进入文学研究所，直到2010年秋辞世，长达半个世纪的时间，在明清小说研究领域辛勤耕耘。围绕《红楼梦》《西游记》《浮生六记》等古典小说名著，进行深入细致的探索，他的小说史研究成果累累。经历了"文革"时期学界"假大空"泛滥一时，以及"文革"后名利追求的暗流涌动，陈先生从未松懈对学术真实的追求。他不计名利、不畏艰难、不受诱惑，颇有一种"咬定青山不放松"之气概。在陈先生心目中，"求真唯实"是不容置疑的学术底线。这种治学态度几十年间一以贯之，他的论文立论严谨深入，资料丰富详赡，文笔简洁流畅。即使是一个很小的命题，也全力以赴，犹如雄狮搏兔，绝无松懈。回思先师为人，最是恂恂宽和，不喜与人计较短长，唯有置身学术研究之时，臧否鲜明，锱铢必较，一毫也不肯含糊，确是判若两人。那种心无旁骛、一往无前的气势，堪称凌厉勇毅。我们这些弟子赞赏先师的学术业绩，更折服于其真诚无垢的人格，由衷感到那是让我们仰之弥高的一种境地。

　　编辑整理恩师遗文，让我再度领会先师深邃质朴的治学路径，也给予我一个回报师恩的机会。感谢中国社会科学出版社给予《红楼、西游及浮生六记论集》出版机会，王琪编辑为文集面世付出了心血，师母喻松青教授和陈先生的女婿陈致教授提供了许多珍贵文稿，小说史专业硕士生谭梦龙也为资料搜集和复印付出很多时间，在此一并表示衷心感谢。

陈先生治学之余，也甚喜驰骋笔墨，赋诗作文。为志怀念，本书附录里收录了他历年零星撰写的一些诗词散文，或记经历或抒感怀，让我们对这位前辈学者有更深入的了解。但年代久远，先师也已辞世，其中一些文章具休写作时间已无法确定，在此特做说明。

孙丽华

2016 年 4 月 25 日